BASTEI LÜBBE
TASCHENBUCH

Weitere Titel der Autorin:

Im Land des Korallenbaums
Die Lagune der Flamingos

Titel in der Regel auch als Hörbuch und E-Book erhältlich

Sofia Caspari

# DAS LIED DES WASSERFALLS

Roman

BASTEI LÜBBE
TASCHENBUCH

BASTEI LÜBBE TASCHENBUCH
Band 16 890

1. Auflage: Mai 2013

Dieser Titel ist auch als E-Book erschienen

MIX
Papier aus verantwortungsvollen Quellen
FSC® C006701
FSC
www.fsc.org

Originalausgabe

Dieses Werk wurde vermittelt durch
die Literarische Agentur Thomas Schlück GmbH,
30827 Garbsen.


Lektorat: Melanie Blank-Schröder
Landkarte: Reinhard Borner
Titelillustration: © Masterfile/volovatov;
© Urochroa Bougieri, Gould, John (1804-81)/
Private Collection/The Bridgeman Art Library
Umschlaggestaltung: Kirstin Osenau
Satz: Urban SatzKonzept, Düsseldorf
Gesetzt aus der Garamond
Druck und Verarbeitung: CPI-Ebner & Spiegel, Ulm
Printed in Germany
ISBN 978-3-404-16890-3

*Für Julian und Tobias –*
*unsere Reise geht weiter …*

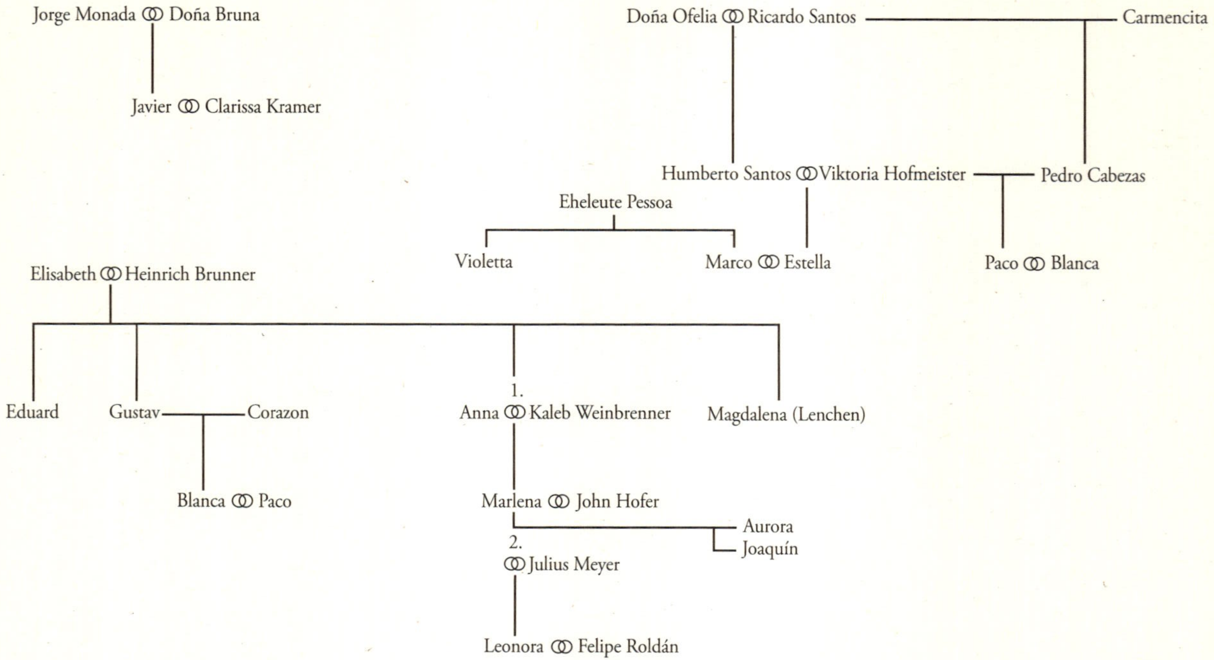

Jorge Monada ⚭ Doña Bruna
Javier ⚭ Clarissa Kramer
Doña Ofelia ⚭ Ricardo Santos
Carmencita
Humberto Santos ⚭ Viktoria Hofmeister
Pedro Cabezas
Eheleute Pessoa
Violetta
Marco ⚭ Estella
Paco ⚭ Blanca
Elisabeth ⚭ Heinrich Brunner
Eduard
Gustav
Corazon
1.
Anna ⚭ Kaleb Weinbrenner
Magdalena (Lenchen)
Blanca ⚭ Paco
Marlena ⚭ John Hofer
Aurora
Joaquín
2.
⚭ Julius Meyer
Leonora ⚭ Felipe Roldán

*Buenos Aires ist dazu bestimmt,*
*das Paris Südamerikas zu werden …*

José Luro

*Tango ist die Luft, das Leben,*
*die Liebe oder die Trauer.*
*Tango ist alles.*

Carlos Matheos

# Erster Teil

## Cambio de vida – Veränderung

*Iguazú, Río Paraná, Villa Veinticinco de Mayo,*
*Santa Ana, Buenos Aires, Los Aboreros,*
*auf der* Britannia

*1898 bis 1899*

# Erstes Kapitel

*Bei den Iguazú-Wasserfällen*

Clarissa konnte nicht sagen, wie lange sie schon bis zur Taille im tosenden Wasser hing. Verzweifelt klammerte sie sich an den tief hängenden Ästen eines Baumes fest, doch ihre Kräfte schwanden zunehmend. Sosehr die junge Frau auch kämpfte, sie konnte sich nicht mehr halten. Und dieses Mal, das wusste sie, war es endgültig. Sie würde loslassen, der Fluss würde sie unerbittlich in seine Tiefen hinunterziehen und nie wieder hergeben.

Clarissa schloss die Augen. Sofort waren die schrecklichen Bilder zurück, die für immer in ihr Gedächtnis eingebrannt sein würden: der Ausflug mit Javier zu den Wasserfällen, die fremden Männer, die plötzlich aufgetaucht waren und auf sie, Clarissa, geschossen hatten – um doch Javier zu treffen.

Wie sie in den Fluss gelangt war, konnte sie nicht sagen, nur noch, dass der mächtige Iguazú sie sofort mit sich gerissen hatte. Bis es ihr dann gelungen war, nach diesen Ästen zu greifen. Ein Schluchzen löste sich aus Clarissas Kehle, unhörbar im Gebrüll des Wassers.

*Javier ist tot … Welchen Sinn macht es da noch weiterzuleben? Warum lasse ich nicht einfach los?*

Ihr Herz wollte sich doch nur fortstehlen zu Javier, allein ihr Körper verweigerte ihr diesen Wunsch, ihr verräterischer Körper kämpfte unerbittlich ums Überleben.

*Lange werde ich nicht mehr durchhalten …*

Noch während Clarissa dieser Gedanke durch den Kopf fuhr, lösten sich ihre Finger. Sie tauchte unter, schluckte Wasser, kämpfte sich panisch hustend wieder nach oben. Der Fluss riss sie unerbittlich mit sich wie ein Stück Treibholz.

*Warum bin ich nicht getroffen worden? Warum bin ich noch hier? Ich will bei Javier sein.*

Doch sie hielt den Kopf weiter aus dem Wasser. Sie war eine gute Schwimmerin. Womöglich war das ihr Verhängnis …

Clarissa drehte sich auf den Rücken, erblickte einen Streifen Himmelblau zwischen einem Blätterdach aus vielfachen Grüntönen. Grün, grün, grün – in allen Schattierungen. Grün gefilterte Sonnenstrahlen.

*Was wird mit meinen Eltern geschehen? Werde ich sie wiedersehen?*

Ein Strudel wirbelte sie herum und zog sie unter die Wasseroberfläche. Sie schlug und trat um sich, schoss endlich wieder nach oben, rang nach Atem, hustete und spuckte, dachte an das Blut, das sie besudelt hatte, Javiers Blut.

Morgen wären sie ein Jahr verheiratet gewesen, ein schwieriges, aber auch ein glückliches Jahr.

Wieder schwappte Wasser über ihr Gesicht. Wieder spuckte und hustete sie. Clarissa war völlig erschöpft, ihre Gedanken bewegten sich schwerfällig.

*Javiers Lächeln … seine Wärme. Seine festen Arme um meinen Körper … Nie, nie wieder.*

Und plötzlich … Da war mit einem Mal etwas Festes unter ihren Füßen … Boden, schlammiger, von Steinen durchsetzter Boden … Der Geruch modernder Blätter, hier und da eine Berührung, rascher als ein Atemzug. Fische? Doch welche? Und dann sah sie es. Die Strömung hatte sie ans Ufer getrieben. Der Fluss gab sie frei.

*Wo bin ich?*

Clarissa schloss die Augen. Die Uferböschung, sie musste hinaufrobben ... Doch sie war so unendlich müde. Ihre Gedanken flatterten wie wilde Vögel umher, mischten Vergangenes mit der Gegenwart: Javier, die Gesichter ihrer Eltern, Don Jorge, die Arbeit auf dem elterlichen *rancho*, dem kleinen Bauernhof in der Provinz Entre Ríos. Schüsse, die das Wasser rings um sie aufpeitschen ließen.

*Ich will leben.*

Nochmals nahm Clarissa alle Kraft zusammen und schob sich ein weiteres Stück die Böschung hinauf. Dann ließ sie den Kopf auf die Arme sinken. Nur ihre Füße wurden jetzt noch vom Flusswasser umspült. Moder und Feuchtigkeit drangen in ihre Nase, ein ihr nicht unbekannter Geruch nach Leben und Tod. Clarissa drehte mühsam den Kopf zur Seite, um besser atmen zu können. Alles war plötzlich so schwer. Ihre Wange schmiegte sich in den Schlamm. Riesige Bäume wuchsen in nächster Nähe, Geräusche vermischten sich miteinander: das Rauschen des Wassers, Vögel, Brüllaffen ... der tiefe Wald der Iguazú-Wasserfälle ...

Clarissa sah dunkel glänzende Wassertropfen auf den Pflanzen neben sich, meinte, Spinnen und anderes Getier zu erkennen und einen leuchtend bunten winzigen Frosch. Die Hitze des Regenwaldes war so drückend, so allumfassend. Das Wasser auf ihrer Haut mischte sich mit ihrem Schweiß. Sie kannte diese große Hitze, sie war immer vor ihr ins Haus geflüchtet. Wie schnell man sich an solche Annehmlichkeiten gewöhnte.

Ich will schlafen, fuhr es ihr durch den Kopf, nur noch schlafen ... Ich bin so erschöpft, so furchtbar, so wahnsinnig erschöpft.

Ein neues Rascheln ... Da war etwas, das durch das Gebüsch

schlich und dabei doch kaum ein Geräusch verursachte. Mit allerletzter Kraft stemmte Clarissa sich nach oben, sah etwas Geflecktes, das sich seiner Umgebung perfekt anpasste. Bernsteinfarbene Katzenaugen, ein Geruch, der, wie sie jetzt erfasste, schon da gewesen war, bevor sie den Jaguar schattengleich aus dem Unterholz gleiten sah.

Robert Metzler lenkte seinen Wallach Silberfuchs nur mit den Schenkeln, während er sich bemühte, die Blechdose zu öffnen, die ihm seine Mutter Elsbeth in die Satteltasche gesteckt hatte, damit er sie immer wieder mit frischem Proviant füllen konnte. Er hatte sich entschieden, während des Reitens zu essen, wollte kein bisschen seiner ohnehin knapp bemessenen Zeit verlieren, denn zu bald schon musste er nach Rosario zurückkehren, wo er lebte und eine gut gehende Arztpraxis betrieb.

Vier Tage zuvor war er früh am Morgen vom *rancho* seiner Eltern aus aufgebrochen. Sein Ziel lag nicht mehr so weit entfernt, aber man wusste hier oben nie, wie der Zustand der Wege war. In der vergangenen Nacht hatte er in einer ihm bekannten *pulpería* übernachtet, jener typisch argentinischen Mischung aus Schenke und Einkaufsladen, die in diesem Fall sogar über einen weiteren Raum und einige Betten verfügte. Er freute sich auf sein kleines Abenteuer. Mindestens einmal im Jahr reiste er für einige Wochen hierher in den tiefen Urwald, in das Grenzgebiet zwischen Paraguay, Argentinien und Brasilien, um sich dem Studium der Tier- und Pflanzenwelt zu widmen.

Für einen Moment hielt Robert jetzt in seinen Bemühungen, die Blechdose zu öffnen, inne und beobachtete einen der unzähligen vielfarbigen Schmetterlinge, die durch die schwere, feuchte Luft tanzten. Sonnenstrahlen, die durch das an dieser

Stelle nicht vollkommen dichte Blätterdach fielen, brachten die hellbraunen Haare des jungen Mannes zum Schimmern. Seine dunkelbraunen Augen wurden schmaler, als er nun einem besonders schönen Morphofalter hinterherblickte, der ihn in seiner metallisch blauen Färbung an ein taumelndes Stück Himmel gemahnte.

Robert sah sich um, beobachtete den Wald links und rechts des schlammigen Weges. Dichte Farne wuchsen hier, und Bromelien grüßten mit ihrer Farbenpracht, darüber erhoben sich Baumriesen, deren Brettwurzeln als Stütze für eine Vielfalt von Kletterpflanzen dienten. Ameisen- und Eisenholzbäume mit dunkelgrünen Blättern, die sich im Herbst leuchtend orangerot bis violett verfärben, ragten in den Himmel, Orchideenbäume und der Lapacho, den man auch Baum des Lebens nennt und der von Mai bis August, je nach Art, rosarote, gelbe und weiße Blüten trägt. Aus der Ferne drangen mit einem Mal die Rufe von Brüllaffen zu Robert herüber. Etwas musste sie aufgescheucht haben, um diese Zeit hielten sie eigentlich Mittagsruhe.

Nun, vielleicht hatte eines der Tiere eine Raubkatze entdeckt, von denen einige durch die Wälder der Umgebung streiften. Mit dem Jaguar, dem Puma und dem Ozelot hatte ihn sein Freund Jacy vom Volk der Guaraní, einem Indio-Stamm, der im Grenzgebiet heimisch war, bekannt gemacht. Jacy und Robert waren zusammen aufgewachsen. Jacys Familie hatte die seine nach ihrer Ankunft in der Neuen Welt unterstützt. Robert dachte gern an diese Zeit zurück. Jedes Mal, wenn er aus dem Schmutz und Gestank Rosarios herkam, fühlte er sich frei – wie damals, als Jacy und er noch durch die Wälder in der Nähe seines Elternhauses gestreift waren.

Es raschelte. Robert sah das helle Fell, die lang gezogene Schnauze und den langen geringelten Schwanz eines Nasenbären im Blättergrün. Er beobachtete ihn eine Weile, dann widmete er sich erneut seiner Blechbüchse, die wenig später endlich nachgab: Brot, das er in der *pulpería* gekauft hatte, und der letzte Rest Räucherwurst von zu Hause, dazu ein Päckchen Yerba-Mate, den herben Tee, den man in Argentinien so gern mit viel Zucker gesüßt trank und den er sich am Abend am Lagerfeuer zubereiten würde. Er liebte das Ritual, er würde es genießen, auch wenn er allein war – die *calabaza*, das birnenförmige Behältnis, aus dem der Tee getrunken wurde, und die *bombilla*, der Trinkhalm aus Metall mit seinem typischen kleinen Sieb, befanden sich gut verstaut in seinem Gepäck.

Robert lächelte. Er bedauerte, dass er an diesem Tag den letzten Rest seines Proviants vertilgen würde. Seine Mutter liebte es, ihren Jungen zu umsorgen, wenn der seine Eltern besuchte. Was viel zu selten geschah, wie sie ihn sanft zu rügen pflegte.

»Es ist einfach ein gutes Stück von Rosario hinauf nach Villa Veinticinco de Mayo«, führte er dann jedes Mal an, lächelte und fügte hinzu: »Ich besuche euch doch, sooft ich kann.«

»Wie läuft die Praxis?«, wechselte der Vater in solchen Momenten gern das Thema.

Auch er vermisste seinen Sohn, auch ihm fehlte die helfende Hand, die in arbeitsreichen Zeiten durch einen Knecht ersetzt werden musste, aber er sprach nicht gern darüber.

»Gut, sehr gut«, antwortete Robert, während ihn seine Eltern ehrfurchtsvoll anstarrten.

Er wusste, dass es dieser Moment war, in dem sie sich ins Gedächtnis riefen, dass ihr Sohn eine Arztpraxis in Rosario führte. Ihr Junge, das Kind einfacher Bauern. Keiner der Metzlers hatte sich je vorstellen können, dass einer von ihnen Mediziner werden würde. Und er galt als freundlicher, geschickter Arzt. Mancher behauptete, dass die Damenwelt Rosarios Dr. Metzler besonders gern aufsuche. Robert pflegte solche Behauptungen allerdings stets mit einem Lachen zurückzuweisen, er machte sich in jedem Fall wenig Gedanken darum.

Robert hob die geräucherte Wurst an seine Nase. Der Duft war unverkennbar und brachte Kindheitserinnerungen zurück. Mit Appetit, aber langsam und bedächtig, begann er zu essen. Seit seiner Kindheit war Robert es gewöhnt, sich zu beschränken, und auch heute benötigte er nicht viel zum Leben, worauf er stolz war. Seine Eltern bauten Tabak an und Gemüse für den Eigenbedarf. Mit der Ernte der wilden Yerba aus den umliegenden Wäldern verdienten sie sich ein kleines Zubrot. Robert dachte an die Anlagen, die sich in Villa Veinticinco de Mayo mittlerweile mit der Verarbeitung und Verschiffung der Yerba-Ernte befassten. Die kleine Siedlung wuchs stetig.

Robert kaute langsam und nachdenklich. Nach einer Weile verstaute er den Rest seines Essens in der Blechbüchse und schob sie zurück in die Satteltasche. Jetzt freute er sich zuerst einmal darauf, Jacy wiederzusehen, denn wie immer würde Robert sein Pferd bei dessen Hütte unterstellen und dann zu Fuß weiter in den tiefen Dschungel vordringen. Ohne Pferd war man dort wendiger. Nachdenklich schaute Robert in die Ferne. Der Gedanke, im Dschungel von Misiones nach Heilpflanzen zu suchen, war ihm seltsamerweise erst gekommen, als er schon begonnen hatte, als Arzt zu praktizieren. Und es war natürlich Jacy gewesen, von dem er erfahren hatte, was diese geheimnisvolle Welt den Menschen bot: Blätter, die man gegen Unwohlsein kaute, Rinde, die gegen Fieber eingesetzt werden konnte, Kräuter gegen Husten und so vieles mehr. Er hatte bereits mit *uña de gato*, der Katzenkralle, experimentiert, die sich gut für ein Leiden einsetzen ließ, das meist ältere Männer befiel und zu häufigem Harndrang führte. Das Rezept dazu wurde in der Familie des Freundes schon seit Generationen weitergegeben, ebenso jenes für einen Hustensaft aus der *caraguata*, einer der Ananas ähnlichen, aber sehr stacheligen Bromelienart, und den Blättern des Ambay-Baumes. Epazote, den wohlriechenden Gänsefuß, setzte Robert bereits erfolgreich zur Bekämpfung von Parasiten ein.

Auch wenn er sich als Junge nicht dafür interessiert hatte, erkannte der Neunundzwanzigjährige den Reichtum des Waldes, und dies nicht nur wegen seiner großen Anzahl an Tieren, wegen des Yerba-Mate oder der verschiedenen Holzsorten, nach denen weiße Geschäftsleute sich die Finger leckten.

Wenig später erreichte Robert Jacys Hütte, an der er Silberfuchs wie verabredet zurückließ. Jacy schien unterwegs zu sein. Mit leisem Bedauern setzte er seinen Weg fort.

Als er fast sein Ziel erreicht hatte – einen Baum, von dem ihm Jacy in einem Brief erzählt hatte –, schreckte ihn ein ungewöhnlicher Laut auf, der zu den Geräuschen der Wildnis nicht passte. Es war ein menschlicher Laut, ein Angstlaut, ein gequälter Ruf.

Robert zögerte keinen Augenblick. Kurz horchte er, ob das Geräusch noch einmal zu hören war, dann schlug er auf gut Glück den Weg in Richtung Fluss ein. Er war sich sicher, dass der Laut von dort gekommen war, und er hoffte, dass er denjenigen finden würde, der ihn ausgestoßen hatte. In dieser Gegend nannte man den Dschungel nicht umsonst *El Impenetrable*, den Undurchdringlichen. Wer sich hier verirrte, hatte kaum eine Chance, gefunden zu werden.

Der letzte Gedanke hieß Robert seine Schritte noch einmal beschleunigen, so gut es die Umgebung zuließ. Umgestürzte Bäume lagen im Weg, Wurzeln griffen nach seinen Knöcheln wie Hände mit überlangen Fingern. Manchmal musste er Äste mit der Machete abschlagen, um weiterzukommen.

Wenig später hatte er das Flussufer erreicht. Robert erstarrte. Auf der anderen Seite des hier recht schmalen Nebenarms des Río Iguazú lag eine reglose Gestalt. Über ihr kauerte ein Jaguar und betrachtete den Störenfried aus seinen aufmerksamen Katzenaugen.

Robert handelte sofort. Er wusste, dass der Fluss an dieser Stelle nicht besonders tief war, das Wasser würde ihm allerhöchstens bis zur Hüfte gehen. Blitzschnell warf er sein Gepäck ab und sprang mit Gebrüll auf die Raubkatze zu. Wie erhofft, erschrak das Tier und ließ von seiner Beute ab. Ein paar Schritte wich der Jaguar zurück, dann zögerte er.

Robert spürte, wie das Adrenalin durch seine Adern schoss, während er die Arme hob und die Großkatze erneut anbrüllte. Sie fauchte aufgebracht, wandte sich dann aber glücklicherweise um und war einen Moment später lautlos im Dschungel verschwunden.

Robert sah dem Jaguar aufmerksam hinterher, bis er sicher war, dass er nicht zurückkommen würde, dann kniete er sich neben die Gestalt am Ufer. Eine Frau, wie er sich jetzt vergewissern konnte. Sie war noch jung, lag auf der Seite, eine Wange in den Uferschlamm gepresst, die Augen fest geschlossen. Ihre Kleidung war nass, ebenso ihre Haare. Ein paar Strähnen waren ihr in das – wie man trotz des Schmutzes sehen konnte – fein geschnittene blasse Gesicht gefallen. Robert schätzte sie auf Anfang zwanzig.

Er musste schlucken, als er die fleckige Bluse bemerkte, die sie trug. Blut? Hatte der Jaguar sie etwa verletzt? War er doch zu spät gekommen? Er näherte sich ihrem Gesicht. Nein, die Fremde atmete ruhig, kaum merklich, aber sie atmete. Sie musste kurz nach ihrem Hilfeschrei das Bewusstsein verloren haben, vielleicht als sie den Jaguar erblickt hatte.

Robert drehte die junge Frau behutsam auf den Rücken. Ihre Augenlider flatterten kurz, sie öffnete die Augen jedoch nicht. Er tastete nach ihrem Puls, der zu seiner Beruhigung gleichmäßig war. Dann suchte er eine Stelle, wo er ihr aus großen Blättern ein Lager bereitete. Als er sie hochhob, wandte sie den Kopf mit einem kläglichen Seufzer gegen seine Brust. Der Seufzer war der letzte Laut, den er für die nächste Stunde von ihr hörte.

Robert spürte, dass ihn die Frau seit geraumer Zeit heimlich beobachtete, ließ sich aber nichts anmerken. Ihre Ohnmacht war nicht tief gewesen. Ihre Bewegungen hatten das recht bald gezeigt. Weil er sie nicht allein lassen wollte, sammelte er in der allernächsten Umgebung einige Früchte, darunter ein paar Paradiesnüsse und Tukanfrüchte, und richtete alles, zusammen mit dem Rest seiner eigenen Vorräte, auf einer Unterlage aus runden Blättern an. Irgendwann verbarg die Fremde ihre Blicke nicht mehr, und Robert nahm das zum Anlass, sie ebenfalls anzuschauen. Er räusperte sich.

»Guten Tag, ich bin Robert Metzler«, sagte er auf Spanisch. »Wie geht es Ihnen, Señorita?«

Er sah, wie sie mit ihren schmalen Händen zuerst flüchtig ihre Kleidung berührte, sich dann durchs Haar fuhr und die Schlammspuren auf ihrem Gesicht betastete.

»Ich … ich weiß es nicht«, entgegnete sie nach einigem Zögern.

Kurz löste sie den Blick von seinem Gesicht und sah sich um. Sie wirkte nicht überrascht, nur ein wenig fassungslos. Dann schaute sie ihn wieder an.

»Wie heißen Sie?«, fragte Robert. »Wie sind Sie hierhergekommen?«

»Ich ... Clarissa ... ich ...«, stammelte sie, »... ich heiße Clarissa Kra... Kramer und ich ... Ich weiß nicht, wie ich hierhergekommen bin.« Sie schaute sich nochmals um, und jetzt schien ihr bewusst zu werden, wo sie sich befand. »Nein, ich weiß es nicht ... Ich weiß es wirklich nicht. Wo bin ich? Wie bin ich um Gottes willen hierhergekommen?«

»Sie befinden sich im argentinisch-brasilianischen Grenzgebiet von Misiones, im Dschungel«, hörte Robert sich antworten.

Er wusste nicht genau warum, aber er kam sich seltsam dabei vor, so mit ihr zu reden. Mittlerweile schloss er aus, dass sie zu einer der Siedlungen gehörte, die sich in der Gegend befanden. Doch wenn sie nicht von dort kam, woher kam sie dann? Was war das nur für eine Situation, in die er da geraten war? Hier im Wald zu sitzen, mit einer Frau, die nicht wusste, wie sie hergekommen war ... Weit und breit hatte er kein Boot bemerkt. War sie hergeschwommen? Er konnte sich das nicht erklären.

Robert musterte die junge Frau eingehend. Sie war tatsächlich sehr hübsch, und wie er schon bemerkt hatte, trug sie hochwertige, praktische Kleidung, wie man sie anhatte, wenn man im Dschungel unterwegs war. Aber sie war doch gewiss nicht allein gewesen? Was war mit ihrer Begleitung geschehen?

Nun, vielleicht irrte er sich auch. Es gab heutzutage die seltsamsten Entwicklungen – dazu gehörten Frauen, die allein durch die Weltgeschichte reisten. Robert wusste zwar nicht, was er davon halten sollte, wollte sich aber nicht anmaßen, darüber zu urteilen.

Er räusperte sich. »Nun, Sie scheinen in jedem Fall unverletzt zu sein, Señorita Kramer. Ich hoffe, Sie verzeihen mir, dass ich mich davon überzeugt habe. Das Blut auf ihrer Bluse hat mich beunruhigt.«

»Blut?«

Von einem Moment auf den anderen wurde sie kalkweiß.

»Ja, Blut«, bestätigte Robert. »Mit wem waren Sie unterwegs? Ist einem Ihrer Begleiter etwas geschehen? Wurden Sie von einer Raubkatze angegriffen?«

Ihr Blick irrte von ihm weg. Ihre Lippen bewegten sich, und für einen kurzen Augenblick erschien es ihm, als erinnerte sie sich an etwas, doch sie sagte nichts.

Er wollte sie nicht weiter bedrängen. Wenn sie sich tatsächlich nicht erinnerte, dann war sie sicherlich verängstigt, vielleicht sogar verstört ...

»Ich bin Arzt«, erklärte Robert in entschuldigendem Tonfall. »Deswegen habe ich Sie untersucht ... Sie müssen nicht denken, dass ich ...«

Er brach ab, als er ihren Blick bemerkte, der sich nun wieder voll und ganz auf ihn richtete – ein unergründlicher Blick voller Traurigkeit, den er sich nicht erklären konnte.

»Das ist schon in Ordnung«, sagte sie langsam, als fiele ihr jedes Wort schwer. »Ganz gewiss, das ist in Ordnung. Ich habe Ihnen wirklich sehr zu danken. Ohne Sie ... Ich weiß nicht, was geschehen wäre, wirklich, ich ...« Clarissa Kramers Blick schweifte in die Ferne, dann holte sie tief Luft. »Wie bin ich nur hierhergekommen?«

Sie stärkten sich mit Früchten und Nüssen, dem Brot und der restlichen Wurst und brachen dann auf. Inzwischen wusste Robert zumindest, dass Clarissa Kramer Deutsch sprach, was man nicht mehr von allen sagen konnte, die einen deutschen Namen trugen. Gemeinsam mit ihr dauerte es doppelt so lange als allein, zu Jacys kleinem Holzhaus zu gelangen, ihr langer Rock behinderte sie. Sie war es offenbar auch nicht gewöhnt, lange Strecken zu laufen. Zum Schluss stützte sie sich schwer auf ihn, und Robert spürte bald, wie ihm der Schweiß unablässig über den Rücken rann. Manchmal musste er salzige Tropfen aus den Augen blinzeln.

Robert war erleichtert und Clarissa vollkommen erschöpft, als sie endlich den Rand des Urwalds erreichten. Jetzt ging es nur noch über eine Wiese und am Garten vorbei. Silberfuchs, der am Wegrand hinter einem Zaun graste, wieherte, als er seinen Herrn bemerkte. Hinter Jacys Hütte stieg Rauch auf. Offenbar war Jacy in der Außenküche.

Gott sei Dank, er ist da, fuhr es Robert durch den Kopf. Im nächsten Moment wieherte sein Pferd erneut und lockte damit auch Jacy hinter dem Holzhäuschen hervor. Der Freund verharrte mit einem verblüfften Ausdruck auf dem Gesicht.

»Robert …« Jacy nickte ihm grüßend zu und betrachtete dann neugierig die Frau an Roberts Seite.

»Das ist Clarissa Kramer«, antwortete Robert an ihrer Stelle. »Señorita Kramer, das ist mein guter Freund Jacy.«

Robert spürte, wie sich Clarissa erst bei seinen Worten etwas entspannte. Was macht ihr nur solche Angst?, fragte er sich. Dass sie sich fürchtete, spürte er deutlich, und diese Furcht hatte während ihrer gemeinsamen Wanderung durch den Urwald noch zugenommen. Erinnerte sie sich inzwischen an etwas? Wusste sie vielleicht wieder, was ihr geschehen war?

»Guten Tag, Señorita Kramer«, sagte der junge Guaraní freundlich.

»Ich habe Señorita Kramer am Fluss gefunden«, erklärte Robert weiter. »Sie weiß nicht, wie sie dorthin gekommen ist. Sie …«

»Ah!« Jacy musterte die junge Frau interessiert, aber kurz genug, um sie nicht in Bedrängnis zu bringen.

»Hättest du vielleicht einen Kittel oder ein Hemd für die Señorita?«, fragte Robert. »Señorita Kramers Bluse ist …«

»Ich habe es schon gesehen.« Jacy runzelte die Stirn. »Natürlich habe ich ein Hemd, auch Wasser zum Waschen, Essen und ein Nachtlager für euch, mein Freund. Es ist gewiss zu spät, um heute noch zu deinen Eltern aufzubrechen.«

Robert nickte dankbar. »Du hast Recht. Das ist es wirklich. Ich danke dir.«

Jacy ging offenbar davon aus, dass er die junge Frau sofort zu seinen Eltern bringen würde. Jacys Fähigkeit, seine Gedanken zu lesen, verwunderte ihn schon längst nicht mehr.

Der Freund brummte etwas Unverständliches und verschwand dann in seiner Hütte. Wenig später kam er mit einem einfachen Hemd zurück. Clarissa zog sich zurück, um sich rasch umzukleiden. Ihr Rock war während der gemeinsamen Wanderung etwas getrocknet, die Bluse aber würde sich nicht auf die Schnelle säubern lassen, das Blut ließ sich vielleicht gar nicht mehr auswaschen.

Robert folgte Jacy indes schweigend zu der Feuerstelle, die sich hinter der Hütte befand. Das Essen, ein Gericht aus Reis und Bohnen, war schon fertig, und es war genügend da, es blieb nur, zwei weitere Teller auf den Tisch zu stellen. Die junge Frau kehrte so rasch zurück, dass die beiden Männer gar nicht dazu kamen, sich über die Fremde auszutauschen.

Clarissa, die kaum etwas aß, zog sich bald in eine von Jacys Hängematten zurück. Als Robert kurze Zeit später nach ihr schaute, war sie eingeschlafen. Einen Moment blieb er noch neben ihr stehen und betrachtete sie – ihr feines Gesicht, die langen Wimpern und das glatte silberblonde Haar. Sie war hübsch. Bisher hatte er sich diesen Gedanken versagt, aber irgendetwas war da an ihr, das ihn anzog. Was hatte sie nur in den Dschungel verschlagen? Und was war dort geschehen? Robert hoffte, es bald herauszufinden.

Nach einer Weile – Robert konnte sich nur schwer von der jungen Frau trennen – kehrte er zu Jacy zurück. Schweigend saßen die Freunde vor der Hütte und tranken Mate. Robert füllte die *calabaza* immer wieder mit heißem Wasser auf und sie nahmen abwechselnd einen Schluck mit der *bombilla,* so, wie es Brauch war.

»Du hast sie am Fluss gefunden?«, fragte Jacy endlich.

Robert schreckte aus seinen Gedanken auf. »Ja.«

Jacy drehte die Kalebasse in den Händen, bevor er weitersprach. »War irgendjemand in der Nähe?«

»Nein, natürlich nicht. Sonst hätte ich sie nicht hergebracht.«

Jacy reichte Robert die Kalebasse zurück, doch der trank nicht.

»Weißt du, ich habe sie zuerst nur gehört. Sie rief irgendetwas, vielleicht war es auch nur ein Schreckenslaut. Das kann ich nicht sagen. Ich rannte los und …« Er schüttelte den Kopf. »Als ich sie erreichte, stand ein Jaguar direkt über ihr. Sie muss schon seinen Atem gespürt haben.« Er schauderte bei der Erinnerung, bevor er fortfuhr. »Ich habe ihn verjagt. Sie war ohnmächtig, wie lange genau, kann ich nicht sagen.«

Robert schwieg und nahm dann doch noch einen Schluck Mate. »Hast du ihre Kleider gesehen?«, fragte er unvermittelt.

»Ja.«

»Sie ist gewiss keine Mate-Sammlerin«, fuhr Robert nachdenklich fort. »Und sie kann auch zu keiner der Siedlungen gehören. Ich wüsste jedenfalls von keiner, die dort nahe genug läge, sodass sie sich verlaufen haben könnte. Ganz bestimmt kommt sie auch aus keinem der Holzfällerlager, die Frauen dort sind viel gewöhnlicher …«

Jacy quittierte die letzten Worte seines Freundes mit einem amüsierten Grinsen. »Es sind Prostituierte«, präzisierte er.

»Die nächsten Orte oder gar Städte sind auch viel zu weit entfernt«, fuhr Robert ungerührt fort, »und ...«

»Vielleicht hat sie einen Ausflug zu den Fällen gemacht«, bemerkte Jacy.

Im Jahr 1892 war die Gegend um die Wasserfälle von Iguazú erstmals kartografiert und damit dem Dunkel des Vergessens entrissen worden, nachdem der spanische Konquistador Álvar Núñez Cabeza de Vaca diesen Ort bereits 1541, auf der Suche nach dem geheimnisvollen Reich der Inka, als erster Europäer erreicht hatte. Cabeza de Vaca hatte den tosenden Fällen damals den Namen Salto de Santa Maria gegeben. Der Name Iguazú hatte seinen Ursprung in den Guaraní-Wörtern *y* für Wasser und *guasu* für groß.

»Ein Ausflug an die Fälle?« Robert schüttelte den Kopf, doch Jacy ließ sich nicht beirren.

»Ich halte das für die einzige Möglichkeit, nachdem wir alles andere ausgeschlossen haben. Sie war bei den Fällen, und sie war sicherlich nicht allein dort. Wer hat sie also begleitet, und was ist mit ihm geschehen? Das Blut auf ihrer Bluse ... Du wirst es herausfinden müssen, Freund, wenn dir etwas an ihr liegt.«

»Wenn mir etwas an ihr liegt?«

Jacy lächelte nur. Robert starrte nachdenklich vor sich hin. Etwas sagte ihm jedoch, dass der Freund Recht hatte. Clarissa Kramer war in keinem Fall allein gewesen. Wo aber waren ihr Begleiter oder ihre Begleiter geblieben? Und warum hatte sie sie mit keinem Wort erwähnt? Waren sie verwundet worden von einem Tier, an den glatten Felsen abgestürzt? Was hatte Clarissa mitansehen müssen? Was gar getan? Nein, den letzten Gedanken wollte er nicht zulassen!

Robert stellte die *calabaza* vor sich auf den Tisch und seufzte. »Ich werde es herausfinden, mein Freund.«

Jacy zögerte und blickte dann ernst drein. »Ich hoffe, du bist vorsichtig.«

Roberts Augen verengten sich. »Warum sagst du das?«

Jacy kam nicht zum Antworten, denn hinter ihnen war ein Geräusch zu hören. Die Männer wechselten einen Blick.

»Waren das Schritte?«, fragte Robert dann.

»Ich weiß es nicht«, gab Jacy hörbar besorgt zurück. »Ich habe nicht darauf geachtet. Unser Gespräch hat mich gefangen genommen.«

Robert stand auf. »Ich schaue besser mal nach.«

In der Hütte war es mittlerweile dunkel geworden. Es dauerte einen Augenblick, bis Robert sich an die Lichtverhältnisse gewöhnt hatte. Clarissa lag in der Hängematte, die sanft hin- und herschaukelte. Vom Nachtwind? Oder schlief sie unruhig auf der sicherlich ungewohnten Lagerstatt? Ihre Augen waren geschlossen. Robert wandte sich noch in der Tür um und ging zurück.

Clarissa bemerkte erst, dass sie die Luft angehalten hatte, als sie keuchend neuen Atem schöpfte. Sie hatte es gerade noch rechtzeitig von der Tür zurück in die Hängematte geschafft, bevor Robert Metzler dort aufgetaucht war. Wer war dieser Mann nur, der sie im Wald gefunden und hergebracht hatte? Zuerst war sie ihm nur dankbar gewesen, doch konnte sie ihm überhaupt trauen? Sie wusste rein gar nichts von ihm oder diesem Jacy. Sie war ihnen vollkommen ausgeliefert.

# Zweites Kapitel

Robert und Clarissa bereiteten am frühen Vormittag des nächsten Tages ihren Aufbruch vor und hofften, den *rancho* der Metzlers spätestens in sieben Tagen zu erreichen. Nach einem raschen Frühstück, bestehend aus Maisbrei und Mate, luden sie Roberts Gepäck auf einen Karren, den sie bei einem Cousin am Río Paraná abgeben konnten, so war der erste Teil der Strecke gesichert. Silberfuchs wurde, wie immer etwas unwillig, zum Kutschpferd. Mit nur einem Reittier würden sie zu lange brauchen.

Während Jacy und Robert das Pferd vor den Karren spannten, sprach Robert dem Tier beruhigend zu, doch es tänzelte, suchte unablässig zur Seite auszubrechen und bewegte seinen Kopf ruckartig hin und her. Jacy überließ ihnen zwei Decken, mit denen Clarissa den Karren auslegte.

Jacy umarmte Robert zum Abschied. »Pass auf dich auf, mein Freund, und komm bald wieder«, sagte er. »Grüß deinen Vater Guaraciaba von mir.«

»Gern.« Robert lächelte.

Guaraciaba, Haare der Sonne, diesen Namen hatten die Guaraní Carl, Roberts heute grauhaarigem, einst weizenblondem Vater gegeben.

Jacy wandte sich an Clarissa. »Auch Ihnen alles Gute, Señorita. Ich hoffe, Sie erinnern sich bald daran, was Ihnen widerfahren ist, und finden zu den Ihren zurück.«

»Ich ... danke«, antwortete Clarissa knapp, auch wenn es für einen Moment fast so ausgesehen hatte, als wollte sie mehr sagen.

Was wohl, fuhr es Robert durch den Kopf, was wollte sie uns sagen? Doch vorerst blieb keine Zeit, weiter nachzudenken. Silberfuchs warf den Kopf hoch und forderte seine ganze Aufmerksamkeit. Wahrscheinlich würde es wieder seine Zeit dauern, bis sich das Tier an seine neue Aufgabe gewöhnt hatte, weshalb er sich für den Anfang gut konzentrieren musste. Silberfuchs war nicht das beste Zugpferd, und Robert hätte ebenfalls eine andere Form der Fortbewegung bevorzugt. Immerhin, suchte er den Vorteil zu sehen, kann sich Clarissa während der Fahrt auf dem Karren ausruhen.

Am Morgen war ihm wieder aufgefallen, wie erschöpft sie noch war, obgleich ihr körperlich eigentlich nichts fehlte. Ihre Erschöpfung rührte also offenbar von etwas anderem. Was hatte sie nur so nachhaltig verstört? Und warum, falls sie sich doch erinnerte, wollte sie nicht davon erzählen?

Obgleich er sie zuerst als unsinnig abgetan hatte, sann Robert nun auch über Jacys Warnung nach. Hat er Recht? Muss ich dieser jungen Frau misstrauen, die sich mit jeder gemeinsamen Minute mehr in mein Herz stiehlt? Aber ich kann mir einfach nicht vorstellen, dass irgendeine Gefahr von ihr ausgeht. Sie wirkt so unschuldig. Im hellen Tageslicht konnte er jetzt auch ihre Augenfarbe erkennen, ein tiefes Blau, das je nach Lichteinfall braune und grüne Einsprengsel zeigte. Sie war so unglaublich schön. Sie kam ihm vor wie ein Schmetterling, der gerade geschlüpft war und sich in voller Anmut zeigte.

Robert seufzte. Er war stets ein nüchterner Mann gewesen, der für seinen Beruf und seine Forschungen lebte. Nun war er drauf und dran, sich Hals über Kopf zu verlieben. Er war zu solchen Gefühlen bisher nicht in der Lage gewesen und wusste wirklich nicht, was er davon halten sollte.

Er warf Clarissa einen kurzen Blick zu. Sie saß seit ihrem

Aufbruch reglos auf der Fläche des Karrens und starrte schweigsam vor sich hin. Eine Zeit lang fuhren sie weiter, ohne ein Wort zu wechseln. Der von feuchtem Laub bedeckte Weg und das widerspenstige Pferd forderten alle Aufmerksamkeit. Ab und an musste Robert sogar absteigen, um Silberfuchs zu führen. Dann wieder fuhren sich die Räder im nassen Untergrund fest, und sie mussten beide schieben. Zwischen den hohen Bäumen begleitete sie stetig ein Streifen Himmelblau, während die Sonne höher und höher stieg. Schon bald nach Sonnenaufgang war es warm geworden, jetzt stieg die Temperatur noch deutlich an. Die Luftfeuchtigkeit lastete drückend wie eine zu warme Decke auf ihnen. Als die Sonne an ihrem höchsten Punkt stand, lenkte Robert den Wagen zu einer schattigen Stelle am Wegrand. Beide nahmen sie auf dem Karren Platz. Robert und Clarissa schlossen erschöpft die Augen. Die Rufe der Brüllaffen, die am Morgen noch durchdringend zu hören gewesen waren, verstummten endgültig. Hin und wieder ließ sich noch der kurze Warnruf eines Vogels hören. Doch nicht jeder ruhte. In unmittelbarer Nähe führte eine Straße Blattschneiderameisen vorbei, es hatte den Anschein, als wandelten grüne Blätter über den Weg. Auch ein paar Schmetterlinge taumelten von Blüte zu Blüte.

Robert spähte nachdenklich in den Wald hinein. In der Nähe des Weges war er nicht so dicht, aber nur wenige Schritte weiter schon bildeten Laub, Stämme, Büsche und Lianen jenen undurchdringlichen Urwald, der seine Kindheit wie ein stetes verlockendes Geheimnis begleitet hatte. Er schaute wieder zu Clarissa, deren Atemzüge ihm zeigten, dass sie ebenfalls nicht schlief. Einen Augenblick zögerte er noch, dann gab er sich einen Ruck. Er musste einfach versuchen, mehr zu erfahren.

»Wissen Sie zumindest, ob Sie aus dieser Gegend kommen, Señorita?«

Clarissa öffnete die Augen, doch sie antwortete nicht gleich. Robert spürte, wie sich ein kleines unsicheres Lächeln in seine Mundwinkel stehlen wollte. Er wollte ihr ja wirklich nicht zu nahe treten. Er wollte sie auch nicht bedrängen, eigentlich …

*Vielleicht geht es dich nichts an?*

Clarissa setzte sich auf. Ihre großen Augen richteten sich auf ihn, als sie ihm endlich Antwort gab. »Es … Es tut mir leid, ich bemühe mich ja, aber ich weiß es wirklich nicht.«

»Das muss Ihnen nicht leidtun. Sie werden sich schon noch erinnern.«

Robert versuchte, seiner Stimme einen beruhigenden Klang zu geben. Kurz hielten sich ihre Augen aneinander fest. Für einen Moment meinte er etwas Vertrautes zu spüren. Ein blitzartiges Gefühl, sich im Gegenüber zu erkennen, und er fragte sich, ob ihr das auch so ging. Sein Herz schlug schneller. Ihm wurde warm, auf eine andere Art, als er es gewöhnt war. Das war keine Hitze, die die Sonne hervorrief, ein Feuer oder ein Ofen. Am liebsten hätte er sie jetzt berührt, zu gern gewusst, wie sich ihre Haut anfühlte, genau in diesem Augenblick. Er musste sich zwingen, den Blick von ihr loszureißen, wollte er nicht ungebührlich erscheinen.

»Ich … hm …« Robert sprang vom Karren hinunter und machte sich daran, in seinem Gepäck zu wühlen. »Darf ich Ihnen etwas zu trinken anbieten, Señorita?« Jetzt hatte er sich endlich wieder im Griff und wagte aufzublicken.

Clarissa schenkte ihm ein kleines höfliches Lächeln. »Danke, ich bin wirklich durstig.«

Als Robert der jungen Frau die Kalebasse mit Wasser reichte, berührten sich ihre Finger, und wieder durchfuhr es ihn wie ein Schlag. Robert ließ das Behältnis so rasch los, dass es Clarissa fast entglitten wäre. Dann rückte er ein paar Schritte vom Wagen ab und räusperte sich.

»Ruhen Sie sich noch ein wenig aus, ich werde schauen, ob ich etwas Essbares für uns auftreiben kann.«

Clarissa nickte, die Kalebasse zwischen ihren schlanken Fingern drehend. Er war schon ein Stück zwischen den Bäumen verschwunden, als ihn ihre Stimme noch einmal aufhielt.

»Aber Sie gehen nicht weit fort, Señor Metzler, ja? Sie kommen bald wieder?«

Ein Lächeln erhellte kurz Roberts Gesicht, bevor er sich umdrehte. Hieß das, dass sie ihm doch ein wenig vertraute, wenigstens ein kleines bisschen? Er schaute sie forschend an, dann nickte er.

»Natürlich, ich bleibe in der Nähe. Sie können sich ganz sicher fühlen.«

Clarissa blickte dem jungen Mann hinterher, bis seine Gestalt zwischen den Bäumen nicht mehr auszumachen war. Ja, auch sie kannte diesen Wald, auch sie war mit ihm aufgewachsen. Natürlich erinnerte sie sich. Sie hatte den ständigen Kampf ihrer Eltern ja miterlebt, die ihren kleinen *rancho* jeden Tag mit aller Kraft gegen den unerbittlich vorrückenden Urwald verteidigt hatten. Denn so war das in diesen Gegenden. Der Wald forderte einem so viel Disziplin ab.

Clarissa dachte daran, wie ihr Vater sie als kleines Mädchen einmal auf die Knie genommen hatte – damals, als sie lieber hatte spielen wollen, anstatt ihrer Mutter im Garten zu helfen –, um ihr eindringlich zu erklären, dass der Dschungel alles unerbittlich zurücknehme, was sie sich mühevoll aufgebaut hatten, wenn sie ihm auch nur ein einziges Mal die Oberhand ließen.

»Und wenn wir später hier weggehen?«, hatte sie ihn gefragt, denn das hatte sie von anderen gehört. Irgendwann war der Urwaldboden ausgelaugt, man verließ den Ort, der einem Heimat geworden war, und schaute nicht mehr zurück. »Wenn wir hier eines Tages weggehen, Papa, was passiert dann?«

Er hatte sie ernst angeblickt und traurig ausgesehen. Sie hatte gewusst, dass er kämpfen würde, damit dies nicht passierte.

»Auch dann nimmt sich der Wald alles zurück.«

Einen Moment lang hatte sie versucht, sich das vorzustellen. Sie hatte sich vorgestellt, wie Büsche, Bäume und andere Pflanzen den sorgsam gepflegten Garten ihrer Mutter überwucherten. Sie hatte die Lianen vor sich gesehen, die sich um ihr kleines Haus ranken würden, und während sich das Bild noch vor ihrem inneren Auge gefestigt hatte, war sie aufgesprungen, um ihrer Mutter zur Seite zu stehen. Ihr Vater hatte sie danach nie mehr dazu auffordern müssen. Einige Jahre später waren sie dann doch weggegangen – weit, weit weg, zu einem Ort, an dem die Hölle und das Paradies ganz dicht nebeneinanderlagen.

Mit einem Ruck fuhr Clarissa aus ihren Gedanken.

Was ist mit den Eltern, fuhr es ihr durch den Kopf, geht es ihnen gut? Muss ich mir Sorgen machen? Dass sie nicht in der Lage war, eine Antwort auf diese Fragen zu finden, schmerzte und beunruhigte sie.

Im nächsten Augenblick ließ sie ein Geräusch den Kopf heben, doch es war nicht noch einmal zu hören, so angestrengt sie auch horchte. Was war es gewesen? War sie etwa nicht mehr allein in dieser Wildnis? Waren andere Menschen da? Aber wem sollte sie hier begegnen?

Die Gegend war so dünn besiedelt, dass man nur selten auf einen anderen traf, und die Tiere waren vorsichtig genug, Abstand zu halten, sah man einmal von den neugierigen Nasenbären ab, die es hier häufig gab. Was, wenn sie doch verfolgt wurde? War das möglich? Konnte jemand wissen, wo sie war? Weit war sie ja noch nicht gekommen …

Clarissa richtete sich auf und horchte noch einmal. Wie viel Zeit war mittlerweile wohl vergangen? Und wo war Rob… Señor Metzler? Was sollte sie tun, wenn ihm etwas geschehen war, wenn er einfach nicht zurückkam? Der scheue Jaguar mochte sich vielleicht nicht an den Karren heranwagen, doch was war, wenn Dr. Metzler in sein Reich eindrang? Würde die Raubkatze dann angreifen?

Clarissas Hände begannen zu zittern. Nein, sie durfte sich nicht ihrer Angst überlassen, sie musste etwas tun. Mit einem Satz sprang sie vom Wagen und spähte, zuerst noch zögerlich, in den Wald hinein. Von ihrem Standpunkt aus konnte sie nichts erkennen. Die Bäume standen dicht beieinander, schattig, grün. Vorsichtig trat sie in den Wald. Ein Ast zerbrach krachend unter ihren Füßen, ein Vogel flog kreischend auf. Sie schrak zusammen wie vom Donnerschlag eines heftigen Gewitters. Die Blätter, die unter ihren Füßen raschelten, die Äste und Zweige, die unter ihrem Gewicht zerbrachen, dröhnten überlaut in ihren Ohren. Doch Schritt für Schritt wagte Clarissa sich weiter vor.

Bald erkannte sie allerdings, dass der Urwald zu dicht wurde, um ohne Machete voranzukommen. Von Robert Metzler sah sie immer noch keine Spur. Kein menschlicher Laut war zu hören. Unschlüssig blieb sie stehen. Die Geräusche um sie herum schienen noch lauter zu werden und noch unheimlicher. Die Angst überrollte sie so plötzlich wie eine Welle, die man nicht kommen sah, spülte etwas in ihr hoch, an das sie sich nicht erinnern wollte. Clarissa begann zu zittern, schauderte wie in einem Anfall von Schüttelfrost.

Diese schrecklichen Bilder … Die Männer … Ihre brutalen

Stimmen … Ich will das nicht mehr sehen. Ich will das nicht mehr hören …

»Clarissa …«, vernahm sie plötzlich eine Stimme hinter sich. »Señorita …«

Mit einem Schrei wirbelte sie herum, verlor den Halt und stürzte in die Arme Robert Metzlers. Sie klammerte sich an ihn, und er hielt sie fest, und plötzlich schossen Tränen der Erleichterung in ihre Augen. Es war bei allem Misstrauen doch gut, ihn zu spüren, gut zu wissen, dass man nicht allein war.

»Ich …«, stammelte sie, wollte sich gleich von ihm losmachen und dann doch wieder nicht. »Ich habe Sie vermisst, Señor Metzler. Sie waren so lange fort, und ich wollte sehen …«

»Ich hätte nicht so lange fortbleiben sollen«, pflichtete er ihr ernst bei.

»Waren Sie denn erfolgreich?«

»Ja, ich …«

Sie bemerkten erst jetzt, dass sie sich immer noch aneinander festhielten. Robert ließ Clarissa abrupt los. Sie spürte einen Anflug des Bedauerns. Wie auch immer man es benennen wollte: In seinen Armen hatte sie sich sicher gefühlt.

Die weitere Fahrt verlief schweigend. Ein jeder von ihnen hing seinen Gedanken nach. Abends mussten sie im Freien nächtigen. Das Gefühl der Verbundenheit, das Clarissa bei Robert Metzlers Berührung verspürt hatte, verflog wieder. Erleichterung machte neuer Angst Platz. Sie konnte ihm einfach nicht trauen. Sie konnte es nicht.

*Ich werde nie wieder jemandem trauen, nach allem, was passiert ist.*

Am nächsten Tag ging es kurz vor dem Morgengrauen weiter. Robert wollte die frühen Morgenstunden, die Zeit, in der die feuchte Hitze weniger drückend war, nutzen, um ein gutes Stück Weg hinter sich zu bringen. Sie waren beide froh, als sie an diesem Abend die *pulpería*, erreichten, in der Robert auf dem Weg zu Jacy schon einmal übernachtet hatte. Sie würden dort nicht nur schlafen, sondern auch ihre Getränke- und Essensvorräte auffrischen können.

Bei ihrer Ankunft fuhr Robert sofort zu den Stallungen und übergab Pferd und Wagen an einen der Gehilfen. Er kannte den Besitzer der *pulpería* als verlässlichen Mann und war deshalb sicher, sein Hab und Gut am Folgetag unbeschadet wieder vorzufinden.

Clarissa, die in den letzten Stunden sehr ernst gewesen war, lächelte zaghaft, aber Robert spürte auch wieder deutlich ihr Misstrauen. Was war es, was sich erneut zwischen sie geschoben hatte? Doch so angestrengt er auch nachdachte, er wusste es einfach nicht.

Clarissa schien seine Unsicherheit bemerkt zu haben, denn sie räusperte sich mit einem Mal. »Sie müssen mich für sehr unhöflich halten …«

»Nein, das tue ich nicht«, beeilte Robert sich, sie zu beruhigen. »Machen Sie sich keine Sorgen, Señorita Kramer, Ihre Erinnerung wird ganz sicher zurückkommen.«

Er sah, wie sie kurz zögerte, dann lächelte sie ihn erneut und etwas freundlicher an. Gemeinsam gingen sie auf den Eingang der *pulpería* zu. Robert zog die Tür auf, um Clarissa höflich als Erste hindurchzulassen. Als wäre das ein Rendezvous, fuhr es ihm durch den Kopf. Dann schalt er sich einen albernen Kerl.

# Drittes Kapitel

Carlos und sein jüngerer Bruder Rafael befanden sich seit dem frühen Nachmittag in der verdreckten *pulpería* am Río Paraná. Die vorangegangene Nacht hatten sie im Stall übernachtet und sich zum Frühstück ein kräftiges Stück Fleisch gegönnt. Seitdem war nichts geschehen. Rafael beobachtete den Älteren eingehend. Schon eine ganze Weile lehnte Carlos nun an der Wand, die Beine so in den Raum gestreckt, dass man achtgeben musste, nicht darüber zu stolpern. Kleidung und Stiefel wiesen ihn als Gaucho aus. Er war einer, der niemals zu Fuß lief und mit dem nicht zu spaßen war. Rafael hatte den Eindruck, dass Carlos Streit suchte. Das war schon immer Carlos' Vorgehensweise bei schwierigen Angelegenheiten gewesen. Aber er hatte natürlich Recht. Ihr Auftrag war gründlich schiefgegangen.

Die Vorstellung, ihrem Auftraggeber Don Jorge in ein paar Tagen gegenübertreten zu müssen, behagte auch ihm selbst nicht. Nachdem sie zunächst sehr zügig geritten waren und dann ein Stück des Wegs auf dem Fluss hinter sich gebracht hatten, zögerten sie nun beide. Keiner von ihnen musste es aussprechen, sie wussten nur, dass sie bereits länger als nötig in diesem Loch verweilten. Hier betranken sich Gauchos und Flussschiffer, hier verspielte man das Wenige, was man hatte, beim Karten- oder Würfelspiel oder beim *taba*, dem allseits beliebten Wurfspiel. Auch jetzt waren unaufhörlich die begeisterten Rufe der Spieler zu hören, die darauf wetteten, ob der im Spiel verwendete Knochen wohl auf die Vorderseite oder auf die Rückseite fallen würde.

Rafael spuckte endlich den Zahnstocher aus, auf dem er schon seit geraumer Zeit kaute. »Wir hätten ihn nicht dortlassen dürfen, sage ich.«

Carlos richtete sich auf, schwieg aber. Die Augen zu Schlitzen verengt, setzte er das Glas *caña* an, jenen süßen, feurigen Zuckerrohrschnaps, den sie sich beide gern schmecken ließen, lieber jedenfalls als den blassen holländischen Gin. Dann ließ Carlos ein Knurren hören.

»Um Leichen zu transportieren, ist die Strecke zu weit. Außerdem ist es zu warm, verdammt. Ihn an Ort und Stelle zu vergraben war das Beste«, murrte er und sah seinen Bruder scharf an. »Oder wolltest du Don Jorge vielleicht den stinkenden Leichnam seines geliebten Sohnes übergeben?« Der drohende Unterton in Carlos' Stimme war nicht zu überhören.

»Don Jorge wird seinen Sohn sehen wollen«, beharrte Rafael.

Carlos leerte sein Glas, beugte sich vor und knallte es auf den Tisch. »Hör mit dem dummen Geschwätz auf, Kleiner. Was wir getan haben, war richtig.«

Rafael schwieg einen Augenblick. »Wir müssen sagen, dass er ins Wasser gestürzt ist«, sprach er dann seine Überlegungen aus.

»Genau«, erwiderte Carlos.

»Wir sitzen trotzdem in der Klemme«, bohrte Rafael weiter.

»Darüber können wir später nachdenken.« Carlos ließ sich einen neuen *caña* bringen.

»Aber ...«

»Halt's Maul, Kleiner.«

Rafael schluckte die Erwiderung hinunter. Der fünf Jahre ältere Carlos war seit ihrer Kindheit stets der Anführer gewesen, auch jetzt, da sie sich an jeden verkauften, der genug zahlte, war das noch so. Carlos war nicht der Hellste, aber er schüchterte durch seine Brutalität ein. Rafael dagegen hatte ein fast kindliches Aussehen. Seine Augen waren von einem unschuldigen Säuglingsblau. Seine blonden Haare lockten sich um sein rundes Gesicht wie die eines Engels in der Kirche, was ihm den Beinamen Angelito, Engelchen, eingebracht hatte. Doch dies hatte ihm schon mehr als einmal zum Vorteil gereicht. Die meisten schätzten ihn vollkommen falsch ein. Auch Carlos.

Rafael verbarg das bösartige Lächeln, das sich auf seine Lippen stehlen wollte, hinter seinem eigenen Glas *caña*. Nein, er wusste nicht mehr, wie viele Menschen er schon getötet hatte. Anfänglich hatte er für jeden eine Kerbe in seinen Pistolenknauf geritzt. Doch irgendwann hatte er damit aufgehört. Es waren zu viele geworden. Und Javier Monadas Tod hatte ohnehin keine Kerbe verdient, denn der war nicht beabsichtigt gewesen.

Nun, wenigstens kehrte auch das Weib nicht zurück. Die hübsche Clarissa hatten sie töten wollen, Carlos hatte sogar beabsichtigt, sie sich vorher zu nehmen, aber die Sache war schiefgegangen.

Rafael trank, hielt dann ebenfalls das Glas hoch und ließ sich nachfüllen. Unglaublich, das Weib war einfach in den Fluss gesprungen … Oder gefallen? Ach, was auch immer, Carlos hatte sie jedenfalls nicht haben können.

»Vielleicht hätten wir sie wieder aus dem Wasser zerren sollen …«, murmelte er nachdenklich.

»Ach, Angelito, wie denn?«

Carlos schüttelte den Kopf, mit jenem nachsichtigen Ausdruck auf dem Gesicht, der den Jüngeren fuchsteufelswild machen konnte. Eines Tages, schoss es Rafael durch den Kopf, werde ich ihn noch einmal umbringen dafür.

»Sie ist ganz sicher auch tot. Mehr wollte Don Jorge nicht.

Wir …«, Rafael konnte förmlich sehen, wie Carlos überlegte, »… wir erzählen ihm einfach, dass das Weib am Tod seines Sohnes schuld ist.«

Rafael antwortete nicht. Das würde niemals klappen. Er kannte Don Jorge. Es würde noch einiges zu bedenken geben, bevor sie wieder bei ihrem Auftraggeber anlangten. Irgendwie musste er Mittel und Wege finden, sich selbst aus der Schusslinie zu bringen.

Carlos beugte sich unvermittelt zu ihm hinüber. »Ach, wir schaffen das, wir sind doch die Videla-Brüder. Wir halten zusammen wie Pech und Schwefel oder etwa nicht?«

»Natürlich, Bruder.«

Rafael grinste. *Madre de Dios* … Wenn Carlos davon ausging, dass er seinem Angelito vertrauen konnte, dann war er wirklich unaussprechlich dumm.

Rafael erhob sich, trat vor die *pulpería* und ließ seinen Blick über das weite Land schweifen. Er ahnte nicht, dass Clarissa zur selben Zeit nur einen Tagesritt entfernt war.

# Viertes Kapitel

Als Clarissa und Robert am Morgen des vierten Tages von Jacys Cousin aufbrachen, um die restliche Strecke per Boot auf dem Río Paraná zurückzulegen, hatte Robert den Eindruck, dass keiner von ihnen in der vorausgegangenen Nacht viel geschlafen hatte. Am Vorabend hatte Clarissa die Flecken auf ihrer Bluse bearbeitet, die sie nun wieder anstelle von Jacys Hemd trug. Robert hatte ihr ein leichtes gewebtes Schultertuch gekauft, mit dem sie die schlimmsten Stellen verbergen konnte, und eine Tasche, in der sie zukünftig ihre Habseligkeiten aufbewahren konnte. Auf dem ersten Stück ihrer Bootsreise lehnte Clarissa stumm an der Reling und starrte in das dichte Blättergrün hinüber, das das Flussufer säumte, als gäbe es dort irgendwo etwas zu sehen. Sie war, wie meist, vollkommen in Gedanken, und da Robert einfach nicht wusste, wie er sie ansprechen sollte, unterließ er es. Schweren Herzens warf er nur hin und wieder einen Blick auf sie und kümmerte sich um Silberfuchs, dem die Bootsfahrt sichtlich nicht behagte. Die junge Frau wirkte noch blasser als an den vergangenen Tagen ihrer gemeinsamen Reise. Sie hatte dunkle Ringe unter den Augen, wohl vom Schlafmangel und von der Anstrengung.

Warum sprach sie nicht über das, was ihr geschehen war? Wenn sie ihm nicht traute, wie konnte er ihr dann trauen? Er kannte sie schließlich nicht. Er wusste nicht mehr von ihr, als dass er sie im Wald gefunden hatte. Allein.

Hinter ihm war jetzt ein Geräusch zu hören. Im nächsten

Moment gesellte Clarissa sich zu ihm. Ihre Nähe verwirrte ihn wieder einmal. Dagegen konnte er nichts tun.

»Es tut mir leid, Señor Metzler. Sie müssen mich tatsächlich für eine furchtbare Reisebegleitung halten, aber ich habe in der vergangenen Nacht sehr schlecht geschlafen«, sagte sie, während sie sorgsam ihren Rock glatt strich.

Robert musste sich räuspern. »Nein, das tue ich nicht. Außerdem hat unsere gemeinsame Reise einen … nun ja …«, Robert schaute konzentriert zum anderen Ufer, um die junge Frau nicht ansehen zu müssen, »… recht ungewöhnlichen Anfang genommen.« Er war froh, dass in seiner Stimme keine Unsicherheit, geschweige denn etwas von dem Misstrauen zu hören war, das ihn überfallen hatte. »Geht es Ihnen jetzt besser, Señorita Kramer?«, erkundigte er sich dann.

»Ja, danke.« Aus den Augenwinkeln sah er, dass ihre Hände bei diesen Worten ein wenig zitterten. Im nächsten Moment verschränkte sie sie fest ineinander. »Ist es noch weit?«, fragte sie dann.

»Nein, aber etwas dauert es natürlich noch.«

Robert runzelte die Stirn und überlegte, wie lange wohl noch, er konnte es nicht mit Sicherheit sagen.

»Kommen Sie aus dieser Gegend?«, hörte er sie fragen.

»Ja.« Robert bewegte die Schultern. Warum sollten sie nicht darüber sprechen? So lernte man einander kennen. War es nicht so? »Meine Eltern gehörten wohl zu den ersten Deutschen, die dieses Fleckchen Land besiedelten. Inzwischen sind weitere Siedler hinzugekommen – vielleicht wissen Sie, dass in Misiones günstig Land verkauft wird.« Er sah sie erstmals wieder richtig an. Sein Herz schlug nicht mehr so schnell wie eben noch.

Clarissa schüttelte den Kopf und zuckte die Achseln. »Nein, weiß ich nicht.«

»Es sind immer noch wenige«, fuhr Robert fort. »Man sagt, nicht jeder ist für den Tropenlandbau geschaffen. Meine Eltern wohnen in der Nähe von Villa Veinticinco de Mayo, einer aufstrebenden Siedlung, die vom Mate-Handel lebt, wie man sagt.«

Clarissa lächelte zaghaft. »Ja, ich kann mir vorstellen, dass der Landbau hier nicht leicht ist«, sagte sie leise.

Robert blickte sinnend in die Ferne, wo sich ein Weg zwischen dichtem Grün zu verlieren schien. Nun, seine Eltern hatten es jedenfalls geschafft. Sie hatten schwere Rückschläge erlebt und waren beinahe gescheitert, und doch hatten sie sich immer wieder aufgerafft. Und sie hatten zu den Ersten gehört, die sich von den Guaraní hatten helfen lassen, und rasch gute Freundschaften mit den Ureinwohnern geschlossen. Er war stolz auf sie.

»Die Wurst, die ich versuchen durfte«, fuhr sie fort, »stammte die von Ihren Eltern?«

»Von meiner Mutter.« Robert nickte bekräftigend und warf ihr einen kurzen, forschenden Seitenblick zu. Er bemerkte, dass Clarissa lächelte. »Sie ist eine gute Wurstköchin, nicht wahr?«

Er mochte es, wenn sie lächelte. Sie sah dann noch schöner aus, und er hatte den Eindruck, dass sie einander plötzlich näher waren, als wären sie doch Vertraute, die sich schon lange kannten.

»Wissen Sie, einmal im Jahr kaufen meine Eltern ein Schwein«, beschloss Robert weiterzuerzählen, denn worüber sollten sie auch sonst sprechen, und schweigen wollte er nun nicht mehr.

Der Gedanke, dieses zarte und, wie er zugleich fürchtete, flüchtige Gefühl der Gemeinsamkeit gleich wieder zu verlieren, behagte ihm nicht. In diesem Moment spürte er kein Misstrauen, weder bei sich noch bei ihr. Er räusperte sich.

»Das Tier führt dann ein gutes Jahr lang ein glückliches

Leben bei ihnen, bevor es geschlachtet und sofort verarbeitet wird, was in der Wärme ja unumgänglich ist.«

Clarissa nickte. »Das gibt sicher jedes Mal ein Fest.«

»Kennen Sie so etwas?«, hakte er nach.

Robert bemerkte seinen Fehler sofort. Ihr Gesichtsausdruck war nicht mehr weich und entspannt wie eben noch.

»Nein«, sagte sie dann zurückhaltender, kaum merklich zögernd. »Ich dachte es mir. Ich ... Ich glaube, ich habe davon gehört.«

Robert entschied, nicht weiter in sie zu dringen. Er versuchte, unbefangen zu klingen. »Jedenfalls wird die ganze Nachbarschaft eingeladen. Es gibt Kesselfleisch, kräftig mit Zwiebeln und Knoblauch gewürzt. Die alten Lieder und Tänze aus der Heimat werden gesungen und getanzt. Manchmal bringt auch einer der Jungen, den es, wie mich, in die Stadt verschlagen hat, einen neuen Tanz oder ein neues Lied mit, und bald geht es dann auf Deutsch, Polnisch, Spanisch und sogar Portugiesisch durcheinander.«

Flüchtig dachte er daran, dass die Alten ihre jeweilige Landessprache noch häufig nutzten, während sich die Kinder oder spätestens die Enkel in der neuen Heimat und der neuen Sprache ungleich geschickter bewegten. Die wenigsten, ob Alt oder Jung, dachten allerdings an eine Rückkehr in die alte Heimat. Das neue Land hatte ihnen allen viel abverlangt, viele hatten es sich Stück für Stück erkämpfen müssen. Das wollte kaum einer mehr aufgeben. Man war einfach ein Kind der Tropen geworden, das große Hitze und heftigen Regen, wie es ihn hier häufig gab, bewältigte, ohne mit der Wimper zu zucken.

»Bringen Sie auch manchmal einen neuen Tanz oder ein Lied mit?«, ließ sich Clarissa hören.

»Ich bin kein guter Tänzer«, wehrte Robert ab.

»Sie leben aber doch gern hier, oder?«, fragte sie dann.

Robert räusperte sich.

»Hm, diese Gegend ist mir und meinen Eltern Heimat geworden, und ich wurde ohnehin hier geboren. Ich kenne es nicht anders.«

Er lächelte sie an und ganz plötzlich fühlte er sich ihr wieder nah – ein verwirrendes Gefühl. Hatte er sich gerade noch gefragt, wie seine Eltern wohl auf Clarissa und ihre Geschichte reagieren würden, so sah er darin jetzt keine Schwierigkeit mehr. Er hatte sie im Wald gefunden, ihr vielleicht das Leben gerettet. So einfach war das.

»Würden Sie … Könnten Sie vielleicht darüber schweigen, wo Sie mich genau gefunden haben, bis ich mich besser daran erinnere, was überhaupt geschehen ist? Ich komme mir so seltsam vor.«

»Natürlich«, hörte Robert sich mechanisch antworten, obwohl er zugleich nach dem Grund dieses merkwürdigen Ansinnens fragen wollte. Sein Misstrauen war genauso schnell wieder zurück, wie er es überwunden geglaubt hatte.

# Fünftes Kapitel

Sie waren immer noch an diesem gottverlassenen Ort, weil Carlos sich plötzlich doch nicht dazu hatte überwinden können weiterzureiten. Rafael verzog seinen Mund zu einem höhnischen Grinsen, während er die Brüste der jungen Frau massierte, die sich auf seinen Schoß gesetzt hatte. Sie war nicht besonders hübsch, und sie stank, als hätte sie noch nie etwas von der Existenz von Wasser gehört, aber eine Frau blieb eine Frau, und ihm pochte es zwischen den Beinen.

Carlos ist ein verdammter Schwächling, fuhr es ihm durch den Kopf, während dieser sich mit schweren Schritten näherte.

»Rafael, Angelito«, dröhnte Carlos' Stimme neben ihm.

»Was denn?«, murrte der Jüngere, denn er schenkte gerade einer weiteren, viel hübscheren jungen Frau ein Lächeln, und die erwiderte es. Vielleicht würde es ja doch noch ein guter Vormittag werden.

»Rafael, hör doch!«

»Was denn?«

»Das Weib lebt.«

»Das Weib lebt?«, echote Rafael.

Er ließ die *puta* auf seinem Schoß abrupt los. Sie geriet ins Rutschen, schimpfte wie ein Rohrspatz und schlang dann sofort wieder die Arme um seinen Hals. Rafael stieß sie von sich, was sie mehr als empörte. Wahrscheinlich war er ihr erster Kunde heute, und sie hatte sich große Hoffnungen gemacht. Er konnte es ihr nicht verdenken, sie war wirklich sehr gewöhnlich.

»Was sagst du da, Carlito?«

»Hast du mich nicht verstanden?« Carlos runzelte ungeduldig die Stirn.

»Doch.«

Nur schwer bezähmte Rafael seine plötzlich aufschäumende Wut. Er hatte stets die schnellere Auffassungsgabe gehabt. Carlos war lediglich der Stärkere gewesen, ein Stier, der ohne Sinn und Verstand auf ein Ziel losgerannt war. Mehr nicht. Er hasste es, wenn Carlos mit ihm sprach, als wäre er nicht bei klarem Verstand.

»Ich weiß es einfach, das Weib lebt«, flüsterte Carlos heiser. »Ich fühle das, verstehst du? Ich fühle es einfach ... *Mierda!*«

Er knallte sein Glas auf den Tisch. Dann krallten sich seine Finger so sehr um das Gefäß, dass Rafael kurz befürchtete, es müsste unter Carlos' eisenhartem Griff zerspringen.

»Aber warum?«, fragte Rafael. »Warum sollte sie überlebt haben? Sag schon!«

Carlos bleckte die Zähne. Seine Finger umklammerten das Glas immer noch.

Er hat Angst, dachte Rafael mit einem Mal, mein Bruder, der feige Bastard, hat Angst. Dabei ist das Wichtigste jetzt, einen kühlen Kopf zu bewahren.

Carlos trank wieder, sodass Rafael seinen Adamsapfel hüpfen sah.

»Nein, ich weiß, dass sie lebt«, fuhr der ältere Bruder fort. »Ich hatte heute Nacht so einen seltsamen Traum, Angelito.«

»Einen Traum?« Rafael verdrehte die Augen.

Die Hure hatte es sich mit einer gewissen Hartnäckigkeit erneut auf seinem Schoß bequem gemacht und war dabei, sein Hemd aufzuknöpfen. Dann küsste sie seine Brust. Rafael ließ es geschehen. Manchmal amüsierte ihn der Aberglaube seines

Bruders, manchmal nicht, vor allem dann, wenn es darum ging, klar bei Verstand zu bleiben.

Carlos nahm noch einen Schluck und stellte sein Glas ab.

»Zwei riesige Spinnen kämpften miteinander«, setzte er mit heiserer Stimme an. »Das Weibchen fraß das Männchen und …« Er raufte sich die Haare. »Verdammt, was tun wir, wenn Don Jorge davon erfährt?«

Der Bruder hatte von zwei Spinnen geträumt, dieser arme Tropf. Rafael zog die Stirn kraus. Wie hatte er nur zulassen können, dass Carlos sich als Anführer aufspielte, dieser Muskelprotz mit dem Verstand eines Nandus. Am liebsten hätte Rafael aufgelacht, stattdessen wiegte er bedenklich den Kopf. Er würde Carlos in Sicherheit wiegen, bis er selbst den ersten Stich setzen konnte. Dann war es vorbei mit Carlos' Zeit als Anführer, dann würde er das Ruder übernehmen … Bis dahin … Er lächelte wieder.

»Nun … wir müssen uns etwas überlegen, solltest du Recht behalten, Carlito. Wir brauchen einen Plan.«

# Sechstes Kapitel

»Jacy grüßt Guaraciaba«, sagte Robert, nachdem sein Vater und er eine Weile schweigend die Kalebasse hatten kreisen lassen, so wie sie es immer taten, während sie Neuigkeiten austauschten, wenn Robert auf dem *rancho* seiner Eltern eintraf.

Clarissa war bei seiner Mutter, die hatte die junge Frau sofort in Beschlag genommen und sich gefreut, mal wieder ein »weibliches Wesen« im Haus zu haben, wie sie es ausgedrückt hatte. Robert hatte erzählt, er habe Clarissa in einer *pulpería* getroffen, wo sie auf eine Möglichkeit zur Weiterreise nach Süden gesucht habe, nachdem ihr gesamtes Gepäck gestohlen worden war. Natürlich waren den beiden älteren Metzlers Clarissas Erschöpfung und Roberts Besorgnis nicht entgangen.

»Ihr Männer habt sicher etwas zu besprechen«, hatte Elsbeth gesagt und den Arm um Clarissa gelegt, »geht nur, wir Frauen kommen bestimmt miteinander aus. Nachher beim Abendbrot werden wir alle noch viel Zeit füreinander haben.«

Robert hatte kurz zu Clarissa gesehen, doch nicht erkennen können, was die Worte seiner Mutter in ihr auslösten. Elsbeth und sie hatten sich wenig später in den Außenküchenbereich zurückgezogen, während er und sein Vater es sich derweil auf der Veranda gemütlich gemacht hatten.

Robert sog erneut an der *bombilla.* Er genoss sichtlich den sehr eigenen Geschmack des Mate.

»Ist das die letzte Ernte?«

»Ja«, sein Vater nickte, »das, was wir zum Eigengebrauch behalten haben. Manchmal fürchte ich, es wird zu wenig sein.« Carl Metzler lachte. »Ich hätte ja nicht gedacht, dass ich einmal Gefallen an dem Gesöff finde. Vielleicht ist es auch eher das Ritual …«

»Der Mate ist wirklich gut«, bestätigte Robert, »die beste Yerba seit Langem.«

Der Ausdruck von Stolz, der über das Gesicht seines Vaters huschte, war deutlich zu sehen, dann wurde Carl ernst.

»Und was ist mit dir, Sohn? Du bist unerwartet früh zurückgekommen, und diese Frau … Wo seid ihr euch noch einmal begegnet?«

»Unerwartet früh?« Robert lachte. »Ich war kaum fort, so ist es doch.«

»So ist es in der Tat. Du warst kaum fort.« Carl beugte sich etwas vor und senkte die Stimme. »Du bist ihr in einer *pulpería* begegnet, sagst du? Und sie war allein? Erstaunlich … Hast du ihre Kleidung gesehen? Sie ist doch keine Frau, die man allein in einer *pulpería* trifft.« Er schüttelte den Kopf.

Robert zögerte einen Moment. Sollte er die Wahrheit sagen?

»Hm«, entgegnete er langsam. »Heutzutage passieren die seltsamsten Dinge, oder nicht?«

Carl ließ sich jedoch nicht beirren. »Ich würde zu gern wissen, was sie in diese *pulpería* verschlagen haben könnte, aber wenn du es nicht weißt …«

Robert schüttelte nur den Kopf.

»Nun vielleicht«, fuhr sein Vater dann fort, »geht es uns auch gar nichts an, wo sie wirklich herkommt, oder wo sie hinwill.«

»Vermutlich nicht«, murmelte Robert.

Er räusperte sich, weil seine Stimme so heiser klang. Es missfiel ihm, dass er seinem Vater nicht die Wahrheit sagte, aber er hatte Clarissa sein Wort gegeben. Er hoffte sehr, dass er sein Vertrauen nicht eines Tages bereuen würde.

Später am Abend traf Robert seine Mutter vor ihrer Schlafkammer, die seine Eltern für den Gast hergerichtet hatten. Sie selbst hatten sich in dem kleinen Wohnraum ein Matratzenlager bereitet.

»Sie ist eine nette junge Frau«, sagte Elsbeth.

Robert lächelte. »Mama, es ist nicht, wie du denkst.«

»Was denke ich denn?« Sie schmunzelte.

»Also, wir sind uns ja eher zufällig begegnet«, redete Robert sich heraus.

Er fühlte sich wie ein halbwüchsiger Bursche auf dem Weg zu seiner ersten Tanzveranstaltung. Natürlich wusste er, dass seine Mutter schon lange davon träumte, dass er eine Frau fand und mit ihr glücklich wurde. Er wusste, dass sie sich Enkelkinder wünschte, denen sie ihre Liebe schenken konnte, und Erben, die den Hof eines Tages übernehmen würden. Und er wusste auch, wie schwer es in dieser Gegend war, eine gute Ehefrau zu finden.

Elsbeth Metzler sorgte sich um ihn und um die Zukunft. Du bist Arzt, hatte sie einmal gesagt, du wirst wahrscheinlich nie wieder hierher zurückkommen, aber deine Kinder könnten hier leben. Und bewahren, was wir aufgebaut haben.

»Clarissa ist sehr erschöpft«, wechselte Robert nach kurzem Schweigen das Thema.

»Es kann nicht einfach sein, als Frau allein zu reisen«, pflichtete Elsbeth ihm bei. »Und dann die furchtbare Sache mit dem Gepäck ...«

»Hat sie dir vielleicht etwas mehr gesagt?« Robert schoss die Frage so schnell heraus, dass er sich fast verhaspelt hätte.

»Nein.« Elsbeth schüttelte den Kopf. »Gar nichts. Was sollte sie mir denn gesagt haben? Nun, manchmal hatte ich den Eindruck, irgendetwas bedrückt sie, doch was es ist …«, sie hob die Hände, »das weiß ich nicht.« Einen Moment hielt sie inne, dann fuhr sie fort. »Es ist auf jeden Fall ungewöhnlich, dass sie allein ist.«

»Ja, aber heutzutage nicht unmöglich«, wiederholte Robert das, was er seit seiner Ankunft, wie er fand, schon viel zu häufig betont hatte.

Elsbeth schaute ihn fragend an. »Wo sagtest du noch einmal, soll es für sie hingehen?«

»Nach Süden«, murmelte er.

Seine Mutter legte ihm eine Hand auf die Schulter. »Ich finde es gut, dass du ihr zur Seite stehst, auch wenn sie dir vielleicht nicht alles gesagt hat.«

Robert fragte nicht, woher seine Mutter stets wusste, was ihn umtrieb. Sie hatte es einfach immer gewusst.

Clarissa konnte an diesem ersten Abend auf dem *rancho* der Metzlers nicht zur Ruhe kommen. Sie war müde, die Gedanken in ihrem Kopf jagten sich unaufhörlich, wurden zu schrecklichen Spukgestalten und verschwanden wieder. Immer und immer wieder sah sie die Szene vor sich, die sie in den letzten Tagen mit aller Anstrengung verdrängt hatte: den Überfall, Javiers Tod … Sie sah sogar, wie die Kugeln in Javiers Brust einschlugen, den Stoff und das Fleisch zerfetzten, obwohl sie das nicht hatte sehen können, denn sie hatte ja hinter ihm gestanden.

*Er hat mich schützen wollen und dafür mit dem Leben bezahlt.*

Sie spürte, wie Javier gegen sie prallte. Sie meinte, sich daran zu erinnern, wie sie den tödlich Verletzten mit beiden Armen aufgefangen hatte, dass sie dabei gestürzt war und geschrien hatte wie von Sinnen. Dann war sie aufgesprungen und geflohen, ganz instinktiv – wie ein Tier, das sich vor seinem Jäger in Sicherheit bringt.

Sie hatte nicht fliehen wollen. Sie hatte den sterbenden Javier in den Armen halten wollen, um den eigenen Tod von der Hand dieser Verbrecher zu erwarten. Sie hatte mit ihm sterben wollen …

Aber sie war feige von ihm weggehastet und in den Fluss gesprungen … Sie hatte ihn alleingelassen …

# Siebtes Kapitel

»Nein, nicht Javier! Mein Sohn, mein einziger, mein geliebter Sohn. Nein, nein!« Die Worte sprudelten aus Don Jorges Kehle, verklangen endlich in einem zitternden Klageton. Stille folgte.

Mit einem Seitenblick stellte Rafael fest, dass seinem Bruder unbehaglich zumute war. Carlos hatte seine Finger in die große silberne Gürtelschnalle gehakt – sein ganzer Stolz –, während sein Schnurrbart unruhig zuckte. Mit knappen Worten hatte er von Javiers Tod berichtet, davon, wie sie beide auf Clarissa gezielt hatten und wie das falsche Weib Javier in die Schussbahn gestoßen hatte. Carlos' Mund war noch immer in Bewegung, aber er sagte nichts mehr.

Dieser Feigling, dachte Rafael und seufzte innerlich.

Er sah an seinem älteren Bruder vorbei. Erst jetzt bemerkte er Doña Bruna, Don Jorges Ehefrau und Javiers Mutter. Sie saß hinter ihrem Mann sehr aufrecht in einem Lehnsessel, selbst in dieser Situation jeder Zoll eine vornehme Señora. Sie war bleich wie der Tod. Er hatte gehört, dass sie schon seit Jahren an irgendeiner Krankheit litt, die sie verzehrte, die sie weder leben noch sterben ließ, doch sie war immer beherrscht und verzog auch jetzt keine Miene. Rafael bewunderte sie. Mit einer kaum merklichen Bewegung senkte er grüßend den Kopf. Sie rührte sich nicht. Ihre Ausdruckslosigkeit, die nicht mehr als den Anschein von Beherrschung zuließ, beeindruckte ihn wirklich mehr als das Geschrei ihres Ehemannes.

»Doña Bruna«, nickte er ihr zu. »Don Jorge.« Er leckte sich über die Lippen. »Ich bin Rafael Videla und habe meinen Bruder begleitet. Ich möchte Ihnen ebenfalls mein tiefes Beileid aussprechen.«

Das erneute Schweigen wurde nur vom Ticken einer Uhr unterbrochen, die irgendwo im hinteren Bereich des großzügigen Raumes stand. Von draußen drangen dumpf die Geräusche des täglichen Lebens auf der Estancia zu ihnen herein. Rafael bemerkte, dass ihn Doña Bruna mit einem Mal genau in den Blick nahm. Ihre scharfen Augen schienen bis in seine Seele zu sehen, er war überzeugt davon, dass ihr kein Fehler seinerseits entging.

»Wie hatten Sie noch gesagt«, fragte sie nun mit ihrer kultivierten, eigenartig dunklen Stimme, »dass es geschehen ist?«

»Ich …« Rafaels Gedanken überschlugen sich. »Mein Bruder hat doch …«

Es ärgerte ihn, dass er nun auch nach Worten suchte. Er nahm sich fest vor, sich dafür später an irgendjemandem zu rächen.

»Ja, aber ich würde es gern noch einmal von Ihnen hören, um mir ein besseres Bild machen zu können«, beharrte Doña Bruna in freundlichem Tonfall.

»Das Weib, diese Hexe, hat unseren Sohn ermordet. Was gibt es denn da noch zu besprechen?«, brüllte Don Jorge.

Er war ein stattlicher Mann um die sechzig mit silbergrauem Haar und einem großen Schnauzer. Don Jorge kleidete sich gut, war allenthalben respektiert, jedoch nicht gefürchtet, wie er selbst gern sagte. Nun veränderte sich seine Gesichtsfarbe bedrohlich. Er griff nach einer Vase und schleuderte sie durch den Raum, sodass die Splitter in alle Richtungen flogen, dann begann er, in dem großen Zimmer auf und ab zu laufen.

Rafael beobachtete Doña Bruna. Don Jorge trauerte auf seine

Art, aber was war mit ihr? Zeigte sie irgendein Zeichen des Schmerzes? Nein, er konnte nichts feststellen. Doña Brunas Gesicht blieb unbewegt.

»Ich will jetzt nichts mehr hören!«, donnerte Don Jorge. »*Madre de Dios!* Ich wusste es immer, das Weib hat unseren Sohn nur wegen des Geldes und des gesellschaftlichen Aufstiegs umgarnt. Diese kalte Natter hat unseren Javier auf dem Gewissen.«

Rafael war froh, dass er Doña Bruna vorerst nicht antworten musste.

Doña Bruna hatte ihr Mädchen hinausgeschickt, saß jetzt allein in ihrem Zimmer und betrachtete sich im Spiegel. Es hatte sie unglaubliche Mühe gekostet, sich den ganzen Tag über zu beherrschen, aber das Leben mit Don Jorge hatte sie eines gelehrt: Niemals durfte man seine Fassade fallen lassen, niemals einen Blick auf sein Innerstes zulassen, niemals eine Schwäche eingestehen. Sie wusste, zu welcher Brutalität dieser Mann fähig war.

Die ersten Jahre mit ihm waren schön gewesen, doch dann hatte er offenbar aufgehört, sie zu lieben. Vielleicht war es die Krankheit gewesen, die sie immer mehr einschränkte. Mit den Fingerspitzen fuhr Bruna sich über die dunklen Ringe unter den Augen. Die schöne Bruna gab es nicht mehr, jetzt gab es nur noch die Bruna, die ständig müde und weiß wie der Tod war, die unter immer wiederkehrenden Fieberschüben litt.

Ach, Javier, was hat man dir nur angetan?

Sie hatte sich verboten, an ihren geliebten Sohn zu denken, doch der Schmerz war so unerträglich, dass sie nicht wusste, wie sie ihn verbergen sollte. Sie war allerdings sicher, dass Clarissa nicht die Schuld an Javiers Tod hatte. Sie war ein gutes Mädchen, der erste Hoffnungsstrahl auf der Estancia seit Jahren. Javier und Clarissa hatten einander wahrhaftig geliebt.

*Aber will ich es wirklich wissen? Was, wenn ich mich irre?*

Doña Bruna schloss die Augen und biss sich auf die Lippen, bis sie Blut schmeckte. Als sie sich kurz darauf wieder im Spiegel betrachtete, war ihr Gesicht tränenüberströmt.

Mitten in der Nacht wachte er auf, und gleich kam die Erinnerung wieder. Don Jorge stieß einen erschütternden Schrei aus. Man sollte seinen Schmerz ruhig hören, in den letzten Winkel, über den Hof hinweg und bis in die Stallungen sollte er dringen, wo die Milchkühe zu brüllen und die Schweine zu quieken begannen. Don Jorge fiel auf die Knie, als wäre alle Kraft aus ihm gewichen.

Clarissa hatte seinen Sohn ermordet. Er hatte ihr ja nie getraut, Javiers junge Liebe hatte sich nur des Geldes wegen an seinen Sohn herangemacht. Leider hatte sich Javier nicht von dieser Sichtweise überzeugen lassen. Dafür hatte er nun mit dem Leben bezahlt.

*Sie hatte sterben sollen, nicht er.*

Don Jorge wollte noch einmal schreien. Dieses Mal kam nur ein Krächzen heraus. Er streckte die Hand nach der Sessellehne aus und zog sich hoch.

»Bringt mir die Männer, sofort!«, befahl er einem der Bediensteten.

Eilig rief man Carlos und Rafael herbei.

»Sie muss sterben«, stieß er aus. »Ich will diese Frau hängen sehen, auch wenn ich dafür all mein Geld ausgeben muss.«

Für einen Moment starrte er aus dem Fenster. Es schmerzte

ihn, daran zu denken, was sie ihm über Javiers Ende erzählt hatten – dass dieses grausame Weib einfach ausgewichen war und seinen geliebten Sohn in die Schussbahn gestoßen hatte. Dass sie sich gerettet hatte, indem sie ihn kaltblütig opferte. Er hatte kurz darüber nachgedacht, ob er die kleinen Gangster für ihr Versagen bestrafen sollte, sich dann aber dafür entschieden, ihnen die Möglichkeit zu geben, es wiedergutzumachen. Es war ohnehin besser, wenn nicht allzu viele Leute von den Ereignissen wussten. Schließlich wechselte man die Pferde nicht mitten im Lauf.

Jetzt richtete er seine kohlschwarzen Augen auf Carlos und Rafael. »Ihr werdet Clarissa suchen und unverzüglich zu mir bringen«, sagte er. »Ich will das Weib als Mörderin hängen sehen. Und wenn ihr dieses Mal versagt, dann gnade euch Gott.«

# *Achtes Kapitel*

Diese vollkommene, alles lähmende Müdigkeit hatte Clarissa am Tag nach der Ankunft auf dem kleinen *rancho* der Metzlers überfallen. Was die Metzlers wohl von ihr dachten? Natürlich hätte sie sich erklären müssen, aber sie wusste nicht wie. Immer wieder war der junge Señor Metzler zu ihr gekommen, während sie in der Hängematte gedöst hatte. In Gedanken nannte sie ihn längst Robert.

»Ich habe meinen Eltern gesagt, dass Sie unter einer Art Grippe leiden und sich schonen müssen«, hatte er irgendwann gesagt und war gegangen, bevor sie ihm danken konnte.

Aber er weiß, dass das nicht stimmt, fuhr es ihr durch den Kopf. Warum tut er das? Er akzeptiert, dass ich nicht mehr von mir preisgebe. Für mich belügt er sogar seine Eltern. Warum sagt er nicht einfach, wo er mich gefunden hat? Weil er es mir versprochen hat? Wer tut so etwas?

Doch ihr fehlte die Kraft, weiter darüber nachzudenken. Sie wollte nur schlafen, schlafen und einfach nicht mehr aufwachen. Und tatsächlich, Clarissas Augen schlossen sich wieder, kaum dass sie sie geöffnet hatte. Sie konnte gar nichts dagegen tun. Es war, als hingen Gewichte an ihren Lidern. Sie trank ein wenig, rührte die Nahrung, die man ihr auf einem Tablett ins Zimmer stellte, jedoch nicht an. Sie verspürte einfach keinen Hunger.

Clarissa wusste, dass sie nicht verletzt war, nur sehr erschöpft. Dieser Zustand würde irgendwann vorübergehen, sie fürchtete sich jedoch davor. Sie fürchtete sich vor dem Tag, an dem sie ins Leben würde zurückkehren müssen. Weiterleben bedeutete auch, jede einzelne Minute zu spüren, was man verloren hatte.

*Javier ist tot.*

Es war dieser Gedanke, der sie immer noch lähmte, der ihr die Luft zum Atmen nahm. Javier würde sie nie wieder in den Armen halten, sie nie wieder zärtlich küssen und ihr sagen, dass alles gut würde.

Clarissa konnte die Tränen nicht zurückhalten. Sie schluchzte so leise wie möglich, aber die Holzwände waren dünn. Bald hörte sie ein Geräusch, sich nähernde Schritte. Dieses Mal war es ihr nicht gelungen, ihren Kummer zu verbergen. Robert stand einen Atemzug später neben ihr.

*Mein Retter mit dem braunen Haar und den freundlichen, warmen Augen …*

Der Gedanke stimmte sie seltsam traurig.

Versprach er sich etwas von seinem Verhalten? Nein, sie wollte nichts Hässliches von ihm denken, das hatte er nicht verdient. Sie konnte allerdings nichts gegen die Stimme in ihrem Kopf tun, die sie hieß, vorsichtig zu sein.

Die Bilder des Erlebten ließen sie nun nicht mehr los. Sie war machtlos dagegen. Es war Don Jorge gewesen, der die Meuchelmörder auf sie gehetzt hatte. Aber wer sollte ihr das glauben? Sie konnte sich ja noch nicht einmal sicher sein, dass diese Menschen hier, die Metzlers, sie nicht zu ihm schicken würden, sobald sie davon erfuhren. Don Jorge verfügte sicherlich jederzeit über mehr Geld, als diese armen Bauern mit ihrem Tabakanbau und dem Sammeln von wilder Yerba in ihrem ganzen Leben verdienten. Sie würden seinem Geld gewiss nicht widerstehen können. Niemand konnte das. Sein Einflussbereich war groß. Was würden diese Menschen hier wohl tun, wenn Jorge Monada ihnen Geld bot?

Clarissa war sich sicher, dass sie das tun würden, was alle taten, die Don Jorge bezahlte. Sie würden nicht zögern, ihm zu gehorchen. Sie würden sie, Clarissa, verraten.

»Ich möchte mich noch etwas ausruhen«, sagte sie unvermittelt zu Robert.

Für einen kurzen Moment erschien ein Ausdruck von Enttäuschung auf seinem Gesicht. Dann nickte er.

»Tun Sie das, Señorita Kramer, ich schaue später noch einmal nach Ihnen.«

Am fünften Abend auf dem *rancho* der Metzlers gesellte sich Clarissa erstmals wieder zu ihren Gastgebern. Sie sah blass aus und übernächtigt, obgleich sie so viel geschlafen hatte. Ihr schönes Haar wirkte stumpf. Schüchtern lächelte sie die Familie an, die sich nach langer harter Arbeit auf der kleinen Veranda versammelt hatte, um den Tag ausklingen zu lassen. Die Holzbohlen knarrten leise, als Clarissa aus dem Innern des Hauses in die noch warme Abendsonne trat. Robert sprang auf, um einen Schaukelstuhl für sie zurechtzurücken. Clarissa errötete. Wieder schämte sie sich ihres Misstrauens Robert und auch seiner Familie gegenüber.

»Danke«, flüsterte sie schließlich, »für alles.«

Robert und seine Eltern lächelten sie an. Elsbeth reichte ihr einen Becher mit köstlicher Zitronenlimonade. Clarissa hatte Zitronenbäume im Garten gesehen, bevor sie die große Müdigkeit überfallen hatte. Es war ein schöner Garten, gepflegt und doch wild wie die ganze Umgebung. Für einen Moment schwiegen alle, vertieften sich in die Geräusche des Waldes: das abendliche Zirpen der Grillen, das Quaken der Frösche, ein undefinierbares Rascheln ... Sie waren hier nicht allein.

Wie auf dem *rancho* meiner Eltern, fuhr es Clarissa durch den Kopf.

Nachdenklich bewegte sie ihren Stuhl vor und zurück. Das Schaukeln beruhigte sie, wie es wohl auch ein kleines Kind beruhigt hätte. Gleichzeitig schmerzte es sie, an ihre Eltern zu denken, denn sie wusste, dass Don Jorge nicht davor zurückschrecken würde, die zu bestrafen, die sie liebte.

»Wir haben uns gerade ein paar alte Geschichten erzählt, Märchen unserer Freunde, der Guaraní«, unterbrach Robert endlich die Stille.

Sein Vater nickte. »Die folgende Geschichte habe ich auch von meinen Guaraní-Freunden«, sagte er.

Clarissa bemerkte, dass alle sogleich wie gebannt an seinen Lippen hingen. Als er zu erzählen anhob, wusste sie, weshalb. Carl Metzler war ein ausgesprochen guter Erzähler, einer, dessen Stimme jedem Wort Leben einhauchte und dem Zuhörer schmeichelte.

»Manche fragen sich«, begann er bedeutungsvoll, »wie die Wasserfälle vom Iguazú, die sich nördlich von hier befinden, entstanden sind.«

Clarissa sah zu Robert. Er hatte seine Hände auf den Knien abgestützt. Er hat schöne Hände, stellte sie unvermittelt fest, und er sieht seinem Vater ähnlich. Das kantige Gesicht mit dem energischen Kinn und die markanten Wangenknochen waren eindeutig dessen Erbe, die gerade Nase hatte er allerdings von der Mutter. Die kleinen Falten rund um seinen Mund zeigten, dass er gern und oft lachte. Nun holte die Stimme des älteren Metzler sie zurück in die Gegenwart.

»Laut Erzählungen der Caingangues-Indianer war es die Riesenschlange, der bösartige, rachsüchtige Gott Mboi, der sie in seiner rasenden Eifersucht schuf.«

Robert lehnte sich jetzt zu ihr hinüber. »Mboi ist der Gott der Gewässer. Dem Mythos nach lebt er im Río Paraná«, flüsterte er. »Er wird als Schlange mit Papageienkopf und großem Schnabel beschrieben und wurde vom Götterkönig Tupá geschickt.«

Clarissa nickte. Carl hatte die Erläuterungen seines Sohnes abgewartet und sprach nun weiter.

»Es begab sich, dass Mboi einmal im Jahr das Opfer einer Jungfrau verlangte, und natürlich wagte es niemand, sich dem Gott zu widersetzen. Doch dann, eines Tages, kam alles anders. Dieses Mal hatte Igobi, der Häuptling der Caingangues, Mboi seine bildhübsche Tochter Naipi versprochen. Mboi verliebte sich sofort in das schöne Mädchen, doch es liebte bereits Tarobá, einen Stammeskrieger, und wollte dem Ruf des Gottes nicht gehorchen. Trotzdem wurde die Hochzeit von Mboi und Naipi angesetzt. Am Hochzeitstag entführte Tarobá das Mädchen. Ihre Liebe war so stark, dass sie sich trotz aller Furcht entschlossen, vor dem mächtigen Mboi flussabwärts zu fliehen. Leider wurde der Gott durch das Geräusch der aufs Wasser schlagenden Ruder geweckt ...«

Carl hielt erneut inne. Clarissa bemerkte, dass Robert ihr einen Blick zuwarf. Ihre Miene verschloss sich, so gut ihr das eben möglich war. Dann drang die Stimme von Roberts Vater wieder in ihre Gedanken vor.

»Zornig über den Betrug ließ Mboi mit einem kraftvollen Schwanzschlag eine Schlucht im Flussbett entstehen. Dort stürzte das Kanu mit dem unglücklichen Liebespaar hinein.«

Clarissa hörte, wie Roberts Mutter einen leisen Seufzer ausstieß. Robert beugte sich erneut zu ihr hinüber.

»Diese Stelle nimmt meine Mutter immer besonders mit.«

Carl senkte die Stimme bedeutsam, als er weitersprach. »Die

Seele des Mädchens Naipi blieb an einem Felsen am Fuße des so entstandenen Wasserfalls gefangen und ist damit ständig der Gewalt des Flusses ausgesetzt. Ihr Geliebter Tarobá aber verwandelte sich in einen die Fälle überragenden Palmbaum am Ufer jenes Wasserfalls, den man heute Teufelsschlund nennt. Von dort aus kann er Naipi beobachten, zu ihr gelangen kann er allerdings nicht. Unter der Palme verbirgt sich eine Höhle, in der Mboi sich versteckt hält. Bis zum heutigen Tag ergötzt er sich am Unglück der Liebenden. Sein schadenfrohes Lachen wird nur von dem Lärm des Wassers übertönt. Wer den Teufelsschlund einmal gesehen hat, weiß, dass es für Naipi von dort kein Entkommen gibt.«

Clarissa schloss für einen Moment die Augen. Da waren die Erinnerungen wieder. Die Wanderung durch den Urwald kam ihr in den Sinn, der Wasserfall, der sich schon aus der Entfernung durch sein mächtiges Tosen angekündigt hatte. Die Wassertröpfchen, die sich je nach Windstärke weit versprühten. Ein Regenbogen und die Arme Javiers, in die sie sich geschmiegt hatte. Gemeinsam waren sie bis ganz in die Nähe der Garganta del Diablo, dem Teufelsschlund, gelangt. Mit unvorstellbarer Kraft stürzten hier die Wassermassen in den Abgrund, um mit schrecklichem Getöse unten aufzuschlagen und immer wieder Gischtschwaden nach oben zu schicken, die sie völlig durchnässt hatten.

»So eine traurige Geschichte«, drang Elsbeths Stimme in ihre Gedanken. »Hättest du dir für heute nicht etwas Vergnüglicheres ausdenken können, Carl? Was soll denn unser Gast von uns denken?«

Clarissa spürte, wie Elsbeth die Hand nach ihr ausstreckte, und öffnete rasch die Augen. Sie meinte für einen Moment, ihr müsste der Atem stillstehen. Mit aller Kraft unterdrückte sie den gequälten Laut, der sich aus ihrer Kehle stehlen wollte. Robert aber musste doch etwas gehört haben, denn er wandte sich ihr wieder zu.

»Ist Ihnen nicht wohl, Señorita Kramer?«

»Doch, doch. Es ist alles gut.« Es wäre ihr beinahe nicht gelungen, die Worte herauszubringen.

*Der rachsüchtige Gott Mboi …*

Wussten sie etwa alle, was geschehen war? Hatte sie sich im Schlaf verraten?

Clarissa war mit einem Mal hundeelend. Mit letzter Kraft sprang sie auf. Sie schlug sich die Hände vor den Mund, stolperte die Stufen der Veranda hinunter und rannte wie gehetzt um das Haus herum, wo sie sich in einem Schwall übergab. Ihr Unterleib schmerzte krampfartig. Sie hielt sich an der Hauswand fest, würgte und würgte, obgleich bald nichts mehr kam außer bitterer Galle. Und dann war plötzlich jemand hinter ihr. Eine Hand berührte ihre Schulter. Clarissa war sogar zu schwach, um zu erschrecken.

»Clarissa …«

Elsbeth. Aus der Ferne vernahm sie die Stimmen der Männer. Als sie sich mit dem Handrücken über den Mund wischte, reichte Elsbeth ihr ein großes Taschentuch.

»Sie fragen sich sicher, was eben geschehen ist.« Clarissa lächelte kläglich.

»O ja.« Elsbeth zog sie sanft mit sich. »Aber erst einmal müssen Sie sich Gesicht und Hände waschen und dann etwas trinken.«

»Ich … ich will …«

»Sie müssen nichts sagen, wenn Sie das nicht wollen. Hier draußen haben Sie alle Zeit der Welt. Sie sind unser Gast. Das ist etwas, was wir sehr ernst nehmen.«

»Danke, ich …«

Clarissa spürte Elsbeths prüfenden Blick auf sich, doch Roberts Mutter sagte nichts weiter.

Vor dem Schlafengehen stellte Clarissa fest, dass ihre Blutungen eingesetzt hatten. Zur rechten Zeit, pünktlich wie immer, doch heftiger als je zuvor. Die Hoffnung, Javier könnte ihr ein Kind gelassen haben, verflüchtigte sich in diesem Moment. Tränen liefen ihr über das Gesicht, bis es rot und heiß war.

Und dann, mitten in der Nacht, zwischen Wachen und Traum, war Clarissa wieder dort, mit Javier an den Wasserfällen von Iguazú, und alles Schreckliche zog erneut an ihrem inneren Auge vorbei …

* * *

Als Clarissa und Javier die Männer bemerkten, war es zu spät. Zwei Burschen, einer vierschrötig, einer schön wie ein Engel in der Kirche. Clarissa wusste sofort, dass es dieser Mann war, den sie fürchten mussten. Unwillkürlich drückte sie sich an Javier. Die Stärke und Wärme, die er ausstrahlte, ließen sie kurz wieder ruhiger atmen. Javier hatte sich auf den Zuruf der beiden umgedreht und runzelte nun die Stirn. Einen Moment lang sagte keiner etwas, dann holte Javier schnaubend Luft.

»Ich kenne euch doch, ihr beiden seid die Handlanger meines Vaters.« Sein Gesichtsausdruck verdüsterte sich, dann fuhr er fort zu sprechen, den Blick auf den Engel gerichtet. »Dich, Rafael, nennt man auch Angelito, ein böser Scherz, nicht wahr? Und deinem Bruder, Carlos, ist ebenfalls kein Auftrag zu schmutzig. Habe ich nicht Recht? Was macht ihr hier?«

Javiers Worte beunruhigten Clarissa. Nicht nur, dass sie gehofft hatte, wenigstens hier, an den berühmten Wasserfällen von Iguazú, einmal nichts von ihrem Schwiegervater zu hören. Don Jorge hatte der Hochzeit seines Sohnes mit der aus einfachsten Verhältnissen stammenden Clarissa damals nicht zugestimmt, seit Kurzem jedoch den Eindruck gemacht, als fände er sich mit den Verhältnissen ab.

»Also los, sagt schon, was tut ihr hier? Schickt er euch? Er schickt euch, nicht wahr? Er kann es einfach nicht lassen. Clarissa«, Javier legte den Arm um Clarissas Schultern, »ist meine Ehefrau. Sagt ihm das, und sagt ihm auch, dass sich daran und an meiner Liebe und Zuneigung zu ihr nie etwas ändern wird.«

Für einen kleinen Moment herrschte Stille, dann kam Carlos einen Schritt auf sie zu. Sein Aussehen wirkte aus der Nähe noch bedrohlicher. Er dünstete einen Geruch nach Fleisch, Zwiebeln, Alkohol und ungewaschenem Körper aus.

»Ihr Vater würde nur gern mit Ihnen reden, Señor Monada.«

»Ist er etwa hier?« Javier schüttelte den Kopf. »Nein, bestimmt nicht. Der große Don Jorge reist nicht gern. Natur, Menschen, Liebe, das ist ihm alles einerlei, wenn er nur alle, die in seiner Nähe leben, nach seinem Gutdünken beherrschen kann. Sagt ihm, es gibt nichts mehr zu reden. Ich habe meine Entscheidung getroffen.« Er drehte Clarissa sanft zu sich, sodass er ihr in die Augen sehen konnte, und richtete einen liebevollen Blick auf sie. »Sagt ihm, ich sei glücklich, und das ist mehr, als er je sein wird. Ich werde mit dieser Frau mein Leben verbringen. Alle Drohungen, die mein Vater ausspricht, sind mir gleichgültig, und im Übrigen gilt das auch für sein Geld. Es ist mir gleichgültig.« Javier dehnte das letzte Wort, als wollte er es in das Bewusstsein der Anwesenden brennen. »Nicht wahr, Clarissa?«

Clarissa nickte. Als sie den Kopf wieder zu den beiden Männern drehte, sah sie, wie sich die Lippen des Engels zu einem feinen, falschen Lächeln verzogen.

»Sind Sie da so sicher?«, ergriff nun erstmals dieser Angelito das Wort und deutete auf Clarissa.

Die zuckte zusammen und fröstelte, auch wenn es nicht das erste Mal war, dass ihr unterstellt wurde, sie habe Javier nur des Geldes wegen geheiratet. Javier, das spürte sie, beherrschte sich nur mühsam. Er hatte schon mit seinem Vater darüber gestritten, immer und immer wieder. Nur ihre Schwiegermutter hatte ihnen in dieser schweren Zeit stets beiseitegestanden. Doña Bruna, die Frau, von der sie an letzter Stelle Unterstützung erwartet hätte – schließlich hörte man die schlimmsten Dinge von Schwiegermüttern.

»Wir wissen doch beide, wie es ist, kein Geld zu haben. Wie es ist, zu hungern und nur von der Hand in den Mund zu leben«, fuhr Angelito fort.

»Meine Frau und ihr zwei Hunde habt nichts gemeinsam«, mischte sich Javier mit scharfer Stimme ein.

»Tatsächlich?«, entgegnete Angelito mit süffisantem Lächeln.

Etwas an der Situation beunruhigte Clarissa plötzlich, aber sie konnte nicht sagen, was es war. Was nur? Sie grübelte, während sie die Blicke zwischen Javier und den beiden anderen hin und her wandern ließ – und dann erkannte sie es: Die Männer versuchten, sie abzudrängen. Ohne es zu bemerken, war Clarissa dem Flussufer schon erschreckend nah gekommen.

»Javier«, sagte sie rasch und streckte die Hand nach ihm aus.

Javier verstand sofort, was geschah.

In diesem Augenblick riss Angelito seine Pistole aus dem Gürtel und richtete sie auf Clarissa. Der Hahn klackte, dann ging alles sehr schnell. Javier warf sich vor sie. Ein Schuss knallte.

Javiers Körper wurde gegen Clarissas geschleudert, und sie gingen beide zu Boden. Das Nächste, was sie sah, war das Blut, das sein helles Hemd auf der linken Brustseite verfärbte. Er versuchte noch etwas zu sagen, doch ihm fehlte bereits die Kraft. Voller Entsetzen sah er sie an, und dann brachen seine Augen. Clarissa wollte sich über Javier werfen, aber eine andere, ihr unbekannte Kraft hieß sie, sich hochzustemmen. Schwankend kam sie zum Stehen. Man hatte sie töten wollen, doch an ihrer Stelle war Javier gestorben, ihr geliebter Mann. Der kurze Moment der Verwirrung, in dem die Mörder über ihren verpatzten Auftrag nachsannen, musste ihre Rettung sein, und es gab keine andere Fluchtmöglichkeit als den Fluss.

War es nicht gleichgültig, wo man den Tod fand? Wenn nur nicht in den Händen dieser beiden Mörder …

Carlos und Angelito richteten nun wieder ihre volle Aufmerksamkeit auf sie. Sie wechselten einen kurzen Blick miteinander, dann gingen sie auf Clarissa zu, Schritt für Schritt. Sie strauchelte, stolperte rückwärts. Auf dem Gesicht des Engels sah sie ein maliziöses Lächeln. Clarissa wollte den Mund öffnen, um zu schreien, doch es kam kein Laut heraus. Und wer sollte sie hier, im Getöse des Wasserfalls, auch hören, wer nur? Dann verlor sie den Halt und stürzte in den Fluss. Das Wasser schlug über ihr zusammen und riss sie erbarmungslos mit sich fort, während rings um sie die Pistolenkugeln ins Wasser peitschten.

***

Clarissa hatte Javier vom ersten Augenblick an geliebt. Sie erinnerte sich noch genau an den Tag, als sie gemeinsam mit ihren Eltern von Brasilien kommend auf Santa Ana, der Estancia der

Monadas in Entre Ríos, eingetroffen waren. Sie waren noch nicht lange in der Gegend gewesen, und man hatte ihnen gesagt, auf Santa Ana suche man immer Arbeiter. Clarissa erinnerte sich, wie sie auf das Haupthaus zugegangen waren, unsicher, ob sie überhaupt dort vorstellig werden sollten. Die Tür hatte sich geöffnet, noch bevor sie hatten klopfen können, und er hatte vor ihnen gestanden: Javier Monada, der einzige Sohn von Jorge und Bruna Monada, den reichsten Estancieros weit und breit, Herren über riesige Ländereien und Rinderherden, Herrscher, Ankläger und Richter in einem. Doch davon hatten sie damals noch nichts geahnt.

An diesem Morgen, so hatte ihr Javier später erzählt, hatte er ausreiten wollen. Das Erste, was Clarissa an ihm aufgefallen war, waren seine ungewöhnlich blauen Augen gewesen, Augen von einer unglaublichen Intensität, die einen magischen Kontrast zu seinem glänzenden schwarzen Haar bildeten. Sein freundliches Lächeln jedoch hatte das gute Aussehen bedeutungslos werden lassen. Clarissa hatte niemals zuvor einen Fremden mit einer solch ruhigen, einnehmenden Ausstrahlung getroffen.

»Guten Tag«, hatte er sie gegrüßt. »Ich bin Javier Monada. Wie kann ich Ihnen helfen?«

Ihre Eltern hatten dann ein kleines Stück Land von den Monadas pachten können, unter der Vorgabe, es urbar zu machen und irgendwann weiterzuziehen, um das nächste Stück Land zu bewirtschaften. Es hatte einige Monate gedauert, bis sie ihr neues Zuhause besser kennengelernt und sich heimisch gefühlt hatten. Und dann, eines Tages, hatte Clarissa gespürt, dass Javier sich für sie interessierte. Zuerst hatte sie es kaum zu glauben gewagt, doch als er immer häufiger unter den fadenscheinigsten Gründen zu Besuch gekommen war, hatte sie verstanden. Niemals aber hatte er sie in Bedrängnis gebracht, hatte nichts getan, was sie in Verruf hätte bringen können. Sie wusste, dass die Söhne anderer Estancieros weniger Zurückhaltung walten ließen. Auf anderen Estancias waren junge hübsche Frauen Freiwild. Sie wurden benutzt und dann von den Reichen weggeworfen, wie sie ihre alten Kleidungsstücke wegwarfen.

Javier hatte zuerst nur mit ihr gesprochen, nie jedoch allein ihre Gesellschaft gesucht, hatte sie später auf einer Fiesta zum Tanzen aufgefordert und noch viel später sogar zum Nachmittagstee eingeladen, den sie gemeinsam mit seiner Mutter eingenommen hatten, einer freundlichen, aber verhärmten Frau, die seit Jahren an einer schweren Krankheit litt.

Die Leute hatten schnell begonnen zu reden. »So ein hübsches Ding«, hatten sie gesagt. »Schade, dass sie niemals ein Paar sein können.«

In dieser Zeit waren immer häufiger heiratsfähige junge Damen von benachbarten Estancias bei den Monadas ein und aus gegangen, sogenannte gute Partien. Javier war ihnen gegenüber gleichgültig geblieben. Don Jorge, sein Vater, der Patriarch der Familie, hatte zuerst auf freundliche Weise versucht, seinen Sohn von Clarissa abzubringen, dann hatte er unverhohlen gedroht.

Javier hatte sich nicht beirren lassen. Was diesen Aspekt betraf, war er genauso starrköpfig gewesen wie sein Vater. Er hatte Clarissa einen Heiratsantrag gemacht, den sie zuerst panisch abgelehnt hatte. Nach einiger Zeit hatte Javier ihr einen neuen Antrag gemacht. Bruna hatte sich auf die Seite der beiden jungen Leute geschlagen. Sie hatte ihren Sohn unterstützt, so gut es ging. Sie war es auch gewesen, die Clarissa davon überzeugt hatte, Javiers Werben nachzugeben.

»Warum?«, hatte Clarissa sie gefragt.

»Ich will, dass mein Sohn glücklich wird«, hatte Bruna geantwortet. »Es gibt genügend Unglück auf dieser Welt.«

Erst ein Jahr war es her, dass sie geheiratet hatten. Allen Schwierigkeiten zum Trotz war es das glücklichste Jahr ihres Lebens gewesen.

Am Morgen nach der vollständigen Rückkehr ihrer Erinnerung schmerzten Clarissas Arme, als hätte sie sich stundenlang irgendwo festgehalten. Obgleich sie nach wenigen Atemzügen erkannte, wo sie war, war sie erstaunt, dass ihre Kleidung trocken war.

Der Traum war noch nah, so nah, dass sie Javier vor sich sah, sobald sie die Augen schloss. In einem Moment lachte er noch, im nächsten traf ihn der Schuss. Blut, überall Blut. Mit seinen blauen Augen sah er sie ein letztes Mal an, bevor sein Blick brach.

Nun war sie allein. Für immer.

# Neuntes Kapitel

Aus dem Garten der Meyer-Weinbrenners in Belgrano, einem Stadtteil von Buenos Aires, drangen lautes Lachen und Musik. Essensgerüche mischten sich mit dem Duft von Blumen und einer salzigen Brise, die vom Meer herüberwehte. Leonora Roldán schmiegte sich in den Arm ihres Mannes Felipe. Der drückte sie noch fester an sich.

»Du denkst bestimmt, dass meine Familie immer feiert«, sagte sie. »Seit wir uns kennen, folgt ein Fest auf das andere, aber du musst mir glauben, dass wir eigentlich alle sehr ernsthafte Arbeiter sind. Meine Mutter natürlich ohnehin. Sie ist schließlich damals als eine der Ersten aus Deutschland hierhergekommen und hat einen Gutteil von dem aufgebaut, was meine Eltern jetzt besitzen. Aber auch meine Schwester Marlena ...«

Felipe legte Leonora einen Finger auf die Lippen. »Ich weiß, dass deine Familie sich dieses Leben mit harter Arbeit erkämpft hat, es ist ihr gutes Recht, sich auch mal zu vergnügen, mein Schatz. Ich vergnüge mich ebenfalls gern, und dennoch arbeite ich hart als Tänzer.«

»Das tust du wirklich«, bemerkte Leonora, die nichts weniger wollte, als vor ihrem Ehemann als reich und dekadent zu gelten.

»Mach dir keine Sorgen.« Felipe lachte. »Ich weiß, dass auch du keine Mühen scheust, sonst wärst du nicht bereit, mir nach Paris zu folgen, ins Ungewisse.«

»Ach«, Leonora winkte ab, »heutzutage wollen doch alle nach Paris.«

Felipe grinste, und seine Zähne blitzten. Er war ein Mestize, mit schwarzem Haar und schwarzen Augen und etwas dunklerer Haut. Er hatte den muskulösen Körper eines Tänzers und das Geschick desjenigen, der in der Vorstadt hatte überleben müssen. Er war ehrgeizig, was Anna Meyer-Weinbrenner, die Familienpatriarchin und Felipes Schwiegermutter, besonders an ihm mochte. Sie hatte Leonoras Wahl jedenfalls nie infrage gestellt.

»Bedank dich bei deiner älteren Schwester«, hatte sie nur gesagt. »Sie hat mir beigebracht, dass man seine Kinder gehen lassen muss. Ihr müsst eure eigenen Entscheidungen treffen.«

Felipe und Leonora hatten einander in einem der *arrabales*, jenen verrufenen Vorstädten von Buenos Aires, kennengelernt und miteinander getanzt, bevor sie miteinander gesprochen hatten. Rasch und nahezu wortlos hatten sie sich ineinander verliebt. Leonora, die nicht gewusst hatte, was sie mit ihrem Leben anfangen sollte, hatte im Tanz ihre Erfüllung gefunden. Nicht im zivilisierten Tanz, den man in ihren Kreisen erlernte, sondern im anrüchigen Tanz der Gosse, den sie mit Felipe lieben lernte, dem Tango.

Natürlich hatte Anna die Augenbrauen gehoben, als sie davon erfuhr, aber später zu ihrer jüngsten Tochter gesagt, wenn sie eins in ihrem Leben gelernt habe, so sei es, dass man nichts auf das Geschwätz der anderen geben solle.

Kaum sechs Monate später waren Felipe und Leonora verheiratet gewesen. Und jetzt ging es nach Paris, wo Felipe als Tanzlehrer arbeiten und eine eigene Tanzschule eröffnen wollte. Das jedenfalls war der Traum der beiden jungen Roldáns.

»O Himmel!«, hatte Anna ausgerufen, als Leonora ihr erstmals von ihren Plänen berichtet hatte. »Kann ich nicht normale Töchter haben? Die eine zieht jahrelang mit Kind und Kegel durch die Lande und schreibt Reiseberichte, die andere macht sich gleich auf in die Alte Welt, um ausgerechnet den Parisern das Tanzen beizubringen. Paris, das ist die Hölle, das ist Sodom und Gomorrha. Frag meine Freundin Viktoria!«

»Hast du mir nicht gesagt, man muss seine Kinder ihre eigenen Entscheidungen treffen lassen?«

Anna hatte gelacht und Leonora natürlich unterstützt. Letztendlich unterstützte Anna jedes ihrer Kinder.

»Deine Mutter ist eine ungewöhnliche Frau«, sagte Felipe jetzt, den Blick auf die Tanzfläche gerichtet, wo Anna und ihr Mann Julius Walzer tanzten.

Die beiden waren nun schon seit zweiundzwanzig Jahren verheiratet und sahen immer noch so glücklich aus wie am ersten Tag ihrer Ehe. Anna hatte im Leben einige Kämpfe ausgefochten. Sie war als junge Frau mutterseelenallein ihrer Familie von Europa nach Argentinien nachgereist, hatte nach dem Tod ihres Mannes Kaleb Weinbrenner eigenhändig ein Unternehmen aufgebaut, mit vielen Widrigkeiten gerungen und schließlich mit Julius ihr Glück gefunden.

»Ja, das ist sie«, sagte Leonora, schlang die Arme um Felipe und zog ihn auf die Tanzfläche. »Und ich bin auch glücklich«, flüsterte sie.

Die fünfzehnjährige Aurora hatte einen günstigen Moment abgepasst, um sich von der Feier zu entfernen. Sie wusste nicht warum, aber aus irgendeinem Grund war ihr, als wäre es besser, ihren Eltern und Großeltern vorerst nichts von dem jungen Mann zu erzählen, den sie einige Wochen zuvor kennengelernt hatte. Der Grund war nicht, dass der fünf Jahre ältere Raúl Herrera nicht aus den besten Kreisen stammte. Weder ihre Eltern noch ihre Großeltern hatten jemals Vorurteile gehabt und hießen eigentlich jeden mit offenen Armen willkommen. Es war einfach … Ach, sie wusste nicht, was sie zögern ließ, und sie wollte im Moment auch nicht darüber nachdenken. Ganz bestimmt, beruhigte sie sich, ist einfach noch nicht die richtige Zeit, Raúl der Familie vorzustellen.

Für einen Moment verhielt Aurora den Schritt, um ihr heftig pochendes Herz etwas zu beruhigen. Dann strich sie sich mit zitternden Fingern über die Robe aus aprikotfarbener Seide, die sie zur Feier des Tages trug und die ihr braunes Haar schimmern ließ. Ihre Familie feierte Tante Leonoras und Onkel Felipes Abschied. Die beiden siedelten nach Frankreich über, alle redeten von nichts anderem.

Frankreich? Europa? Vor Kurzem noch wäre sie vor Aufregung nicht von Leonoras Seite gewichen, aber heute? Nein, sie konnte es nicht verleugnen. Sie hatte sich verliebt. Zum ersten Mal in ihrem Leben und mit solcher Macht, dass sie kaum mehr an jemand anderen denken konnte als an ihn: Raúl, Raúl, Raúl sang es in ihr, Raúl, Raúl, Raúl …

Nein, sie konnte wirklich an nichts anderes denken.

Aurora hatte nun die Stelle erreicht, an der sie sich mit ihm verabredet hatte. Es gab eine Lücke zwischen den Büschen, durch die man den Garten ungesehen betreten und verlassen konnte. Raúl war schon da. Er stand mit dem Rücken zu ihr und blickte zum Meer hinüber. Er trug nur einen einfachen abgenutzten Anzug. Sein dunkelblondes, von der Sonne ausgebleichtes Haar war zerzaust, aber für sie war er der begehrenswerteste Mann, dem sie je begegnet war.

Als er sich umdrehte, schlug Auroras Herz wieder so schnell, dass sie meinte, es müsste aus ihrer Brust springen oder ihr müssten die Sinne schwinden. Ein leichter Wind brachte Bäume und Büsche rings um sie in Bewegung. Die zarten Blüten einer Bougainvillea fielen in einem goldgelben Schauer herab.

»Aurora!«, sagte Raúl nur ernst.

Er lächelte nicht. Da war kein Funkeln in seinen Augen, das ihr gezeigt hätte, ob ihm das Kleid gefiel, und sie hatte es doch nur für ihn ausgesucht. Alle hatten gesagt, es stehe ihr blendend. Aurora war verunsichert.

Warum habe ich mich nur so herausgeputzt?, fuhr es ihr im nächsten Moment durch den Kopf. Das ist doch sonst gar nicht meine Art. Raúl legte keinen Wert darauf, das hatte er ihr schon mehrfach deutlich gemacht.

»I... ich«, suchte sie nach Worten, »das ... das Kleid ist nur ...«

Im nächsten Moment lächelte Raúl und brach das Eis. »Oh, verzeih mir«, sagte er. »Du siehst wunderschön aus, Aurora. Ich bin aber auch solch ein Tollpatsch, was diese Dinge angeht.«

Sie bemerkte jetzt, dass er sein Haar ein wenig geschnitten hatte, es hing nicht mehr bis auf seine Schultern hinab – und sein Anzug war offenbar frisch gewaschen.

»Und, was macht die Feier?«, fragte er nun.

»Ich ...« Aurora fühlte sich sofort wieder unbehaglich. Er sollte doch nicht denken, dass sie seine Bekanntschaft als ungehörig empfand. »Ich, also ... Wir können noch hingehen, wenn ... wenn du willst«, stammelte sie. »Meine Eltern und mein Bruder würden sich gewiss freuen, dich kennenzulernen.« Sie bemühte sich um ein erwartungsvolles Lächeln, das ihre Unsicherheit verbergen sollte.

»Ich weiß nicht.« Raúl runzelte die Stirn und legte den Kopf schief. »Würde ich denn dorthin passen, in deine Welt?«

Aurora nickte entschlossen. »Meine Familie würde es sicher nicht stören.«

»Nicht stören …« Raúls Gesicht verzog sich. Unwillen zeigte sich auf seinen hübschen, markanten Gesichtszügen. »Nein«, sagte er dann langsam, »dort, wo ich *nicht störe*, liebe Aurora, würde ich mich nicht wohlfühlen.«

Aurora errötete. Es kam ihr mit einem Mal vor, als müsse sie ihre Eltern verteidigen. »Meine Eltern sind sehr tolerant«, hörte sie sich sagen, bevor sie merkte, dass sie sich erneut in der Wortwahl vergriffen hatte.

»Ach, muss man tolerant sein, um mich als Gast zu akzeptieren?«, parierte Raúl rasch.

Obwohl er seine Worte mit einem Lächeln begleitete, spürte Aurora den Stachel. Aber es stimmte ja. Warum hatte sie ihn nicht einfach gleich mit hineingenommen? Warum hatte sie sich hier mit ihm verabredet, wo sie niemand sah? Warum wollte sie ihn verbergen? Das war es doch, was er von ihr denken musste. Sie schämte sich jetzt.

»Tut mir leid, das war dumm von mir«, brachte sie zerknirscht heraus. »Ich hätte dich gleich vorstellen sollen.«

»Ist schon gut«, sagte er und trat auf sie zu. Mit seiner rauen Hand strich er ihr über die Wange. »Es ist mir wirklich lieber so. Ich fühle mich nicht ausgeschlossen, und deine Eltern lerne ich gewiss noch früh genug kennen. Setzen wir uns?«

Raúl deutete auf einen Flecken Gras. Aurora nickte und ließ sich von ihm hinunterhelfen, was mit dem neuen Kleid gar nicht so einfach zu bewerkstelligen war. Einen Moment war sie damit beschäftigt, ihre Röcke zu ordnen, dann blickte sie ihn an. Er erwiderte ihren Blick liebevoll aus seinen dunkelgrauen, seltsam unergründlichen Augen und brachte sie wieder einmal dazu zu erröten.

»Würdest du vielleicht irgendwann mit mir tanzen gehen?«, fragte er jetzt und lächelte. »Draußen, in den *arrabales*? In *meiner* Welt? Wäre das kein Abenteuer, das dir entspricht?«

Aurora gab nicht gleich eine Antwort. Ich würde mich wie meine Mutter verhalten, schoss es ihr durch den Kopf.

Sie kannte die Geschichte, wie ihre Mutter damals von einer Feier weggelaufen war, um ihren ersten Zeitungsartikel über das Leben der Prostituierten von Buenos Aires zu schreiben, nur zu gut. Zu oft hatte sie sie schon gehört. So hatte sie Auroras Vater John Hofer, einen politischen Aktivisten, kennengelernt. Schwierige Zeiten waren diesem ersten Zusammentreffen gefolgt, doch am Ende, so sprach sich Aurora stumm Mut zu, hatten alle ihr Glück gefunden.

Zurzeit befand sich ihr Vater auf einer seiner Reisen, zu der er immer einmal wieder aufbrach, wenn ihm, wie er zu sagen pflegte, die Decke auf den Kopf fiel. Manchmal begleitete ihn Marlena, ihre Mutter, und wenn die Kinder – sie selbst und ihr jüngerer Bruder Joaquín – nicht mitkamen, passten Großmutter Anna oder Großonkel Eduard, dem die Estancia La Dulce in der Nähe von Buenos Aires gehörte, auf sie auf. Seit sie als Kind zum ersten Mal dort gewesen war, liebte Aurora La Dulce.

Sie öffnete den Mund und wollte Raúl gerade antworten, als der mit einem Mal aufsprang und angestrengt horchte. Einen Atemzug später schenkte er ihr jenes Lächeln, das ihr Inneres zum Zittern brachte, ohne dass sie auch nur das Geringste dagegen tun konnte. Sie hatte so etwas wirklich noch nie vorher erlebt.

So ist das, wenn man liebt, fuhr es ihr durch den Kopf, so ist die erste wahre Liebe. Sie trifft einen wie ein Blitzschlag. Ich werde Raúl immer lieben. Ganz gewiss. Er wird immer in meinem Herzen sein, und wenn er geht, wird er mein Herz mitnehmen …

Sie konnte nicht anders, als ihn anzustarren.

Raúl zog nun auch sie hoch. »Ich fürchte, wir müssen unser Gespräch ein anderes Mal fortsetzen. Da kommt jemand …«

Aurora riss besorgt die Augen auf. »Wirklich? Wer?« Doch jetzt hörte sie schon eine Stimme.

»Aurora?«

Joaquín, ihr Bruder … Das Rascheln kam rasch näher. Auroras Augen lösten sich von Raúl. Sie wagte einen Blick zu den Büschen hin, die ihren Bruder sicherlich bald freigeben würden.

»Ich gehe dann mal«, flüsterte Raúl.

»Raúl!«

Aurora bemühte sich, ruhig zu bleiben, das Krächzen ihrer Stimme ließ sie dennoch zusammenschrecken. Raúl grinste. Ein Wechselspiel aus Licht und Schatten tanzte auf seinem Gesicht, kurzzeitig ließ ihn das fast unheimlich aussehen. Dann beugte er sich mit einem Mal vor. Seine Lippen berührten Auroras. Sie vergaß vor Schreck zu atmen. Im nächsten Moment spürte sie seine Hand auf ihrem Rücken, spürte seine Finger, die einen wohligen Schauer über ihre Haut jagten. Dann küsste er sie, und Aurora musste alle Kraft zusammennehmen, um den weichen Knien nicht nachzugeben und zu Boden zu sinken, als er sich von ihr löste.

»Wann sehe ich dich wieder?«, fragte sie atemlos.

»Ich melde mich.«

Das sagte er immer.

Und dann schaute er sie an, schien in ihrem Gesicht nach etwas zu suchen. Keiner von ihnen sagte ein Wort. Ganz plötzlich stand Aurora allein da, kämpfte gegen ihr Zittern an. Joaquíns Schritte waren jetzt nicht mehr zu überhören. Seit ihrer Kindheit waren sie beide sehr eng miteinander verbunden. Nach einer schwierigen Zeit hatten ihre Mutter, Joaquín und sie eine Weile auf La Dulce gelebt. Sie hatten stets viel Zeit gemeinsam verbracht, auch später noch, als die meisten Brüder und Schwestern nichts miteinander anzufangen wussten. Joaquín hatte seiner Schwester stets zur Seite gestanden, und auch er konnte immer auf ihre Hilfe zählen.

Noch niemals, fuhr es Aurora durch den Kopf, haben wir Geheimnisse voreinander gehabt – bis jetzt.

»Joaquín«, rief sie, als er nun vor ihr auftauchte. Er schien nicht zu merken, dass ihr Lächeln nur aufgesetzt war.

»Na, Kleine«, antwortete er.

Ihr Bruder war zwar eineinhalb Jahre jünger als sie, aber bereits einen Kopf größer. Aurora war eher zierlich gebaut, Joaquín dagegen hatte bereits deutlich ausgeprägte Muskeln und breite Schultern.

Er wird mal ein gut aussehender Mann, dachte Aurora. Er vereinigte die besten Erbanlagen von Mutter und Vater in sich.

Flüchtig küsste er sie nun auf die Wange. Dann schaute er sich um. »Bist du allein hier? Ich dachte, ich hätte dich reden hören ...«

Aurora zwang erneut ein Lächeln auf ihre Lippen. »Ich glaube, ich habe gesungen.«

Joaquín verzog den Mund. »Oha.« Jeder in der Familie wusste, dass Aurora nicht singen konnte. Weil sie aber doch gern sang, zog sie sich manchmal zurück. »Ganz allein?«, neckte er sie jetzt trotzdem.

»Ja«, antwortete sie und hakte sich bei ihm unter. So musste sie ihren Bruder nicht mehr ansehen. Sie war froh, dass ihre Stimme auch bei ihren folgenden Worten nicht zitterte. »Außerdem ist immer so ein Trubel auf unseren Feiern. Ich brauchte einfach mal einen Moment zum Durchatmen.«

»Verständlich«, sagte Joaquín und drückte sie freundschaftlich. »Ich musste auch mal da weg ...«

Das Gefühl des Unbehagens, das Aurora überkam, bereitete ihr beinahe so etwas wie Übelkeit. Warum konnte sie ihm nicht einfach die Wahrheit sagen, warum schaffte sie das nicht? Aber es ging nicht.

Irgendwann, das ahnte sie, würde sie es bedauern.

»Es ist ein schönes Fest«, sagte Marlena und hakte sich bei ihrer Mutter Anna unter.

Die schmunzelte. »Leonora soll uns ja nicht vergessen, wenn sie nach Paris geht.«

»Ach, das wird sie bestimmt nicht«, entgegnete Marlena lächelnd.

Allen Schwierigkeiten, denen sich die Familie in den letzten Jahren ausgesetzt gesehen hatte, zum Trotz, hielten sie alle heute besser denn je zusammen. Und es war nicht immer leicht gewesen, besonders die Frauen der Meyer-Weinbrenners hatten ihren eigenen Kopf.

»Übrigens«, ihre Mutter drehte sich jetzt so zu Marlena hin, dass sie einander genau ins Gesicht sehen konnten, »Viktoria hat geschrieben.«

Viktoria war einst auf demselben Schiff wie Anna nach Buenos Aires gekommen, und die beiden waren im Laufe der Zeit zu Freundinnen geworden.

Marlena schaute ihre Mutter neugierig an. »Was schreibt sie denn?«

Anna lächelte so versonnen, wie es Marlena von ihrer Mutter gar nicht kannte.

»Estella ist endlich schwanger«, sagte sie dann. »Das Kind

wird im Oktober oder November erwartet, ein Frühlingskind. Ach, ich freu mich so!«

»Das ist wunderbar«, rief Marlena aus.

Sie bekämpfte das Bedauern darüber, die Neuigkeit nicht als Erste von der Freundin erfahren zu haben. Aber so war Estella eben. Und es war ja wirklich wunderbar. So lange hatte Estella sich ein Kind gewünscht, eigentlich hatten sie alle schon aufgegeben.

»Da sieht man doch wieder einmal, dass es immer Hoffnung gibt. Ich muss ihr sofort schreiben und ihr gratulieren!«, fügte Marlena hinzu. »Am besten telegrafiere ich ihr, dann dauert es nicht so lange.«

Anna nickte. »Das solltest du. Und ich werde jetzt endlich mal nach Maria schauen. Ich habe sie anfangs nur kurz begrüßen können, dann ging der Trubel auch schon los.«

»Mach nur, Mama, ihr habt lange nicht mehr miteinander gesprochen, oder?«

Anna stand auf. »Es ist einfach immer viel zu tun«, seufzte sie dann.

Marlena schüttelte den Kopf. »Wie wär's, wenn du einfach mal etwas kürzertreten würdest? Tu das, was Damen in deinem Alter tun!«

Anna lachte. »Du bist wohl nicht bei Trost, Kind«, meinte sie in scherzhaftem Tonfall. »Ich war nie eine Dame, und ich werde nie eine sein. Mein Fuhrunternehmen ist mein Leben. Das weißt du doch. Ich kann einfach nicht ohne.«

»So wie die Konditorei Marias Leben ist«, ergänzte Marlena. »Und so, wie Tante Lenchen nicht ohne ihr Schneideratelier leben könnte.«

Maria stand auch heute noch täglich in ihrer *pastelería*, obgleich sie mittlerweile einen Teil der Arbeit an ihren Sohn Fabio abgegeben hatte. Genau wie Anna, die tagein, tagaus in ihrem Fuhrgeschäft anzutreffen war, oder Lenchen, die in ihrem Atelier neue Kleider ersann, konnte und wollte sie sich einfach noch nicht zur Ruhe setzen. Die beiden Frauen hatten sich in den ersten Tagen nach Annas Ankunft in Argentinien kennengelernt und waren rasch gute Freundinnen geworden.

Die erste Zeit, so dachte Anna manchmal, hätte ich ohne Marias Unterstützung kaum überstanden.

Anna fand Maria wie erwartet am Buffet, wo sie eben dabei war, die restlichen Kuchenstücke neu zu arrangieren. Anna nahm sich etwas von dem saftigen Nusskuchen, den sie so liebte. Zwar brachte Maria zu jeder Feierlichkeit andere Köstlichkeiten mit, doch Annas Nusskuchen war immer dabei.

»Es schmeckt wieder alles so wunderbar, Maria«, sagte sie.

»Danke.« Maria lächelte, doch ihr Gesicht verlor den nachdenklichen Ausdruck nicht, wie Anna sogleich bemerkte.

»Ist etwas passiert?«, versicherte sie sich.

Maria wartete eine Weile mit einer Antwort. »Alessandro kommt bald wieder«, murmelte sie schließlich.

»Aber das ist doch schön. Du freust dich sicher«, erwiderte Anna.

Maria nickte, ihr Gesichtsausdruck aber änderte sich nicht. Alessandro war einer der italienischen Wanderarbeiter – *golondrinas* nannte man sie, Schwalben –, die jedes Jahr für einige Monate nach Argentinien kamen. Auf dem großen Markt in Buenos Aires hatten Maria und er sich kennengelernt und ineinander verliebt. Hatte Maria, die selbst auch aus Italien stammte, nicht einmal erzählt, dass sie während eines heftigen Regenschauers unter demselben Dach Schutz gesucht hatten und sich so erstmals ungewollt nahegekommen waren?

Anna runzelte die Stirn. »Ist es wegen Fabio?«

Marias Sohn konnte sich einfach nicht damit abfinden, dass seine Mutter nach Jahren der Witwenschaft einen neuen Mann gefunden hatte, und das ließ er sie spüren.

Maria senkte Kopf. »Er sagt, ich mache mich lächerlich, ich sei schließlich eine alte Frau.«

Anna schüttelte energisch den Kopf. »Wer liebt, macht sich nicht lächerlich, Maria. Niemals! Und warum sollten wir uns nicht mehr verlieben? Ich liebe meinen Julius doch auch noch, und das jeden Tag aufs Neue.«

Maria hob den Kopf wieder, und ein kleines Lächeln huschte über ihr Gesicht. Anna legte den Arm um sie und zog die Freundin an sich.

»Soll ich noch einmal mit ihm reden?«

»Nein«, Maria schüttelte den Kopf, »das muss ich schon selbst tun. Ich fürchte mich nur davor. Fabio und ich waren jahrelang ein gutes Gespann. Ich kann nachvollziehen, dass er einen Neuen nicht akzeptieren möchte.« Sie seufzte. »Wenn er verstünde, dass ich dennoch nie aufhören werde, seinen verstorbenen Vater zu lieben, würde er vielleicht umdenken. Aber ich weiß nicht, wie ich ihm das erklären kann.«

Anna streichelte Marias Arm. »Es ist dein Leben«, sagte sie. »Er muss sich damit abfinden.«

»Und wenn er Recht hat? Wenn ich alte Frau mich zum Gespött der Leute mache?«

»Glaubst du das wirklich?«

Nach einer Weile schüttelte Maria den Kopf. »Nein, keineswegs. Tatsächlich glaube ich, dass man Alessandro und mich in Ruhe lassen wird ...« Sie seufzte wieder. »Aber heute feiern wir, Anna«, fuhr sie dann fort. Sie schaute die Freundin mitleidig an. »Du tust mir leid. Jetzt verlässt auch dein jüngstes Vögelchen das Nest.«

Anna schüttelte energisch den Kopf. »Daran bin ich ja schon früh gewöhnt worden. Du kennst doch den Freiheitsdrang meiner Kinder. Der Versuch, sie festzuhalten, ist absolut sinnlos. Das habe ich schmerzhaft lernen müssen. Da bleibt einem nichts anderes, als ihnen das Zurückkommen zu versüßen.«

Die beiden Frauen lachten.

Raúl schlurfte müde die Straße entlang. Als Auroras Bruder aufgetaucht war, dieser eifersüchtige kleine Gockel, hatte er die Gelegenheit genutzt zu verschwinden. Er war zu müde für das Spiel, erschöpft gar. Wie immer war er früh aufgestanden, um sich Geld auf dem Großmarkt von Buenos Aires zu verdienen. Schwere Arbeit war das, so wie die in La Boca, wo er später noch geholfen hatte, die Ladung eines Schiffes zu löschen. Am liebsten wäre er nicht zu ihrem Treffpunkt gegangen, aber er hatte gewusst, dass Aurora dort auf ihn wartete. Er hatte sie zum ersten Mal geküsst, und ihr waren die Knie weich geworden. Das hatte er deutlich gemerkt.

Obgleich das Mädchen jung war und die mangelnde Erfahrung sie auf den ersten Blick zu einem einfachen Opfer machen mochte, dumm war sie nicht. Er musste also vorsichtig sein. Schnell hatte er verstanden, dass er sie keinesfalls bedrängen durfte.

Der Kuss war ein Wagnis gewesen.

Nachdem er sich aus dem Staub gemacht hatte, hatte er sich noch eine Weile in den Büschen des üppigen Gartens versteckt gehalten und die Feiernden beobachtet. Irgendwie hatte er sich nicht von dem Anblick losreißen können. Etwas von der Herzlichkeit, mit der die Meyer-Weinbrenners miteinander umgingen, hatte ihn berührt. Manchmal wünschte er sich, selbst etwas mehr von jener Wärme erfahren zu haben, aber in seiner Familie gab es keine Wärme.

Raúl unterdrückte einen Seufzer, als er die Wohnungstür aufschloss und eintrat. Die Hoffnung, der Vater könnte noch unterwegs sein, zerstob sofort. Er saß am Küchentisch und sah seinem Sohn erwartungsvoll entgegen. Für einen Moment fühlte Raúl sich vom Anblick des aufgedunsenen alten Gesichts abgestoßen. Es gab Leute, die den Vater von früher kannten und behaupteten, er sei einmal ein sehr gut aussehender, charmanter Bursche gewesen. Einer, der jede Frau hätte haben können ...

Aurora nicht, schoss es Raúl durch den Kopf, als der Vater ihn nun kalt fixierte. Er wunderte sich ein wenig über diesen Gedanken.

Nun ja, in jedem Fall waren die Zeiten, in denen der Vater den Casanova gespielt hatte, längst vorbei. Niemand würde diesen fetten Mann mit dem schütteren Haar heute noch gut aussehend nennen. Keiner hier kannte seinen wirklichen Namen: Joris Breyvogel.

Einst waren auch die Breyvogels Besitzer eines Fuhrunternehmens gewesen, doch sie waren tief gefallen und hatten ihr Geschäft schließlich an die Meyer-Weinbrenners verloren. In der Gegend kannte man Joris nur als den alten Herrera, so hatte Raúls Mutter geheißen, die längst in den Wirren der Zeit verloren gegangen war. Raúl jedenfalls konnte sich kaum mehr an sie erinnern – eine Bewegung, eine Wolke blonden Haars, ein Duft vielleicht. Mehr war da nicht.

Raúl trat grußlos an den Tisch, schenkte sich ein Glas *caña* ein und leerte es in einem Zug. Bevor er sprechen konnte, musste er zuerst den Abscheu hinunterspülen, der ihn bei jedem Anblick seines Vaters überkam.

»Und«, fragte der, ebenfalls ohne zu grüßen, »zappelt das Weib weiter am Haken?«

Raúl nickte nur, schenkte sein Glas ein zweites Mal voll und leerte auch dieses. »Aber ich muss vorsichtig sein«, sagte er dann.

»Hm.«

Wie viel Abwertung der Vater in nur einen Laut legen konnte. Raúl kniff ärgerlich die Augen zusammen. Er trieb dieses Spiel nun knapp zwei Monate. Er wusste doch wohl, was er da tat. Sein Vater hatte von ihm verlangt, Kontakt mit Aurora aufzunehmen. Raúl hatte keine Fragen gestellt. Von frühester Kindheit an waren Joris und er allein gewesen. Sie waren zusammengeschweißt worden in Hass, aber auch in Liebe. Er mochte seinen Vater verabscheuen, doch er liebte ihn auch, wie ein Sohn seinen Vater eben liebte. Er kannte es ja nicht anders.

Trotzdem fühlte sich etwas falsch an. Er dachte an die Feier bei den Meyer-Weinbrenners und daran, wie freundlich Aurora immer zu ihm war. Irgendwie spürte er, dass sie ihn schätzte. Das Gefühl, von jemandem geschätzt zu werden, hatte Raúl nie wirklich kennengelernt. Er mochte es.

»Was ist?«, bellte sein Vater.

»Nichts.« Raúl stellte sein Glas ab. »Ich gehe ins Bett. War ein langer Tag.«

Sein Vater lachte meckernd. »Du solltest dem Mädel mal eine lange Nacht bereiten. Weißt du, was ich meine?« Er machte ein obszönes Zeichen. »Eine richtig lange Nacht. Oder besser noch ... du lässt mich mal ran. Und dann würde ich sie zu ihrer Mutter zurückbringen, entehrt ...«

»Zu ihrer Großmutter«, korrigierte Raúl, »an ihr wolltest du dich rächen.«

# Zehntes Kapitel

*Ich liebe dich*, stand in kleinen Druckbuchstaben auf dem Papier, das Estella nach dem zweiten Aufwachen auf ihrem Nachttisch vorfand. Sie erinnerte sich daran, dass Marco sich früh am Morgen mit einem zärtlichen Kuss von ihr verabschiedet hatte. Danach war sie, wie so häufig, noch einmal eingeschlafen.

Ach, das Leben war schön. Estella erhob sich mit einem herzhaften Gähnen, zog den seidenen Morgenmantel über, drückte die kleine Nachricht dann gegen ihre Lippen und küsste sie. Marco schrieb ihr regelmäßig, nachdem sie sich einmal beklagt hatte, in der Phase ihres Kennenlernens kaum Briefe von ihm erhalten zu haben – obwohl sie das eher scherzhaft gemeint hatte. Marco war zwar immer noch kein Mann des geschriebenen Wortes, aber heute bemühte er sich wenigstens, weil sie, seine geliebte Estella, es so wünschte.

»Ich würde dir jeden Wunsch von den Augen ablesen«, hatte er einmal gesagt, »wirklich jeden.«

»Das weiß ich doch«, flüsterte Estella nun und las noch einmal, was Marco geschrieben hatte. Wenig später legte sie die Botschaft in das kleine Kästchen, in dem schon die anderen Nachrichten lagen. Sie hatte jede einzelne gesammelt. Sie waren ein Schatz für sie, schöner als Gold und Diamanten, weil sie wusste, wie sehr Marco mit sich rang, diese kleinen Buchstaben aufs Papier zu bringen.

Estella seufzte. Schon jetzt konnte sie es kaum erwarten, ihn wiederzusehen, in seinen Armen zu liegen, ihn zu küssen. Leider würde er heute später kommen. Das hatte er ihr geschrieben. Ein Treffen der Union Azucarero Argentina, der vor etwa einem Jahr gegründeten Zuckeringenieursvereinigung, stand an, deren Mitglied Señor Marco Pessoa war.

*Hätte ich gedacht, dass mein Marco einmal Mitglied einer solchen Vereinigung sein würde? Hätte er das gedacht?*

Estella lächelte. Marco stammte aus einfachsten Verhältnissen, doch er und seine Schwester Violetta hatten es, mit etwas Unterstützung von Estellas Familie, weit gebracht. Die Zeiten, in denen die beiden mit ihren Eltern und Geschwistern in einer engen Hütte von der Hand in den Mund und in vollkommener Abhängigkeit ihres *patrón* gelebt hatten, waren lange vorbei. Jetzt baute er erfolgreich Zuckerrohr an. Estella lächelte erneut, während sie daran dachte.

Dann entschied sie, sich einen ruhigen Tag machen. Sie musste nur den Fortgang einiger Arbeiten im und rund um das Haus überwachen, dann würde sie eine ausgiebige Siesta machen und sich nachmittags mit Marcos jüngerer Schwester Violetta zusammensetzen. Nach einer schwierigen Kindheit voller Armut hatte sie die Schule besuchen dürfen und sich als gute, ehrgeizige Schülerin entpuppt. Sie hatte bereits eine Klasse übersprungen und träumte davon, Lehrerin zu werden. Estella war fest entschlossen, sie in ihren Plänen zu unterstützen.

Sie seufzte leise. Wirklich, ihr Leben war herrlich. Mit ihrem Stiefvater Pedro und ihrer Mutter Viktoria, die nicht weit entfernt auf der Estancia Tres Lomas lebten, hatte sie Eltern, wie sie sich keine besseren wünschen konnte. Pablo war ein wunderbarer Bruder, Violetta eine liebenswerte Schwägerin. Sie hatte den besten Ehemann und bald …

Estella hielt inne und streichelte zärtlich über ihren Bauch. Nach langen Jahren der Verzweiflung war sie endlich schwanger. Ende des Jahres würde sie ihr so sehnlich erwartetes Kind in den Armen halten.

Ich bin endlich angekommen, schoss es ihr durch den Kopf. Die Jahre der Unruhe und des Suchens, in denen sie vergeblich gehofft hatte, gehörten der Vergangenheit an. Bald würde sie Mutter sein. Sie konnte es kaum noch erwarten.

*Was es wohl werden wird? Ein Mädchen oder ein Junge?*

Estella stellte sich vor, Kleidchen für ein Mädchen schneidern zu lassen, eines für jeden Tag des Jahres. Ganz sicher würde es ein hübsches Mädchen werden, und wenn es ein Junge wurde, sah er gewiss aus wie Marco. Sie schloss die Augen und stellte sich einen kleinen Marco vor, der vor seinem Vater im Sattel saß und sie spitzbübisch angrinste.

Nach dem Frühstück machte sie sich an die Verwaltungsarbeit, achtete aber darauf, entspannt zu bleiben. Am späten Vormittag traf eine Botschaft ihrer Mutter Viktoria ein, die sie ebenfalls ermahnte, sich zu schonen. Seit Anfang des Jahres hatten Marco und Estella endgültig die Estancia Los Aboreros übernommen, auf der Marco und seine Schwester Violetta einen Teil ihrer Kindheit verbracht hatten. Estella hatte anfangs gefürchtet, es könnte den beiden nicht behagen, an den Ort, mit dem sie so viele schlechte Erinnerungen verbanden, zurückzukehren, doch die Geschwister waren fest entschlossen, sich nicht entmutigen zu lassen.

Ach, Mama, dachte Estella, während sie gerührt den Brief las.

Mittags aß sie nur eine Kleinigkeit. In den ersten Monaten der Schwangerschaft hatte sie unter starker Übelkeit gelitten, aber die war, Gott sei Dank, vorbei. Nun rundete sich ihr Leib zunehmend. Lange schon spürte sie die kleinen Tritte ihres Kindes.

Nach dem Essen legte Estella sich hin, und am späten Nachmittag ließ sie den Tisch im Garten für Violetta und sich decken. Es gab Kaffee, Kakao, Tee, süßes und salziges Gebäck und natürlich *dulce de leche*, die Milchcreme, die sie beide so gern aßen.

Als ihre Schwägerin eintraf, umarmte Estella sie überschwänglich und küsste sie auf beide Wangen. Früher hatte man es nicht so gut gesehen, doch mit zunehmendem Alter wurde es deutlicher: Violetta sah Marco sehr ähnlich. Auch sie hatte dunkles Haar und ein grünliches Schimmern in den Augen, wenn es auch nicht ein so intensives Grün wie bei ihrem älteren Bruder war.

»Wie schön, dass du da bist«, sagte Estella und drückte die junge Frau nochmals an sich. »Komm mit in den Garten.«

# Elftes Kapitel

Clarissa blieb den Metzlers gegenüber dabei, sich nicht erinnern zu können, auch wenn ihr das nicht leichtfiel. Ohne Frage waren sie sehr nett und zuvorkommend ihr gegenüber. Keiner schien darauf zu warten, dass sie sich wieder auf den Weg machte. In den Süden, wie Robert zu Anfang gesagt hatte. Inzwischen sagte er, sie müsse sich von dem grippeartigen Unwohlsein erholen, das sie einige Tage hatte daniederliegen lassen.

Clarissa konnte jedoch noch immer niemandem trauen. Ihr Ehemann war vor ihren Augen ermordet worden. Ihr Schwiegervater hatte versucht, sie umbringen zu lassen. Wenn man der eigenen Familie nicht trauen konnte, wem dann? Gewiss konnte man dann Fremden erst recht nicht trauen, so freundlich sie einem auch begegnen mochten.

So wie die Dinge standen, musste sie sich ohnehin versteckt halten. Sie konnte nicht zu ihren Eltern, um die sie täglich mehr bangte, zurückkehren, und sie musste ihre Identität weiter verbergen. Wenn Don Jorge erfuhr, dass sie noch lebte, dann … Aber war das überhaupt möglich? Konnte er von ihrem Überleben erfahren? Ja, sie war sich sicher, dass nicht einmal die beiden Meuchelmörder wagen würden, Don Jorge zu belügen.

Aber da war noch etwas anderes, das Clarissa umso verzweifelter stimmte, je mehr sie darüber nachsann: Vielleicht trug sie Schuld am Tod ihres Mannes, vielleicht klebte sein Blut doch an ihren Händen … Weil sie Javier geheiratet hatte, allen Widerständen zum Trotz, hatte er sterben müssen. Wie sollte sie damit für den Rest ihres Daseins leben?

Vielleicht, dachte Clarissa und kämpfte wieder einmal gegen die Tränen an, würde Javier noch leben, wenn er sich nicht in mich verliebt hätte. Vielleicht wäre er dann jetzt auf Santa Ana mit einer dieser zarten Frauen an seiner Seite. Don Jorge hätte seine Mörder niemals ausgesandt, wenn Javier nicht die Falsche zur Frau genommen hätte. Clarissa biss sich in den Handballen, um den Schmerz zu unterdrücken und sich am Schreien zu hindern.

Aber das war noch nicht alles, was sie sich zum Vorwurf machte. Auch ihre Eltern hatte sie mit ihrem eigensüchtigen Verhalten in Gefahr gebracht, gewiss würde Don Jorge sie bestrafen, um Rache für den Tod seines Sohnes zu nehmen. Lebten sie vielleicht schon gar nicht mehr? Wenn Clarissa die Augen schloss, sah sie den kleinen *rancho* ihrer Eltern vor sich, als befände sie sich selbst dort, verwüstet und zerstört von Don Jorges Schergen, die entstellten Leichen ihrer Eltern in den Dreck getrampelt.

Du weißt, wozu er fähig ist, wiederholte die Stimme in ihrem Kopf, während sie diese Bilder vor sich sah, immer und immer wieder, du weißt es. War das schon die Wahrheit oder lediglich ein Trugbild, das ihre Angst ihr vorgaukelte? Clarissa wusste es nicht.

»Clarissa könnte zu den Deutschbrasilianern gehören, die in den frühen Neunzigern nach Misiones eingewandert sind«, sagte Elsbeth unvermittelt zu ihrem Sohn. »Du hast doch gesagt, dass sie auch Portugiesisch spricht.«

»Ja, ein paar Worte.« Robert zuckte die Achseln. Zu Beginn

der zweiten Woche, die sie bei seinen Eltern weilten, hatte er es nicht mehr ausgehalten und sich seiner Mutter anvertraut. »Aber das klärt nicht die Frage, was mit ihr passiert ist. Ich vermute, dass sie überfallen wurde. Da war Blut auf ihrer Bluse, und es war nicht ihres. Ich habe sie untersucht. Sie war unverletzt. Woher kam dieses Blut also?«

Ich glaube nicht, fügte er stumm hinzu, dass sie jemanden getötet hat. Aber weiß ich es? Schönheit hielt schließlich niemanden davon ab, zum Mörder zu werden. Vielleicht war sie eine Mörderin, die die günstige Gelegenheit nutzte, sich bei seiner Familie zu verstecken, und er nur ein verliebter Tölpel …

Eine Berührung seiner Mutter ließ ihn mit einem Seufzer hochfahren.

»Sie ist gewiss unschuldig«, sagte Elsbeth, als hätte sie seine Gedanken gelesen. »Ich frage mich nur, ob sie wohl Verwandte hat. Menschen, die sie vermissen. Was ist mit ihren Eltern? Sie muss doch eine Familie haben! Hast du sie einmal gefragt, ob und wie man Kontakt mit ihnen aufnehmen könnte? Keiner kommt so einfach aus dem Nichts, besonders nicht Frauen wie Clarissa. Wir haben beide gesehen, dass sie nicht wie eine Herumtreiberin gekleidet war.«

Robert schüttelte den Kopf. »Was das angeht, bin ich noch nicht richtig mit ihr ins Gespräch gekommen. Sie verschließt sich mir mittlerweile wieder vollkommen und behauptet weiter steif und fest, sich an nichts zu erinnern.«

»Und was sagst du als Arzt dazu? Wäre das möglich?«

Robert runzelte die Stirn. »Ich weiß nicht. Kurz nachdem ich sie gefunden hatte, hatte ich nicht den Eindruck, dass sie an Gedächtnisschwund leidet. Auf dem Weg hierher dachte ich noch, ich wüsste bald, woran ich bin, aber dann hat sich etwas verändert … Irgendetwas ist geschehen, aber ich weiß nicht was.«

Es sei denn, überlegte er, sie erinnert sich doch und weiß, dass sie auf keinen Fall etwas preisgeben darf.

Elsbeth tätschelte den Arm ihres Sohnes. »Ich glaube, du musst ihr einfach Zeit lassen.« Sie blickte ihn ernst an. »Ich bin mir sicher, sie hat Schreckliches erlebt. So etwas hat schon manchen Menschen verstummen lassen.«

Abends klopfte Robert an die Tür der kleinen Kammer seiner Eltern, die sie Clarissa weiterhin überließen.

»Señorita Kramer?«, fragte er vorsichtig.

»Ja?«

»Darf ich hereinkommen?«

»Natürlich.«

Clarissa saß aufrecht auf der Bettkante, als er eintrat. Sie sah wunderschön aus, obwohl sie ein altes Kleid trug, das seine Mutter für sie etwas abgeändert und ihr überlassen hatte. Elsbeth war schlank, Clarissa war jedoch viel zarter.

»Wir sollten Ihnen etwas Neues zum Anziehen kaufen«, sagte Robert unsicher. Er wollte über Wichtigeres mit ihr reden, wusste jedoch nicht, wie er beginnen sollte.

Clarissa sah an sich hinunter. Sie hatte ihr langes blondes Haar zu einem Knoten gewunden und im Nacken festgesteckt. Ein paar Strähnen hatten sich hinausgestohlen und fielen ihr ins Gesicht. Als sie den Kopf wieder hob, stellte er fest, dass ihre Augen noch blauer wirkten als sonst, mit einem dunklen Rand um die Iris.

»Ich habe nachgedacht, Clarissa … Darf ich Sie Clarissa nennen?«

»Selbstverständlich. Das ist mir recht, Señor Metzler.«

»Wollen Sie mich nicht Robert nennen?«

»Wenn Sie das wünschen.«

Er hatte sich weniger Zurückhaltung ihrerseits gewünscht, aber er wollte sich vorerst damit zufriedengeben. Möglicherweise war es ja ein erster Schritt.

»Nun, ich habe nachgedacht und mir überlegt«, fuhr er dann fort, »ob wir nicht vielleicht gemeinsam etwas darüber herausfinden können, was mit Ihnen geschehen ist. Sicher haben Sie Eltern oder andere Verwandte, die unter Umständen krank vor Sorge sind, weil …«

»Nein!«

Die Antwort kam so schnell, dass Robert zusammenzuckte.

»Aber … aber warum nicht?«, fragte er.

»Ich …«

Clarissas Stimme war plötzlich wieder leise. Sie zupfte an der Stickerei, die die Ärmel des Kleides zierte, ihre heftige Erregung hatte sich genauso schnell verflüchtigt, wie sie gekommen war.

»Ich glaube, meine Eltern sind tot. Ich weiß es nicht, aber …« Sie starrte ihn an, suchte nach Worten. »Vielleicht ist es noch nicht lange her, und es fällt mir deshalb so schwer, darüber zu reden oder auch nur daran zu denken. Ich …« Sie sah ihn kläglich an.

Robert fühlte sich schrecklich. Er hatte sie gewiss nicht in Bedrängnis bringen wollen. Er wollte doch nur das Beste für sie.

»Das … tut mir sehr leid. Sie müssen natürlich über nichts reden. Ich … ich wollte Ihnen lediglich helfen, ich …«, stammelte er. Er kam sich so dumm vor. Während er nach weiteren beruhigenden Worten suchte, nahmen seine Augen die feine

Röte auf Clarissas Wangen wahr, registrierten den Schwung ihrer halb geöffneten Lippen, ihre anmutige Haltung, das Haar, in das er in diesem Moment am liebsten beide Hände vergraben hätte.

Ich habe mich in sie verliebt, dachte er, ich habe mich in eine Frau verliebt, von der ich nichts weiß.

Kaum eine Woche später tauchten plötzlich Fremde auf dem *rancho* der Metzlers auf. Robert und sein Vater Carl befanden sich im Hof und waren dabei, einen Pflug zu reparieren. Elsbeth und Clarissa hielten sich in der offenen Küche hinter dem Haus auf. In den letzten Tagen war die junge Frau etwas zugänglicher geworden, obwohl ihr das, wie Robert deutlich bemerkte, viel abverlangte. Immerhin schien sie sich bei Elsbeth wohlzufühlen. Die beiden Frauen redeten über Dinge miteinander, über die Frauen eben redeten, nur die Familie sparten sie aus. Sie experimentierten mit Mango und Papaya, Maniok, Kürbis und Süßkartoffeln, buken Brot, ersannen Gemüsegratins und verfeinerten die Zitronenlimonade mit Kräutern aus Elsbeths Garten. Clarissa wirkte in Elsbeths Gegenwart nicht mehr ganz so angespannt. Elsbeth, dachte Robert, ist eine herzensgute Frau, und das glaube ich nicht nur, weil sie meine Mutter ist.

Jetzt hielt er in der Arbeit inne und hob den Kopf. Die Fremden waren näher gekommen. Zwei Männer, ein jüngerer mit einem geradezu engelhaften Gesicht und ein älterer, vierschrötiger, beide auf kleinen Criollo-Pferden, die für ihre Ausdauer und Widerstandskraft bekannt waren. Als sie Robert und seinen Vater bemerkten, zügelten sie die Tiere, zögerten kurz und ritten dann auf die beiden Metzlers zu.

Sie sehen nicht vertrauenswürdig aus, fuhr es Robert durch

den Kopf, noch bevor der erste von ihnen den Mund öffnete. Es war der mit dem Engelsgesicht.

»Einen freundlichen Gruß, Landsmann! Ich bin Rafael Videla, das ist mein Bruder Carlos.«

Robert hob die Augenbrauen.

»Ihr seid doch Deutsche?«, fuhr der Mann fort. »Das hat man uns jedenfalls drüben gesagt.« Er deutete mit dem Daumen in die Richtung, aus der sie gekommen waren.

»Sind wir«, erwiderte Roberts Vater.

»Meine Mutter war Deutsche«, sagte der Fremde.

Was wollt ihr hier?, wollte Robert herausplatzen, zwang sich aber, ruhig zu bleiben und weiter so gelassen wie möglich die Sense zu schärfen. Mit einem gleichmäßigen Geräusch fuhr der Schleifstein über die Klinge. Irgendetwas sagte ihm sofort, dass die Männer nach Clarissa suchten.

»Was bringt euch hierher?«, bemühte er sich um einen freundlichen Tonfall, der jedoch laut genug war, um die beiden Frauen auf der anderen Seite des Hauses zu warnen.

Die Männer wechselten einen Blick. Sie zögerten, dann sprach wieder der mit dem Engelsgesicht: »Eine eher traurige Aufgabe. Wir suchen eine Mörderin.«

Robert fuhr innerlich zusammen, doch er versuchte, sich nichts anmerken zu lassen. Auch sein Vater zeigte keinerlei Regung. Sprachen die beiden Männer von Clarissa? Robert konnte es nicht glauben. Winzige Schweißperlen bildeten sich an seinem Haaransatz, die nicht von der Hitze herrührten. Er wagte kaum, seinen Vater anzusehen.

»Was hat sie … Was hat diese Frau gemacht?«, rang sich Robert schließlich durch zu fragen.

»Ihren Mann getötet«, sagte der Vierschrötige, und sein Begleiter nickte bekräftigend.

Carl schüttelte den Kopf, als könnte er es nicht fassen. »Die Welt ist schlecht«, stieß er aus.

»Hier ist niemand vorbeigekommen. Aber darf ich euch etwas zu trinken anbieten?«, fragte Robert unvermittelt. »Es ist verdammt heiß heute.«

Es dauerte einen Moment, bevor der jüngere Mann antwortete. »Das wäre sehr freundlich. Es ist auch bald Mittag. Wir wollten fragen, ob es hier irgendwo ein schattiges Plätzchen gibt, wo wir uns ausruhen können?«

»Sicher«, antwortete Robert und unterdrückte mühevoll das Nein, das ihm eigentlich entfahren wollte. »Verbringen Sie Ihre Siesta doch bei uns.« Er deutete auf die kleine überdachte Veranda. »Ich werde dann mal etwas zu trinken holen.«

Langsam bog er um die Ecke des Hauses, seine Mutter fand er in der Küche vor. Clarissa war nirgendwo zu sehen.

»Wo ist sie?«, flüsterte er.

Elsbeth zuckte die Achseln. »Ich weiß nicht. Sie wollte plötzlich fort.«

*Sie ist gegangen, als die Männer gekommen sind.*

Ein Stich fuhr ihm durch den Magen. Durfte er ihr trauen? War sie vielleicht doch eine Mörderin? Ihre Flucht wies darauf hin oder etwa nicht? Nur wer schuldig war, musste fliehen.

»Zweifle nicht an ihr«, sagte seine Mutter leise in seine Gedanken hinein.

Robert schaute sie wortlos an und nickte dann nur.

Er atmete tief durch, bevor er mit den Getränken zurückkehrte. Die Männer hatten es sich inzwischen in den Schaukelstühlen auf der Veranda bequem gemacht. Ihre Pferde tranken Wasser aus einem Trog. Für einen Moment erschien ein Bild vor Roberts Augen, das zwei Strauchdiebe zeigte, die nie wieder fortgehen würden. Er schüttelte es mit einer unsichtbaren Bewegung ab.

Robert und sein Vater setzten sich zu den Fremden und begannen ein Gespräch. Es verlief schleppend. Die beiden Männer schützten irgendwann Müdigkeit vor. Auch Carl war bald in der Hängematte eingeschlafen. Robert hielt sich wach. Als der Jüngere nach den Latrinen fragte, hätte er ihm die Antwort am liebsten verwehrt, konnte das aber natürlich nicht tun, ohne sich verdächtig zu machen. Er zählte langsam bis fünfzig und folgte ihm dann. An den Latrinen war das Engelsgesicht, wie Robert ihn insgeheim nannte, nicht zu sehen. Zur Sicherheit tat er so, als müsste er sich selbst erleichtern, und ging dann langsam ums Haus herum. Wie erwartet fand er den Mann in der Küche, im Gespräch mit Elsbeth. Engelsgesicht lächelte, als er Robert sah.

»Ich wollte mir noch etwas von der Limonade holen, Mutter«, sagte Robert.

Elsbeth nickte. »Aber gern, es freut mich, wenn es dir schmeckt.«

Robert nahm die Karaffe und konnte gerade noch ein Zusammenzucken verhindern – Clarissa hatte ihr Schultertuch liegen lassen, und seine Mutter trug ihres. Hatte das Engelsgesicht gesehen, was er auch gesehen hatte? Würde Rafael Videla seine Schlüsse ziehen?

Robert schenkte sich einen Becher Limonade ein und schob das Tuch vorsichtig außer Sichtweite, dann wandte er sich wieder an den Fremden.

»Und diese Frau hat wirklich ihren Mann getötet?«

Der Fremde hob die Augenbrauen. »Sagte ich das nicht bereits?«

»Ich meine, was hat sie genau getan? Wie hat sie es getan?

Entschuldigen Sie meine Neugier, aber wir sind hier so abgeschnitten von der Außenwelt, dass wir rein gar nichts mitbekommen. Da ist man doch gespannt auf jede Neuigkeit.«

»Sie hat ihn erschossen. Als er ihr den Rücken zuwandte.«

»Wie furchtbar. Man kann wirklich niemandem mehr trauen.«

Das Engelsgesicht nickte, schien mit den Gedanken jedoch schon wieder woanders zu sein. Robert hoffte, dass er und sein Bruder bald wieder verschwanden.

Als die beiden unangenehmen Kerle endlich wieder aufbrachen, wartete Robert noch einen Moment und lief dann in Clarissas Kammer. Lebte er tatsächlich seit Wochen mit einer Mörderin unter einem Dach? Hatte Clarissa ihren Mann erschossen, wie es die Burschen behaupteten? Er hatte ja noch nicht einmal gewusst, dass sie verheiratet war. Und konnte sie das wirklich vergessen haben?

Der Rock, den sie getragen hatte, als er sie fand, hing an einem Haken an der Wand. Elsbeth hatte ihn gewaschen, damals als Clarissa über Tage hinweg fast unablässig geschlafen hatte.

Ganz in seine Gedanken versunken nahm Robert das Kleidungsstück vom Haken. Ihm fiel erneut der feine Stoff auf. Das war kein einfacher Rock, er war nicht selbst genäht oder in irgendeiner einfachen *pulpería* gekauft. Robert hob ihn unwillkürlich an die Nase und schnupperte.

*Ihr Geruch, auch nach dem Waschen noch. Unvergessen.*

Dann fühlte er mit einem Mal etwas Hartes. Er tastete sorgfältiger. Tatsächlich, oben am Bund befand sich eine winzige Tasche und darin steckte etwas. Es war nicht einfach, den Gegenstand hervorzufingern.

Ein Ring, ein Brillantring. Clarissas Ehering? War sie doch eine Mörderin?

Robert seufzte. Aber es war ihm gleich. Er würde Clarissa ohnehin nicht verraten. Nur … jetzt war sie fort. Würde sie zurückkehren, oder hatte er sie verloren?

# Zwölftes Kapitel

Aaron Czernowitz lehnte an der Reling und spähte ins Wasser hinunter, das hinter dem Schiff aufschäumte. Weiße Schaumkronen tanzten auf kleinen Wellenkronen. Ein paar Vögel umkreisten das Schiff und seine drei Schornsteine, immer mal wieder ließen sie sich auf einem der Maste oder auch einem Rettungsboot nieder, bevor sie von Neuem durch die Lüfte glitten.

»Certa …«, murmelte der Dreiundzwanzigjährige jetzt unhörbar im brausenden Wind.

Er hatte sich in den letzten Tagen seiner Reise viele Gedanken um einen neuen Namen gemacht. Jetzt hatte er ihn endlich gefunden. Certa war kurz und knapp, erinnerte ihn an seinen alten Namen, war aber besser zu merken und für Argentinier, so hoffte er, leichter auszusprechen. Zufrieden fuhr sich der junge Mann durch das dunkle, lockige, vom Salzwasser verklebte Haar und ließ die vergangenen Wochen Revue passieren. Von Liverpool aus war er mit dem Flussdampfer zur *Britannia* gebracht worden, die vor der Mündung des Mersey ankerte. Um fünf Uhr morgens war das Schiff dann bei schönem Wetter in See gestochen.

Während er auf das Wasser starrte, dachte er an die Bahnfahrt zurück, die ihn nach Liverpool gebracht hatte. Sein Onkel, Meir Weisbrodt, hatte ihn zur Londoner Euston Station gebracht. Ein letztes Mal waren sie in den Trubel der Hauptstadtstraßen eingetaucht, an der Themse hatten sie noch einmal angehalten.

»Die Stadt trägt nun, einem Gewande gleich, die Schönheit des Morgens still und klar«, hatte der Onkel Wordsworth zitiert.

Am Bahnhof angekommen hatte er seinen Neffen überraschenderweise fest in den Arm genommen. Sein kratzender Bart hatte bei Aaron schmerzliche Erinnerungen an seinen Vater hervorgerufen. Vom Waggon aus hatte er noch eine Weile aus dem Fenster gespäht, bis der hohe Hut des orthodoxen Juden auf Nimmerwiedersehen im Gewühl des Londoner Bahnhofs verschwunden war. Beide hatten sie gewusst, dass dies ein Abschied auf immer war. Aaron würde nicht zurückkehren.

Widerstreitende Gefühle hatten Aaron in diesem Augenblick befallen. Zum einen hatte er Erleichterung darüber verspürt, das strenge Haus des Onkels endlich verlassen zu können, zum anderen Wehmut empfunden, doch bald hatte er sich voller Neugier auf die Reise konzentriert. Sara Weisbrodt, seine Tante, hatte ihn außerdem gut mit Essen versorgt.

Bis Sheffield war das Land eben gewesen, danach hatten sich ihm prächtige Ausblicke auf Gebirge, Täler und Städte geboten. Aaron hatte London, seit er zwei Jahre zuvor bei seinen Verwandten eingetroffen war, nicht verlassen und bedauerte dies nun ein wenig. Er hatte immer über seine Tante gelacht, wenn diese ergriffen Wordsworth' *Narzissen* zitiert hatte. Er hatte sie geneckt und eine Schwärmerin genannt, nun konnte er ihre Sehnsucht nach den Naturschönheiten Englands, die jetzt draußen an seinem Fenster vorbeiflogen, nachvollziehen.

Aaron verlockten eher die Städte mit ihren unzähligen Möglichkeiten, sich ein eigenes Leben aufzubauen. Liverpool jedenfalls, hatte er am Ende der ersten größeren Reiseetappe festgestellt, wies prachtvolle, verkehrsreiche Straßen auf sowie imposante öffentliche Gebäude. Und Buenos Aires sollte noch viel größer und prächtiger sein.

Nicht zum ersten Mal fragte Aaron sich gespannt, was ihn wohl in der Neuen Welt erwartete, dort, auf der anderen Seite des großen Ozeans.

Nachdem das Schiff Liverpool hinter sich gelassen hatte, erreichte es den neuen Hafen La Pallice bei La Rochelle in Frankreich. Dort kamen etliche französische Passagiere an Bord. Später stiegen noch Basken hinzu. Die weitere Fahrt durch die Bucht von Biscaya führte sie nach Lissabon. Aaron sah die hohen Berge, die Waldungen, bestaunte altertümliche Schlösser mit Türmen und die vielen, vielen Windmühlen, die ihn an Don Quijote denken ließen. Es gab so viele hübsche Fotomotive – sein Onkel, in dessen Atelier er gearbeitet hatte, hatte einmal gesagt, er habe wirklich einen Blick für gute Aufnahmen. Zu dumm, dass Meir Weisbrodt seinem Neffen trotzdem keine Kamera für die Reise hatte überlassen wollen.

»Zu teuer, mein Lieber«, hatte er gesagt, »zu teuer. Wo kämen wir denn da hin?«

In Lissabon kamen dann so viele Portugiesen an Bord, dass die große *Britannia* völlig überfüllt schien. Eintausendfünfhundert Menschen befanden sich nun auf dem Schiff. Auch wenn Aaron die letzten Jahre in einer Großstadt gelebt hatte, fiel es ihm schwer, sich diese Menge vorzustellen. Auf der kapverdischen Insel São Vicente wurden Kohlen geladen. Ein paar dunkelhäutige Burschen erfreuten die Passagiere, indem sie im haiverseuchten Meer nach Münzen tauchten, die die Passagiere des Schiffes ins Wasser warfen.

Sie überquerten den Äquator, ankerten vor dem brasilianischen Salvador und genossen einen ruhigen Tag in einer der schönen Buchten von Bahia. Aaron war beeindruckt von den zerklüfteten Ufern mit ihrer üppigen Vegetation. Eine solche Pracht hatte er nie zuvor gesehen. Hier und da lugten mitten aus dem Grün hübsche Landhäuser. Es musste wunderbar sein, dort zu wohnen.

Aaron schloss auf der Überfahrt Freundschaft mit Otto Hermann, einem reichen Hamburger Kaufmannssohn, der noch einige Erfahrungen sammeln sollte, bevor er vollends ins Familiengeschäft einstieg. Er war schon mehrmals im Auftrag seiner Familie über den Atlantik gefahren und beschrieb ihm Salvador da Bahia mit seinen Geschäftshäusern, Marktplätzen, den vielen engen Straßen und dem regen Verkehr im alten Viertel, wo fast ein Drittel der Bevölkerung von dunkler Hautfarbe war. Hier trat in jedem Sommer das berüchtigte Gelbfieber auf.

In Rio de Janeiro schließlich konnten sie an Land gehen. Fasziniert von den hohen kegelförmigen Bergen ließ sich Aaron die Gelegenheit nicht entgehen. Er war froh, dass ihn der reiseerfahrene Otto Hermann begleitete. Die an der Guanabara-Bucht gelegene Stadt bot vom Schiff aus gesehen einen eher unfreundlichen Anblick. Allerdings gab es einen neuen Stadtteil mit wunderschönen Parks. Gemeinsam mit Hermann ging es mit der Pferdebahn durch das Viertel Botofogo zum botanischen Garten. Danach bestiegen sie den Corcovado, von dessen Gipfel man ein Panorama genoss, wie es wohl kaum ein zweites auf Erden gab. Tiefblau lag der Ozean unter ihnen, die vielen Schiffe erschienen wie kleine Möwen, die zwischen dicht bewaldeten Inseln hin und her fuhren.

Gegen Ende des Tages kam eine leichte Missstimmung auf. Aaron kritisierte die Art, wie Hermann mit seiner Kamera Bilder aufnahm. Der zog sich daraufhin beleidigt zurück.

Die Fahrt ging weiter Richtung Montevideo. Es waren jetzt kaum noch hundert Passagiere an Bord, die anderen hatten das

Schiff in Rio de Janeiro verlassen und waren von dort aus weitergereist. Wieder einmal stand Aaron an der Reling. Sie hatten den Atlantik hinter sich gebracht. Bald würde er sein Ziel, Argentinien, erreichen. Das Land, in das seine Mutter Ruth gereist und in dem sie verschwunden war, ohne jemals wieder ein Lebenszeichen von sich zu geben. Für einen Moment krampften sich Aarons Hände fester um die Reling. Wind fuhr durch sein Haar, feine Gischt spritzte ihm ins Gesicht, auf seinen Lippen haftete Salz, daran war er längst gewöhnt. Würde er seine Mutter, an die er sich kaum erinnerte, wiederfinden? Nun, er kannte immerhin ihren Namen, und er trug ein Bild bei sich, das sie und seinen Vater in jungen Jahren zeigte. Die beiden hatten die Fotografie damals zu ihrer Hochzeit anfertigen lassen. Sie waren noch sehr jung gewesen und hatten steif und ernst in die Kamera geblickt.

*Wie sie wohl heute aussieht?*

Aaron schloss für einen Moment die Augen und stellte sich das Gesicht seiner Mutter mit feinen Falten vor, ihr dunkles Haar vom Alter grau gesträhnt.

*Und wenn sie tot ist wie Vater?*

Mit einem Mal hörte er Schritte hinter sich, dann lehnte sich jemand neben ihn an die Reling.

»Sie hatten Recht«, war schließlich Hermanns Stimme zu hören, »der Bildausschnitt war falsch gewählt. Wissen Sie, dass Sie ein wirklich guter Fotograf sind, Certa? Und nun sagen Sie schon, wo Sie Ihre Kamera versteckt haben! Sie müssen doch eine besitzen.«

Aaron zog unwillkürlich die Schultern hoch. Er hatte über ihre kleine Auseinandersetzung nachgedacht, aber jetzt, da das Lob kam, wusste er nichts damit anzufangen. Unsicher lachte er auf.

»Ich bin ein Fotograf ohne Apparat, Hermann, ganz ehrlich.

Aber vielleicht hatten ja auch Sie auf Ihre Weise recht, mein Vorschlag war ein Glücksgriff, und ich habe einfach keine Ahnung.«

Hermann runzelte die Stirn. »Sie haben wirklich keinen Apparat? Woher wissen Sie dann …?«

Aaron ließ die Schultern sinken. »Mein Onkel betreibt ein Fotoatelier in London. Ich war dort so etwas wie das Mädchen für alles. Dabei lernt man einiges – auch über Bildausschnitte.«

»In London?«, echote Hermann. Aaron hätte schwören können, dass der Ältere beeindruckt war. »Nun gut«, fuhr er dann fort, »ich bin wirklich der Meinung, Sie haben das Zeug zu einem guten Fotografen, Certa. Ich werde Sie deshalb in die Benutzung meines Apparates einweisen, sofern das überhaupt vonnöten ist, und dann sehen wir weiter.«

»Wir sehen weiter?«

»Ja, wir sehen weiter.« Hermann zwinkerte ihm zu. »Wissen Sie eigentlich schon, wie Sie in der Neuen Welt Ihre Brötchen verdienen wollen?«

So verging jede Stunde der folgenden Reisetage, von kurzen Pausen unterbrochen, mit Otto Hermanns Lehrstunden. Sie frühstückten noch bei Tagesanbruch und begannen bei Sonnenaufgang mit ihrer Arbeit. Sie hatten nicht mehr viel Zeit. Vom Hafen Ensenada in der Nähe der argentinischen Stadt La Plata, wo sie anlanden würden, ging es, wie der reiseerfahrene Hermann wusste, nach Buenos Aires weiter. Vielleicht würde Aaron Hermann dann noch ein Stück begleiten. Hermann hatte Aussicht auf eine gute Verwalterstellung in einem *saladero*, einer großen Anlage zum Pökeln von Fleisch im nördlichsten Teil der Provinz Santa Fé, und er hatte dem jungen Mann angeboten, ihn bis Rosario zu begleiten, wo es ihm möglicherweise gelingen könnte, ins Fotogeschäft einzusteigen. Obgleich

Aaron schon den Umgang mit einigen fotografischen Apparaten erlernt hatte, war er froh, dass sich Otto jetzt die Zeit nahm, ihm jedes Detail der Kamera zu erklären. Meir Weisbrodt hatte dies nie getan. Alles, was Aaron wusste, hatte er durch Beobachtung gelernt, und es gab tatsächlich noch viel mehr zu studieren.

Das war nicht immer leicht, denn Hermanns Kamera lockte Neugierige an, die sich besonders dann gern vor das Stativ stellten, wenn es ans Belichten ging. Es war wie verhext. Manchmal behalf Otto Hermann sich damit, ein Geldstück in die Menge zu werfen, das verhieß dann für einen Augenblick Ruhe. Er erklärte mit einem Schmunzeln, dass er die Münzen genau zu diesem Zweck immer dabeihabe.

Interessiert lauschte Aaron seinem Gefährten, als dieser ihm erläuterte, dass seine Reisekamera mit sogenannten Trockenplatten arbeite, mit denen es mittlerweile immer weniger Probleme gebe. Diese, dozierte er, hätten den Weg für unkompliziertere Außenaufnahmen geebnet.

In jedem Fall musste Aaron feststellen, dass eine Reisekamera deutlich handlicher war als Onkel Meirs Atelierkamera. Aaron hatte bislang nur von der »Kodak Nr. 1« gehört, wahrscheinlich wegen des Werbespruchs, der in aller Munde gewesen war: *You press the button, we do the rest.* Sie drücken den Knopf, wir machen den Rest. Otto Hermann besaß »Dr. R. Krügeners günstige Taschenbuchcamera«, die über ein Magazin für vierundzwanzig Plattenaufnahmen verfügte. Mit den Kleinformaten, über die eine Boxkamera verfügte, bemerkte er einmal, gebe sich zwar kein Berufsfotograf zufrieden, doch für die Reise reiche es allemal. Aaron war bald der gleichen Meinung. Er vertiefte sich zusätzlich in Krügeners *Praktische Winke zur Ausübung der Moment-Fotografie*. Auf diese Weise machte er bald so gute Fortschritte, dass er den Apparat blind hätte bedienen können. Hermann gab ihm zusätzlich Ratschläge zur Bildgestaltung. Er war ein wirklich begabter Fotograf. Aaron genoss die Unterrichtsstunden.

»Theoretisch wissen Sie nun das Wichtigste, Certa, und praktisch auch schon mehr als genug«, sagte Otto Hermann schließlich. »Ich bin tatsächlich der Meinung, dass Sie einmal ein großer Fotograf sein werden. Vielleicht hätte ich es anfangs nicht zugegeben, aber ich habe bislang niemanden mit so viel Talent getroffen, auf keiner meiner Reisen. Wahrscheinlich ist es ganz richtig, dass ich für meine Familie Geschäfte mache, obgleich ich die Fleischbranche immer wenig elegant fand. Ich bin ein guter Amateur, und dabei wird es bleiben. Es ist mir unverständlich, dass Ihr Onkel Sie einfach hat gehen lassen. Ich glaube, er hat seinen besten Mann in die Welt hinausgeschickt.«

»So ist das eben manchmal. Danke.«

Aaron lächelte. Es fiel ihm inzwischen leichter, Lob anzunehmen, zu Anfang hatte er sich noch mit Händen und Füßen dagegen gesträubt. Lob konnte abhängig machen, insbesondere, wenn man danach dürstete.

Und jetzt stand seine Reise unmittelbar vor dem Ende. Sein Blick wanderte über das Deck, wo sich des schönen Wetters wegen zahlreiche Passagiere versammelt hatten. Die Sonne schien von einem strahlend blauen Himmel herab, über den sich nur wenige Wolken wie feinste Schleier aus Seide zogen. Eine Weile schwammen Delfine längsseits des Schiffs, und kurz konnte er einen riesigen Fischschwarm verfolgen, der bald in die Tiefen des Meeres abtauchte. Aaron dachte an die Fliegenden Fische, die Hermann und er in einer hellen Mondnacht gesehen hatten, und bedauerte, dass sie keine Aufnahme von dem seltsam zauberhaften Schauspiel hatten machen können.

Ein Geräusch ließ ihn den Kopf wenden. Eine junge Frau stand nicht weit von ihm entfernt an der Reling. Aaron hatte sie schon eine Weile zuvor wahrgenommen. Sie war blass, klammerte sich mit einer Hand an eine der Verstrebungen, während die andere immer und immer wieder abrutschte, als hätte sie keine Kraft mehr, sich zu halten. Ihre sehr einfache Kleidung zeichnete sie als eine Reisende aus dem Zwischendeck aus, wo sich die ärmsten Reisenden dicht an dicht drängten. Inzwischen herrschte dort ein höllischer Gestank, eine Mischung aus brackigem Wasser, verdorbenem Essen und ungewaschenen Körpern. Aaron war wieder einmal dankbar, dass Meir Weisbrodt ihm das Geld für eine einfache Kabine gegeben hatte.

Die Frau lehnte sich gegen die Brüstung und starrte hinunter ins Wasser. Offensichtlich ging es ihr nicht gut. Wahrscheinlich leidet sie an der Seekrankheit, überlegte Aaron. Zwar war das Meer an diesem Tag ziemlich ruhig, aber manche legten die Krankheit über die ganze Fahrt hinweg nicht ab. Er beneidete sie nicht. Nach allem, was er darüber gelesen hatte, konnte die Seekrankheit einen Reisenden vollkommen außer Gefecht setzen.

Aaron wollte sich schon wieder abwenden, um die junge Frau nicht weiter seiner ungebührlichen Betrachtung auszusetzen, da passierte es. Aaron sah, wie ihr Kopf zurückfiel, im nächsten Moment erschlafften all ihre Glieder. Sie sackte auf dem Deck zusammen, und dann erbrach sie sich immer und immer wieder. Das Erbrochene rann über ihr Kleid und tropfte von dort zu Boden. Aaron meinte, den säuerlichen Geruch wahrzunehmen, obgleich er in einiger Entfernung stand.

Aaron zögerte nur kurz, dann eilte er auf die Frau zu. Sie schien ohnmächtig geworden zu sein und drohte nun, an ihrem eigenen Erbrochenen zu ersticken. Aaron drehte ihren Kopf zur Seite, und wieder kam ein Schwall Erbrochenes aus ihrem Mund. Andere Passagiere näherten sich, unter ihnen auch Otto Hermann. Sie hielten alle sorgsam Abstand. Einer, ein Spanier, beugte sich schließlich vor, drückte zu Aarons Erstaunen seinen Fingernagel in den Arm der Frau und wich dann hastig zurück. Er rief etwas, das Aaron nicht verstand, obgleich er während der Reise sehr fleißig Spanisch geübt hatte. Fragend blickte er Hermann an. Er sah, dass die Passagiere aufgeregt miteinander sprachen, und glaubte das Wort, das der Spanier ausgerufen hatte, zu verstehen. Wie ein böser Fluch wurde es von Mund zu Mund weitergegeben. Einige der Mannschaftsmitglieder wurden auf den kleinen Tumult aufmerksam. Aaron war ratlos. Die junge Frau lag schlaff und bleich auf dem Deck, als wäre sie tot. Plötzlich schrie jemand auf. Einige wichen daraufhin ängstlich raunend zurück.

»Was sagen sie?«, wandte sich Aaron an Hermann.

Der sah ihn ernst an. »*Vómito negro,* das schwarze Erbrechen. Ich fürchte, wir haben das Gelbfieber an Bord.«

Otto Hermann half Aaron, sich zu reinigen. Die besudelte Kleidung warfen sie über Bord, um die Gefahr einer Ansteckung zu minimieren. Die junge Frau wurde ins Zwischendeck getragen, wo sie am Abend noch verstarb, ohne das Bewusstsein wiedererlangt zu haben. Nach einer kurzen Zeremonie bestattete man sie im Meer. In der Hitze konnte es sich niemand leisten, eine Tote lange an Bord zu behalten.

Aaron und Otto waren neben dem Kapitän und einigen wenigen anderen Passagieren die Einzigen, die an der Zeremonie teilnahmen. Offenbar war die Frau allein gereist. Keiner fand sich, der sie kannte oder der etwas von ihr wusste, noch nicht einmal über ihren Namen war man sich sicher. Abends beschäftigte Aaron die Frage, welches Ziel sie wohl gehabt hatte und ob drüben jemand auf sie wartete. Welche Hoffnungen hatte sie sich gemacht? Sie würden es wohl nie erfahren. Aus ihren wenigen Habseligkeiten – einem Holzkamm, einem zweiten Kleid, einem fast blinden Spiegel – hatte sich jedenfalls nicht ersehen lassen, wer sie war. Man hatte ihr das kleine Bündel schließlich mit in das feuchte Grab gegeben, aus Furcht vor weiterer Ansteckung.

Das Leben kann so schnell vorbei sein, fuhr es Aaron durch den Kopf. Er war so in Gedanken, dass Otto ihn zweimal ansprechen musste, bevor er aufmerkte.

»Sie werden uns nicht an Land lassen, habe ich eben vom Kapitän erfahren. Wir kommen erst einmal in Quarantäne«, sagte er. Der Ausdruck auf seinem Gesicht zeigte Unmut.

Aaron nickte. Otto hatte sich mit dem Kapitän angefreundet. So hatte er rasch die Neuigkeit erfahren.

»Weißt du, wo wir hinkommen?«, fragte er.

Sie hatten sich endlich gegenseitig das Du angeboten und mit einem Rum Brüderschaft getrunken.

»Cusenada.«

Cusenada … wiederholte Aaron das Wort im Stillen … Sein neues Leben würde also in Cusenada beginnen.

Doch es war nicht Cusenada selbst, es war das Meer vor Cusenada, wo sie die Zeit der Quarantäne verbringen sollten. Ein Segelboot legte längsseits der ankernden *Britannia* an, nahm die übrig gebliebenen Passagiere samt ihrem Gepäck an Bord und segelte zur Mündung eines kleinen Flusses, wo ihnen ein großes ausrangiertes Schiff als Aufenthaltsort zugewiesen wurde.

Aaron und Otto blieben zusammen, sie suchten sich sogar einen gemeinsamen Platz zum Schlafen. Aaron war wieder einmal dankbar um Ottos Reiseerfahrung. Zwar hatte er sich damals, als sein Vater gestorben war, allein auf den Weg von Lwów, der Stadt, die die meisten unter dem Namen Lemberg kannten, nach London gemacht, und da war er noch ein halbes Kind gewesen, aber die Reise über den Ozean war etwas anderes. Den viel gereisten Otto an seiner Seite zu haben, war, da war Aaron sich sicher, ein nicht zu unterschätzender Vorteil. Trotzdem sprachen sie entgegen ihrer Gewohnheit an diesem ersten Abend ihrer Quarantäne nur wenig. Jeder hing seinen Gedanken nach. Ein Gefühl der Angst und Unsicherheit lag über dem Schiff, denn wo die Krankheit hergekommen war, wusste niemand, und auch nicht, ob sie einem nicht gefolgt war. Das Gelbfieber ist ein Fluch, hatte er die anderen Passagiere flüstern hören.

Immerhin war die Versorgung gut. Am ersten Abend gab es Suppe und Fleisch. Die meisten aßen mit gutem Appetit. Die nächsten Tage vergingen mit Angeln und dem Schießen auf Möwen und Nutrias, Biberratten, sowie mit Spiel, Gesang, Tanz und dem Erzählen von Geschichten. Aaron machte einige Aufnahmen mit Ottos Kamera. Keiner suchte Streit, was, so merkte Otto an, nach so langer Zeit an Bord, beinahe ungewöhnlich war. Es schien ein angenehmer Aufenthalt zu werden, und jeder rechnete damit, dass die Quarantäne bald aufgehoben wurde. Die Reisenden redeten über die Zeit in der Neuen Welt, machten Pläne und sprachen sich Mut zu, träumten und fantasierten sich eine bunte, erfolgreiche Zukunft zusammen. Diejenigen, die schon einmal in Argentinien gewesen waren, wurden von den anderen ausgefragt.

Der Tag, an dem die nächsten Krankheitsfälle auftraten, war ein Sonntag. Nun ließ es sich nicht mehr verleugnen: Das schwarze Erbrechen, das Gelbfieber, war ihnen gefolgt. Die Stimmung auf dem Schiff war bedrückt. Aaron und Otto wichen einander kaum noch von der Seite. Sie angelten, um sich mit frischem Fisch zu versorgen, und mieden es, gemeinsam mit den anderen zu essen. Keiner von ihnen beiden zeigte bislang Anzeichen der Krankheit. Sie waren froh darum, denn das *vómito negro* konnte auch den stärksten Mann dahinraffen. War man infiziert, so hatte der Kapitän ihnen erzählt, kam es nach etwa drei bis sechs Tagen zu einem plötzlichen hohen Fieber, das von Kopf- und Rückenschmerzen, Schüttelfrost, Appetitlosigkeit, Übelkeit und Erbrechen begleitet wurde. Für den Glücklichen klang die Krankheit bald danach wieder ab. Bei einem Teil der Erkrankten aber stieg das Fieber nach einer vermeintlichen Phase der Erholung wieder an. Dies ging einher mit einer erhöhten Blutungsneigung. Einige Kranke bluteten aus Nase und Mund, sogar die Augen konnten betroffen sein. Innere Blutungen führten zu blutigem Stuhlgang und Erbrechen, wobei sich das Blut schwarz färbte. Bei Druckbelastung der Haut zeigte sich die sogenannte Spanische Flagge, ein gelber Streifen, gerahmt von zwei roten. Viele Betroffene entwickelten eine Gelbsucht, daher einer der Namen der Krankheit.

Das Leben an Bord gestaltete sich nun deutlich schwieriger. Alle waren gereizter Stimmung. Jeder versuchte, Personen, die erkrankt waren oder Anzeichen der Krankheit zeigten, auszugrenzen, die Besatzung verwies sie auf einen Extraplatz und warf ihnen Nahrung zu, als handelte es sich um wilde Tiere.

»Diese vermaledeite Krankheit zeigt den Menschen wirklich von seiner hässlichsten Seite«, murrte Otto unvermittelt. »Und wir schimpfen uns zivilisiert.«

Aaron lächelte bitter. Er wusste, dass er in seinem Leben schon Schlimmeres durchgemacht hatte. Er hatte als Kind gehungert, hatte sich Drohungen ausgesetzt gesehen, wenn die Christen in der Nachbarschaft wieder einmal davon sprachen, dass die Juden schuld seien am Tod ihres Messias. Er war mehr als einmal nachts von Gebrüll, Feuerschein und heftigen Schlägen an die Haustür geweckt worden ... Für einen Moment hielt ihn die Erinnerung an den kleinen, ängstlichen jüdischen Jungen, der er gewesen war, gefangen. Dann riss er sich aus seinen Gedanken.

»Nein, die Krankheit scheint nicht nur das Schlimmste in uns hervorzurufen, Otto«, entgegnete er mit einem Lächeln, »schau doch nur.«

Er wies auf den Bereich, den man den Kranken zugewiesen hatte. Dort saß eine junge Frau und hielt ihren schwer kranken Vater in den Armen. Unablässig versuchte sie, ihm etwas zu trinken einzuflößen, wischte ihm immer wieder den Schweiß von der Stirn, sprach ihm leise und sanft zu und sang manchmal sogar.

»Ja, sie, eine Einzelne ...«, beharrte Otto auf seiner düsteren Weltsicht.

Aaron schüttelte den Kopf. »Das ist doch besser als niemand.«

Er wusste, wie wichtig es war, wenn wenigstens einer zu einem stand. Es war eine Christin gewesen, die ihm nach dem Tod des Vaters die Reise nach London ermöglicht hatte. Sie hatte ihn damit vielleicht gerettet, ihm ein neues Leben ermöglicht, sie, eine einzelne Frau, von der er nichts wusste und die nichts von ihm wusste. Im Leben kam es eben darauf an, welche Entscheidungen man traf. Ein Satz fuhr ihm durch den Kopf, den er früher von seinem Vater gehört hatte.

»Wenn du einen Menschen rettest, rettest du die ganze Welt«, sagte er leise.

»Sagt man das bei euch so?«

Die beiden Männer schwiegen einen Moment lang.

»Wir können nicht hierbleiben«, fing Otto dann mit gesenkter Stimme ein neues Thema an.

Aaron sah ihn fragend an. »Wie meinst du das? Was sollen wir denn tun? Sie werden uns erst an Land lassen, wenn keine Krankheitsfälle mehr auftreten. Was gibt es denn da zu überlegen?«

Otto klopfte sich mit der Faust in die offene Handfläche. »Und wenn wir bis dahin alle tot sind? Hast du dir das einmal überlegt? Ich habe keine Lust, darauf zu warten, wie ein Tier in der Falle zu krepieren.«

Aaron gab keine Antwort. Gut möglich, dass Otto Recht hatte. Er schaute zum Ufer hin, das so nah war und zugleich so weit weg. Wie um Himmels willen sollten sie diese Distanz überwinden?

Zwei Tage später hatte Otto Neuigkeiten. Ein weiterer Erkrankter war gestorben, drei fanden sich jedoch auf dem Weg der Besserung, und es hatte keine Neuerkrankungen gegeben. Trotzdem war Otto fest entschlossen, nicht länger zu warten. Er wollte seinen Fluchtplan so schnell wie möglich in dic Tat umsetzen. Otto hatte Kontakt zu den Bootsleuten aufgenommen, die ihnen die Nahrungsmittel brachten.

»Ich habe ihnen Geld geboten, und sie schienen willig, uns zu unterstützen.«

Aaron schüttelte den Kopf. »Sollten wir nicht lieber hierbleiben? Sitzen wir nicht alle buchstäblich in einem Boot? Es gibt keine Neuerkrankungen, und ich fühle mich einfach nicht gut damit, unsere Mitreisenden im Stich zu lassen. In ein paar Tagen ist der Spuk sicherlich sowieso vorbei. Wir sind starke Männer. Vielleicht braucht man uns hier …«

Otto rollte mit den Augen. »Ja, es sieht tatsächlich so aus, als wäre alles glimpflich abgelaufen. Ich habe aber einfach keine Lust mehr, noch länger zu warten. Mir ist genügend Zeit verloren gegangen. Und du? Du hattest doch auch nicht eingeplant, wochenlang untätig auf einem alten, abgewrackten Kahn zu hocken, oder? Die Zukunft wartet auf uns!« Er deutete in Richtung Ufer. »Schau, dort draußen.«

Aaron überlegte einen Moment, ob er Otto endlich von seiner Mutter und seinem Wunsch, sie zu finden, erzählen sollte, entschied sich dann aber dagegen. Wer sollte verstehen, was sie damals getan hatte? Wer sollte verstehen, dass sie sich für ihn und seinen Vater verkauft hatte? Er wollte nicht, dass ein Fremder etwas Abwertendes über seine Mutter sagte oder auch nur dachte.

»Ja, natürlich will ich ein neues Leben beginnen«, sagte er.

»Na also!« Otto klopfte ihm auf die Schulter. »Dann komm jetzt mit. Es gibt zwei Plätze.«

Unwillkürlich fiel Aarons Blick auf die junge Frau und ihren alten Vater, die an die Reling gelehnt miteinander sprachen. Der Alte war wider Erwarten einer derjenigen, die sich erholt hatten. So konnte man sich täuschen.

*Wenn du einen Menschen rettest, rettest du die ganze Welt.*

Die junge Frau sah entspannt und glücklich aus. Die Tage der Krankheit, des Kämpfens, des Bangens und des Hoffens hatten sie stärker gemacht.

»Nein«, sagte Aaron langsam. »Ich bleibe hier.«

»Wie du willst.«

Otto war nicht verärgert. Er respektierte Aarons Ablehnung. Als er sich mitten in der Nacht anschickte, das Boot zu besteigen, das ihn zum Strand bringen sollte, wandte er sich Aaron noch einmal zu. Ohne zu zögern, schlossen sich die beiden Männer in die Arme.

»Wenn du von hier wegkommst«, sagte Otto, »machst du dich aber stehenden Fußes auf den Weg nach Rosario, ja? Und wenn du dort bist, telegrafierst du mir. Ich will dich wirklich unbedingt wiedersehen, verstanden? Vom Land aus«, er deutete zum Ufer, »erreichst du Cusenada in einer knappen Stunde. Die Eisenbahnfahrt nach Buenos Aires dauert dann noch ein paar Stunden.« Otto holte etwas Geld aus seiner Börse und reichte es Aaron. »Dort nimmst du erst einmal Logis im Hotel Du Havre und fährst am nächsten Tag weiter nach Rosario.«

Otto drückte Aaron noch einen Zettel mit seiner Adresse in die Hand, bevor er im Grau des Morgens verschwand. Aaron sah ihm nach, bis das Boot in der Finsternis nicht mehr zu erkennen war.

Würden sie einander wirklich wiedersehen?

# Dreizehntes Kapitel

Estella hatte wieder einmal eine kleine Botschaft von Marco gefunden und lächelte nun wie so oft über seine ungelenken Zeilen. Sie liebte ihn so sehr, dass ihr jetzt auch schon kurze Trennungen Unbehagen bereiteten. Die junge Frau schob das auf die Schwangerschaft, die machte sie empfindsamer. Manchmal fühlte sie sich gereizt, schwankte zwischen Trauer und Glücksgefühlen. Ihr Herz war ihr näher, als trüge sie es nicht mehr im Brustkorb, sondern ungeschützt in ihrer Hand. Sanft strich sie über ihren runden Bauch, die Geste war ihr in den letzten Wochen zur Gewohnheit geworden.

Marco und sie hatten zwei gemeinsame Wochen bei ihrem Halbbruder Paco und seiner Frau Blanca in Córdoba zugebracht und waren erst am Tag zuvor zurückgekehrt. Sechsunddreißig Stunden hatte die Reise im Schlafwagen zurück bis nach San Miguel de Tucumán gedauert. Der Wagen war allerdings so luxuriös ausgestattet gewesen, dass sich Estella nicht im Mindesten angestrengt gefühlt, sondern die Reise in vollen Zügen genossen hatte.

»Ihr beide verbringt jetzt noch einmal ein paar wunderbare Stunden gemeinsam, bevor das Kind geboren wird«, hatte Viktoria gesagt, bevor sie ihrer Tochter das Geld für die Reise geschenkt hatte. »Danach wird es dafür weniger Gelegenheiten geben, das sagt dir eine weise alte Frau.«

»Aber Mama!« Estella hatte gelacht. Schließlich nannte sie, neben Los Aboreros, selbst mehrere Estancias ihr Eigen. Sie hatte sie von ihrem Vater Humberto geerbt, dem ersten Mann ihrer Mutter Viktoria, der viele Jahre zuvor an der Cholera gestorben war. »Das musst du wirklich nicht. Ich habe weiß Gott genügend Geld, um mir eine Reise zu leisten.«

»Ich weiß«, hatte Viktoria leise erwidert und ihrer Tochter über das Haar gestrichen, »aber ich will es so. Lass mir doch die Freude. Ich möchte meinem Kind noch einmal etwas Gutes tun. Wenn ich dich so sehe, muss ich an die Zeit denken, als ich mit dir schwanger war. Ich konnte es damals kaum erwarten, dich in den Armen zu halten.«

»Ich kann es auch kaum erwarten, das kann ich dir sagen«, hatte Estella mit einem Lächeln geantwortet.

Sie verstaute Marcos Zettel in dem kleinen Kästchen. Die Zeit in Córdoba – einer der schönsten Städte Argentiniens, wie Estella fand – war wunderbar gewesen. Sie hatte sich schon einmal als Kind dort aufgehalten, hatte aber kaum noch eine Erinnerung daran. Es waren keine leichten Zeiten gewesen damals.

Dieses Mal hatte sie sich daran erfreut, gemeinsam mit Marco über Córdobas mit marmorartigem Kalkstein belegte Fußwege zu schlendern. Sie hatte schöne öffentliche Plätze kennengelernt, Promenaden, viele Kirchen, Klöster und hübsche, altertümliche Gebäude. Sie hatten auch Ausflüge außerhalb der Stadt unternommen, wo längs des Río Primero viele *quintas* mit schönen Obst- und Gemüsegärten lagen, und abends die Vergangenheit gemeinsam mit Paco, der in der Stadt als Rechtsanwalt arbeitete, und Blanca Revue passieren lassen. Blanca hatte zu berichten gewusst, dass die Temperaturen im bevorstehenden Sommer tropisch werden würden, im Winter und im Frühjahr war es meist angenehm, manchmal aber auch bitterkalt. Dann konnte es sogar dazu kommen, dass Bäche und stehende

Gewässer zufroren. Sie hatten viel gelacht. Es war eine wunderbare Reise gewesen.

Im Vorzimmer zum Schlafzimmer rumpelte es.

»Marco?«

Der Gerufene steckte den Kopf zur Tür herein. »Ja?«

»Ich habe dich gar nicht zurückkommen hören.«

Marco lächelte seine Frau liebevoll an. »Ich habe etwas vergessen, ich wollte dich gewiss nicht stören.«

Er schaute Estella an, die in ihrem wunderschönen Seidennachthemd, das ihre Figur schmeichelhaft umspielte, auf dem Bett lag.

»Und jetzt gehst du einfach wieder?«

Sie schob schmollend die Unterlippe vor, doch in ihren Augenwinkeln lauerte der Schalk. Marco zögerte, wie sie zufrieden bemerkte. Estella legte die Hand auf ihren Bauch, wo ihr Kind ihr eben einen sanften Tritt versetzt hatte. Marco und sie liebten sich immer noch häufig. Sie hatten während der Schwangerschaft nicht damit aufgehört, wenn sie auch weitaus vorsichtiger miteinander umgingen.

»Die Arbeit wartet«, sagte Marco mit bedauerndem Gesichtsausdruck, doch Estella bemerkte, wie er sich begehrlich über die Lippen leckte, auch wenn er das zu verbergen suchte. Dann straffte er die Schultern. »Nein, es geht nicht, Liebes, wirklich, es geht jetzt nicht. Warte bis heute Abend.«

Estella seufzte. Sie küssten einander zum Abschied.

Die Tür fiel erneut hinter Marco zu, und sie versank einen Moment lang in Gedanken. Ihr war, als hätte ihr Appetit auf Marco in den letzten Monaten noch zugenommen. Ob das schicklich war? Estella kicherte leise. Sie hatte schon versucht, von ihrer besten Freundin Marlena zu erfahren, ob es der auch so ergangen war, doch die hatte verneint. Gewiss nicht, John musste leben wie ein Mönch, der Arme, hatte sie gesagt.

In sechs Wochen, fuhr es ihr durch den Kopf, kommt das Baby. Ich kann es wirklich kaum noch erwarten.

# Vierzehntes Kapitel

»Maria, was machst du denn hier?«

Maria, die in Gedanken versunken mitten auf dem Bürgersteig stehen geblieben war, hob verwirrt den Kopf. Sie hatte kaum darauf geachtet, wohin ihr Weg sie führte, nachdem sie die Konditorei verlassen hatte. Fabio kümmerte sich an diesem Tag allein um den Betrieb, da Maria in der vergangenen Nacht sehr schlecht geschlafen hatte. Wie schon in den Nächten zuvor.

Wieder einmal waren ihr viel zu viele Dinge durch den Kopf gegangen. Sobald sie sich hinlegte, sobald sie das Kissen an ihrer Wange spürte, wirbelte es in ihrem Kopf durcheinander, ohne dass sie etwas dagegen tun konnte.

»Maria, hier!«

Maria kniff die Augen zusammen, wandte sich um und fokussierte angestrengt die Person, die aus der Ladentür eines der Geschäfte in der kleinen Nebenstraße der Calle Florida schaute. Mit den Jahren hatte ihre Sehfähigkeit nachgelassen, doch nun erkannte sie auch die Stimme.

»Lenchen!«

Auf einen Schlag kehrte sie in die Gegenwart zurück. Ohne es recht zu merken, war sie am Atelier von Annas Schwester vorbeigelaufen. Lenchen drückte Maria zur Begrüßung lachend Küsse auf beide Wangen.

»Oft gehst du aber nicht hier entlang«, bemerkte sie dann.

Maria zuckte die Achseln. »Ich weiß es nicht.« Sie überlegte.

»Vielleicht hast du Recht, ich bin sonst allerdings länger in der *pastelería* …«

Lenchen lachte. »Stimmt, du arbeitest genauso viel wie ich, auch ich habe selten Zeit für eine Mußestunde. Aber du weißt ja, ich liebe meine Arbeit.«

Maria schoss mit einem Mal die Frage durch den Kopf, warum Lenchen wohl nie geheiratet hatte. Während sie noch darüber nachsann, streckte Lenchen die Hand nach Maria aus.

»Komm, lass uns einen Tee zusammen trinken. Du siehst aus, als könnte dir das guttun.«

»Wirklich?«, fragte Maria.

*Sieht man mir die Erschöpfung so deutlich an?*

Sie griff nach Lenchens von der Näharbeit rauen, zerstochenen Fingern. Eigentlich war Lenchen Brunner immer nur Annas kleine Schwester für sie gewesen, aber auch sie war inzwischen über fünfzig Jahre alt und führte seit Langem ein gut gehendes Schneideratelier.

Maria konnte sich immer noch nicht ganz dazu durchringen, ihr ins Innere des Geschäfts zu folgen. Eigentlich wollte sie ihre Probleme allein lösen – die Angst vor der Ablehnung Alessandros durch ihren Sohn Fabio musste sie mit sich selbst ausmachen, wie auch die Angst vor der Möglichkeit, dass es Alessandro vielleicht doch nicht ernst meinte mit der rundlichen Witwe, die sie war, und schließlich die über allem schwebende Angst, seine Liebe zu verlieren.

Sie bemerkte, dass Lenchen sie prüfend anschaute. »Maria, zögere nicht«, sagte sie dann fest. »Irgendetwas bedrückt dich doch.«

Maria war überrascht, dass Lenchen ihr das sagte, sie, die immer nur Augen für ihr Geschäft hatte. Sie ließ sich dann aber doch über die Türschwelle ziehen. Im Innern des Ateliers wanderte ihr Blick für einen Moment über die hohen Regale aus dunkelbraunem, glänzendem Holz und die vielen Schubladen. Auf dem großen Tisch in der Mitte des Ladens lagen verschiedene Stoffballen. Maria ließ ihre Finger über Seide und Damast, Baumwolle, Wollstoffe und schimmernden dunkelblauen Samt gleiten. Ein- oder zweimal im Jahr kam sie hierher, um sich ein neues Kleid schneidern zu lassen, nur zum Tee hatte Lenchen sie noch nie hereingebeten.

Maria spähte nach draußen. In den Seitenstraßen war es still, auch wenn es Zeiten gab, da sich die altehrwürdigen Kutschen und diese neuen Automobile vor Lenchens Schneideratelier drängten. Lenchen Brunner galt als Geheimtipp, zur neuen Saison bestellte man gern Kleider und Anzüge bei ihr. Lenchen stellte dann regelmäßig junge Frauen ein, die ihr bei der Arbeit halfen.

Auf ein Klappern in ihrem Rücken hin drehte sich Maria wieder um. Lenchen hatte einen kleinen Tisch mit Teegeschirr und Gebäck gedeckt und winkte sie näher heran.

»Ein Tässchen Darjeeling?«, vergewisserte sie sich.

Maria nickte dankbar.

»Ich kann Mate-Tee einfach nichts abgewinnen«, fügte Lenchen hinzu.

»Ich eigentlich auch nicht«, murmelte Maria und setzte sich.

Schweigend saßen sich die Frauen gegenüber.

»Was bedrückt dich?«, fragte Lenchen dann. »Ich sehe dich sonst stets nur fröhlich oder ausgeglichen, eben draußen erschienst du mir fast mutlos.«

Mit einem winzigen Teelöffel rührte Maria in der zierlichen Tasse. »Es ist Alessandro.«

Sie musste nicht mehr sagen, natürlich wusste Lenchen Bescheid.

»Du machst dir Sorgen wegen Alessandro?«

»Ja, ich mache mir Sorgen, ob er es ernst meint, ob es überhaupt richtig ist ...«

Maria war erstaunt, wie offen sie plötzlich war. Verwundert stellte sie fest, dass da ein Gefühl von Vertrauen zwischen Lenchen und ihr war.

Lenchen nippte an ihrer Tasse und beugte sich dann vor. »Ich bin mir sicher, dass er es ernst meint. Ich habe euch schon zusammen gesehen.«

»Wirklich?«

Lenchen schmunzelte. »Du und Alessandro, ihr geht sonntags gern spazieren, das tue ich auch. Ihr seht aus, als wärt ihr füreinander geschaffen.«

Maria konnte das Lächeln, das sich in diesem Moment auf ihr Gesicht stahl, nicht unterdrücken.

»Danke.« Sie zögerte. »Ich mache mir trotzdem Sorgen.«

»Wegen Fabio?«

»Vielleicht.«

Lenchen schenkte ihnen beiden Tee nach und bot Maria dann den Teller mit Gebäck an. Die nahm einen Keks, obwohl sie eben noch keinen Hunger gespürt hatte. Lenchen hatte tatsächlich die Fähigkeit zuzuhören, und obgleich sie noch wenig gesprochen hatten, fühlte sich Maria schon etwas erleichtert. Sie würde neu nachdenken müssen, aber eine glückliche Zukunft mit Alessandro schien ihr jetzt nicht mehr vollkommen unmöglich. Sie dachte daran, dass Anna ihr einmal gesagt hatte, auch ihre Enkelin Aurora gehe gern in Großtante Lenchens Schneideratelier, manchmal half sie ihr bei den Stickereien, manchmal klagte sie ihr auch ihr Leid.

Maria trank die zweite Tasse Tee aus, genoss die Wärme und den etwas malzigen Geschmack. »Wolltest du eigentlich je heiraten?«, fragte sie dann unvermittelt.

Lenchen starrte auf ihre Teetasse. »Ja«, erwiderte sie nach einer Weile, »es gab mal einen, aber es sollte nicht sein, und je älter ich wurde, desto weniger wollte ich meine Freiheit verlieren, einen Ehemann haben, der über mich bestimmt oder zumindest über mich bestimmen kann. Ich schätze meine Unabhängigkeit ... im Rahmen der Möglichkeiten, die man als Frau heutzutage hat, jedenfalls.«

Maria nickte nachdenklich. »Jetzt komme ich mir aber ein wenig albern vor mit meinem Alessandro«, sagte sie dann augenzwinkernd.

»Ach«, Lenchen winkte lachend ab, »die Liebe kennt kein Richtig und kein Falsch. Wer weiß, wie ich handeln würde, hätte ich den Richtigen gefunden. Es gibt so viele glückliche Paare in unserer Umgebung, und ich bin mir sicher, das nächste werdet ihr sein.«

# Fünfzehntes Kapitel

Violetta hörte Estella bereits schreien, als sie die Halle betrat. Es war ein entsetzlich durchdringender Schrei, ein Schrei, der überall im Haus zu hören sein musste.

So, dachte Violetta unvermittelt, muss es sich anhören, wenn einem jemand ein Messer in den Leib rammt und wieder herausreißt.

Für einen Moment stand sie starr vor Schreck da. Die Geburt hatte am Vortag schon begonnen, doch sie zog sich hin, und die Hebamme, Viktoria und die anderen Frauen, die Estella zur Seite standen, hatten Violetta trotz ihres Protests in die Schule geschickt.

»Das Kind wird auch ohne dich kommen. Vorerst können wir dich hier nicht gebrauchen«, hatte eine der älteren, erfahrenen Helferinnen knapp zu ihr gesagt.

»Aber Estella ist meine Freundin«, hatte sie aufbegehrt. »Ich will bei ihr sein!«

»Du kannst hier aber nicht helfen.« Mit diesen Worten hatte man sie zur Tür hinausgeschoben.

Obwohl Violetta zu den besten Schülerinnen gehörte, hatte sie sich an diesem Tag kaum konzentrieren können. Immer wieder waren ihre Gedanken zurück nach Hause geflogen. Sie hatte so sehr gehofft, dass Estella bei ihrer Heimkehr endlich von ihren Qualen erlöst sein und ihr ersehntes Kind in den Armen halten würde.

Die Schmerzen mussten höllisch sein, denn Violetta kannte

die Freundin gar nicht als so wehleidig. Auf den ersten Blick mochte man nur deren Schönheit erkennen, aber sie konnte auch zupacken.

*Und jetzt bin ich wieder zu Hause, und das Erste, was ich höre, sind Estellas Schmerzensschreie. Was wird mich erwarten?*

Violetta seufzte leise. Offenbar hatte sie vergebens gehofft. Obwohl es ihr schwerfiel und die Angst, die sie schon den ganzen Morgen verspürt hatte, ihren Magen zusammenkrampfte, straffte sie nun die Schultern und zwang ein strahlendes Lächeln auf ihr Gesicht. Keinesfalls wollte sie ihrer geliebten Schwägerin zeigen, wie sehr sie um sie bangte. Sicherlich hatte Estella selbst genügend Angst. Was sie brauchte, war Zuversicht.

Violetta atmete tief durch und ging entschlossen weiter. Es erschien ihr, als haftete Blei an ihren Füßen. Als sie das Zimmer erreichte, aus dem die schrecklichen Laute drangen, fuhr ihr ein Angstschauer über den Rücken. Sie musste schlucken. Sie durfte keine Angst haben! Aber vielleicht irrte sie sich auch? Vielleicht war das ja normal. Die Frau gebiert unter Schmerzen, hieß es doch, sie …

Doch Violetta ahnte, dass dieser Verlauf nicht normal war. Sie hatte schon in ihrer Kindheit Geburten miterlebt. Im engen Miteinander der kleinen Hütten hatte man keinem Laut Lebens entgehen können, und keine der Geburten hatte sich auf diese Art und Weise hingezogen.

Violetta horchte. Hinter der Tür war plötzlich alles still. Die junge Frau durchfuhr es mit einem Mal eiskalt. O Gott! War etwas geschehen?

Erneute durchdringende Schreie ließen Violetta im nächsten Moment zusammenschrecken, die darauffolgende beunruhigende Stille trug nicht zu ihrer Entspannung bei. Es blieb ihr nichts anderes übrig. Sie musste hineingehen.

Vorsichtig schob Violetta die Tür auf und schlüpfte lautlos hindurch. Rund um Estellas Bett sah sie die Frauen. Viktoria saß in einem weißen Korbsessel am Kopfende und fächelte ihrer Tochter Luft zu. Sie sah bleich aus, erschöpft, hielt sich aber aufrecht. Violettas Blick fiel auf Estella.

Sie sieht schrecklich aus, fuhr es ihr durch den Kopf. Gleich darauf schalt sie sich für diesen hässlichen Gedanken, wenn er auch der Wahrheit entsprach: Estella war nicht nur bleich, ihre Haut wirkte grau. Schweißnasse Strähnen ihres dunklen Haars klebten ihr im Gesicht, das seltsam aufgedunsen schien. Sie war kaum wiederzuerkennen.

»Gleich, mein Täubchen, du hast es gleich geschafft«, lockte eine von ihnen mit gurrender Stimme. »Noch einmal pressen, noch einmal nur, ich vesprech's dir, dann ist das Kindlein da.«

Ein weiterer unmenschlicher Schrei, zu dem Violetta ihre Schwägerin kaum noch in der Lage gesehen hatte, zerriss die Luft. Fast im selben Moment beugte sich die Hebamme vor und fing das Kleine auf. Sie durchtrennte die Nabelschnur, rieb es kurz ab, hielt es dann in die Höhe und klatschte ihm auf den Po. Ein Schrei war zu hören, und schon lag der Winzling in den Armen der Hebamme.

Fast vierzig Stunden nach dem Einsetzen der ersten Wehen hatte Estellas und Marcos Tochter endlich das Licht der Welt erblickt.

Auch am nächsten Tag schickte man Violetta zur Schule. Alles Bitten und Flehen, alle Hinweise darauf, dass sie Estella zur Seite stehen wolle, verhallten ungehört. Wieder konnte Violetta es kaum erwarten, nach Hause zu kommen. Als sie eintraf, war es still auf der Estancia. War sie allein? Um diese Tageszeit herrschte sonst mehr Leben. Als Violetta das Haus betrat, hörte sie leises Gemurmel von der Veranda vor Estellas Schlafzimmer.

Violetta fand Viktoria und die Hebamme neben einem Tisch mit Erfrischungen, die jedoch unberührt waren, vor. Sie unterhielten sich mit gesenkten Stimmen. Die beiden älteren Frauen wandten sich ihr zu, als sie die Veranda betrat. Sie sahen müde aus, der Gesichtsausdruck der Hebamme war sehr ernst. Viktoria atmete tief durch, als ob sie Kraft sammeln müsste, und lächelte Violetta dann an.

»Hallo, Liebes! Bist du schon wieder zurück?«

Violetta erkannte schmerzhaft, wie schwer Viktoria ihre scheinbare Unbefangenheit fiel.

Was ist passiert?, wollte sie fragen und konnte sich doch nicht dazu durchringen – aus Angst vor der Antwort.

Ein leises Geräusch war plötzlich zu hören, ein schwaches Quäken. Die Hebamme lief gleich auf eine Korbwiege zu, die Violetta erst in diesem Augenblick bemerkte.

»Der Kleinen geht es gut«, sagte Viktoria unendlich müde, »einer muss Marco telegrafieren.«

Da war mit einem Mal eine Leere in ihrem Gesicht, die Violetta erschreckte. Sie schluckte, dachte an ihren Bruder, der sich, etwa einen knappen Tagesritt entfernt, auf der Estancia eines weiteren Zuckerrohrpflanzers befand, der ihn um Hilfe bei der Reparatur einer dringend benötigten Mühle gebeten hatte. In der Aufregung der letzten Tage hatte keiner von ihnen daran gedacht, Marco über die Vorgänge auf Los Aboreros zu informieren. Violetta sah, wie die Hebamme den Säugling, der sich einfach nicht in seinem Bettchen beruhigen lassen wollte, auf den Arm nahm und ihm den Finger in den Mund steckte.

Sie musste allen Mut zusammennehmen, bevor sie ihre Frage stellte. »Und was ist mit Estella? Wie geht es ihr?«

»Sie hat Fieber.« Viktorias Antwort kam schnell. Ihre Stimme klang plötzlich seltsam kühl. Dann schwankte sie auf Violetta zu. Im nächsten Moment schon brach sie an der Schulter der jungen Frau zusammen. »Sie hat das Fieber, Violetta«, schluchzte sie, »meine arme Estella hat das Fieber. Sie wird sterben.«

*Das Fieber?*

Violetta wechselte einen Blick mit der Hebamme. »Das ist nicht gesagt«, setzte sie zu sprechen an, »sie erholt sich gewiss. Auch andere Frauen haben nach der Geburt ...«

Sie verstummte, als sie bemerkte, mit welch steinernem Blick die erfahrene Geburtshelferin sie anblickte und dann langsam den Kopf schüttelte.

*Sie würde sich nicht erholen vom Fieber? Sollte es wirklich keine Rettung geben?*

Jetzt verstand sie, worüber die Hebamme und Viktoria geredet hatten, als sie zu ihnen gestoßen war: Wenige Stunden nur, nachdem ihr Kind geboren worden war, rang Estella mit dem Tod.

»Wir müssen Marco Bescheid geben«, sagte Violetta leise, als sie sicher war, wieder Kontrolle über ihre Stimme zu haben.

Violetta dachte daran, wie schwer es ihrem Bruder gefallen war, sich von seiner hochschwangeren Frau zu trennen, aber der Hilferuf des Nachbarn hatte keinen Aufschub geduldet. Sie erinnerte sich, dass man ihn mit den Worten getröstet hatte, bei seiner Rückkehr könne er vielleicht schon Mutter und Kind in die Arme schließen. Jetzt würde er zu einer Sterbenden zurückkehren.

Estellas Fieber stieg rasch an. Bald klagte sie über starke Schmerzen im Unterleib. In einer ihrer wacheren Stunden brachte man ihr auf ihren Wunsch das kleine, immer noch namenlose Mädchen, doch Estella merkte, dass sie zu schwach war, um sich um das Kind zu kümmern, und brach darüber in bittere Tränen aus. Sie ließ sich kaum noch beruhigen und war danach noch geschwächter als zuvor.

Am Abend begann es zu regnen, es goss die ganze Nacht hindurch. Sie alle wussten, dass sich Marcos Rückkehr damit unweigerlich verzögerte. Keiner sprach es aus.

Estella begann erneut stark zu bluten, die Bettlaken mussten stündlich gewechselt werden. Bald fragte Violetta sich, wie viel Blut ein Mensch überhaupt verlieren konnte, bevor er starb. Der Wochenfluss roch äußerst unangenehm. Estella erbrach immer wieder. Innerhalb weniger Stunden verschlechterte sich ihr Zustand rapide. Der Unterleib der jungen Mutter wurde hart und schmerzte bei der kleinsten Berührung. Sie war sehr unruhig. Der Puls war hoch, die Atmung beschleunigt. Manchmal verlor sie für kurze Zeit das Bewusstsein.

Die Schnelligkeit, mit der die Krankheit bei Estella voranschritt, überraschte sogar den herbeigerufenen Arzt. Schließlich konnte man nichts mehr tun, als ihr die letzten Stunden zu erleichtern. Es würde keine Heilung geben, keine Rettung und keine Hoffnung.

Estella starb drei Tage, nachdem sie ihre so lang ersehnte Tochter zur Welt gebracht hatte.

Heftige Regengüsse hatten Straßen und Furten fast unpassierbar gemacht, trotzdem war Marco geritten wie der Teufel. Als er auf seinem schweißnassen Pferd endlich in den Hof sprengte, aus dem Sattel sprang und auf das Haus zueilte, kam Violetta ihm schon entgegen.

»Wo ist sie?«, fragte er außer Atem. »Wo ist Estella?«

Er weiß es, fuhr es Violetta durch den Kopf, während sie ihren Bruder wortlos bei der Hand nahm. Er weiß, dass sie tot ist.

Als sie in das Zimmer traten, in dem man Estella aufgebahrt hatte, schüttelte Marco die Hand seiner Schwester ab. Auf dem Korbstuhl am Kopfende des Bettes saß Viktoria mit tränenüberströmtem Gesicht. Wortlos nickte sie ihrem Schwiegersohn zu. Obwohl Estella erst einige Stunden zuvor gestorben war, kam es Violetta so vor, als läge über dem Raum bereits der süßliche Geruch des Todes. Natürlich war das unmöglich.

Langsam, mit starrem Gesichtsausdruck, trat Marco auf das Bett zu. Man hatte Estella ihr Lieblingskleid angezogen und etwas Farbe auf ihre bleichen Wangen aufgetragen. Ihre Gesichtszüge wirkten weicher, als sie noch in den letzten Tagen ihres Lebens gewirkt hatten. Das dunkle Haar war sorgsam gekämmt, sie trug ihren besten Schmuck. Im Dämmerlicht des Zimmers konnte man sich vormachen, sie schliefe lediglich tief und fest. Marco starrte seine Frau fassungslos an.

»Sie ist heute Morgen gestorben«, meldete sich endlich Violetta zu Wort, um die Stille zu brechen.

Marco schwieg, er drehte sich auch nicht zu seiner Schwester um.

»Wir haben alles versucht«, fuhr Violetta unsicher fort. »Wir haben den Arzt gerufen, wir ... Wir konnten einfach nichts tun.«

»Ich weiß.«

Marcos Gesicht war wie versteinert. Nur seine Kiefer bewegten sich, mahlten unablässig, als könnte er so gegen den

Schmerz ankommen. So angestrengt Violetta nachdachte, ihr wollten keine tröstenden Worte mehr einfallen. Viktoria hatte offenbar schon in den vergangenen Tagen all ihre Kraft aufgebraucht. Sie saß leise schluchzend zusammengesunken in ihrem Korbsessel. Marco schien ihre Anwesenheit kaum wahrzunehmen.

Als das Schweigen unerträglich wurde, räusperte sich Violetta. »Wir haben eine Fotografie von ihr machen lassen. Zur Erinnerung, Marco. Sie liegt dort drüben auf der Anrichte.«

Wieder kam keine Antwort. Der Fotograf hatte die Tote in ihrem Bett aufgenommen. Violetta fand, dass die Aufnahme gut gelungen war – Estella sah aus, als würde sie schlafen. Marco machte jedoch keine Anstalten, sie sich anzusehen. Sein Blick blieb weiter auf seine Frau gerichtet, als hielte ihn irgendetwas an ihr fest. So blieb auch sie einfach nur stehen und drang nicht weiter in ihren Bruder.

Violetta konnte später nicht sagen, wie lange sie auf diese Weise miteinander verbrachten, starr wie Fremde. Inzwischen war es dämmrig geworden. So viele ungesagte Worte hingen drohend wie ein Damoklesschwert über ihnen. Dann zerriss mit einem Mal ein kurzer und doch so energischer Schrei draußen vor der Verandatür die Stille.

Unser kleiner Stern, dachte Violetta und eilte hinaus, unser kleines Zaubermädchen.

Ohne dass jemand ein Wort hätte sagen müssen, war gleich nach der Geburt klar gewesen, dass sie sich um die Kleine kümmern würde, kein anderer hatte bisher die Kraft dazu gefunden. Sie huschte auf die Wiege zu, die dort unter einem Moskitonetz stand, schlug den Stoff beiseite und nahm Marcos und Estellas

Tochter in die Arme, wiegte sie sanft und ließ sie zur Beruhigung an ihrem kleinen Finger nuckeln.

»Wärm bitte etwas Ziegenmilch für unseren Schatz auf«, sprach sie das Mädchen an, das neben der Wiege gesessen hatte und nun auf ihre Anweisungen wartete. Die junge Dienerin eilte davon.

Violetta spürte, dass das Nuckeln der Kleinen fordernder wurde, was von baldigem neuem Protest kündete. Dennoch entschied sie, das winzige Wesen gleich zu Marco zu bringen. Lächelnd schaute sie ihre kleine Nichte an. Man konnte schon jetzt Estella in ihr sehen. Sie hatte Nase und Mund von ihrer Mutter, aber Marcos Augen und auch seine Haare. Sie würde einmal wunderschön werden. Violetta suchte Marcos Blick, der zeigte keine Reaktion.

»Wie heißt sie?«, fragte er endlich schwerfällig.

O Gott, wir haben ihr noch keinen Namen gegeben, durchfuhr es Violetta in einem Moment und schon im nächsten hörte sie sich antworten: »Stella, die Kleine heißt Stella.«

Marco wich unwillkürlich einen Schritt zurück. »Ihr habt ihr *ihren* Namen gegeben? Ihr habt diesem Kind Estellas Namen gegeben?«, fragte er ungläubig. Sein Gesicht wurde erst weiß, dann verdunkelten sich seine Züge bedrohlich. »Dieses Kind hat meiner Estella alles genommen, und nun gebt ihr ihr auch noch ihren Namen?«, schrie er.

»I… ich«, stotterte Violetta.

Doch Marco hörte sie schon nicht mehr. Ohne ein weiteres Wort stürmte er aus dem Zimmer. Am Tag nach Estellas Beerdigung reiste er ab, ohne Angaben über sein Ziel zu machen. Er sah seine Tochter nicht ein einziges Mal mehr an.

# Sechzehntes Kapitel

Aurora konnte sich nicht erinnern, ihre Mutter je so verzweifelt weinen gehört zu haben. Marlena war immer eine starke Frau gewesen. Nichts, aber auch gar nichts brachte sie aus der Ruhe. Möglicherweise hatte sie das während ihrer ersten gemeinsamen Jahre mit ihrem Vater John gelernt, der als junger Mann, so hatte man Aurora erzählt, recht unzuverlässig gewesen war. In jedem Fall hatte Marlena die Kinder eine lange Zeit mit ihrer Arbeit als Zeitungsjournalistin und später mit Reiseberichten allein durchbringen müssen, und doch war sie immer für Aurora und ihren Bruder Joaquín da gewesen. Ein weiteres Kind war noch vor der Geburt gestorben.

Irgendwann hatten John und Marlena die vielen ungeklärten Dinge, die zwischen ihnen gestanden hatten, klargestellt, und auf einer ihrer gemeinsamen Reisen hatte er ihr dann auch endlich die schmerzvolle Wahrheit über seine Vergangenheit erzählt. John hatte aus politischen Gründen aus Deutschland fliehen müssen, dafür jedoch das Leben seines besten Freundes geopfert und damit auch das von dessen Ehefrau zerstört. Dass er so feige gewesen war, sich selbst in Sicherheit zu bringen und den anderen zurückzulassen, belastete ihn heute noch. Sie hatten die Frau später gemeinsam ausfindig gemacht. John hatte sich entschuldigt, doch sie hatte nie geantwortet. Ruhe bewahren ist das Wichtigste, das hat mich das Leben mit deinem Vater gelehrt, pflegte Marlena zu sagen, wenn Aurora sich wieder einmal vor einem unlösbaren Problem sah.

»Mama?«

Aurora klopfte und betrat leise das Schlafzimmer ihrer Eltern. Sie schloss die Tür hinter sich. Ihr Herz pochte. Was war nur geschehen? Warum war ihre Mutter so traurig? Eigentlich hatte sie ihr von Raúl erzählen wollen, jetzt spürte sie jedoch, dass dies nicht der richtige Zeitpunkt war. Marlena saß auf ihrem Bett, ihre Schultern bebten mit jedem Atemzug, das Gesicht war rot und geschwollen von Tränen. Aurora hörte, wie ihre Mutter den nächsten Schluchzer mühsam unterdrückte, dann betupfte sie sich die Augen mit einem Taschentuch und putzte sich die Nase.

»Was ist, mein Schatz?«, fragte sie, offenbar entschlossen, wieder Stärke zu zeigen.

Aurora schüttelte fassungslos den Kopf. »Das fragst du mich, Mama? Mit mir ist alles in Ordnung. Aber was ist mit dir? Was ist passiert? Warum weinst du?«

Aurora verstummte, verstört wegen der Heftigkeit von Marlenas Schmerz. Nein, sie hatte ihre Mutter wirklich noch nie so niedergeschlagen gesehen.

Marlena zögerte einen Moment, dann stand sie auf, trat unvermittelt auf ihre Tochter zu und schloss sie in die Arme. Aurora spürte die Hitze, die von ihr ausging. Marlenas Körper begann wieder zu beben. Sie schluchzte erneut auf.

»Estella ... Estella ... Sie ist tot, Aurora.«

»Estella ist ... was?«

Aurora biss sich auf die Lippen und wich zurück. Nein, sie konnte das Wort nicht aussprechen, sie konnte es nicht, als würde es dadurch weniger wahr werden.

Tot, echote es in ihr, tot? Die lebenslustige hübsche Estella war ... Aber sie war doch kaum älter als Marlena, wenige Monate nur ... Sie musste sich verhört haben. Das konnte nicht sein. Niemand, der so jung war, konnte sterben. Nur ... warum sonst sollte die Mutter solchermaßen weinen?

»Aber wie ...?«, hörte Aurora sich nun stammeln, »was ... was ist passiert? Ein Unfall?«

Marlena holte tief Luft, wohl um sich etwas zu beruhigen. »Die Geburt ... es war die Geburt ...«

Für einen flüchtigen Augenblick meinte Aurora etwas wie Wut in der Stimme ihrer Mutter zu hören. Als Marlena weitersprach, klang sie jedoch nur noch müde.

»Estella hatte das Kindbettfieber, daran ist sie gestorben, und sie ist nicht die Erste. Viele Frauen sterben daran. Viktoria schreibt, ein paar Tage, nachdem das Kind das Licht der Welt erblickte, sei sie ...«

Marlena kämpfte schon wieder mit ihrer Beherrschung und konnte nicht weitersprechen. Sie presste sich eine Hand vor den Mund, aus ihrer Kehle kam ein gequälter Laut.

»Und das Kind?«, fragte Aurora sanft im Versuch, ihre Mutter an etwas anderes denken zu lassen, und streichelte ihr vorsichtig über den Arm.

Marlena schluckte.

»Dem geht es wohl gut. Viktoria hat nicht viel dazu geschrieben ... Es ist ein Mädchen. Sie haben es Stella genannt ... Vielleicht in Erinnerung an ihre Mutter? Was meinst du?«

»Vielleicht«, erwiderte Aurora.

Und Marco?, wollte sie dann fragen. Aber irgendetwas hielt sie davon ab. Ein Gefühl, das sie nicht näher bestimmen konnte.

An diesem Abend konnte Aurora lange nicht einschlafen. Warum starben immer wieder Frauen bei der Geburt? Warum hatte Estella sterben müssen? Und was war dieses Kindbettfieber überhaupt? Es musste doch möglich sein, etwas dagegen zu tun! Sogar an Raúl dachte sie an diesem Abend kaum, wenngleich er sich immer wieder in Auroras Gedanken schieben wollte.

»Ich will Ärztin werden«, flüsterte Aurora schläfrig, kurz bevor ihr die Augen endgültig zufielen. »Ich werde Ärztin, und ich werde dafür sorgen, dass keine Frau mehr am Kindbettfieber sterben muss …«

Der Gedanke erfüllte sie mit großer Zufriedenheit. Lange Zeit hatte sie nicht gewusst, was sie mit ihrem Leben anfangen wollte. Jetzt wusste sie es. In dieser Nacht träumte Aurora davon, dass sie sich in einem Krankenhaus befand. Sie lief durch endlos lange Gänge, an Türen vorbei, hinter denen zuweilen schreckliche Schreie zu hören waren, aber sie hatte seltsamerweise keine Angst.

Sie wusste, dass sie das Richtige tat.

Während der nächsten Tage war die Stimmung bei den Hofers gedrückt. Man hatte den Familien Cabezas und Pessoa Worte tief empfundenen Beileids telegrafiert, verbunden mit der Frage, ob man irgendetwas tun könne. Aurora brütete über ihrem Vorhaben, Ärztin zu werden, doch sie war noch nicht bereit, ihren Eltern, Joaquín oder Raúl, den sie wieder einmal heimlich auf dem großen Markt getroffen hatte, davon zu erzählen. Obgleich sie sich so verändert fühlte, schien er nichts zu bemerken. Er wirkte selbst etwas nachdenklicher, als es Aurora von ihm gewohnt war, doch sie fragte nicht nach. Da war zu viel, was sie in diesen Tagen umtrieb.

Es dauerte eine knappe Woche, bis sie ihren Wunsch beim

gemeinsamen Abendessen mit ihren Eltern äußerte. Marlena, die gerade Hühnersuppe aufgab, erstarrte in der Bewegung.

»Du willst was?«, versicherte sie sich bei ihrer Tochter, »du willst Medizin studieren?«

Aurora senkte den Kopf und starrte auf ihren Teller. In ihrer Vorstellung hatte alles so plausibel geklungen. In der Stimme ihrer Mutter aber hörte sie deutliche Zweifel. Dabei hatte Aurora bei ihr am wenigsten mit Gegenwehr gerechnet.

»Es gibt keine weiblichen Ärzte«, ließen sich im nächsten Moment Vater und Bruder fast unisono hören, womit sie umgehend Auroras Widerstandsgeist weckten.

»Woher wollt ihr das denn wissen?«, entgegnete sie spitz. »Und wenn nicht, dann werde ich eben die erste sein.«

»Aurora, ich …« Marlena stand immer noch mit der Suppenkelle in der Hand da. »Ich … Das könnte ein schwerer Weg werden, Kind. Ich möchte nicht, dass du enttäuscht wirst. Du bist noch so jung … Du hast noch viel Zeit, darüber nachzudenken, was du einmal tun willst …«

»So wie du damals etwa?«

»Wie ich?« Marlena schaute ihre Tochter fragend an.

Aurora ballte ihre im Schoß liegenden Hände unwillkürlich zu Fäusten. »Glaubst du, Großmutter erzählt mir nichts, Mama? Du und Papa habt ihr mehr als einmal Sorgen bereitet mit euren seltsamen Plänen. Ich weiß immerhin jetzt schon, was ich werden möchte. Du wusstest das nicht in meinem Alter, oder?«

Marlena schwieg. Ja, Aurora hatte Recht, sie hatte ihrer Mutter damals einiges Ungemach bereitet, als sie mit John weggelaufen war und beschlossen hatte, als Journalistin zu arbeiten. Aber Ärztin? Ihre kleine Aurora als Ärztin? Sie konnte und wollte sich nicht mit dem Gedanken anfreunden. Der Arztberuf war nichts für Frauen. Wenn sie sich nur vorstellte, was ihre Tochter da alles zu Gesicht bekommen würde ... Welches Leid, welches Elend ... Und mit wem und was würde Aurora in Kontakt geraten ...

*Aber hast du nicht schon über schlimmere Dinge geschrieben? Über Prostitution und Hunger und schreckliche soziale Missstände?*

Marlena spürte plötzlich, dass sich ihre Finger so fest um den Griff der Suppenkelle geschlossen hatten, dass sie beinahe einen Schmerzensschrei ausgestoßen hätte.

*Ja, ich habe das getan! Aber will ich das für meine Aurora? Nein, ich will dieses Leid nicht für sie. Ich will, dass Aurora glücklich wird. Ich will sie beschützen. Sie ist doch noch so jung.*

Marlena straffte sich, dann fuhr sie fort, die Suppenteller zu füllen. »Sag doch etwas, John«, forderte sie schließlich ihren Mann auf.

John war kürzlich aus Mendoza wiedergekommen, wo er nach Weinlieferanten für Marlenas Stiefvater Julius gesucht hatte, und er würde bald in Julius' Auftrag auf eine neue Reise gehen. Marlena erschien es plötzlich, als wäre er gar nicht richtig bei der Sache.

»Was soll ich sagen?«, fragte John.

»Du willst die Entscheidung doch nicht mir überlassen?«, gab Marlena zurück.

»Warum nicht, liebes Eheweib, die wichtigen Entscheidungen hast du doch immer selbst getroffen.«

Marlena schüttelte den Kopf. »Aber sie ist auch deine Tochter.«

»Sicher«, John zog seinen Suppenteller zu sich hin, »und jetzt, nachdem ich kurz darüber nachgedacht habe, frage ich mich, weshalb sie nicht Ärztin werden sollte? Ihre Eltern, also du und ich, Marlena, sind auch ungewöhnliche Wege gegangen. Wenn unsere Tochter das Zeug dazu hat, soll sie ihren Weg doch gehen.«

Aurora sah ihren Vater verblüfft an. Sein Zuspruch kam völlig unerwartet.

»Aber …« Marlena brach ab und setzte neu an. »Aber sie weiß doch gar nicht, was es bedeutet, Ärztin zu sein, und es gibt so viele andere Möglichkeiten.« Marlena schaute ihre Tochter jetzt wieder an. »Sieh dich doch erst einmal um, Aurora, es gibt so viel, was du noch kennenlernen solltest. Du kennst deine Möglichkeiten und Vorlieben noch nicht wirklich. Besuch erst einmal Lenchens Schneideratelier, schau dir Marias Konditorei und ihre Küche an …«

Aurora stöhnte auf. »Aber ich weiß schon …«

»Na, du wirst ohnehin erst mal die Schule beenden müssen«, mischte sich ihr Bruder Joaquín lachend ein.

Aurora warf ihm einen ärgerlichen Blick zu. Warum fiel ihr Bruder ihr jetzt in den Rücken?

An diesem Tag konnte sie es erstmals nicht erwarten, vom gemeinsamen Abendbrottisch aufzuspringen.

Als Joaquín später am Abend noch in ihr Zimmer kam, drehte Aurora ihm missmutig den Rücken zu und gab vor zu lesen. Sie war immer noch ärgerlich über seine mangelnde Unterstützung. Die Hände, mit denen sie das Buch hielt, zitterten, was sie erst recht ärgerte.

»He, Kleines«, hörte sie ihren Bruder sagen, während er die Tür hinter sich schloss, »nicht böse sein.«

Aurora warf ihr Buch vor sich auf das Bett. Obwohl sie sich

beherrschen und ihn keines Wortes hatte würdigen wollen, fuhr sie jetzt wütend herum.

»Ich bin hier die Ältere, vergiss das nicht.«

»Aber ich bin der Größere«, gab er zurück, in einem, wie sie fand, leicht überheblichen Ton, aber doch mit einem Grinsen, das sie versöhnlich stimmte.

Aurora nahm das Buch wieder in die Hand, eine der ersten Reisebeschreibungen ihrer Mutter. Sie mochte es, diese Berichte zu lesen. Es kam ihr dann immer so vor, als würde sie Marlena auf ihrem Weg begleiten.

*Ach, verdammt, Mama hat doch auch getan, was sie wollte, und sich von niemandem reinreden lassen …*

Sie bemerkte, dass Joaquín kurz zögerte, dann setzte er sich neben seine Schwester auf die Bettkante. Einen Augenblick lang schwiegen sie beide. Aurora sah ihren Bruder von der Seite an. Sein Haar war wieder einmal etwas zu lang, dennoch war Joaquíns Frisur beim Abendessen kein Thema gewesen. Joaquíns Haar war braun wie ihres, dicht und lockig. Seine Lippen waren etwas zu schmal, dafür war seine Nase perfekt. Sie hatte genau die richtige Größe, wie Aurora fand. Noch dazu fehlte ihr die winzige Krümmung, die Auroras Nase hatte. Ihre Mutter pflegte zu sagen, dass dies ihre Nase einzigartig mache, Aurora hätte allerdings wirklich gern auf diese Einzigartigkeit verzichtet. Anfangs hatte sie manchmal gedacht, Raúl müsse sich von ihrer seltsamen Nase abgestoßen fühlen, aber der schien sie gar nicht zu bemerken. Nachdenklich strich Aurora über ihren Nasenrücken.

»Du willst also wirklich Ärztin werden?«, fragte Joaquín jetzt kopfschüttelnd. »Das bedeutet, mit einem Skalpell Menschen aufzuschnippeln …« Wieder grinste er.

Aurora musste schlucken, bevor sie nickte. »Ja, das will ich.«

Joaquíns Gesichtsausdruck wurde ernst. »Gut, denn wenn du das willst, dann schaffst du es bestimmt auch.« Er klopfte ihr auf die Schulter. »Nicht wahr? Du schaffst alles.«

Aurora war kurz verblüfft, dann seufzte sie. Wie hatte sie das nur vergessen können! Joaquín, ihr kleiner Bruder, war stets derjenige gewesen, der ihre Pläne unterstützt hatte, so weit hergeholt diese auch erscheinen mochten. Ein Herz und eine Seele, so hatte man sie beide schon öfter genannt. Tatsächlich hatte es Leute gegeben, die sie für Zwillinge gehalten hatten und die dann kaum glauben wollten, dass mehr als ein Jahr zwischen ihnen lag.

Aurora schluckte hörbar, dann warf sie sich kurz entschlossen in Joaquíns Arme und schmiegte sich an ihren Bruder.

Auch er weiß nichts von Raúl, fuhr es ihr plötzlich durch den Kopf, ihm sage ich so etwas doch sonst als Erstes.

»Meinst du wirklich, ich schaffe es?«, fragte sie.

»Natürlich. Wer, wenn nicht du?« Joaquín drückte seine Schwester fest an sich, dann löste er sich von ihr und streichelte ihr über die Wangen. »Und ich passe auf, dass alle nett zu dir sind.«

»Hm. Es wird bestimmt nicht leicht sein.«

»Das will ich jetzt aber nicht mehr hören.«

Aurora lachte auf, fröhlicher, als ihr zumute war, verließ dann das Bett und ging zu ihrem Schreibtisch hinüber. Mit einem Mal war sie mit ihren Gedanken weit weg. Sicher war es gut für sie, Joaquín auf ihrer Seite zu wissen. Andererseits fühlte sie sich plötzlich verunsichert. Früher war es leichter gewesen, wenn Joaquín den Beschützer gespielt hatte, heute, bemerkte sie, störte sie auch etwas daran. Sie wusste auf einmal, warum sie ihm noch nichts von Raúl erzählt hatte: Sie fürchtete seine Reaktion. Sie hasste es einfach, mit ihm zu streiten, und ganz sicher stand außer Frage, dass Raúl »gut genug« für sie war.

Manchmal hatte sie den Eindruck, dass Joaquín die Zeiten nicht hinter sich lassen konnte, als es nur sie beide gegeben hatte. Noch immer biss er eifersüchtig jeden weg, der seiner Schwester zu nahe kam. Sie war sich noch nicht im Klaren darüber, wie sie damit umgehen sollte.

Aurora spürte, wie Raúl ihr sanft übers Haar strich. Sie hatte es wieder einmal kaum erwarten können, ihn zu sehen, und das nicht nur, weil sie ihn zunehmend auch körperlich begehrte. Dieses Gefühl, so musste sie allerdings zugeben, war ihr neu. Zuerst hatte sie sich nur unschuldige Küsse vorgestellt, inzwischen dachte sie immer häufiger daran, seinen Körper zu berühren – und dies auch an den Stellen, an die ein gut erzogenes junges Mädchen eigentlich überhaupt nicht denken sollte. Aber sosehr sie sich auch bemühte, sie konnte diese Vorstellungen einfach nicht abstellen. Sie waren plötzlich da, von einem Moment auf den anderen, schlichen sich in ihren Kopf und ließen sie manchmal sogar erröten.

Mama, dachte Aurora, kann ich nicht fragen, was das bedeutet. Wenn sie auch stets über alles mit Marlena gesprochen hatte – sogar über den Moment, an dem sie zur Frau geworden war –, über Raúl und *diese* Dinge konnte sie sicher nicht mit ihr reden. Aber was sollte die falsche Scham? Wenn sie Ärztin werden wollte, würde sie noch ganz andere Dinge erleben.

Heute, so hatte sie entschieden, würde sie Raúl jedenfalls von ihren Plänen erzählen. Sie war sich sicher, dass auch er nicht abwehrend reagieren würde. Er war doch auf ihrer Seite. Immer. Sie holte tief Luft. Raúl liebkoste noch immer ihre Wange. Vielleicht ... vielleicht sollte sie doch nur in seinem Blick versinken ... Nein! Aurora nahm all ihren Mut zusammen.

»Ich muss dir etwas sagen«, begann sie, »du wirst es möglicherweise nicht verstehen, aber ich habe beschlossen, Ärztin zu werden.«

Ohne Umschweife erzählte sie von ihren Plänen und auch von den Reaktionen ihrer Eltern. Sogar Joaquíns Lachen erwähnte sie. Auch wenn ihr Bruder sich schließlich doch auf ihre Seite geschlagen hatte, so war sie trotzdem verärgert darüber gewesen.

»Ärztin?«, fragte Raúl nur und fuhr fort, sanft über ihr Haar zu streicheln.

Aurora machte sich von ihm los, um forschend in sein Gesicht blicken zu können. Wie meinte er das? Machte er sich über sie lustig? Sie war an diesem Tag aufgeregter als sonst gewesen, weil sie ihm das hatte erzählen wollen. Es war ihr so wichtig, und er …

»Willst du jetzt auch noch lachen?«, fuhr Aurora Raúl kratzbürstig an. »Ich hab's wirklich satt. Ich bin alt genug, um zu wissen, was ich will.«

»Natürlich«, entgegnete er ernst. »Und ich finde deine Idee wirklich gut.« Er lächelte sie jetzt gewinnend an. »Die erste Ärztin Argentiniens, ich bin stolz auf dich, meine Süße …«

Aurora errötete erneut, ohne etwas dagegen tun zu können. Nervös wich sie Raúls Blick aus.

»Erstens studiere ich noch nicht, und zweitens weiß ich nicht, ob ich die erste Ärztin sein werde«, berichtigte sie ihn mit ernstem Gesichtsausdruck. »Ich muss erst noch die Universität aufsuchen und mich dort erkundigen, ob es überhaupt möglich ist, und dann sehe ich …«

Raúl legte ihr den Finger auf die Lippen. Nicht zum ersten Mal wurde Aurora schwindlig. Grauschwarze Nacht, dachte sie, Nacht zwischen Finsternis und dem Erwachen des Tages ... Geheimnis, das nie ganz gelüftet werden wird ...

Werde ich je die Wahrheit über ihn erfahren?, fuhr es blitzartig durch ihren Kopf. Dann war der seltsame Gedanke auch schon fort.

Raúl lächelte. »Na, dann bist du eben *meine* erste Ärztin.« Jetzt runzelte er die Stirn. »Aber musst du nicht zuallererst noch die Schule fertig machen?«

»Hm.« Aurora schmiegte sich in seine Arme.

Ich bin froh, dachte sie im nächsten Moment erleichtert, dass er heute so ausnehmend guter Stimmung ist. Manchmal blickte Raúl so düster drein und war so kurz angebunden, dass sie sich sicher war, dass er sie im Grunde genommen gar nicht liebte. Manchmal fürchtete sie sogar, er könnte sie hassen. Da war etwas Seltsames an ihm, etwas, das sie nicht fassen konnte. Bisweilen, wenn er sie beobachtete und dachte, sie bemerke es nicht, war da etwas ... War das vielleicht die Eifersucht zwischen Liebenden, von der alle sprachen?

Kurz entschlossen reckte Aurora Raúl ihr Gesicht entgegen, um sich endlich auf andere Gedanken zu bringen. Tatsächlich küsste Raúl sie mit einer Zärtlichkeit, die sie vollkommen überraschte.

Doch dabei wollte Aurora es an diesem Tag nicht belassen. Heute wollte sie mehr. Sie wollte Raúl spüren. Sie brannte darauf, das zu erfahren, worüber die Erwachsenen nur hinter vorgehaltener Hand sprachen. Zögernd öffnete Aurora den obersten Knopf seines Hemdes, dann noch einen und noch einen, bevor Raúl ihre Hand festhielt. Er blickte sie beinahe streng an.

»Was wird das denn?«

»Ich ...« Aurora errötete erneut.

Himmel, wusste er das nicht? Das war doch sonnenklar, was sie hier tun wollte, oder stellte sie sich etwa so dumm an? Nein, das konnte nicht sein. Ein wenig wusste sie Bescheid. Sie hatte die Frau ihres Großonkels bei ihrem letzten Besuch auf dessen Estancia La Dulce danach gefragt, und Monica wusste als ehemalige Kurtisane ganz sicher, was in einem solchen Fall zu tun war. Sie hatte Aurora bereitwillig Auskunft gegeben.

Raúl lockerte seinen Griff ein wenig. Er hielt ihre Hand immer noch fest, streichelte sie nun jedoch sanft.

»Wie alt bist du, Aurora?«

»Was tut das denn zur Sache?«, entgegnete sie kecker, als sie sich fühlte. Sie war beschämt und verunsichert, nicht die besten Voraussetzungen für die weitere Umsetzung ihres Vorhabens. Dabei hatte sie sich alles so schön ausgemalt. »Ich ... ich liebe dich, Raúl«, verdammt, jetzt stotterte sie auch noch, »da macht man ... Ich meine, da muss man ...«

Sie stockte, kam sich jetzt endgültig vor wie ein kleines Mädchen, was er anscheinend bemerkte, denn er ließ ihre Hand los, beugte sich vor und küsste sie plötzlich sehr sanft.

»Bist du dir sicher, dass du das willst, mein Engelchen?«

»Ich ...«

Sie zögerte. Nein, sie wusste es tatsächlich nicht. Ja, sie begehrte zu wissen, was es da zwischen Mann und Frau gab, das sie noch nicht wusste, aber sie ängstigte sich auch davor.

Raúl hielt sie nun wieder ganz fest. Sie wollte ihm ausweichen, doch sein Blick ließ es einfach nicht zu, dass sie den ihren abwandte. Er war wie ein Magnet und sie das Spänchen Eisen, das von ihm festgehalten wurde.

»Ich werde dich niemals drängen, Aurora«, sagte er nun. »Du kannst mir vertrauen. Ich habe Zeit, es macht mir nichts aus, noch etwas länger zu warten. Ich weiß nämlich ...«, er küsste sie wieder, »ich weiß nämlich, dass ich eine Belohnung bekommen werde, die der Sache durchaus angemessen ist.«

Flüchtig verwirrten Aurora seine Worte, doch dann genoss sie es einfach, sich mit einem Seufzer wieder in Raúls Arme zu schmiegen. Sie wollte jetzt nicht über das nachgrübeln, was er da gesagt oder was er damit gemeint hatte. Sie wollte überhaupt nicht mehr grübeln. Sie vernahm die ruhigen Atemzüge Raúls, und seine Ruhe übertrug sich auf sie.

»Dann bist du ... bist du mir nicht böse, wenn ...«

»Aber nein.« Er lächelte.

»Ich dachte, Männer würden ...«

»Ich nicht.«

Er küsste sie noch einmal. Irgendwie war sie plötzlich froh, dass er sie aufgehalten hatte. Nein, sie fühlte sich wirklich noch nicht bereit, sie wollte warten. Aber ach, wie sie es liebte, von ihm geküsst zu werden. Auf seine Küsse wollte sie nicht mehr verzichten. Sie liebte es auch, seine warmen, kräftigen Hände auf ihrer Haut zu spüren, an ihrem Nacken, wo seine Fingerspitzen sie geschickt zum Schaudern brachten.

Als sie sich an diesem Tag voneinander verabschiedeten, war Aurora glücklich. Sie hatten sich schon einige Schritte voneinander entfernt, als sie sich doch noch einmal umdrehte.

»Welche Belohnung meintest du eigentlich?«, fragte sie nun doch neugierig.

Er schaute sie einen Moment nur an, dann lächelte er.

»Dich.«

Raúls Laune änderte sich wie so häufig schlagartig, als er an diesem Abend nach Hause kam. Sein Vater wartete bereits auf ihn – geifernd wie ein Hund auf seine Knochen.

»Und«, fragte er, »hast du sie bald so weit, die kleine Weinbrennerin?«

»Sie heißt Aurora Hofer.«

»Egal, egal. Sie ist die Enkelin der Weinbrennerin. Und die ist schuld an unserm Elend. Sag, hechelt die Kleine schon, wie eine läufige Hündin? Ihre Großmutter konnte ihre Beine damals ja kaum geschlossen halten. Immer stellte sie meinem Vater nach, und dann hat sie ihn elend zugrunde gerichtet. Ersoffen ist er, allein, auf der Straße, wie ein räudiger Hund ...«

»Ich weiß, was damals geschehen ist.«

»So? Weißt du das wirklich? Du warst doch viel zu klein, und deine Mutter hat dich ohnehin nur verhätschelt. Jetzt sag schon, wann hast die kleine Señorita Hofer endlich so weit?«

Raúl zuckte die Achseln. Der Vater kam so behände heran, dass Raúl seinen feuchtwarmen, nach Alkohol stinkenden Atem auf seiner Haut spürte, bevor er ausweichen konnte. Wieder einmal war er überrascht, wie schnell sich der übergewichtige Mann bewegen konnte. Er sah die zitternden Lippen seines Vaters, sie hatten die Farbe eines ertrunkenen Regenwurms.

Unwillkürlich wich er ein Stück zurück. Die Vorstellung, sein Vater könnte ihn jetzt berühren, verursachte Raúl mit einem Mal Übelkeit.

Auroras Gesicht tauchte schemenhaft vor seinem inneren Auge auf. Etwas wie Scham überkam ihn. Er hatte die Zeit mit ihr an diesem Nachmittag wirklich genossen. Sie war ein liebes Mädchen. Er wollte nicht tun, was sein Vater von ihm verlangte. Er hatte doch nichts zu tun mit den alten Geschichten. Aber er schaffte es auch nicht, Nein zu sagen. Sein Vater und er waren zusammen gewesen, solange er denken konnte. Er wusste einfach nicht, wie er sich entscheiden sollte.

»Wenn du Schlappschwanz es nicht packst, nehm ich mir die

Kleine vor«, hörte er jetzt den Vater erneut geifern. Speicheltröpfchen flogen von seinen blassen Lippen.

Mit einem Mal stieg in Raúl eine Wut hoch, die sich nur mühsam bezwingen ließ. Wut über das Leben, das ihm aufgezwungen wurde. Wut darüber, das Mädchen anlügen zu müssen, für das er längst Gefühle entwickelt hatte, die ihm längst nicht mehr gleichgültig war.

»Ich packe das schon«, knurrte er kurz angebunden.

Er ballte die Hände zu Fäusten, öffnete sie aber gleich wieder, um seinem Vater nicht die Gelegenheit zu einem bissigen Kommentar zu geben. Der musterte den Sohn einen Moment lang eingehend, schlurfte dann zu seiner Flasche *caña* zurück und ließ sich in den Schaukelstuhl fallen, in dem er einen Gutteil jedes Tages saufend verbrachte. Für einige Atemzüge fühlte Raúl seine Augen auf sich, wie die eines bösartigen, kleinen Tiers. Gewöhnlich entging dem Vater nichts, doch Raúl hatte Glück.

»Dann beeil dich«, blaffte der Alte. »Meine Geduld lässt wirklich langsam nach. Ich will diese Weiber am Boden sehen, im Dreck, dort, wo sie hingehören und wo sie hergekommen sind.« Er lachte meckernd. »Und dann holen wir uns endlich zurück, was rechtmäßig uns gehört.«

Raúl gab keine Antwort. Als er jünger gewesen war, hatte er keine Fragen gestellt. Jetzt war es zu spät. Er wusste nicht, wie sein Vater das zurückholen wollte, was angeblich ihnen gehörte. Bildete er sich tatsächlich ein, heute noch in der Lage zu sein, erfolgreich ein Geschäft zu führen? Nein, die Zeiten waren vorbei: Der alte Herrera war nur noch ein Wrack, zu nichts mehr in der Lage, als an seine Rache und die nächste Flasche Schnaps zu denken.

Etwa drei Monate nach Estellas Tod, gegen Ende des Sommers, versammelten sich die Pessoas, die Cabezas, die Hofers und die Meyer-Weinbrenners auf Los Aboreros, um noch einmal gemeinsam von ihr Abschied zu nehmen. Anna hatte Viktoria noch nie so niedergeschlagen erlebt. Sie nutzte einen Spaziergang zu Estellas Grab, um ein ruhiges Gespräch mit der Freundin zu führen. Eine Weile standen sie schweigend nebeneinander, ganz in ihre Trauer versunken.

»Es tut mir so leid«, sagte Anna dann, »ein Kind zu verlieren muss das Schlimmste sein, was man sich vorstellen kann.«

Viktoria nickte. Anna berührte ihren Arm. Sie sah ihrer Freundin an, dass ihre Trauer und das Bemühen, die Fassung zu wahren, miteinander rangen.

»Wenigstens habe ich noch Paco«, sagte Viktoria leise, »Paco und Blanca waren mir eine wirklich große Unterstützung in der letzten Zeit, weißt du. Sie sind sofort gekommen, als ich sie habe benachrichtigen lassen. Blanca ist eine herzensgute Frau, und Paco ...«, Anna hörte leisen Stolz in Viktorias Stimme, »... Paco ist eben Paco, mein Sohn. Er hat das Herz auf dem rechten Fleck, und er weiß, wie sehr ... wie sehr ich sie geliebt habe.«

»Das ist schön.« Anna legte ihren Arm um die Schulter der Freundin. »Ich bin mir sicher, sie werden immer für dich da sein.«

Viktoria nickte. »Ich weiß wirklich nicht, was ich ohne sie getan hätte. Marco ...« Sie schüttelte den Kopf. »Mit Marco kann ich gar nicht sprechen. Er hat sich vollkommen zurückgezogen. Niemand von uns kommt an ihn heran, seit Estella gestorben ist.« Sie begann zu schluchzen. »Ich kenne ihn gar nicht mehr, Anna. Er ist wie ausgewechselt. Er arbeitet den ganzen Tag von früh bis spät. Er isst kaum etwas. Er redet nicht mit uns, nur das Allernötigste. Er lehnt seine Tochter ab. Ich glaube, er weiß noch nicht einmal, wie sie aussieht, wie sie riecht oder sich anfühlt ...«

Anna seufzte. »Er muss Estella sehr geliebt haben.«

»Das hat er.« Viktoria fuhr sich mit dem Handrücken über die Augen. »Jedenfalls war ich froh, als Paco und Blanca kamen, und dann war ich so garstig zu ihnen ... Unglaublich. Haben sie es dir erzählt?«

Anna schüttelte den Kopf.

»Nichts konnten sie mir recht machen«, fuhr Viktoria fort. »Ständig gab es etwas auszusetzen. Wirklich, ich schäme mich so sehr, aber ich war so wütend darüber, dass man mir meine Tochter genommen hat, meine Estella, meinen kleinen Stern ... Ich weiß noch genau, wie ich sie zum ersten Mal in den Armen hielt. Ich sehe sie vor mir, ich fühle und rieche ihren Körper sogar ... Die kleinen Hände, die Füßchen, die Nase. Ihre dunklen Locken. Sie war so wunderwunderschön. Ich wollte sie immer beschützen, und dann habe ich sie doch alleingelassen.«

Anna schüttelte erneut den Kopf. »Du hast sie nicht alleingelassen. Was geschehen ist, war nicht deine Schuld. Es ist das, was wir Schicksal nennen.«

Viktoria bückte sich zu Estellas Grab hinunter und stellte die frischen Blumen, die sie mitgebracht hatte, in eine Grabvase.

»Pedro meint, unser schmutziges Wasser könnte mein Täubchen krank gemacht haben.« Viktoria erhob sich wieder, konnte ihren Blick jedoch nicht vom Grab ihrer Tochter lösen. Ihre Hände öffneten und schlossen sich. »Und jetzt habe ich auch noch meinen Sohn verprellt.«

Anna nahm die Hände der Freundin in die ihren und sah sie an. »Ich bin mir sicher, Paco und auch Blanca sehen es dir nach.

Du sagtest doch, sie seien dir eine große Unterstützung. Sie wären sonst auch bestimmt nicht mehr hier.«

Viktoria zuckte die Achseln. »Ich hoffe es. Aber vielleicht erinnern sie sich bald wieder daran, wie garstig ich war, und dann …«

»Nun, sei nicht albern.« Anna schüttelte energisch den Kopf und ließ Viktorias Hände los. Sie musste sie jetzt aus der Trauer herausreißen.

Die Freundinnen blickten noch einmal gemeinsam auf Estellas Grab hinunter, das ein einfacher Stein mit ihrem Namen sowie einer kunstvoll gemeißelten Blüte schmückte.

»Das ist eine Korallenbaumblüte«, sagte Viktoria leise.

»Ich weiß.«

Viktoria seufzte. »Estella hat sie geliebt«, fuhr sie dann fort. »Ich denke, ich werde einen Baum hier in der Nähe pflanzen lassen.«

Anna hörte, dass die Stimme ihrer Freundin wieder zu beben begann, und nahm sie fest in den Arm. »Komm, wir besuchen Estella morgen wieder. Lass uns jetzt zurück zu den anderen gehen.«

»Ja.« Viktoria legte den Kopf auf Annas Schulter, wie sie es manchmal getan hatte, als sie noch junge Frauen gewesen waren. »Ich würde morgen wirklich gern noch einmal mit dir hierherkommen.«

Das Gemurmel der anderen war schon auf einige Entfernung zu hören. Auf der Veranda des großen Haupthauses von Los Aboreros hatte sich die zweite und dritte Generation versammelt: Paco, Blanca, Marlena, Aurora, Joaquín und Violetta, die die schlafende Stella auf dem Arm hielt.

Auf Los Aboreros ist es still geworden, wenn man von dem Kind absieht, fuhr es Violetta durch den Kopf. Nur Stella brüllte ihre Bedürfnisse heraus: Einsamkeit, Hunger, der Wunsch nach Berührung. Es war immer noch sie, Violetta, die sich hauptsächlich um das Kleine kümmerte. In den ersten Tagen hatte sie Stella mit Ziegenmilch gefüttert und schließlich unter den Arbeiterinnen auf Los Aboreros eine Frau gefunden, die selbst ein kleines Kind hatte und ein zweites säugen konnte. Marisela war nun Stellas Amme, ihre Tochter Aurelia deren Milchschwester. Beide waren sie für einige Monate ins Haupthaus gezogen, doch auch wenn Marisela die Kleine nährte, ließ es sich Violetta nicht nehmen, von Zeit zu Zeit nachts aufzustehen und ihrer Nichte Trost zu spenden. Natürlich forderte auch die Schule weiterhin ihre Aufmerksamkeit, und so war sie oft müde im Unterricht.

Zusätzlich zu dem Wohlergehen der Kleinen kümmerte sie sich um den Teil des Haushalts, um den sich sonst Estella gesorgt hatte. Eines der indianischen Hausmädchen hatte ihr ein buntes Tragetuch gewebt, mit dem Violetta sich Stella vor die Brust oder auf den Rücken binden konnte, um die Hände frei zu haben. Manchmal kam auch Viktoria zu Besuch und packte mit an, aber sie tat ihre Arbeit eher geschäftsmäßig, sie war noch zu sehr in ihrer Trauer gefangen.

Der Einzige, mit dem Violetta von Zeit zu Zeit reden konnte, wenn er, wenn auch selten, von Tres Lomas herüberkam, war Pedro, Viktorias Mann. Er trauerte zwar auch um seine Stieftochter, doch er wusste, dass das Leben weitergehen musste und dass Stella und Violetta ein Recht darauf hatten.

Violetta blickte sich um. Sie hatte ihren Bruder überredet, auch an der Trauerfeier teilzunehmen, doch wie erwartet hielt sich Marco abseits. Sein Gesicht war wie versteinert. Er wirkte vollkommen abwesend und sprach mit niemandem.

Wahrscheinlich würde er sich bald in seine Werkstatt zurückziehen, wo er seit Estellas Tod versessen an Werkzeugen und Maschinen bastelte, die die Abläufe auf der Estancia erleichtern sollten, wenn er sich nicht auf Reisen befand. Reparaturarbeiten, das wusste sie, waren immer schon wichtig für Marco gewesen, doch nun entwickelten sie sich zur Manie. Pacos Stimme riss sie aus ihren Gedanken.

»O Gott«, rief Estellas Bruder, »wie oft hat mich meine Schwester zur Weißglut getrieben, und was würde ich jetzt darum geben, ihre schnippische Stimme zu hören.«

»Wie wahr«, pflichtete ihm Marlena nickend bei. »Das würden wir sicher alle. Sie konnte furchtbar gemein und nachtragend sein, und dann war sie wieder die beste Freundin der Welt. Es gab niemanden, auf den man sich so sehr verlassen konnte. Sie hatte das Herz auf dem rechten Fleck, auch wenn sie es einem manchmal schwermachte, das zu erkennen. Ich vermisse sie so sehr.«

Paco nickte. Ja, sie hatten alle etwas verloren, das war gewiss. Es würde seine Zeit dauern, bis die Wunde heilte.

# Zweiter Teil

## Acercamiento y distancia – Annäherung und Distanz

*Rosario, Santa Ana, Buenos Aires, Los Aboreros*

*1899 bis 1900*

# Erstes Kapitel

Robert und Clarissa hatten nie darüber gesprochen. Dass Clarissa Robert den Haushalt führen würde, war wie eine stille Übereinkunft zwischen ihnen gewesen, nachdem sie von seinen Eltern in Misiones kommend nach einer gut dreiwöchigen Reise in Rosario eingetroffen waren. Manchmal war es Clarissa, als kannte sie Robert schon ewig. Er war ihr so vertraut. Sie liebte seine verlässliche, beruhigende Freundlichkeit. Sie mochte sein braunes Haar, das er sich hinter die Ohren zu klemmen pflegte, wenn es wieder einmal zu lang geworden war. Manchmal bat er sie, es ihm zu schneiden. Zuerst hatte sie sich nicht getraut, inzwischen war sie recht geübt darin und lief beim Anblick des Ergebnisses nicht mehr puterrot an.

Seit sie in Rosario waren, kannte Clarissa Robert als geduldigen Arzt, der sich, wenn nötig, auch in tiefer Nacht auf den Weg zu seinen Patienten machte. Neben Spanisch sprach er selbstverständlich Deutsch und beherrschte auch das Englische leidlich. Blieb neben seinen beruflichen Verpflichtungen Zeit, widmete er sich der Erforschung der argentinischen Pflanzenwelt, besonders der seiner Heimatregion Misiones. Gleich zu Anfang hatte er Clarissa mehrere dicke Bücher mit Pflanzenpräparaten und Skizzen gezeigt – seitdem wusste sie, dass er auch recht passabel zeichnete. In seiner kleinen Bibliothek fanden sich Werke unterschiedlicher Botaniker und Naturforscher, unter anderem Berichte von Alexander von Humboldt.

In ihrem neuen Leben in Rosario versuchte Clarissa nicht

mehr an das zu denken, was bei den Wasserfällen passiert war, und auch nicht mehr daran, dass Rafael und Carlos Videla unerwartet auf dem *rancho* der Metzlers aufgetaucht waren und sie beinahe entdeckt hatten. Wie schon nach dem schrecklichen Erlebnis mit Javier war sie in panischer Angst geflüchtet, weg von den Metzlers, weiter und immer weiter in den Urwald hinein, bis sie plötzlich auf eine Ruine gestoßen war, Zeugnis einer längst vergangenen Zeit. Mit offenem Mund, erinnerte sich Clarissa, hatte sie die großen Steinhäuser und die verfallene Kirche angestarrt, die plötzlich wie aus dem Nichts in der Wildnis vor ihr aufgetaucht waren. Schließlich hatte sie sich auf eine alte Steinbank gesetzt und auf das gewartet, was kommen würde. Und während sie die riesigen, fast himmelhoch aufragenden Bäume um sich her betrachtet hatte, die mit ihren mächtigen, weitverzweigten Wurzeln die alten Steine umfassten und bereits sehr viele unter sich begraben hatten, sowie das Gewirr an Schlingpflanzen, Farngewächsen und Büschen, dieses allumfassende Grün, durchsetzt von nur wenigen farbigen Bromelien und Orchideen, da hatte sie sich seltsam ruhig gefühlt.

Robert war es schließlich gewesen, der sie mitten in der verfallenen Kirche, wenige Schritte von dem Ort, an dem sich einst der Altar befunden haben musste, ins Gebet versunken gefunden hatte. Als er im Eingang der Ruine aufgetaucht war, war sie langsam aufgestanden.

»Sie sind fort«, hatte er statt einer Begrüßung gesagt und sie forschend angesehen.

Sie hatte den Kopf ein wenig zur Seite geneigt. Er war auf sie zugekommen, sehr vorsichtig und langsam, als fürchtete er, sie zu verschrecken.

»Sie sind sicher, Clarissa.« Als sie den Mund geöffnet hatte, um sich zu erklären, hatte Robert nur die Hand gehoben.

»Sagen Sie mir alles, wenn Sie bereit dazu sind, nicht, wenn Sie sich dazu verpflichtet fühlen.« Er hatte kurz innegehalten und ihr zum ersten Mal wirklich tief in die Augen gesehen, sein Blick hatte ein überraschendes winziges Flattern in ihrer Brust ausgelöst. »Ich denke doch, ich kann Ihnen trauen, nicht wahr, Clarissa?«

Sie hatte genickt.

Robert hatte sie weiter nachdenklich angesehen. »Das ist übrigens eine der alten Missionsstationen«, hatte er zu erzählen begonnen. »Haben Sie schon davon gehört? Die Jesuiten kamen hierher, um die Indios zu bekehren und sie zu einem arbeitsamen Leben anzuhalten, indem sie sie unter anderem die wilde Yerba sammeln ließen. Als Junge bin ich oft hier gewesen, damals war natürlich auch schon alles verfallen. Kaum vorstellbar, dass diese Mission einmal Lebensmittelpunkt vieler Menschen war, nicht wahr? Aber dann jagte man die Jesuiten davon und die Gebäude verfielen ... Es ist wirklich faszinierend, wie schnell sich die Natur alles zurückholt. Bald wird es sein, als hätte es hier nie Häuser oder Menschen gegeben.« Er hatte kurz die Schultern gehoben und ihr dann die Hand entgegengestreckt. »Kommen Sie jetzt mit mir zurück, Clarissa. Es wird bald dunkel werden, und dann möchte ich nicht mehr hier draußen sein. Kommen Sie, Sie sind wieder sicher, ich verspreche es.«

Und da hatte sie die Hand in seine gelegt und sich von ihm aus dem Wald führen lassen.

An diesem Abend hatten die Metzlers, als wäre Clarissa eine gute Freundin, von ihren Anfängen in Argentinien erzählt und davon, wie sie mit den ersten Siedlern nach Misiones gekommen waren.

Die Provinz Misiones verdankte ihren Namen den Missionsstationen, die die Jesuiten im 17. und 18. Jahrhundert dort angelegt und nach ihrer Vertreibung aus Argentinien wieder hatten verlassen müssen. Die ersten Ackerbaukolonien waren Ende der Siebzigerjahre des 19. Jahrhunderts in der Nähe von Jesuitenreduktionen wie San Ignacio Miní, Corpus Christi und Concepción begründet worden. Die Siedler bauten Reis, Tabak, Mais und Zuckerrohr an und sammelten wild wachsenden Yerba-Mate. Zur Hauptstadt entwickelte sich schließlich Posadas, das 1872 im Paraguay-Krieg als Stützpunkt für die Truppen, die den Übergang über den Río Paraná sicherten, entstanden war.

Die Abgelegenheit des Gebiets verhinderte eine rasche und vollständige Kolonisation. Überlandstraßen existierten zwar, waren jedoch während der Regenzeit fast unpassierbar. Der Río Paraná konnte befahren werden, doch der Río Uruguay erlaubte nur den Einsatz kleiner Boote, weshalb man Grund und Boden, der sich in einiger Entfernung des Río Paraná befand, nur schwer wirtschaftlich nutzen konnte.

»Großer wirtschaftlicher Erfolg«, hatte Roberts Vater erklärt, »stellte sich aber für die wenigsten ein. Die meisten Siedler in Misiones lebten in einfachen Hütten, vom Fischen und von der Landwirtschaft. Der undurchdringliche Wald isolierte viele Kolonisten. Frei herumlaufende Rinder zerstörten die Pflanzungen verstreut lebender Siedler. Endlich wurde der Tabakmarkt zur Basis ökonomischer Hoffnungen.«

Spät in der Nacht hatten Robert und Clarissa einander dann das Du angeboten, und einige Tage darauf waren sie mit dem Schiff nach Rosario aufgebrochen. Clarissa war froh darüber gewesen, dass Robert keine weiteren Fragen gestellt hatte, weder zu ihren beiden Verfolgern noch zu ihrer Flucht in den Wald. In jedem Fall hatte er sich bemüht, die gemeinsame Reise so angenehm wie möglich zu gestalten.

Die Landschaft entlang des Río Paraná war größtenteils bewaldet. Palmen waren zu sehen, Weiden und Pappeln, hier und da ein *palo borracho*, ein Baum, der den Namen »betrunkener Stock« wegen seines bauchigen Wuchses trug. Manchmal verlor sich der Blick in der Weite der Pampa. Zahlreiche Wasservögel tummelten sich am Fluss und an seinen Ufern: weiße Reiher, Gänse, ab und zu waren auch Sumpfhirsche zu sehen, oder eine Wasserschlange glitt von ihrem Sonnenplatz am Ufer zurück in die braunen Fluten des Flusses.

Sie waren im Dunkeln eingetroffen, weshalb Clarissa Roberts schönes Haus erst am folgenden Tag richtig würdigen konnte. Es war ein wenig zu groß für eine Person allein, stand auf einem malerischen Hügel etwas außerhalb der Stadt, von dem aus sich ein prachtvoller Ausblick auf bewaldete Schluchten, den breiten Río Paraná und dessen viele Inseln bot. Robert empfing seine Patienten in einem schönen Praxisraum im Erdgeschoss, machte aber auch viele Hausbesuche.

Zu zweit, fuhr es Clarissa jetzt nicht zum ersten Mal durch den Kopf, hat es fast die richtige Größe, und mit Kindern ... Sie spürte, wie ihre Ohren heiß wurden vor Röte, und war sehr froh, dass sie sich allein in der Küche befand. Warum denke ich überhaupt über so etwas nach? Es geht mich doch gar nichts an, was Robert mit diesem Haus geplant hat. Natürlich hatte er es erworben oder mit dem Hintergedanken bauen lassen, eines Tages seine Braut über die Schwelle zu tragen. Da war nun weiß Gott nichts Ungewöhnliches daran.

*Und was wird mit mir, wenn er sich verlobt oder heiraten will?*

Sie musste jedenfalls darauf vorbereitet sein, denn wenn er heiratete, würde sie ihr Glück zweifelsohne anderswo suchen müssen.

Ob er schon eine Verlobte hatte?

Clarissa war sich sicher, dass er bisher keine Frau erwähnt hatte. Sie hielt inne und starrte die Karotten an, die sie für den Mittagstisch geputzt hatte. Robert hatte sie schon mehrfach für ihre Kochkünste gelobt, was sie freute.

Auch mit seiner Mutter war Kochen das erste normale Gesprächsthema nach all dem Schrecklichen gewesen. Elsbeth war eine gute Köchin, die Clarissa darin bestärkt hatte, sich auch an landestypische Gemüse- und Obstsorten wie Kochbananen, Maniok, Mango und Papaya und vieles mehr zu wagen. An diesem Tag aber würde es ganz traditionell gebutterte Karotten, Kartoffelbrei und Steaks geben. Roberts Speiseplan – etwas Gemüse und sehr viel Fleisch – hatte Clarissa inzwischen um Butter, Milch und Mehlspeisen ergänzt.

Sie nahm ein Messer und begann, die Karotten in feine Scheiben zu schneiden. Zum Nachtisch würde es gesüßten Maisbrei geben. Der Honig dazu stammte von Roberts eigenen Bienen, die wegen der stets blühenden Bäume in dieser Gegend für einen guten Ertrag sorgten.

Clarissa überließ Robert die Bienen bereitwillig, dafür arbeitete sie besonders gern in dem großen Garten, den er neben dem Haus angelegt, für den ihm jedoch bisher die Zeit gefehlt hatte. Alle denkbaren Gemüsesorten wuchsen hier im Überfluss, und Clarissa machte sich mit Freude daran, ihn zu hegen und zu pflegen. Die Gartenarbeit hatte etwas unendlich Beruhigendes für sie.

Natürlich hatte auch das Leben in Rosario Nachteile, das wusste sie bereits. Dazu gehörten an erster Stelle die unerträglich heißen Sommer. Zudem musste man in Flussnähe stets mit Überschwemmungen und im Allgemeinen mit Ungeziefer rechnen – mit walnussgroßen, langhaarigen Spinnen, schwarzen

Skorpionen und Ameisen, die sich allerdings mittels eines Holzbodens und sehr viel Reinlichkeit ganz gut aus dem Haus halten ließen. Zu den unangenehmsten Erscheinungen zählten die *bichos colorados*, eine Milbenart, die entsetzlich aussehende Geschwüre an den Beinen verursachte und tiefe Narben hinterlassen konnte. Die *niguas* wiederum, Sandflöhe, bohrten sich durch die Fußsohle oder nisteten sich zur Eiablage schmerzhaft unter den Fußnägeln ein. Nach einigen Tagen stellte sich ein Jucken ein, und an der befallenen Stelle bildete sich ein weißer Fleck mit einem winzigen schwarzen Punkt. Dann galt es, die Haut genau dort mit einer Nadel vorsichtig zu öffnen und das Knötchen von der Größe einer Linse mit den Eiern herauszuziehen.

Und es gab natürlich noch die Stinktiere, die nachts in die Nähe der Häuser kamen, um Essbares zu rauben, und die, wähnten sie sich in Gefahr, einen bestialischen Gestank verbreiteten. Am meisten Sorge bereiteten den Bauern aber die Heuschrecken, die zuweilen in solchen Schwärmen einfielen, dass die Sonne stundenlang verdunkelt wurde. Einmal, so hatte ihr Robert berichtet, waren die Bäume so dicht mit Insekten bedeckt gewesen, dass die Zweige fast brachen. Die Pflanzungen hatten nur mit Mühe gerettet werden können.

Seit gut drei Monaten wohnten Robert und sie nun schon hier, und Clarissa war zufrieden mit ihrem Leben. Natürlich würde sie nie wieder ganz glücklich sein können, sie konnte sich dennoch nicht beschweren – es ging ihr gut. Eine Sache nur bereitete ihr Kopfzerbrechen. Unlängst hatte Robert sie gebeten, ihn einmal in die Stadt zu begleiten. Dies, hatte er ihr erklärt, werde der natürlichen Neugier über die neue Frau in Dr. Metzlers Haus den Stachel nehmen. Aber stimmte das, oder würde sie die Leute nur noch neugieriger machen? Clarissa konnte sich einer gewissen Angst nicht erwehren, beschloss jedoch, allen Mut zusammenzunehmen und sich ihr entgegenzustellen.

Robert faltete die Zeitung sorgsam zusammen, legte sie vor sich auf den Tisch und ließ den Blick nicht zum ersten Mal seit Beginn der Lektüre in die Ferne schweifen. Er hatte immer noch nicht alles von Clarissa erfahren, doch ihrer Unschuld war er sich mittlerweile sicher. Was bedeutete, dass er sie unbedingt schützen musste – so gut er eben konnte jedenfalls.

Je länger er mit ihr zusammenlebte, desto klarer wurde ihm, dass er sich tatsächlich in die junge Frau verliebt hatte. Nein, seine Verliebtheit war kein Strohfeuer gewesen, das in ihm brannte, weil sie sich ihm dort oben am Fluss so hilflos dargeboten hatte. Diese Liebe war beständig. Er wollte das Beste für sie. Er wollte Sicherheit und Glück und das Lächeln, das auf ihrem Gesicht erschien, wenn sie sich einmal etwas entspannte.

Mit einer Fingerspitze streifte Robert über die Kante der Zeitung. Dieses Mal hatte er keine Anzeige gefunden. Die erste, die er eher zufällig einige Wochen zuvor entdeckt hatte, hatte ihn wie ein Blitzschlag getroffen: *Gesucht wird Clarissa Monada. Wer Hinweise auf ihren Aufenthaltsort hat, der melde sich …* Einige Angaben zur Kontaktaufnahme hatten darunter gestanden, ein Bild war nicht dabei gewesen. Gott sei Dank! Aber was sollte er tun, wenn jemand anderes hier darauf aufmerksam wurde? Was würde geschehen, wenn jemand in der jungen Frau, die Dr. Metzlers Haushalt führte, jene vermisste Clarissa Monada erkannte?

Robert wollte sich das nicht ausmalen. Jedenfalls hatte er den Anzeigenteil verschwinden lassen, auch weil er Clarissa nicht beunruhigen wollte. Was war es wohl, was sie durchgemacht hatte? Was ihren Vornamen anging, so hatte sie ihn jedenfalls nicht belogen. Sie hieß wirklich Clarissa … Wahrscheinlich war sie im ersten Moment ihres Zusammentreffens zu schockiert gewesen, um ihm einen falschen Namen zu nennen.

Mit einem Seufzer stand Robert auf und trug die Zeitung zum Feuerholz, wo sie irgendwann als Anzündehilfe dienen würde. Er hoffte weiter auf den Tag, an dem Clarissa ihm vollkommen traute. Dann würde er endlich wissen, was ihr widerfahren war.

# Zweites Kapitel

*Und jetzt schnell nach Hause …* Clarissa sann einen Augenblick über die Worte nach, während sie sich daranmachte, die kleine Plaza zu überqueren. Ja, es klang richtig. Roberts Heim war nicht mehr nur ihre Zuflucht. Die Casa Metzler war in den letzten Monaten zu ihrem Zuhause geworden, obgleich sie anfangs geglaubt hatte, nie wieder solchermaßen empfinden zu können. Mittlerweile begleitete sie den Doktor, wie man ihn hier nannte, sogar des Öfteren nach Rosario – die Leute redeten wirklich weniger. Und welche Haushälterin machte keine Besorgungen? Clarissa empfand inzwischen sogar etwas wie Vergnügen bei ihren kleinen Ausflügen. Ab und zu hinauszukommen, die Stadt zu sehen und Zeuge normalen Lebens zu sein, war besser, als sich den ganzen Tag nur auf Haus und Garten zu beschränken.

*Trotzdem muss ich weiterhin vorsichtig sein.*

Das Leben war nicht mehr, wie es einmal gewesen war, und es würde seine Normalität nie wieder zurückgewinnen, jede Sicherheit war verloren. Trotzdem, die gemeinsamen Monate mit Robert in Rosario hatten wieder so etwas wie Gewohnheit in Clarissas Leben zurückgebracht. Sie seufzte.

*Ich muss nur die richtige Balance finden. Ich muss die Neugier der Bürger Rosarios befriedigen, ohne zu viel von mir preiszugeben.*

Manchmal wünschte sie sich, in einer größeren Stadt untertauchen zu können, dort, wo es so viele Menschen gab, dass der

Einzelne überhaupt nicht auffiel. In Buenos Aires, zum Beispiel …

Clarissa zuckte zusammen. Eine Bewegung riss sie mit einem Mal aus den Gedanken. Nur für den flüchtigen Moment, in dem sie sich in ihren Überlegungen verloren hatte, hatte sie es versäumt, auf ihre Umgebung zu achten. Angestrengt blinzelte sie gegen die Helligkeit an, die sie nur Schemen erkennen ließ. Es war schon fast Mittag, eigentlich sollte sie längst bei Robert sein.

Clarissa verengte die Augen zu Schlitzen, um besser sehen zu können. Ihr Verdacht bestätigte sich. Ein Mann lehnte an der Hauswand, auf die sie gerade zusteuerte, und beobachtete sie. Er trug seinen schwarzen Hut tief ins Gesicht gezogen und war gekleidet wie ein Gaucho, mit der *bombacha de campo*, der typischen Pluderhose, und dem *rastra*, einem breiten, mit Silbermünzen verzierten Gürtel, in dem das *facón* steckte, das Allzweckmesser, ohne das sich kein Gaucho sehen ließ. Seine Beine waren krumm, wie es bei jenen der Fall zu sein pflegte, die seit ihrer Kindheit im Sattel saßen und das Reiten früher lernten als das Laufen. Das Gesicht war, soweit Clarissa es erkennen konnte, von Sonne und Wind gegerbt, grob wie ein altes Stück Holz. Zwischen seinen schmalen Lippen steckte ein Zündhölzchen, auf dem er kaute.

Clarissa überflutete ein Gefühl von Eiseskälte, und sie erschauderte.

Wartet er auf mich? Ist das Don Jorges Scherge, dessen Begegnung ich schon so lange gefürchtet habe? Hatte sie nicht immer gewusst, dass Don Jorges Männer sie eines Tages finden würden, wo auch immer sie sich versteckte und wie weit sie auch floh?

Sie schaute sich nach der berittenen Bürgerwehr in ihren langen roten Ponchos um, die in der Stadt für Ordnung und Sicherheit sorgte, konnte aber niemanden entdecken. Ein Gefühl ohnmächtiger Angst schnürte Clarissa mit einem Mal die Kehle zu. Ihre Knie wurden weich und wollten sie kaum mehr tragen. Diese Angst war über Monate hinweg ein steter Begleiter gewesen. Sie hatte das Gefühl, zu wenig Luft zu bekommen. Hektisch riss Clarissa an ihrem Spitzenkragen, atmete dann keuchend durch, bevor sie sich stolpernd in Bewegung setzte. Aus den Augenwinkeln meinte sie zu sehen, dass der Gaucho ihr folgte.

Nur weg hier, hämmerte es in ihr, nur weg. Jetzt war sie sich sicher. Don Jorge hatte seine Schergen geschickt.

*Man wird mich ermorden, wie man es sicher schon lange vorgehabt hat. Man wird mich mitten auf der Straße abschlachten, und niemand bemerkt etwas, bevor es zu spät ist.*

Endlich gewann Clarissa die Kontrolle über ihren Körper zurück, warf sich herum und lief los, rannte so schnell, wie sie es das letzte Mal als junges Mädchen getan hatte.

Gott sei Dank waren jetzt, um die Mittagszeit, nur wenige Menschen auf der Straße, und sicherlich niemand, der ihren seltsamen Auftritt würde bezeugen können. Clarissa wich panisch jedem Schatten aus, ohne ihn wirklich wahrzunehmen.

*Aber wo soll ich hin, und wie kann ich Robert erreichen?*

Die Panik lähmte ihre Gedanken. Sie konnte sich noch nicht einmal mehr an den Ort erinnern, den sie beide als Treffpunkt ausgemacht hatten.

Hinter sich hörte sie die Schritte ihres Verfolgers näher und näher kommen. Keuchend sog sie den Atem in ihre Kehle, ihr Herz schlug heftig. Plötzlich geriet sie ins Stolpern, konnte sich aber wieder fangen.

Die Ladentür erschien wie aus dem Nichts und verhieß Rettung. Clarissa stieß sie mit letzter Kraft auf. Das Bimmeln einer Glocke war zu hören, das scheppernd verklang, als sie die Tür hinter sich zuwarf. Sie blieb im Halbdunkel stehen, horchte auf ihre keuchenden Atemzüge, dann drang irgendwo aus dem hinteren Bereich des Ladens eine Stimme zu ihr.

»Es tut mir leid, ich wollte gerade schließen. Würden Sie bitte nach der Siesta wiederkommen? Ich habe jetzt leider einen dringenden Termin.«

Es war eine freundliche Stimme, und sie versuchte zu erkennen, zu wem sie gehörte, jederzeit bereit, aufs Neue zu flüchten. Sie konnte niemandem trauen, daran hatte sie der Gaucho schmerzhaft erinnert. Sie blickte sich um.

Aaron Certas Fotoatelier …

Schon einmal hatte sie Certas wunderbare Aufnahmen draußen im Schaukasten bewundert: Landschaftsaufnahmen, Aufnahmen von Häusern und natürlich Porträts der Einwohner der Stadt.

Die höhere Gesellschaft Rosarios ließ sich gern von Señor Certa fotografieren. Olga McKenzie, stellte Clarissa nun fest, die Frau eines reichen schottischen Estancieros in Roberts direkter Nachbarschaft, war offenbar Certas Lieblingsmotiv. Bilder von ihr fanden sich nicht nur in den Auslagen und im Schaukasten, sondern schmückten auch die Wände im Innern des Geschäfts.

Clarissa spürte, wie sich ihr Atem langsam beruhigte. Die Angst indes verging nicht. Nervös spähte sie durch das Schaufenster, konnte draußen jedoch niemanden erkennen. Anscheinend hatte sie ihren Verfolger erfolgreich abgeschüttelt. Aus dem hinteren Bereich des Ladens drang erneut ein Geräusch.

»Entschuldigen Sie«, hörte Clarissa wieder die Stimme, bevor sie den dazugehörigen Mann sehen konnte, »aber ich habe gerade Kundschaft hinten und wäre Ihnen sehr verbunden, wenn …«

Der junge Mann – es musste Aaron Certa sein – verharrte, als er ihrer gewahr wurde. Kurz schien er nicht zu wissen, was er sagen sollte, dann gab er sich einen Ruck.

»Clarissa Kramer? Die Haushälterin von Dr. Metzler? Was führt Sie denn endlich zu mir?«

»Was mich *endlich* hierherführt?« Clarissa sah ihr Gegenüber betroffen an.

»Ja, hierher meine ich, in meinen Laden. Jetzt schauen Sie nicht so erschreckt drein. Ich bin Fotograf. Ich träume schon lange davon, Sie zu porträtieren, Señorita Kramer, genauer gesagt, seit ich Sie zum ersten Mal gesehen habe.«

Er lächelte. Clarissa spürte, wie sie erblasste. Die Haare auf ihren Armen richteten sich auf. In ihrem Nacken kribbelte es. Das Gefühl des Unbehagens verstärkte sich wieder, die Angst schlug wie eine Faust in ihrem Magen.

»Sie wollen mich porträtieren? Aber, aber … Warum?«

Certa schaute sie kurz prüfend an. »Verübeln Sie mir bitte nicht meinen Freimut«, gab er dann zur Antwort, »aber hat Ihnen nie jemand gesagt, dass Sie eine schöne Frau sind?« Er zwinkerte ihr zu.

O ja, das hat man mir gesagt, und war es nicht so, dass meine Schönheit Javier den Tod gebracht hat? Denn hätte er sich überhaupt in mich verliebt, wenn ich weniger ansehnlich gewesen wäre? Ich verfluche meine Schönheit aus ganzem Herzen, denn sie hat den Menschen, die ich liebe, schreckliches Unglück gebracht.

»Also, wie ist Ihre Antwort?«, bohrte Aaron Certa nach.

»Auf keinen Fall!« Clarissa strauchelte, die Hand nach der Tür ausgestreckt. »Überhaupt … Ich … ich habe mich nur in der Tür geirrt. Ich dachte … ich dachte, Señor Metzler sei hier … Ich … Wir …«

Sie brach ab, stieß die Tür auf und stürzte hinaus.

Aaron spähte der Flüchtenden durch das Schaufenster hinterher und stellte zu seiner Verblüffung fest, dass Clarissa wie vom Teufel gejagt die Straße entlangeilte. Ganz sicher hatte sie sich nicht in der Tür geirrt, es machte vielmehr den Eindruck, als wäre sie in Not, als fliehe sie vor irgendetwas. Doch wovor? Er konnte weit und breit keine Verfolger entdecken.

»Wer war das eben?«, fragte Olga McKenzie, als er schließlich in sein Atelier zurückkehrte.

Olga saß in dem Sessel, in dem er sie fotografieren wollte. Eigentlich war sie schon am früheren Vormittag gekommen, doch anstatt sich gleich an die Arbeit zu machen – Eugenio McKenzie, ihr Mann, wünschte ein neues Porträt zum Hochzeitstag – hatten sie sich unterhalten.

Nun ja, schlimm war das nicht, denn jetzt, in der Mittagszeit, erschien Aaron das Licht im Atelier ohnehin am besten. Ein flüchtiges Lächeln huschte über sein Gesicht. Dann betrachtete er Olga einen Moment lang ruhig, um sich eine Vorstellung des Bildes zu machen, das er von ihr anfertigen wollte.

Olga McKenzie trug ein dunkelblaues, hochgeschlossenes Kleid und saß ebenso entspannt wie anmutig neben einer Schale mit Obst, eine Hand nach einer Orange ausgestreckt. Künstliche Orangenblüten schmückten ihr Haar. Olga machte es einem wirklich leicht, schöne Aufnahmen zu machen. Sie war eine natürliche Schönheit, die in einfachen Kleidern genauso hübsch anzusehen war wie in prächtigen Roben. Außerdem hatte sie diese Gabe, auf den Punkt zu erstarren, was nötig war, bis man das Bild im Kasten hatte. Dennoch wirkte sie stets vollkommen entspannt.

»Clarissa Kramer, Dr. Metzlers Haushälterin«, antwortete Aaron jetzt endlich nachdenklich auf Olga McKenzies Frage, während er sich gleichzeitig daranbegab, den Fotoapparat betriebsbereit zu machen. Als Olga erstaunt die Augenbrauen hob, fügte Aaron hinzu: »Ich habe jetzt abgesperrt, damit wir ungestört arbeiten können.«

Olga schien seine letzten Worte gar nicht gehört zu haben, sie wiegte nachdenklich den Kopf. »Seltsam, ich habe sie hier noch nie gesehen.«

»Ich auch nicht«, pflichtete Aaron ihr bei.

Er schob die Platten in den Apparat, auf die er ihr Abbild bannen würde. Nein, Clarissa Kramer hatte das Atelier Certa tatsächlich noch nie beehrt, allerdings hatte er sich schon häufiger gewünscht, sie möge den Weg zu ihm finden. Nicht, weil er sie begehrte. Vielmehr waren es ihr Ausdruck und ihre Schönheit, die etwas in ihm berührt hatten, von dem er wünschte, es abbilden zu können, um es vielleicht dann besser zu verstehen. Da war ein Geheimnis, das sie umgab, etwas, das er ergründen wollte, seitdem er sie zum ersten Mal an Metzlers Seite gesehen hatte. Außerdem war er sich sicher, dass er wunderbare Fotografien von ihr würde machen können. Wie auch Olga war Clarissa der Typ dazu. Gesichter wie das ihre waren einfach dafür gemacht, fotografiert zu werden.

Aarons Gedanken kehrten wie so häufig zu seinen Anfängen im Rosario zurück. Otto Hermann hatte tatsächlich Wort gehalten und war Aaron, nachdem der das Quarantäneschiff bei Cusenada ebenfalls glücklich verlassen konnte und über Buenos Aires, den Río Paraná und Rosario zu ihm gelangt war, beim Aufbau seines neuen Lebens behilflich gewesen.

Die ersten Wochen hatte Aaron noch auf dem *saladero* verbracht, in dessen Verwaltung Otto arbeitete. Die Anlage lag auf einer Anhöhe oberhalb des Río Paraná und war auf viele Meilen weit von Schilf, Wald und Dickicht umgeben. In der heißen Zeit gab es dort Milliarden Moskitos, die den Aufenthalt unerträglich machten. Während der *faena*, der Schlachtzeit, die zwei bis zweieinhalb Monate dauerte, wurden hier täglich unglaubliche achthundert bis tausend Stück Hornvieh verarbeitet. Mit Ottos Hilfe hatten sich allerdings bald geeignete Räumlichkeiten für ein Fotoatelier gefunden. Zu Anfang ging das Geschäft schleppend, doch inzwischen genoss Aaron die Anerkennung der besseren Gesellschaft der Stadt. Auch hier, am Ende der Welt, war das sogenannte Familienalbum in jedem Haushalt heilig. Ein weiterer Grund für den mittlerweile erstaunlichen Erfolg des Ateliers Certa war Olga McKenzie, denn es waren die Bilder der schönen Señora in seinem Schaukasten gewesen, die Aaron die Bewunderung einbrachten, die seinen Aufstieg vorantrieb.

Dabei hatten Olga und er bei ihrem ersten Treffen mehr geredet, als sich mit der Fotografie zu beschäftigen. Zuerst war es Belangloses gewesen, ein Austausch über das, was das Leben in der Neuen Welt ausmachte, dann hatte er erfahren, dass Olga aus Russland nach Argentinien gekommen war. Aarons Russisch war zwar nicht so gut wie sein Polnisch, aber es genügte, um die schöne Olga glücklich zu machen. Wie sie selbst hergekommen war, hatte sie ihm nicht genau gesagt, wohl aber aufmerksam seiner eigenen Geschichte gelauscht. Es hatte Aaron selbst erstaunt, dass er ihr so viel erzählte, obgleich er Olga kaum kannte. Inzwischen wusste sie sogar vom Tod seines Vaters, vom Leben bei seinem Onkel in London und von der Reise nach Argentinien. Über das Schicksal seiner Mutter zu reden fiel Aaron schwer. Wer sollte schon verstehen, was Ruth

Czernowitz damals angetrieben hatte? Olga drang zum Glück nicht in ihn und gab sich mit einer vagen Erklärung zufrieden.

Er selbst drang auch nicht in sie ein, fragte nicht nach, ob die Gerüchte stimmten, dass Olga McKenzie einst eine Hure der besseren Gesellschaft gewesen war. Für ihn war sie Señora McKenzie, eine gute Kundin mit dem Herzen auf dem rechten Fleck – nein, mehr noch, sie war ihm eine gute Freundin geworden.

Im fortgeschrittenen Alter erst hatte Olga den wohlhabenden Eugenio McKenzie geheiratet. Die Ehe war kinderlos geblieben, doch die beiden lebten glücklich und äußerst zufrieden miteinander. Jedenfalls hörte man niemals etwas von einer Missstimmung im Hause McKenzie. Seit ihrer Hochzeit gehörte Olga unumstritten zur oberen Gesellschaftsschicht von Rosario und wurde gern und häufig eingeladen, auch das ein Umstand, der Aaron Kunden einbrachte.

Doch beruflicher Erfolg hin oder her, Aaron genoss jede Sitzung mit Olga. Angenehm war das Beisammensein mit ihr auch, weil Olga immer guter Laune war. Nur ganz selten, oft nur für einen flüchtigen Moment, war da etwas Trauriges an ihr, etwas, das ihn ahnen ließ, dass er nicht alles von ihr wusste und auch sie ihr Päckchen zu tragen hatte.

Jetzt riss Olgas Stimme ihn erneut aus den Gedanken. »Sie ist eine schöne junge Frau«, sagte sie unvermittelt, »aber sie ist immer traurig.«

Aaron nickte. Ja, das war ihm auch schon aufgefallen, doch er wusste nichts darauf zu sagen.

Er wies Olga McKenzie an, noch einmal ihre Röcke zu ordnen. Die tat, wie ihr geheißen. Als er sich hinter die Kamera stellte und ihr zulächelte, lächelte sie zurück. Und dann seufzte Olga McKenzie mit einem Mal so tief, dass er den Eindruck gewann, sie selbst sei diejenige, die traurig war.

# Drittes Kapitel

Der Empfang bei den McKenzies zwei Monate später, zu dem überraschenderweise auch Señorita Kramer eingeladen worden war, war Clarissas erste große gesellschaftliche Veranstaltung in Rosario. Sie stand inmitten des Festlärms und versuchte verzweifelt, sich zu orientieren, als hätte sie solch einer Veranstaltung noch niemals zuvor beigewohnt. Natürlich hatte sie Robert zuerst nicht begleiten wollen, doch dann war ihr klar geworden, dass sie mit einer Absage unnötige Aufmerksamkeit auf sich gelenkt hätte. Und es gab noch einen zweiten Grund, die Einladung anzunehmen: Seit dem Tag ihrer überstürzten Flucht in das Fotoatelier Certa blieb Clarissa ungern über Stunden allein, und dazu kam es immer wieder, wenn Robert Hausbesuche machte. Jeder Laut, jedes Knacken, jede noch so kleine Kleinigkeit versetzte sie dann in Unruhe.

»Was«, hatte sie heute vor dem Aufbruch trotzdem noch einmal zu fragen gewagt, »wenn die Leute reden?«

»Lass sie reden«, hatte Robert zur Antwort gegeben, während er den Sitz seiner Fliege im Spiegel begutachtet hatte, »lassen wir die Leute doch einfach glauben, wonach ihnen der Sinn steht. Wir können ohnehin nichts dagegen tun. Du wirst ihr Gesprächsthema sein, bis sich unverhofft ein neues ergibt.«

Clarissa hatte bei diesen Worten den Blick abgewandt. Robert hatte Recht, doch seine Worte beruhigten sie nicht. Sogar ein Kleid hatte er ihr für den Empfang gekauft. Clarissas zaghafte Einwände dagegen hatte er einfach beiseitegefegt.

»Wir gehen auf einen Empfang, Clarissa, ich habe gewiss nicht die Absicht, dich in der Küche abzuliefern.«

Als Clarissa das Kleid erstmals an sich gesehen hatte, hatte sie einen Moment lang den Blick nicht von sich nehmen können. Der silberblaue Farbton des Stoffes harmonierte perfekt mit ihrem Hautton und der Farbe ihres Haars. Ihr Gesicht wirkte dadurch klarer. Ihre Augen leuchteten geradezu. Der Spiegel im Schneideratelier hatte ihr das Bild einer Frau entgegengeworfen, die sie einmal gekannt und ganz verloren geglaubt hatte, und plötzlich hatte sie sogar ein leises Gefühl von Vorfreude auf das Fest gespürt.

Früher bin ich gern auf solche Veranstaltungen gegangen, fuhr es ihr auch jetzt wieder durch den Kopf, gemeinsam mit Javier ... Ich habe es genossen, an seiner Seite durch den Saal zu schreiten. Ich habe es genossen, dass alle Blicke auf uns ruhten, während wir tanzten, weil wir das schönste Paar von allen waren ... Und weil wir uns ja liebten, dachte ich, wir könnten gegen alle bestehen.

*Ich habe mich getäuscht.*

Die Erinnerung an ihren geliebten Mann hatte Clarissa noch im Schneideratelier in Tränen ausbrechen lassen. Erschreckt hatte Robert sie angesehen. Sie hatte versucht, ihr Schluchzen zu unterdrücken, und sich darum bemüht, ihn zu beruhigen.

»Es ... es ist alles gut«, hatte sie gestammelt, »das Kleid ... es ist nur so wunderschön.«

Sie wollte nicht, dass er Fragen stellte, wollte nicht wieder das Misstrauen in seinen Augen sehen, das sie manchmal zu erkennen meinte. Es machte ihr Angst. Es bestärkte sie in ihrer Befürchtung, dass auch ihr Leben mit Robert eines Tages vorbei sein würde.

Sie hatte alle Kraft sammeln müssen, um sich zusammenzureißen. »Ich danke Ihnen, wirklich, das Kleid ist atemberaubend, Señor Metzler.«

»Robert«, hatte er sie berichtigt.

In der Öffentlichkeit waren sie bislang noch stets als Señorita Kramer und Señor Metzler aufgetreten.

»Robert«, wiederholte sie unsicher und spürte zugleich den Blick der Schneiderin auf sich.

Clarissa hatte gewusst, dass die Geschichte nun rasch die Runde machen würde: Robert Metzler hat etwas mit seiner schönen Haushälterin. Die beiden duzen sich. Sie nennen sich bei den Vornamen. Hatte man nicht schon lange vermutet, dass der Junggeselle Robert nicht mehr lange Junggeselle bleiben würde mit einer solch hübschen Frau im Haus? Sicherlich bereitete sie ihm mehr Annehmlichkeiten als eine saubere Wohnung. Nun, man wollte nichts sagen ... Dr. Metzler war endgültig für den Heiratsmarkt verloren. Ein paar einsame Frauen der guten Gesellschaft Rosarios würden einen mehr als deutlichen Seufzer hören lassen.

Clarissa atmete tief durch. Sie hatte sich mal wieder in Gedanken verloren. Wie viel Zeit war vergangen? Hatte sie unnötige Aufmerksamkeit auf sich gelenkt, indem sie hier still stehen geblieben war und sich umgeschaut hatte? Noch während sie mit sich haderte, vernahm sie eine bekannte Stimme.

»Guten Tag, Señorita Kramer, das ist aber eine Überraschung.«

Aaron Certa ... Clarissa spürte, wie Röte in ihre Wangen stieg. Wieso war er hier? Zu gut erinnerte sie sich an ihre letzte unerfreuliche Begegnung.

*Was habe ich mir nur dabei gedacht, mich so zu verhalten und einfach wie ein kopfloses Huhn davonzulaufen?*

Clarissa setzte ein verbindliches Lächeln auf, bevor sie sich zu Certa umdrehte. »Señor Certa, wie schön Sie zu sehen. Was machen Sie hier?«

»Man hat mich als Fotograf engagiert, Señorita Kramer. Ich mache also nur meine Arbeit. Wie steht es mit meinem Angebot? Wollen Sie sich vielleicht heute fotografieren lassen?«

Clarissa öffnete den Mund, um umgehend ihre Ablehnung auszusprechen, als ihr Blick an Aaron Certas Schulter vorbei auf zwei Damen fiel. Im gleichen Moment spürte sie, wie sie noch tiefer errötete. Die beiden Frauen sahen es, drehten die Köpfe einander zu und tuschelten. Die dick aufgetragene weiße Schminke auf ihren Gesichtern ließ die Vermutung zu, dass die kleinste Mimik dazu führen konnte, dass die Farbe in großen Placken abplatzte. Nun schauten sie wieder zu Clarissa und setzten sich in Bewegung.

»Señor Certa, Señorita Kramer«, sagte die Rundlichere der beiden, während sich die andere mit einem ernsten, gravitätischen Nicken anschloss.

»Señora Clarke, Señora Zaldana«, grüßte Aaron Certa, und Clarissa schloss sich seiner Begrüßung mit einer Verbeugung an.

»Wir freuen uns, Sie bald wieder einmal in Ihrem Atelier besuchen zu dürfen«, sagte jetzt die ältere Señora Zaldana und schenkte dem deutlich jüngeren Certa einen koketten Augenaufschlag.

Clarissa erkannte sie. Señora Zaldana gehörte zu Roberts Patientinnen, sie pflegte auf eine gutmütige Art mit ihm zu flirten.

»Es ist tatsächlich schon zwei Monate her, dass ich Sie zuletzt beehrt habe«, fügte jetzt Señora Clarke hinzu, deren Anblick Clarissa seltsam unruhig stimmte.

Noch heute konnte man erkennen, dass Señora Clarke einmal, wenn sie auch damals schon einige Pfunde zu viel gehabt haben mochte, ein hübsches Mädchen gewesen sein musste. Auch sie flirtete, doch sie schien das Flirten nicht leichtzunehmen wie ihre Freundin, sondern eine angemessene Reaktion zu erwarten. Auch Señora Clarke gehörte zu Roberts Patientinnen. Clarissa erinnerte sich, von ihr schon mehr als einmal mit eifersüchtigen Blicken durchbohrt worden zu sein.

»Und ja«, fuhr Señora Clarke nun fort, »ein neues Bild ist wieder einmal dringend nötig. Und Sie sind solch ein Könner, Señor Certa, habe ich Ihnen das schon einmal gesagt? Ich liebe Ihre Bilder.« Sie betonte das I in liebe und Bilder so stark, dass es in Clarissas Ohren unangenehm schrill klang.

Aaron lächelte nur. »Und ich liebe es, Frauen wie Sie beide vor der Kamera zu haben«, lobte er Señora Zaldana und Señora Clarke, und dann fügte er etwas hinzu, was Clarissa zusammenzucken ließ. »Leider gibt es hier auch Damen, die meinem Können nichts abgewinnen, nicht wahr, Señorita Kramer? Aber vielleicht lassen Sie sich ja doch noch von diesen beiden zufriedenen Kundinnen überzeugen?«

Clarissa wurde blass, als sich die Blicke der beiden Frauen erneut forschend auf sie richteten.

»Wirklich nicht?«, fragte Señora Clarke, etwas Lauerndes in der Stimme. »Und warum nicht? Sie sind …«, es fiel ihr deutlich schwer, die Worte auszusprechen, »… Sie sind doch eine schöne Frau.«

»Ja, warum nicht?«, fügte Señora Zaldana gutmütiger hinzu. »Señor Certa ist solch ein Könner, er macht aus jedem Gesicht etwas. Wirklich aus *jedem*.«

Clarissa suchte nach Worten, doch es wollte ihr einfach keine Erklärung einfallen.

»Ich … ich möchte … Ich wollte …«, stammelte sie.

Aber was sollte sie sagen? Ich will keine Bilder von mir, weil ich fürchte, dass mich irgendjemand darauf erkennt und zurück zu meinem Schwiegervater schleift, bei dem es sich um einen schwerreichen Estanciero handelt, der mich sicher umbringen wird? Mein Mann ist vor meinen Augen erschossen worden, und ich …

Die Señoras Clarke und Zaldana starrten Clarissa neugierig an. Die fühlte sich, als schälte man ihr die Haut vom Fleisch. Mühsam unterdrückte sie ein Schaudern. Aaron stand stumm neben ihr, er wusste offenbar auch nicht, was er noch sagen sollte.

»Lassen wir Señorita Kramer doch … Nicht jeder …«, setzte er dann doch zu sprechen an.

Schritte waren zu hören. Von der Veranda her näherte sich jetzt Olga, ein sanftes Lächeln auf dem Gesicht.

Clarissa war unendlich erleichtert, die Gastgeberin zu sehen. Sie konnte nicht sagen, warum, aber sie vertraute Olga. Olga McKenzie würde ihr aus dieser schrecklichen Situation heraushelfen, und sie, nahm sie sich vor, würde ab sofort Robert nicht mehr begleiten. Es war eine dumme Idee gewesen.

»Es muss doch nicht jeder Vergnügen daran finden, sich porträtieren zu lassen«, unterbrach Olga Aaron sanft und hakte sich bei Clarissa, die spürte, dass ihr Tränen in die Augen stiegen, unter.

Nur nicht weinen, wiederholte sie bei sich, als könnte sie sich damit selbst beschwören, nur nicht weinen.

»Gehen wir, meine Schöne?«, fragte Olga. »Ich wollte Ihnen doch noch meinen Lieblingsplatz zeigen.«

Clarissa nickte, und Olga führte sie davon. Sie plauderte, als wäre nichts Ungewöhnliches an Clarissas Verhalten. Wem sie auch begegneten, dem erklärte die Gastgeberin mit strahlendem

Lächeln, dass Señorita Kramer unter Erschöpfung leide und sich ausruhen müsse. Etwas abseits des Festes, in einem kleinen Pavillon, von dem aus man das weiß getünchte Haus mit seinem prächtigen Säuleneingang sehen konnte, fand sich ein ruhiges Fleckchen. Olga schickte nach ihrer Zofe, damit diese sich um Señorita Kramer kümmern konnte. Clarissa war erstaunt, als sie wenig später feststellte, das Encarnacíon eine tiefschwarze Haut hatte, eine Haut von solch glatter, ebenholzartiger Schwärze, wie sie es bislang noch nie gesehen hatte.

»Encarnacíon«, stellte Olga McKenzie die rundliche Frau vor, »arbeitet für mich und ist zudem eine gute Freundin. Encarnacíon, das ist Señorita Kramer.«

Encarnacíon schenkte Clarissa wortlos etwas erfrischende Limonade ein.

»Encarnacíon hat als Hausmädchen bei uns angefangen«, sagte Olga, während Clarissa mit großen Schlucken trank. Sie hatte tatsächlich gar nicht gemerkt, wie durstig sie war. »Habe ich schon erzählt, dass Enchy mir das Leben gerettet hat? Anfangs war ich nämlich völlig überfordert mit allem.« Olga schenkte Clarissa Limonade nach.

»Überfordert«, echote sie zaghaft, entschlossen, ein halbwegs normales Gespräch zu führen.

»Ja, ich habe viele Jahre niemals kochen müssen. Dann kam die Hochzeit, und plötzlich wurden wöchentlich, manchmal täglich, Zwiebeln, Mais, Knoblauch, Reis und sehr, sehr viel Fleisch geliefert, was ja in dieser Gegend, wenn es nicht sofort gekocht wird, bereits mittags verdorben ist. Sie wissen das sicherlich, Señorita Kramer.«

Clarissa nickte.

Olga fuhr gleich darauf zu sprechen fort, sichtlich bemüht, ihren nervösen Gast zu entspannen. »O du meine Güte, war ich verzweifelt, wirklich. Bis mir mein Mann Encarnacíon brachte, ein sehr ordentliches Mädchen aus Paraguay. Allerdings musste ich mich zuerst einmal daran gewöhnen, dass meine Enchy rauchte und spuckte wie ein alter Bierkutscher. Das war ich einfach nicht gewöhnt.« Olga lachte und tätschelte Clarissas Schulter. »Und jetzt erholen Sie sich, und wenn Sie etwas benötigen, schicken Sie Enchy. Sie steht Ihnen zur Verfügung.«

»Danke, das ist sehr liebenswürdig von Ihnen.«

»Nichts zu danken. Ich muss mich jetzt allerdings wieder um die Gäste kümmern. Soll ich nach Señor Metzler schicken, sobald das möglich ist? Sie wissen ja, hier werden auch wichtige Gespräche geführt.« Olga zwinkerte Clarissa zu.

Die nickte zaghaft und warf Encarnacíon einen verunsicherten Seitenblick zu. Olga McKenzies Zofe verzog keine Miene.

»Dann mache ich das.« Olga wandte sich an ihre Dienerin. »Und du, Encarnacíon, sorgst bitte dafür, dass Señorita Kramer bis dahin alles hat, was sie benötigt.«

Olga McKenzie war sich gewiss, dass Señorita Kramer bei Encarnacíon in guten Händen war, trotzdem gab ihr die junge Frau Rätsel auf. Mit Aaron Certa hatte sie bereits einige Worte über Señorita Kramer gewechselt. Sie wusste natürlich, dass er die junge Frau nicht verschrecken wollte, aber sie würde ihn dennoch rügen müssen. Was Señora Clarke und Señora Zaldana anging, würde Olga McKenzie ihr Möglichstes tun, die Folgen zu begrenzen und etwaigen Gerüchten entgegenzuwirken. Dabei war die gutmütige Señora Zaldana sicher das geringste Problem, eher musste sie Señora Clarke im Blick behalten. Dies lag nicht nur daran, dass Señora Clarke eine bösartige Tratsche war, sondern begründete sich auch darin, dass die Witwe schon lange ein Auge auf Dr. Metzler geworfen hatte.

Später am Abend schweiften Roberts Gedanken zu Aaron Certa. Die für Clarissa offenbar unangenehme Situation, von der Olga ihm erzählt hatte, hatte sich, so viel meinte er verstanden zu haben, an Certas Wunsch entzündet, eine Fotografie von Clarissa anzufertigen.

Aber, fragte sich Robert jetzt nicht zum ersten Mal, was hat der Mann wirklich von Clarissa gewollt?

Aus dem, was Olga McKenzie ihm berichtet hatte, war er nicht schlau geworden. Certa hatte Clarissa Komplimente gemacht, um sie zu besagter Fotografie zu überreden, und sie hatte mit unerwartet heftiger Ablehnung reagiert.

»Wobei es natürlich jedem freisteht, sich nicht abbilden zu lassen«, hatte Olga mit ihrer Erzählung geendet. »Und das habe ich Aaron Certa genau so gesagt. Er hat mit betretenem Gesichtsausdruck auf meine Rüge reagiert.«

Robert musste zugeben, dass er sich nicht ganz auf Olgas Erklärungen hatte konzentrieren können, denn ihm war aufgefallen, dass der junge Fotograf ein durchaus gut aussehender Mann war, noch dazu ein Künstler ... War es nicht so, dass Frauen Künstler mochten? Robert seufzte leise.

*Aber ich liebe Clarissa, ich kann und darf sie nicht verlieren.*

Er warf jetzt einen kurzen Blick auf die junge Frau an seiner Seite, die mehr gefasst als erleichtert wirkte, dann schweiften seine Gedanken erneut zu Aaron Certa.

Gefiel Clarissa dieser dunkelhaarige Lockenkopf mit den Glutaugen, der die Damenwelt Rosarios auf seine Glasplatten bannte, vielleicht doch?

Robert hatte plötzlich das dringende Bedürfnis, Clarissa aus Aaron Certas Einflussbereich zu entfernen. Vielleicht konnte er ja wieder als Arzt in Buenos Aires arbeiten? Die Arbeit im Krankenhaus dort in seinen Anfangsjahren hatte ihm durchaus gefallen. Außerdem würde er sein Wissen sicherlich erweitern können. Und er hatte Freunde in Buenos Aires, die ihm immer wieder schrieben, wie gern sie ihn einmal wiedersehen würden.

Ich könnte die Praxis in Rosario vorübergehend schließen und … Und Clarissa war es offenbar ohnehin lieber, sich im Hintergrund zu halten, das würde ihr in der Metropole, in der mittlerweile fast eine Million Menschen lebten, viel leichter gelingen. In dieser großen Stadt konnten sie beide untertauchen und zusammen neu beginnen.

Dieser Gedanke gefiel ihm. In Rosario waren inzwischen zu viele Menschen auf die junge Frau aufmerksam geworden. Eines Tages würde gewiss irgendjemand eine Verbindung zwischen den sporadisch, jedoch immer wieder auftauchenden Zeitungsanzeigen und der schönen Clarissa herstellen.

Gedankenverloren nahm Robert zwei neue Gläser Wein von einem Tablett, das eben an ihnen vorübergetragen wurde, gab eines davon Clarissa und nahm dann selbst einen kräftigen Schluck.

Wie konnte er die Sache am besten angehen?

# Viertes Kapitel

An jenem Augusttag, an dem sich Javiers Todestag jährte, schlurfte Don Jorge wie ein Geist durch das große, für ihn plötzlich so leere Wohnhaus seiner Estancia Santa Ana. Alle wussten, dass es besser war, dem *patrón* nicht in die Quere zu kommen. Wer unvorsichtig war, bekam ein paar Hiebe mit der Peitsche übergezogen. Einen halbwüchsigen Burschen hätte Don Jorge am Vortag beinahe totgeschlagen. Der Junge würde, wenn er überhaupt überlebte, für den Rest seines Lebens gezeichnet bleiben, denn ein schwerer Hieb der metallbesetzten Reitpeitsche hatte ihm das Gesicht gespalten. Javiers Todestag hatte Don Jorge mit einem kräftigen Schluck Rum begonnen und bis zur Siesta bereits die halbe Flasche geleert.

Dann hatte er allein, aber mit Appetit gegessen, sich danach schlafen gelegt und nun, da es dämmrig wurde, erneut eine Anzeige aufgesetzt, mit der er in den wichtigsten Zeitungen des Landes, *La Nación Argentina* und *La Prensa*, etwas über den Verbleib seiner Schwiegertochter in Erfahrung zu bringen suchte. Auch in regionalen Gazetten hatten sich seine Anzeigen schon gefunden. Man konnte schließlich nicht wissen, wohin es das Weib verschlagen hatte.

*Ich will sie hängen sehen ...*

Ja, er sehnte sich danach, Zeuge zu werden, wenn sich der grobe Strick in Clarissas weißen Hals schnitt und ihr langsam, ganz langsam, die Gurgel zudrückte, bis ihr die Augen aus dem hübschen Gesicht quollen. Sogar den Baum hatte er sich schon ausgesucht, an dem er sie persönlich aufknüpfen würde. Er stellte sich vor, wie er Clarissas leblosen Körper daran noch tagelang würde baumeln lassen.

Natürlich werde ich ihre Familie zwingen, bei ihrem Sterben zuzusehen, dachte er, und natürlich werde ich Clarissa in dem Wissen darum töten, dass sie ihr alle folgen werden. Konnte es eine reinere Rache geben als die, die Familie Kramer, die doch schuld war an seinem Unglück, vollständig auszumerzen?

Don Jorge war froh, sich bislang so gut beherrscht zu haben. Er hatte ihnen nichts angetan. Nur den *rancho* der Kramers hatte er zerstört und ihnen dann angeboten, wieder für ihn zu arbeiten. Was sollten sie auch tun? Sie hofften ja darauf, ihre geliebte Tochter wiederzusehen. Und wie sollten sie ohne seine Hilfe überleben?

Er hatte sie in der Hand, und das behagte ihm. Auf Santa Ana und in der näheren Umgebung lebte oder starb man nur mit seiner Hilfe und seiner Erlaubnis. Sie warteten, genau wie er wartete, doch er würde derjenige sein, der Clarissa zu fassen bekam. Unwillkürlich ballte Don Jorge die kräftigen Finger zur Faust.

»Und wenn es so weit ist«, murmelte er, »dann soll diesem mörderischen Weib Gott im Himmel Gnade zukommen lassen, denn auf Erden bin ich ihr Richter!«

# Fünftes Kapitel

»Wann werden wir endlich heiraten, Maria? Sag schon!«, rief Alessandro lachend und nicht zum ersten Mal aus.

Ohne zu zögern, stimmte Maria in sein Lachen ein. Nein, sie fühlte sich nicht im Geringsten überrumpelt von seinen Plänen. Sie hatten mehr als einmal darüber gesprochen. Seit sie Alessandro kannte, wartete sie jedes Jahr sehnsüchtiger darauf, dass ihre geliebte *golondrina* nach Argentinien kam. Maria hatte es eigentlich nicht für möglich gehalten, dass sie sich noch einmal verlieben könnte, nicht mehr, nachdem so viele Jahre seit Lucas Tod vergangen waren, und auch nicht, weil sie ihren ersten Mann so angebetet hatte. Nein, sie war eine liebende Mutter gewesen, sie führte ein beliebtes Café, aber sie hatte sich nicht mehr zu der Liebe zwischen Mann und Frau fähig gesehen.

Damals, in den Tagen des Gelbfiebers, dem Luca zum Opfer gefallen war, hatte sie selbst sterben wollen. Damals war es nur Fabio gewesen, ihr kleiner Sohn, der sie am Leben gehalten hatte. Nur für ihn hatte sie weitergemacht, und für eine Zeit war nur er es gewesen, der sie glücklich gemacht und es ihr ermöglicht hatte, jeden neuen Tag zu überstehen.

Maria runzelte die Stirn. Ihrer Freundschaft mit Alessandro stand Fabio allerdings nicht sonderlich freundlich gegenüber. Ihr Sohn hatte dem älteren Mann von Anfang an misstraut, Maria dachte inzwischen mit Grauen an jede neue Begegnung der beiden.

*»Mamma«*, hatte Fabio sie erst am Tag zuvor, als sie nach Hause gekommen war, erinnert, »du bist keine junge Frau mehr, der man ein solch doch recht unschickliches Verhalten nachsehen kann. Was sollen die Leute von uns denken? Hast du dir das schon einmal überlegt? Sie werden reden, wenn du dich mit diesem Mann triffst wie ein junges Mädchen, das blind ist vor Liebe. Sie werden das Café nicht mehr besuchen, wir werden alles verlieren ...«

»Dieser Mann heißt Alessandro, und er ist gut zu mir«, hatte Maria deutlich, doch im tiefsten Innern verunsichert, erwidert. Sie konnte sich nicht erinnern, jemals zuvor so mit Fabio gesprochen zu haben.

Ihr Sohn hatte ihren Einwand natürlich ignoriert. »Du kannst dich nicht verhalten wie ein junges Mädchen, *mamma*. Noch bist du eine angesehene Witwe und Geschäftsfrau. Noch.«

Das letzte Wort hatte er sehr deutlich ausgesprochen. Daraufhin hatte sie sich nicht mehr zurückhalten können.

»Das ist mir gleich, Fabio, ich habe ein Recht auf mein Glück. Ich habe zu lange darauf verzichtet. Ob du es glauben willst oder nicht, ich bin nicht nur Witwe, ich bin auch eine Frau, und Alessandro ist der erste Mann in so vielen Jahren, der mir das gezeigt hat. Ich bin eine Frau, ich sehne mich nach ...«

*»Mamma«*, hatte ihr Sohn sie scharf unterbrochen, und sie war froh gewesen, dass sie nicht das ausgesprochen hatte, was auf ihrer Zunge brannte.

*Ich sehne mich nach Liebe.*

Das war es. Sie sehnte sich nach Liebe, nach Berührungen, Zärtlichkeit, nach sanften Worten, nach einem Menschen, der ihr zur Seite stand, der für sie da war und nicht umgekehrt.

Sie hatte Fabio leise seufzen hören. »Und was ist mit dem Café Maria?«, hatte er endlich gesagt. »Was ist mit all dem, was du dir aufgebaut hast? Willst du das einfach wegwerfen? Willst du wirklich so unvernünftig sein?«

Maria hatte die Achseln gezuckt. »Vielleicht ist es Zeit, einen neuen Weg zu gehen … Ich liebe Alessandro, Fabio! Ich liebe ihn, versteh das doch. Er tut mir gut. Ich fühle mich endlich wieder wirklich glücklich. Darf man in meinem Alter denn nicht mehr lieben, darf man nicht von einer neuen, einer anderen Zukunft träumen?«

»Liebe? Bist du von Sinnen?« Fabio hatte sie fassungslos angestarrt und nach einigem Zögern vorsichtig hinzugefügt: »Du willst ihn doch nicht heiraten, oder?«

Maria hatte tief Luft geholt. War jetzt die Zeit, alle Karten auf den Tisch zu legen?

»Nun«, hatte sie langsam gesagt und sich schnell entschieden, noch zu warten, »darüber haben wir noch gar nicht geredet.«

Ihr Gesicht hatte sich ohne ihr bewusstes Zutun zu einem Lächeln verzogen. Fabio war erblasst, und seine folgenden Worte hatten ihr deutlich gezeigt, dass er ihr nicht glaubte.

»Das kannst du nicht tun, *mamma!* Du machst dich, du machst *uns* zum Gespött der Leute.«

Sie hatte gelacht. »Ach, Fabio«, hatte sie geantwortet, »wenn ich auf eins nicht mehr so viel Wert legen will, dann sind es die Leute. Dafür bin ich zu alt.«

»Und was ist mit mir?«, hatte Fabio versucht, seinen letzten Trumpf auszuspielen.

Maria durchfuhr ein leichter Schauder, als sie sich nun erinnerte, was sie ihm gesagt hatte: Darum musst du dich ab jetzt selbst kümmern. Du bist dreißig Jahre alt und erwachsen genug. Ich habe dich jahrelang beschützt.

War das richtig gewesen? Hatte sie so mit ihm sprechen dürfen?

Maria drehte sich wieder zu Alessandro hin. Sonntags flanierten sie immer am Fluss entlang. Dann aßen sie gemeinsam *empanadas* und tranken später zu Hause in ihrer Wohnung, solange Fabio nicht da war, Kaffee, den Alessandro stets selbst zubereitete. Sie liebte es, ihm dabei zuzusehen, wie er die Bohnen frisch röstete, wie er sie mahlte und daraus den köstlichsten Kaffee der Welt aufbrühte. Die Zärtlichkeit seiner Bewegungen nahm ihr jedes Mal den Atem.

Sie war froh, dass Gott es zugelassen hatte, dass sie einander begegnet waren. Alessandros Liebe hatte sie gerettet. Das wusste sie jetzt. Seit Lucas Tod war sie nicht mehr so glücklich gewesen.

Für einen Moment schweifte Marias Blick über Alessandros Schulter zum Meer hin, das silbrig in der Abenddämmerung lag. Dann fiel er mit einem Mal vor ihr auf die Knie und nahm ihre Hand sanft, aber fest in die seine.

»Willst du meine Frau werden, Maria?«

Maria schossen Tränen in die Augen. Wie ein junges Mädchen hatte sie sich bereits mehrmals ausgemalt, dass er sie fragen würde, und die reife Frau in ihr hatte sich vorgestellt, sie wäre auf diese Frage vorbereitet, dem war jedoch nicht so. Sie versuchte, die Tränen wegzublinzeln. Ihre Stimme klang belegt, als sie ihm antwortete. »Ja, Alessandro, ich will. Ich will, ich will, ich will.«

Alessandro lächelte. Mit ruhigen, zärtlichen Bewegungen steckte er ihr einen wunderschönen selbst geschnitzten Ring aus poliertem Olivenholz an den Finger. Dann konnte Maria sich nicht mehr beherrschen.

Fabio seufzte. Nein, so konnte es weiß Gott nicht weitergehen. Seine Mutter gefährdete das Café Maria mit ihrem Backfischverhalten. Sie, die ehrbare Witwe, lief plötzlich mit geröteten

Wangen umher und hörte auf das Süßholzgeraspel einer dreckigen *golondrina*.

Sie machte sich und ihn zum Gespött der Leute. Alle kannten Maria doch nur als Lucas Witwe, die von früh bis spät in ihrer *pastelería* arbeitete und in der übrigen Zeit für ihren Sohn da war. Maria meisterte ihr Leben allein. Allein hatte sie auch ihr Geschäft aufgebaut und damit eine weitere Erfolgsgeschichte geschrieben, von denen es so einige in der italienischen Gemeinschaft von Buenos Aires gab. Dafür bewunderten sie doch alle. Warum genügte ihr das nicht?

Sie beide brauchten doch wirklich niemanden. Sie waren doch glücklich. Er, Fabio, war zufrieden allein mit seiner Mutter, die ihm immer noch Geschichten von einem Vater erzählte, den er nie kennengelernt hatte. Er wusste, dass Luca ein gut aussehender, witziger Mann gewesen war, den seine Mutter sehr geliebt hatte. Dass er sie noch im Sterben verteidigt hatte. Sein Vater war ein Held. Niemand würde ihn ersetzen – und ganz gewiss nicht ein Mann wie Alessandro, fünf Jahre jünger als seine Mutter, ein schmieriger Wanderarbeiter mit nichts als einem fröhlichen Lachen und arm wie eine Kirchenmaus.

*Ein* ladrón, *ein Dieb.*

Natürlich hatte seine Mutter schon mehrfach versucht, ihn, Fabio, für ihre Sichtweise der Dinge zu gewinnen. Sie schwafelte davon, dass die Fahrt nach Argentinien für Alessandro ins Ungewisse gegangen sei, dass er die ersten Tage in einer Unterkunft für Immigranten habe verbringen müssen, einem dreckigen, schlecht belüfteten Pferdestall im Zentrum von Buenos Aires, wo die Neuen fünf Tage lang freie Unterkunft und Verpflegung erhielten. Danach sei er sogar noch eine Zeit lang obdachlos gewesen und habe sich zu jenen gesellen müssen, die im Hafengebiet oder in den Parks Unterschlupf fanden.

Ach, seine Mutter sah überhaupt viel zu viele Schwierigkeiten für ihren Alessandro. Dabei war es doch so, dass ein Wanderarbeiter seit Beginn der Neunzigerjahre nur zwei Wochen arbeiten musste, um für die Überfahrt nach Hause zu bezahlen. Wer wollte sich da noch beschweren? Und während der restlichen Zeit konnte er dann, vorausgesetzt, er lebte sparsam, Geld für die Zeit in seiner Heimat verdienen.

Fabio war sich sicher, dass es diesem Alessandro ohnehin nur um Marias Geld ging. Dabei hatte sie ihm schon viel zu viel gegeben. Immer wieder fand Fabio kleine Beträge im Haushaltsbuch vermerkt. Zwar hatte Alessandro sie stets zurückgezahlt, aber Fabio traute dem Braten nicht. Irgendwann, da war er sich sicher, würde Alessandro das geliehene Geld nicht mehr zurückzahlen, und am Ende standen dann der Ruin und der Untergang des Café Maria.

*Das kann ich nicht zulassen. Es ist Zeit zu handeln.*

In wenigen Wochen würde Alessandro für den Rest des Jahres wieder nach Hause zurückkehren. Bis dahin musste etwas geschehen. Deshalb hatte Fabio auch beschlossen, Alessandro endlich in seinem Quartier in einem dieser schrecklich überfüllten *conventillos* aufzusuchen. Er hatte sogar erwogen, dem Mann Geld anzubieten, damit er auf immer aus dem Leben seiner *mamma* verschwände. Doch als er in dessen Unterkunft angekommen war, war Alessandro nicht da gewesen.

»Der arbeitet heute doppelte Schicht«, hatte ihn einer seiner Mitbewohner beschieden. »Bald geht's zurück in die Heimat.«

Fabio hatte abwesend genickt und enttäuscht wieder von dannen ziehen wollen, dann hatte er sich entschieden, auf Alessandro zu warten.

»Bleib nur, es kann aber spät werden«, hatte ihm der andere

gesagt. Danach hatte sich keiner weiter um den Fremden gekümmert. In den *conventillos* tauchten täglich neue Gesichter auf, das kümmerte wirklich niemanden. Zu stehlen, so stellte Fabio mit nur wenigen Blicken fest, gab es ohnehin nichts.

Alessandros Privatbereich umfasste ein schmales Bett mit einer zerschlissenen Decke und ein Brett für seine wenigen Habseligkeiten, das an der Wand darüber angebracht war. Nicht zum ersten Mal in dieser Stunde betrachtete Fabio die kleine Statue der Jungfrau Maria, die darauf stand. Dann fiel sein Blick auf eine ältere Fotografie, die offenbar Alessandro und seine Familie zeigte. Daneben lagen, sorgsam mit einem blauen Band zusammengehalten, einige wenige Briefe. Von seiner Mutter wusste Fabio, dass Alessandro nur schwer lesen und kaum schreiben konnte. Wollte er einen längeren Brief an seine Familie schreiben, beauftragte er stets jemanden damit.

Fabio knirschte unwillkürlich mit den Zähnen. Nun, es sah tatsächlich so aus, als würde er hier nichts Verdächtiges finden. Mit einem tiefen Seufzer ließ er sich auf Alessandros sorgfältig gemachtes Bett fallen. Alessandro erweckte den Eindruck eines ordentlichen, verlässlichen Mannes. Sein Mitbewohner hatte bestätigt, dass er früh an jedem Morgen zur Arbeit aufbrach und oft erst spät zurückkehrte. Nur den Sonntag hielt er sich frei. Am Sonntag besuchte er die Messe.

*Und meine Mutter.*

Mit einer Hand strich Fabio über das Kopfkissen, ließ diese dann einer plötzlichen Eingebung folgend unter das Kissen gleiten und erstarrte. Sein Herz begann wild zu klopfen, als er hervorzog, was Alessandro hier offenbar verborgen hielt.

Eine Fotografie – neueren Datums, wenn man nach dem Zustand ging. Darauf eine schöne junge Frau mit einem Kind auf dem Arm. Fabio drehte das Bild um. *Auf immer, deine*

*Valentina* stand auf der Rückseite in sehr ungelenken Buchstaben geschrieben.

Er atmete tief durch. Sein Herz schlug wilder als je zuvor. Endlich hatte er gefunden, was er brauchte.

Als hätte man mir ein Messer in die Brust gerammt, dachte Maria, so fühlt sich das an.

Sie war nach Hause gekommen, und Fabio hatte ihr, ohne zu zögern, die Fotografie gezeigt. Unwillkürlich hatte Maria ihre Hand danach ausgestreckt, sie aber gleich wieder erschrocken zurückgezogen.

Nein, sie musste dieses Bild nicht berühren, um zu sehen, was darauf abgebildet war. Sie erkannte eine hübsche Frau, sicherlich Jahrzehnte jünger als sie selbst, und ein süßes kleines Kind, ein Mädchen oder auch ein Junge, das war schwer auszumachen.

*Alessandros Kind. Seine Frau.*

Maria schluckte heftig, um ihre Tränen zurückzuhalten. Nein, es würde nicht wirklicher und nicht weniger wirklich werden, wenn sie das Bild berührte. Fabio hatte Recht gehabt. Dieser Mann – sie weigerte sich, seinen Namen zu benutzen – hatte sie die ganze Zeit nur ausgenutzt. Hatte sie sich eingebildet, er könnte sie tatsächlich lieben? Sie, eine alte Frau, faltig, sicherlich schon etwas zu dick, mit ersten grauen Strähnen im Haar?

»Wer ist das? Woher hast du das?«, fragte sie mit rauer Stimme, obgleich sie es schon ahnte.

»Du weißt, was das ist«, gab Fabio ihr zur Antwort.

»Ja, ich weiß es«, flüsterte Maria.

Seltsamerweise fühlte sie mit einem Mal keine Tränen mehr

in sich. Sie war wie ausgetrocknet, ein vertrocknetes, dummes altes Weib eben.

»Ich hätte auf dich hören sollen«, sagte sie nach einer Weile leise.

Fabio gab ihr keine Antwort, stattdessen nahm er sie in den Arm. Maria schmiegte sich an ihren Sohn, dankbar, dass er in diesem Moment wusste, was sie brauchte.

Mutter und Sohn, dachte sie, es würde eine Weile dauern, aber dann würde es sicher wieder werden wie früher. Sie würde über den Verlust und ihre eigene Dummheit hinwegkommen. Sie würde Alessandro vergessen. Sie spürte, wie der Schmerz ihr die Brust zusammenzog. Leise, sehr leise und gequält, schluchzte sie auf.

Dieses Mal hatte Marias Weg sie direkt zu Lenchens Schneideratelier geführt. Lenchen hatte Kunden gehabt, doch Maria eine Tasse Tee angeboten und sie gebeten, im hinteren Zimmer zu warten. Maria war froh darum, sich nicht den neugierigen Blicken aussetzen zu müssen. Sicher hatten die Neuigkeiten ohnehin schon die Runde gemacht, so schweigsam sie sich auch immer gegeben hatte. Sie hatte ihre Arbeit getan, als wäre nichts gewesen. Sie hatte gebacken, Kuchen verkauft, neue Rezepte ersonnen, mit den Kunden gesprochen und gelächelt, obgleich sie vor Schmerz und Verlorenheit hatte schreien wollen.

Während sie jetzt wartete, hörte sie, wie Lenchen mit ihren Kunden sprach, neue Bestellungen aufnahm. Der Frühling ging auf seine Hochzeit zu, doch mancher dachte schon an leichtere Sachen für den Sommer. Maria erkannte die Stimme von Nélida Cuthbert, einer Schönheit, die ihr schimmerndes schwarzes Haar gern in einem Nackenknoten trug, der beinahe zu schwer für ihren weißen Schwanenhals schien. Wenn man sie die Straße entlanggehen sah mit diesem schwingenden Gang, der den Frauen der Elite von Buenos Aires eigen war, dann blieben immer wieder Leute stehen. Maria erinnerte sich, dass Nélida mit Jeffrey Cuthbert verheiratet war, dem Bruder jener Maisie, die damals von ihrem eigenen Mann ermordet worden war. Lorenz Schmid war nach dem Mord für einige Wochen spurlos verschwunden gewesen. Dann, eines Tages, hatte man seinen Leichnam übersät von Wunden im Río de la Plata treibend gefunden. Mancher hatte gemunkelt, er sei von den Handlangern der mächtigen Familie Cuthbert umgebracht worden, andere hatten behauptet, er habe Selbstmord begangen. Die Familie hatte sich natürlich Maisies Sohn Lionel Nicolás angenommen. Danach war schnell Gras über die Sache gewachsen.

Draußen im Verkaufszimmer regte sich etwas. Maria hörte, wie sich Lenchen von ihrer Kundin verabschiedete und danach die Tür zum Laden abschloss. Wenig später standen die beiden Frauen voreinander, und auch wenn es lange Zeit her war, dass sie einander zuletzt gesehen hatten, war es Maria, als hätten sie sich einige Tage zuvor noch gesprochen.

»Er hat mich betrogen, Lenchen«, platzte Maria voller Schmerz heraus. »Er hat eine Familie, er hat Kinder …«

»Ich habe es gehört«, antwortete Lenchen traurig, und dann tat sie das einzig Richtige und nahm Maria fest in die Arme.

Als Alessandro am nächsten Sonntag zur üblichen Zeit kam, ließ Maria ihn nicht herein und verweigerte ein Gespräch. Auch seine nächsten Versuche, sie zu treffen, blieben erfolglos. Fabio aber atmete erst auf, als Alessandro endgültig das Schiff nach Italien bestieg und Argentinien für den Rest des Jahres verließ.

Bis er das nächste Mal zurückkommt, fuhr es ihm durch den Kopf, während er sich davon überzeugte, dass das Schiff wirklich auf den Horizont zusteuerte, habe ich mein altes Leben wieder. Bis dahin hat *mamma* ihn vergessen.

Knapp zwei Wochen später traf zu Fabios Erstaunen Alessandros erster Brief ein. Er musste ihn noch auf dem Schiff geschrieben und einem anderen Schiff mitgegeben haben, so wie man das gern tat, wenn sich die Gelegenheit ergab.

Fabio war an diesem Tag später als seine Mutter aus der Konditorei nach Hause gegangen und traf sie mit dem Brief in der Hand auf dem kleinen Balkon der gemeinsamen Wohnung an. Für einen Moment hatte er sich unbehaglich gefühlt, doch Maria hatte sich geweigert, Alessandros Nachricht zu lesen. Die nächsten Briefe fing Fabio ab. Es war besser, wenn seine Mutter glaubte, dass Alessandro sie vergessen hatte, als wenn er Gefahr lief, dass sie einen dieser Briefe eines Tages las.

Fabio selbst hatte das nämlich getan. Deshalb wusste er auch, dass Alessandro ahnte, warum Maria ihn nicht mehr sehen wollte. Sein Mitbewohner hatte ihm von Fabios Besuch erzählt, und irgendwann hatte er sich zusammengereimt, dass der die Fotografie gefunden hatte. Wie Alessandro schrieb, handelte es sich bei den abgebildeten Personen um seine jüngste Schwester und deren Nachzügler. Für einen kurzen Moment hatte Fabio so etwas wie ein schlechtes Gewissen verspürt. Wenn es wirklich Alessandros Schwester war, dann hatte er ihm offenbar Unrecht getan. Kurz hatte er sogar mit sich gerungen, seiner Mutter die Wahrheit zu sagen, doch schlussendlich entschieden, dass es besser war, wenn sie Alessandro vergaß. Noch vermisste sie ihn, aber das würde vorbeigehen. Er war ja da, um sie zu trösten.

# Sechstes Kapitel

Carlos wusste, dass sie die Sache dieses Mal nicht vermasseln durften. Passierte das noch einmal, würde Don Jorge Rafael und ihn jagen lassen, bis sie zur Strecke gebracht waren wie räudige Hunde. Nicht zum ersten Mal fühlte Carlos bei diesem Gedanken ein Würgen in der Kehle. Er spuckte aus. Sein Bruder folgte ihm, hielt aber sorgfältig Abstand, sodass Carlos ihn in der Dämmerung nicht sehen konnte.

Einige Wochen zuvor hatte sich endlich jemand aus der Gegend von Rosario auf Don Jorges Anzeige gemeldet, eine Señora Clarke, die Clarissa Monada auf einem Empfang getroffen haben wollte. Wenig später hatten die Videla-Brüder wieder einmal bei Don Jorge antanzen müssen, um seine Anweisungen entgegenzunehmen.

»Ich gebe euch noch eine Gelegenheit, das wiedergutzumachen, was ihr beim letzten Mal verpatzt habt«, war sie der reiche Estanciero scharf angegangen.

Nur mit Mühe hatte Carlos ein weibisches Frösteln unterdrücken können. Wenn sie das Ding in den Sand setzten, konnten sie niemals mehr nach Hause zurückkehren. Dann war die ständige Flucht ihr Leben.

Den Informationen im Brief folgend hatte Don Jorge ihnen alles präzise geschildert. Das Haus des Arztes, in dem sich jene Clarissa Kramer aufhielt, stand am Ende einer einfachen Straße auf einem Hügel bei Rosario.

Als sie das Haus erstmals gesehen hatten, war Carlos' erster

Gedanke gewesen, dass es klein wirkte, jedenfalls verglichen mit Santa Ana, der Estancia der Monadas. Aber gegen Santa Ana wirkte sogar manch ein Palast klein. Santa Ana war ein über die Jahre gewachsenes, riesiges Anwesen, von dem man den Eindruck gewinnen konnte, dass es ein eigenes Leben führte.

Den genauen Ort hatte schließlich Rafael durch geschicktes Fragen herausgebracht. Sein hübscher Bruder konnte das gut. Carlos musste zugeben, dass Angelito nicht auf den Kopf gefallen war. Manchmal ärgerte ihn das. Insbesondere in letzter Zeit hatte die wachsende Konkurrenz zwischen ihnen häufiger zu Streit geführt. Zuweilen waren sie sogar handgreiflich geworden, wobei Carlos körperlich immer noch im Vorteil war.

Besser wir trennen uns nach der Sache hier, überlegte er, und jeder geht seiner Wege. Ja, das mochte besser so sein, bevor noch einer von ihnen den Streit mit dem Leben bezahlte.

Doch zuerst würden sie Clarissa Monada in ihre Gewalt bringen und diesen Arzt ausrauben, als Entschädigung für die vielen Unannehmlichkeiten der letzten Zeit. Der Doktor bewegte sich schließlich in den guten Kreisen Rosarios, ganz sicher hatte er Geld.

Sie hatten das Grundstück endlich erreicht. Schattengleich schlich Carlos als Erster durchs Tor. Wenn er das richtig sah, musste er nur ein kurzes Stück überwinden, bevor er wieder Deckung hatte. Er hoffte, dass niemand aus dem Fenster sah, aber es war tiefe Nacht, nur der Mond spendete ihnen Licht. Im Haus schliefen gewiss alle, es waren ja wohl ordentliche Leute.

Carlos grinste.

Robert wachte auf. Er brauchte eine Zeit, um sich zu orientieren und herauszufinden, was ihn geweckt hatte, bis er das unwirklich silbrige Licht, das durchs Fenster in sein Zimmer schien, bemerkte.

Der Mond, fuhr es ihm durch den Kopf. Bei Vollmond schlief er immer schlecht.

Er verspürte plötzlich heftigen Durst. Zu dumm, dass er es versäumt hatte, den Krug in seinem Zimmer aufzufüllen. Robert stand leise auf. Im Flur verharrte er einen Moment lang vor Clarissas Tür, doch von drinnen war kein Laut zu hören. Er hoffte, dass sie schlief. Manchmal stand sie nachts auf, weil sie nicht schlafen konnte. Wenn er sie dann hörte, sorgte er sich. Sie war immer noch nicht zur Ruhe gekommen. In dieser Nacht schien dem aber nicht so zu sein, es war vielmehr er, der hellwach war, obgleich der Tag noch längst nicht anbrach.

Leise, um Clarissa nicht doch noch zu wecken, schlich Robert die Treppe hinunter. In der Küche füllte er einen Becher mit Wasser und gab den Saft einer Zitrone hinzu. Der Steinkrug hatte das Wasser herrlich kühl gehalten, wie er nach den ersten Schlucken zufrieden bemerkte. Robert wusste, dass er vorerst nicht würde einschlafen können. Mit dem Becher in der Hand ging er in das kleine, mondbeschienene Zimmer hinüber, wo er manchmal im Lehnsessel saß, seinen Gedanken nachhing und durchs Fenster die einsame Straße beobachtete, die vom Haus nach Rosario hinausführte.

Eine Weile stand Robert nur da, unschlüssig, ob er sich hinsetzen und vielleicht etwas lesen oder doch wieder schlafen gehen sollte, als er plötzlich auf eine Bewegung aufmerksam wurde. Ein Mann hastete durch das Tor zu seinem Grundstück. Er verharrte einen Augenblick, rannte dann ein Stück weiter und duckte sich hinter einen Strauch. Robert zog sich verblüfft hinter den Vorhang zurück, sodass er von draußen nicht gesehen werden konnte. Was geschah dort vor seinem Haus? Der Fremde, sichtlich darauf bedacht, Deckung zu behalten, erreichte nun die Hauswand. In diesem Moment passierte ein weiterer Mann das Tor und hastete auf das Haus zu.

Kurz schob sich eine kleine Wolke vor den Mond. Als sie weiterzog, erkannte Robert endlich, wer sich dort unten gegen die Hauswand kauerte. Ein knappes Jahr zuvor hatte er einmal unfreiwillig den Gastgeber dieser beiden Banditen, die jetzt aufgeregt miteinander flüsterten, gespielt. Es handelte sich um niemand anderen als Carlos und Rafael Videla.

Robert verließ sein Versteck und schlich, so leise er konnte, hinaus.

»Clarissa?«

Als er die Tür zu ihrem Zimmer öffnete, stand sie schon neben ihrem Bett. Offenbar wusste Clarissa instinktiv, dass etwas nicht stimmte. Sie war immer noch wie ein Tier auf der Flucht, bereit, gleich auf das kleinste Geschehen zu reagieren.

»Wir müssen fort«, zischte er.

Wenn er gefürchtet hatte, Clarissa würde in Panik ausbrechen, irrte er sich. Ohne ein Wort der Erwiderung, ohne auch nur eine Frage, stopfte sie etwas Kleidung in einen Beutel und ihren Umhang und wies ihn an, dasselbe zu tun. Kurze Zeit später waren sie schon am Hinterausgang.

Robert zögerte, die Hand schon auf dem Türgriff. War dieser Ausgang sicher, oder erwarteten die beiden Burschen sie bereits draußen? Aber sie hatten einfach keine Zeit, das zu überprüfen. Sie mussten es wagen. Es blieb keine andere Möglichkeit. So leise er konnte, öffnete Robert die Tür.

»Carlos, Carlito, hast du das gehört?«

Rafael bemerkte das Geräusch als Erster und machte eine Handbewegung. Carlos sah ihn fragend an.

»Ich glaub«, flüsterte Rafael, »ich hab was gehört. Hinter dem Haus.«

Carlos legte den Kopf schief. Jetzt hörte er es offenbar auch.

»Hinter dem Haus ...«, echote er. »Da muss noch ein Eingang sein. Die Ratten wollen abhauen. Beeilen wir uns, Angelito, sonst entkommen sie uns noch.«

Rafael nickte und gab seinem Bruder erneut ein Zeichen. Einer von ihnen würde links, einer rechts um das Haus herumlaufen. Auf diese Weise konnten sie die Flüchtigen in die Zange nehmen, und dann würde die Falle zuschnappen. So einfach war das. Es musste gelingen. Dieser Arzt, der die junge Frau aufgenommen hatte, war gewiss kein ernst zu nehmender Gegner und die Frau schon gar nicht. Sie würde ihnen nicht entkommen, dieses Mal nicht.

Carlos und Rafael gaben sich jetzt nicht einmal mehr Mühe, ihre Anwesenheit geheim zu halten. Wer wollte sie hier draußen mitten in der Nacht auch hören, außer denjenigen, die sie ohnehin schon entdeckt hatten. Sollten die ruhig wissen, was die Stunde geschlagen hatte. Die Angst würde sie kopflos machen, und damit würden sie noch leichter zu überwältigen sein.

Rafael hörte Carlos fluchen, als der Mond plötzlich wieder hinter den Wolken verschwand. Im nächsten Augenblick war es stockfinster.

Wir sehen nichts, aber sie sehen auch nichts, fuhr es Robert durch den Kopf. Er hatte Clarissa und sich erst erlaubt, kurz durchzuatmen, als sie beide sicher durch die Tür gekommen, durch den Garten gerannt und dann im Wald verschwunden waren.

Sie hatten Glück gehabt. Nun stieg ihre Chance zu entkommen, denn in dem dichten Wald, der sich zu einem Teil auf Roberts Grundstück befand, kannten sie sich aus. Dort würden sie nicht so schnell entdeckt werden.

Als die Wolken den Mond im nächsten Moment wieder freigaben, rannte Robert erneut los, Clarissas kleine, kalte Hand fest umklammernd. Er würde sie nicht loslassen. Sie mussten um jeden Preis zusammenbleiben. Bis sie Rosario erreichten. Bis ihm eine Lösung einfiel.

Noch boten ihnen die Bäume Schutz. Die meisten ahnten nicht, wie viel urwüchsiges Land sich an das Haus anschloss. Es war schon schwierig gewesen, einen Garten anzulegen – Clarissa hatte dafür gesorgt, dass er nicht wieder verwilderte –, im Wald ließ Robert der Natur jedoch freien Lauf. Dieser Wald stand hier schon seit Jahrhunderten.

*Und jetzt behütet er uns.*

Mit erhobenen Armen schützten sie sich beide gegen herabhängende Äste und andere Hindernisse, die sie in der Dunkelheit womöglich zu spät erkannten. Clarissa zeigte keine Müdigkeit oder Schwäche.

Wohin sollen wir nur fliehen?, zermarterte sich Robert erneut den Kopf. Sie hatten keine Pferde, keine Waffen, und Robert fürchtete, dass sie den Verfolgern auf lange Sicht doch nicht entkommen konnten. Aus der Ferne war ein leises Grollen zu hören – das Gewitter, auf das sie den ganzen Tag über schon gewartet hatten, schien aufzuziehen. Auf einmal prasselte der Regen auf sie herab, als hätte der Himmel all seine Schleusen geöffnet.

*Wo bin ich?*

Aaron fuhr aus einem unruhigen Schlaf hoch, für einen Augenblick vollkommen orientierungslos und verwirrt. Offenbar war es noch mitten in der Nacht. Stille und Schwärze umfingen ihn, dann erhellte mit einem Mal ein Blitz das Atelier, gefolgt von einem Donner.

Aaron atmete durch. Ein Gewitter. Jetzt wusste er, was ihn geweckt hatte.

Er setzte sich auf und stöhnte leise, bevor er vorsichtig Schultern und Nacken lockerte. Er hatte falsch gelegen, jetzt war er ganz steif. Bis zum nächsten Blitz verharrte er in der Dunkelheit, dann gelang es ihm, den Tisch, auf dem die Lampe stand, zu erreichen und diese anzuzünden. Ein schwaches goldgelbes Licht glomm auf. Aaron gähnte. Seine Glieder gewannen langsam an Beweglichkeit. Er dehnte und streckte sich nochmals, goss dann etwas Wasser in einen Becher und befeuchtete seine trockene Kehle.

Der nächste Donner krachte.

Aaron blickte sich seufzend um. Wie in seinen Anfangstagen in Rosario schlief er auch heute noch gern in seinem Atelier auf der Chaiselongue, auf der tagsüber seine Kundschaft Platz nahm. Er hatte sich schon überlegt, sein Bett, das in einem kleinen Nebenraum des Ateliers stand, weiterzuverkaufen. Eine Wohnung hatte er nicht. Warum sollte er auch eine mieten? Er war allein, hatte keine großen Bedürfnisse. Außerdem hatte er seine Fotoapparate gern in der Nähe. Und im Hof gab es eine Latrine für die Geschäftsinhaber des Häuserblocks.

Aaron leerte auch den nächsten Becher mit raschen Zügen. Langsam wurde er richtig wach. Am Abend zuvor hatte er länger gebraucht, um Ruhe zu finden. Einerseits lag das wohl an den Gedanken, die ihn nicht losließen, andererseits am Wetter.

Den ganzen Tag über war es ungewöhnlich schwül für die Jahreszeit gewesen. Lange Zeit hatte es nach Gewitter und Regen ausgesehen, sodass er immer wieder prüfend den Kopf zum Himmel gewandt hatte, doch kein Tropfen war gefallen. Die Kundschaft war trotzdem ausgeblieben. Offenbar hatten die Leute befürchtet, in einen der Regenschauer zu geraten, die einem den Weg nach Hause erheblich erschwerten.

Wieder blitzte es, ein Donner folgte gleich darauf. Der Lärm war ohrenbetäubend. Aaron zuckte unwillkürlich zusammen und musste ein Gähnen unterdrücken. Vielleicht würde es ihm ja doch gelingen, wieder einzuschlafen?

Im nächsten Moment verwarf er den Gedanken wieder. Das Gewitter war nun so heftig, dass er sich die Ohren zuhielt, doch es nützte nichts. Ein lautes Krachen sagte ihm, dass irgendwo in der Nähe der Blitz eingeschlagen hatte. Dann war kurz nur das Prasseln des Regens zu hören. Aaron lenkte den Blick zum Oberlicht – er hoffte, dass die Scheibe nicht zerbarst. Langsam nahm er die Hände ganz von den Ohren. Und dann hörte er es ... Da war noch ein anderes Geräusch, eines, das er zuvor nicht hatte einordnen können.

Plötzlich sprang er auf. Jemand klopfte an der vorderen Tür zu seinem Laden, mitten in der Nacht. Wie spät war es überhaupt? Wie auch immer, zweifellos war keine Zeit für Besuche. Wer konnte das um diese Uhrzeit nur sein?

Mit einem unguten Gefühl in der Magengrube, das er noch aus Kindheitstagen kannte und dessen er sich nicht erwehren konnte, schlich Aaron durch den Gang nach vorn ins Geschäft. Er war vorsichtig, darauf bedacht, Deckung zu wahren. Sein unerwarteter Besucher sollte ihn nicht sehen, bevor er ihn nicht selbst in Augenschein genommen hatte. Seine Kindheit hatte ihn gelehrt, niemals jemandem unvorbereitet gegenüberzutreten. Er konnte nicht sagen, in wie vielen Nächten er von seinem Vater geweckt worden war, weil sich der Mob vor ihrer Tür zusammenrottete. Wie oft hatte er sich mucksmäuschenstill verhalten müssen, weil jeder Laut den Verlust ihres Lebens hätte bedeuten können.

Aaron atmete tief durch. Die Erinnerungen ließen sich nicht einfach abschütteln. Irgendwo in ihm saß immer noch zitternd der kleine Aaron. Eine Flut von Bildern erschien vor seinem inneren Auge, sie befeuerten neue Erinnerungen und ließen sogar Gerüche zu ihm zurückkehren. Aber er war kein Jude mehr in Lwów, er war jetzt hier, in Rosario.

*Ich bin Aaron Certa, ein angesehener Fotograf.*

Aaron hatte den Laden erreicht und schlich geduckt weiter. Die Theke bot ihm den Schutz, aus dem heraus er sich einen besseren Überblick verschaffen konnte. Doch sosehr er sich auch bemühte, er konnte einfach nichts erkennen. Es war zu dunkel draußen, und es goss in Strömen.

Wieder klopfte es, schnell, drängend, in raschem, forderndem Rhythmus.

Aaron hielt inne und überlegte kurz. War es nicht tatsächlich vielmehr zu erwarten, dass dort draußen jemand seine Hilfe benötigte? Wer konnte ihm hier Böses wollen? Allerdings bestand auch immer die Möglichkeit eines Überfalls. Seine Kundschaft wusste von solchen Vorgängen zu berichten, und war nicht Robert Metzler unlängst sogar zu einer Leichenschau gerufen worden?

Ein weiteres Mal blitzte es, der Ladenraum wurde für einen Augenblick hell erleuchtet. Als es wieder dunkel war, drückte Aaron sich, die Deckung von Sitzgelegenheiten und einer Ausstellungsvitrine nutzend, an den Wänden entlang bis zur Tür. Erneut vernahm er das Klopfen, drängender noch als zuvor.

Ach, verdammt, fuhr es Aaron durch den Kopf, ich lasse es jetzt darauf ankommen. Ich muss wissen, wer dort draußen ist.

Vor Aufregung schwer atmend spähte er vorsichtig nach draußen. Jetzt war er nah genug, um zu erkennen: Im Gewittersturm standen zwei Gestalten vor der Tür des Ateliers. Als endlich wieder ein Blitz die Szenerie erhellte, erkannte er Robert Metzler und Clarissa Kramer.

»Was zum Henker ...?«, entfuhr es Aaron.

Rasch öffnete er die Tür. Die beiden nächtlichen Besucher ließen sich keine Zeit für Höflichkeiten, sie stürzten ohne ein Wort herein. Clarissa musste von Robert gestützt werden. Trotz des schwachen Lichts konnte man sehen, dass sie sehr blass war.

»Machen Sie wieder zu«, zischte Robert. »Sind hinten auch Räume?«

»Mein Atelier ... Was?«, setzte Aaron an, dann biss er sich auf die Lippen, schloss wieder ab und winkte den beiden mit einer Handbewegung, ihm zu folgen.

Aaron sah jetzt, dass auch Robert kreidebleich war. Clarissa ließ sich sofort auf die Chaiselongue sinken. Sie sah aus, als wäre sie den Tränen nahe. Von der Kleidung der beiden tropfte Wasser zu Boden. Aaron nahm ihnen die Umhänge ab und reichte jedem ein Tuch, damit sie sich ein wenig abtrocknen konnten, dann gab er der fröstelnden Clarissa seine Armeedecke. Forschend blickte er vom einen zum anderen.

»Was ist los?«, flüsterte er. »Was machen Sie hier um diese Uhrzeit? Was ist passiert?«

Eben waren die beiden Flüchtigen noch zum Greifen nah gewesen. Rafaels scharfe Augen hatten sie im Dickicht der Bäume entdeckt. Dann hatte plötzlich Regen eingesetzt, und sie waren wie vom Erdboden verschluckt gewesen.

*Wir haben sie verloren.*

Carlos schnaufte. Was sollten sie jetzt tun? Sie konnten nicht zurück zu Don Jorge, wenn ...

Das Unbehagen, das ihn nun überkam, wollte ihm schier die Kehle zuschnüren. So, wie die Dinge standen, waren sie verloren, heimatlos, auf der Flucht. So, wie die Dinge standen, hatten sie beide ihre Leben verwirkt. Von nun an würden sie darauf hoffen müssen, niemals einem von Don Jorges Schergen über den Weg zu laufen. Vielleicht würde er nicht nach ihnen suchen, dafür waren die Videlas möglicherweise zu unwichtig, aber sie würden sich auch nie wieder sicher fühlen können, an keinem Ort der Welt. Don Jorge vergaß nicht, er hatte seine Leute überall.

Carlos fluchte unbeherrscht, Rafael dagegen schwieg. Seine Stille trug nicht dazu bei, die Laune des Älteren zu verbessern. Carlos hasste dieses Schweigen und die Vorwürfe, die ihm innewohnten. Man konnte nie wissen, was Rafael in solchen Momenten ausbrütete und bald danach aussprach. Carlos blinzelte die Regentropfen von seinen Wimpern, aber es war vergeblich, es goss unaufhörlich weiter, selbst die Bäume boten keinen Schutz mehr vor der Nässe.

»Was tun wir jetzt?«, fragte er.

Es kostete ihn einige Überwindung, sich seinem jüngeren Bruder zuzuwenden. Der schwieg zuerst weiter, als wollte er dem Älteren keine Antwort gönnen. Er mag keine Versager, fuhr es Carlos durch den Kopf, und ich habe versagt. Der Gedanke machte ihn noch wütender.

»Dein Plan«, hörte er Rafael dann sagen, und Carlos bemerkte zum ersten Mal so etwas wie Wut auch in seiner Stimme, »hat wohl wieder nicht funktioniert.«

Rafaels Wut wirkte bedrohlich. Sie kam so leise daher, und was ihr folgen würde ... Carlos runzelte die Stirn, bemühte alle Kraft und allen Widerstandsgeist. Er war der Anführer, er musste sich auch als ein solcher verhalten. Er war der Stärkere.

»Was tut das jetzt zur Sache, Angelito? Wir sitzen beide in der Patsche, zum Donner. Also lass hören, was du zu sagen hast, du Nichtsnutz.«

Carlos war kräftiger als Rafael, was er über Jahre hinweg zur Einschüchterung genutzt hatte, musste aber nun zu seinem Ärger feststellen, dass er ein gutes Stück kleiner war als der Jüngere. Das war ihm so noch nie so wichtig gewesen und auch kaum aufgefallen, sie waren ja meistens zu Pferd unterwegs. Rafael überragte ihn doch tatsächlich um einen halben Kopf. Carlos reckte sich – vergebens.

Wo war nur die Zeit geblieben, als er auf dieses kleine süße Kind hatte achtgeben müssen, weil sich die Eltern den lieben langen Tag für den *patrón* den Buckel krummschufteten? Später hatten Rafael und er selbst mit anpacken müssen, und irgendwann hatte er keine Lust mehr auf dieses elende Leben gehabt.

Zuerst hatte er hier und da ein paar Rinder weggetrieben, danach waren ein paar Einbrüche gefolgt. Nichts hatte man ihm nachweisen können. Er hatte auch niemandem wehgetan, er hatte sich nur genommen, was er brauchte. Seine Eltern, diese ehrbaren Leute, hatten das nicht verstanden und schnell nichts mehr mit ihm zu tun haben wollen. Rafael war ihm gefolgt, der Jüngere hatte den großen Bruder immer verehrt. Auch er hatte rasch verstanden, dass man nicht sein Leben lang buckeln konnte.

Doch damit war es aus und vorbei, Carlos sah es in Rafaels Blick, und ihm wurde bewusst, dass es schon seit längerer Zeit so war. Je älter sie wurden, desto weniger konnten sie miteinander anfangen. Besonders in den letzten Monaten war das deutlich geworden. Auch wenn er es sich nicht hatte eingestehen wollen, die Videla-Brüder hatten sich auseinandergelebt. Sie waren zu Konkurrenten geworden, von denen jeder der Erste sein wollte. Dabei war Rafael der Klügere, der keine Gelegenheit ausließ, Carlos seine Überlegenheit spüren zu lassen.

*Ich muss etwas tun. Wenn ich nicht aufpasse, wird er die Führungsrolle endgültig übernehmen. Deshalb muss ich ihn jetzt zurechtweisen. Ich muss ihm zeigen, wer hier der Stärkere ist. Damit es wieder wird wie früher, als wir noch Jungen waren.*

Verwirrt bemerkte Carlos, dass sein Bruder ihn überlegen angrinste. Hatte Rafael ihn durchschaut?

Rafael setzte seine nächsten Worte wie feine Messerstiche. »Sag mir lieber, was *du* jetzt vorhast!«

Carlos atmete tief durch und kämpfte den Ärger hinunter. Es half nichts, wenn er jetzt den Kopf verlor. Er musste besonnen handeln, aber er wusste nicht wie. Schon lange waren ihm die Ideen ausgegangen.

»Nein, mach *du* einen Vorschlag«, versetzte er in rauem Tonfall, in der Hoffnung, so seine Unsicherheit verbergen zu können.

Rafaels Gesichtsausdruck verdüsterte sich. Offenbar war es ihm, Carlos, endlich gelungen, seinen kleinen Bruder zu reizen. Das fühlte sich gut an. Doch im nächsten Augenblick war schon wieder alles vorbei.

»Es ist *dein* Ding, Carlos, du hast es verdorben.«

Carlos spürte, wie die Wut, die er so mühsam in Schach hielt, erneut in ihm wuchs. Aber er musste sich zurückhalten. Er wollte nicht die Beherrschung verlieren, nicht vor Angelito, seinem kleinen Bruder. Er war der Boss, der Anführer. Ohne dass er etwas dagegen tun konnte, begann er plötzlich zu zittern, trat unruhig wie ein Boxer vor dem Kampf von einem Bein auf das andere. Rafael behielt ihn natürlich im Blick, verlagerte sein Gewicht, als würde er sich für einen Angriff bereit machen.

»Verdammt, Carlito«, sagte er grinsend, »wann hast du zum letzten Mal etwas hinbekommen? Sag, wann?«

*Carlito* ... Sein Kosename klang so höhnisch.

In diesem Moment konnte sich Carlos nicht mehr halten. Mit einem röhrenden Schrei, der tief aus seiner Kehle kam und doch gleich vom Rauschen des Regens verschluckt wurde, sprang er auf seinen Bruder zu.

Ich werde ihn windelweich prügeln, schoss es ihm durch den Kopf, ich werde ihn erwürgen, ich prügle ihn durch, dass ihm Hören und Sehen vergehen.

Zu spät bemerkte er das Messer, das wie eine silberne Schlange auf ihn zuschoss, sah noch das kurze Erschrecken, dann den Ausdruck von Entschlossenheit in Rafaels Augen.

Angelito, schrie es in ihm ... Carlos nahm voller Erstaunen wahr, wie leicht das Messer in seinen Unterleib glitt, bekam noch die Bewegung mit, mit der der kleine Bruder seinen Bauch aufschlitzte. Dann stürzte er rücklings zu Boden. Die Schmerzen, die folgten, waren höllisch. Aus Carlos' Kehle drang ein Gurgeln. Regentropfen benetzten sein Gesicht, zerplatzten auf seinen weit aufgerissenen Augen, aber er spürte sie nicht wirklich. Er wusste nur, dass er sich nicht bewegen konnte, und das verwirrte ihn.

Carlos sah, wie Rafael neben ihm auf die Knie fiel. Wie aus weiter Ferne vernahm er ein kleines Heulen. Von einem Moment auf den anderen war er wieder der Bruder, entsetzt über das, was geschehen war.

»Carlos, Carlito«, rief er aus.

Angelito ... Carlos öffnete den Mund, um ihn zu beruhigen,

so wie er damals den kleinen Burschen beruhigt hatte, der ihn so bewundert hatte, doch er hatte keine Kraft mehr. Einmal noch rang er nach Atem, dann wurde es schwarz um ihn.

»Sie werden verfolgt?« Aaron schüttelte fassungslos den Kopf. »Irgendjemand, den Sie nicht kennen, sucht nach Ihnen, hat versucht, in Ihr Haus einzudringen? Mitten in der Nacht? Welchen Sinn …?«

Aaron brach ab. Für einen Moment sagte er gar nichts mehr.

Wo bin ich da jetzt nur wieder hineingeraten?, fragte er sich dann. Überfälle, Verfolgung, durch Dunkelheit und Gewittersturm flüchtende Menschen, die ihn um Hilfe baten. Er hatte eigentlich gedacht, so etwas hinter sich gelassen zu haben. Er hatte nie wieder etwas mit Gewalt und Flucht und namenloser Angst zu tun haben wollen. Aaron unterdrückte ein Stöhnen. Er schenkte sich von dem Tee nach, den er gekocht hatte.

Robert starrte in den dampfenden Wirbel, der von seiner Tasse aufstieg, ohne zu trinken. Dann hob er den Kopf wieder. Er hatte beschlossen, die Geschichte ein wenig anders zu erzählen, und offenbar war es ihm glaubhaft genug gelungen. Er hatte Clarissas Anteil außen vor gelassen, und sie hatte ihm mit einem flüchtigen Lächeln gedankt. Natürlich hatten sie bislang kaum darüber sprechen können, doch sie wussten beide, dass die Schurken Clarissas Verfolger waren. Schließlich waren es die Männer, die schon auf dem *rancho* der Metzlers nach ihr gesucht hatten.

In jedem Fall glaubte Aaron ihm, er wirkte lediglich besorgt.

Robert hielt es mit einem Mal nicht mehr auf seinem Platz. Er stellte seine Tasse ab und stand auf. Unruhig lief er einige Schritte auf und ab.

Was sollten sie jetzt tun? Sie konnten nicht ins Haus zurückkehren. Clarissa war entdeckt worden, damit hatte sich alles geändert.

Aaron räusperte sich. »Fahren Sie fort.«

Robert zuckte die Achseln. »Es ging so schnell«, murmelte er.

Obwohl er im Kopf alles durchgegangen war und wusste, dass es eine gute Lösung war, konnte er Aaron nicht in die Augen blicken, als er ihm nun wieder Antwort gab. Vielleicht wäre es besser gewesen, nicht herzukommen, aber Clarissa hatte ihn davon überzeugt, dass Aaron sie nicht verraten würde, und ihm war niemand eingefallen, zu dem sie sich mitten in der Nacht hätten flüchten können. Aaron lebte überdies allein, was hieß, dass es keine Zeugen gab.

»Wie schon gesagt«, blieb Robert bei seiner Version, »ich habe mich vor einiger Zeit mit ein paar Leuten angelegt.« Seine Stimme klang belegt. Er räusperte sich, sah den jungen Fotografen dann doch an. »Mehr möchte ich vorerst wirklich nicht dazu sagen. Helfen Sie uns?«

Aaron zögerte kurz. Er fragte sich, ob er Wut über Dr. Metzlers irritierend herablassende Art empfinden sollte, aber vielleicht war der Mann einfach nur verunsichert. Ja, entschied er dann, Robert Metzler erschien ihm sogar sehr verunsichert. Aaron hatte den ruhigen, überlegten Mann noch nie so besorgt gesehen. Sosehr er sich auch beherrschte, wirkte er doch völlig außer sich.

*Und er hat ja auch allen Grund dazu. Auch ich wäre außer mir, wenn man mich nachts angreifen würde.*

Aaron trank einen Schluck Tee. Gut, er würde Metzler also den Gefallen tun, vorerst nicht noch genauer nachzufragen, und überlegen, ob und wie er den beiden helfen konnte.

Er sah jetzt, dass Clarissa heftig zu zittern begann, und forderte sie auf, sich fester in die Decke zu wickeln. »Sie holen sich sonst noch den Tod«, sagte er mit einem freundlichen, beruhigenden Lächeln, das Clarissa dankbar annahm.

»Wir ... wir bräuchten ein Fahrzeug«, brach es auf einmal aus Robert heraus, »oder Reittiere, irgendeine Möglichkeit jedenfalls, unerkannt ein Boot am Fluss zu erreichen.«

Aaron sah ihn zweifelnd an. »Bei dem Wetter können Sie doch nicht weg, Dr. Metzler. Ein Wunder, dass Sie dort draußen nicht vom Blitz getroffen wurden.«

Robert schüttelte energisch den Kopf. »Glauben Sie mir, wir müssen weg.«

»Da haben Sie aber wirklich jemanden verärgert«, sagte Aaron langsam.

Robert reagierte nicht auf den erneuten Versuch, mehr zu erfahren. »Das Gewitter zieht bald weiter«, fuhr er stattdessen ungerührt fort. »Es blitzt schon kaum noch. Und der Regen wird auch aufhören.«

Aaron schwieg einen Augenblick, sah von Robert Metzler zu der jungen Frau. Sie sah elend aus. Die Angst stand ihr deutlich im Gesicht geschrieben. Aaron richtete seine Aufmerksamkeit wieder auf Robert.

»Aber wenn Sie beide jetzt mein Atelier verlassen«, setzte er dann neu an, »wird man gewiss auf Sie aufmerksam, da müssen Sie mir zustimmen, Dr. Metzler. Viele Menschen werden von dem Gewitter aufgewacht sein und sich fragen, wer sich da mitten in der Nacht herumtreibt. Und was, wenn man Ihnen bis hierher gefolgt ist?«

Widerwillig gab Robert dem jungen Fotografen Recht. »Aber morgen, wenn es hell ist«, murrte er, »sieht uns doch auch alle Welt.«

Aaron schüttelte den Kopf. »Tagsüber haben Sie nichts zu befürchten, Dr. Metzler. Sie sind ein angesehener Arzt, der Hausbesuche macht. Niemand wird sich wundern, wenn er Sie sieht.«

»Ich will einfach nicht, dass irgendjemand bemerkt, dass wir fortgehen.«

Fortgehen? Das Wort klang in Aaron nach, er zwang sich, ruhig weiterzusprechen. »Niemand wird auf Sie aufmerksam werden«, bemerkte er, »nicht, wenn wir es geschickt anstellen. Aber lassen Sie uns also einmal gründlich überlegen, wie wir es angehen könnten.«

Er schenkte seinen beiden nächtlichen Gästen Tee nach. Irgendetwas würde ihm schon einfallen, daran hatte er keinen Zweifel.

Clarissa war erschöpft weggenickt, nachdem sie eine Weile vergeblich gegen den Schlaf angekämpft hatte. Erst Aarons Stimme ließ sie erschreckt hochfahren. Der junge Mann ging eben mit entschlossenen Schritten auf eine schmale Tür zu.

»Warten Sie kurz«, rief er, bevor er durch ebendiese Tür verschwand.

Nach einer Weile stand auch Robert auf, ging zögerlich zu Clarissa hinüber und berührte ihre Schulter. Robert bemerkte die Feuchtigkeit, die immer noch in Clarissas Kleidung steckte. Er hätte sie so gern warm und trocken gewusst und an einem sicheren Ort. Er war wirklich sehr erleichtert gewesen, als er bemerkt hatte, dass sie eingeschlafen war. Sie brauchten jetzt alle Kräfte.

»Alles gut?«, fragte er sanft.

Sie nickte.

»Ja. Ich ...«

Sie stockte und starrte mit einem Mal ihre Hände an, die zu zittern begonnen hatten. Am liebsten hätte er sie fest in den Arm genommen, doch er hielt sich zurück.

»Du musst nichts sagen, Clarissa.«

»Es tut mir leid. Das ist ... es ist alles meine Schuld.«

Sie hatte Recht. Es waren nicht seine Feinde, es waren Clarissas – und doch würde nun auch sein Leben nicht mehr sein wie zuvor.

Robert schluckte, als Clarissa laut und vernehmlich seufzte. Zum ersten Mal wurde ihnen bewusst, was in den vergangenen Stunden geschehen war und was wohl noch geschehen würde. Das hier war noch nicht vorbei. Irgendwo dort draußen warteten ihre Widersacher auf eine neue Gelegenheit. Sie konnten nicht mehr in Roberts Haus zurückkehren, womöglich konnten sie das nie wieder.

Er schaute wieder zu Clarissa, die, die Ellenbogen auf die Knie gestützt, das Gesicht in den Händen vergraben hatte. Ihr blondes Haar fiel in einem langen, zerzausten Zopf über ihren schmalen Rücken. Hier, im Schein der Gaslampe, wirkte sie noch verletzlicher als sonst.

Ich will sie beschützen, dachte er, doch gleichzeitig beunruhigte ihn etwas. Er würde sein Leben für diese Frau aufgeben und alles, was er sich aufgebaut hatte. Er würde Rosario verlassen, sein Haus, seine Freunde, seine Praxis, und fliehen mit einer Frau, von der er immer noch nicht viel mehr wusste als ihren Namen. Was, wenn er die falsche Entscheidung traf?

Robert musste sich räuspern, nahm noch einen Schluck Tee. Der war inzwischen längst erkaltet und nicht mehr sonderlich schmackhaft. Clarissa hob plötzlich das Gesicht und sah ihn an, sie wirkte seltsam gefasst. Wieder überschwemmte ihn dieses unerklärliche, unfassliche Gefühl von Liebe. Er hoffte nur, dass ihn diese Liebe nicht blind gemacht hatte. Er war doch ein nüchterner Mann, ein Arzt, einer, der seine Sinne beisammenhatte.

*Warum vertraut sie mir nicht, warum nur?*

Robert war so in Gedanken versunken, dass er zuerst nicht bemerkte, dass Clarissa mit ihm sprach.

»Hast du das gehört?«, fragte sie.

»Was?«, entgegnete er.

Dann hörte er es auch. Jemand machte sich an der schmalen Tür zu schaffen, durch die Aaron verschwunden war. Sie hielten beide unwillkürlich den Atem an. Blieben wie erstarrt sitzen. Wieder ein Ruckeln, dann war Aarons Stimme zu hören.

»Ich bin's. Bleiben Sie ganz ruhig. Es besteht keine Gefahr, ich habe alles abgesichert.«

Die Tür knarrte, und Aaron Certa war wieder bei ihnen.

»Hm«, er schüttelte den Kopf, »ich habe diese Tür schon länger reparieren wollen. Ich glaube, ich werde mich morgen endlich mal daranmachen.«

Er warf den Umhang, den er sich zum Hinausgehen übergeworfen hatte, auf den nächsten Stuhl und strich sich dann das dunkle Haar zurück, das ihm ungebärdig in die Stirn fiel.

»Also, zuerst einmal, ich habe draußen auf der Straße niemanden sehen können.« Aaron schüttelte den Kopf, als Robert sprechen wollte. »Zweitens hat der Regen aufgehört, und drittens werde ich Sie beide unterstützen. Ich habe einen kleinen Karren und zwei Pferde, die ich für Außenaufnahmen, Ausfahrten und dergleichen verwende«, er deutete auf die schwergängige, schmale Tür, »dort hinten in einem Stall. Mein Vorschlag ist, dass ich Clarissa Kramer, auf dem Karren versteckt, von hier fortbringe, während Sie, Dr. Metzler, auf dem zweiten Pferd zu einem Treffpunkt reiten, den wir noch ausmachen werden. Wir sollten zuerst einmal unterschiedliche Richtungen einschlagen, um etwaige Verfolger zu verwirren. Der Treffpunkt sollte etwas flussabwärts liegen, irgendwo, wo sich ein Schiff findet, das Sie beide von hier wegbringt, wobei ich rate, den Hafen zu meiden.«

Aaron schaute Robert fragend an. Der stimmte nickend zu. Clarissa schwieg.

»Für Sie, Clarissa, ich hoffe, ich darf Sie so nennen, habe ich mir Folgendes überlegt«, fuhr Aaron dann fort. »Ich werde meine Fotoausrüstung einpacken und vorgeben, Naturaufnahmen zu machen. Dann ist der Wagen auch nicht auffällig. Wir würden etwas später aufbrechen und …«

»Auf keinen Fall«, platzte Robert mit einem Mal heraus. »Das ist viel zu gefährlich. Ich trenne mich nicht von Señorita Kramer. Ich …«

»Señor Certas Vorschlag ist vernünftig«, mischte sich jetzt Clarissa ein.

Robert runzelte die Stirn. Natürlich hatten Aaron und sie Recht. Es war tatsächlich das Beste, wenn sie sich vorübergehend trennten. Trotzdem … Er musste zugeben, dass ihn die Situation langsam überforderte.

»Gut«, wandte er sich an Aaron, »berichten Sie weiter.«

»Ich schlage die Fleischverladestation vor«, fuhr er dann ungerührt fort. »Dort warten immer Schiffe. Das dürfte die beste Möglichkeit sein, Sie beide sicher von hier fortzubringen.«

Clarissa und ich werden uns vorübergehend trennen, fuhr es Robert durch den Kopf, sie wird allein mit diesem Aaron Certa unterwegs sein. Im nächsten Augenblick rügte er sich. Es war albern, jetzt mit Eifersucht zu reagieren. Señor Certa würde ihnen helfen, und der Vorschlag war gut.

Er starrte den jungen Fotografen an. Der blickte fragend zurück. Aber das Gefühl wollte nicht verschwinden. Seit dem Empfang bei den McKenzies sah Robert in Certa einen Konkurrenten, und er konnte jetzt einfach nicht gegen dieses Gefühl an.

*Verdammt.*

Robert verschränkte die Arme hinter seinem Rücken, ballte die Hände zu Fäusten.

»Das ist eine gute Idee.« Clarissas Stimme klang leise, aber bestimmt. Sie stand jetzt auf, legte die Decke beiseite und nahm ihren Umhang. »Ich finde, wir sollten genau das tun, was Señor Certa vorschlägt. Es wird schwerer für unsere Verfolger, wenn wir uns trennen. Wir müssen es riskieren.«

Robert sah sie unglücklich an. »Es waren mindestens zwei. Warum sollte uns nicht jeweils einer von ihnen folgen?«

»Dann steht es Mann gegen Mann. Das ist doch besser, als …«

»Das sind Strauchdiebe. Die schneiden solchen wie uns doch im Handumdrehen die Kehle durch, oder glaubt ihr beide, wir haben da irgendeine Chance?«, platzte Robert heraus.

Gleich darauf schämte er sich für seine harschen Worte. Er führte sich auf wie ein Nebenbuhler, dabei wollte er ihnen doch allen Mut machen, so wie Aaron ihnen Mut machte – zumindest Clarissa, wie es schien.

Die schaute ihn nachdenklich an. »Wenn es zu einer Begegnung kommt, müssen wir auf Gott vertrauen.«

Robert seufzte. »Das müssen wir wohl.«

Es war wirklich unsinnig, sich jetzt zu streiten, und doch

waren sie gerade auf dem besten Weg dazu gewesen. Er straffte die Schultern und wandte sich dann wieder Aaron zu.

»Señorita Kramer hat entschieden, und ich schließe mich ihr an. Vielleicht ist es tatsächlich die beste Möglichkeit. Ich möchte Ihnen also schon einmal für Ihre Hilfe danken, falls ich nicht mehr dazu komme.«

»Nehmen Sie sich den Braunen hinten aus dem Stall«, sagte Aaron nur, »dann reiten Sie, so unbemerkt es geht, los.«

Robert lächelte unglücklich. »Ich werde mir alle Mühe geben.« Er zögerte einen Moment. »Und Sie und Señorita Kr... Clarissa?«

»Wir machen uns auf den Weg, sobald Sie sicher fort sind. Vielleicht sehen wir sogar Ihre Verfolger, das würde die Sache erleichtern. Wir treffen uns dann später an der Verladestation. Sie werden wohl zuerst da sein, Dr. Metzler. Nennen Sie meinen Namen. Man kennt mich dort und wird Sie sicherlich gut versorgen, bis Señorita Kramer und ich eintreffen.«

Robert schluckte die Frage hinunter, was er tun sollte, wenn sie nicht dort eintrafen. Es war besser, sich darüber keine Gedanken zu machen.

»Ich weiß wirklich nicht, wie ich Ihnen danken soll«, murmelte er.

Aaron nickte ihm zu, öffnete dann eine Schublade seines Schreibtisches und holte eine Geldbörse heraus. »Geld werden Sie sicherlich auch benötigen, wenigstens für die erste Zeit ...«

»Bitte, nein, das wäre ...«

»Seien Sie nicht unvernünftig! Oder konnten Sie etwas mitnehmen?«

Robert atmete tief durch und schüttelte dann den Kopf. »Nicht viel.«

Aaron legte einige Münzen auf den Tisch.

»Ich werde in Buenos Aires zur Bank …«, setzte Robert an und verstaute die Münzen mit gesenktem Blick.

Aaron schüttelte nur den Kopf.

Vielleicht, dachte Robert unwillkürlich, hätten wir doch Freunde sein können, vielleicht ist es falsch, diesen Aaron Certa nur als Konkurrenten zu sehen, aber dafür ist es wohl etwas spät.

Trotzdem entschied er sich nach kurzer Überlegung, dem jungen Fotografen ein Angebot zu machen. »Mein Haus steht Ihnen zur Verfügung, Certa. Geben Sie mir ein Stück Papier, und ich bestätige und unterzeichne das.«

Aaron zögerte kurz, tat dann jedoch, wie ihm geheißen. Hastig warf Robert einige Zeilen auf das Papier, unterschrieb und reichte es dem jungen Fotografen zurück.

»Ich passe darauf auf, bis Sie zurückkommen«, sagte er.

»Das müssen Sie nicht … Ich … ich möchte Ihnen damit danken.«

»Unsinn«, Aaron schüttelte den Kopf, »das ist unnötig. Sie kommen wieder. Zweifeln Sie nicht daran. Zu zweifeln macht schwach, und Sie werden alle Kraft brauchen.«

Unbeweglich starrten Carlos' Augen in den Himmel. Rafael hockte noch eine Weile neben seinem toten Bruder, dann stieß er endlich das blutige Messer in den Boden, um es zu reinigen. Gleich darauf ließ er es zurück in den Gürtel gleiten.

Musste er sie jetzt jagen? Musste er sie zur Strecke bringen, oder war jetzt einfach alles vorbei?

Rafael dachte noch einen Augenblick nach und machte sich dann rasch auf den Weg zu den Pferden, die sie in sicherer Entfernung zum Haus des Doktors angebunden hatten. Er musste zum Hafen. Sehr wahrscheinlich versuchten die beiden Flüchtigen, über den Fluss zu entkommen.

Wenig später stellte er fest, dass es an diesem regnerischen Morgen ziemlich still in der Hafengegend war. Bislang waren nur wenige Menschen unterwegs, einige gingen bereits ihrer Arbeit nach. Die meisten Schiffe lagen noch fest vertäut und herrenlos da. Aus einem Stall war das Brüllen von Rindern zu hören.

Rafael runzelte die Stirn, während er sich aufmerksam umsah. Es war ungewohnt, allein zu sein. Carlos hatte er zurückgelassen, wo er gestorben war. Für ein Begräbnis war keine Zeit. Ihr Leben hatte nie aus solchen Ritualen bestanden, und er sah nicht ein, warum er jetzt damit anfangen sollte. In der Pampa starben die Leute oft, ohne in ihrem Leben auch nur einmal das Innere einer Kirche gesehen zu haben.

Trotzdem war es ein seltsames Gefühl, dass Carlos nicht mehr da war. Sie waren ihr ganzes Leben nicht voneinander getrennt gewesen. Das war jetzt vorbei. Carlos würde nie wieder lebendig werden. Nur ein kurzer Moment unendlicher Wut, und er hatte seinen eigenen Bruder ausgelöscht.

*Brudermörder.*

Vielleicht war es aber auch tatsächlich nur ein schrecklicher Unfall gewesen. Sein Körper hatte doch so reagiert, wie er seit Jahr und Tag reagierte, um ihm das Überleben zu sichern. Schließlich konnte man nicht warten, bis der andere schoss, zustach oder einen zu Tode prügelte. Das hatte er schon als Kind gelernt. Deshalb hatte das Messer wie von selbst den Weg zwischen Carlos Rippen gesucht.

Stumm starrte Rafael auf den Fluss hinaus. Immer noch war niemand zu sehen. Seine Finger tasteten nach dem *facón*, zogen es aus dem Gürtel, warfen es hoch und fingen es geschickt auf.

Eine Idee nahm in ihm Gestalt an. Er würde die Verfolgung aufgeben und fortgehen. Er würde weit fortgehen und in irgendeinem anderen Teil des Landes neu beginnen. Carlos war immer daran gelegen, als Don Jorges Mann zu gelten. Rafael merkte jetzt, dass ihm das gleich war. Er fühlte sich mit einem Mal erleichtert.

Er würde Rafael sterben lassen. Jetzt begann Angelitos Zeit.

# Siebtes Kapitel

Aarons Körper schmerzte nach der langen Fahrt mit dem Wagen, noch dazu hatte er mit Kopfweh zu kämpfen. Vollkommen erschöpft fand er gerade noch die Kraft, seine beschmutzten Stiefel und die feuchte, schlammbespritzte Kleidung auszuziehen. Dann fiel er auf seine Chaiselongue und zog die Armeedecke über sich, die immer noch leicht feucht war. Es war schon früher Morgen, und trotz seiner Müdigkeit fand er nicht sofort in den Schlaf. Seine Gedanken jagten sich.

Hatte er nicht schon immer geahnt, dass Clarissa ein Geheimnis mit sich herumtrug? Aber wer hasste sie so sehr, dass er ihr Mordgesellen auf den Hals hetzte?

Dass die Angreifer keine einfachen Einbrecher waren, hatte er schnell verstanden, auch wenn Robert ihn von etwas anderem hatte überzeugen wollen. Nein, Aaron erinnerte sich noch zu gut daran, wie Clarissa sich damals bei ihrer ersten Begegnung in seinen Laden geflüchtet hatte. Genauso erinnerte er sich an den Empfang bei den McKenzies und ihr Entsetzen darüber, dass er ein Bild von ihr hatte machen wollen.

*Clarissa …*

Langsam dämmerte Aaron weg. Als er am späten Morgen erwachte, brannte die Sonne bereits durch das Oberlicht. Sein erster Gedanke galt wieder der mysteriösen jungen Frau.

Vorsichtig richtete er sich auf, nahm einen Becher mit Wasser und trank.

*Was verbirgst du vor uns, Clarissa? Bist du deinem Mann*

*davongelaufen, weil er dich geprügelt hat? Will er dich wiederhaben, weil du doch sein Besitz bist?*

Aaron starrte nachdenklich vor sich hin. Von draußen konnte man gedämpft die Geräusche der Stadt hören. Aaron reckte und streckte sich. Die Kopfschmerzen waren fast verschwunden, der Geschmack in seinem Mund war allerdings immer noch unangenehm. Er trank einen weiteren Schluck Wasser.

Wo Robert und Clarissa jetzt wohl waren? Hatten sie es geschafft, waren sie bereits in Sicherheit?

Der Abschied von Robert Metzler war letztendlich herzlicher ausgefallen als erwartet. Eigentlich mochte er den jungen Arzt.

Aaron stand auf, suchte sich trockene, saubere Kleidung heraus und zog sich an. Die verschmutzte Wäsche würde er später zur Wäscherei bringen. In den letzten Tagen war ohnehin einiges angefallen, es lohnte sich also. Dann setzte er Teewasser auf, bereitete sich einen Mate-Tee und durchstöberte seine Vorräte nach Essbarem. In einem Topf in der kleinen Küche fand sich noch ein Rest Bohnen-Mais-Fleisch-Eintopf, den ihm eine Nachbarin am Vortag mitgebracht hatte. Normalerweise ging er frühmorgens aus dem Haus, um zu essen, doch jetzt war er zu hungrig. Aaron suchte einen Löffel, stellte den schweren schmiedeeisernen Topf vor sich auf den Tisch und begann zu essen.

Die Sonne leuchtete das ganze Atelier aus. Eigentlich war das die beste Zeit für seine Kunden. Doch Aaron blieb sitzen und ließ das Geschäft geschlossen.

Ein bohrendes Gefühl der Einsamkeit überfiel ihn mit einem Mal. Ja, er, der sich in den letzten Jahren stets selbst genügt hatte, fühlte sich plötzlich einsam. Es war ein schmerzliches Gefühl, eines, das längst vergrabene Ereignisse aus seiner Kindheit wieder wachrief. Ein Kind fühlte sich einsam, wenn derjenige, dem es vertraute, auf immer aus seinem Leben verschwand. Er hatte dieses Gefühl nie ganz überwunden.

Aaron stand abrupt auf und begann, mit seinen Gedanken ganz woanders, die Arbeit vorzubereiten. Er würde den Laden erst nachmittags, nach der Siesta, öffnen. Es blieb ohnehin nicht mehr viel Zeit bis zur Mittagspause.

Eine Weile spähte er durch das Schaufenster nach draußen. Es waren nur wenige Menschen unterwegs. Ein paar Männer und Frauen verrichteten ihre Arbeit. Die reiche Bevölkerung Rosarios zog es offenbar vor, die Straßen der Stadt an diesem Tag zu meiden – sie waren noch ganz verschlammt von dem starken Regen der vergangenen Nacht. Aaron war in jedem Fall froh, vorerst mit keinem reden zu müssen.

Die ersten Kunden am Nachmittag brachten den neuesten Klatsch mit. In der Nacht hatte es einen Mord in Rosario gegeben. Ein Fremder, wahrscheinlich ein Vagabund oder sogar ein Dieb, war in der Nähe des Metzler-Hauses auf grausame Weise erstochen worden. Die Leiche hatten seine Mörder einfach liegen lassen.

»Man hat ihm«, wisperte Señora Zaldana, die kam, um Fotoarbeiten abzuholen, hinter vorgehaltener Hand und sah Aaron aus weit aufgerissenen Augen an, »den Bauch aufgeschlitzt, heißt es, seine Gedärme …« Sie rollte vielsagend mit den Augen, sprach jedoch nicht weiter.

»Aber wer tut denn so etwas?«, brachte Aaron mit belegter Stimme hervor, während seine Gedanken erneut zu rasen begannen.

Robert und Clarissa? Hatten die beiden den Mann getötet,

oder war es eine Auseinandersetzung zwischen Verbrechern gewesen, die einer mit dem Leben bezahlt hatte?

Er konnte und wollte sich nicht vorstellen, dass Robert und Clarissa etwas damit zu tun hatten – nicht, nachdem er sie in der Nacht zuvor in seinem Atelier erlebt hatte. Ihre Angst war echt gewesen. Was das anging, hatten sie ihm nichts vorgemacht.

Sahen so Mörder aus?

»Und Dr. Metzler und seine ... äh ... Haushälterin oder Verwandte ... sind spurlos verschwunden«, setzte Señora Zaldana hinzu. »Wissen Sie, man wollte ihn zur Leichenschau holen, und als man bei ihm eintraf, machte niemand auf.«

Man sei sich unsicher, informierte die gesprächige Señora ihn weiter, ob man eine Parallele zwischen den beiden Ereignissen ziehen solle, aber es scheine doch so, als ob ... Ja, man sorge sich um die beiden. Was, wenn sie der Mörder entführt oder ihnen – Gott bewahre – etwas angetan hatte?

Señora Zaldana schaute Aaron ängstlich an. Bisher hatte sie ihn kaum zu Wort kommen lassen, jetzt überlegte er fieberhaft, was er antworten sollte.

So ruhig er konnte, legte er die Fotografien auf dem Tisch aus, damit Señora Zaldana sie begutachten konnte. »Mir hat Dr. Metzler gestern gesagt«, bemerkte er dann, erstaunt darüber, wie gleichmütig seine Stimme klang, »er wolle heute sehr früh nach Buenos Aires aufbrechen, um Freunde zu besuchen. Er wird wohl längere Zeit fortbleiben.« Das Schriftstück kam ihm in den Sinn, das ihm die Benutzung des Metzler'schen Hauses erlaubte. »Er hat mich sogar gebeten, mich während dieser Zeit um sein Haus zu kümmern.«

Señora Zaldana schüttelte den Kopf. Ihr Gesichtsausdruck schwankte zwischen Erleichterung und Bedauern, die Geschichte entwickelte sich offenbar anders, als sie erwartet hatte.

»Aber davon hat er mir gar nichts erzählt«, entfuhr es ihr, »Sie meinen, er weiß nichts von den schrecklichen Ereignissen, die sich nicht weit von seinem Haus entfernt zugetragen haben?«

Aaron sah auf die drei Fotografien und überlegte angestrengt. Señora Zaldana starrte glutvoll und doch etwas steif in die Kamera. Auf einer Abbildung saß sie neben einem Tischchen mit einem Obstkorb, auf der nächsten trug sie ihr Enkelkind auf dem Arm, die letzte zeigte sie mit einem Fächer. Sie war sicher niemals so hübsch gewesen wie ihre Freundin Señora Clarke, aber gewiss auch nicht abstoßend. Er mochte sie, sie hatte das Herz auf dem rechten Fleck.

»Ich bin mir sicher, Dr. Metzler und Señorita Kramer haben das Haus bereits vorher verlassen. Die Reise«, log Aaron weiter, »war ja schon länger geplant.«

»Und Sie wussten davon?« Señora Zaldana spitzte die Lippen. »Warum haben Sie mir das denn nicht gesagt?« Einen Augenblick sah sie nachdenklich aus. »Nein, wenn ich es jetzt bedenke, dann hatten die beiden großes Glück, sonst wären sie womöglich dem Mörder auch noch in die Arme gelaufen«, zwitscherte sie, während sie auf der Chaiselongue Platz nahm. Sie hatte eine natürliche Eleganz, die ihr auch mit dem Älterwerden nicht abhandengekommen war.

Aaron nickte. »Vielleicht«, versuchte er dann, das Thema in eine andere Richtung zu lenken, »ist es eine Sache unter Strauchdieben oder Gauchos gewesen. Bei den Kerlen sitzt das Messer doch immer locker. Sicher war auch Alkohol im Spiel.«

»Möglich.« Señora Zaldana runzelte bedauernd die Stirn. »Ich weiß es leider nicht.«

»Vielleicht können Sie es ja herausfinden ...« Aaron zwinkerte ihr zu, er wusste um die Neugier der Señora.

Seine liebenswerte Kundin hob gespielt strafend den rechten

Zeigefinger. »Aber Señor Certa«, rügte sie Aaron. »Es steht Ihnen nicht zu, so etwas zu einer Dame zu sagen!«

Dann lachten sie beide.

Die nächsten Wochen vergingen, als wäre nie etwas Schreckliches geschehen. Der namenlose Tote wurde begraben. Señora Zaldana bezahlte sogar dafür, eine Messe für ihn lesen zu lassen. Aaron sah sich darin bestätigt, dass sie eine achtbare Frau war. Señora Clarke wiederum setzte das Gerücht in die Welt, Clarissa sei ihrem Ehemann davongelaufen, und sprach von einer Anzeige in der Zeitung *La Nación Argentina*, die den meisten Leuten nicht mal aufgefallen war. Aber was sollte man jetzt auch tun? Clarissa Kramer und Dr. Metzler waren verschwunden, und niemand wusste, wo sie zu finden waren. Bald wurde der alte Klatsch durch neuen ersetzt – es gab einige Einbrüche, die Tochter eines reichen *saladeros,* des Besitzers einer Pökelanlage, war mit ihrem Liebhaber durchgebrannt.

Der Frühling ging vorbei. Mit dem Dezember kam der Sommer, und es war so schrecklich heiß, dass sich alle schon vor dem Januar fürchteten.

Aaron hatte sich mittlerweile zumindest etwas an die Temperaturen gewöhnt. Er hielt regelmäßig Siesta, wie jeder vernünftige Mensch es tat. Kurz vor Weihnachten hatte sein Atelier noch einmal Hochkonjunktur. Jeder wollte neue Aufnahmen für das kommende Fest. Die Zaldanas luden ihn zum Essen ein. Es gab köstliches Rindfleisch zu Maisbrei und gebackenem Kürbis. Dann kam ein verschlüsseltes Telegramm aus Buenos Aires, dem er entnehmen konnte, dass es Robert Metzler und Clarissa Kramer gut ging und dass sie ihm dankten. Eine Möglichkeit zu antworten gab es nicht.

Am Weihnachtsabend saß Aaron in seinem Geschäft, beobachtete Rosarios erleuchtete Straßen und fühlte sich einsam, einsamer noch, als er sich in den vergangenen Monaten in Argentinien gefühlt hatte. Je weiter der Abend fortschritt, desto weniger Flaneure waren zu sehen. Nach und nach zogen die Menschen sich in die Familien zurück, wo sie Christi Geburt feierten. Nicht dass er das Fest vermisste, das hatte er niemals, dennoch spürte er das Alleinsein stärker als sonst.

Dann, Aaron wollte gerade seine Tasse längst erkalteten Mate-Tee zurück in die kleine Küche tragen, verharrte er mit einem Mal. Eine schmale Gestalt, eine Frau, kam auf sein Geschäft zugelaufen. Aaron war verwirrt. Wer verließ denn um diese Zeit noch seine Familie? Wenig später hörte er die Glocke, die Kundschaft ankündigte.

»Es ist geschlossen«, rief er, ungehalten darüber, dass er vergessen hatte, die Tür abzusperren.

Der Eindringling tat, als hätte er ihn nicht gehört, und schlug zugleich elegant die Kapuze seiner *mantilla* zurück.

»Olga! Was machen Sie denn hier?«

Sie hatten einander schon länger nicht gesehen. Offenbar war sie gerade von der Kirche gekommen. Der schwarze Umhang, der an anderen Frauen bedrückend wirkte, tat ihrer Schönheit keinen Abbruch.

»Ich war im Weihnachtsgottesdienst«, bestätigte sie sogleich seine Vermutung. »Eugenio ist krank und früh zu Bett gegangen und ich … Ach, ich fühlte mich nach der Predigt einfach …« Sie zögerte, deutete dann mit einem Kopfnicken auf einen Stuhl. »Darf ich mich setzen?«

»Natürlich.«

Aaron beobachtete, wie Olga elegant Platz nahm und ihr Kleid glatt strich. Er musste zugeben, dass er jetzt doch froh über ihren Besuch war. Schnell brühte er frischen Tee auf. Es war ein einsamer Abend, und wenn Olga McKenzie genauso einsam war wie er, dann bot es sich doch an, ein wenig Zeit gemeinsam zu verbringen. Er lächelte freundlich, sie lächelte zurück.

»Ich habe mich allein gefühlt«, sagte die ältere Freundin unvermittelt, als hätte sie seine Gedanken gelesen. »Ich musste zu viel nachdenken, und das tut mir nicht gut.« Sie schaute ihn nachdenklich an. »An Weihnachten muss ich oft zu viel nachdenken. An früher, wissen Sie? An Dinge, die ich nicht vergessen kann … Dinge, die anders waren und von denen ich dachte, sie würden sich nie ändern. An Weihnachten muss ich an meine Kindheit denken, an meine Familie, an die, die schon so lange von mir gegangen sind. Ich denke an meine Zukunft, die ich mir früher so anders vorgestellt habe, an Menschen, die ich geliebt habe …« Olga stockte.

Auch in meinem Leben gibt es Dinge, die ich nicht vergessen kann, fuhr es Aaron durch den Kopf, und je älter ich werde, desto farbiger wird meine Erinnerung, wenn ich auch manchmal nicht mehr weiß, was Wahrheit ist und was nicht. Er wartete ab, ob Olga mit dem Erzählen fortfahren würde. Nach einer Weile räusperte sie sich.

»Es ist nicht so, dass ich nicht glücklich bin. Eugenio ist ein guter Mann, der beste, den ich mir vorstellen kann. Wir führen eine wunderbare Ehe, getragen von respektvollem Miteinander, und mein Leben hat sich nach einer schwierigen Zeit in die richtige Richtung entwickelt …«

Aaron hatte plötzlich den Eindruck, als wollte Olga ihm etwas sagen, dass sie aber nicht wusste, wie. Wieder schwieg sie und blickte ihn nachdenklich an, dann holte sie tief Luft, und im nächsten Moment sprudelte es nur so aus ihr heraus. Aaron erfuhr von Olgas erstem Mann Arthur, mit dem sie, von der Wolga kommend, mehr als zwanzig Jahre zuvor nach Argentinien gekommen war. Sie erzählte von dem unglaublichen Trubel an der Schiffsanlegestelle, an der sie von Arthur getrennt worden war, von ihrer Unsicherheit darüber, was sie tun sollte, um ihn wiederzufinden, und schließlich davon, wie sie im Hafen entführt und später an ein Bordell verkauft worden war.

»Das war nicht ungewöhnlich in diesen Zeiten«, sagte sie leise, als sie sah, wie Aaron ungläubig den Kopf schüttelte. Sie zögerte einen Augenblick. »Damals nannte man Buenos Aires die Stadt der verlorenen Jungfrauen. Ich glaube, es kommen immer noch Frauen auf der Suche nach einem besseren Leben hier an und geraten dann in die Hände von Mädchenhändlern.«

Olga schwieg wieder, ihre ruhig in ihrem Schoß liegenden Hände betrachtend.

»Zuerst war ich eine Weile in einem Bordell in Buenos Aires, dann brachte man mich nach Rosario. Lange Zeit habe ich gehofft, Arthur wiederzufinden, vergebens. Eines Tages wurde mir klar, dass man nicht an der Vergangenheit festhalten darf, wenn man weiterleben möchte. Und das habe ich getan. Aber jetzt weiß ich nicht mehr, ob meine Entscheidung richtig war. Würde ich Arthur vielleicht doch gern wiedersehen? Ja, einerseits würde ich tatsächlich gern wissen, wie es ihm ergangen ist, andererseits habe ich ein neues Leben, und ich weiß nicht, ob ich es aushalten würde, es umzustürzen ...« Sie hob den Kopf. »Verstehen Sie? Ich habe Arthur so sehr geliebt, so unglaublich und mit jeder Faser meines Körpers.«

»Oh«, murmelte Aaron. »Ich ...«

Er bemerkte, dass es ihm schwerfiel, seine Gedanken zu ordnen. Olga hatte ihm etwas erzählt, das ihn an seine Mutter erinnerte.

»Sie suchen auch jemanden«, riss sie ihn aus seinen Gedanken. »Ich weiß, dass ich Recht habe. Ich wusste es schon bald, nachdem ich Sie kennenlernte. Wahrscheinlich habe ich eine besondere Wahrnehmung für so etwas …«

Aaron zögerte. Einen Moment erwog er zu leugnen. Eigentlich hatte er entschieden, nicht über seine Mutter zu sprechen, aber Olga war offenbar in einer ähnlichen Lage gewesen. Trotzdem … Er hatte seine Mutter immer verteidigen wollen, auch wenn er ihre Entscheidung nie gutgeheißen hatte. Niemals hatte er davon sprechen wollen, dass sie sich als Prostituierte verkauft hatte. Er hatte sie schützen wollen. Er hatte nicht gewollt, dass jemand etwas Schlechtes von ihr dachte, denn sie hatte nichts Schlechtes getan. Sie hatte ihre Familie retten wollen. Er atmete tief durch. Dann entschied er, die Wahrheit zu sagen. »Ja, Sie haben Recht, Olga. Ich suche tatsächlich auch jemanden, meine Mutter … Sie hat mich und meinen Vater damals in Lemberg verlassen, um uns das Überleben zu sichern. Sie hat …«, er schluckte, »… sie hat sich verkauft an einen dieser Mädchenhändler. Ihr Name war Ruth Czernowitz.«

Von seinem eigenen Geständnis noch ganz gefangen, sah Aaron verwundert, wie Olga die Augen weit aufriss. Das Geräusch, das als Nächstes zu hören war, war das Zerbersten der Teetasse, die Olga fallen ließ.

# Achtes Kapitel

Als Violetta von einem ihrer langen Spaziergänge zurückkehrte und das Haus betrat, hörte sie als Erstes Mariselas fröhliches Singen. Sie lächelte. Die Amme war ihr ans Herz gewachsen, seit sie sich damals, nach Stellas Geburt, spontan bereit erklärt hatte, Estellas kleines Mädchen mitzuernähren. Die süße Stella … Sie war so eigenwillig, genau wie ihre Mutter. Das frühe Aufstehen musste sie allerdings vom Vater haben, denn Estella hatte es geliebt, bis in die Vormittagsstunden hinein im Bett zu bleiben. Stella war schon mit dem Morgengrauen putzmunter und krähte dann nach ihrer warmen Schokolade.

Weihnachten, gut ein Jahr nach ihrer Geburt, hatte ihre Nichte die ersten, noch sehr unbeholfenen Schritte gemacht. Seit sie zu krabbeln begonnen hatte, konnte man sie nicht mehr aus den Augen lassen. Sie liebte es, mit ihrer Milchschwester Aurelia zusammen zu sein. Eigentlich hatten Marisela und Aurelia nur für den Zeitraum der Ammentätigkeit auf Los Aboreros bleiben sollen, aber es war anders gekommen. Die beiden kleinen Mädchen, von der gleichen Mutter genährt, waren unzertrennlich.

Violetta hörte ihre Nichte lachen. Es war ein glucksendes Lachen, das tief aus Stellas Kehle kam, und es rief fröhliche und traurige Erinnerungen in ihr wach: die glückliche Estella in ihrer Schwangerschaft, der Moment, als Stella erstmals mit ihren dicken Händchen nach dem bunt bemalten Holzring gegriffen hatte, den ihr Großvater Pedro vom Markt mitgebracht hatte, der Ausdruck völliger Verblüffung auf ihrem kleinen Gesicht, denn offenkundig hatte Stella nicht gewusst, wie sie den Ring wieder loslassen konnte.

Mit einem tiefen Seufzer trat Violetta an das Tischchen heran, auf dem die Boten ihre Post ablegten. Sie sortierte die Briefe an Marco aus, um sie ihm später ins Büro zu bringen. Ein Brief aus Córdoba war dabei, von Paco. Den würde sie gleich lesen. Marco rührte ihn ohnehin nicht an. Violetta wusste nur zu gut, warum: Blancas Entbindung stand kurz bevor. Solche Nachrichten waren immer schmerzlich für Marco. Lange Zeit hatte es so ausgesehen, als würden Blanca, vielleicht als Folge ihrer Zeit als Prostituierte und verschiedener medizinischer Eingriffe, keine Kinder vergönnt sein, doch dann war Blanca im letzten Jahr plötzlich doch schwanger geworden. Für Paco und Blanca gab es also die Hoffnung noch, der Marco sich auf immer beraubt sah.

Violetta lief hinaus auf die Veranda und öffnete den Brief, um ihn dort in der Sonne zu lesen.

Stella und Aurelia hockten mit einem Kindermädchen im Garten unter einem Baum und spielten konzentriert mit ihren Holzspielzeugen.

*Lieber Marco, liebe Violetta, liebe Familie …*, las sie. Wenig später wusste Violetta, dass es Blanca gut ging und dass Paco und sie auf ein baldiges Wiedersehen hofften. Seit wenigen Tagen sei die kleine Wiege fertiggestellt, die man für den neuen Erdenbürger habe zimmern lassen, schrieb Paco. Blanca fürchte sich ein wenig vor der Geburt, er gebe sich alle Mühe, ihr Mut zuzusprechen. Neben aller Fröhlichkeit sprach auch Nervosität aus Pacos Zeilen. Natürlich sorgte er sich um seine Blanca. Estellas Schicksal hatte sie alle berührt.

Violetta las den Brief zu Ende und stand dann auf, um Marco

seine Post zu bringen. Er hatte sich in sein kleines Arbeitszimmer zurückgezogen, vorgeblich, um Unterlagen zu sichten, jetzt saß er aber einfach nur da und starrte gegen die Wand, wie er es so oft tat.

»Marco?«, fragte sie leise, nachdem sie geklopft und das Zimmer betreten hatte. Er bat sie nie herein. Daran hatte sie sich gewöhnt. Er grüßte sie auch nicht. »Paco hat geschrieben«, sagte sie nach kurzem Zögern.

Marco gab keine Antwort.

Violetta musterte das Durcheinander auf seinem Tisch. »Soll ich dir helfen?«, fragte sie.

Unvermittelt stand Marco auf. »Ich schaue mir noch einmal die alte Mühle auf Tres Lomas an. Sie wollten sie heute wieder in Gang bringen ... Ich muss nachsehen, ob alles funktioniert, sonst ...«

Er beendete seinen Satz nicht, sondern ging hinaus. Die Tür fiel hinter ihm zu, Violetta blieb allein zurück. Eine Weile stand sie reglos da, dann riss ein lauter Protestschrei sie aus den Gedanken, und sie lief ans Fenster. Eben noch hatte Stella sich konzentriert damit beschäftigt, hölzerne Ringe auf einen Stab zu stecken – auch dieses Spielzeug hatte ihr Großvater Pedro ihr mitgebracht –, doch weil sie den Stab schief hielt, fiel der letzte Ring immer wieder herunter. Stellas Wangen röteten sich vor Ärger. Schnell lief Violetta hinaus, um dem Kindermädchen zu Hilfe zu eilen. Ihre kleine Nichte hatte sie auch dieses Mal wieder erfolgreich von ihren Sorgen abgelenkt.

Am späten Nachmittag kam Viktoria zu Besuch. Marco hatte sie von Tres Lomas mitgebracht, und Stella hatte die beiden mit einem erneuten Wutanfall begrüßt. Dicke Tränen kullerten ihr über die Wangen. Violetta beobachtete schmunzelnd das kleine energische Mädchen, doch als sie Marcos Blick bemerkte, verschwand das Lächeln aus ihrem Gesicht. Ihren Bruder machten die Unmutsäußerungen seiner Tochter stets selbst wütend, er verließ abrupt das Zimmer. Viktoria, die großes Verständnis für ihren Schwiegersohn aufbrachte, spürte gleich die angespannte Stimmung. Sie streckte ihrer Enkelin die Arme entgegen. Die ließ sich ohne Widerstand hochnehmen und von ihrer Großmutter mit nach draußen nehmen. Bald darauf hörte Violetta Viktoria ein Kinderlied summen, und Stella beruhigte sich umgehend.

»Hopp, hopp, hopp, Pferdchen lauf Galopp. Über Stock und über Steine ...«

Violetta hatte von Viktoria schon einige deutsche Kinderlieder gelernt, auch ihr Deutsch war mit den Jahren immer flüssiger geworden. Seit sie Viktoria anvertraut hatte, dass sie Lehrerin werden wollte, unterstützte diese sie nach Kräften. Wenn sie über die Zukunft sprachen, war es für sie leichter, von Estella zu reden. Viktoria erinnerte sich mittlerweile auch an die schönen Dinge, nicht mehr nur an den Schmerz des Verlusts.

Lediglich Marcos Trauer schien unverändert. Am Tag zuvor hatte er wieder einmal davon gesprochen, Los Aboreros auf längere Zeit zu verlassen. Dieses Mal wollte er beim Bau der Wasserleitungen in den Bergen rund um Tucumán helfen. Schlechtes Wasser, davon ließ er sich nicht abbringen, war ein Grund für Estellas qualvollen Tod gewesen.

»Und deine Tochter?«, hatte Violetta schließlich zu fragen gewagt.

Marco hatte sie düster angeschaut. »Sie braucht mich nicht. Sie ...«

*... sie hat ihre Mutter umgebracht.*

Violetta wartete auf den Tag, an dem Marco diesen Gedanken endlich aussprach. Aber er floh lieber vor dem, was ihn bedrückte. Er würde Stella zurücklassen, und Violetta würde ihm schreiben, wie es der Kleinen ging, so wie sie es immer tat, wenn er auf Reisen war, in der Hoffnung, dass Marco sich seiner Tochter eines Tages doch noch zuwandte. Manchmal fragte sie sich, was er mit ihren Briefen tat. Las er sie überhaupt, oder warf er sie weg, ohne sie auch nur geöffnet zu haben? Violetta seufzte.

Erfreulicherweise gab es jedoch auch gute Nachrichten. Viktoria hatte am Morgen ein Telegramm aus Córdoba bekommen, es hatte sich mit dem Brief an Violetta und Marco überschnitten: Blanca hatte einen gesunden Jungen geboren. Mutter und Kind waren wohlauf.

Die Tür knarrte, ein Räuspern sagte Violetta, dass Viktoria zurück war, und sie wandte sich von ihrem Platz am Fenster, an dem sie ihren Gedanken nachgegangen war, zu ihr um. Stella war auf dem Arm ihrer Großmutter eingeschlafen, das Gesichtchen vor Empörung immer noch gerötet.

»Pedro und ich werden bald nach Córdoba fahren und unseren neuen Enkel besuchen«, sagte Viktoria leise. Sie lächelte unsicher.

Violetta erwiderte ihr Lächeln. »Das ist schön, Viktoria«, sagte sie, »tut das. Ich freue mich so für euch.«

Trockene Schluchzer schüttelten Marcos Körper, als er an diesem Abend auf seinem Bett saß. Er schämte sich dafür und schämte sich auch wieder nicht. Kind und Mutter sind wohlauf, hatte Paco telegrafiert.

*Aber warum freue ich mich über solch eine Nachricht nicht?*

*Ist es mir wirklich unmöglich, dem Bruder meiner geliebten Estella sein Glück zu gönnen?*

Marco starrte gegen die Decke. Ja, dachte er dann bitter, es ist mir unmöglich. Mir hat man das Liebste genommen. Ich werde nie wieder glücklich sein. Das kann ich nicht vergeben. Ich kann es einfach nicht.

# Neuntes Kapitel

Violetta führte eigentlich ein zufriedenes Leben. Sie hatte die Schule ein halbes Jahr zuvor abgeschlossen, und da es in der Gegend an Lehrerinnen mangelte, unterrichtete sie nun schon seit einigen Monaten die Kinder der Estancias Tres Lomas und Los Aboreros. Die Arbeit machte ihr viel Spaß. Manche Kinder lernten gut und bereiteten ihr damit besondere Freude. Andere taten sich schwerer, aber Violetta bemühte sich, auch ihnen verständlich zu machen, wie wichtig es war, lesen und schreiben zu erlernen.

Doch dann, eines Abends, fragte Viktoria sie mit der ihr eigenen direkten Art: »Warum bist du eigentlich noch hier, Violetta? Ich weiß, es gefällt dir, unsere Kinder zu unterrichten. Aber wolltest du nicht eigentlich eine Ausbildung beginnen? In Buenos Aires, wenn ich das richtig in Erinnerung habe? Wir haben doch so oft darüber geredet, dass das dein Traum ist …«

Violetta senkte den Blick. Das stimmte tatsächlich, ja, sie hatte immer wieder einmal daran gedacht, aber im vergangenen Jahr waren ihre Träume ein wenig in den Hintergrund gerückt, und der Gedanke, allein nach Buenos Aires zu gehen, machte ihr Angst. Es war so viel leichter gewesen, sich etwas auszumalen, wenn es in weiter Ferne lag, und sie war nie von Tucumán fort gewesen. Hier kannte sie alles und jeden. Violetta bemerkte, dass Viktoria sie erwartungsvoll anschaute. Sie suchte fieberhaft nach einer Antwort.

»Ich kann Stella doch nicht alleinlassen, und ich habe kein

Geld. Ich ...«, erwiderte sie dann, erleichtert, eine Ausrede gefunden zu haben.

»Violetta«, Viktoria schüttelte energisch den Kopf. »Um Geld musst du dir keine Gedanken machen, und Stella ... Es wird Zeit, dass *ich* mich um Stella kümmere. Sie ist meine Enkelin, du musst zugeben, dass ich sie in letzter Zeit recht gut umsorgt habe.«

Violetta nickte. Anders als ihr Vater, fuhr es ihr durch den Kopf. Gleich darauf schämte sie sich ihrer Gedanken. Dank Marco war Stella zumindest materiell gut versorgt. Es mangelte ihr an nichts.

*Aber es gehört mehr dazu, ein guter Vater zu sein.*

»Ich werde auch auf Marco achten«, sagte Viktoria, als hätte sie Violettas Gedanken gelesen. »Gib ihm die Chance, ein richtiger Vater zu sein. Er wird nie aus seinem Loch kommen, wenn du alles von ihm fernhältst, wofür er Verantwortung tragen müsste.«

Violetta nickte erneut. Hatte Viktoria Recht? »Ich denke darüber nach«, erwiderte sie.

Doch eigentlich wusste sie, dass sie nicht nachdenken durfte. Wenn sie nachdachte, würde die Angst vor dem Aufbruch zu groß werden. Sie musste ins kalte Wasser springen.

Schon einen Tag später beschloss Violetta, Viktorias Rat zu folgen. Gleich begann sie zu planen. Was sollte sie mitnehmen? Was musste vorbereitet werden? Violetta ging ihre Habseligkeiten durch, besserte das ein oder andere Teil aus und packte ihren Koffer – nicht einmal, sondern mehrmals, weil sie sich nicht entscheiden konnte, was sie mitnehmen sollte.

»Manchmal muss man im Leben etwas wagen«, sprach Viktoria Violetta bei ihren Vorbereitungen noch einmal Mut zu. »Und du wirst nicht mal allein sein. Die Meyer-Weinbrenners werden dich unterstützen, das weißt du doch. Ich habe ihnen bereits telegrafiert, dass du in die Stadt kommst.«

Der Gedanke beruhigte Violetta ein wenig, gleichzeitig war sie entschlossen, so schnell als möglich auf eigenen Füßen zu stehen.

Und dann kam der Tag der Abreise. Viktoria hatte noch kurz überlegt, sich Violetta anzuschließen – schließlich lag Córdoba etwa auf halber Strecke nach Buenos Aires –, hatte sich im letzten Moment jedoch dagegen entschieden. Stella schien ihr noch nicht alt genug für eine so anstrengende weite gemeinsame Reise. Tränenüberströmt verabschiedete Violetta sich also von ihrer Nichte.

Viktoria schloss Violetta in die Arme und überreichte ihr eine hübsch verpackte Schachtel. »Das hier kannst du an deinem ersten Unterrichtstag tragen«, sagte sie, als Violetta das Abschiedsgeschenk herausnahm – ein hochgeschlossenes dunkelblaues Kleid mit einem kleinen Spitzenkragen.

Violetta bedankte sich überschwänglich. Sie versprach, nach der Ankunft gleich zu telegrafieren, und kämpfte gleichzeitig gegen das Gefühl der Angst in ihrer Magengrube. War es wirklich nicht ein zu großes Wagnis, allein nach Buenos Aires zu reisen?

Wider Erwarten – Violetta hätte bis zu diesem Augenblick schwören können, dass ihr Bruder gar nichts von den bevorstehenden Veränderungen bemerkt hatte – ließ es Marco sich nicht nehmen, sie persönlich zum Zug zu bringen. Auf der Fahrt zum Bahnhof von San Miguel de Tucumán war Marco allerdings wie immer sehr schweigsam. Die Antworten, die er auf Violettas Fragen gab, fielen einsilbig aus. Schließlich schwiegen sie einfach.

Violetta betrachtete die Landschaft rechts und links des Weges. Würde sie diesen Garten der Republik, wie man die Provinz Tucumán auch nannte, nicht zu sehr vermissen? Konnte sie leben, ohne dieses sattgrüne, bergige Land, wo alles im Überfluss wuchs? Konnte sie ohne sein feuchtes Klima, den heftigen Regen, die im Wind rauschenden Zuckerrohrfelder, die den Reichtum der Gegend ausmachten, die kühlen Berghänge und Lorbeerwälder auskommen?

Am Zug angekommen trug Marco Violettas Koffer in das kleine Abteil, das sie sich mit einer Familie und einem Engländer teilen würde. Marco wirkte abwesend auf sie, während in ihr immer noch Hoffnung, Angst und Neugier miteinander rangen, dass auch ihm dieser Abschied mehr bedeutete, als er sich anmerken ließ.

»Ich werde dich vermissen, Marco«, versuchte sie schließlich, ihn aus der Reserve zu locken, als sie sich an der Waggontür endgültig voneinander verabschiedeten.

Ihr Bruder nickte. »Ich dich auch, Kleines.«

Seine Stimme klang jetzt weich, und ihr wurde kurz warm ums Herz. Das war ihr Marco, der Bruder, den sie geliebt und mit Estellas Tod verloren hatte.

»Irgendwann wird es einfacher«, sprach sie dann ihre Gedanken aus.

Marcos Gesichtsausdruck versteinerte sich. »Vielleicht«, rang er sich trotzdem ab zu sagen. Es fiel ihm sichtlich schwer.

Violetta wollte noch etwas antworten, doch dann schloss der Kondukteur die Tür. Der Zug fuhr ruckelnd, quietschend und lärmend an. Hinter der Scheibe war Marcos müdes Gesicht bald nicht mehr zu sehen.

Während der Reise versorgte Violetta sich aus der Provianttasche, die Viktoria ihr gepackt hatte. Bei Zwischenhalten konnten die Fahrgäste auch etwas von fliegenden Händlern kaufen. Die Fahrt gefiel ihr. Die Familie war sehr nett, John Smith, der Engländer, war ein Weltreisender und wusste Spannendes zu berichten. Alle im Abteil lauschten seinen Geschichten von Expeditionen in die Wüste, in den Dschungel, nach Indien und sogar ins ewige Eis. Auch draußen gab es immer etwas Neues zu sehen. Die Reise war kurzweiliger, als Violetta erwartet hatte. Trotzdem war sie froh, als die Meyer-Weinbrenners sie nach der langen Fahrt in Buenos Aires vom Zug abholten.

Die Familie von Viktorias bester Freundin Anna tat ihr Bestes, um Violetta den Beginn in der großen Stadt so angenehm wie möglich zu machen. In den ersten zwei Wochen wohnte Violetta in einem der Gästezimmer im Haus der Meyer-Weinbrenners. Sie zeigten ihr die Plaza de la Victoria und die Plaza de Mayo, das Teatro Colón, die prächtige Promenade, die am Ufer des Río de la Plata zwischen einer Häuserreihe und den Eisenbahnschienen angelegt worden war, die Palmenallee Palermos, die an schönen Tagen überfüllt war von luxuriösen Fahrzeugen, und die Viertel, in denen sie sich besser nicht aufhalten sollte. Annas Mann Julius half Violetta, eine kleine Wohnung in der Nähe des Lehrerinnenseminars anzumieten, jede weitere Hilfe lehnte sie jedoch stolz ab. Nur das Angebot, an den Sonntagen zum Essen zu kommen, nahm die junge Frau dankbar an. Sie kannte Marlena und John, ihre Kinder Joaquín und Aurora und natürlich Anna und Julius schon von den häufigen Besuchen auf Tres Lomas, doch nun nahm sie rege an deren Leben teil. Violetta hörte, wie es Leonora und Felipe in Paris erging, wie das Fuhrunternehmen lief und von Auroras Plänen. Die Siebzehnjährige hatte nach ihrem Schulabschluss eine Ausbildung zur Krankenschwester begonnen und träumte davon, eines Tages Ärztin zu werden.

»Ich hätte Angst vor den ganzen Krankheiten und dem Leid«, sagte Violetta ehrfürchtig während eines der gemeinsamen Sonntagsessen zu Aurora.

Die nickte. »Es war tatsächlich nicht einfach anfangs, aber man gewöhnt sich daran, und dann wird es richtig interessant. Ich zum Beispiel …«

»Aurora!«, rief ihre Großmutter Anna. »Nicht schon wieder bei Tisch. Wir sind nicht alle so unerschrocken wie du.«

»Aber das gehört doch zum Leben dazu«, gab Aurora mit einem schelmischen Grinsen zurück.

Sie sprachen auch über Joaquíns Pläne für ein Ingenieursstudium. Nicht zum ersten Mal stellte Violetta fest, dass die Geschwister sehr vertraut miteinander waren. Joaquín war eifersüchtig auf jeden, der seiner Schwester zu nahe kam. Der Mann, fuhr es Violetta durch den Kopf, der einmal Auroras Herz erobert, wird es nicht leicht haben.

Der Besuch des Lehrerinnenseminars war aufregend und machte Violetta viel Freude. Sie freundete sich gleich in den ersten Tagen mit einer Argentinierin an, die sich ebenfalls in der Ausbildung befand. Die zweiundzwanzigjährige schottischstämmige Magali Campbell, an der jedem sofort die graublauen Augen und das dicke, leuchtend rote Haar auffielen, das sie stets hochgesteckt trug, kam aus Mendoza. Die zwei jungen Frauen bemerkten schnell, dass sie einander gut verstanden. Beide hatten ihre Eltern früh verloren und somit schon jung Verantwortung tragen müssen. Dass Magali ebenfalls über wenig Geld verfügte, brachte Violetta auf eine Idee. Sie bot der neuen Freundin an, die Wohnung mit ihr zu teilen. So zahlte jeder nur die halbe

Miete, gemeinsam einzukaufen und zu kochen war ebenfalls günstiger. Die Meyer-Weinbrenners waren so großzügig, an den Sonntagen auch Señorita Campbell einzuladen.

Lehrerin zu werden war für Magali ebenso wie für Violetta ein lang gehegter Herzenswunsch. Sie taten deshalb beide alles, um rasch Fortschritte zu machen. In ihrer kleinen gemeinsamen Wohnung lernten sie zusammen, sprachen oft stundenlang miteinander über ihren Unterricht und überlegten, was daran verbessert werden konnte. Lustlose Schülerinnen – denn unter den wohlhabenderen Mädchen, die die Schule besuchten, gab es nicht wenige, die ihr Ziel ohnehin nur darin sahen, einen reichen Mann zu heiraten – reizten beide zu noch größerem Einsatz.

Wenn man sie in diesen ersten kurzen Wochen in Buenos Aires gefragt hätte, hätte Violetta gesagt, dass sie zufrieden war mit ihrem Leben. Nur dass Marco keinen einzigen ihrer Briefe beantwortete, bedrückte sie. Viktoria schickte Fotos und ausführliche Berichte über Stellas Fortschritte. Mehr als einmal stiegen Violetta beim Lesen die Tränen in die Augen. Sie vermisste ihre Nichte sehr und konnte es kaum erwarten, alle in den nächsten Ferien wiederzusehen. Vielleicht, versuchte sie sich Hoffnung zu machen, geht es auch Marco bald endlich besser.

Doch dann geschah etwas Unerwartetes, etwas, das das Leben aller änderte: In Buenos Aires brach die Pest aus.

# Dritter Teil

## Final y inicio – Ende und Anfang

*Buenos Aires, Los Aboreros, Tres Lomas,*
*Provinz Chubut*

*1900 bis 1902*

# Erstes Kapitel

Manchmal war es Aurora, als schliche sich die Krankheit an wie ein Jaguar, der blitzschnell aus dem Dickicht angriff und den man kaum sah, bevor er seine tödlichen Wunden schlug. So hatte es ihr Raúl jedenfalls geschildert, als er von seiner letzten Reise zurückgekommen war. Er war immer mal wieder gemeinsam mit einem Großwildjäger, einem Gringo, unterwegs, um Geld zu verdienen. Für einen kurzen Moment hielt sie inne. Damals, vor seiner Rückkehr, hatte sie manchmal gefürchtet, sie würde Raúl niemals wiedersehen. Schließlich hatten sie sich im Streit getrennt. Dann war er plötzlich wieder aufgetaucht, als hätte ihn irgendjemand hergezaubert, und bevor sie ihn noch wütend hatte anfahren können, hatte er sie so hungrig geküsst, als hätte er sie wirklich vermisst.

*Hat er mich vermisst? Bedeute ich ihm etwas?*

Aber darüber konnte sie jetzt nicht nachdenken. Jetzt hatte die Krankheit alle in den Fängen. Die Pest war über Schiffe aus Bombay nach Buenos Aires eingeschleppt worden. Menschen, die eben noch gesund gewesen waren, zeigten binnen kürzester Zeit die untrüglichen Zeichen der Seuche – Benommenheit, Kopf- und Gliederschmerzen, auf die hohes Fieber und Bewusstseinsstörungen folgten. Im weiteren Verlauf bildeten sich in den Achselhöhlen, der Leistengegend und am Hals sehr schmerzhafte Schwellungen aus, eitrige Geschwüre, die einen Durchmesser von bis zu zehn Zentimetern erreichen konnten, sich schließlich blauschwarz verfärbten und zerfielen.

Kurz sah Aurora zu Violetta und Magali, die damit beschäftigt waren, ein Bett neu zu beziehen. Immer wieder fanden Menschen den Tod, Betten wurden neu belegt. Die jungen Frauen hatten sich freiwillig gemeldet und arbeiteten jetzt konzentriert zusammen. Sie alle waren von einem jungen Arzt namens Robert Metzler, der sich im Hinblick auf die Hygiene besonders streng zeigte, in die Arbeit eingewiesen worden. Gründliches Händewaschen und täglich saubere Kleidung waren Pflicht.

»Die Krankheit ist hochansteckend«, ermahnte er seine jungen Helferinnen immer wieder und schaute dabei eine nach der anderen nachdrücklich an. »Sie dürfen auf keinen Fall in direkten Kontakt mit den Erkrankten kommen.«

Das war allerdings leichter gesagt als getan. Sicher, sie trugen Mundschutz und hochgeschlossene Kleidung, aber manchmal kam man einem Kranken eben doch näher. Manchmal musste man einem Sterbenden Trost spenden. So viel Leben schwand unwiederbringlich vor ihren Augen, so viele Träume standen vor dem Ende, bevor sie noch begonnen hatten. Es war nicht leicht, dabei zusehen zu müssen, und Aurora war sehr froh, dass ihr in diesen Tagen zumindest ihre Familie Halt gab. Die störte sich nicht daran, wenn sie jetzt manches Abendessen in Gedanken versunken verbrachte, und hörte ihr zu, wenn sie reden musste.

Aurora seufzte. Sie war seit dem frühen Morgen auf den Beinen und spürte, wie ihre Kräfte schwanden. Manchmal fragte sie sich, wo Dr. Metzler seine Energie hernahm. Gerade stand er auf der anderen Seite des Krankensaals über ein Bett gebeugt, in ein Gespräch mit einer Patientin vertieft, mit der es wohl bald zu Ende gehen würde. Die Frau fieberte seit Stunden hoch, hatte Blutungen und stank zudem fürchterlich. Aurora war beeindruckt, mit welcher Geduld und Gelassenheit Dr. Metzler das Sterben der Frau begleitete.

Wenn Aurora den jungen Arzt beobachtete und ihre eigenen Schwächen dagegen aufwog, fragte sie sich, ob sie jemals eine gute Ärztin würde sein können. Vielleicht war sie noch nicht einmal eine gute Krankenschwester … Gleichzeitig erlaubte sie es sich nicht aufzugeben. Neben Violetta und Magali hatte sie sich noch mit der einige Jahre älteren Clarissa Kramer angefreundet, der jungen Frau, die, wenn sie das richtig verstanden hatte, Dr. Metzler den Haushalt führte, und sie machten sich gegenseitig Mut.

Aurora fand Clarissa in der kleinen Kammer, in der sie frische Tücher, Wasser und Verbandsmaterial aufbewahrten. Die beiden jungen Frauen begrüßten sich herzlich. Ohne es benennen zu können, hatten sie gleich am ersten Tag ihrer Begegnung zueinandergefunden. Irgendetwas war da, das Aurora das Gefühl gab, sie würde Clarissa schon länger kennen. Am Anfang, erinnerte Aurora sich jetzt, hatte es einmal einen heftigen Streit zwischen Dr. Metzler und ihrer neuen Freundin gegeben, weil der offenbar gegen ihre Mitarbeit gewesen war. Dass Clarissa sich letztendlich durchgesetzt hatte, wollte man kaum glauben, wenn man ihre zarte Gestalt sah. Manchmal fragte Aurora sich, ob Clarissa und Dr. Metzler mehr verband als nur ein Arbeitsverhältnis, zugleich schämte sie sich ein wenig für ihren weiblichen Sinn für Klatsch und Tratsch, mit dem Joaquín sie aufgezogen hatte, als sie ihm von ihren Vermutungen erzählte. Er war zwar ihr Bruder, aber er war eben auch ein Mann.

Als Clarissa ihren Wagen, den sie mit Verbandszeug, Medikamenten und einem Krug mit frischem Wasser bestückt hatte, jetzt in den Krankensaal zurückschob, gesellte sich Aurora an ihre Seite. Alle Grübelei nützte nichts. Sie mussten weiterarbeiten.

»Mama, verlass mich nicht auch noch. Mama, bleib bei mir!«

Schluchzend wollte Jenny Goldberg sich in die Arme ihrer Adoptivmutter Rahel stürzen, doch Robert Metzler hielt sie entschlossen zurück. Spät am Abend, nach seinem Dienst im Krankenhaus, hatte er noch auf den Wunsch von Auroras Mutter Marlena in dem prachtvollen Haus der Goldbergs in Belgrano vorbeigesehen. Rahel habe ihr einst in schweren Zeiten großzügig beigestanden und sei außerdem eine gute Freundin ihrer Mutter Anna, hatte Marlena Hofer gesagt. Robert hatte keinen Moment gezögert.

Erneut weinte Jenny auf, wieder versuchte sie, sich von Robert loszureißen.

»Weine nicht, Jenny.« Rahels Stimme klang ruhig und dennoch so stark, dass sie alle hörten. »Ich gehe nur zu meinem Herschel. Ich habe so lange gewartet, und einmal kommt doch für jeden von uns die Zeit. Ist es nicht so, dass keiner ewig lebt?«

»Nein!«

Jenny, in diesem Moment nur noch ein Kind, dem der Verlust der Mutter drohte, schlug die Hände vors Gesicht. Anna, Julius und sie waren 1863 gemeinsam mit demselben Schiff aus Deutschland in Buenos Aires angekommen. Julius war es gewesen, der den erst achtjährigen blinden Passagier entdeckt und liebevolle Pflegeeltern für ihn gefunden hatte. Aurora biss sich auf die Lippen, um die Tränen zurückzuhalten. Alle schmerzte es, dass Rahel im Sterben lag, diese gütige Frau, die nie in ihrem Leben jemandem etwas zuleide getan hatte.

Rahel Goldberg sank kraftlos zurück in ihre Kissen. Die Krankheit war nicht ganz unerwartet ausgebrochen – Rahel widmete ihr Leben seit Jahren verschiedenen wohltätigen Organisationen, dort musste sie sich angesteckt haben. An dem Abend, als Rahel den seltsamen Insektenstich an sich entdeckt hatte, hatte sie Jenny mit einer Ausrede zu Anna geschickt. Als die am nächsten Tage zurückgekehrt war, war das Krankenzimmer verschlossen gewesen, und Rahel hatte sich geweigert, die Adoptivtochter zu sich zu lassen. Panisch hatte Jenny Aurora um Hilfe gebeten. Die Krankheit war schnell ausgebrochen und hatte einen besonders raschen Verlauf genommen. Jenny dagegen war bisher gesund geblieben.

»Warum verlassen mich alle?«, schluchzte sie jetzt auf. Aurora wollte es schier das Herz brechen.

Die kleine Jenny war damals mit dem großen Traum, in Argentinien den verlorenen Vater wiederzufinden, in dem fremden Land angekommen. Dazu war es nie gekommen, aber sie hatte neue Eltern gefunden: Herschel Goldberg, der in den Siebzigerjahren dem Gelbfieber erlegen war, und seine Frau Rahel, die nun an der Pest sterben würde. Die Welt war nicht gerecht.

Aurora bemerkte, dass Robert Metzler einen kurzen Blick mit ihr wechselte. Dann schob er Jenny zu ihr hin. Aurora nahm sie sofort fest in die Arme, doch Jenny wehrte sich ohnehin nicht mehr. Es war, als wäre mit einem Mal alle Kraft von ihr gewichen.

An diesem Abend stieg Rahels Fieber so hoch an, dass die Kranke das Bewusstsein verlor. Wenige Minuten nach Mitternacht schon war sie tot. Jenny, die sich in den vergangenen Stunden in ihrer Trauer vergraben hatte, brach in heftiges Schluchzen aus.

»Du kommst heute mit zu mir«, sagte Aurora. »Du kommst mit zu Großmama. Du solltest heute nicht allein sein.«

Jenny sah sie müde mit rot verquollenen Augen an. »Zu Anna? Ja, das wäre gut. Anna ist der einzige Mensch, bei dem ich heute sein möchte.«

# Zweites Kapitel

Robert hatte sich schon im Krankenhaus gründlich den Schmutz und den Geruch nach Krankheit vom Leib zu schrubben versucht, obwohl es ihm immer mehr schien, als könnte ihm dies niemals ganz gelingen. War nicht bereits all dieses Elend in ihn eingedrungen, hing es nicht in jeder Pore? Tagtäglich versuchte er, mit dem Tod zu verhandeln, ihm wenigstens einen kleinen Vorteil abzuringen, und wusste doch, dass es vergeblich war. Der Tod war immer der Sieger. Was denjenigen blieb, die ihn überlebten, war die Hoffnung auf einen Neubeginn.

Er öffnete die Tür zu Clarissas und seiner Wohnung, schloss sie gleich wieder, blieb dann einen Moment reglos stehen, das bleiche, übermüdete Gesicht in den Händen vergraben. Erst nachdem er einige tiefe Atemzüge genommen hatte, ging er in Richtung Wohnzimmer. Es gab noch zwei weitere Räume, die ihm und Clarissa als Schlafzimmer dienten, und ein kleines Badezimmer. Dank Clarissa war es ein wohnliches Heim.

Im Wohnzimmer blieb Robert kurz stehen. Auf dem Tisch, an dem sie beide ihre Mahlzeiten einnahmen, standen Töpfe, die Clarissa zum Warmhalten in dicke Tücher gewickelt hatte. Als er das zum ersten Mal gesehen hatte, hatte er lachen müssen, doch er musste inzwischen zugeben, dass diese Vorgehensweise durchaus praktisch war. Clarissa besuchte an diesem Abend Aurora. Er hatte die beiden Frauen früher nach Hause geschickt, bevor sie ihm noch vor Erschöpfung zusammenbrachen.

Robert aß etwas von dem Kürbisrisotto und blätterte nebenbei unkonzentriert in einer Zeitung. Wieder galt sein erster Blick dem Anzeigenteil, doch niemand suchte nach einer Clarissa Monada. Nach dem Essen brachte er die Sterbestatistik, die er irgendwann während des Kampfes gegen die Seuche begonnen hatte, auf den neuesten Stand und nickte schließlich in seinem Lehnstuhl ein.

Als er wieder aufwachte, war es dunkel. Offenbar war Clarissa zurück, denn er konnte im Dämmerlicht ihren Schal sehen, der über einem Stuhl am Esstisch hing. Außerdem hatte jemand den Tisch abgeräumt, und über seinen Beinen lag eine Wolldecke. Wahrscheinlich war sie schon zu Bett gegangen.

Der Drang, sich erneut die Hände zu waschen, überkam Robert wie so oft in diesen Tagen sehr plötzlich. Noch gar nicht ganz wach, schlich er zu dem kleinen Badezimmer hinüber, schob die Tür auf und erstarrte.

*Clarissa.*

Clarissa stand vor ihm, ihr knöchellanges, durchscheinendes Nachthemd umspielte ihren Körper. Sie hatte die oberen Knöpfe geöffnet. Er konnte ihre runden cremeweißen Schultern sehen und den Ansatz ihrer Brüste.

Robert schluckte. Wie festgenagelt stand er da. Clarissa hatte ihn noch nicht bemerkt, sie wusch sich gedankenverloren Gesicht und Nacken.

»Clarissa«, krächzte er.

Sosehr er sich wünschte, sie ganz zu besitzen, sosehr er sich nach ihrer Liebe und ihrem Körper sehnte, so wollte er ihr doch Zeit lassen, wollte sie nicht bedrängen. Sie durfte sich niemals verpflichtet fühlen, eine Beziehung mit ihm einzugehen, nur weil sie glaubte, in seiner Schuld zu stehen. Und wenn sie keine Beziehung wollte, würde er lernen müssen, damit zu leben. Ich sollte die Tür schließen, dachte er, anstatt hier zu stehen und sie zu begaffen, als wäre sie ein Wundertier. Doch er konnte sich nicht rühren. Stumm erwartete er ihre Reaktion.

»Robert?«, fragte sie leise. »Ich dachte, du schläfst. Habe ich dich geweckt?«

Was hörte er da in ihrer Stimme? War sie verärgert oder tatsächlich nicht mal erschrocken?

Robert überlegte fieberhaft, was er sagen sollte. »Ver… verzeih, ich … ich wollte dich nicht stören«, stammelte er dann. »Es war … Es war ein schwerer Tag heute. Ich bin eingenickt, und dann wollte ich mir nur die Hände waschen. Ich habe einfach … Ich bin einfach hier hereingeplatzt, ich habe nicht nachgedacht …«

Clarissa nickte, zeigte ihm aber immer noch nicht deutlich, was sie über ihn dachte. Hatte er eine Grenze überschritten, wenn auch nicht absichtlich? Robert fühlte sich mit einem Mal zutiefst verunsichert, müde, am Ende seiner Kräfte. Am liebsten hätte er sich jetzt zurückgezogen, damit sie ihn nicht mehr so ansah. Sie hatten an diesem Tag drei Patienten verloren und am kommenden würde wohl der vierte dazukommen. Er war so erschöpft, so verzweifelt. Normalerweise verbot er sich diese Gedanken – man durfte die Hoffnung doch niemals aufgeben.

Irgendetwas an ihm, an seiner Haltung oder seinem Gesichtsausdruck musste Clarissa aufmerksam gemacht haben. »So viel Tod«, sagte sie jetzt leise, als könnte sie seine Gedanken lesen.

Robert räusperte sich. »Ja. Ich wünschte mir, du müsstest das nicht jeden Tag sehen.«

»Warum nicht?«, entgegnete sie zu seiner Verblüffung. »Der Tod gehört zum Leben dazu.«

Er bemerkte erst, dass sie seinen Arm berührte, als sie sanft darüberstrich, und ihm fuhr ein Schauer über den Rücken.

»Ich habe mir das ausgesucht«, sprach sie weiter, »ich möchte dich begleiten, Robert, bei allem, was du tust. Verstehst du?«

Für einen Moment blickte sie durch ihn hindurch, dann fixierten ihn ihre klaren Augen wieder. Grün, dachte er fasziniert, in diesem Licht sehen sie irgendwie grün aus.

»Robert«, hörte er ihre Stimme im nächsten Moment wie aus weiter Ferne, »ich danke dir für alles, was du für mich getan hast.«

»Das war doch selbstverstän...«

»Nein, das war es nicht.«

Er spürte, dass sie zögerte. »Nimm mich in den Arm«, flüsterte sie dann.

»Ich soll ... Warum?«, fragte er und hätte sich gleich darauf dafür ohrfeigen können. Doch sie störte sich nicht an seinen Worten.

»Weil ich es mir wünsche«, sagte sie leise. »Ich weiß nicht ... Ich glaube, schon länger ...«

Robert spürte, wie sein Herz schneller schlug. Dann trat er auf sie zu, nahm sie vorsichtig in die Arme. Ihr Körper fühlte sich so zart an, wie er erwartet hatte, er konnte gar nicht glauben, dass sie dennoch so stark war. Sie nun so nah zu spüren war schöner, als er es sich je ausgemalt hatte. Sie erwiderte seine Umarmung. Das gab ihm Mut. Einen Moment lang standen sie nur so da. Dann brach Clarissa das Schweigen.

»Robert, ich ...«

Er senkte den Kopf etwas, schnupperte an ihrem Haar. Es duftete wunderbar, nach Blüten, nach Apfelfrische ... Ich bin von etwas Schönem abgelenkt, dachte er, zum ersten Mal seit Wochen.

»Robert, ich ...«, setzte sie wieder an, »ich sollte ... ich wollte schon lange ...« Er spürte, wie sie tief Luft holte. »Ich möchte dir endlich sagen, was mit mir geschehen ist, aber es ist … es ist … nicht so leicht«, schloss sie endlich.

Robert hielt sie weiter umfangen und schüttelte den Kopf. Was ist das schon, die Wahrheit, dachte er still bei sich. »Du musst mir nichts sagen, Clarissa. Ich bin an deiner Seite, immer und überall. Ich vertraue dir.«

Er hörte sie seufzen, spürte, wie sie den Kopf an seine Brust schmiegte, und streichelte vorsichtig ihr Haar. So lange hatte er sich gewünscht, dass sie einander endlich näherkamen.

»Wir sollten nicht hier im Badezimmer stehen bleiben«, flüsterte er schließlich.

Das Lächeln, das er als Antwort bekam, war mehr, als er sich erhofft hatte.

Wie sie zum Bett gelangten, konnte später keiner von ihnen sagen. Sie zogen sich gegenseitig aus, lagen dann einfach nur beieinander, spürten das pulsierende Leben, glücklich, dem Sterben für eine Weile entkommen zu sein, glücklich, sich endlich gefunden zu haben. Mit dem Finger folgte Clarissa der Spur von Haaren, die sich von Roberts Brusthaar über den Bauchnabel bis zu seiner Scham zog. Er küsste ihr Gesicht, liebkoste ihre Brüste, ihre Scham. Ein Blick in die Augen des anderen genügte, und sie zögerten nicht mehr. Ihre Lippen fanden sich, und dann endlich drang Robert in sie ein, und Clarissa bewegte sich kreisend, um ihn tief in sich aufnehmen zu können. Warme Haut schmiegte sich an warme Haut. Es gab kein Denken mehr, nur Fühlen, die Anspannung der letzten Wochen fiel von ihnen ab. Als sie Sekunden nach ihm kam, schrie sie ihr Glück in die Stille des Zimmers hinaus.

# Drittes Kapitel

Es war ein ganz normaler Werktag, an dem Marco ins Leben zurückkehrte. Er hatte den frühen Morgen in der Zuckermühle verbracht, nachdem ihm ein Arbeiter von wiederkehrenden Schwierigkeiten dort berichtet hatte. Ein Mahlwerk war ausgefallen. Kümmerte man sich nicht darum, stand später ein Teil der Ernte auf dem Spiel, also hatte er sich sofort auf den Weg gemacht. Außerdem liebte er es, Maschinen zu reparieren. Das war etwas, bei dem er nicht scheiterte. Niemals.

Als er vor Ort angekommen war, war gerade ein neuer Karren, beladen mit Zuckerrohr, eingetroffen. Marco hatte ein kleines, vielleicht dreijähriges Mädchen beobachtet, das Abfallstücke aufgesammelt und dann verzückt auf dem süßen Zuckerrohr herumgekaut hatte. Seit die Pessoas Los Aboreros übernommen hatten, verdienten die Familien genug und mussten ihre Kinder nicht mehr arbeiten lassen. Die Kleinen lernten lesen und schreiben. Zuerst hatte Violetta die Aufgabe übernommen, nun, nachdem die kleine Schwester nach Buenos Aires gegangen war, kümmerte seine Schwiegermutter Viktoria sich darum. Zurzeit unterrichtete sie die Kinder noch in einem der größeren, leer stehenden Räume des Haupthauses von Tres Lomas, doch man plante, ein Schulgebäude zu errichten.

Marco beobachtete, dass sich ein älteres Kind zu der Kleinen gesellte. Als dieses Marco bemerkte, grinste es und sagte: »Wir müssen jetzt zu Doña Viktoria nach Tres Lomas, Flora. Sie wartet gewiss schon auf uns.«

Wider Erwarten musste auch Marco lächeln. Einen Atemzug lang erlaubte er es sich, über seine Tochter nachzudenken. Immer noch vermied er so gut wie jeden Kontakt mit Stella, doch neuerdings dachte er häufiger an sie. Es war nach Estellas Tod zu schmerzlich für ihn gewesen, sie zu sehen und immer an seine große Liebe denken zu müssen. Inzwischen tat es etwas weniger weh. Vielleicht heilte die Zeit ja tatsächlich Wunden, wie Violetta ihm gesagt hatte.

Zum zweiten Frühstück ritt er nach Tres Lomas. Viktoria und ihre kleinen Schüler machten gerade eine Pause. Während die Kinder draußen im Hof spielten, trank seine Schwiegermutter eine Tasse Tee. Pedro hatte sich zu ihr gesellt.

Seit Violetta fort war, bestand sie darauf, dass Marco die Mahlzeiten gemeinsam mit ihr und Pedro einnahm. Ein Nein akzeptierte sie nicht. Also setzte er sich, aß ein paar Kekse und trank ebenfalls eine Tasse Tee. Pedro wirkte abwesend, so wie Marco es von dem zupackenden, stets konzentrierten Mann gar nicht gewohnt war. Ein Kind rannte zu ihnen herüber, nahm sich von einem Beistelltischchen, das Viktoria für ihre Schüler hatte vorbereiten lassen, etwas zu trinken und einen Keks.

»Es ist schrecklich«, sagte Viktoria, die sich in eine Zeitung vertieft hatte, nach einer Weile in die Stille. Zwischen ihren Augenbrauen bildete sich eine tiefe, steile Falte.

»Gibt es Neuigkeiten?«, fragte Pedro, plötzlich wieder ganz mit seinen Gedanken da.

Worüber sprachen sie? Marco hatte keine Ahnung, aber er fragte auch nicht.

»Diese schreckliche Seuche!«

Viktoria schüttelte den Kopf und warf die zusammengefaltete Zeitung ungehalten auf den Tisch. Die Kinder schauten irritiert zu ihr herüber und vertieften sich dann wieder in ihr Spiel.

Marco blickte auf. »Welche Seuche?«

Pedro sah ihn fassungslos an. »Wie meinst du das? Hast du nicht mitbekommen, dass seit Wochen in Buenos Aires die Pest grassiert. Hast du noch nichts von der Pest gehört?«

Marco spürte, wie ihm das Blut aus dem Gesicht wich. Nein, er hatte sich um nichts als seine Arbeit gekümmert und um den Schmerz, der immer noch so gegenwärtig war.

»Ich habe gearbeitet ...«, versuchte er sich zu erklären.

»Wir arbeiten alle«, bemerkte Viktoria, auch sie schaute ihren Schwiegersohn jetzt an, ihr Blick war ungewöhnlich streng.

»Du wusstest es wirklich nicht?«, fragte Pedro.

»Nein, ich habe nichts davon mitbekommen.«

In Marcos Kopf jagten sich die Gedanken. Die Pest? In Buenos Aires? In diesen Zeiten? Aber das bedeutete ja ...

Er schluckte. Was war mit Violetta? Wann hatte sie ihm eigentlich zum letzten Mal geschrieben? Vor mehr als zwei Wochen, oder? Er hatte den Brief nicht mal gelesen. War sie etwa ...? Nein, das durfte und konnte nicht sein. Er hatte schon einmal mit ansehen müssen, wie seine kleine Schwester beinahe den Tod gefunden hatte. Damals war es die Cholera gewesen. Hatte er dieses Mal versagt?

Marco sprang auf. »Warum habt ihr mir nichts gesagt?«, brüllte er im nächsten Moment seine Anspannung heraus.

Pedro und Viktoria starrten ihn an.

»Aber wir dachten, du weißt es. Violetta hat doch davon geschrieben«, bemerkte Viktoria mit leiser Stimme.

Marco wollte erneut losbrüllen, biss dann aber die Zähne aufeinander. Sie hatten Recht, er konnte ihnen nichts vorwerfen. Nur sein eigenes eigenbrötlerisches Verhalten hatte zu dieser Ignoranz geführt. Diese Sache hatte er nur sich selbst zuzuschreiben.

Er musste sofort nach Buenos Aires. Violetta brauchte seine Hilfe.

Violetta war erschöpft. Zwar war an diesem Tag zum ersten Mal seit langer Zeit niemand gestorben, doch sie fühlte sich am Ende ihrer Kräfte. Irgendwie funktionierte sie nur noch. Sie stand morgens auf, aß rasch etwas, arbeitete bis zur Erschöpfung im Krankenhaus und ging dann wieder nach Hause. Manchmal war ihr, als hielten sie nur noch Magali, Aurora, Clarissa und Robert aufrecht, die doch genauso viel arbeiteten wie sie, wenn nicht mehr.

Aber es war nicht die Arbeit, die sie auslaugte, es war der Tod, der in ihr Leben eingedrungen war und es nicht mehr loszulassen schien. Sie hatte so viele Menschen sterben sehen. Sie hatte an so vielen Krankenlagern gesessen und vergebens gehofft. Der Geruch der Krankheit war überall, in ihrer Kleidung, in ihren Haaren. Sie hatte den Eindruck, dass sie ihn gar nicht mehr loswurde, auch wenn sie sich abends fast die Haut vom Leib schrubbte.

Nein, Violetta konnte sich nicht daran gewöhnen. Sie wollte sich endlich wieder am Leben satt trinken. Sie wollte singen. Sie wollte wieder einmal tanzen gehen. Sie wollte gemeinsam mit Magali etwas Leckeres kochen – die Freundin war eine sehr gute Köchin – und vor ihren Schülerinnen stehen und ihnen etwas beibringen. Sie wollte über Träume reden und nicht darüber, wie man dem Tod entkam.

*Wir sind doch noch so jung, junge Frauen, die sich vergnügen sollten.*

Magali und sie gingen an diesem Abend gemeinsam nach Hause, und Violetta war froh darum. Wenn die Freundin länger als sie im Krankenhaus arbeitete, was zuweilen geschah, machte sie sich immer zu viele Sorgen und konnte oft erst einschlafen, wenn diese endlich nach Hause kam. Am nächsten Tag fühlte sie sich dann wie gerädert.

Sie hatten nun schon fast die Straße erreicht, in der die kleine Wohnung lag, die sie sich teilten. Obwohl sie sich beide darüber freuten, freizuhaben, waren sie nicht gesprächig. Doch es war gar nicht notwendig zu reden, sie verstanden sich auch so. Beide wussten sie, was die andere bedrückte und was sie jetzt brauchte. Beide wollten sie sich nur noch einmal gründlich waschen, eine Kleinigkeit essen und dann früh schlafen gehen.

»Wir sollten uns das Kochen heute sparen und ein paar *empanadas* holen«, schlug Magali vor.

Violetta stimmte müde zu. Wann haben wir eigentlich das letzte Mal über unsere Träume gesprochen?, überlegte sie, während sie nun in der Schlange einer Garküche standen. Wann habe ich von meiner Europareise gesprochen, die ich so gern machen würde, und Magali von der kleinen Schule, die sie in Mendoza eröffnen will?

Sie machten ihre Bestellung. Mit halbem Ohr hörte Violetta den Besitzer der Garküche mit Magali lachen und scherzen. Er kannte die beiden jungen Frauen mittlerweile recht gut, sie kauften oft bei ihm ein.

*»Hasta luego«*, rief Magali jetzt.

Violetta schloss sich ihr an. Trotz aller Müdigkeit und ihrer gedrückten Stimmung nahm sie wahr, dass das Essen verführerisch duftete. Ihr Magen grummelte. Wenigstens meinen Appetit habe ich nicht verloren, dachte sie.

Ein paar Blocks weiter hatten sie endlich ihr Wohnhaus erreicht. Magali schloss auf und lief vor ihr die Treppe hinauf. Violetta gähnte. Die schweren Beine wollten sie an diesem Abend kaum tragen. Sie war so furchtbar müde.

Dann blieb die Freundin urplötzlich stehen.

»He«, schimpfte Violetta. »Was ist los, warum gehst du nicht weiter?«

»Da ist jemand«, wisperte Magali.

Violetta zuckte zusammen und spähte dann vorsichtig an Magalis Schulter vorbei. Eine große Gestalt stand dort in den Schatten des Treppenhauses. Violetta biss sich auf die Zunge, um nicht aufzuschreien. Wer war das? Sollten sie die Flucht ergreifen? Man hörte immer wieder von Überfällen, und sie wohnten nicht gerade in der besten Gegend.

Violetta tastete nach dem Messer, das sie stets zum eigenen Schutz in der Tasche ihres Mantels trug, und zog es heraus.

»Violetta?«, fragte in diesem Moment eine ihr nur allzu bekannte Stimme.

Klirrend polterte das Messer zu Boden.

»Marco?« Violetta konnte ihren Bruder noch nicht richtig sehen. Seine hohe, breite Gestalt verdeckte das einzige kleine Fenster, das ihnen hätte etwas Licht spenden können, aber seine Stimme war doch unverkennbar. »Bist du es wirklich, Marco?«

»Ich habe nicht gewusst, was hier los ist«, fuhr er mit ernster Stimme und ohne ihr Antwort zu geben fort.

Violetta schluckte. »Ich habe dir doch geschrieben ...«, sagte sie dann. »Du hast nicht geantwortet und dann ... Ich wollte ... Ich wollte sowieso nicht, dass du mich holen kommst. Weil ich diese Sache allein durchstehen muss.«

»Die Pest?« Marco seufzte. »Aber Kleines, wir sind doch eine Familie«, fuhr er fort. »Wir müssen doch einander helfen.«

Eine Familie, wäre Violetta beinahe herausgeplatzt, sind wir das wirklich? Sie biss sich auf die Lippe und verdrängte den Gedanken an Stella. Es wäre ungerecht, ihn jetzt auf seine Tochter anzusprechen, dachte sie, er meint es ernst, er ist gekommen, weil ich ihm am Herzen liege.

»Gehen wir doch hinein«, meldete sich nun Magali zaghaft zu Wort.

»Tun wir das«, pflichtete Violetta ihr bei, und sie spürte, dass ihr Herz einen kleinen Hüpfer machte.

Marco schlug vor, noch ein paar *empanadas* aus der Garküche zu holen, während Magali und Violetta sich in der Küche den letzten Schmutz vom Leib wuschen und sich umkleideten. Als er zurückkam, setzten sie sich zu einem gemeinsamen Essen, und Marco erzählte, was es Neues von der Estancia und den Menschen, die Violetta so sehr in ihr Herz geschlossen hatte, zu berichten gab. Ihr Bruder war zwar immer noch nicht so redselig wie vor Estellas Tod, doch er hatte sich verändert.

Stockend berichteten auch die beiden Frauen von ihrem Leben, und Marco hörte aufmerksam zu. Als Magali schließlich das Geschirr in die Küche trug, nahm er Violetta beiseite.

»Schwesterchen, ihr habt jetzt genug getan. Ihr seht müde aus, ich möchte, dass ihr die Stadt für eine Weile verlasst und euch erholt.«

Violetta stellte die Tasse Tee ab, die sie eben aufgenommen hatte, und starrte Marco fassungslos an. »Aber das geht nicht. Es ist noch nicht vorbei, verstehst du? Menschen sterben. Ich kann meine Freunde nicht alleinlassen. Die Pest ...«

Marco schaute seine Schwester ernst an. »Ich übernehme euren Platz. Ich hatte auf der Fahrt lange Zeit nachzudenken.«

»Aber ... Los Aboreros ...«

»Pedro und Viktoria haben einen Blick darauf, während ich

fort bin. Aber das wird gar nicht nötig sein. Du weißt, dass ich unserem Vorarbeiter vertrauen kann.«

Violetta war einen Augenblick sprachlos, dann konnte sie sich nicht mehr zurückhalten. Sie hatte Marco jetzt lange genug geschont, hatte sein Verhalten lange genug hingenommen.

»Meinst du das ernst? Du bist hergekommen, um in Buenos Aires die Pest zu bekämpfen?« Sie schüttelte heftig den Kopf. »Du hast vergessen, dass du eine Tochter hast, Marco! Sie ist erst eineinhalb Jahre alt, und sie braucht dich. Was passiert, wenn du erkrankst und sie dich auch noch verliert? Dann hat sie weder Vater noch Mutter. Du musst nicht Buenos Aires vor der Pest retten, das Einzige, was du tun musst, ist, dich um deine Tochter zu kümmern. Für sie bist du verantwortlich, für Stella.«

Marcos Gesicht verdüsterte sich. Als er antwortete, klang seine Stimme kühl. »Ich bin mir meiner Pflicht Stella gegenüber durchaus bewusst, Violetta, und lass dir gesagt sein: Sie ist gut versorgt. Wenn Gott mich leben lassen will, wird er mich leben lassen. Er hat mich bisher leben lassen, ob ich das wollte oder nicht, und ich weiß, er wird mich weiter schützen.«

»Aber das ist doch Unfug«, fuhr Violetta auf.

Sie hatte viel gelernt in den letzten Wochen. Vor allem, dass es Dinge gab, auf die man sich nicht verlassen konnte. Robert hatte ihr einiges im Zusammenhang mit der schrecklichen Krankheit erklärt, auch Aurora konnte sie jederzeit fragen, wenn sie unsicher war.

Plötzlich legte Marco ihr einen Finger auf die Lippen, um sie am Weitersprechen zu hindern, so wie er das früher immer getan hatte.

»Glaubst du, dass es hier nur um medizinische Zusammenhänge geht, Violetta?«, sagte Marco. »Was auch immer du gelernt oder erfahren zu haben meinst – es geht um Vertrauen. Es geht um Vertrauen in das Gute. Es geht um die Fähigkeit zu hoffen.«

»Du sprichst von Hoffnung?« Violetta schüttelte erneut den Kopf. Ausgerechnet du?, wollte sie wütend hinterherschicken, nahm sich jedoch im letzten Moment zurück.

»Ja, ich spreche von Hoffnung, auch wenn ich noch weit davon entfernt bin …«, gab ihr Bruder zurück.

»Stella …«, fiel sie ihm ins Wort.

Er hob in einer hilflosen Bewegung die Hände und ließ sie wieder sinken. »Ich liebe Stella«, sagte er dann unvermittelt.

Violetta schluckte. »Wirklich?«

Aus der kleinen Küche war das Klappern von Geschirr zu hören. Magali wagte anscheinend nicht, wieder zu ihnen zu stoßen.

»Violetta, bitte …«, sagte Marco. »Ich weiß, dass ich Fehler gemacht habe, ich weiß das. Glaub mir.«

Einen Moment lang herrschte Stille. Violettas Gefühle waren in Aufruhr. Konnte sie Marco vertrauen? Sie holte tief Luft. »Ich glaube dir«, sagte sie dann.

»Du … du glaubst mir?«

»Ich glaube dir«, wiederholte Violetta und blickte ihrem Bruder in die Augen, »ich kenne dich doch. Aber …«

»Aber?« Er schaute sie fragend an.

»Du musst mir etwas versprechen.«

»Natürlich.«

»Wenn alles gut läuft, wirst du zu deiner Tochter zurückkehren.«

»Ich …«

Violetta hob die Hand. »Darüber reden wir nicht weiter, sonst bleibe ich hier. Du kannst mich nicht zwingen zu gehen.«

»Du bist meine Schwester, ich könnte …«

Marco unterbrach sich, als er das Funkeln in ihren Augen wahrnahm, und nickte.

»Hast du schon darüber nachgedacht, wohin Magali und ich gehen könnten?«, fragte Violetta.

Marco nickte. »Viktoria hat mir gesagt, ich soll mich an Anna Meyer-Weinbrenner wenden, wenn ich nicht weiterweiß.«

Zwei Tage später machten sich Violetta und Magali gemeinsam mit Anna auf den Weg nach La Dulce, der Estancia von Annas Bruder Eduard.

Als die Krankheit besiegt war, die letzten Patienten genesen und die letzten Toten begraben worden waren, kehrten die drei Frauen in die Stadt zurück. Marco nahm sich noch ein paar Wochen Zeit, bevor er endgültig wieder nach Tucumán reiste. An seinem letzten Abend lud er seine Schwester in eine kleine Bar ein, wo sie etwas tranken, um Abschied zu feiern. Magali wollte später nachkommen. Zuerst war Marco sich unsicher gewesen, ob eine Bar die richtige Umgebung für Violetta und ihre Freundin war, doch Violetta hatte ihn in der Wahl des Ortes bestärkt.

»Danke, dass du nach Buenos Aires gekommen bist«, sagte sie. »Anfangs wusste ich nicht, was ich davon halten soll, jetzt weiß ich es, ich …«

»Es ist in Ordnung, Violetta. Wirklich, ich habe dir zu danken.« Er räusperte sich und setzte neu an. »Ich danke dir dafür, dass du dich um Stella gekümmert hast. Ich danke dir dafür, dass du mir im letzten Jahr zur Seite gestanden hast …«

Violetta nickte. »Es ist gut«, sagte sie dann langsam. »Es war für keinen von uns eine leichte Zeit.«

»Nein«, pflichtete er ihr bei.

»Aber jetzt …«, fuhr sie fort.

»... jetzt wird alles besser«, vollendete er ihren Satz.

»Ich weiß.«

Violetta lächelte. Sie hatte auf La Dulce viel nachgedacht. Ihr war bewusst geworden, dass es für Magali und sie Zeit gewesen war, Buenos Aires eine Weile hinter sich zu lassen. Viel länger hätten sie es tatsächlich beide nicht mehr ausgehalten. Marco war genau im richtigen Augenblick gekommen, und er – so hatte man ihnen erzählt – hatte sie beide so gut er konnte vertreten. Obgleich sie und ihre Freundin ein schlechtes Gewissen Robert, Aurora und Clarissa gegenüber gehabt hatten, hatte ihnen doch keiner die kleine Flucht nachgetragen. Bei ihrer Rückkehr waren sie herzlich empfangen worden. Violetta hatte Gott gedankt, dass sie alle die furchtbare Seuche überlebt hatten.

Marco selbst sprach nicht viel über die Tage, in denen er im Krankenhaus ausgeholfen hatte. Offenbar waren Robert und er recht gut miteinander ausgekommen, obwohl die Krankenpflege seine Sache gewiss nicht war.

»Ich denke«, nahm Violetta ihr Gespräch jetzt wieder auf, »wenn du nicht gekommen wärst, hätte ich nicht gewusst, wann ich aufhören muss, und dann ...« Sie seufzte. »Manchmal fällt es einem so schwer zu erkennen, was das Richtige ist.«

»Hm«, entgegnete Marco, doch Violetta bemerkte, dass er ihr überhaupt nicht mehr zuhörte.

Neugierig folgte sie mit ihrem Blick dem ihres Bruders. Der beobachtete Magali, die eben die Bar betreten hatte und nach ihnen Ausschau hielt. Sie verbiss sich die Frage, ob Magali Marco gefiel. Er sieht sie nicht zum ersten Mal so an, dachte Violetta, aber ich darf jetzt nichts falsch machen. Es ist so lange her, dass er sich verhalten hat wie mein geliebter Bruder. Es ist so lange her, dass er so entspannt war wie jetzt. Es ist so lange her, dass er eine Frau auch nur wahrgenommen hat.

»Grüß mir Tres Lomas und Los Aboreros«, sagte Violetta rasch mit einem Lächeln und verriet mit keinem Wort, was sie eben gesehen hatte. »Und tu, was du mir versprochen hast. Du hast eine wunderbare Tochter. Sie braucht ihren Vater.«

Marco riss sich von Magalis Anblick los. »Ich habe schon verstanden, Violetta, wirklich. Ich halte mein Versprechen. Ich weiß, dass ich ein wunderbares Kind habe.«

Marco lächelte tatsächlich. Er strafte sie nicht mit Schweigen, wie er das vor nicht allzu langer Zeit noch getan hätte. Wenn sie wieder Ruhe hatte, würde sie darüber nachdenken, wie sie die Sache zwischen Magali, die nun fröhlich auf sie beide zukam, und ihm vorantreiben konnte. Willst du dich wirklich zur Kupplerin machen?, schalt sie sich im nächsten Augenblick. Dann musste sie lachen.

»Warum lachst du?«, fragte Marco.

»Ach, nichts«, entgegnete Violetta. »Ich bin einfach nur glücklich.«

# Viertes Kapitel

Vier Monate nach ihrer gemeinsamen Nacht mit Robert konnte Clarissa sich den Tatsachen nicht mehr verschließen: Sie erwartete ein Kind. Die ersten Anzeichen hatte sie noch ignoriert. Die Übelkeit, von der alle sprachen, hatte sie nicht sehr belastet. Einmal hatte sie sich schwach gefühlt und sich setzen müssen. Und ein paarmal hatte sie sich aus heiterem Himmel übergeben, das aber auf einen verdorbenen Magen geschoben und wieder vergessen. Das Frauenleiden, dessen Ausbleiben ja ein untrügliches Zeichen einer Schwangerschaft war, war bei ihr in letzter Zeit oft unregelmäßig gekommen, sodass sie sich keine Sorgen machte, als es wieder einmal für längere Zeit ausblieb. Erst an dem Tag, an dem sie einen federleichten Tritt verspürte, wurde ihr bewusst, dass sich ihr Bauch zu runden begann. Dieses eine wunderbar zärtliche Mal mit Robert, als alles um sie herum nach Tod geschmeckt hatte, hatte in ihr Leben entstehen lassen. Nach ihren Berechnungen würde das Kind im Dezember zur Welt kommen.

Clarissa seufzte. Ihre Entdeckung war nun bereits zwei Wochen her, und sie wusste immer noch nicht, wie sie es Robert sagen sollte. Anzusehen war es ihr wohl noch nicht. Sie beide gingen seit jener Nacht zwar vertrauter miteinander um, aber er war ihr nicht mehr so nahe gekommen. An ihren neuerdings rundlicheren rosigen Wangen schien Robert allerdings Gefallen zu finden.

Nun, er ist ein Mann, fuhr es Clarissa durch den Kopf, vielleicht ist das nicht weiter verwunderlich.

Sie seufzte erneut. Nach langem Nachdenken hatte sie entschieden, dass es heute so weit war. Wenn Robert aus dem Krankenhaus zurückkam, würde sie es ihm sagen. Sie würde damit aufhören, stillschweigend ihr Korsett zu schnüren, und ihn von den Veränderungen in Kenntnis setzen.

Schon geraume Zeit stand sie jetzt am Fenster, starrte auf die Straße hinunter und suchte nach den richtigen Worten. Sie mochte diesen Platz, mochte es, ungesehen beobachten zu können. Sie mochte die Flaneure dort unten, die Straßenmusikanten, Verkäufer, die spielenden Kinder, das Gewühl, das Stoßen und Schubsen, Lachen und Schimpfen, Singen und Tanzen, das Buenos Aires ausmachte. Wie eine riesige Wolke fiel jetzt die Dämmerung ein. Bald würden die Straßenlaternen angehen.

*Wie wird er reagieren?*

Clarissa war sehr aufgeregt. Leider hatte Robert bereits am Morgen angekündigt, dass es an diesem Abend wieder einmal später werden würde.

*Wie soll ich es ihm nur sagen?*

Sie musste sich jetzt auf andere Gedanken bringen. Clarissa zwang sich vom Fenster weg und ging hinüber in die Küche. Mechanisch bereitete sie einen Kartoffeleintopf vor, ein Essen, das sich leicht würde warm halten lassen.

Als sie fertig war, zeigte die Standuhr in der Ecke des Wohnzimmers bereits neun Uhr. Clarissa legte eine weiße Tischdecke auf, deckte für zwei Personen. Der Zeiger der Uhr schnarrte auf halb zehn, Robert war immer noch nicht zurück.

Eine Weile wartete Clarissa noch, dann gab sie sich etwas Eintopf auf ihren Teller, verspürte aber von einem Moment auf den anderen keinen Hunger mehr. Eine Weile saß sie reglos vor ihrem Essen, kurze Zeit später schüttete sie es zurück in den

Topf, wickelte diesen in Geschirrtücher und eine Decke ein und stellte ihn zum Warmhalten ins Bett.

Wieder trat sie ans Fenster. Inzwischen war es dunkel geworden, auch in vielen Wohnungen sah man kein Licht mehr, diejenigen, die früh aufstehen mussten, waren sicher schon schlafen gegangen. Clarissa löschte die Lampen, um die Straße besser sehen zu können. Menschen kamen von der Arbeit nach Hause, letzte Spaziergänger suchten sich ihren Weg, Kinder, die noch draußen spielten, wurden eindringlich von ihren Müttern ins Haus gerufen. Clarissa fragte sich, ob sie selbst eines Tages dort unten stehen und nach ihrem Kind rufen würde.

*Aber was wird Robert zu einem Kind sagen? Wir sind nicht verheiratet …*

Clarissa fühlte sich plötzlich müde. Sie setzte sich in einen der zwei Lehnsessel, die Hände im Schoß gefaltet. Schwanger, pochte es in ihr, ich bin schwanger, ich erwarte ein Kind …

Irgendwann ließ ein Geräusch an der Tür sie hochfahren. Offenbar war sie doch eingeschlafen. Ihr Körper fühlte sich steif an. Sie musste sich recken und strecken, um ihre Beweglichkeit zurückzugewinnen. Die Tür wurde geschlossen. Clarissa hörte ein Klacken, im Flur wurde es hell. Robert, das musste Robert sein. Es waren die ihr vertrauten Geräusche. Schritte folgten. Erneut klackte es. Clarissa blinzelte in die Helligkeit.

»Clarissa?«, war dann Roberts verwunderte Stimme zu hören. »Was machst du denn da? Ich habe doch gesagt, dass es später werden würde. Warum bist du nicht im Bett?«

»Ja, ich weiß, du hast es mir gesagt, ich …« Clarissa schob sich aus dem Sessel hoch. »Es ist Kartoffelsuppe da«, sagte sie dann, »möchtest du etwas essen?«

»Gern«, Robert setzte sich und schaute sie erwartungsvoll an. »Ich habe einen Bärenhunger.«

Clarissa holte den noch warmen Topf aus ihrem Bett und gab ihm auf. Mit Appetit begann er zu essen.

»Warum hast du auf mich gewartet?«, fragte er noch einmal. »Du musst doch todmüde sein.«

»Hm.«

Clarissa setzte sich Robert gegenüber, nahm sich jetzt doch auch eine Schöpfkelle voll Suppe. »Wie war es heute?«, fragte sie.

»Gut, ich …« Mit einem Mal war Vorsicht in seiner Stimme zu hören. »Stimmt etwas nicht? Du bist so anders.«

Einen Moment lang wartete er auf ihre Antwort, dann schob er seinen Stuhl zurück und stand auf. Vergebens suchte sie nach Worten.

»Clarissa?«

Mit ein paar Schritten war er um den Tisch herumgegangen. Sie schaute zu ihm auf, er beugte sich zu ihr hinunter und blickte forschend in ihr Gesicht.

»Was ist mit dir?«, fragte er besorgt.

»Ich …«

»Steh auf, bitte«, bat er leise.

»Wa… warum …?«, murmelte sie.

»Komm, steh auf.«

Seine Stimme war so sanft und so voller Liebe – wie hatte sie nur jemals zweifeln können! Sie konnte gar nichts anderes tun als das, worum er sie gebeten hatte. Im nächsten Augenblick nahm Robert sie behutsam in die Arme. Sie wehrte sich nicht. Sie hatten sich schon geliebt, näher konnten Menschen sich nicht kommen. Kurz flammte die Erinnerung an Javier auf, doch sie verblasste mehr und mehr. Sie würde ihn niemals ganz vergessen, doch er war nicht mehr Teil ihres Lebens, das war nun ein anderer.

Clarissa schluckte heftig.

»Und jetzt sag es mir«, flüsterte Robert zärtlich. »Sag mir, was dich bedrückt.«

Clarissa spürte die Tränen in ihren Augen zittern. »Ich«, flüsterte sie heiser, »ich erwarte ein Kind, Robert.«

Seine Hand, die eben noch ihren Nacken liebkost hatte, verharrte. Dann nahm er ihr Gesicht in seine Hände und sah sie an.

*Warum sagt er nichts?*

»Was ... was denkst du?«, fragte sie endlich und schloss die Augen. Ihr war, als wankte der Boden unter ihren Füßen.

»Clarissa«, hörte sie ihn.

Sie spürte, wie er sie erneut fest in die Arme schloss, und öffnete die Augen wieder. Zärtlich schob er sie ein wenig von sich weg, liebkoste sie mit Blicken. Clarissa war verwirrt.

»Robert?«

»Das ist wunderbar«, hörte sie ihn sagen.

»Wunderbar?«

»Ja, was denn sonst? Wunderbar.«

*Scherzte er? Wie meinte er das?*

Sie hatte Ängste ausgestanden bei dem Gedanken daran, wie er womöglich reagieren würde. Jetzt verstand sie, dass ihre Sorgen vergeblich gewesen waren, aber sie fühlte sich nicht erleichtert. Da war noch das große Geheimnis, das sie bisher vor ihm verborgen gehalten hatte. Es lastete wie ein Felsbrocken auf ihrem Gemüt.

Wieder schloss Robert sie in die Arme, und dann stellte er ihr eine Frage. »Clarissa, willst du meine Frau werden?«

Natürlich willigte Clarissa ein, aber die Gedanken, die kurz darauf durch ihren Kopf jagten, waren verwirrend. Konnte sie überhaupt eine neue Ehe eingehen? Übte sie nicht Verrat an Javier, der doch um ihretwillen gestorben war? Es war alles so verwirrend. Sie sehnte sich nach ihren Eltern, nach ihrer Mutter, die außer sich vor Freude wäre, wenn sie wüsste, dass ihre Tochter ein Kind erwartete. Doch sie war jetzt hier in Buenos Aires, immer noch auf der Flucht, aber die zukünftige Frau des Arztes Robert Metzler.

Clarissa Metzler ... Aber konnte sie glücklich werden mit einem anderen Mann? Konnte sie überhaupt je wieder glücklich werden? Und wo sollte sie die für eine Hochzeit notwendigen Papiere hernehmen?

In dieser Nacht gingen Robert und sie gemeinsam ins Bett, hielten einander in den Armen und liebten sich schließlich mit großer Zärtlichkeit. Als sie am nächsten Morgen – es war ein Sonntag – erwachten, fielen schon Sonnenstrahlen durchs Fenster. Clarissa blinzelte in die Helligkeit, schmiegte sich enger an Roberts warmen Körper, und er betrachtete sie liebevoll.

Als Clarissa aufstehen wollte, hieß Robert sie liegen bleiben. Er bereitete das Frühstück zu und brachte es ihr ans Bett. Clarissa verdrängte die erneut in ihr aufsteigenden Gewissensqualen.

»Wir können nicht heiraten«, sagte sie, »wie sollen wir das ohne Papiere zustande bringen?«

Doch Robert wusste Rat. »Wir lassen uns anglikanisch trauen. Ich kenne einen anglikanischen Geistlichen.« Er lächelte sie an.

»Anglikanisch?« Clarissa blickte unsicher drein. »Ist das dann auch richtig?«

Robert lachte. »Aber natürlich, was denkst du denn? Sie verlangen nur zwei Zeugen, nicht die üblichen Papiere und auch keine dreimalige Aufgebotsverkündung.«

Clarissa nickte nachdenklich. Sie wusste nicht viel von Religionen.

Robert gab sich jedoch übermütig wie ein kleiner Junge, was die Planung ihrer gemeinsamen Zukunft anging. »Weißt du, wie oft ich schon darüber nachgedacht habe, dich zu fragen?«, sagte er. »Und wie oft ich mich nicht getraut habe? Ich bin so glücklich.«

Clarissa gab keine Antwort. Sie wusste, dass nun die Zeit gekommen war, ihm zu erzählen, was ihr widerfahren war. Dass sie so lange gewartet hatte, machte die Sache nicht einfacher. Jetzt durfte sie nicht länger schweigen, doch wo und wie sollte sie anfangen?

Die gemeinsamen Abende veränderten sich. Manchmal erschien es Clarissa, als wären sie schon verheiratet, eine kleine Familie eben. Sie gingen jetzt öfter gemeinsam spazieren.

An einem dieser Abende schließlich – sie waren gerade von einem Ausflug auf die Plaza de la Victoria zurückgekehrt – schmiegte Clarissa sich fester an Robert. Es war beruhigend, ihn zu spüren. Sie mochte es, wie er sich anfühlte. Sie mochte seinen Geruch und den widerspenstigen Wirbel, den sein Haar über der Stirn bildete.

»Ich bin Witwe«, sagte sie unvermittelt.

»Ich weiß.« Robert streichelte ihre Wange. »Aber ich liebe dich, Clarissa, ich fühle mich dir nah. Ich vertraue dir. Das ist das Einzige, was zählt.«

Clarissa schüttelte den Kopf. »Ich habe lange genug gewartet.« Sie lächelte traurig.

Und dann begann Clarissa zu erzählen. Sie sprach von der Liebe zu Javier und der Heirat gegen den Willen seines Vaters Don Jorge. Sie sprach von dem Jahr als Javiers Ehefrau, vom Ausflug an die Wasserfälle von Iguazú und von den schrecklichen Dingen, die dort vorgefallen waren.

Robert hörte ihr schweigend zu. Als sie geendet hatte, nahm er sie in den Arm und hielt sie fest umschlungen. »Warum«, fragte er dann, »warum hast du dich mir nicht früher anvertraut?« Es lag kein Vorwurf in seiner Stimme, nur unendlich viel Zuneigung.

Clarissa löste sich erst nach einer Weile von ihm. »Weil ich mich so schrecklich schuldig gefühlt habe, verstehst du?«, flüsterte sie dann. »Und ich frage mich immer noch, ob mich meine Schuld nicht irgendwann einholen wird.«

»Deine Schuld?«

Robert drückte den Mund auf Clarissas weiches, wie immer duftendes Haar, spürte, wie sie den Kopf gegen seine Brust lehnte.

»Ja, denn wäre Javier überhaupt ermordet worden, wenn er mich nicht geheiratet hätte? Und meine Eltern? Was ist mit ihnen? Leben sie noch, und wie kann ich das in Erfahrung bringen? Hat Don Jorge sich vielleicht an ihnen gerächt? Verstehst du, niemand hätte leiden müssen, wenn ich mich nicht über alle Regeln hinweggesetzt hätte.«

Sie brach ab. Wahrscheinlich, dachte sie, hätte Javier dann jetzt eine große Familie, eine schöne Frau und Kinder. Auf den Gesellschaften würde er natürlich weiterhin die Herzen der Frauen brechen, die sich nunmehr aber keine Gedanken darum machen mussten, warum er Clarissa, das Aschenputtel, gewählt hatte und nicht eine von ihnen, die sie doch zu den schönsten Blumen der Gesellschaft gehörten.

Clarissa schluckte. Ihre Stimme klang brüchig, als sie weitersprach. »Weißt du, wenn ich mich nicht über diese Regeln hinweggesetzt hätte, dann wäre alles so geblieben, wie es hätte sein sollen. Ich habe Javiers Leben zerstört und wahrscheinlich auch das meiner Eltern.«

»Ich verstehe, ich verstehe dich ja. Ich bin jetzt bei dir. Alles wird gut.«

Robert streichelte sanft über ihre Hand, fühlte, wie sie sich sogleich etwas entspannte. Aber würde wirklich alles gut? Clarissa hatte Schreckliches erlebt, und er war froh, dass er endlich die ganze Geschichte kannte. Er zweifelte in keiner Weise daran, dass sie ihm die Wahrheit gesagt hatte. Wie furchtbar musste es sein, einen geliebten Menschen vor seinen eigenen Augen sterben zu sehen. Noch schlimmer erschien es ihm, dass seine geliebte Clarissa dies hatte erleben müssen. Am liebsten hätte er sie vor allem geschützt. Endlich verstand er, warum sie sich zu Anfang oft so seltsam verhalten hatte. Was für Ängste hatte sie ausstehen müssen, und hatte sich doch niemandem anvertrauen wollen. Und dann die Furcht um ihre Eltern. Es musste die Hölle gewesen sein.

Und diese Hölle, so ahnte er jetzt, hatte noch kein Ende.

# Fünftes Kapitel

Zum Jahreswechsel kündigten Leonora und Felipe ihren ersten Besuch an. Nach über zwei Jahren waren zum ersten Mal wieder alle Meyer-Weinbrenners versammelt. Das Haus in Belgrano war plötzlich wieder voller Leben. Wo Stille gewesen war, herrschte Trubel, waren Lachen und Stimmen und Musik vom Grammofon zu hören. Man saß zusammen im Garten und redete und redete und redete, oder man machte Ausflüge, flanierte durch die sich stetig verändernde Stadt – ganze Häuserblocks verschwanden scheinbar von einem Monat auf den anderen, an ihre Stelle traten mit Blumen und Palmen bepflanzte Plätze – und schwatzte dann weiter bis spät in die Nacht hinein. Natürlich wurde auch gut gegessen und manchmal bis spät in die Nacht hinein gesungen und getanzt. Lenchen schloss ihr Geschäft für einige Tage und fragte ihre Nichte über die neueste Mode von Paris aus, und auch Julius und Anna überließen für die Zeit des Besuchs ihrer Jüngsten die Hauptarbeit den Angestellten. Ein Gutteil blieb liegen bis nach der Abreise der Roldáns, doch das kümmerte niemanden. Anna wusste, dass sie sich auf Mina und Frank Blum, die nun seit über zehn Jahren für das Fuhrunternehmen arbeiteten, verlassen konnte. Anna seufzte. Das Glück der beiden zu sehen, berührte sie immer noch. Niemand, der sie kannte, konnte sich vorstellen, dass Mina und Frank einmal durch widrige Umstände getrennt worden waren und beinahe nicht wieder zueinander gefunden hätten.

Aurora hatte der Ankunft ihrer Tante besonders entgegengefiebert und im Krankenhaus sogar einige Urlaubstage beantragt, die ihr freundlicherweise genehmigt worden waren. Leonora war eine Nachzüglerin gewesen und nur sechs Jahre älter als sie selbst, so hatten sie sich in ihrer gemeinsamen Zeit in Buenos Aires stets viel zu erzählen gehabt. Wenn Aurora je eine Freundin gehabt hatte, dann war es Leonora gewesen. Doch nun wohnte die Tante in Paris, wo sie und ihr Mann Felipe inzwischen eine gut gehende Tanzschule leiteten, sodass Aurora von der engen Freundschaft nur die regelmäßigen Briefe geblieben waren. Insgeheim hatte Aurora, wenn auch mit schlechtem Gewissen, darauf gehofft, die Erfolglosigkeit würde die Roldáns zurück nach Buenos Aires treiben, aber es war anders gekommen. Es schien, als hätte Paris nur auf Felipe und Leonora gewartet.

»Es ist unglaublich, aber die Leute reißen sich um uns«, hatte Leonora gesagt, als sie und ihre Tante zum ersten Mal in Ruhe zusammensaßen, was Aurora sehr genoss. »Dabei gilt der Tango hier als anstößig, ein Tanz aus der Gosse eben.« Leonora ließ jenes dunkle, kehlige Lachen hören, das sie sich in der Fremde angewöhnt hatte. »Und weißt du, wie es letztendlich laufen wird, Aurora? Die Pariser werden ihre Liebe für den Tango irgendwann nach Buenos Aires zurücktragen, und dann dürfen wir ihn auch hier bei uns tanzen, ohne schief angesehen zu werden. Darauf freue ich mich schon.« Sie lachte wieder.

Die beiden jungen Frauen verabredeten sich schließlich kichernd zu einem Ausflug in die *arrabales,* die verruchten Vorstädte von Buenos Aires.

Aurora zupfte ein Fransentuch zurecht, das sie gerade bestickte. Sie handarbeitete gern, obwohl die meisten sie zu ungeduldig dafür hielten. Für Aurora aber hatte es etwas Beruhigendes, sorgsam Stich neben Stich zu setzen und daraus langsam ein Bild entstehen zu lassen. Ihre Nähte waren stets makellos, ihre Stickereien so gut, dass Großtante Lenchen sogar sagte, man könne sie in einem Laden verkaufen. An diesem Tag allerdings konnte sie sich einfach nicht konzentrieren. Es war zu aufregend, mit der Tante zu reden, zudem brannte ihr eine Frage unter den Nägeln, die sie am liebsten Leonora stellen wollte.

»Leonora?«, fragte Aurora endlich, »wie ist das eigentlich, wenn man wirklich verliebt ist?«

Leonora sah ihre Nichte verblüfft an. Dann schweifte ihr Blick kurz zu ihrem Mann, der mit ihrem Vater Julius hinten im Patio stand. Die beiden unterhielten sich. Auch nach der Heirat noch und nachdem sie schwierigste Zeiten hatten meistern müssen, trug Felipe sie auf Händen. Dabei war er ein gut aussehender Mann, der, wie man so schön sagte, an jedem Finger drei Frauen hätte haben können. Sein dunkles Haar trug er zurückgekämmt. Bis auf einen schmalen Schnurrbart, den er hegte und pflegte, war er glatt rasiert. Er war schlank und bewegte sich mit der natürlichen Leichtigkeit eines Tänzers. Felipe war um einiges größer als Leonora, und sie genoss es, sich an ihn zu schmiegen. Sie wusste, dass er schon Angebote von seinen Tanzschülerinnen erhalten hatte, aber er blieb ihr treu. Noch dazu – und das freute Leonora besonders – war er nicht auf den Kopf gefallen. Man konnte wunderbar mit ihm streiten oder diskutieren. Sie liebte beides. Er war eine Hälfte von ihr, ohne die sie nie wieder vollkommen sein würde. Jetzt bemerkte er offenbar, dass Leonora ihn ansah, denn er blickte zu den beiden Frauen herüber und schenkte ihnen ein großzügiges Lachen, das seine Zähne blitzen ließ.

»Nun, wie das ist, wenn man verliebt ist?«, wiederholte Leonora dann nachdenklich Auroras Frage. »Hm, ich würde sagen, man denkt ständig an den anderen. Man möchte immer bei ihm sein … Anfänglich, bevor man weiß, dass man wirklich geliebt wird, fühlt man sich zuweilen von Kleinigkeiten verletzt oder verunsichert. Es gibt harmlose Dinge, die einen eifersüchtig machen. Manchmal ist man vielleicht sogar etwas unzuverlässig in seinen Launen.« Sie lachte kurz auf. »So war das jedenfalls mit Felipe und mir. Meine Güte, war ich manchmal eifersüchtig.« Leonora schüttelte den Kopf.

Aurora nickte. Sie erinnerte sich noch vage an die Ausbrüche ihrer Tante, an Tränen, die geflossen waren – sie hatte andere Frauen heißblütig verdächtigt. Damals hatten sie alle gemerkt, dass in der ernsten Leonora ein Temperament steckte, von dem niemand etwas geahnt hatte – ebenso wenig wie von Leonoras Liebe zu diesem Tanz. In der guten Gesellschaft hatte es Gerede gegeben. Gerade von Leonora hatte man so etwas nicht erwartet. Aurora erinnerte sich auch, dass nur Lenchen Verständnis gezeigt hatte und dass es besonders für ihre Großmutter Anna schwierig gewesen war. Sie musste einsehen, dass auch die zweite Tochter ablehnte, das Fuhrgeschäft zu übernehmen, um – hatte man Worte – ihr Leben dem Tanz zu widmen.

Aurora zögerte einen Augenblick, dann legte sie ihr Stickzeug zur Seite, beugte sich in ihrem Korbsessel vor und umfasste die Knie mit den Händen. »Und bei Männern ist das genauso?«, fragte sie. Leonora beobachtete nun wieder Felipe und Julius, die sich eben anschickten, in den hinteren Patio zu wechseln, um von dort aus vielleicht in den Garten zu gehen. Die beiden Männer hatten sich von Anfang an gut verstanden. Ohne hinzusehen angelte Leonora sich ihr Glas Limonade vom Tisch und trank einen Schluck.

»Das nehme ich stark an«, antwortete sie und warf ihrem Mann eine Kusshand zu, als der sich im Durchgang nochmals zu ihr umwandte. Dann schaute sie Aurora nachdenklich an. »Ich kann Felipe natürlich fragen«, schlug sie vor und zwinkerte ihrer Nichte zu.

»Ach nein, das wäre zu peinlich.« Aurora spürte, wie sie errötete.

»Warum dann deine Frage?« Leonora trank ihre Limonade aus, stellte das Glas ab und schaute Aurora prüfend an. »Also, was ist wirklich los, Süße? Komm, erzähl! Hast du etwa jemanden kennengelernt?«

Aurora zögerte einen Moment, dann erzählte sie von Raúl. Sie hatte noch mit niemandem über ihn gesprochen und fühlte sich unendlich erleichtert. Sie sprach von seiner Zärtlichkeit, seiner Aufmerksamkeit – und davon, wie er über Wochen hinweg, manchmal sogar für Monate verschwand. Sie erzählte davon, wie er sie immer wieder zurückstieß und sie doch spüren ließ, dass er sie liebte.

»Jetzt verstehe ich«, sagte Leonora, nachdem sie aufmerksam zugehört hatte.

Sie beugte sich vor und nahm ihre kleine Handtasche vom Tisch, um ihr Zigarettenetui herauszunehmen. In den mondänen Pariser Kreisen hatte sie mit dem Rauchen begonnen. Sie ließ den silbernen Verschluss aufschnappen, nahm eine Zigarette heraus und klopfte sie mit gezielten Bewegungen auf, bevor sie sie anzündete und wenig später Rauchkringel in die Luft blies.

»Er ist also mal zuvorkommend und mal garstig zu dir?«, fragte sie dann.

Aurora nickte. Ja, so genau hatte sie das noch nicht benannt, aber so war es, und das verunsicherte sie. Sie konnte nie wissen, woran sie bei Raúl war. Häufig verkrampfte sie sich schon, bevor sie aufeinandertrafen. Dabei konnte sie es stets gar nicht erwarten, ihn wiederzusehen.

Ihre Stimme zitterte, als sie weitersprach. »Ich weiß auch nicht, ich …«

Leonora sah sie fest an. »Und du liebst ihn?«

»Was?« Aurora riss die Augen auf. »Ja, ja, natürlich.«

Sie liebte Raúl. Daran gab es jetzt, nachdem die Tante erklärt hatte, welche Art von Gefühlen das Verliebtsein begleitete, gewiss keinen Zweifel mehr. Sie liebte ihn, seit sie einander zum ersten Mal begegnet waren. Aurora sah, wie Leonora einen tiefen Zug von ihrer Zigarette nahm, und dachte daran, dass auch dies die gute Gesellschaft entsetzte. Großmutter Anna hatte kürzlich erst gesagt, dass Kinder und Enkel offenbar gleichermaßen entschieden hatten, ihr das Leben niemals leicht zu machen.

»Beruhige dich. Es war ja nur eine Frage.« Leonora zwinkerte ihrer Nichte erneut zu. »Ich muss doch wissen, ob sich mein Einsatz lohnt oder ob du ihn auf kurz oder lang ohnehin ziehen lässt, weil er dir zu langweilig wird.«

»Zu langweilig? Das wird bestimmt nie geschehen«, platzte Aurora heraus. Dann fügte sie ahnungsvoll hinzu: »Hat dich Felipe denn nie so behandelt?«

»Nein!« Leonora schnippte die Asche von ihrer Zigarette in den Aschenbecher. »Da hätte ich ihm aber was erzählt. Ich habe ihm einiges vorgeworfen, mal zu Recht, mal zu Unrecht, aber so etwas hat er gewiss nie getan.«

Aurora senkte den Kopf und löste ihr Haar, das sie zu einem Zopf geflochten hatte. Irgendwie beruhigten sie die Bewegungen. Als sie noch jünger gewesen war, hatte sie manchmal auf ihren Zöpfen herumgekaut, doch das hatte sie sich abgewöhnt.

»Du hast so schönes Haar«, fuhr Leonora in ihre Gedanken. »Du bist solch ein hübsches Ding. Du musst dir das nicht bieten lassen, weißt du.«

Aurora schaute ihre Tante zweifelnd an. Hübsch, meinte sie das ernst? Natürlich sah Aurora manchmal in den Spiegel, aber sie konnte beim besten Willen nicht sagen, ob ihr das, was sie dort sah, gefiel oder nicht …

»Ich dachte, Männer wären eben so«, antwortete sie dann.

Leonora lachte. »Nein, es gibt Männer, die *so* sind. Aber es gibt auch andere. Wir müssen uns nicht gefallen lassen, dass sie launisch sind und uns schlecht behandeln.«

»Nein?«

Hatte ihre Tante Raúl gerade launisch genannt? Darüber hätte sie jetzt beinahe gelacht, aber sie war doch zu angespannt.

»Nein, wehr dich, Süße. Wenn er dich liebt, wird er um dich kämpfen.«

Aurora schauderte. »Und wenn nicht?«

Was, wenn ich ihn damit verliere, hämmerte es in ihrem Kopf. Das konnte und wollte sie sich nicht vorstellen. Es machte ihr Angst.

Doch Leonora sah das offenbar anders. »Dann ist er es nicht wert, und die Sache wäre ohnehin über kurz oder lang wieder perdu. Du findest hundert bessere, wenn er nicht der Richtige ist.«

Aurora schwieg. Sie bezweifelte das. Mit einem Mal fühlte sie so etwas wie Enttäuschung. Eine solche Antwort hatte sie nicht erwartet. Irgendwie hatte sie an eine einfachere Lösung gedacht, aber es würde wohl nicht einfacher werden. Sie seufzte.

Leonora drückte ihre Zigarette im Aschenbecher aus und beugte sich mit leuchtenden Augen vor. »Also, wie ich schon sagte, lass ihn erst einmal zappeln! Das ist er nicht gewöhnt. Du gehörst zu den Frauen der Meyer-Weinbrenners, Aurora. Vergiss das nicht. Wir waren immer eigenständig. Zeig ihm, dass du ihn nicht brauchst, und er wird sein Verhalten ändern.«

»Ich soll was?« Aurora war fassungslos.

»Ihn zappeln lassen. Genau. Das wird ihn zur Räson bringen.« Leonora lehnte sich in ihrem Sessel zurück. »Hast du kein anderes Steckenpferd? Keine Träume oder Ziele? Ich hoffe doch nicht, du sitzt abends nur zu Hause, beschäftigst dich mit deinen Stickereien und verzehrst dich nach ihm.«

Aurora spürte, wie sie erblasste. Sie schwankte zwischen dem Entschluss, einfach aufzustehen und in ihrem Zimmer in ihre Kissen zu schluchzen und der Tante Antwort zu geben. Dann entschied sie sich, aufs Ganze zu gehen. Wenn Leonora sie nicht ernst nahm, wer sollte es dann tun? Sie konnte ihr also auch noch von ihrem großen Ziel berichten, das sie seit so langer Zeit nun schon quälte.

»Nein. Du kennst meinen Traum. Ich will Ärztin werden.«

»Immer noch? Aber das ist wunderbar. Das hört sich doch nach uns an. Ich begleite schon deine Ausbildung zur Krankenschwester mit großem Interesse.«

»Wie meinst du das, das hört sich nach uns an?« Aurora runzelte misstrauisch die Stirn.

»Ich meine, dass die Frauen in unserer Familie immer scheinbar unerreichbare Ziele verfolgen. Das bringt die Nerven unserer Eltern zum Klingen. Dein Wunsch, Ärztin zu werden, hört sich doch sehr danach an. Und deinen Raúl bringen wir auch noch zur Vernunft. Was hältst du von einem gemeinsamen Abend? Wir zwei und die beiden Männer? Raúl hat bestimmt nichts dagegen. Ich bin mir nämlich ziemlich sicher, dass er dich liebt. Wie sollte es auch anders sein, so hübsch, wie du bist.«

»Meine Güte, Aurora!« Lenchen lachte warm, als sie ihre Großnichte in die Arme schloss. »Du bist wirklich eine richtige Frau geworden!« Sie nahm nun auch Leonora in den Arm. »Ich wollte dir schon beim Begrüßungsfest deiner Tante sagen, dass du mir ganz verändert vorkommst, Aurora.« Lenchen hob gespielt anklagend den Zeigefinger. »Aber hier bei mir im Atelier hast du dich lange nicht blicken lassen!«

Aurora senkte den Kopf. Lenchen hatte Recht, sie war tatsächlich in letzter Zeit weniger häufig da gewesen, es gab einfach so viel zu tun im Krankenhaus, ihre freie Zeit war knapp bemessen. Dabei war Lenchen eine so gute Gesprächspartnerin gewesen, als sie erste Veränderungen an ihrem Körper wahrgenommen und so viele Fragen gehabt hatte, als sie vom Kind zur Frau geworden war.

Lenchen verschwand jetzt in einem Nebenzimmer und kam dann mit einem blaugrünen Taftkleid mit kleinen bestickten Volants aus Chiffon am Rocksaum zurück. Eine Reihe geometrischer Stickereien schmückten auch den Halsausschnitt. Das Oberteil war hochgeschlossen, die Ärmel ebenfalls aus Chiffon. Aurora war begeistert.

Leonora ging es ebenso. »Aurora, das ist wunderschön«, rief sie aus. »Lenchen, du hast dich wieder einmal selbst übertroffen! Aber wie hast du das nur so schnell hinbekommen?« Sie schüttelte fassungslos den Kopf.

Lenchen lachte wieder. »Meine Helferinnen und ich haben eben die ganze Nacht hindurch genäht.«

Leonora riss die Augen auf.

»Ich hatte das Kleid für Auroras Geburtstag geplant, aber nachdem du, Leonora, mir so eindringlich klargemacht hast, dass Aurora *jetzt* ein Kleid benötigt, da habe ich …«

Sie kam nicht dazu weiterzusprechen. Mit einem »Danke,

liebste Tante!«, warf Aurora sich ihrer Großtante in die Arme und wollte sie gar nicht mehr loslassen.

»Aber, aber«, murmelte die, »du weißt doch, dass ich immer für dich da bin.«

Für einen Moment hielten sich die beiden umfangen. Aurora dachte an den Tag, als sie Lenchen erstmals in ihrem Atelier hatte besuchen dürfen. Ihre Mutter hatte ihr gesagt, dass sich Großmamas Schwester nur für ihre Arbeit und für nichts sonst interessiere, vor allem nicht für Kinder, doch Aurora hatte sie anders kennengelernt. Ja, Tante Lenchen liebte ihre Arbeit und ja, sie war vielleicht etwas unbeholfener mit ihrer Großnichte umgegangen, aber das hatte sich schnell gelegt. Sehr bald hatte Aurora verstanden, dass Lenchen eben nur eine sehr selbstständige Frau war, die niemals geheiratet hatte, aber das hieß nicht, dass sie sich nicht für Beziehungen oder andere Menschen interessierte. Die Tante hatte stets viel Kluges zum allgemeinen Miteinander zu sagen.

»Komm«, sagte Lenchen jetzt, »ich denke, das Kleid wird gut passen, aber kleinere Änderungen müssen wir vielleicht doch noch vornehmen.«

Leonora klatschte in die Hände vor Begeisterung, als Aurora das Kleid anprobierte. »Meine Güte, diese Farbe ist ja wie für dich gemacht!«

Auch Aurora bewunderte sich zufrieden in dem großen Atelierspiegel. Lenchen und eine Helferin begutachteten mit ernsten und aufmerksamen Blicken, welche Änderungsarbeiten noch vorgenommen werden mussten. Es waren tatsächlich nur noch Kleinigkeiten – einem gemeinsamen Abend mit Felipe, Leonora, Raúl und ihr stand also nichts mehr im Wege.

Tatsächlich gelang es Leonora, einen Besuch in einer Tanzbar zu arrangieren – laut Aurora hatte es nicht sehr lange gedauert, Raúl zum Mitkommen zu überreden. Leonora befand, dass der Bursche tatsächlich recht gut aussah. Auch sein Benehmen schien untadelig. Er begrüßte Leonora und Felipe recht höflich, blieb aber reserviert. Sein blondes Haar musste kurz zuvor geschnitten worden sein, denn Aurora hatte es noch als halblang beschrieben, offenbar hatte er sich also auf das Treffen vorbereitet. Am auffallendsten an Raúl waren in jedem Fall seine unergründlichen dunkelgrauen Augen, sie offenbarten dem Betrachter nichts.

Wer nichts offenbaren will, hat wohl auch etwas zu verbergen, fuhr es Leonora durch den Kopf.

Sie hatten Raúl mit dem Wagen an der Plaza de la Victoria abgeholt, waren dann ein Stück gemeinsam gefahren und schließlich den Rest des Weges gelaufen. Dort, wo sie hinwollten, hatte ein feiner Wagen wie der ihre nichts zu suchen. Leonora lächelte in sich hinein, als Felipe während des Spaziergangs schützend einen Arm um sie legte und sie dann sah, dass auch Raúl und Aurora Arm in Arm gingen. Felipe hatte eine kleine Bar ausgesucht, in der Gegend gelegen, in der er selbst aufgewachsen war. Als sehr junger Mann hatte er dort seine Tanzkunst verbessert, an diesem Abend wollte er sich neue Anregungen holen.

Als sie das Lokal betraten, eine kleine Tanzbar mit einfacher Bestuhlung, deren Holzfußboden mit den Bewegungen der Tänzer knarrte, sorgte Leonora dafür, dass sie den Platz neben Raúl ergatterte. Es entging ihr nicht, dass Raúl sie besonders zuvorkommend behandelte, als wollte er sichergehen, keinen schlechten Eindruck zu hinterlassen.

Felipe und Leonora hatten am Vorabend miteinander abgesprochen, dass Felipe als Erstes Aurora auf die Tanzfläche führen würde. Er war sofort von Leonoras Vorschlag eingenommen gewesen. Er mochte seine Nichte und war entschlossen, ihr zu helfen. Leonora hatte dem jungen Mädchen beim Ankleiden geholfen, sie hatte ihr auch die Haare frisiert. Ein schwerer, kunstvoll gewundener Haarknoten schmückte Auroras Nacken.

Sie sieht wirklich hübsch aus in ihrem neuen Kleid, fuhr es Leonora durch den Kopf, während sie eine Bedienung herbeiwinkte und etwas zu trinken für Raúl und sich bestellte. Wenig später starrte Raúl unwillig das Glas giftgrünen Absinth an, das Leonora ungefragt für ihn geordert hatte. Aurora hatte schon erwähnt, dass Raúl alkoholische Getränke mied. Doch Leonora hatte beschlossen, es ihm nicht so leicht zu machen. Er konnte das Glas nicht ablehnen, wenn er ihr gefallen wollte, was sie vermutete. Zufrieden nippte Leonora an ihrem eigenen Getränk. Sie selbst hatte den Wermut in Paris schätzen gelernt. Nach zwei Gläsern spätestens, so sagte man, verändere sich die Welt.

»Meine Nichte hat mir so viel von Ihnen erzählt«, begann sie das Gespräch in fröhlichem Plauderton. Raúl blickte sie misstrauisch an. Himmel, dachte Leonora unwillkürlich, kann der düster schauen. Was fand Aurora nur an ihm, und warum reagierte er gleich so skeptisch? Glaubte er, Aurora erzählte zu Hause gar nichts von ihm? Hatte er sie vielleicht sogar dazu gedrängt? Nun, dann verbarg er offenbar etwas vor ihnen allen.

»Hat sie das?«, fragte er vorsichtig, nachdem er sich gefangen zu haben schien, und lächelte Leonora an. Tatsächlich nahm er nun auch einen Schluck von der grünen Fee, wie man in Paris sagte.

Leonora entging Raúls Versuch, neutral zu klingen, nicht. Zu deutlich war die Anspannung in seiner Stimme. Seine grauen Augen ließen sie auch nicht los, als legte er es darauf an, sich keine Regung auf Leonoras Gesicht entgehen zu lassen.

Die ließ sich nicht einschüchtern. Ich habe die Oberhand, dachte sie, und hätte beinahe genüsslich gelächelt. Am liebsten würdest du jetzt selbst Fragen stellen, aber das traust du dich entweder nicht, oder du kannst es dir aus irgendeinem Grund nicht leisten. Ha, du wüsstest so gern, was sie von dir erzählt hat, nicht wahr? Leonora war höchst zufrieden.

»Na, hören Sie mal, Sie dachten doch nicht, dass Aurora ihrer Lieblingstante nichts von ihrem Liebsten sagt, oder?« Nachdenklich betrachtete sie ihn.

Raúl wich ihr aus, schloss den schon geöffneten Mund wieder, verschränkte die Arme vor der Brust und gab vor, sich auf die Tänzer zu konzentrieren. Leonora folgte seinem Blick. Aurora, das musste sie in jedem Fall feststellen, war ein Naturtalent. Felipe genoss es offensichtlich sehr, mit seiner Nichte zu tanzen. Gerade schickte er den beiden Sitzenden einen stummen Gruß von der Tanzfläche.

Als Dreizehnjährige war Leonora erstmals Zeugin eines Tangotanzes geworden. Sie hatte sich sofort in diese Bewegungen verliebt. Dabei habe ich zuerst gar nichts verstanden, dachte sie. Ich wusste ja nichts vom Leben in den Vorstädten, ich wusste nichts von den Menschen hier. Ein Mädchen aus gutem Haus, wie ich es war, konnte die bittere Enttäuschung ja nicht verstehen, die in den Liedern mitschwang, ebenso wenig, wie es etwas mit dem Klang der Einsamkeit und mit der Sehnsucht nach verlorener Heimat anfangen konnte oder mit dem Rhythmus, in dem sich rohe Gewalt zur Schönheit hinzugesellte. Der Tango, das war die Musik der Entwurzelten, mit ihm wurden Empörung und Anklage ausgedrückt, Liebe, Hass und Trauer. Lange Zeit war sie ein liebes Mädchen gewesen, etwas altklug und ihrem Alter weit voraus, aber eines, das seinen Eltern, anders als die ältere Schwester Marlena, nie Ärger gemacht hatte. Sie habe schon immer gewusst, dass es nicht dabei bleibe, hatte ihre Mutter ihr einmal gesagt, als Leonora sie gefragt hatte, wie sie es denn gelernt habe, mit ihren eigensinnigen Töchtern auszukommen.

Ach, der Tango ... Die Musik hatte sie immer schon im Herzen berührt. Verstanden hatte Leonora den Tanz allerdings erst, als sie Felipe kennengelernt hatte. Eben improvisierten die drei Musiker wie in den Anfängen des Tango, bevor das Bandoneon dazugekommen war, mit Geige, Flöte und Harfe. Klänge unterschiedlichster Herkunft mischten sich miteinander: die *milonga* der Gaucho-Mestizen, der afrikanische *candomblé* der ehemaligen Sklaven, Volkslieder aus Süditalien, der andalusische *cante jondo* und die afrokubanische *habanera*.

Felipe hatte ihr damals die letzten Geheimnisse dieser Welt erschlossen. Er hatte sie mit Rosendo Mendizábal bekannt gemacht, dem Komponisten des ersten als Tango bezeichneten Musikstücks. Sowohl für Felipe als auch für Leonora war es Liebe auf den ersten Blick gewesen. Die Liebe zum Tango verband sich mit der Liebe zueinander. Sie, die aus unterschiedlichen Welten stammten, hatten zuerst über das Tanzen miteinander kommuniziert.

Wieder schweifte ihr Blick zu den Pärchen, die sich in traumhaften melancholischen Bewegungen über den Tanzboden bewegten. Jede Geste drückte Sehnsucht aus, den unbedingten Willen und die gleichzeitige Unmöglichkeit, einander nahezukommen. Leonora nippte erneut an ihrem Absinth. Dann musterte sie Raúl Herrera eindringlich. Irgendetwas an dem jungen Mann kam ihr seltsam vor, irgendetwas war da, was sie nicht fassen konnte. Sie versuchte, ihren Eindruck zu präzisieren, doch im nächsten Moment kamen Felipe und Aurora zurück an den Tisch.

»Himmel, ich glaube, ich habe mich niemals zuvor so verrucht gefühlt.« Aurora lachte. »Schade, dass wir solche Abende nicht öfter genießen können, bestimmt nicht mehr, wenn ihr wieder in Paris seid. Großmutter und Mama halten leider nicht viel vom Tanzen.«

Leonora runzelte die Stirn. »Das war mal anders. Meine Schwester war eine gute Tänzerin.«

»Wirklich?« Aurora sah ihre Tante sprachlos an.

»Wirklich«, gab die zurück. »Frag sie mal.«

Auch Raúl gab sich jetzt aufgeräumter. Die Gelegenheit, ihn auszufragen, war vorüber. Sie musste andere Wege finden, mehr über ihn in Erfahrung zu bringen.

Aurora schmiegte sich an Raúls Arm. Sie war glücklich. Leonora, Felipe, Raúl und sie waren tatsächlich gemeinsam in den *arrabales* unterwegs gewesen, so wie sie es schon lange mit Raúl vorgehabt hatte. Sie kannte jetzt seine Welt, das musste er ihr zubilligen. Sie hatten gegessen und getrunken, ein wenig geredet, noch viel mehr getanzt. Sie war sich furchtbar unanständig vorgekommen. Aber sie war kein kleines Mädchen mehr, sie war eine Frau. Felipe hatte sie sogar ein tänzerisches Naturtalent genannt. Und ... was auch immer Leonora getan hatte, Raúl bemühte sich um sie.

»Gehen wir bald noch einmal tanzen?«, gurrte sie eben, die Lippen an seine Wange gelegt. Sie liebte es, ihn so zu berühren. Wirklich, sie war fest davon überzeugt, dass sie in den letzten Wochen erwachsen geworden war. »Allein natürlich, nur wir beide?«

Raúl schwieg, ließ aber die Finger über ihr Rückgrat streifen, was ein wohliges Kribbeln hervorrief. Sie hatte gar nicht gemerkt, dass sie die Augen geschlossen hatte, als Raúl plötzlich zu reden begann.

»Ich gehe bald wieder fort.«

»Fort?«, murmelte Aurora, immer noch in ihren angenehmen Gedanken gefangen. »Was?«, fuhr sie dann auf, als sie den Sinn seiner Worte erfasste, und setzte sich so heftig aufrecht, dass sie Raúl unsanft zur Seite stieß.

Sie hatten sich dieses Mal im Parque Tres de Febrero getroffen, im Schatten eines Jacarandas, von etwaigen Tugendwächtern unbeobachtet. Es war ein so schöner, so wunderbarer Sommertag.

Bis jetzt.

»Habe ich dir das nicht kürzlich schon gesagt?« Raúl schaute sie prüfend, aber keinesfalls betreten an.

»Nein, hast du nicht.«

Aurora schüttelte heftig den Kopf. Sie spürte, wie ihr abwechselnd heiß und kalt wurde. Das konnte er doch nicht schon wieder tun! Das war doch unmöglich. Er konnte sie nicht schon wieder verlassen, nicht jetzt, wo sie einander endlich richtig nahegekommen waren. Für einen Moment war der Wunsch, Raúl anzuschreien, übermächtig. Doch sie beherrschte sich. Sie war kein Kind mehr.

»Wohin gehst du?«, fragte sie stattdessen mit einer Stimme, die rau, fast tonlos klang. »Ich dachte, du liebst mich.«

Raúl rückte etwas von ihr ab und schaute sie kopfschüttelnd an. »Was hat denn das mit Liebe zu tun?«, entgegnete er in jenem schroffen Tonfall, der sie eigentlich sehr verlässlich erschreckte. An diesem Tag war das nicht so. Er schien das innerhalb von Bruchteilen zu bemerken. »Ich muss auch leben«, fuhr er schärfer fort, »Geld verdienen. Ich muss jede Gelegenheit beim Schopf ergreifen, ich habe keine Familie, die …«

Aurora hob die Hand, um Raúl zum Schweigen zu bringen. Immer die Eltern. Was wollte er ihr denn vorwerfen? Dass sie Eltern hatte, denen sie wichtig war? Sie fragte sich, ob er sie mehr lieben würde, wenn sie sich von ihren Eltern lossagte. Dann senkte sie den Kopf. Die Kraft, die sie eben noch gespürt hatte, verließ sie. Sie bemerkte, dass ihre Hände zu zittern begannen. Ihr war mit einem Mal elend zumute.

»Wohin gehst du?« Wenigstens zitterte ihre Stimme nicht.

»Ich begleite wieder einmal jemanden auf die Jagd. Ich werde wohl einige Zeit unterwegs sein. Vielleicht sogar länger als sonst …«

Raúl wirkte plötzlich angespannt. Er war auf der Hut, das bemerkte sie deutlich. Aber warum nur? Was konnte er ihr nicht anvertrauen? Sie fragte nicht. Er würde ihr ohnehin keine Antwort geben.

»Das sagst du mir erst jetzt?«, beschwerte sie sich.

»Ich wollte, dass wir noch ein paar schöne Tage gemeinsam haben. Ich weiß doch, wie sehr du dir diese Dinge zu Herzen nimmst.«

Es klang, als ob er es ehrlich meinte, und sie wollte ihm so gern glauben.

»Aber ich dachte …«, setzte sie an und versuchte, ihm ins Gesicht zu blicken.

Er wandte sich schroff ab.

Was soll das heißen, fuhr es ihr gleich durch den Kopf. Dass er es sich nicht zu Herzen nimmt, wenn er lange Zeit fort ist, dass es ihm egal ist? Aber sie würde ihm nicht zeigen, wie sehr sie verletzt war, sie würde … Sie konnte sich trotz ihres Vorsatzes nicht beherrschen nachzufragen.

»Wie lange weißt du es schon?«

»Himmel, was tut denn das zur Sache?«

Raúl klang jetzt ungehalten. Vielleicht hatte er tatsächlich nicht mit so viel Gegenwehr gerechnet. Sie hatte sich bislang immer eher zurückgehalten, weil sie den Eindruck gehabt hatte, dass er das von ihr erwartete. Leonora hatte ihr etwas anderes geraten.

In Auroras Kopf jagten sich die Gedanken. Raúl war sichtlich eifersüchtig gewesen, als sie ein zweites Mal mit ihrem Onkel Felipe getanzt hatte. War das etwa gespielt gewesen? Aber nein, das war es nicht. Tief in ihrem Herzen wusste sie es. Er war tatsächlich eifersüchtig gewesen, und ihre gemeinsame Zärtlichkeit hatte er genauso genossen wie sie. Nur war da noch etwas anderes, etwas, das unterschwellig immer da war. Etwas, das sie sich nicht erklären konnte. Etwas, das sie voneinander fernhielt.

»So ist es eben, ich muss wie gesagt Geld verdienen«, fuhr er jetzt knapp fort. »Ich habe meine Entscheidung getroffen.«

Aurora schluckte. Warum wiederholte er das? Wie sie es hasste, wenn er darauf anspielte. Sie konnte doch nichts dafür, in eine wohlhabende Familie hineingeboren worden zu sein. Zudem war es auch den Meyer-Weinbrenners nicht immer gut gegangen. Niemandem ging es immer gut.

Sie nahm allen Mut zusammen: »Ohne mich zu fragen? Ich dachte, wir ...«

»Himmel, warum sollte ich dich fragen? Glaubst du, ich kann meine Entscheidungen nicht allein treffen?«

»Doch ...« Aurora schluckte wieder. Sie hasste ihre unsichere Stimme. Sie war doch kein schwächliches Weib, das irgendjemandem hinterherkroch. »Wann kommst du wieder?«

Zumindest das hatte er ihr immer gesagt, und er war ja auch immer wiedergekommen. Dann würden sie von Neuem beginnen, und sie würde endlich erfahren, was da war, das ihn von ihr distanzierte.

Er schwieg einen Moment. »Ich weiß es nicht«, sagte er dann.

»Was?« Aurora war fassungslos. »Was heißt das?«

»Das, was es heißt. Ich weiß nicht, wann und ob ich überhaupt zurückkomme. Vielleicht ist das sogar besser für uns beide.«

# Sechstes Kapitel

Aaron stand im Herzen der Stadt auf der Plaza de la Victoria und lud die Flanierenden dazu ein, sich von ihm ablichten zu lassen. Eine neue Stadt, ein neuer Beginn, ein weiterer Versuch, seine Mutter zu finden. Seine Gedanken schweiften mal wieder zurück. Einige Wochen nachdem Olga ihm erzählt hatte, dass sie einst in Buenos Aires mit einer Ruth Czernowitz zusammengetroffen war, hatte Aaron das Atelier in Rosario verkauft. Er hatte Olga gebeten, sich um das Metzler'sche Haus zu kümmern, sich von Otto Hermann verabschiedet, der selbst bald endgültig nach Hamburg zurückkehren würde, seine Siebensachen gepackt, das Geld gut verstaut und war nach Buenos Aires gereist, ohne sich im Klaren darüber zu sein, wie er die Suche angehen sollte. Viele Gedanken waren ihm durch den Kopf gegangen. Hatte Olga tatsächlich seine Mutter getroffen? Oder konnte es noch eine zweite Ruth Czernowitz in Buenos Aires gegeben haben? Wie Olga erzählt hatte, war sie damals nach Ankunft des Schiffes in dem großen Hafen von Buenos Aires, in dem es von Menschen nur so gewimmelt hatte, für einige Tage in einem Verschlag festgehalten worden, gemeinsam mit einer jungen Frau namens Ruth Czernowitz. Obwohl es sich nur um eine kurze Zeit gehandelt hatte, waren sie so etwas wie Freundinnen geworden. Ich weiß nicht, hatte Olga ernst gesagt, was ich damals ohne sie gemacht hätte.

Aaron runzelte die Stirn und ließ dann erneut den Weihnachtsabend Revue passieren, an dem Olga ihm von seiner Mutter erzählt hatte. Das Erste, was er empfunden hatte, war Fassungslosigkeit gewesen, gefolgt waren bohrende Zweifel. Nein, er hatte keine Erleichterung empfunden. Er konnte es einfach nicht glauben.

*Ist es Schicksal, dass ich Olga so viele Jahre später an einem ganz anderen Ort begegnet bin?*

Er hatte nicht gewagt zu fragen, ob seine Mutter von ihm erzählt hatte. Seine eigene Erinnerung an Ruth war verschwommen – flüchtige Bilder, die sich nicht einordnen ließen, sanfte Berührungen, ein Geruch, ein Geschmack, eine Bewegung, ihr dunkles Haar.

Noch Tage, nachdem Olga und er miteinander gesprochen hatten, hatte er an nichts anderes denken können. War er einen Schritt vorangekommen auf seiner Suche, oder war er noch genauso weit von ihr entfernt wie vorher?

Olga und Ruth waren damals kurz nach ihrem Kennenlernen getrennt worden. Die eine war nach Rosario gebracht worden, die andere wahrscheinlich in Buenos Aires geblieben. Oder war sie vielleicht auch an einen anderen Ort geschickt worden, nach Salta, Mendoza oder wohin sonst in diesem riesigen Land? Und wie sollte er das herausfinden?

In Buenos Aires hatte man Ruth Czernowitz auf jeden Fall zum letzten Mal gesehen, dort fand sich vielleicht jemand, der sich an sie erinnerte. Deshalb hatte er entschieden, in die Hauptstadt zu ziehen. Noch auf der Fahrt hatte er sich Gedanken darüber gemacht, wie er seine Suche wohl anfangen könnte. Wie sollte er möglichst vielen Menschen begegnen, denen er unverfänglich Fragen stellen konnte? Zuerst hatte sich keine Lösung finden wollen, dann war ihm der Gedanke gekommen, neben seiner Arbeit – er hatte schnell ein neues Atelier gefunden – auch noch als Straßenfotograf zu arbeiten. Auf diese

Weise konnte er mit mehr Menschen sprechen, als er je in einem Geschäft zu Gesicht bekam.

Trotzdem war es natürlich, als würde man die Nadel im Heuhaufen suchen. Argentinien war so weitläufig, Buenos Aires eine Millionenstadt. Wie sollte man hier jemanden finden, den man so lange Zeit zuvor aus den Augen verloren hatte, von dem man nicht einmal das heutige Aussehen kannte?

Gewöhnlich verbot Aaron sich den Gedanken ans Aufgeben, aber manchmal, wenn er abends in seinem kleinen Zimmer auf dem schmalen Bett lag, konnte er nichts dagegen tun. Dann fragte er sich, warum er die Suche nicht abbrach, warum er die Sinnlosigkeit der Situation nicht einsehen wollte.

Würde seine Mutter heute nicht ohnehin eine Fremde für ihn sein? War es nicht besser, die Vergangenheit ruhen zu lassen und sich der Geister endgültig zu entledigen?

Abgesehen von seiner Suche empfand Aaron das Leben in der südamerikanischen Metropole großartig. Einen ähnlich starken Verkehr an Pferdebahnwagen, Kutschen und neumodischen Automobilen hatten in Europa nur wenige Städte aufzuweisen. Plazas und Hauptstraßen waren gesäumt von prachtvollen Geschäften, Palästen, Banken und Privathäusern, vor denen besonders abends ein großes Gedränge herrschte. Einzigartig erschien Aaron der schwingende Gang der weiblichen Elite von Buenos Aires, den man tagtäglich auf der Calle Florida beobachten konnte. Am späten Nachmittag fuhren die Reichen zum Parque Tres de Febrero und kehrten bei Einbruch der Dämmerung wie in einer rituellen Prozession zurück. Das Wichtigste war, zu sehen und gesehen zu werden.

Aaron war es wieder in relativ kurzer Zeit gelungen, sich einen verlässlichen Kundenstamm aufzubauen, der viel auf sein Können gab. Er war sogar schon in den exklusiven Jockey Club eingeladen worden, was ungewöhnlich war, da der soziale Kontakt strengen Regeln unterlag. In den riesigen Villen wiederum, so erschien es ihm, waren die Frauen Teil des Dekors. Der Prunk, die beleuchteten, mit Ornamenten, Eisenarbeiten und anderen Verzierungen überladenen Fassaden, die Eichentäfelungen, der Marmor aus Carrara und Portoro, die Statuen, die Kristalllüster aus Baccarat-Glas, die dicken Samtvorhänge und Familienjuwelen waren ihm manchmal fast zu viel, und seine Arbeit auf der Straße war ein guter Ausgleich dazu. 1880 hatte Argentiniens goldenes Zeitalter begonnen, niemand wusste, wie lange es andauern würde und was danach kam, aber darum brauchte man sich jetzt wohl keine Gedanken zu machen.

Obwohl er sich zuerst nicht ganz sicher gewesen war, ob er das Richtige tat, hatte Aaron bald nach seiner Ankunft in Buenos Aires Robert und Clarissa aufgesucht. Sonst kannte er schließlich niemanden in dieser Stadt. Er hatte auf gut Glück die Krankenhäuser abgeklappert und war schließlich erfolgreich gewesen: Die beiden bewohnten ein zwar kleines Haus, jedoch mit Garten und im vornehmen Norden der Stadt gelegen. Sie hatten geheiratet und waren Eltern eines wenige Monate alten Sohnes, den sie Jakob genannt hatten.

Dr. Metzler hatte zurückhaltend, Clarissa offensichtlich erfreut auf Aarons Besuch reagiert. Clarissa war es auch, die ihn immer wieder einmal auf seinem Platz auf der Plaza de la Victoria besuchte, an diesem Tag in Begleitung einer jungen Frau.

»Aurora«, stellte Clarissa sie vor, »das ist Aaron Certa, ein wunderbarer Fotograf, den ich aus Rosario kenne. Aaron, das ist Aurora Hofer, eine gute Freundin.«

Die junge Frau war gut gekleidet, sie gehörte offenkundig zur wohlhabenderen Schicht von Buenos Aires. Es überraschte ihn deshalb ein wenig, dass Clarissa als Nächstes zu berichten wusste, dass Aurora mitten in der Ausbildung zur Krankenschwester steckte.

»Wir haben uns im Krankenhaus kennengelernt«, fügte Clarissa erklärend hinzu. »Nach ihrer Ausbildung zur Krankenschwester wird Señorita Hofer Medizin studieren.«

Aaron hob die Augenbrauen. »Guten Tag, Señorita Hofer«, grüßte er höflich.

»Guten Tag, Señor Certa«, erwiderte die junge Frau mit einem spöttischen Lächeln, wahrscheinlich war sie es gewohnt, dass die Menschen mit Verblüffung auf ihre ungewöhnlichen Pläne reagierten.

Sie ist wirklich hübsch, dachte Aaron. Ihre Figur, die sich unter einem hochgeschlossenen Kostüm verbarg, war sehr weiblich, ihr Gesicht dagegen noch fast kindlich rund. Er schätzte sie auf sechzehn oder siebzehn Jahre.

»Aurora hat uns sehr mutig im Kampf gegen die Pest zur Seite gestanden«, fuhr Clarissa fort. »Robert sagt, er habe keinen Zweifel, dass sie das Medizinstudium gut bewältigen wird.« Aaron registrierte, dass Clarissa Aurora mit einem freundlichen Lächeln bedachte. »Sie war wirklich sehr tapfer. Ich dagegen wollte so oft einfach nur noch weglaufen.«

»Ach, das stimmt doch nicht, Clarissa«, berichtigte Aurora die Freundin jetzt. »Feige war keiner von uns. Und wer wollte nicht einmal flüchten!«

»Danke.« Clarissa lachte.

Vielleicht habe ich sie unterschätzt, vielleicht ist sie doch älter, fuhr es Aaron zur gleichen Zeit durch den Kopf. Er sah jetzt deutlich die Ernsthaftigkeit ihres Ausdrucks.

»Haben Sie keine Angst davor, was Sie als Medizinstudentin oder als Ärztin womöglich später zu sehen bekommen werden?«, fragte er, ohne recht zu überlegen. »Haben Sie keine

Angst vor den Entscheidungen, die Sie werden treffen müssen?«

»Nachdem wir die Pest durchgestanden haben?« Aurora lachte. »Wovor sollte ich mich da noch fürchten?«

Aaron sah, dass die junge Frau seinen Blick selbstbewusst erwiderte.

»Haben Sie etwa auch etwas dagegen, dass Frauen studieren und den Beruf des Arztes ergreifen?«, fragte sie dann.

In ihrer Stimme lag etwas Herausforderndes, das Aaron gefiel. Diese Frau würde sich nicht leicht geschlagen geben. Sie hatte ein Ziel.

»Nein, natürlich nicht. Ich frage mich gerade nur, ob ich Sie sehr viel jünger geschätzt habe, als Sie offenbar sind.«

»Spricht man mit einer Dame über ihr Alter?«

Die junge Frau straffte die Schultern und schob das Kinn etwas vor, bevor sie ihn mit einem seltsam erhabenen Blick musterte. Sie hatte ein klares, schön geschnittenes Gesicht, tief liegende Augen, von feinen Augenbrauen gerahmt, und eine leicht gebogene Nase. Ihr Haar war dunkel.

»Ich bin achtzehn Jahre alt und werde übrigens nicht die erste Ärztin sein. Erkundigen Sie sich einmal nach Cecilia Grierson.«

Er nickte. »Das werde ich tun, Señorita Hofer.«

Abends im Bett musste Aaron noch lange an Aurora denken. Er sah sie vor sich, als hätte er die ganze Zeit über nur sie angestarrt, und bedauerte es, sie nicht fotografiert zu haben, um seine Erinnerung überprüfen zu können.

Sie hatte ihm gefallen. Sehr sogar.

# Siebtes Kapitel

*Verdammt …*

Aurora biss sich auf die Unterlippe und schluckte den undamenhaften Fluch hinunter. Die Papiere vor ihr auf dem Tisch raschelten, der Stift entglitt zum wiederholten Mal ihrer Hand. Jetzt musste sie schon wieder an Raúl denken und konnte sich deshalb nicht konzentrieren, dabei war es doch so wichtig, dass sie gut mitarbeitete.

Sie fürchtete ohnehin ständig, ihr großes Vorbild, Dr. Grierson, könnte sie doch noch vor die Tür setzen. Wer brauchte schon eine angehende Krankenschwester, die neuerdings ständig Löcher in die Luft starrte und ihre Aufgaben nicht erledigte? Außerdem ging für Dr. Grierson nichts über die Medizin, das wusste Aurora. Sie hatte gewiss keinen Sinn dafür, dass Aurora sich mit etwas herumplagte, das sie selbst als Nichtigkeit ansah.

*Was soll ich nur tun?*

Nachdem sie ein halbes Jahr lang nichts von ihm gehört hatte, war Raúl nun seit ein paar Wochen wieder da – und sie war durchaus nicht über ihn hinweg, wie sie es sich eingeredet hatte. Schon als sie ihn zum ersten Mal gesehen hatte, braun gebrannt und muskulöser, das blonde Haar ausgeblichen, das Gesicht etwas schmaler und irgendwie härter im Ausdruck, hatte sie gewusst, dass sie sich getäuscht hatte.

*Er bedeutete mir immer noch so viel.*

Sie hatte ihn zur Rede stellen wollen, verstehen, warum er ihr das antat. Warum er dieses Mal so lange weggeblieben und sich nicht ein einziges Mal gemeldet hatte. Sie liebte ihn immer noch. So sehr. Mit jeder Faser ihres Wesens.

Mit einem leisen Seufzer nahm Aurora den Stift wieder auf, straffte die Schultern, doch es änderte nichts. Sie war einfach nicht bei der Sache. Was sie las, hatte sie im nächsten Atemzug schon wieder vergessen. Der richtige Umgang mit Patienten ... Anforderungen der Hygiene ...? Wirklich, es gab Tage, da wünschte sie sich, sie hätte Raúl niemals kennengelernt.

*Himmel, warum kann ich ihn nicht einfach vergessen und ihm den Laufpass geben? Warum bringt mich niemand mehr so aus der Fassung wie dieser verdammte Kerl, der einfach verschwindet und dann wieder auftaucht, ganz wie es ihm passt, und als würde ich nichts tun, als auf ihn zu warten?*

Als er plötzlich wiederaufgetaucht war, hatte sie ihm eigentlich die kalte Schulter zeigen wollen, doch dann war sie wieder nur erleichtert gewesen und glücklich, seine Arme um sich und seine Küsse auf ihren Lippen zu spüren. Für einen kaum fassbaren Moment hatte sie sogar den Eindruck gehabt, er könnte sich ihr endlich öffnen, würde endlich das Unausgesprochene offenbaren, das seit Beginn ihrer Beziehung zwischen ihnen stand und ihn auf Distanz hielt ...

Raúl ... Sie konnte an nichts anderes denken als daran, wie seine warme Haut sich unter ihren Fingerspitzen anfühlte, wie seine Muskeln unter ihren Berührungen hart wurden und sich lockerten ... Ach, und dann war da sein verdammtes ungebärdiges Haar, in das sie so gern hineingriff, sein Duft und dieser Blick, den er ihr schenkte, wenn er einmal wirklich mit jeder Faser seines Wesens bei ihr war. Leider waren diese Momente mehr als selten, und doch war sie sich sicher, dass er sie auf seine Art tatsächlich liebte.

*Oder macht mich meine Liebe blind?*

Rings um sie, an den anderen Tischen, raschelte Papier, schabten Stifte. Jemand putzte sich die Nase. Durch eines der Fenster fiel Sonne, in deren Strahlen feiner Staub tanzte, in den Unterrichtsraum.

Aurora knabberte an ihrer Unterlippe. Nein, sie bildete sich das nicht ein. Sie bedeutete Raúl etwas, dessen war sie sicher, wenn sie auch manchmal nicht wusste, wie viel …

Sie unterdrückte ein bitteres Lachen, während sie mit dem Bleistift gedankenverloren Linien aufs Papier zeichnete. Himmel, wer hatte gesagt, dass die Liebe etwas Wunderbares war? Das war sie gewiss nicht. Liebe bedeutete Leid und Kampf, die Angst zu verlieren, Enttäuschung – aber gegen das wunderbare Gefühl, dieses Flattern im Bauch, diese Sehnsucht kam auf der anderen Seite auch nichts an.

Manchmal stellte sie sich vor, Raúl würde eines Tages einfach vor ihr stehen und sie um ihre Hand bitten.

*Ach, warum kann ich nicht von ihm lassen?*

Aurora seufzte erneut. Weil er eben nicht immer schrecklich war, dachte sie, weil er manchmal einfach der beste, der zärtlichste Mann der Welt war, auch wenn er mich im nächsten Moment wieder zurückgestoßen hat, sodass ich zu Hause meinen Schmerz in die Kissen weinen musste wie ein kleines Mädchen.

*Ich hasse das. Ich will kein kleines Mädchen mehr sein. Ich bin Krankenschwester, ich werde eines Tages Medizin studieren.*

Sie liebte ihn eben. Gegen dieses manchmal so lähmende Gefühl konnte sie einfach nichts tun.

Eine neue Bleistiftlinie gesellte sich zu den vorigen.

*Was ist dein Geheimnis, Raúl? Sag mir, was verbirgst du vor mir?*

Nein, sie bildete sich das gewiss nicht ein. Auch Leonora hatte so etwas erwähnt und ihre Nichte zur Vorsicht angehalten.

*Hast du eine andere?*

Aurora stellte sich das schallende Gelächter vor, das sie auf diese Frage wahrscheinlich zu erwarten hatte. Trotzdem konnte sie die Augen nicht vor dieser Möglichkeit verschließen.

»Aurora? Aurora, hören Sie schlecht?«

Dr. Grierson … Aurora hob den Kopf und schaute ihr großes Vorbild mit schlechtem Gewissen an. Jetzt wird sie mich hinauswerfen, fuhr es ihr ängstlich durch den Kopf, mich hier vor allen anderen blamieren …

Das sonst freundliche runde Gesicht der Ärztin sah tatsächlich düster aus. Ihre scharfen blauen Augen, denen ohnehin nichts entging, blickten noch ernster drein als sonst. Cecilia Grierson hatte ihre frühe Kindheit auf der Estancia ihrer Familie in Entre Ríos verbracht und war zuerst Lehrerin gewesen, bevor sie sich zur Aufnahme eines Medizinstudiums entschieden hatte – was äußerst ungewöhnlich für eine junge Frau war, damals noch mehr als heute. Aurora war Dr. Grierson erstmals an der von ihr 1891 gegründeten Krankenschwesternschule begegnet.

Unsicher schaute Aurora Dr. Griersons an.

»Sie scheinen mir heute nicht ganz bei der Sache zu sein, Señorita Hofer«, bemerkte Dr. Grierson nun mit einer gewissen Schärfe, »ich schlage vor, Sie gehen eine Runde spazieren, um auf andere Gedanken zu kommen, und kommen dann später noch einmal in mein Büro.«

»Ich … aber …« Aurora stockte, überlegte fieberhaft, was sie sagen sollte, und entschied dann, einfach nur zu nicken.

Es wurde spät, bis Dr. Grierson Zeit fand, sich um Aurora zu kümmern. Während sie vor der Tür zu ihrem Büro wartete, wurde es bereits dämmrig. Hinter der Tür waren fröhliche Stimmen zu hören, dann Schritte und nur einen Augenblick später trat Armandina Poggetti in den Flur, eine der wenigen weiblichen Studenten, die, wenn alles gut lief, sehr bald ihren Abschluss in Pharmakologie machen würde.

Armandina lachte fröhlich, als sie Aurora sah. »Ach, Dr. Grierson ist immer so voller Energie, dass ich mich selbst auch gleich viel wacher fühle!« Sie war schon einige Schritte gelaufen, drehte sich dann aber noch einmal um. »Einen schönen Abend, Aurora! Wir können wirklich froh sein, dass Dr. Grierson sich unser annimmt, nicht wahr? Sie hatte es da ungleich schwerer.«

Aurora nickte, konnte sich eines mulmigen Gefühls aber jetzt nicht mehr erwehren. Gleich würde sie Dr. Grierson gegenüberstehen und befürchtete doch stark, dass die Ärztin eine Nichtigkeit wie Liebeskummer nicht als Entschuldigung für ihre Träumerei akzeptieren würde.

Als sie zögerlich eintrat, stand Dr. Grierson an einem kleinen Tisch in einer Ecke des Zimmers und schenkte Tee in zwei Tassen.

»Señorita Hofer?«, fragte sie, ohne sich umzudrehen.

»Äh … ja.«

»Setzen Sie sich doch bitte.«

Dr. Grierson kam zu Aurora herüber, reichte ihr eine Tasse und nahm, die zweite Tasse in der Hand, selbst Platz. Eine Weile herrschte ein solch intensives Schweigen, dass Aurora unbehaglich die Schultern hochzog. Dr. Grierson bemerkte offenbar nichts. Sie starrte vielmehr auf ihre Tasse und rührte immer mal wieder nachdenklich in ihrem Tee.

»Heute musste ich plötzlich daran denken«, sagte sie endlich langsam, »dass es jetzt fast zwanzig Jahre her ist, dass ich meinen Antrag auf Aufnahme als Studentin an der Universität von Buenos Aires stellte.«

»Ach ja?«, entgegnete Aurora unsicher.

Jeder an der Krankenschwesternschule kannte Dr. Griersons Werdegang natürlich zumindest grob: der Antrag zur Aufnahme 1882, der Beginn des Studiums 1883 nach längerer Auseinandersetzung – der Zugang zur Fakultät war Frauen zwar nicht explizit verboten gewesen, die für die Aufnahme notwendigen Lateinkurse wurden jedoch von einer Institution erteilt, an der Frauen nicht zugelassen waren. Bereits während des Studiums hatte Dr. Grierson dann als Arzthelferin in einem öffentlichen Krankenhaus gearbeitet – ein fast noch revolutionärerer Akt als das Medizinstudium selbst, schließlich wurde es für eine Frau als unangemessen angesehen, in Kontakt mit dem menschlichen Körper zu kommen, sogar, wenn es mit dem noblen Ziel der Heilung einherging. Schließlich der Abschluss 1889, als sie sich mit einer Arbeit im Bereich der Frauenheilkunde graduiert hatte, danach die Arbeit im Hospital San Roque. 1892 hatte sie dann an der ersten Kaiserschnittgeburt Argentiniens teilgenommen.

Der Frauenheilkunde war Cecilia Grierson treu geblieben, sie hatte in diesem Jahr erst die nationale Vereinigung für Geburtshilfe begründet, die es sich zur Aufgabe machte, den argentinischen Hebammen einen wissenschaftlichen und medizinischen Zugang zu ihrem Arbeitsfeld zu bieten. Daneben war sie am Aufbau eines effektiven Rettungsdienstes beteiligt gewesen und hatte den Gebrauch der Alarmglocken durchgesetzt, die bis dahin der Feuerwehr vorbehalten gewesen waren. Nicht zuletzt durch Dr. Griersons Einfluss war auch die Kinderkrankenpflege zur medizinischen Disziplin geworden, und so besuchten Aurora und die anderen jungen Lernschwestern neben Erste-Hilfe-Kursen und Kursen zur Behandlung von und zum Umgang mit Patienten auch solche, die sich der Kinderpflege widmeten. Nicht ganz überraschend war Dr. Grierson ebenfalls stark in der Frauenbewegung engagiert, hatte den Consejo Nacional de las Mujeres, den argentinischen Frauenrat, mitbegründet und war Mitglied der Asociación Universitarias Argentinas, des Verbands argentinischer Akademikerinnen. John Hofer, Auroras Vater, kannte sie, weil Dr. Grierson unmittelbar nach seiner Gründung dem Centro Socialista Feminista, dem sozialistisch-feministischen Zentrum der Sozialistischen Partei Argentiniens, beigetreten war.

Dr. Grierson wird mich hinauswerfen, fuhr es Aurora erneut durch den Kopf, sie lebt für die Medizin und die Lehre. Sie wird niemals verstehen, dass ich mich so sehr verliebt habe, dass ich manchmal nicht mehr weiß, wo mir der Kopf steht.

»Wie hieß noch die junge Frau, deren Schicksal Sie letztendlich zu mir geführt hat?«, fragte die Ärztin unvermittelt, als Aurora unsicher wieder aufblickte.

Aurora war so überrascht, dass sie einen Moment lang perplex schwieg. »Estella Pessoa«, antwortete sie dann. »Sie war die beste Freundin meiner Mutter.«

»Sie starb im Kindbett, erinnere ich mich richtig?«

»Ja.«

Aurora senkte erneut den Kopf. Wie schaffte Dr. Grierson das nur immer? Mit ein paar einfachen Worten war es ihr gelungen, Aurora ins Gedächtnis zu rufen, warum sie die Mühe auf sich nehmen wollte. Sie hörte, wie Dr. Grierson ihre Teetasse abstellte.

»Wissen Sie, Señorita Hofer, wenn ich damals nicht mehr

weiterwusste, wenn ich mich einsam fühlte oder lieber das getan hätte, wofür man sich als junge Frau gemeinhin interessiert, habe ich mich einfach immer wieder aufs Neue auf das besonnen, was mich auf meinen Weg gebracht hat.«

»*Sie* haben sich für etwas anderes als Ihr Studium interessiert?«, platzte Aurora heraus.

Cecilia Grierson schmunzelte. »Ich bin eine Frau ... Warum also nicht?«

Aurora seufzte. »Ich denke ja daran, Dr. Grierson, aber dann ...«

Dr. Grierson hob eine Hand. »Ich weiß. Und manchmal sagt man sich sicher auch, dass doch schon vieles besser geworden ist. Es gibt heute mehr Frauen, die studieren, Reformen haben unseren rechtlichen und politischen Status verbessert. Wo es früher keine Schule gab, gibt es jetzt unzählige Erziehungsinstitute für junge Damen. Aber was lehren sie uns? Schreiben, Lesen, etwas grundlegende Arithmetik, Sprachen, vor allem aber, wie man eine gute Ehefrau und Mutter wird.«

Aurora starrte wieder auf ihre Teetasse.

»Wie heißt der junge Mann denn?«, fragte Dr. Grierson.

»Raúl Herrera«, platzte Aurora heraus und sah erneut auf.

»Und Sie lieben ihn wirklich?«

»Ja.«

Dr. Grierson schwieg einen Moment. »Er hat Sie nur verdient, wenn er gut zu Ihnen ist, Señorita Hofer. Vergessen Sie das nie.«

»Nein, Dr. Grierson.«

»Dann gehen Sie jetzt nach Hause. Und morgen sind Sie wieder frisch bei der Sache. Ich verlasse mich auf Sie. Sie sind eine gute Krankenschwester.«

»Danke, Dr. Grierson.«

Aurora stand auf und verließ auf weichen Knien den Raum. Leider hatte sie keine Ahnung, ob und wie sie Dr. Griersons Anforderungen erfüllen konnte.

In den nächsten Tagen genügte die Erinnerung an das Gespräch mit Dr. Grierson, dass Aurora sich ausreichend auf die theoretische Ausbildung und die praktische Arbeit im Krankenhaus konzentrieren konnte. Zwar traf sie sich zum Spazierengehen mit Raúl – davon konnte sie nicht lassen –, aber sie schaffte es trotzdem, ihr Ziel, das Medizinstudium, wieder klar vor Augen zu haben.

Eines Abends, sie war auf dem Rückweg vom Krankenhaus, tauchte plötzlich Joaquín an der Seite seiner Schwester auf. Da Aurora so beschäftigt gewesen war, fiel ihr erst jetzt auf, wie lange sie den jüngeren Bruder nicht mehr richtig gesprochen hatte. Im gleichen Moment spürte sie, dass sie ihn vermisst hatte.

»Joaquín!« Aurora hakte sich ohne Umschweife unter. »Wo kommst du her?«

»Ich habe mir die Universität angesehen. Ich möchte bald mit meinem Studium beginnen. Ich will doch Ingenieur werden.«

»Ach«, Aurora schmiegte sich enger an Joaquíns Arm, »mein kleiner Bruder wird endlich groß.«

Er schmunzelte großmütig.

Wir sind uns immer nahe gewesen, dachte Aurora, wir waren immer füreinander da. Wenn es jemanden gibt, auf den ich mich verlassen kann, dann ist er es … Wie von selbst fanden ihre Schritte denselben Rhythmus.

»Ich habe dich gesehen«, sagte Joaquín plötzlich.

Es dauerte einen Augenblick, bis der Gehalt des Satzes bei

Aurora ankam, und obgleich sie ihn verstand, fragte sie nach, um Zeit zu gewinnen.

»Wo? Was meinst du?«

»Im Tres de Febrero.« Er zögerte. »Mit einem Mann.«

»Was machst du denn im Park?«, gab Aurora zurück.

Sie überlegte fieberhaft, aber sie konnte dem Gesicht ihres Bruders ansehen, dass es besser gewesen wäre, ihm nicht auszuweichen. Sie hatten noch nie Geheimnisse voreinander gehabt, und nun musste Joaquín wissen, dass es damit vorbei war. Er hatte sie mit Raúl gesehen und verstanden, dass sie etwas vor ihm verheimlichte. Aurora sah, wie sehr ihn das schmerzte. Es tat weh, ihm antworten zu müssen, doch sie hatte ihn ja nie belügen wollen, sie hatte nur nicht gewusst, wie sie ihm von ihrer Liebe hatte erzählen sollen.

»Das war Raúl«, sagte sie mit einem Zittern in der Stimme.

Es machte keinen Sinn, Joaquín weiter hinzuhalten. Schon als sie Raúl kennengelernt hatte, hatte sie ehrlich zu ihrem Bruder sein wollen und sich dann nicht getraut.

Joaquín zog die Augenbrauen zusammen. »Raúl wer …?«

»Raúl Herrera. Der Mann, den ich liebe.«

»Ja, natürlich.« In seinem Tonfall lag eine Leichtigkeit, die im äußersten Widerspruch zu seinem Gesichtsausdruck stand. »Das war nicht zu übersehen. Ich wollte wissen, wo er herkommt und wie ihr euch kennengelernt habt.«

Aurora blieb abrupt stehen. »Auf dem großen Markt«, antwortete sie leise. »Schon vor langer Zeit.«

»Und woher kommt er?«

Aurora zögerte. »Ich weiß es nicht«, sagte sie dann leise.

Joaquín schüttelte den Kopf. In seiner Stimme lag jetzt ein unüberhörbarer Vorwurf. »Das solltest du aber wissen, Schwesterchen!«

Aurora nickte unwillkürlich. »Ja, das sollte ich wirklich wissen«, murmelte sie. Sie wusste wenig von Raúl, Joaquín hatte Recht. Sie wusste viel zu wenig.

»Richtig! Und da du es nicht weißt, werde ich mich darum kümmern.« Die Stimme ihres Bruders klang scharf.

Aurora zögerte, griff dann Joaquíns Arm wieder fester. »Bitte, lass mir noch etwas Zeit. Lass es mich selbst herausfinden, ja?«

Joaquín nickte. Dann sagte er: »Aber ich warte nicht ewig, Aurora, lass dir das gesagt sein. Ich warte nicht ewig.«

Am nächsten Morgen, einem Sonntag, hatte Aurora frei. Sie konnte sich nicht überwinden aufzustehen, obwohl sie schon einige Stunden wach gewesen und über das Gespräch mit Joaquín nachgedacht hatte. Aurora mochte die Missstimmung nicht, die zwischen ihnen aufgekommen war, auch wenn sie sich beide am Abend alle Mühe gegeben hatten, so zu tun, als wäre nichts geschehen. Natürlich war etwas geschehen. Dass sie ein Geheimnis vor Joaquín gehabt hatte, hatte alles verändert. Er würde nie wieder der sein, dem sie immer alle wichtigen Dinge als Erstes anvertraute.

*Warum habe ich ihm eigentlich nichts gesagt? Weil ich die ganze Zeit wusste, dass mit Raúl etwas nicht stimmt, und fürchtete, er könnte mir das auf den Kopf zusagen?*

»Na, auch schon wach?«, neckte Anna ihre Enkelin, als Aurora endlich an den Frühstückstisch trat, der nur noch für sie gedeckt war. Dann fügte sie hinzu: »Als ich noch jung war, war ich um diese Uhrzeit schon lange auf.«

»Ja, ja«, entgegnete Aurora, für den Moment froh, sich in der Frotzelei mit ihrer Großmutter verlieren zu können, die alles so normal erscheinen ließ. Kurz vergaß sie die Anspannung, die wie eine Wolke über ihr zu hängen schien. Sie holte tief Luft und lachte Anna an. »Ich weiß, ihr musstet damals stets in aller Herrgottsfrühe aufstehen, um Wasser zu holen …«

»Das musste ich tatsächlich eine Zeit lang«, gab Anna nachdenklich zurück.

»Vorher habt ihr natürlich noch die Tiere versorgt, und dann wart ihr auf dem Markt, um das beste Gemüse zu holen, bevor es ausverkauft war«, sprach Aurora ungerührt weiter. Dann küsste sie ihre Großmutter zur Begrüßung auf beide Wangen. »Guten Morgen, Großmama!«

»Alles in Ordnung im Krankenhaus?«

»Alles in Ordnung.« Aurora nahm sich eine große Tasse Milchkaffee, etwas trockenes Gebäck und natürlich *dulce de leche*. »Es macht großen Spaß. Wir lernen wirklich viel.«

Lächelnd tätschelte Anna Auroras Hand. »Du machst deine Sache gut. Ich bin stolz auf dich.«

»Danke, Großmama.«

Aurora überlegte noch, ob sie die Auseinandersetzung mit Joaquín ansprechen sollte, da trat ihre Mutter ein. Die Frauen küssten sich zur Begrüßung. Marlena holte sich eine Tasse Kaffee und blickte sich dann neugierig um.

»Julius hat gesagt, dass ein Brief von Leonora eingetroffen ist?«

»Da drüben.« Anna deutete auf die Anrichte. »Ich habe ihn noch nicht geöffnet. Ich wollte auf euch warten.«

Aurora hob den Kopf. Ach, verdammt, das auch noch. Jetzt vermisste sie ihre Tante und beste Freundin, die sie immer um Rat fragen konnte, noch mehr. Sie wüsste, wie sie die Sache mit Joaquín angehen müsste …

»Leonora geht es richtig gut, auch wenn Felipe und sie viel arbeiten. Anscheinend«, hörte sie die Stimme ihrer Mutter, nachdem sie zu lesen begonnen hatte, »ist man in Paris immer noch ganz verrückt nach dem Tango. Hört mal, was mein Schwesterchen dazu schreibt.« Sie räusperte sich. *»Kürzlich begegnete ich einem Landsmann, der ganz entsetzt davon war, dass der Tango hier in Paris als argentinischer Tanz gilt. In Buenos Aires, meinte er mir erklären zu müssen, sei das ein Tanz, der in Bars und Bordellen getanzt werde, niemals in den Tanzhallen der besseren Gesellschaft … Und er endete damit, dass der Tango widerwärtigen Vorstellungen Vorschub leiste. Ich dachte mir meinen Teil.«*

»Das ist typisch für Leonora«, unterbrach Auroras Großmutter ihre Tochter Marlena und lächelte. »Wenn sie etwas gefunden hat, das sie fasziniert, dann lebt sie dafür, dann tut sie es mit Leib und Seele.«

*»In Paris wissen immer noch die wenigsten, dass der Tango in den* conventillos *geboren wurde«*, schrieb Leonora weiter, *»und wer es weiß, findet das schrecklich verrucht. Die gute argentinische Gesellschaft mag den Tango verurteilen, hier kann man gar nicht genug davon bekommen. Ich sehe es kommen. Irgendwann wird dieser Tanz, diese argentinische Straßenblume, als französische Besonderheit von Paris aus nach Buenos Aires zurückkehren, und dann werden ihn alle lieben. Vielleicht werden wir uns wieder fragen, wo er denn herkam … Aber niemand wird dabei an die Kaschemmen von La Boca denken wollen oder an die Vorzimmer der Bordelle, wo seine Melodien erstmals auf Gitarren und Mandolinen gezupft wurden. Niemand wird an den Flamenco denken, die* payada, *die* habanera, *die* milonga *und den* candomblé, *all diese Tänze, die ein Teil vom Tango sind, und natürlich wird keiner wissen, dass es die ehemaligen afrikanischen Sklaven von Buenos Aires waren, die ihre Trommeln* tangós *nannten, woraufhin man dem Tanz seinen*

*Namen gab. Ich vermisse euch alle sehr. In großer Zuneigung, Leonora.«*

Aurora seufzte wie so oft in der vergangenen Zeit. Aus jedem Satz des Briefes sprach Leidenschaft. Sie hoffte, ihr Herz eines Tages ebenso für ihren Beruf schlagen zu spüren.

Joaquín biss die Zähne aufeinander.

Ja, es verletzte ihn, dass Aurora einen so wichtigen Teil ihres Lebens vor ihm geheim gehalten hatte. Natürlich war ihm klar gewesen, dass jeder von ihnen irgendwann einen Partner finden und schließlich heiraten würde, aber in seiner Vorstellung hatte Aurora ihm als Ersten ihren Zukünftigen vorgestellt. Niemals hätte er gedacht, dass die Beziehung zwischen ihnen darüber Schaden nehmen würde.

*Warum hat sie mir, verdammt noch einmal, nichts gesagt?*

Joaquín war so in Gedanken versunken, dass er beinahe zu spät bemerkt hätte, dass sich der hochgewachsene blonde Mann, dem er nun schon geraume Zeit kreuz und quer durch Buenos Aires gefolgt war, umgedreht hatte. Hatte Raúl Herrera doch bemerkt, dass er verfolgt wurde? Er hatte sich sein Aussehen eingeprägt und ihn nach einigem Suchen in La Boca gefunden. Aufmerksam beobachtete Raúl nun die Passanten, und Joaquín gab sich alle Mühe, mit der Menge zu verschmelzen. Nach einer Weile lief Raúl weiter. Joaquín atmete durch.

Er hatte wie versprochen einige Tage lang abgewartet. Da Aurora nichts zu unternehmen schien, um mehr über Raúl herauszufinden, hatte er entschieden, die Sache doch selbst in die Hand zu nehmen. Deshalb hatte er sich an diesem Morgen an Raúls Fersen geheftet, bisher allerdings nichts Ungewöhnliches entdecken können: Der junge Mann hatte auf dem großen

Markt ausgeholfen und im Hafen von La Boca, wo er schließlich in einer kleinen *pulpería*, in der es einfache Gerichte wie Eintöpfe, Knoblauchsuppe, Innereien, Würstchen und Makkaroni gab, eingekehrt war.

Nun befand er sich anscheinend auf dem Weg nach San Telmo, einem Stadtteil im Südosten der Stadt, und Joaquín hoffte sehr, endlich mehr zu erfahren. Es überraschte Joaquín deshalb auch nicht, dass Raúl schließlich auf einen heruntergekommenen *conventillo* zulief. Es musste ja einen Grund geben, warum Aurora immer noch nichts von seiner eigentlichen Herkunft wusste. Möglicherweise handelte es sich bei diesem Raúl Herrera um einen Mitgiftjäger, der nur darauf wartete, dass Aurora ihm das Jawort gab, um dann mit der ganzen Wahrheit herauszurücken.

Einen Moment noch blieb Joaquín stehen und beobachtete das Gebäude. Da genügend Leute unterwegs waren, fiel er kaum auf. Überhaupt herrschte hier Leben. Straßenmusikanten spielten zum Tanz auf, zwei Frauen – wahrscheinlich Prostituierte – stritten lautstark miteinander. Ein armer Straßenhändler versuchte, seine Ware an Menschen zu bringen, die kaum mehr oder genauso wenig Geld hatten wie er selbst. Von seinem Vater wusste Joaquín, dass in den *conventillos* die Armen von Buenos Aires lebten. John, der für Zeitungen wie *La Vanguardia*, dem offiziellen Organ der Sozialistischen Partei, schrieb, hatte seinem Sohn von Zimmern erzählt, in denen sich zehn Personen und mehr beiderlei Geschlechts drängten, obwohl sie nur eine Größe von gerade mal vier mal sechs Metern hatten.

Joaquín sah, wie Raúl das Haus betrat, und verlor sich erneut in Gedanken. Mit einem Mal bemerkte er, dass Raúl wieder im Hauseingang aufgetaucht war. Er schaute zu ihm herüber. Joaquín überlegte eben noch, wie er sich möglichst unauffällig zurückziehen konnte, als der junge Mann auch schon mit entschlossenen Schritten auf ihn zukam.

»He, warum folgst du mir?«

»Ich folge dir nicht«, gab Joaquín zurück. Er kam sich vor wie ein kleiner Junge, der seinen Vater anschwindelte.

Raúl lächelte ihn abfällig an. »Du bist ihr Bruder, nicht? Du siehst ihr ähnlich.«

Raúl hatte die Hände in die Hüften gestemmt, was den Ausdruck von Hohn noch verstärkte. Joaquín, wütend über sich selbst und den Umstand, dass er sich hatte erwischen lassen, entschied vorzupreschen.

»Und wenn es so wäre! Was willst du von ihr?«

»Geht dich das etwas an? Bist du ihr Kindermädchen?«

Joaquín fiel es schwer, sich zu beherrschen. Was bildete sich der unverschämte Kerl ein? Trotzdem gelang es ihm, die nächsten Worte ruhig vorzubringen.

»Nein, ich bin tatsächlich ihr Bruder. Und es geht mich sehr viel an, was du von ihr willst.« Er schluckte, dann fügte er hinzu: »Ich trage Verantwortung für sie.«

Wieder dieses abfällige Lächeln. »Verantwortung ... Sieht Aurora das genauso? Sie kann ganz gut auf sich selbst aufpassen, denke ich. Ich hatte jedenfalls nie den Eindruck, dass sie einen Aufpasser braucht, schon gar kein Bürschlein wie dich.«

Joaquín ballte die Hände zu Fäusten. Er wollte auf Raúl losstürzen, aber im letzten Moment hielt ihn etwas ab. Er schaute sich um. Raúl folgte seinem Blick und schien überrascht.

»Vater?«

Joaquín stutzte. Vater? Hatte er richtig gehört? Nein, unmöglich, dass dieser übergewichtige Mann mit dem schütteren Haar, der da plötzlich neben ihnen stand, Raúls Vater sein sollte.

Raúl schüttelte unwillig den Kopf. »Geh hinein, Vater, das hier ist nichts für dich.«

»Ist es das nicht?«

Die feisten Wangen des Mannes schwabbelten mit der kleinsten Bewegung. Seine Augen wirkten klein wie die eines Schweins. Seine Hautfarbe zeigte, dass er selten vor die Tür ging.

»Vater, warum bist du nicht im Zimmer?«

Raúls Vater lachte auf. »Ich habe euch vom Fenster aus beobachtet. Und jetzt werde ich die Sache endlich selbst in die Hand nehmen! Mein lieber Sohn macht ja keine Fortschritte, und ich fühle mich endlich wieder kräftig genug. Ja, das hättet ihr alle nicht gedacht, dass ich noch einmal auf die Beine komme.«

»Ich habe mir immer gewünscht, dass du dich erholst, Vater«, bemerkte Raúl ruhig.

»Hast du das? War es dir nicht ganz recht, dass ich an mein dreckiges Bett gefesselt war? Fort warst du auch immer wieder, anstatt mir zur Seite zu stehen.« Der alte Herrera spuckte aus, dann starrte er Joaquín ins Gesicht. »Und, kennst du mich, Weinbrenner?«

Joaquín schüttelte den Kopf. Er war jetzt verwirrt, das musste er zugeben.

»Mein Name ist Hofer. Weinbrenner ist der Name meiner ...«

Raúls Vater schnitt Joaquíns Rede mit einer Handbewegung ab. »Hofer, Weinbrenner, alles einerlei. Ihr gehört alle zu ein und demselben verdammten Pack. Ihr seid unsere Feinde, ihr alle ... ihr seid Feinde ...«

Für einen Moment schien es, als wäre er nicht mehr ganz bei sich. Unwillkürlich wich Joaquín einen Schritt zurück.

»Ich kenne überhaupt keine Herreras«, sagte er.

Raúls Vater bewegte sich rasch auf ihn zu, viel schneller, als

Joaquín das bei einem Menschen mit solch einem Leibesumfang erwartet hätte. Er war Joaquín nun so nah, dass der seinen stinkenden Atem wahrnahm. Er versuchte, noch weiter zurückzuweichen, doch hinter ihm war eine Mauer.

»Nein, die Herreras kennst du nicht, aber vielleicht einen Joris Breyvogel?«

Breyvogel? Joaquín riss die Augen auf. Natürlich kannte er den Namen. Und Raúl war Breyvogels Sohn?

Er kam nicht dazu, weiter nachzudenken. Plötzlich ging alles ganz schnell. Joris Breyvogel hatte ihm ein großes Messer an die Kehle gesetzt, das er wer weiß wo in seiner Kleidung verborgen hatte. Joaquín spürte, wie es ihm erst flau im Magen wurde, bevor seine Knie nachgaben. Alles schien sich langsamer zu bewegen. Raúl kam von der Seite und stieß seinen Vater weg, der gegen die Hausmauer prallte, bevor er zu Boden ging. Reglos blieb er liegen.

»Ich ... äh ...«, stammelte Joaquín.

Raúl starrte ihn kurz mit einem unergründlichen Gesichtsausdruck an, dann wandte er sich seinem Vater zu. Joaquín konnte keinen klaren Gedanken fassen.

»Geht es ihm gut?«, fragte er.

Raúl schaute auf. »Warum fragst du? Das kümmert dich doch nicht.«

Joaquín verschränkte die Arme vor der Brust. Raúl hatte Recht. Er zögerte einen Moment.

»Danke«, flüsterte er dann.

Doch Raúl wandte ihm den Rücken zu und beugte sich zu seinem Vater hinunter. Joaquín entschied, das Weite zu suchen.

# Achtes Kapitel

»Joris Breyvogel ist Raúls Vater?«

Joaquín nickte. Aurora spürte etwas Schweres in ihrer Magengegend, einen Druck wie von Übelkeit, gegen den sie mit aller Kraft ankämpfen musste. Für einen Moment presste sie eine Hand gegen ihren Mund, sie ließ sie erst wieder sinken, als es ihr endlich gelang, ruhiger zu atmen.

Natürlich kannte sie den Namen Breyvogel. Es gab da eine Geschichte aus der Anfangszeit ihrer Großmutter in diesem Land. Jeder in der Familie Meyer-Weinbrenner kannte den Namen. Großmama hatte einmal für Stefan Breyvogel, Joris' Vater, gearbeitet, später waren sie zu Konkurrenten geworden, dann zu erbitterten Feinden. Irgendwann war das Fuhrunternehmen der Breyvogels den Bach runtergegangen, Stefan Breyvogel hatte sich dem Suff ergeben und war im Vollrausch elend in einem der tiefen Rinnsteine der Stadt ertrunken.

Aurora schauderte mit einem Mal. Raúl hat mich belogen. Er hat mich nie geliebt, es ging ihm die ganze Zeit nur um seine Rache. Es ging ihm nur um die Familie …

Joaquín strich über ihren Arm. »Es tut mir so leid, dass ich es dir sagen muss.«

»Es ist nicht deine Schuld.«

Aurora hätte jetzt gern geweint, aber es kamen keine Tränen. Nie hätte sie gedacht, dass sie einmal in den Strudel dieser alten Auseinandersetzungen gezogen werden würde. Das war doch die Generation ihrer Großmutter! Warum sollte sie sich noch damit belasten? Aber sie hatte sich geirrt. Offenbar war die Vergangenheit nicht vergangen. Nicht für sie.

Raúl hat dich benutzt, fuhr es ihr erneut durch den Kopf, ihm lag gar nichts an dir.

Ob er gemeinsam mit seinem Vater gelacht hatte über ihre törichte Liebe? Ob er seinem Vater erzählt hatte, was sie getan hatten, wie sie sich geküsst hatten und wie sie sich ihm hatte hingeben wollen? Wie oft hatte sie ihn angefleht, sie zur Frau zu machen! Ob er Joris Breyvogel von allen Zärtlichkeiten, die sie heimlich ausgetauscht hatten, berichtet hatte?

Jetzt stiegen ihr doch Tränen in die Augen, Tränen der Wut, der Trauer und des Schmerzes. Sie fühlte sich mit einem Mal allein, so allein, wie sie sich noch nie in ihrem Leben gefühlt hatte.

»Wenn ich irgendetwas tun kann, sag es mir«, hörte sie Joaquíns leise Stimme.

Aber auch Joaquín konnte ihr nicht helfen. Das konnte niemand.

Aurora schüttelte den Kopf, stand auf und wischte sich die Tränen vom Gesicht. Sie musste in die Schule, sie war schon spät dran. Wie betäubt machte sie sich auf den Weg. Eine Welle des Schmerzes überwältigte sie. Sie konnte sich gerade noch auf die Toilette retten, als sie das Krankenhaus erreichte. Aber es sollte sie doch niemand so verzweifelt sehen! Sie würde sich krankmelden und nach Hause gehen. Eine Magenverstimmung konnte man immer vortäuschen. Dr. Grierson hatte sicherlich Verständnis, Dr. Grierson hatte für alles Verständnis.

Die Schülerinnen sprudelten einem Wasserfall gleich aus dem Schwesternschulgebäude. Raúl entdeckte Aurora sofort, hielt sich aber in seinem Versteck. Er wusste nicht, wie er ihr gegenübertreten sollte. Seit zwei Tagen war er enttarnt, seit zwei Tagen sollte sie nicht mehr zu seinem Leben gehören, und er konnte sich nicht damit abfinden.

*Ich hätte niemals gedacht, dass sie mir so wichtig ist.*

Vielleicht hatte er sich auch einfach nicht erlaubt einzusehen, dass er tiefere Gefühle für die Frau hegte, die doch seine Feindin sein müsste – weil ihre Familie die seine zerstört hatte.

Nur ... ließ sich eine Familie überhaupt so leicht zerstören? Musste nicht schon vorher etwas brüchig gewesen sein? Er hatte sich lange Zeit nicht erlaubt, darüber nachzudenken. Genau das zu tun, war nämlich viel einfacher gewesen, als der Wahrheit ins Gesicht zu blicken.

Er fuhr fort, Aurora zu beobachten, die sich eben mit einigen Mitschülerinnen unterhielt. Sie sah müde aus und doch gefasster, als er das erwartet hatte. Jetzt sah er auch ihren Bruder. Raúl atmete vor Erleichterung tief durch, dass dieser ihn nicht noch entdeckt hatte, so nah, wie er an seinem Versteck vorübergekommen war. Wenig später tauchte eine Frau in Begleitung eines jungen Mannes auf, der einen Fotoapparat nebst Stativ über der Schulter trug.

Das war doch dieser Straßenfotograf ... Certa oder so ähnlich hieß er. Raúl war ihm schon überall in der Stadt begegnet. Er war anders als die anderen Fotografen, er machte auch Bilder von einfachen Arbeitern, Prostituierten und den Einwohnern der *conventillos.*

Aurora drehte sich zu dem Pärchen um und grüßte. Ihre Mitschülerinnen umrundeten den Fotografen bald, dessen halblanges dunkles Haar ihm bis zu den Schultern reichte. Raúl zog sich der Magen zusammen, als sich der Mann schließlich an Aurora wandte und einige Worte mit ihr wechselte.

Was war da los?

Joaquín legte jetzt besitzergreifend den Arm um die Schwester. Die schmiegte sich an ihn. Raúl wandte sich zum Gehen. Eigentlich hatte er mit Aurora reden wollen, doch so war das nicht möglich. Vielleicht war es das Beste, wenn er einfach aus ihrem Leben verschwand … Aber einmal, einmal musste er sie noch sehen.

# Neuntes Kapitel

Vollkommen überraschend stand Raúl plötzlich im Garten des Meyer-Weinbrenner'schen Anwesens. Er musste den Weg zwischen den Büschen hindurch gewählt haben, den er schon so oft genommen hatte. Als Aurora ihn entdeckte, wollte sie zuerst eines der Dienstmädchen rufen, um ihn hinauswerfen zu lassen. Dann fiel ihr plötzlich auf, wie erschöpft er aussah. Erschöpft und traurig. Unentschieden starrten sie einander an, ohne ein Wort zu sagen.

Schließlich winkte Aurora ihm, ihr zu folgen, dorthin, wo sie sich schon so oft getroffen hatten. Sie brauchte vertrautes Terrain. Und dort gestand er ihr alles: die Pläne seines Vaters. Was man in seiner Familie über die ihre dachte. Und seine Liebe.

Und was erwartet er jetzt?, fuhr es ihr durch den Kopf. Denkt er, wir können einfach weitermachen wie zuvor? Nein, es würde niemals wieder möglich sein, einander vollkommen unvoreingenommen zu lieben, nach allem, was geschehen war. Oder? Schmerz gehört zum Leben wie auch zur Liebe dazu, fuhr es ihr durch den Kopf, das hatte ihre Mutter einmal zu ihr gesagt.

Aurora verschränkte die Arme vor der Brust, froh darum, eines ihrer schönsten Kleider angezogen zu haben. Trag deinen Kopf immer hoch, hatte Joaquín ihr kürzlich erst gesagt, zeig allen, wer du bist. Sie straffte sich.

»Bist du deshalb hierhergekommen? Um mir das zu sagen?«, fragte sie dann.

Aurora unterdrückte ein Schaudern. Diese Begegnung hatte etwas Endgültiges. Danach würden sie sich trennen. Trotz aller Wut, die sie über seinen Verrat empfand, tat dieser Gedanke weh.

*Vielleicht hätten wir …*

»Aurora …«, sagte Raúl plötzlich, »… ich wollte dich nie verletzen. Ja, anfangs warst du mir gleichgültig, eine Feindin meines Vaters …«

»Ich habe deinen Vater nie kennengelernt.«

Er hob die Hand und bat sie damit zu schweigen. »Dann habe ich dich lieben gelernt, aber mein Vater wird immer zwischen uns stehen, und ich kann mir nicht verzeihen, was ich dir angetan habe.«

Vielleicht, meldete sich wieder die Stimme in ihrem Kopf, vielleicht könnten wir doch …

In ihre Gedanken hinein drang Raúls Räuspern.

»Wir können nicht gemeinsam glücklich werden, Aurora, das tut weh, aber es ist so.«

Plötzlich überwog Traurigkeit die Wut. »Ohne dich werde ich auch nicht glücklich werden«, flüsterte sie.

»Doch!« Er lächelte sie an, wagte endlich sogar, sie in die Arme zu nehmen. Aurora wehrte sich nicht. »Du wirst wieder glücklich werden, ihr Meyer-Weinbrenners habt das Zeug dazu.« Aurora wollte etwas erwidern, doch Raúl legte den Finger auf ihre Lippen. »Glaub mir einfach«, flüsterte er. Und dann: »Darf ich dich küssen? Nur noch ein Mal?«

Sie nickte, spürte im nächsten Moment seine Lippen auf den ihren, ein verzweifeltes, doch zärtliches Drängen. Danach löste er sich von ihr, nickte ihr noch einmal zu und war auch schon wieder zwischen den Büschen verschwunden. Für einen Moment war es, als hätte sie sich alles nur eingebildet. Aurora stand wie erstarrt da, dann sank sie inmitten der Büsche zusammen.

»Señorita Hofer?«

Sie war vollkommen in Gedanken versunken, als sie plötzlich eine unbekannte Stimme hörte. Aurora fuhr zusammen. Verwirrt schaute sie den unbekannten Mann an, der offenbar auf demselben Weg in den Garten gekommen war wie gerade Raúl. Der Mann war ungeheuer dick, auf der linken Gesichtshälfte vom Wangenknochen bis über die Schläfe zog sich eine verschorfte Wunde. Seine Kleidung war zerlumpt, ein paar fettige Haarsträhnen hingen ihm in die Stirn. Er dünstete einen unangenehmen Geruch aus. Aurora sprang auf.

»Señorita Hofer, wie überaus schön, Sie zu sehen.«

»Wer sind Sie?«

Auroras Herz schlug jetzt wie wild. Natürlich hatte sie eine Ahnung, wer das war: Raúls Vater. Doch was suchte der hier?

»Das wissen Sie nicht? Hat mein Sohn denn so gar nichts von mir erzählt? O nein!« Er schlug die feisten Hände vors Gesicht. »Das ist aber traurig. Dann kommt mein Besuch wohl etwas ungelegen?«

Aurora bemerkte angeekelt die Speicheltröpfchen, die Joris Breyvogel von den Lippen sprühten. Er sah sie so verschlagen an, dass es ihr Übelkeit bereitete. Wenngleich ihr in diesem Augenblick eine Vielzahl von Gedanken durch den Kopf schossen, presste Aurora die Lippen aufeinander. Sie musste weg. Sie musste sich in Sicherheit bringen. Hilfe holen.

Aurora bemerkte ein Schaudern, gegen das sie vergebens ankämpfte, was ihr Gegenüber mit einem zufriedenen Lächeln registrierte.

Ich muss Zeit schinden, dachte sie, darauf hoffen, dass irgendjemand nach mir sucht und ... Sie schluckte.

»Was habe ich Ihnen überhaupt getan? Wir haben uns nie kennengelernt, wir …«

»Kennengelernt? Nein, natürlich nicht! Wer von euch da oben schaut schon nach denen, die ihr in den Dreck getreten habt?«

»Aber das stimmt doch nicht. Meine Familie …«

»Halt's Maul, du dummes Weib!«

Aurora schluckte. Anstatt ihn zu beruhigen, hatte sie ihn nur noch wütender gemacht.

»Weißt du, was dein Fehler ist?«, schnaubte er jetzt. »Du gehörst zur falschen Familie.«

Wenige Atemzüge lang standen sie einander schweigend gegenüber. Plötzlich zog Joris Breyvogel eine Pistole unter seinem Mantel hervor.

*Er ist bewaffnet.*

Aurora sog scharf die Luft ein. Ihr Herz begann wieder schneller zu trommeln. Einen Moment lang konnte sie nur auf die Pistole starren, die Breyvogel langsam auf sie richtete. Seine Hand zitterte.

»Wissen Sie was? Wenn Ihre verdammte Großmutter dem Vorschlag meines Vaters zugestimmt hätte, wäre es uns allen besser ergangen … «

Aurora nahm allen Mut zusammen, um zu antworten. »Besser ergangen? Wie meinen Sie das?«

Breyvogel schwieg einen Moment. »Er war ein guter Mann, mein Vater …«, murmelte er, kurz in Gedanken verloren.

Und dann schien er sich mit einem Mal zu erinnern, dass es um etwas anderes ging. Auroras Augen weiteten sich, als er die Pistole höher hob.

»Was wollen Sie tun?«

Raúls Vater grinste verächtlich. »Was wohl? Sie erschießen.

Dem Ganzen ein Ende setzen. Ihr Frauen glaubt wohl, ihr könnt alles haben ...«

»Man ... man wird Sie entdecken, wenn Sie schießen«, warf sie ihm verzweifelt entgegen. »Alle werden es hören.«

»Das kümmert mich nicht.« Er lächelte verächtlich, und doch wirkte er fast verloren.

»Man wird Sie verhaften.«

»Na und? Es gibt ohnehin nichts mehr, für das es sich zu leben lohnt. Mein Sohn hasst mich ...«

»Bestimmt nicht. Geben Sie sich beiden noch eine Chance.«

Die Hand, die die Pistole hielt, zitterte nun stärker. Offenbar hatte Aurora Joris Breyvogels wunden Punkt getroffen. Ihr blieb kaum Zeit, darüber zu staunen, dass hinter dieser abstoßenden Masse Mensch noch ein Gefühl verborgen schien. Doch im nächsten Moment verhärtete sich der Gesichtsausdruck des Mannes wieder.

»Dafür ist es zu spät. Er hat mich verlassen, so wie mich alle verlassen haben, Señorita.«

Joris Breyvogel richtete den Lauf der Pistole genau auf Auroras Gesicht. Sie spürte, wie ihr flau im Magen wurde, gleichzeitig spannten sich all ihre Muskeln an. Jetzt war es so weit. Zu reden würde ihr nun nicht mehr helfen. Ihre Gedanken rasten. Sie sah, wie sich Breyvogels Finger am Abzug zu schaffen machte. Es klickte leise, als er den Hahn spannte.

Bruchteile, bevor der Schuss fiel, warf Aurora sich zu Boden. Sie konnte nicht sagen, ob sie geschrien hatte. Sie merkte auch nicht, dass sie sich Ellenbogen und Knie aufgeschlagen hatte. Aus den Augenwinkeln bemerkte sie, dass Breyvogel den Revolver neu positionierte. Und dann war er plötzlich da – Raúl. Mit einem wütenden Aufschrei stürzte er sich auf seinen Vater. Die Männer rangen verbissen miteinander.

Vom Haus her näherten sich Schritte.

»Was ist passiert? Wer ist dort?«, hörte Aurora jemanden rufen.

Sie konnte sich nicht bewegen. Entsetzt starrte sie die beiden Kämpfenden an. In dem Moment als Julius, Joaquín, Marlena und Anna sie erreichten, krachte erneut ein Schuss. Joris Breyvogel brüllte auf und fiel zu Boden. Irgendjemand riss Aurora hoch und schloss sie in die Arme.

*Großmama. Anna.*

Als sie wieder zu Raúl und seinem Vater blickte, sah sie diesen auf dem Boden sitzen, die linke Hand gegen seine rechte Schulter gepresst. Blut quoll unaufhörlich zwischen seinen Fingern hervor. Raúl stand schwankend da. Sein Blick verharrte auf Aurora, die anderen schien er gar nicht wahrzunehmen.

»Bitte, hilf ihm«, flüsterte er mit tonloser Stimme, »bitte, still seine Blutung. Er ist ein schlechter Mensch, aber er ist der einzige, den ich habe. Bitte, Aurora, du bist Krankenschwester, du weißt, was zu tun ist. Mach, dass er aufhört zu bluten.«

Aber sie konnte es nicht. Sie konnte sich einfach nicht rühren.

# Zehntes Kapitel

Alessandro stand an der Reling des Dampfers, der den Hafen von Buenos Aires ansteuerte, seine jüngste Nichte Florentina auf dem Arm. Valentinas ältere Kinder riefen und lachten wild durcheinander. Er hatte nach dem Tod seiner jüngeren Schwester keinen Moment gezögert, sich um die Bande zu kümmern. Der Vater war schon bei Florentinas Geburt verschwunden, angeblich, um sich eine bessere Arbeit zu suchen. Vielleicht stimmte das. In jedem Fall war er nie wieder aufgetaucht. Obwohl den Kindern die Zeit an Bord des Schiffes wie ein großes Abenteuer vorgekommen war, freuten auch sie sich nun darauf, bald an Land zu gehen. Sie waren in die breite Mündung des Río de la Plata eingefahren, nachdem sie Montevideo hinter sich gelassen hatten, wo stets ein Lotse an Bord ging, der die Schiffe sicher durch die tückischen Gewässer nahe des Landes führte. Das tiefe Blau des Ozeans war hier von grünlicher Färbung. Natürlich hatte Alessandro den Kindern schon viel Zauberhaftes von der neuen Heimat erzählt, von der Pampa, von exotischen Pflanzen, von den Blüten der Jacaranda, vom Korallenbaum, dem Ombú, auch Elefantenbaum oder *bella sombra* genannt, weil man sich in großer Hitze unter seiner ausladenden Krone in den Schatten flüchten konnte.

Es war schon spät am Tag, die Sonne näherte sich zunehmend rascher dem Horizont, Wolken verschiedenster Farbschattierungen umgaben sie, einige hatten die Form langer Bergketten, mit ihren ins Firmament aufragenden Gipfeln.

Es war windstill. Am Vortag, so hatte man ihnen ihn Montevideo berichtet, war ein *pampero*, jener stürmische Südwestwind, über das Mündungsdelta gefegt, begleitet von dunklen Wolken, Gewitter, Hagel und heftigem Wind. Er hatte einige Schiffe in Not gebracht.

Alessandro starrte zum Land hinüber, wo endlich in der Ferne die Häuser und die über alles erhabene Kathedrale von Buenos Aires auftauchten. Kurz seufzte er auf. Die kleine Florentina sah ihn fragend und sehr ernst an. Manchmal kam sie ihm zu ernst vor. Sie war noch so klein gewesen, als sie ihre Mutter verloren hatte. Kurz entschlossen pustete er gegen ihre Nase und kitzelte sie dann, froh, ihr glucksendes Kinderlachen zu hören. Der Verlust der Mutter war allen sechs Kindern schwergefallen. Alessandro hoffte, dass er mit seiner Entscheidung, sie aus ihrer gewohnten Umgebung herauszureißen und mit nach Buenos Aires zu nehmen, das Richtige tat.

Dieses Mal, dachte er jetzt bei sich, werde ich nicht nach Italien zurückgehen. Dieses Mal komme ich, um zu bleiben.

Alessandro fröstelte unwillkürlich. Er musste sich eingestehen, dass er sich die ganze Fahrt über vor dem Moment gefürchtet hatte, an dem die Stadt in Sicht kommen würde.

Was war wohl in den letzten beiden Jahren, in denen er Italien wegen Valentinas Krankheit nicht hatte verlassen können, geschehen? Würde ihm und den Kindern ein Neuanfang vergönnt sein oder hatte er zu viel gewagt? Doch selbst wenn, jetzt gab es in jedem Fall kein Zurück mehr. Hinter ihnen lagen der Ozean und eine lange Reise, vor ihnen lag die Zukunft. Alessandro atmete tief durch und war plötzlich vollkommen ruhig. Er konnte sich nicht schwach zeigen, er musste für die Kinder da sein. Sie hatten nur noch ihn, und er hatte es seiner Schwester versprochen.

Maria … Ganz plötzlich war jetzt wieder ihr Name in seinem Kopf. Sie hatte jeden seiner Briefe ignoriert. Warum nur? Warum hatte sie ihm noch nicht einmal die Gelegenheit gegeben, sich zu erklären? Warum hatte sie ihm so wenig vertraut? Gehörte Vertrauen nicht zur Liebe dazu?

Alessandro seufzte. Kurz kehrten seine Gedanken zurück in die Alte Welt. Er dachte an das wenige Geld, das der Verkauf seines Elternhauses, des kleinen Gartens und der paar Ziegen gebracht hatte. Es hatte geschmerzt, das Haus, in dem er und seine Geschwister aufgewachsen waren und so lange gemeinsam gelebt hatten, bevor das Leben sie in alle Winde zerstreut hatte, zu veräußern. Er hatte immer davon geträumt, irgendwann ein größeres und schöneres an seine Stelle setzen zu können, doch dazu hatte das Geld nie gereicht, obwohl er jeden in Buenos Aires verdienten Peso zweimal umgedreht hatte. Zu viel davon hatte er nun für die Fahrt ausgegeben, doch darüber wollte er nicht nachgrübeln. Die Grübelei brachte nichts.

Es war nicht leicht gewesen nach dem Tod seiner geliebten Schwester, aber jetzt musste es weitergehen. Jetzt musste er diese Sache mit Maria ein für alle Mal klären, und was auch immer dann geschah – er würde in Argentinien mit den Kindern ein neues Leben beginnen.

Die kleine Florentina zupfte an seinem Bart und deutete auf die Stadt, die vor ihnen aus dem Wasser emporwuchs – je näher sie herankamen, desto mächtiger erschien sie ihm.

»*Là, città!*«, krähte sie.

»Buenos Aires, *zio?*«, fragte eines der älteren Kinder.

»*Si,* das ist die Stadt, Buenos Aires.«

Sie waren angekommen.

Der bärtige, gut aussehende Mann mit den silbergrauen Schläfen, der am folgenden Tag sechs Kinder im Schlepptau die Calle Florida heraufkam, erregte einiges Aufsehen. Wo immer er vorüberkam, blieben auch die Eiligsten einen Moment stehen, um das Schauspiel zu verfolgen. Wie die Orgelpfeifen folgten zwei Jungen und drei Mädchen dem Mann auf dem Fuß. Als sie vor dem Café Maria anlangten, blieben eine kleine Meute weiterer Kinder und ein paar Erwachsene stehen. Lachen erfüllte die Luft. Neugierige Stimmen tauschten sich darüber aus, was man hier wohl gleich zu sehen bekäme. Ein Bandoneon-Spieler untermalte das Lärmen mit Musik.

Maria wunderte sich, als sie sah, dass sich vor ihrem Café eine kleine Menschengruppe versammelt hatte. Sie beendete ein Gespräch mit einer älteren Dame, die jeden Sonntag in Begleitung ihrer Enkelin kam, als ein Mann ihre *pastelería* betrat. Hinter dem neuen Gast schwoll ein Chor neugieriger Stimmen an. Maria legte unwillkürlich fragend den Kopf zur Seite. Der Mann kam ihr bekannt vor, im Gegenlicht konnte sie ihn allerdings noch nicht richtig erkennen. Aber dann …

Ganz plötzlich war es Maria, als drückte jemand ihr Herz mit kräftigen Fingern zusammen. Beinahe hätte sie ihren Bestellblock fallen lassen. »Alessandro«, hauchte sie.

Ihre Stimme klang atemlos, wie die einer viel jüngeren Frau, und sie hasste sich dafür, sich so wenig unter Kontrolle zu haben. Gefühle, die sie längst bewältigt geglaubt hatte, waren mit einem Mal wieder da, stärker als je zuvor. Maria errötete bis zu den Haarwurzeln. Was sollte sie jetzt tun? Weglaufen konnte sie wohl kaum. Reden war auch unmöglich. Alessandro hatte sie gedemütigt, wie es noch niemand zuvor getan hatte, er hatte sie belogen, hatte mit ihr gespielt, während zu Hause Frau und Kinder auf ihn warteten.

Maria kämpfte mit aller Macht gegen das Zittern an, das ihren Körper erfassen wollte, und wandte sich dann dem nächsten Tisch zu, um dort die Bestellung aufzunehmen. Als sie damit fertig war, steuerte sie kurz entschlossen auf die Theke zu, um in der Backstube dahinter zu verschwinden. Sie würde einfach alles Weitere ihrem Personal überlassen. Sie musste nicht bleiben. Sie musste sich Alessandros Unverschämtheit nicht aussetzen.

Maria hatte die Theke noch nicht ganz erreicht, als sie Alessandros sanfte, vertraute Stimme hörte.

»Maria!«

Und jetzt sah sie es. Die *bambini*, die sich hinter ihm durch die Tür schoben, schienen zu ihm zu gehören. Sie zählte drei, vier, nein, sechs Kinder. Was sollte das?

Maria wich zurück, streckte die Hand nach der kleinen Klappe in der Theke aus, durch die hindurch sie fliehen konnte. Sie fühlte sich verhöhnt, fürchtete, im nächsten Moment in Tränen auszubrechen. Doch sie konnte sich nicht vom Fleck rühren.

Alessandro sah sie jetzt betroffen an. Er sagte nichts mehr, sondern wies den Kindern einen Tisch in der Ecke zu. Die kletterten kichernd auf die Stühle. Im Café war es still. Keiner sagte etwas. Nur draußen auf der Straße hielt der Lärm an.

*Was soll ich jetzt tun?*

Ihr Herz schien so laut zu pochen, dass Maria befürchtete, jeder müsste es hören. Endlich gelang es ihr, sich einen Ruck zu geben. Was denkt er sich?, hämmerte es in ihr, während sie durch die Tür zur Backstube hastete. Er will mich zum Gespött der Leute machen.

Maria wartete an diesem Tag, bis auch der letzte Gast gegangen war, bevor sie es sich erlaubte zu weinen. Danach konnte sie sich erst einmal nicht dazu überwinden, die *pastelería* zu verlassen. Das Café Maria war ihre Heimat, das Wichtigste, was sie besaß. Mehrmals ging sie vom Verkaufsraum in die Backstube und wieder zurück. Sie polierte die Kuchentheke, fegte noch einmal durch, prüfte die letzten Vorbereitungen für den kommenden Tag und ging zu guter Letzt die Vorräte durch. Irgendwann, als wirklich nichts mehr zu tun war, hielt sie erschöpft inne.

Ich habe Angst, ihm zu begegnen, schoss es ihr durch den Kopf. Ich will ihn nicht sehen und auch seine Kinder nicht. Ihre fröhlichen Kinderstimmen hatten sich wie Messer in ihr Herz gebohrt.

Er war lange geblieben, immer wieder hatte sie ihn durch den Spalt in der Tür beobachtet. Sie hatte mitbekommen, dass er Kakao und Kuchen für die Kinder bestellt hatte, für sich allerdings nichts, sicherlich verzichtete er, weil es ihm an Geld mangelte.

*Ist er zurückgekommen, um mich erneut auszusaugen? Hält er mich wirklich für ein so ausgesprochen dummes Weib?*

Aber jetzt war nichts mehr zu tun, und es war wirklich Zeit zu gehen … Maria ließ die Hände über die Arbeitsflächen gleiten. Es roch sauber und nach den Zutaten, die sie zum Backen verwandte. Sie liebte diesen Geruch nach Zucker, Nüssen, Honig, Butter und Milch. Sie liebte ihn wie kaum etwas anderes auf der Welt.

*Ich kann nicht ewig hierbleiben. Fabio wird sich Sorgen machen …*

Maria sah durch die Fensterscheiben nach draußen, verließ das Café und schloss sorgfältig ab. Ernst grüßte sie den Mann, der gegen Bezahlung während der Nacht ab und an einen Blick auf ihr Geschäft warf. Die Straßenbeleuchtung gab der Stadt ein ganz eigenes Licht. Kurz verhielt sie ihren Schritt, atmete tief durch und ging dann nachdenklich weiter. Als Maria die Calle Florida verlassen wollte, blieb sie unvermittelt stehen.

*Alessandro …*

Obgleich seine Gestalt nur ein dunkler Schatten war, erkannte sie ihn sofort. Er stand dicht bei einer der Laternen und wartete auf sie. Das jüngste der Kinder hielt er jetzt auf dem Arm, zwei andere drückten sich an ihn, die größten saßen auf dem Bordstein. Eins der Mädchen gähnte herzzerreißend.

Maria überlegte, ob sie Alessandro einfach ignorieren sollte.

»Maria«, sagte er da wieder. »Maria, bitte, ich möchte mit dir sprechen. Ich …«, er schluckte, »… ich habe ein Recht darauf. Wir … wir haben uns doch einmal …«

Sie hob die Hand, damit er nicht aussprach, was sie nicht hören wollte. Wieder schossen ihr Tränen in die Augen. Jetzt sah sie ihn nur noch verschwommen.

Alessandro zögerte einen Moment. Dann fuhr er fort zu sprechen. »Das hier«, er deutete auf die Kinder, »ist meine Familie.«

»Ja, das habe ich mir gedacht.«

Maria hoffte, dass nur sie das Zittern in ihrer Stimme hörte. Sie wusste schon, dass er Kinder hatte, sie wusste, dass er sie betrogen und für eine Närrin gehalten hatte all die Jahre lang. Sie wusste, dass er über sie, diese alte Schachtel, gelacht hatte, sie, die sich eingebildet hatte, sie könnte ihm etwas bedeuten.

Zum ersten Mal stieg jetzt auch Wut in ihr hoch. Sie war eine erwachsene, erfahrene, eine gestandene Frau. Sie musste sich das nicht mehr bieten lassen. Sie öffnete den Mund, kam aber nicht dazu, etwas zu sagen. Vielleicht hatte er den Ausdruck auf ihrem Gesicht gesehen, ein Blitzen in ihren Augen, denn er sprach rasch weiter.

»Maria, dies ist meine Familie, aber es sind meine Nichten und Neffen. Die Kinder meiner Schwester.«

»Deine Nichten und Neffen?«, echote sie. Ihr Mund klappte wieder zu. Sie war fassungslos.

»Die Kinder meiner verstorbenen jüngeren Schwester, ihr Bild kennst du, glaube ich, schon.« Alessandro lächelte. »Das, Maria, habe ich dir in all den Briefen zu erklären versucht.«

»In all den Briefen ...«

»Ja, in meinen Briefen. Du hast sie doch bekommen?«

»Ja, ich ...«

Maria sah die Briefe vor ihrem geistigen Auge. Irgendwann hatte sie die Briefe, die Fabio abgefangen hatte, um sie zu schützen, um ihr weiteren Schmerz zu ersparen, gefunden. Sie hatte sie mit einem Band zusammengebunden und in ihrem Schrank versteckt. Sie hatte keinen davon weggeworfen, aber sie hatte auch keinen einzigen gelesen. Und danach war kein weiterer Brief mehr gekommen.

»Du hast irgendwann nicht mehr geschrieben.«

»Doch, das habe ich. Jeden Monat.«

»Du ...« Sie stockte. Fabio musste auch diese letzten Briefe versteckt haben ... »O Alessandro«, flüsterte sie dann heiser und dann noch einmal, weil sie gar nicht mehr wusste, was sie sagen sollte: »Alessandro ...«

Alessandro bückte sich und reichte das schläfrige Kind auf seinem Arm an das älteste. Das kleine Mädchen protestierte, ließ sich jedoch rasch beruhigen. Dann trat er auf Maria zu, legte seine Hände auf ihre Schultern und blickte sie fest an.

»Warum hast du mir nicht geglaubt? Warum hast du mir nicht einmal die Gelegenheit gegeben, mich zu erklären?«

»Ich …«

»Nun ja«, er lächelte, »du musst sehr verletzt gewesen sein …«

Sie nickte, statt eine Antwort zu geben. Daran zu denken, was sie ausgehalten hatte, war zu schmerzlich. Den Gedanken daran, was Fabio ihr angetan hatte, verbot sie sich. Er war ihr Kind. Er hatte es nicht böse gemeint, hatte sich nur um sie gesorgt. Sie atmete tief durch. Alessandros Hände streichelten nun vorsichtig ihre Arme. Sie ließ es geschehen. Er wurde mutiger, küsste sie endlich sanft auf beide Wangen.

»Es ist so schön, dich wiederzusehen.«

»Ja.«

Jetzt war es an ihr, die Hand auszustrecken, über seine rauen Wangen zu streicheln, seinen so geliebten Geruch einzuatmen.

»Wir haben viel Zeit verloren«, sagte er dann.

»Ja«, flüsterte sie.

Es tat so gut, so nahe bei ihm zu stehen. An seinem Arm vorbei sah sie die Schar Kinder auf der Bordsteinkante sitzen und sie neugierig anstarren.

Alessandro löste sich etwas von ihr, trat einen Schritt zurück und nahm sie fest in den Blick. »Ich weiß, es ist sehr früh. Ich weiß, dass ich uns vielleicht noch etwas mehr Zeit geben müsste, aber ich denke seit Wochen an nichts anderes …« Er lachte unsicher. »Auf dem Schiff hat man ja viel Zeit.«

Obgleich sie eine Ahnung hatte, was er sagen wollte, sah Maria Alessandro fragend an. Er strich ihr zärtlich über eine Wange.

»Maria, willst du meine Frau werden?«, fragte er dann.

Maria war unendlich glücklich über Alessandros Rückkehr. Letztendlich hatte sich doch alles zum Guten gewendet. Es war dumm gewesen, ihm nicht zu glauben. Es war dumm gewesen, ihm keine Gelegenheit zu geben, sich zu erklären, aber sie hatte Glück: Gott gab ihr noch einmal eine Chance.

Natürlich hatte sie sofort Ja gesagt. Erst am zweiten Abend hatten sie Bedenken überkommen.

»Sind wir nicht zu alt?«, hatte sie Alessandro nachdenklich gefragt.

Der hatte nur gelacht. »Es heißt doch«, hatte er erwidert, »dass man Gott mit seinen Plänen manchmal zum Lachen bringen muss.« Dann hatte er ernster hinzugefügt: »Wer sollte etwas dagegen haben, Maria? Wo steht geschrieben, dass man sich nicht auch in höherem Alter verheiraten darf?«

Aber sollten einer Ehe nicht auch Kinder entspringen?, hatte sie überlegt. Liegt darin nicht der Sinn einer Ehe?

Aus dieser Ehe würden keine Kinder mehr entstehen, dazu war sie zu alt. Trotzdem würde sie Kinder zu erziehen und nach besten Kräften auf das Leben vorzubereiten haben – Valentinas Kinder, mit denen endlich wieder Lachen in ihre und Fabios viel zu stille Wohnung eingezogen war.

Mit Alessandros Nichten und Neffen freundete Maria sich rascher an, als sie das erwartet hatte. Natürlich hatte sie sich immer eine große Familie gewünscht, aber es war nie dazu gekommen. Ganz besonders genoss sie es, Florentina, die Jüngste, in den Armen zu halten. Nun, so viele Jahre nach dem Verlust ihrer erst acht Monate alten Chiara auf der Überfahrt in die Neue Welt, konnte sie endlich wieder ein kleines Mädchen umsorgen. Sie empfand Florentina als Gottesgeschenk und hoffte inständig, ihr und den anderen die Mutter irgendwann ersetzen zu können.

Lediglich Fabio quittierte die plötzliche Erweiterung der Familie mit einem düsteren Gesichtsausdruck. Er war der Einzige, der sich nicht über die veränderte Situation freute, doch dieses Mal würde Maria nicht auf ihn hören. Ja, sie hatte ihm verziehen, aber sie würde ihn nie wieder über ihr Leben bestimmen lassen.

Als Fabio eines Morgens das Café Maria aufschloss, entstieg gerade eine ältere, rundliche Dame einem der neuen Automobile, einem Peugeot T 21, wenn sich Fabio recht erinnerte. Der Chauffeur hielt steif die Tür geöffnet. Señora Gómez gehörte schon seit Langem zu den besten Kundinnen des Cafés, sie war dort jeden Tag gemeinsam mit ihren Freundinnen anzutreffen.

»Fabio«, begrüßte sie ihn mit einem vertraulichen Nicken.

Sie kannte ihn schon seit Kindertagen und hatte ihn dementsprechend niemals Señor genannt. Manchmal hatte Fabio den Eindruck, sie stünde kurz davor, ihm zur Begrüßung wieder über den Kopf zu streicheln wie damals, als er noch kleiner gewesen war und den ganzen Tag im Café gespielt hatte.

»Señora Gómez!«, grüßte er freundlich und verbeugte sich leicht.

Sie roch nach Puder und zu viel Kölnischwasser. Die Schminke auf ihrem Gesicht war dick aufgetragen, so wie das die Frauen gemeinhin taten, und ließ ihren Ausdruck maskenhaft erscheinen. Ihr Kleid war offenbar neu. Es verbarg ihren fülligen Körper recht vorteilhaft. Fabio machte der Señora gewohnheitsmäßig ein Kompliment. Sie lächelte. Dann griff sie mit einer ihrer weichen, warmen Hände nach seinem Arm.

»Höre ich recht, Fabio, deine Mutter hat einen Liebhaber? Die Leute reden, aber ich kann mir das einfach nicht vorstellen.«

Fabio überlief es kalt. Er hatte auf so etwas gewartet. Fing das alles jetzt wieder von vorn an? Kamen jetzt wieder die Gerüchte, die Andeutungen, zerriss man sich jetzt wieder das Maul über seine Mutter und letztendlich auch über ihn? Zerrann das alte Leben, das er sich so mühsam wieder aufgebaut hatte, jetzt doch wie Eis in der brennenden Sonne? Nein, das konnte und durfte nicht sein.

Er musste sich sehr konzentrieren, um Señora Gómez eine ruhige Antwort zu geben. »Ich …« Er spürte eine leichte Röte in seinen Wangen, von der er hoffte, sein Gegenüber bemerkte sie nicht. »Er ist ihr Verlobter«, sagte er dann.

Er hasste das Wort in Zusammenhang mit Alessandro. Für ihn war dieser Mann ein Eindringling und würde es immer bleiben – jemand, der das feine Gefüge zwischen ihm und seiner Mutter mutwillig zerstörte.

Señora Gómez, die ihn, wie er beunruhigt bemerkte, nicht aus dem Blick gelassen hatte, ließ seinen Arm los und drückte dann die Fingerspitzen ihrer fleischigen Hände gegeneinander. Nicht zum ersten Mal fiel Fabio auf, dass ihre Fingernägel sehr lang waren, ein Zeichen dafür, dass sie keiner körperlichen Arbeit nachzugehen hatte. Nur Arbeiter hatten kurze, schmutzige Nägel.

»Ich finde«, setzte Señora Gómez im nächsten Moment an, »eine Frau im Alter Ihrer Mutter sollte nicht mehr heiraten, zumal sie nun so lange Witwe gewesen ist. Das schickt sich einfach nicht. Außerdem gehören zu einer Ehe Kinder … Nun, da müssen wir wohl nicht drüber reden. Das dürfte Ihnen ja auch bekannt sein.«

Señora Gómez' Augen musterten ihn scharf. Fabio grübelte einen Moment lang darüber nach, ob es irgendein ungeschriebenes Gesetz gab, das älteren Witwen das Heiraten verbot. Ihm fiel keins ein, und doch sprachen ihm Señora Gómez' Worte irgendwie aus der Seele. Er wollte ja nicht, dass seine Mutter heiratete. Sie hatten doch gemeinsam ein gutes Leben geführt, warum sollte sich daran etwas ändern müssen?

Und natürlich fürchtete er den Einfluss dieser Frau: Señora Gómez war es damals gewesen, die ihnen die ersten wichtigen Kunden zugeführt hatte. Unter ihrem Einfluss erst war das Café Maria aufgeblüht. Señora Gómez war wichtig für das Café Maria, ebenso wichtig wie guter Kuchen, gute Schokolade und guter Kaffee. Er wagte nicht, sich vorzustellen, was passierte, wenn diese Kundin dem Café Maria ihre Gunst entzog.

Fabio machte eine einladende Handbewegung auf den Eingang des Cafés zu. »Es ist zwar gerade erst geöffnet worden«, sagte er, »aber für Sie, werte Señora, hätte ich im Handumdrehen eine feine Schokolade bereitet und ein gutes, noch warmes Stück Gebäck. Natürlich auf Kosten des Hauses.«

Fabio bemerkte erstaunt, dass Señora Gómez, die sich sonst keine Leckerei entgehen ließ, zögerte und dann entschlossen den Kopf schüttelte.

»Ach, nein, mir ist heute nicht danach.« Sie wollte sich schon abwenden, drehte sich dann noch einmal zu Fabio um und klopfte ihm auf den Arm. »Bringen Sie die Sache in Ordnung, mein Junge, dann wird es mir und natürlich auch meinen Freundinnen wieder Vergnügen bereiten herzukommen. Sie verstehen doch, dass ich das nicht tun kann, solange das Café in Verruf ist.«

In Verruf? Fabio verbiss sich die Antwort.

Er half Señora Gómez beim Einsteigen, nickte dem Chauffeur zu und starrte dann dem Wagen hinterher, bis er im morgendlichen Gewühl verschwunden war.

Den ganzen Tag über dachte Fabio über das Gespräch nach.

Waren es schon weniger Gäste geworden? Mied man das Café tatsächlich?

Am Abend schloss er ab. Eine Weile trieb es ihn durch die Straßen, dann erst kehrte er nach Hause zurück.

Er musste sich noch daran gewöhnen, dass die großzügige Dreizimmerwohnung, die er so lange Zeit nur mit seiner Mutter geteilt hatte, mit einem Mal voller Menschen war, Menschen, die laut waren, die lachten, sangen und sich stritten, Kinder, die Schmutz machten und sich auf der Straße herumtrieben. Gossenkinder, hatte er schon mehr als einmal bei sich gedacht, doch er wusste sich zu benehmen. Laut würde er das nie sagen.

Als Fabio an diesem Tag ins Haus ging, hörte er seine Mutter lachen. Kurz blieb er an der Tür stehen, den Schlüssel noch im Schloss. Zwei Kinder rannten lachend durch den kleinen Flur und spielten Fangen. Aus der Küche war das Krähen der Kleinen zu hören. Fabio hatte schon mitbekommen, dass Maria Florentina besonders ins Herz geschlossen hatte. Offenbar sah sie in ihr etwas wie einen Ersatz für die Schwester, die er nie kennengelernt hatte, weil sie auf der Überfahrt nach Argentinien gestorben war.

Ich muss mit *mamma* reden, dachte Fabio, sie gefährdet alles, was wir uns aufgebaut haben.

Als Fabio die Küche betrat, saß Maria auf Alessandros Schoß wie ein junges Mädchen. Ihr Strahlen ließ sie tatsächlich jünger aussehen, als sie war. Auf ein Geräusch hin, das er mit dem Hereinkommen verursachte, blickte sie auf und grüßte ihn freudestrahlend. Es gab da immer noch ein Lächeln, das nur ihm vorbehalten war und das ihn normalerweise wirklich glücklich machte. Jetzt zog sich ihm bei dem Anblick der Magen zusammen.

»Fabio, schön, dass du endlich da bist. Stell dir vor, Sandro hat für uns alle gekocht.«

Dass sie ihm einen Kosenamen gegeben hatte, ließ Fabio zusammenzucken.

»Ich habe keinen Hunger«, sagte er barsch, dann schroffer: »Wir müssen reden, *mamma.*«

»Was ist denn?« Marias Gesichtsausdruck wurde von einem Moment auf den anderen ernst.

»Nicht hier«, antwortete er knapp.

Seine Mutter zögerte. Dann stand sie seufzend auf und folgte ihm schweigend die Treppe hinunter aus dem Haus und bis zur Ecke des Straßenblocks.

Für einen Moment wusste Fabio nicht, wie er anfangen sollte. »Du musst damit aufhören, *mamma*, die Leute reden«, platzte er dann heraus.

»Womit aufhören?«

Er wusste nicht, ob sie vorgab, ihn nicht zu verstehen, oder ob sie ihn tatsächlich nicht verstand. Warum war sie nur so furchtbar störrisch?

Sie gingen noch ein paar Schritte.

»Alessandro … Du musst dich von ihm trennen«, nahm er dann allen Mut zusammen.

»Wir sind verlobt.« Maria hob ihre Hand, zeigte ihm den kleinen hölzernen Ring, den Alessandro ihr geschnitzt hatte und den sie nicht hatte wegwerfen können, so groß ihre Enttäuschung auch gewesen war. »Ich habe so lange auf ihn gewartet. Ich werde mein Glück dieses Mal von niemandem zerstören lassen.«

»Aber das Café Maria. Señora Gómez …«

»Señora Gómez ist eine alte Frau mit zu viel Einfluss und einem verhärteten Herzen. Ich werde mir mein Glück gewiss nicht von den Señoras Gómez dieser Welt zerstören lassen.«

»Aber ich …«

Maria blieb stehen, hielt ihre warme rechte Hand kurz gegen seine Wange. Er wusste genau, was sie jetzt am liebsten sagen würde: Wie groß du bist, mein Sohn! Manchmal habe ich den Eindruck, dass es erst gestern war, als ich dich klein und schutzbedürftig im Arm gehalten habe. Das sagte sie so oft zu ihm.

»Ich denke auch an dich, Fabio. Sorge dich nicht«, hörte er stattdessen ihre Worte.

»Du denkst an mich? Du?«

Fabio hasste den Vorwurf in seiner Stimme, doch er konnte nichts dagegen tun. Er starrte seine Mutter an. Der Ausdruck in ihren Augen zeigte ihm, dass sie sich nicht beirren ließ.

»Ich möchte, dass du das Café Maria weiterführst«, sagte sie im nächsten Moment.

Fabio dachte, er hätte sich verhört. »Ich? Ich soll …«

»Warum bist du so überrascht? Du wusstest doch, dass es irgendwann so weit sein würde. Es wird Zeit, und ich werde langsam alt.«

Fabio schüttelte den Kopf. »Und was wirst du machen? Das Café, das war doch dein Leben.«

Maria zuckte die Achseln. »Die Dinge ändern sich. Ich habe Geld beiseitegelegt. Die Meyer-Weinbrenners werden mir helfen, einen kleinen Bauernhof zu kaufen – ich habe sie schon gefragt. Dorthin werde ich mit Alessandro ziehen. Auf unsere alten Tage werden wir tatsächlich noch Estancieros. So wie ich mir das immer gewünscht habe.« Sie hielt kurz inne. »Wusstest du, dass das unser Ziel war, damals, als ich gemeinsam mit deinem Vater hergekommen bin?«

»Und Alessandro und du, ihr werdet tatsächlich heiraten?«

»Natürlich. Das weißt du doch. Freust du dich nicht? Nicht einmal ein wenig?«

Fabio ging wortlos einige Schritte weiter. Nein, er wusste es tatsächlich nicht. Er würde Zeit brauchen, um sich an den Gedanken zu gewöhnen. Seine Mutter, das war ihm jetzt allerdings klar, würde sich auf keinen Fall umstimmen lassen.

# Elftes Kapitel

Das letzte Jahr war nicht leicht gewesen. Einige Monate lang hatte Aurora die Trauer um Raúls Verlust vollkommen gefangen genommen. Nur mit Joaquíns Unterstützung war es ihr gelungen, ihre Ausbildung zur Krankenschwester abzuschließen. Danach hatte Aurora sich geweigert weiterzumachen. Wer brauchte eine Ärztin, die aus persönlichen Gründen versagte, wenn es darum ging, Leben zu retten? Joris Breyvogel war damals vor ihren Augen und in den Armen seines Sohnes Raúl verblutet. Der Schuss, der sich beim Kampf gelöst hatte, hatte ihn letztendlich das Leben gekostet. Raúl hatte ihr verziehen, doch sie konnte sich nicht verzeihen.

Anfangs hatte sie sich im Bett verkrochen. Ihre Mutter war gekommen, um sie aufzumuntern – vergebens. Schließlich hatte sich Großmama Anna an ihr Bett gesetzt, hatte davon erzählt, wie entsetzt sie gewesen war, als sie Joris Breyvogel erkannt hatte. Joris' Vater Stefan Breyvogel und er selbst hatten versucht, sie sich mit Gewalt gefügig zu machen, während sie als junge Frau bei ihnen gearbeitet hatte. Dass sie dann ihr eigenes Geschäft aufgebaut hatte und zu einer erfolgreichen Unternehmerin geworden war, damit hatten sich die Männer nicht abfinden können – Joris wohl bis heute nicht. Aurora verstand nun, was hinter all dem stand, aber sie fühlte sich nicht besser.

Nachdem Auroras Stimmung immer schlechter geworden war, hatten Großmama Anna und ihre Mutter Marlena kurzerhand beschlossen, sie nach Paris zu schicken. Zwei Monate hatte sie bei Leonora verbracht. Zwei Monate, in denen sie endlich wieder eine Ahnung davon gewonnen hatte, was es hieß, glücklich zu sein.

Nach Auroras Rückkehr hatte sich besonders die Freundschaft mit Clarissa weiter gefestigt. Auch Aaron traf sie manchmal bei den Metzlers. Es ließ sich gut mit ihm sprechen, und sie hörte ihm gern zu.

Auch an diesem Sonntagnachmittag saßen Clarissa und Aurora wieder einmal zusammen im Haus der Metzlers. Aaron gesellte sich zu ihnen, er hatte einige Fotos von Clarissa und ihrem Sohn gemacht. Sie sprachen ein wenig über Paris, Aaron und Clarissa hofften, die Stadt der Liebe, wie man sagte, auch einmal zu sehen. Aurora dachte daran, dass damals alle überrascht gewesen waren, dass Robert und Clarissa geheiratet hatten. Dann wanderte ihr Blick zu Jakob, dem Sohn der Metzlers. Der Kleine hatte das braune Haar des Vaters und die tiefblauen Augen seiner Mutter. Er spielte gerade selbstvergessen mit seinem Holzpferdchen, ein liebes Kind, das sich mit seinen fünfzehn Monaten schon sehr gut allein beschäftigen konnte. Clarissa hatte Mate-Tee aufgebrüht und reichte Gebäck dazu, kleine runde Kekse, die sie am Morgen gebacken hatte.

»Aurora, du siehst so nachdenklich aus«, bemerkte sie ernst. »Ist etwas?«

»Nein, nein ...«

Aurora schüttelte heftig den Kopf. Dann beugte sie sich vor, um ihren Gesichtsausdruck zu verbergen, und rührte angelegentlich in ihrer Teetasse. Nein, sie wollte nicht sagen, dass sie manchmal noch an Raúl dachte, dass sie sich manchmal fragte, wo er war und ob es ihm gut ging. Natürlich musste sie auch wieder wie so oft an ihr Versagen denken ...

Aurora schluckte. Dann stand sie kurz entschlossen auf.

»Es tut mir leid, Clarissa, ich glaube, ich muss ein paar Schritte gehen.«

»Natürlich, tu das, etwas Bewegung kann einen auf andere Gedanken bringen.« Sie beugte sich zu Aaron hinüber, der mit Jakob spielte. »Würdest du Aurora vielleicht nach Hause begleiten?«

»Das ist doch nicht nötig«, protestierte Aurora.

Clarissa lächelte ihren Einwand weg. »Aber ich fühle mich besser, Liebes.«

»Ich freue mich so!«, hörte Aurora ihre Großmutter Anna ausrufen, als Aaron und sie gerade zur Tür hereinkamen. »Maria heiratet, und ich werde natürlich dafür sorgen, dass es ein großes und prächtiges Fest wird!«

»Großmama«, machte Aurora auf sich aufmerksam, als sie den Salon betraten. »Aaron Certa hat mich nach Hause begleitet. Aaron, du kennst Anna Meyer-Weinbrenner, meine Großmutter, ja schon. Und das ist Joaquín, mein Bruder.«

Sie waren einander noch nie offiziell vorgestellt worden, deshalb holte Aurora das jetzt nach. Joaquín schaute den anderen jungen Mann düster an.

Anna schüttelte Aaron die Hand. »Entschuldigen Sie bitte, aber eine gute Freundin wird bald heiraten, und darüber freue ich mich so.«

»Keine Entschuldigung vonnöten«, gab Aaron zurück.

»Wirklich nicht?« Anna zwinkerte ihm zu. »Ich glaube, meine Enkelin findet, ältere Damen sollten ruhiger und zurückhaltender sein.«

»Andere Großmütter sind eben nicht wie du«, mischte sich Aurora ein. »Aber wir freuen uns natürlich alle für Maria.«

Joaquín sagte gar nichts. Als Aurora Aaron wenig später zur Tür begleitete, sah er ihnen beinahe verächtlich nach.

»Du solltest einfach nur stolz auf solch eine Großmutter sein«, bemerkte Aaron, nachdem sie sich verabschiedet hatten.

Aurora nickte. Sie wusste das ja. Ihre Großmama erzählte zwar nicht viel von ihrer Vergangenheit, sie lebte lieber im Hier und Jetzt, aber sie leistete immer noch täglich ihre Arbeit, auch wenn die Meyer-Weinbrenners heute mehr Geld über Julius' Import-Export-Handel einnahmen als über das Fuhrgeschäft. Anna war jedoch zu stolz auf ihre Eigenständigkeit, als dass sie dies hätte aufgeben wollen.

»Du hast Recht.« Aurora sah Aaron an. Dann fiel ihr etwas ein. »Wie würde es dir eigentlich gefallen, einige Hochzeitsfotografien für Maria und Alessandro zu machen? Meine Großtante Lenchen wird die Kleider nähen, und ich finde, du ...«

Aurora unterbrach sich. Oder war ihr Vorgehen zu aufdringlich? Doch zu ihrer Erleichterung nickte Aaron.

»Ja, ja, das würde mir sehr gut gefallen. Hochzeiten sind etwas Wunderbares, dieses Glück einzufangen gehört wirklich zum Schönsten, was man sich vorstellen kann.« Er strahlte sie erfreut an. Ich mag das, dachte Aurora unwillkürlich, ich mag es, wenn seine Augen so leuchten, weil er etwas tut, was ihm wirklich wichtig ist. Sie mochte auch die glänzenden Lichtpunkte, die die Sonne draußen auf sein Haar malte. Sie mochte es, wenn die Sonnenstrahlen Farben hervorlockten, die man im Dunkeln gar nicht vermutete ...

Nach der schrecklichen Trennung von Raúl war Aaron da gewesen. Inzwischen war er ein guter, verlässlicher Freund. Er hörte ihr zu. Er sprach ihr Mut zu. Er wusste, dass er nicht von den Plänen sprechen durfte, die sie einmal verfolgt hatte.

Die Fotografie ist so wichtig für ihn, wie es für mich einmal die Medizin gewesen ist, dachte Aurora unvermittelt. Vielleicht haben wir uns deshalb angefreundet, weil wir etwas hatten, das über uns selbst hinausging. Er hatte es immer noch, sie dagegen hatte alle medizinischen Bücher aus ihrem Zimmer verbannt und die anatomischen Zeichnungen in Kisten verstaut. Eigentlich hatte Aurora sie wegwerfen wollen, doch das hatten ihre Großmutter und ihre Mutter nicht erlaubt, und sie war zu schwach gewesen, sich durchzusetzen.

Aurora riss sich wieder aus den Gedanken. Auf die Idee, Aaron zu fragen, war sie gekommen, weil er vor nicht allzu langer Zeit Aufnahmen von ihr selbst gemacht hatte. Sie fand sich darauf besonders hübsch. Aaron hatte wirklich einen begnadeten Blick für Details und die richtige Ausleuchtung. Seine Fotografien wirkten so lebendig, auf den Bildern anderer Fotografen wirkten die Porträtierten oft wie erstarrt.

Sie lächelte. »Dann komm bitte noch einmal mit, damit wir alles mit Großmama besprechen können.«

Aaron nickte und folgte ihr.

Als Aurora am nächsten Tag von einem Spaziergang nach Hause zurückkehrte, fand sie ihre Großtante Lenchen und die Großmutter im zweiten Patio in ein Gespräch über Marias Brautkleid vertieft. Joaquín blätterte mürrisch in einer Zeitung. Er war so häufig schlechter Dinge in der letzten Zeit, dass Aurora ihm schon kaum noch Beachtung schenkte. Sie begrüßte alle, noch ganz außer Atem. Sie war bei Aaron vorbeigegangen, um ihm Bescheid zu geben, dass auch Maria damit einverstanden war, dass er auf ihrer Hochzeit Aufnahmen machte. Rasch füllte sie ein Glas mit Zitronenlimonade, das sie gleich darauf mit großen, wenig damenhaften Schlucken leerte.

»Aaron hat mir einige seiner Ideen vorgestellt, das werden wunderbare Fotografien.«

Joaquín reagierte nicht. Seit der Sache mit Raúl wachte er mit Argusaugen über sie, stets bereit, seine Schwester vor weiteren Fehlentscheidungen zu schützen. Am Anfang hatte Aurora seine Fürsorge gefallen, jetzt fühlte sie sich manchmal bedrängt dadurch, zumal Aaron ja nichts weiter als ein Freund war. Auch ihre Großmama schaute sie jetzt kurz forschend an. Natürlich, sie war noch zu Zeiten aufgewachsen, in denen eine junge unverheiratete Frau nicht einmal einen Spaziergang mit einem Mann machen konnte, ohne sich verdächtig zu machen. Großtante Lenchen legte kurz die Entwürfe für Marias Kleid zur Seite.

»Ist das dieser Straßenfotograf?«, fragte sie.

»Ja.« Aurora lief zu ihr, küsste sie auf die Wangen und schmiegte sich an sie. Tante Lenchen, fand sie, kam viel zu selten zu Besuch. »Er hat sich bereit erklärt, auf Marias Hochzeit zu fotografieren.« Sie beugte sich über Lenchens Zeichnungen. »Er macht so wunderbare Bilder. In Rosario hatte er schon ein eigenes Fotoatelier und war dort recht erfolgreich. Ich kenne keinen besseren Fotografen.«

»Tatsächlich?«, gab Anna mit der ihr eigenen Nüchternheit zurück, während sie sich gleichzeitig über die Überschwänglichkeit ihrer Enkelin amüsierte.

»O ja«, antwortete Aurora, »er ist mehr als ein Fotograf, er ist ein Künstler.«

»Bei uns damals waren Künstler noch solche, die den Pinsel zu halten wussten, nicht einen Fotoapparat«, konnte Anna sich nicht zurückhalten, ihre Enkelin zu necken.

»Ach, seine Bilder sind einfach einmalig«, hielt die lachend dagegen.

»Wollen wir uns vielleicht jetzt noch einmal mit Marias Kleid beschäftigen?«, rief Anna dann zur Ordnung.

Im nächsten Moment hatten sich alle Frauen um den Tisch versammelt. Lenchen strich den dort liegenden Entwurf nochmals glatt.

»Ich habe also cremefarbene Seide gewählt, dazu Batist für den Halsausschnitt und Tüllspitze für die Ärmel und den Rocksaum. Das Oberteil wird blusenartig sein, die Ärmel etwas weiter. Der bodenlange Rock mit appliziertem Seidensamtband wird im Vorderbereich glatt anliegen, nur im Rückenteil raffen wir ihn. Etwa ab Kniehöhe stelle ich mir ein zartes florales Muster aus gestickten Blumen in Weiß vor ... Könntest du die Stickerei übernehmen, Aurora?«

»Aber natürlich.«

Aurora freute sich. Bald würde sie endlich wieder ein paar lange, gemeinsame Stunden mit der Großtante haben.

»Ich mache mir Sorgen.«

Joaquín drehte den Stift, den er vom Schreibtisch seiner Mutter genommen hatte, nachdenklich hin und her.

Marlena hob den Kopf von den Papieren, die sie in der Hand hielt, und sah ihren Sohn über den Rand ihrer Brille hinweg an. Ein Jahr zuvor hatte sie bemerkt, dass ihre Augen schwächer geworden waren, doch es hatte eine Weile gedauert, bis sie sich zum Kauf einer Brille hatte durchringen können. Jetzt sah sie wieder besser, aber sie kam sich vor wie eine Eule. Irgendwie, das musste sie zugeben, war sie wohl doch ein wenig eitel.

Marlena seufzte. Als sie ihre Brille erstmals aufgesetzt und sich kritisch im Spiegel gemustert hatte, hatte sie eine Frau mit grau gesträhntem dunklem Haar und einem Gesicht, das irgendwie noch jung wirkte, gesehen. Leider waren ihre lebendigen Augen hinter runden Brillengläsern verborgen gewesen. Als John ins Zimmer gekommen war, hatte sie die Brille hastig abgenommen, was ihm ein Grinsen entlockt hatte. Glaubst du wirklich, dass ich so oberflächlich bin?, hatte er mit einem Lächeln gefragt und ihr die Brille wieder aufgesetzt. Nach allem, was wir miteinander durchgemacht haben? Nach allem, was du mir verziehen hast?

Marlena riss sich mit einem Ruck aus den Gedanken. Ernst schaute sie ihren Sohn an. Er wurde in diesem Jahr achtzehn Jahre alt, studierte bereits an der Universität und sah trotzdem noch jungenhaft aus. Sie berührte seinen Arm.

»Sorgen? Warum machst du dir Sorgen?«

»Ich glaube, meine Schwester ist schon wieder dabei, sich blindlings zu verlieben.«

»Aurora? In wen denn?«

»Mama, das kann nicht dein Ernst sein! In diesen Aaron Certa natürlich.«

»Aaron Certa?«

Marlena presste die Lippen zusammen, um nicht laut über das zu lachen, was ihrem Sohn offenbar wirklich am Herzen lag.

»Natürlich, oder bist du blind, Mama? Die ständigen Spaziergänge, das ständige Reden über ihn.«

»Sie bewundert ihn, *tesoro*, mehr nicht.«

Joaquín verschränkte die Arme vor der Brust und schaute seine Mutter missmutig an. Er hasste es, wenn sie ihn mit Kosenamen ansprach. »Das glaube ich nicht. Ich denke, sie ist gerade dabei, denselben Fehler wieder zu begehen.«

Marlena schüttelte den Kopf. »Welchen Fehler? Sich zu verlieben? Wenn es das denn überhaupt ist ...«

Jetzt war es an Joaquín, die Lippen zusammenzupressen.

»Auch deine Schwester hat gelernt, sie wird denselben Fehler nicht noch einmal machen«, fuhr Marlena dann fort. »Weißt du, deine Großmutter sagt immer, sie habe die ersten grauen Haare bekommen, als ich deinen Vater kennenlernte, und zum Schluss ist dann doch noch alles gut gegangen.« Sie lächelte.

»Das kann ja sein. Ich will doch nur nicht, dass sie wieder enttäuscht wird.«

Marlena lächelte besänftigend. »Zum einen glaube ich nicht, dass sie enttäuscht wird. Zum anderen wirst du so etwas unter Umständen nicht verhindern können.«

Joaquín schwieg einen Moment. »Das missfällt mir aber«, sagte er dann langsam. »Verstehst du?«

»Natürlich verstehe ich das, Joaquín, und ich freue mich auch darüber, dass dir deine Schwester so am Herzen liegt. Wir können jedoch nicht jeder Schwierigkeit aus dem Weg gehen. Wir alle treffen falsche Entscheidungen. Wir alle müssen an ihnen wachsen.«

Joaquín drehte den Stift schneller zwischen seinen Fingern. »Weißt du, dass das verdammt schwer ist, Mama? Ich möchte doch nur, dass meine Schwester glücklich ist. Du weißt doch selbst, wie schlimm das letzte Jahr war. Sie wollte so gern Ärztin werden und jetzt ...«

Marlena stand auf und nahm ihren Sohn in den Arm. »Sie wird ihren Weg machen, wie du deinen Weg machen wirst«, sagte sie. »Sie wird ihre Erfahrungen machen, du deine. Wenn ich eins gelernt habe, dann ist es das: Du kannst deine Kinder nicht vor allem schützen. Sie müssen lernen, mit Enttäuschungen umzugehen.«

Ob sie Joaquín überzeugen konnte, wusste Marlena nicht. Sie wusste nicht einmal, ob sie selbst von dem überzeugt war, was sie gesagt hatte.

# Zwölftes Kapitel

Als Maria und Alessandro einander das Jawort gaben, waren sie nicht die Einzigen, die zu Tränen gerührt waren. Verstohlen betupfte sich auch Anna die Augenwinkel, bevor sie die Braut als eine der Ersten fest umarmte.

»Ich bin so froh für dich, Maria. Ich hoffe, wir bleiben immer Freundinnen.« Sie zwinkerte der Freundin zu, doch im nächsten Moment füllten sich ihre Augen schon wieder mit Tränen und sie ließ ihnen freien Lauf. »Ach, was soll's!«, rief sie aus.

Warum sollte sie sie zurückhalten? Maria und sie waren durch dick und dünn gegangen, hatten für ihre Träume gekämpft. Sie war froh, dass Maria, wenn auch spät, noch einmal ihr Glück gefunden hatte.

»Gewiss verlieren wir uns niemals aus den Augen«, sagte Maria jetzt und erwiderte Annas Umarmung, dann hielt sie die Freundin auf Armeslänge von sich, um sie gleich wieder zu umarmen. »Ach, Anna, ich bin so glücklich. Ich habe mein Café immer gern geführt, aber ich habe nie vergessen, dass Luca und ich damals hergekommen sind, um einen kleinen *rancho* zu kaufen. Wir wollten immer als Bauern leben, unser eigenes Land haben. Jetzt werde ich auf meine alten Tage noch Bäuerin, habe eine ganze Kinderschar und einen Mann, den ich über alles liebe. Wirklich, ich könnte glücklicher nicht sein.« Maria lachte und weinte zugleich.

»Na«, bemerkte Anna, »klein ist euer *rancho* aber nicht gerade.«

»Da hast du Recht.« Maria hakte sich bei der Freundin unter. »Es war sehr nett von deinem Bruder, uns zu helfen.«

Anna nickte. Mit Eduards Hilfe hatten Alessandro und Maria ein großes Stück Land in der Nachbarschaft zu dessen Estancia La Dulce nicht weit von Buenos Aires erworben.

»Natürlich werdet ihr uns ganz oft besuchen kommen, nicht wahr?« Maria zwinkerte Anna zu. »Überhaupt solltest du deinen Bruder und seine Frau öfter besuchen.«

»Ich weiß«, Anna nickte, »ich kann nur einfach nicht untätig ...«

»Du musst ja nicht untätig herumhocken. Es gibt auch anderswo Dinge zu tun. Überlass dein Geschäft ruhig einmal jemand anderem, Anna. Das fühlt sich gut an, kann ich dir sagen. Fabio hat sich endlich mit der Situation abgefunden, und ich glaube, inzwischen ist er stolz darauf, der Geschäftsführer der *pastelería* zu sein. Er macht seine Sache gut, aber das habe ich auch nicht anders erwartet.«

Anna seufzte. »Marlena und Leonora haben sich ja leider nie für Meyer-Weinbrenner & Co interessiert«, sagte sie dann. »Da hast du es mit deinem Fabio leichter.«

»Na ja«, versuchte Maria sogleich zu trösten, »Fabio ist quasi im Café aufgewachsen. Vielleicht hätte er sich sonst nicht damit anfreunden können.«

»Meine Töchter sind doch auch im Fuhrunternehmen aufgewachsen, aber das reichte nicht ...« Anna schüttelte den Kopf. »Nein, meine Marlena wollte immer aus dem Nest und flügge werden. Sie wollte immer unabhängig sein, schon als ganz kleines Ding, und Leonora ... Du kennst sie ja.« Anna seufzte erneut, dann streichelte sie Maria über den Arm. »Aber komm, Trübsal blasen bringt nichts. Das ist euer Fest. Lass uns feiern und tanzen.«

Maria hakte sich bei ihr unter. »O ja, tanzen wäre schön. Wo ist eigentlich mein Ehemann?«

»Señor Certa?«

Marlena näherte sich dem jungen Mann mit entschlossenen Schritten. Der drehte sich auf ihren Ruf mit einem fragenden Ausdruck auf dem Gesicht um. Es hatte eine Weile gedauert, bis sich der Auflauf um Señor Certa und seinen fotografischen Apparat verlaufen hatte. Neugierige fanden sich immer, sobald er sich an die Arbeit machte. Wenn er draußen in den Straßen von Buenos Aires unterwegs war, so hatte Aurora einmal berichtet, folgte Señor Certa oft sogar eine ganze Traube Kinder. Jetzt erkannte Aaron sie offenbar, denn er lächelte. Natürlich hatten sie sich schon öfter gesehen, trotzdem überraschte sie es nicht zum ersten Mal, wie jung er aussah.

»Señora Hofer«, grüßte er sie mit einem Nicken.

»Señor Certa, sind Sie zufrieden mit allem?«

»Gibt es etwas Schöneres, als auf einer Hochzeit zu fotografieren?«

Marlena lächelte. »Das haben Sie schön gesagt.«

Aaron nickte. »Danke. Ihre Tochter hat mir schon viel von Ihnen erzählt. Es ist schön, auch einmal mit Ihnen zu reden. Sie sind Reiseschriftstellerin, nicht wahr? Aurora ist sehr stolz auf Sie.«

Marlena war perplex. »Aurora hat von mir geredet?«

Aaron lächelte jetzt auch. »Oft. Sie sind ein Vorbild für sie. Sie scheinen keinen einfachen Weg gegangen zu sein, und das bewundert Ihre Tochter an Ihnen.«

Marlena war froh, dass sie nicht errötete. »Das überrascht mich jetzt. Ich dachte immer, sie trüge mir die ersten Jahre nach …« Sie wich Aarons Blick erst aus, dann suchte sie ihn. »Es war nicht leicht für sie und ihren Bruder, wissen Sie.«

»Davon hat sie nichts gesagt.«

»Seltsam.« Marlena schüttelte den Kopf. »Ganz ehrlich, ich habe meinen Eltern als junge Frau einiges Ungemach bereitet«, fuhr sie im nächsten Moment fort. »Und Aurora musste sicherlich darunter leiden.«

»Machen Sie sich keine Sorgen. Aurora müssen Sie das gegeben haben, was wichtig für sie war. Sie sagt jedenfalls«, fuhr Aaron fort, »dass Sie Dinge erreicht haben, die sie auch gern erreichen möchte.«

»Oh …« Diesmal spürte Marlena die Röte auf ihren Wangen. Sie holte tief Luft. »Gehen wir ein Stück?«, fragte sie dann und winkte, ohne seine Antwort abzuwarten, einen der Bediensteten heran. »Passen Sie bitte auf Señor Certas Apparat auf?«

Aaron folgte ihr ohne ein Wort. Sie feierten im Garten der Meyer-Weinbrenners – Anna hatte sich dieses Geschenk an Maria nicht nehmen lassen –, und wie so häufig führte Marlenas Weg jetzt zu dem kleinen lauschigen Plätzchen, von dem aus man das Meer sehen konnte. Ein Ort, fuhr es ihr durch den Kopf, den die Frauen der Familie gern aufsuchen.

Schweigend standen sie dort eine Weile beieinander. Dann räusperte sich Marlena. Eigentlich hatte sie diesem Aaron sagen wollen, wie sehr sie Aurora liebte und dass es ihm leidtun würde, sollte er ihr jemals wehtun, doch sie brachte die Worte nicht über die Lippen. Eigentlich kannte sie ihn ja gar nicht. Eigentlich wusste sie auch nicht, wie er zu Aurora stand. Joaquíns Misstrauen hatte sie ins Grübeln gebracht. Warum jedoch sollte sie ihm drohen? Bisher hatte er schließlich nichts getan. Außerdem wirkte er doch sehr verlässlich. Ein gestandener junger

Mann, der sein Brot auf redliche Art verdiente. Tatsächlich mochte sie ihn durchaus.

»Was führt Sie eigentlich nach Argentinien?«, fragte sie also stattdessen. »Was macht Ihre Familie, und wo lebt sie?«

Aaron starrte auf das Meer hinaus. Marlena sah, dass es in ihm arbeitete. Sie schaute ihn fragend an. Er zog die Schultern hoch und ließ sie wieder sinken, murmelte dann etwas Unverständliches.

»Sie werden mich für verrückt halten«, wandte er sich dann endlich an sie, »aber ich bin hergekommen, um meine Mutter zu suchen. Sie hat mich und meinen Vater vor fast fünfundzwanzig Jahren in Lwów – Sie werden es wahrscheinlich Lemberg nennen – zurückgelassen.«

Marlena war überrascht. »Sie suchen Ihre Mutter? Das ist ja unglaublich.«

»Wie gesagt ... sie ist nach Buenos Aires gegangen. Ich erinnere mich natürlich nicht wirklich, ich war zu klein, aber mein Vater hat mir kurz bevor er starb alles erzählt. Meine Eltern und ich standen damals vor dem Hungertod. Meine Mutter hat sich für mich und meinen Vater geopfert, indem sie ... indem sie ...«, es fiel ihm sichtlich schwer auszusprechen, was er sagen wollte, »... indem sie sich verkauft hat.«

Marlena riss die Augen auf. »Sie hat sich verkauft? Wie? Als *Sklavin?* Aber die Sklaverei ist doch verboten ...«

»Als Prostituierte.« Aaron wich Marlenas Blick nicht aus, obwohl es ihm offensichtlich nicht leichtfiel.

Marlena nickte mitfühlend. Irgendeine Erinnerung war da plötzlich in ihrem Kopf, irgendetwas, das sie vorerst nicht fassen konnte, das jedoch in ihrem Unterbewusstsein schlummerte, seit sie Aaron Certa zum ersten Mal begegnet war. Was war es nur?

# Dreizehntes Kapitel

Jenny stellte ihre *calabaza* mit einem Ruck ab. »Das hat er dir erzählt? Einfach so?«

»Nein, ich habe ihn gefragt«, erklärte Marlena. »Joaquíns Misstrauen hat mich nervös gemacht, und da wollte ich mehr über den erfahren, der mir vielleicht das Herz meiner Tochter stehlen wird.«

»Ach, Marlena, das steht doch noch gar nicht fest«, erwiderte Jenny. »Hattest du nicht gesagt, dass Joaquín derzeit die Flöhe husten hört? Aurora hat mir jedenfalls nichts von einer neuen Liebe erzählt und Lenchen auch nicht. Und du weißt, wie gut die beiden sich verstehen. Aaron und sie sind gute Freunde. Außerdem wusstest du doch, dass Aurora nicht ewig an deinem Rockzipfel hängen wird, oder?«

»Ach, wahrscheinlich möchte ich sie einfach nur vor Enttäuschungen bewahren.« Marlena lachte. »Wobei ich Joaquín noch ins Gewissen geredet hatte, dass man genau das nicht soll. Aber ich bin ihre Mutter, und sie ist meine Kleine und wird es immer bleiben.« Marlena biss sich auf die Unterlippe. »Weißt du, eigentlich bin ich hier, weil da noch irgendetwas an seiner Geschichte ist, das mich stutzig macht. Ich erinnere mich da an etwas und komme einfach nicht darauf, was es ist ...«

Als Jenny spontan auflachte, schaute Marlena sie fragend an.

»Was ist denn?«

»Na, das ist doch klar, Marlena, du denkst an Ruth.«

»Ruth?«

Marlena erinnerte sich immer noch nicht. Sosehr sie sich bemühte, der Name Ruth sagte ihr gar nichts.

»Aber Marlena!« Jenny schüttelte den Kopf. »Die junge Prostituierte, die einige Zeit hier im Haus gewohnt hat. Mama und ich hatten sie damals versteckt, erinnerst du dich wirklich nicht? Mama hat sich doch immer für die Ärmsten der Armen engagiert, besonders für die jungen Frauen, die in die Fänge von Mädchenhändlern geraten waren. Ich weiß, du hattest wenig mit dem Ganzen zu tun. Du warst ja auch noch jung, und Mama und ich haben es ja auch, so gut es ging, geheim gehalten.«

Marlena bemerkte, dass Jenny gleich wieder ernst wurde, als sie von ihrer Adoptivmutter sprach. Jenny und Rahel waren sich sehr nahe gewesen, und Jenny trauerte auch nach zwei Jahren noch um sie.

»Die junge Prostituierte …«, versuchte Marlena sich weiter zu erinnern. »Aber natürlich!«, rief sie dann aus und klopfte sich mit der flachen Hand gegen die Stirn. »Ruth, genau das ist es. Dass ich darauf nicht gekommen bin! Ihr habt sie damals versteckt, du und …« Auch Marlena fiel es schwer, über Rahel zu sprechen.

»Ja, Rahel und ich.« Jenny schluckte hörbar. »Ruth war die erste Frau, der wir hier Zuflucht geboten haben. Es waren keine leichten Zeiten. Man bedrohte uns, aber Mama blieb standhaft. Ich glaube, sie ist damals mehr als einem Zuhälter auf die Zehen gestiegen. Ich habe mich immer gewundert, dass sie überhaupt keine Angst vor Schwierigkeiten hatte …« Jenny schaute sinnend in die Ferne.

»Machst du das eigentlich immer noch?« Marlena beugte sich jetzt neugierig vor. »Gefallenen Mädchen ein neues Leben bieten, meine ich.«

Jenny nickte. »Ja. Man kann gar nicht mehr damit aufhören, wenn man einmal angefangen hat. Es ist wie mit dem Schreiben bei dir. Außerdem ist es Rahels Vermächtnis an mich. Es verbindet mich mit ihr, und ich weiß, dass ich sie so niemals vergessen werde.«

Marlena nickte verstehend. »Hast du eigentlich noch Kontakt zu Ruth?«

»Ab und an. Sie hat Rahel regelmäßig geschrieben. Das mache ich jetzt.«

Marlena ballte unwillkürlich die Fäuste. »Ich muss mit ihm reden.«

»Mit Aaron?« Jenny runzelte die Stirn und nahm noch einen Schluck Tee. »Du meinst wirklich, er ist Ruths Sohn? Das wäre ja geradezu unglaublich. Was, wenn es sich um eine andere Ruth handelt, die er sucht?«

»Hat sie je von einem Sohn gesprochen?«

Jenny zuckte die Achseln. »Ich weiß es nicht, vielleicht Rahel gegenüber. Ich war ihr sicherlich zu jung. Ich glaube, die beiden sind sich über die Jahre etwas nähergekommen.«

»In jedem Fall stimmt der Name. Er hieß einmal Czernowitz, wenn er sich heute auch Certa nennt, und er kommt aus Lemberg. Da kam Ruth doch auch her, oder? Es könnte also sein.«

Abrupt stand Jenny auf, drehte sich um und lief zum Fenster, wo sie eine Zeit lang schweigend verharrte. »Es ist also tatsächlich möglich ...«, sagte sie endlich leise.

Marlena zog die Augenbrauen hoch. »Was ist möglich?«

Jenny lächelte traurig. »Hierherzukommen und seine Eltern zu finden.«

»Ach«, Marlena verstand endlich, »du warst damals einfach zu klein, erst acht Jahre alt, oder? Welche Möglichkeiten hat denn ein Kind, in diesem riesigen Land Vater oder Mutter zu finden? Außerdem waren Rahel und Herschel dir doch gute Eltern.«

Jenny drehte sich um, wischte sich kurz mit dem Handrücken über das Gesicht und versuchte sich dann an einem Lächeln. »O ja, ich will auch nicht undankbar sein. Nein, es wäre ganz wunderbar, wenn Aaron seine Mutter wiederfände.«

# Vierzehntes Kapitel

Violetta ließ den Brief sinken und lächelte versonnen. Es war solch ein schöner Frühlingstag. Von dem Verveine-Strauch, neben dem sie stand, stieg frischer zitroniger Duft in ihre Nase, nachdem sie vorsichtig über die Blätter gestreift hatte. Ein Kolibrimännchen mit seiner hübschen hellblauen Stirnkrone labte sich an dem Zuckerwasser, das Violetta für die winzigen Vögelchen bereitgestellt hatte. Dunkelgrün schimmerte das Licht im Garten mit seinen hier und da von Flechten und anderen Pflanzen überzogenen Bäumen. Schmetterlinge taumelten durch die nun stetig wieder wärmer werdende Luft.

»Oh, ich freu mich so«, rief sie aus.

Marco, der am Ende der Veranda an einem kaputten Häcksler hantierte, blickte auf. »Was ist denn? Wer hat geschrieben?«, fragte er, obgleich er es schon ahnte.

»Magali.« Violetta lächelte immer noch. »Meine beste Freundin Magali natürlich.«

Magali … Marco lächelte nun auch. Er dachte doch recht oft an sie, seit sie einander damals in den schweren Zeiten der Pest kennengelernt hatten. Wie lange das jetzt schon her war … Nachdem Violetta Buenos Aires wieder verlassen hatte, hatte er über die Schwester regen Anteil an Magalis weiterem Werdegang genommen. Violetta hatte ihn stets auf dem Laufenden gehalten.

Fast vier gemeinsame Wochen hatten sie damals in Buenos Aires verbracht, nachdem Magali und Violetta aus La Dulce zurückgekehrt waren. Die beiden jungen Frauen hatten ihm die Stadt gezeigt, sie hatten gemeinsame Spaziergänge am Fluss und sogar einen Ausflug nach Mar del Plata, dem berühmten mondänen Seebad unternommen. Sie hatten mit den Meyer-Weinbrenners gefeiert und waren mit Aurora Hofer tanzen gewesen. Seit damals hatten sie sich ein paarmal getroffen, immer nur für einige viel zu kurze Wochen. Längst hatte er Magali schätzen gelernt.

*Nein, vielleicht ist es sogar mehr als das …*

Marco hielt einen Moment in der Arbeit inne. Magali war ihm zwar nicht auf den ersten Blick ins Auge gefallen, aber ein zweiter hatte ihm genügt. Sie hatte so wunderschönes glänzendes rotes Haar und graublaue Augen. Ihre Haut war heller als die der anderen Frauen, die er kannte. Eigentlich war sie das genaue Gegenteil von Estella, aber gerade das gefiel ihm. Dass sie einsam war wie er, obwohl sie mittlerweile ihren Traum verwirklicht hatte und an einer Schule in Mendoza arbeitete, schien sie zu einer Seelenverwandten zu machen. Marco setzte den Schraubenschlüssel wieder an.

»Was schreibt sie denn?«, fragte er beiläufig.

Er wusste nicht warum, aber er fand es besser, sein Interesse vor Violetta zu verbergen. Seine Schwester konnte sehr hartnäckig sein und war ohnehin der Meinung, dass er nun schon zu lange und zu intensiv um seine erste Frau trauerte.

»Sie hat sich verlobt.« Violettas Stimme klang fröhlich. »Ist das nicht wunderbar?«

*Verlobt?*

Marco fühlte mit einem Mal ein Unbehagen, das er sich in seiner Heftigkeit dann doch nicht erklären konnte. »Oh«, er räusperte sich. »Das ist aber wirklich schön für sie. Wer … Mit wem denn? Kennen wir ihn?«

»Ach, offenbar ein Kollege aus einer benachbarten Jungenschule, Jaime Clifford ... Nein, ich kenne ihn nicht. Sein Vater ist wohl auch Schotte wie ihrer. Ach, ich hab's doch immer gesagt ... Sie wollte es ja nicht glauben, dass sie jemanden finden wird. Weißt du, sie hat sich immer für zu langweilig gehalten.« Violetta sprang jetzt auf. »Entschuldigst du mich kurz? Ich muss ihr sofort antworten. Ich will den Brief gleich mit dem Boten zurückschicken. Er isst gerade noch etwas in der Küche, und wenn ich mich beeile ...«

»Natürlich.« Marco lächelte seine Schwester an, als beträfe ihn die Sache nicht wirklich. »Grüß Magali bitte von mir und gratulier ihr herzlich.«

Als Violetta nickte und über die Veranda zurück ins Haus lief, legte Marco seinen Schraubenschlüssel zur Seite und trat an den Tisch mit den Erfrischungen. Äußerlich ruhig füllte er ein Glas mit Limonade und trank es in einem Zug aus. Mit einem Mal ging sein Atem schwer. Irgendetwas bedrückte ihn, ließ seine Kehle eng werden. Er lockerte den Hemdkragen, trat wieder einige Schritte vor bis an den Rand der Veranda und lehnte sich dort gegen einen Pfosten.

Magali hatte sich also verlobt. Ohne ihn je kennengelernt zu haben, mochte er diesen Jaime Clifford nicht. Was hatte der mit Magali zu tun? Wusste er überhaupt, was für ein wertvoller Mensch sie war? Würde er sie auf Händen tragen oder sie bald enttäuschen?

Aber ... eigentlich ging es ihn nichts an. Es ging ihn nichts an, was die Freundinnen seiner kleinen Schwester so trieben. Seufzend drehte Marco sich wieder zu seinem Häcksler und machte sich daran, das Werkzeug zusammenzuräumen. Er konnte und wollte jetzt nicht weiterarbeiten.

Irgendwie hatte er geglaubt, dass Magali immer da sein

würde, immer allein, so wie er auch. Irgendwie hatte ihm der Gedanke gefallen, auch wenn er sich das nicht bewusst gemacht hatte. Und ebenso wenig war ihm bewusst gewesen, wie viel ihm Magali bedeutete.

# Fünfzehntes Kapitel

Ruth ließ den Brief sinken. Tränen schossen ihr in die Augen. Jenny hatte aus Buenos Aires geschrieben, zum zweiten Mal innerhalb einiger Wochen, was sie sofort stutzig gemacht hatte. Zwar hielt seit Rahels Tod deren Tochter den Kontakt, doch bislang hatten sie nicht häufig korrespondiert. Es gab ja auch nichts Aufregendes zu berichten vom Leben im Süden, und Ruth hatte schon vor langer Zeit gelernt, die Dinge mit sich selbst auszumachen. Doch nun ... Dieser Brief von Jenny änderte alles. Er riss Wunden auf, die sie für geheilt gehalten hatte – und das alles nur wegen eines Namens: Aaron.

*Mein Aaron ist in Argentinien. Mein kleiner Junge ist gekommen, um mich zu finden.*

Wenn die anderen auch zweifelten – und das war Jennys Brief deutlich zu entnehmen –, Ruth zweifelte nicht. Sie wusste, dass es sich um ihren Aaron handelte. Sie wusste allerdings nicht, ob sie ihn wiedersehen wollte.

Werden wir nicht wie Fremde miteinander sein? Werde ich Dinge erklären müssen, die ich nicht erklären will?

Dass er noch lebte, zeigte ihr zumindest, dass sie damals richtig gehandelt hatte. Es hatte sich gelohnt, dieses Opfer zu bringen, das ihr nahezu Unmenschliches abverlangt hatte. Sollte der Rest da nicht dem Vergessen anheimfallen?

Zum wiederholten Mal faltete Ruth den Brief sorgsam zusammen und legte ihn in das Kästchen zu den anderen Briefen.

*Mein Aaron, mein süßer, kleiner Aaron. Mein geliebter Junge mit dem dunklen Lockenkopf und den dunklen Knopfaugen.*

Plötzlich war er wieder in ihren Gedanken. Er hatte eine Art gehabt, sie anzuschauen, die sie immer hatte frösteln lassen. Er hatte so etwas Verständiges in seinem Blick gehabt, das ihn älter wirken ließ, als er tatsächlich war. Sie hörte sein süßes Stimmchen, das ihr ein Lied vorsang, so gut er das schon gekonnt hatte. Aaron hatte gern gesungen. Ab und an hatte sie ein kleiner schiefer Ton zum Schmunzeln gebracht. Ihn zurücklassen zu müssen, hatte ihr schier das Herz zerrissen. Unwillkürlich streckte sie die Hand vor, als wollte sie einem imaginären Dreijährigen über den Kopf streicheln.

Er hat überlebt, wiederholte sie nochmals bei sich, ihn zu verlassen, ist für etwas gut gewesen. Ihr Junge lebte und war zum Mann gereift, ein begabter Fotograf, wie Jenny berichtete. Sie hatte nie darüber nachgedacht, was einmal aus ihm werden könnte.

Ruth wischte sich die Tränen aus den Augen, schlang die Arme um den Körper und stand dann reglos da.

*Wie habe ich nur glauben können, über den Schmerz hinweg zu sein?*

Sie hatte ihn nicht vergessen, natürlich nicht. Er war ihr Kind, immer da, irgendwo in den Tiefen ihrer Seele. Sie hatte den Schmerz in sich verschlossen, aber nie bewältigt.

Ruths Blick, der sich in der Ferne verloren hatte, hielt sich nun an den nächsten Gegenständen fest: ein Tisch, Stühle, Truhen, ein Bett ... Zweifelsohne war ihr Leben gut verlaufen, seitdem sie aus Buenos Aires in den Süden gekommen war.

Wie er wohl heute aussah? Er hatte immer seinem Vater ähnlich gesehen. Sie fragte sich, ob er auch etwas von ihr an sich hatte, doch im nächsten Moment riss sie ein Rumpeln aus den Gedanken.

»Großmama!«

Zwei ihrer Enkelkinder kamen in die Küche gepoltert, Ramira und Galeno, Zwillinge mit einem dunklen Schopf, die Kinder ihrer Stieftochter Jacinta, die für ein paar Tage zu Besuch waren.

»Oh, hier riecht es komisch. Brennt da etwas an?«, rief Galeno.

»Ach du meine Güte!«

Ruth wandte sich dem Topf mit Maisbrei zu. Der strenge Geruch sagte ihr, dass sie vielleicht zu spät war. So schnell die beiden zu ihr hereingefegt waren, waren sie auch schon wieder verschwunden. Ruth rettete, was noch zu retten war.

Etwa vier Jahre nach ihrer Ankunft im Süden hatte Ruth Rodolpho Diaz kennengelernt. Sie hatte damals bei einem seiner Freunde als Magd gearbeitet. Es hieß, Rodolpho habe sich sofort in sie verliebt. Als sie die Stelle im Folgejahr hatte wechseln müssen, war er da gewesen – ein Witwer, seit seine Frau wenige Jahre zuvor beim Baden ertrunken war. Seine Tochter Jacinta lebte einen Tagesritt entfernt mit ihrer eigenen Familie auf einem *rancho*. Sehr bald nachdem sie begonnen hatte, für ihn zu arbeiten, hatten sie geheiratet, und Ruth war in Rodolphos kleine Wellblechhütte gezogen. Im Laufe der auf dic Hochzeit folgenden Monate waren sie sich nähergekommen. Über ihre Vergangenheit hatte Rodolpho sie nie befragt, und Ruth hatte ihm nie etwas erzählt.

Ruth rührte nachdenklich in dem Topf mit Maisbrei. Es war nicht so schlimm wie befürchtet, das, was sie vom Brei hatte retten können, würde für alle reichen.

Seit der Hochzeit war es stetig bergauf gegangen. Die nächsten Jahre hatten es gut mit ihnen gemeint. Sie hatten ein größeres, stabileres Haus aus Holz gebaut, es verfügte sogar über mehrere Räume. Ausschlaggebend für das neue Glück der Familie Diaz war der überraschende Fund von Süßwasser auf ihrem Gelände gewesen. Trinkbares Wasser war rar in der Provinz Chubut, doch jeder brauchte es. Man benötigte es für die Pflanzen, für Mensch und Tier. Ja, vor allem brauchte man es für die sich stetig vergrößernden Schafherden. Immer mehr Schafe waren in den letzten Jahren auf dem Landweg vom Río Colorado hergetrieben worden. Mit ihnen kamen auch neue Siedler, sodass es mit der Einsamkeit längst vorbei war. Inzwischen gab es sogar gemeinsame Freizeitvergnügungen. Dazu gehörte die Pumajagd – die Raubkatze galt als größte Bedrohung der Schafherden –, die Jagd auf Füchse, Stinktiere und Guanacos, aber auch die Nandujagd. Mit Gürteltieren und Hasen ergänzte man den Speiseplan.

Ruth nahm den Topf vom Herd, wickelte ihn in Tücher ein, um zu verhindern, dass der Brei auskühlte, und trat dann vor die Haustür. Wie stets sah sie zuerst nach ihren trächtigen Ziegen. Sie hatte inzwischen gut neunzig Tiere, von denen die meisten draußen auf einer der Diaz-Weiden grasten. Die Ziegen gaben mehr Milch als die halb wilden Kühe, brauchten keinen Hüter und mussten nicht gefüttert werden, auch wenn Ruth sich gern um sie kümmerte. Zweimal im Jahr gab es Junge, stets zwei oder drei pro Muttertier. Wenn es ihren Mann in diesen Zeiten nach Zickleinbraten gelüstete, aß Ruth Gemüse.

Ruths Gedanken kehrten zurück zu Jennys Brief.

Und was sollte sie jetzt tun? Was sollte sie antworten? Würde sie es ertragen, Aaron nach so langer Zeit wiederzusehen? Würde er ihr Vorwürfe machen? Sollte sie es vielleicht ablehnen, ihn zu sehen, ihm keine Antwort geben, ganz, als hätte sie diesen Brief nie erhalten? Was würde ihr Mann dazu sagen? Und was war mit ihrem ersten Mann geschehen, Aarons Vater? Lebte er vielleicht auch noch? Bei dem Gedanken begann Ruth zu frösteln. Besser, sie antwortete nicht. Vielleicht war es das Einfachste, die Vergangenheit Vergangenheit sein zu lassen.

»Gibt es etwas Neues?«

Nicht zum ersten Mal in den letzten Wochen sah Aaron Jenny eindringlich und erwartungsvoll an. Die junge Frau schüttelte den Kopf.

»Es tut mir leid«, murmelte Aurora.

Aaron schwieg. Am liebsten wollte er ihr sagen, dass es nicht ihre Schuld war, aber er war zu angespannt. Endlich hatte er seine Mutter gefunden, und jetzt meldete sie sich nicht. Er biss die Zähne aufeinander, um den Schmerz zu betäuben.

»Es tut auch mir leid«, sagte Marlena. Es klang, als hätte sie seine Gedanken gelesen.

»Und was, wenn der Brief verloren gegangen ist?«, versuchte Aurora sie alle aufzumuntern.

»Wir haben auch telegrafiert«, erinnerte Marlena ihre Tochter.

»Oh …«

Aurora warf Aaron einen bedauernden Blick zu und sah dann betreten zu Boden. Aaron hätte sie in diesem Moment am liebsten in die Arme genommen und sich auf diese Weise getröstet – ein Gedanke, der ihm in letzter Zeit öfter gekommen war, doch das war unmöglich. Sie waren gute Freunde, mehr nicht. Das hatte sie ihm mehr als einmal gezeigt. Außerdem wachte Auroras Bruder Joaquín wie ein Schießhund über seine Schwester.

»Was können wir denn jetzt noch tun?«, fragte Marlena und riss Aaron aus den Gedanken.

»Vielleicht«, setzte Jenny an, »vielleicht möchte Ruth nicht an die Vergangenheit rühren. Ihr Kind zu verlassen war sicher nicht leicht für sie damals. Sie hat nie darüber gesprochen. Vielleicht möchte sie keine alte Wunden aufreißen.«

Aaron, der eben begonnen hatte, auf und ab zu laufen, blieb abrupt wieder stehen. »Aber es ist auch mein Leben«, sagte er dann leise. »Sollte das nur ihre Entscheidung sein?«

Er konnte das nicht auf sich beruhen lassen.

# Vierter Teil

## Decisiones – Entscheidungen

*Buenos Aires, San Antonio, Santa Ana,*
*Los Aboreros, Provinz Chubut,*
*Comodoro Rivadavia*

*1902 bis 1904*

# Erstes Kapitel

Clarissa saß in ihrem Garten, als Robert an diesem Tag nach Hause kam. Der kleine Jakob spielte in einer Ecke mit den Holzautos, die Julius und Anna ihm bei ihrem letzten Besuch geschenkt hatten. Clarissa und Robert hatten inzwischen guten Kontakt zu Auroras Großeltern und trafen sich von Zeit zu Zeit zu Kaffee und Kuchen oder zum Tee. Manchmal wurden sie auch zu größeren Feierlichkeiten eingeladen. Die schreckliche Zeit der Seuche damals hatte sie alle fest zusammengeschweißt.

Robert kam an die Verandatür und blieb dort gedankenverloren stehen. Er hörte sein Kind während des Spielens leise plappern. Jakob hatte seine Autos nacheinander aufgereiht.

Robert lächelte. Der Anblick seiner kleinen Familie war von einer solch überwältigenden Friedlichkeit, dass ihm ganz warm ums Herz wurde. Er war froh, hier in Buenos Aires ein neues Zuhause gefunden zu haben. Er war glücklich, diese Familie zu haben, von der er, ohne es recht zu ahnen, immer geträumt hatte. Endlich löste er sich aus der Erstarrung und trat in den Garten hinaus. Clarissa wandte ihren Blick. Für den Bruchteil einer Sekunde stand Misstrauen in ihren Augen, die altbekannte Angst, die sie noch immer nicht ganz losgelassen hatte, obwohl sie nie mehr etwas von ihren Verfolgern gehört hatte, dann erkannte sie ihn.

»Robert!«

Sie sprang auf. Das Buch, in dem sie zuvor gelesen hatte, polterte zu Boden. Dann schmiegte sie sich auch schon an ihn. Für einen Moment verharrten sie beide in der Umarmung, und er genoss die Berührung, den Geruch und die Wärme seiner Frau. Es dauerte jedoch nicht lange, dann war Jakob bei ihnen, klammerte sich an die Beine seines Vaters und zupfte ungeduldig an dessen Rockschößen.

»Papa! Papa!«

Der Tonfall beinhaltete deutlichen Protest. Als der Kleine ihm die Arme entgegenreckte, nahm Robert ihn hoch. Clarissa lächelte, gab Mann und Kind noch einen Kuss und verschwand dann in der Küche, um rasch mit einer Kalebasse und einem Kessel heißem Wasser zurückzukehren.

»Yerba«, bemerkte sie, »von deinen Eltern. Das Päckchen kam heute an.«

»Danke.«

Ein paar Monate zuvor hatte Robert seine Eltern besucht. Clarissa war in der Stadt geblieben. Sie hatten sich beide darauf geeinigt, dass es noch zu früh war für eine so weite Reise mit Jakob.

Robert lächelte und setzte seinen Sohn auf den Boden. Der protestierte kurz, stand dann jedoch auf, stiefelte schnurstracks zurück zu seinen Autos und spielte selbstvergessen weiter. Robert nahm Platz und trank bald den ersten Schluck, genoss die Mischung aus herbem Kraut und süßem Zucker und fühlte sich noch einmal mehr zu Hause.

Es war berührend, Jakob beim Spiel zuzusehen, zu hören, wie er leise vor sich hin murmelte mithilfe der wenigen Wörter, die er schon kannte. Roberts Blick fiel wieder auf Clarissa.

Zitterte sie? Ja, er hatte sich nicht geirrt. Er hatte sie erschreckt, und ihre Angst war zurückgekehrt. Doch es war nicht nur das. Irgendetwas beschäftigte sie, und er ahnte auch schon, was das sein konnte. Sie hatten schon häufiger darüber gesprochen, ohne zu einem rechten Schluss zu kommen. Robert überlief mit einem Mal ein Frösteln. Unwillkürlich streckte er die Hand nach der ihren aus. Trotz der Wärme fühlte sich Clarissas Haut kalt an.

»Was ist, Clarissa?«, fragte er und blickte ihr forschend ins Gesicht.

Clarissa erwiderte seinen Blick nicht, zog aber auch die Hand nicht zurück. Eine Antwort gab sie nicht, schauderte nur erneut.

»Clarissa, ist etwas?«, wiederholte er.

Sie zögerte, blickte ihn dann doch endlich an.

»Einen Moment nur«, murmelte sie. »Ich … werde es dir gleich sagen.«

Um nur irgendetwas zu tun, trank Robert nervös noch einen Schluck Mate. Er streichelte sanft ihre Hand.

»Es sind deine Eltern, nicht wahr?«, sagte er dann leise.

Clarissa hob den Kopf, senkte ihn dann ebenso rasch wieder und nickte. Als sie ihm ihre Hand entziehen wollte, ließ Robert es nicht zu.

Er hatte es geahnt. Er wusste, dass sie immer häufiger über das Schicksal der Kramers nachdachte, seit Jakob ihrer weniger bedurfte. Robert räusperte sich.

»Gibt es …«, nein, er konnte sich das nicht vorstellen, aber er musste sie das fragen, »… hast du etwas von ihnen gehört?«

»Nein.«

Als sie ihn jetzt ansah, schimmerten Tränen in ihren Augen. Dann hat sie jetzt mehr als vier Jahre nichts von ihnen gehört, fuhr es Robert durch den Kopf, kein einziges Wort, seit sie damals mit ihrem Javier zu den Wasserfällen aufgebrochen war.

Für einen Moment spürte er ihre Trauer, als wäre es seine eigene. Es musste unendlich belastend für sie sein, nicht zu wissen, wie es ihrer Familie ging.

Spontan stand er auf, zog Clarissa aus ihrem Stuhl hoch und schloss sie fest in seine Arme. Ihr Körper blieb erst steif, dann endlich gab sie nach und lehnte mit einem Seufzer den Kopf gegen seine Schulter. Sie weinte nicht, aber er spürte immer noch ihr Zittern.

Am späteren Abend, als Jakob im Bett war, konnten sie wieder in Ruhe miteinander sprechen. Robert und Clarissa standen noch einen Augenblick Seite an Seite vor ihrem schlafenden Kind, wie sie es jeden Abend taten, schließlich schlichen sie leise aus dem Zimmer. Wenig später saßen sie nebeneinander im Wohnzimmer auf dem Sofa. Robert legte den Arm um die Schultern seiner Frau. Er hörte sie atmen, doch obgleich es wiederholt den Anschein machte, als wollte sie etwas sagen, blieb sie doch stumm. Es war Robert, der endlich das Schweigen brach.

»Du möchtest sie aufsuchen, richtig?«, äußerte er die Vermutung, die ihn schon länger umtrieb.

Clarissa sah ihn aus weit aufgerissenen Augen an, dann nickte sie. Dieses Mal wartete er, bis sie zu sprechen anfing.

»Ich habe solche Sehnsucht«, flüsterte sie. »Ich möchte endlich wissen, ob es ihnen gut geht, verstehst du? Seit Jahren quäle ich mich mit der Sorge um sie, doch jetzt habe ich Jakob, verstehst du, und er lässt mich jeden Tag mehr an sie denken. Ich sehe ihn aufwachsen und möchte so sehr, dass auch seine Großeltern ihn kennenlernen, ich weiß, dass sie sich immer ein Enkelkind gewünscht haben. Ich will wissen, ob sie leben oder tot sind, ob sie mich auch für eine Mörderin halten, ob ... Es ist diese Ungewissheit, die mich umbringt, und dieses Gefühl wird mit jedem Tag schlimmer.«

In Clarissas Augen standen Tränen. Robert verstand sie nur zu gut. Sie hatte ihm alles erzählt über die Familie Monada, vor allem über ihren Schwiegervater, Don Jorge, diesen Teufel in Menschengestalt. Er wusste, dass sie nicht fantasierte, wenn sie vom möglichen Tod ihrer Eltern sprach. Sie mussten wirklich mit dem Schlimmsten rechnen.

»Ich will mir nicht mehr nur ausmalen, was geschehen ist, verstehst du?«, sagte Clarissa unvermittelt. »Ich will die Wahrheit wissen, auch wenn sie schmerzhaft ist.«

Robert schwieg. Er empfand Mitleid, doch er wusste nicht, was er sagen sollte. Natürlich verstand er sie, aber konnten sie es wagen, nach allem, was er über die Monadas wusste? War es das wert? Würden sie nicht ihre eigene kleine Familie gefährden, ihr eigenes Glück? Als Arzt sah er doch Tag für Tag, wie schnell alles vorbei sein konnte.

Er fragte sich, was er tun würde, wenn es sich um seine eigenen Eltern handeln würde, und musste zugeben, dass ihm die Antwort leichtfiel. Niemand, auch kein Señor Monada, würde ihn davon abhalten, seine Eltern aufzusuchen und ihnen, wenn nötig, zu Hilfe zu eilen. Clarissa knetete ihre Hände, als könnten die Bewegungen sie beruhigen. Mit einem Mal ließ ihr Zittern nach und sie straffte sich. Es war, als hätte sie endlich eine Entscheidung getroffen.

»Ich muss hinfahren«, sagte sie entschlossen.

»Es ist gefährlich«, bemerkte Robert.

»Ich weiß«, gab sie zurück, und ihre Stimme zeugte nicht mehr von Angst oder Verzweiflung.

Ich kann sie so gut verstehen, fuhr es ihm durch den Kopf.

Nein, sie konnte jetzt nicht einfach vergessen, konnte nicht so tun, als ob nichts geschehen wäre. Jakob, überlegte er weiter, ist jetzt auch alt genug, um einige Zeit – womöglich würden es Wochen – ohne sie zu bleiben. Ihm fielen gleich Anna und Julius in Belgrano ein. Er könnte sie fragen, ob sie sich seines Sohnes annehmen würden, war sich aber schon sicher, dass sich die beiden ohne zu zögern dazu bereit erklärten.

Robert holte tief Luft. »Wir tun es«, sagte er einfach. »Wir suchen deine Eltern. Aber gib mir noch etwas Zeit für die Planung, ja? Lass mich noch ein paar Dinge regeln. Es ist ein weiter Weg. Wir müssen uns vorbereiten. Das Krankenhaus muss informiert werden …«

Kurz war ihm, als zögerte sie, dann nickte sie fest. »Ich danke dir, Robert«, sagte sie leise. »Ich danke dir sehr.«

»Bald kann es losgehen, Clarissa. Ich habe die wichtigsten Vorbereitungen getroffen.«

Mit einem fragenden Ausdruck in den Augen blickte Clarissa von ihrer Näharbeit auf. Knapp zwei Wochen waren seit ihrem Gespräch vergangen, und Robert hatte in jeder freien Minute darüber nachgedacht, wie ihr Plan zu bewerkstelligen war.

Jakob war an diesem Tag mit Anna und Julius unterwegs. Die beiden hatten sofort eingewilligt, sich während der Reise seiner Eltern um den Kleinen zu kümmern. Sie hatten ihn schon ein paarmal abgeholt und etwas mit ihm unternommen, damit er sich an sie gewöhnte. Clarissa nutzte wie immer die freie Zeit für wichtige Erledigungen. Es blieb so unglaublich viel liegen mit einem kleinen Kind im Haus, und sie hatten kein Personal. Lediglich einmal in der Woche kam eine Frau, um Clarissa beim Gröbsten, vor allem mit der Wäsche zu helfen.

Irgendwie hatte sie sich tatsächlich nicht mehr erlaubt, an die Reise zu denken, aus Angst, doch noch enttäuscht zu werden. Es war keine einfache Entscheidung, weder für sie noch für Robert. Sie hatten schließlich ein Kind, das es zu schützen galt. Jakob musste immer an erster Stelle stehen. Wenn es zu gefährlich war, dann mussten sie und ihre Wünsche zurückstehen – für ihn. Unzählige Gedanken und Empfindungen wirbelten in Clarissas Kopf durcheinander. Im nächsten Moment bemerkte sie, wie das Blut aus ihrem Gesicht wich, dann rutschte sie von ihrem Stuhl.

»Clarissa!«, hörte sie Robert noch rufen.

Plötzlich war alles ganz weit weg. Sie spürte auch keinen Schmerz, obwohl sie eine Weile später feststellte, dass sie auf dem Boden lag. Sie konnte sich nicht daran erinnern, gestürzt zu sein. Dann fühlte sie auch schon Roberts Arme um sich.

»Clarissa«, rief er noch einmal. »Clarissa, hörst du mich?«

Sie konnte die Angst deutlich in seiner Stimme hören.

»Ich …«, hauchte sie unsicher und hielt sich an ihm fest.

Im nächsten Moment konnte sie wieder klar sehen, fühlen und denken. Ihr linker Ellenbogen schmerzte. Die Ohnmacht war verflogen. Ja, sie hatte nicht mehr gewagt, an ihre Eltern zu denken, aus Furcht, Robert würde einen Rückzieher machen. Sie wusste ja, wie vorsichtig und bedacht er handelte. Er würde sich niemals in Gefahr begeben, und das, was sie vorhatten, war sehr gefährlich.

»Du willst es also wirklich tun?«

Sie schaute ihn aus großen Augen an, immer noch nicht ganz sicher, ob sie ihn nicht doch falsch verstanden hatte.

Robert nickte. »Ja, ich will es, das hatte ich doch schon gesagt. Ich könnte doch selbst niemals damit leben, ohne Nachricht von meinen Eltern zu sein, also verlange ich es auch von dir nicht.«

Robert half ihr vom Boden auf und führte sie zu einem Sessel, verschwand kurz darauf in der Küche und kam mit einem Tee zurück. Dankbar nahm Clarissa den warmen Becher in ihren Händen und blies in den aufsteigenden Dampf. Es war immer wieder erstaunlich, wie sie ein solch einfaches Gefühl von Wärme beruhigen konnte.

Robert setzte sich auf einen Sessel ihr gegenüber und stützte die Hände auf die Knie. »Was war das eben?«, fragte er dann misstrauisch, ganz der besorgte Arzt. »Warum bist du ohnmächtig geworden?«

Clarissa schüttelte den Kopf. »Ich weiß es nicht.« Sie schluckte. »Die Aufregung ... Ja, das war es ... Ich war plötzlich so aufregt. Alles drehte sich. Ich habe so lange auf diesen Moment gehofft, verstehst du?«

Clarissa stellte ihren Becher ab, ging zu ihrem Mann, beugte sich zu ihm hinunter und drückte sich an ihn, barg für einen Moment das Gesicht an seiner Brust.

»Ich bin dir dankbar, Robert, so dankbar, dass du mir hilfst.«

Er strich eine Haarsträhne hinter ihr Ohr und sah sie eindringlich an. »Es geht dir wirklich gut, ja?«

Wieder hörte sie den Mediziner aus seiner Stimme heraus. »Aber natürlich. Warum sollte es mir nicht gut gehen?«

»Du könntest natürlich auch hier bei Jakob bleiben. Es wäre sicherer, und wir müssten ihn dann nicht zu den Meyer-Weinbrenners geben.«

»Ach was.« Clarissa schüttelte den Kopf. »Es wird ihm dort gefallen. Sie haben einen wunderschönen Garten, und immer ist jemand da, der sich um ihn kümmert. Außerdem sind es meine Eltern, um die es hier geht. Es ist meine Geschichte«, fuhr Clarissa fort.

»Ja, aber …«

»Du kennst sie nicht.« Clarissa hielt Roberts Blick stand. Er hatte sie lange nicht mehr so energisch erlebt. »Du kennst die Gegend nicht und auch nicht Don Jorge …«, sie hielt kurz inne und holte tief Luft, »… und du wirst froh sein, ihn bislang nicht kennengelernt zu haben …«

»Also gut«, gab Robert zurück. »Dann lass es uns gemeinsam angehen.«

Clarissa stand auf. Kurz kam ihr die Ohnmacht wieder in den Sinn. Nein, sie würde ihm nicht sagen, dass ihre Blutung bereits seit einigen Monaten ausgesetzt hatte. Jetzt galt es, ihren Eltern zu helfen. Alles andere war nebensächlich. Um alles andere würde sie sich später kümmern.

An diesem Abend besprachen Robert und Clarissa die letzten Details der Reise. Anna und Julius freuten sich auf den kleinen Besucher – ohne Kinder war es ihnen ohnehin zu still in dem großen Haus in Belgrano, was Robert und Clarissa beruhigte. Nun besprachen sie, auf welche Weise sie reisen wollten, welches Gepäck und welche Vorräte dafür vonnöten sein würden. Alle Meyer-Weinbrenners waren auf die verschiedenste Art und Weise erfahrene Reisende und hatten ihnen viele gute Ratschläge gegeben. Trotzdem würden Robert und Clarissa den Weg zur in der Nähe der Hügelkette Cuchilla Grande gelegenen Estancia Santa Ana in der Provinz Entre Ríos allein bewältigen müssen. Leicht würde es nicht werden.

Robert fragte nicht mehr, ob Clarissa sich die Reise wirklich zutraute, aber er beobachtete sie, wie ihr durchaus nicht entging, häufiger. Clarissa wiederum gab sich entspannt. Nur manchmal, wenn sie sich allein wusste, erlaubte sie sich kurz, die Augen zu schließen. Körperlich ging es ihr gut, nervlich nicht so sehr. Sie war sehr angespannt. Zum Glück sah man ihr die Schwangerschaft noch nicht an. Ihr Bauch hatte sich zwar früher als in der ersten Schwangerschaft gewölbt, aber bislang ließ er sich gut unter der Kleidung verbergen, Robert hatte sie erzählt, dass sie wohl ein paar Pfund zugenommen habe.

Was die Reisekleidung anging, ließ Clarissa sich von Marlena beraten. Annas Tochter besaß Reitkleidung aus festem, strapazierfähigem Stoff, Lederhosen, die man unter dem Rock tragen konnte, und auch Reitstiefel. All das wollte sie Clarissa gern leihen. Robert war durch die Besuche bei seinen Eltern selbst gut versorgt.

Anna berichtete von einer Reise, die sie selbst lange Jahre zuvor als mittellose junge Frau zu Pferd und zu Schiff von Buenos Aires bis hinauf nach Salta geführt hatte, und alle lauschten gespannt, jedoch auch erleichtert, dass Robert und Clarissa sich heute einige Dinge wohl etwas leichter machen konnten. Trotzdem würden sie vom Fluss noch eine Woche nach Westen reiten müssen, um Santa Ana zu erreichen. Es würde ein aufregendes Abenteuer werden.

Etwa eine Woche später brachen sie auf. Jakob freute sich sehr auf das Abenteuer bei Onkel Julius und Tante Anna, wie er die beiden inzwischen nannte, und zeigte nur kurzen Abschiedsschmerz. Über den an seinen Ufern oft dicht bewaldeten Río Uruguay ging es zuerst einmal nach Norden bis nach dem in Uruguay gelegenen Paysandú. In Colón, auf der argentinischen Seite, kauften Clarissa und Robert zwei Reitpferde. Sie übernachteten in Herbergen oder kleinen *ranchos*, die an ihrem Weg lagen, manchmal auch im Freien, woran sie sich schneller als erwartet gewöhnten. Oft führte sie ihr Weg durch einen Hain Yatay-Palmen. Dann wieder zwang sie ein dichtes Dornengestrüpp zu einem Umweg. In der Ebene fanden sich die für die Gegend typischen Tala-Bäume, dann wieder große Getreidefelder. Immer wieder waren in der Ferne riesige Rinderherden zu sehen. An Flussläufen, wie auch schon am Río Uruguay, ließen sich Wasserschweine, Otter, Nutrias und die unterschiedlichsten Vögel beobachten.

Die Reise ließ ihnen beiden viel Zeit zum Nachdenken. Manche Gedanken teilten sie miteinander, anderen ging jeder für sich nach. Clarissa grübelte lange darüber nach, an wen sie sich am besten wenden konnten, um unverfänglich etwas über Don Jorge und ihre Eltern in Erfahrung zu bringen.

Eines Nachts, sie waren ihrem Ziel schon recht nah, und Clarissa konnte nicht schlafen, erinnerte sie sich an einen Estanciero, Don Fernando, mit dem Don Jorge wegen einer Wasserquelle im Streit gelegen hatte. Clarissa selbst hatte sich manchmal mit Don Fernandos schüchternen jungen Frau Estefania getroffen. Vielleicht konnte er ihnen helfen.

Seltsam, fuhr es ihr durch den Kopf, wie lange habe ich nicht an Estefania gedacht! Dabei wären wir beinahe so etwas wie Freundinnen geworden.

»Du wirkst so abwesend«, sagte Robert am nächsten Abend, als sie am Feuer saßen.

Diese Nacht würden sie wieder draußen verbringen. Sie beide waren schmaler geworden. Die Muskeln hatten sich gestrafft, ihre Gesichter waren, trotz der Hüte, die sie trugen, stark gebräunt. Mit jeder Meile, der sie sich Santa Ana näherten, wurde Clarissa nachdenklicher und vorsichtiger. Sie starrte in die Flammen vor sich, sah zu, wie sie zuckten und tanzten, wie das Holz rot glühend verbrannte und Funken aufflogen.

»Wir sind bald da«, erklärte sie einfach.

»Ja, ich weiß«, gab Robert zurück.

Sie sah, dass er einen Stock aufnahm und in der Glut zu stochern begann. Wieder flogen Feuerfunken auf. Es knisterte. Ein Stückchen Holz rollte über einen schwarz verkohlten Ast hinunter in das Herz des Feuers und verschwand im Feuerwirbel. Übertrug sich ihre Nervosität auf ihn?

Clarissa seufzte, beugte sich vor und zog die angezogenen Beine noch enger an den Körper. Auf der ganzen Reise hatte sie kein Korsett getragen, sie genoss die Bewegungsfreiheit. Eigentlich konnte sie sich gar nicht mehr vorstellen, je wieder eines zu tragen. Es atmete sich einfacher ohne. Aber das war es natürlich nicht, was sie eigentlich beschäftigte. Das, was sie ersehnte und was ihr gleichzeitig furchtbare Angst machte, war das Wiedersehen mit ihren Eltern.

Ohne dass Clarissa etwas dagegen tun konnte, begannen ihre Gedanken wieder einmal zu wandern. Sie konnte sich nicht konzentrieren. Es war ein langer Tag gewesen. Vielleicht war sie auch einfach nur müde. Sie dachte daran, dass Robert und sie in der vergangenen Nacht auf einem Billardtisch genächtigt hatten, weil alle Betten in der Unterkunft belegt gewesen waren. Zu essen hatte es nichts gegeben, Robert war es allerdings gelungen, ein paar Rebhühner zu schießen. Über dem Feuer gebraten hatten sie mehr als köstlich geschmeckt. Kurz danach hatten sie erfahren, dass der Raum, in dem sie für die Nacht untergekommen waren, während der letzten Choleraepidemie zur Aufbewahrung der Leichen gedient hatte. Ein ganzes Dorf war damals von der schrecklichen Krankheit dahingerafft worden. Immer wieder fragte Clarissa sich, wie viele Menschen das gewesen sein mochten. Wie viele Männer, Frauen und Kinder, deren Hoffnungen sich so mir nichts, dir nichts zerschlagen hatten … Das Leben konnte schrecklich sein. Die Anspannung der letzten Tage drängte in ihr hoch. Von einem Moment auf den anderen konnte sie sich nicht mehr beherrschen und schluchzte auf.

Robert ließ sofort den Ast fallen, den er gerade ins Feuer werfen wollte, kam zu ihr und schloss sie in die Arme. Clarissa seufzte. Es tat gut, ihn zu spüren. Sie versuchte, nicht daran zu denken, was sie in den kommenden Tagen erwartete. Aber sie musste daran denken.

*Was tue ich, wenn Don Jorge Robert auch noch tötet? Was tue ich, wenn man mir meine zweite Liebe auch noch nimmt?*

Als sie endlich einschlief, war Clarissas Gesicht feucht von Tränen.

Wie immer, wenn sie im Freien nächtigten, erwachten Robert und Clarissa früh am Morgen und ritten den ganzen Tag hindurch. Gegen Abend war in der Ferne Donnergrollen zu hören. Schon in den letzten Tagen hatte es häufiger nach Gewitter ausgesehen. Einheimische in einer *pulpería*, in der sie sich am Nachmittag schnell mit Essen versorgt hatten, hatten den beiden Fremden von einem schweren Gewitter in der Woche zuvor berichtet, mit Hagel, groß wie Gänseeier, das viel Schaden angerichtet und sogar Tote gefordert hatte.

Clarissa brachte ihr Pferd zum Stehen und sah zurück. Robert, der hoffte, noch einen Hasen fürs Abendbrot erlegen zu können, war nirgends zu sehen. Sie schaute zum Horizont, wo sich dunkle Wolken zusammenballten. Ab und an lugte dahinter die untergehende Sonne hervor und tauchte die Umgebung in ein intensives rotes Licht. Clarissa fühlte sich einerseits fasziniert, andererseits schauderte sie ob des bedrohlichen Anblicks.

Jetzt ist es bald so weit, fuhr es ihr durch den Kopf, ich werde meinem ehemaligen Schwiegervater gegenüberstehen und endlich erfahren, was mit meinen Eltern geschehen ist. Und ich werde Javiers Mutter treffen ... Um Doña Bruna und ihren Verlust tat es Clarissa leid. Ihre Schwiegermutter hatte sie nie spüren lassen, dass Santa Ana nicht ihr Zuhause war. Doña Bruna hatte die Wahl ihres Sohnes vom ersten Augenblick an akzeptiert.

Hufgetrappel riss Clarissa aus den Gedanken. Endlich schloss Robert zu ihr auf und tippte vielsagend auf seine Satteltasche.

»Hattest du Erfolg?«, vergewisserte sie sich trotzdem.

Er nickte zufrieden. »Am besten beeilen wir uns«, sagte er dann. »Wir sollten den nächsten *rancho* vor dem Unwetter erreichen. Das da hinten«, er deutete zum Himmel, »sieht nicht gut aus, und es kommt direkt auf uns zu.«

Die Wolken hatten sich noch höher aufgetürmt, und es war noch dunkler geworden. Windböen zerrten an ihren Kleidern, ließen die Mähnen der Pferde flattern und legten sich dann wieder, als wäre doch nichts zu befürchten. Wenig später kam von Neuem Wind auf. Die Pferde wurden unruhig.

»Es wird alles gut werden«, sagte Robert unvermittelt.

»Glaubst du?«

Clarissas Unterlippe zitterte, doch es gelang ihr, nicht zu weinen, obwohl sie sich wieder einmal danach fühlte. Zugleich stieg Angst in ihr hoch, jene Angst, die sie die ganze Zeit zu verdrängen gesucht hatte. Nein, sie war sich nicht sicher, dass alles gut werden würde. Sie würde sich mit Don Jorge anlegen müssen, dem schlimmsten Gegner, den man sich vorstellen konnte.

Würde Don Fernando ihnen helfen, oder machte sie sich zu große Hoffnungen? Javier hatte den selbstgerechten Mann nie leiden können, auch wenn dieser unter dem Betrug seines Vaters hatte leiden müssen.

Clarissa seufzte erneut. Als Robert sich jetzt zu ihr beugte und ihre Hand fest und ermutigend drückte, wäre sie beinahe doch noch in Tränen ausgebrochen. Nur mit Mühe beherrschte sie sich.

»Alles wird gelingen«, sagte Robert mit fester Stimme. »Zweifle nicht daran.«

»Ich bin froh, dass es dich gibt, Robert«, sagte sie leise.

Robert erwiderte ihr Lächeln.

Sie trieben die Pferde zu einer schnelleren Gangart an. Die Tiere schienen selbst zu wissen, dass sie sich beeilen mussten, denn sie wechselten bald in den Galopp. Trotz ihrer Anspannung genoss Clarissa das Gefühl, über die Steppe zu fliegen. Wenn sie etwas mochte, dann war es der Galopp. Die Welt um sie herum wurde dunkler und dunkler, und als endlich ein *rancho* vor ihnen auftauchte, zuckte bereits der erste Blitz durch die Finsternis. Erst als sie in den Hof einritten, zügelten Clarissa und Robert ihre Pferde.

Die Bewohner des *rancho*, durch die Geräusche angelockt, zeigten sich erstaunt, dann aber sehr erfreut über die späten Gäste. Offenbar lebten sie in großer Einsamkeit. Sogleich bat man sie herein. Ohne Umschweife wurden die Fremden zum Essen eingeladen. Es gab *giso*, jene für die Gegend so typische Mischung aus Reis, Kartoffeln und Fleischstücken. Als Robert die beiden Hasen aus der Satteltasche zog und als Gastgeschenk überreichte, waren ihre Gastgeber des Lobes voll. Zwei Stunden aß man, redete über dies und das und versammelte sich endlich zum Abschluss noch um die Feuerstelle. Clarissa und

Robert erzählten aus Buenos Aires. Irgendwann wies Robert auf Clarissas Erschöpfung hin. Ihre Gastgeber zeigten sich sehr verständnisvoll.

Während Robert und Clarissa noch rätselten, wo in dem kleinen Haus sie würden übernachten können, erfuhren sie, dass es eine Hütte gab, die etwas entfernt am Rande des Gemüsegartens stand. Dort hatte früher der Sohn der Familie gelebt, der jedoch Jahre zuvor nach Brasilien ausgewandert war. Von ihm, erfuhren Clarissa und Robert, hatten die beiden Alten schon länger nichts gehört. Das letzte Mal hatte er ihnen aus Bahia geschrieben, bereit, einen Dampfer zu besteigen, der ihn in die Vereinigten Staaten bringen sollte.

»Zu den Gringos«, murmelte der Alte kopfschüttelnd, während er die Tür öffnete.

Das Gewitter hatte sich verzogen, und so ließ er es sich nicht nehmen, seine Gäste zu der Hütte zu begleiten. Clarissa und Robert waren überrascht, ein gut ausgestattetes Zimmer vorzufinden. Es gab sogar einen Waschtisch nebst Waschschüssel und Wasserkrug.

»Das Wasser ist frisch«, betonte der Alte, »meine Frau wechselt es täglich. Sie denkt ja, dass ihr Liebling jeden Tag zurückkommen könnte.« Er schüttelte den Kopf, zögerte noch etwas, bevor er sich endlich mit einem Brummen verabschiedete.

Clarissa stellte fest, dass das Bett ebenfalls frisch bezogen und mit einer gewebten bunten Decke abgedeckt war, als erwartete man tatsächlich jeden Tag die Rückkehr des früheren Bewohners. An der Wand hinter dem Bett standen auf einem Bord mehrere leere Flaschen, sogar ein paar Bücher und ein Teller mit einigen Seifenstücken, die einen leichten Duft verströmten. Die Frau kam noch einmal und brachte ihnen eine Kleinigkeit zu essen für die Nacht und etwas Tee. Die Pferde standen gut versorgt im Stall ihrer Gastgeber.

Robert und Clarissa wuschen sich noch notdürftig Gesicht, Hals und Hände, bevor sie todmüde ins Bett fielen. Nach der letzten Nacht war ein Dach über dem Kopf sehr verlockend. Nur aus der Ferne war noch ein leises Donnergrollen zu hören.

»Sie warten auf ihren Sohn«, sagte Clarissa unvermittelt. »Alles in diesem Haus zeigt mir, dass sie auf ihren Sohn warten. Wenn ich mir vorstelle, dass meine Eltern …«

Robert öffnete die Arme, damit Clarissa sich an seine Brust schmiegen konnte. »Sie werden verstehen, dass du dich nicht melden konntest.«

Clarissa holte tief Luft. »Ich hätte es versuchen können. Ich habe es aus Angst nicht ein einziges Mal versucht. Angst ist ein furchtbar schlechter Ratgeber, Robert.«

»Mach dir keine Vorwürfe.«

»Ich …«

»Pst.«

Robert legte Clarissa einen Finger auf die Lippen und drückte sie fest an sich. Nach einer Weile entspannte sie sich und schlief ein. Auch Robert fielen bald die Augen zu. Mitten in der Nacht aber fuhren sie beide von einem Donnerschlag aus dem Schlaf hoch. Krachend fuhr ein Blitz herab. Im darauffolgenden Moment war wieder alles stockfinster. Dann erhellte plötzlich ein weiterer Blitz den Raum und ließ ihn zu gespenstischem Leben erwachen. Bald darauf wechselten sich Donner und Blitz im Takt eines Uhrwerks ab. Es krachte so laut, dass sie die Stimme des anderen nicht mehr hören konnten. Dieses Gewitter war viel heftiger als das am frühen Abend.

Irgendwann wurden die Abstände zwischen Blitz und Donner länger, das Grollen war nicht mehr so laut. Nur noch vereinzelt sah man Wetterleuchten. Von irgendwoher war ein kalter, feuchter Luftzug zu spüren. Fröstelnd krochen Robert und Clarissa tiefer unter die Decken. Die Aufregung ließ sie für den Rest der Nacht jedoch kein Auge mehr zutun.

Am nächsten Morgen, mit dem ersten Licht des Tages, zeigte sich das Ausmaß der nächtlichen Zerstörung: eine Wand der Hütte war gespalten und hatte Waschtisch, Bord und die Flaschen zertrümmert. Die Glas- und Tonsplitter lagen verstreut auf dem Boden, in dem Chaos wirkte das Bett wie ein Rettungsboot. Clarissa fühlte plötzlich Nervosität in sich aufsteigen. Sie war nie abergläubisch gewesen, doch jetzt konnte sie sich der düsteren Gedanken einfach nicht mehr erwehren. Hatte Robert Recht? Würde wirklich alles gut gehen, oder war dies hier ein schlechtes Omen?

Am nächsten Tag trafen Clarissa und Robert nach einem letzten Gewaltritt spät in der Nacht in San Antonio, einem Dorf in der Nähe ihres Ziels, ein und fanden überraschenderweise eine Unterkunft in einem kleinen *posada* in einer abgelegenen Seitenstraße. Die Herberge verfügte lediglich über drei Zimmer, einen winzigen Speiseraum und eine kleine überdachte Veranda hinter dem Haus im Schatten eines Ombú und einiger Jacaranda-Bäume. Clarissa ging schon hinauf ins Zimmer, während Robert ihnen noch eine Kleinigkeit zu essen besorgte und sich darum kümmerte, dass die Pferde im benachbarten Stall gut versorgt waren. Clarissa quälten bald düstere Gedanken.

Ob jemand sie erkannt hatte? Sicherlich hatte ihr früherer Schwiegervater seine Spione überall, und sie hielten gewiss die Augen offen. Das hatten sie immer getan, Don Jorge mochte es, auf dem Laufenden gehalten zu werden.

Clarissa versuchte sich zu beruhigen, doch an diesem Abend konnten das trockene Zimmer, ein weiches Bett und bald auch das Essen, das Robert hatte auftreiben können, nichts ändern. Clarissa aß mehr aus Vernunft denn aus Hunger oder gar Appetit. Sie schlief sehr schlecht, träumte von der zerstörten Hütte und vom Tod. Immer wieder sah sie die gespaltene Holzwand vor sich.

Als ihre Gastgeber am Morgen die zerstörte Hütte betreten hatten, hatten sie die Hände über dem Kopf zusammengeschlagen und sich immer wieder entschuldigt, aber Clarissa wusste, dass es nicht ihre Schuld war.

*Gott will mich strafen. Er will mich strafen, weil ich den mir zugedachten Platz verlassen habe, weil ich Javier geheiratet und damit sein Todesurteil unterzeichnet habe und weil ich womöglich auch schuldig am Schicksal meiner Eltern bin.*

Auch zum Frühstück am nächsten Morgen musste Clarissa sich zwingen. Sie wollte bei Kräften bleiben, aber ihr war so elend zumute.

# Zweites Kapitel

Alles war zerstört.

Clarissa erkannte den *rancho* nicht wieder, auf dem sie, nachdem ihre Eltern begonnen hatten, für Don Jorge zu arbeiten, einen Großteil ihrer Jugend verbracht hatte. Es gab ihn einfach nicht mehr. Das kleine Haus, das ihre Mutter stets so liebevoll geschmückt und sauber gehalten hatte, war zu Asche verbrannt. Wenige Balken ragten noch schwarz verkohlt in den an diesem Morgen strahlend blauen Himmel, als wollten sie Anklage erheben. Die Natur hatte längst begonnen, den Garten zurückzuerobern, auf den ihre Mutter so stolz gewesen war. Von einst sorgsam gehegten Beeten, vom Mais, von den Kürbissen, Tomaten und Bohnen war nichts mehr zu sehen. Clarissas Knie gaben unter ihr nach, knickten einfach weg. Im nächsten Moment schon lag sie im Schmutz, dicke Tränen rollten ihr über die Wangen.

Sie war allein. Robert hatte sie gefragt, ob er sich kurz umblicken könne, und sie hatte zugestimmt. Seine Miene hatte nichts Gutes verheißen. Auch ihn hatte das Ausmaß der Zerstörung mehr als erschreckt.

Clarissa rappelte sich wieder hoch. Ihre Kleidung und ihre Hände waren jetzt verschmutzt. Aus tränenverschleierten Augen blickte sie sich um, während sie sich mühsam aufrecht zu halten versuchte. Zu schrecklich war das, was sie hier vor sich sah.

Natürlich hatte sie geglaubt, vorbereitet zu sein auf das, was sie vielleicht erwartete, nun wusste sie, dass ihr das nicht gelungen war. Entsetzen griff nach ihr und ließ sie nicht mehr los. Für den, der nicht wusste, wie es hier einmal ausgesehen hatte, war nichts mehr zu erkennen: kein Haus, kein Garten, kein Stall, nichts. Alles lag durcheinander, und über allem, so erschien es ihr, schwebte der Geruch des Todes.

Endlich gelang es Clarissa, sich von der Stelle zu lösen, an der sie stand. Langsam, auf immer noch weichen Knien, ging sie weiter, um gleich darauf erneut zu verharren. Das Skelett eines Hundes lag wenige Schritte von der Stelle entfernt, an der sich einmal die Haustür befunden hatte.

Fido ... Clarissa biss sich auf die Lippen. Mein geliebter Fido ... Sie hatte den Mischlingsrüden damals mit Ziegenmilch und viel Geduld aufgezogen. Lange Zeit hatte er nachts in ihrem Bett geschlafen. Mehrmals hatte es so ausgesehen, als würde er es nicht schaffen und jetzt ... Ihr Magen krampfte sich zusammen. Irgendeiner von Monadas Schergen, vielleicht auch Monada selbst, hatte ihren Hund brutal getötet. Es war deutlich zu sehen, dass Fidos Rückgrat gebrochen worden war. Vielleicht mit dem Knüppel, den irgendjemand dann achtlos neben das tote Tier geworfen hatte. Clarissa stellte sich vor, wie der so zutrauliche kleine Kerl gewinselt, wie er versucht hatte, sich ins Haus zu retten. Dieser Hund war so freundlich jedem gegenüber gewesen. Er war erschlagen worden, weil er sie geliebt hatte, und sie war nicht da gewesen, um ihn zu schützen. Wann hatte er wohl verstanden, dass die fremden Männer, die sicherlich für alle überraschend gekommen waren, ihm nichts Gutes wollten?

Clarissa wischte sich das verweinte Gesicht am Ärmel ihres Kleides ab, als sich plötzlich Schritte näherten.

»Clarissa?« Ihr war, als hörte sie Roberts Stimme aus weiter Ferne. Erneut gaben ihre Beine nach. »Clarissa, o mein Gott, Clarissa, was ist denn?«

Jemand fiel neben ihr auf die Knie – sie hatte wieder nicht gemerkt, dass sie gestürzt war –, zog sie vom Boden hoch. Dann hielt Robert sie in den Armen. Clarissa begann erneut zu schluchzen. Ihr ganzer Körper bebte, obwohl Robert sie doch fest und sicher hielt.

»Ich weiß nicht, was geschehen ist. Fido … Mein Hund … Meine Beine wurden plötzlich weich, dann weiß ich nichts mehr.«

Clarissa schluckte, ihr Blick suchte wieder das Skelett ihres Hundes.

Roberts Blick folgte dem ihren. »Oh«, stieß er hervor, »das tut mir leid, so, so leid.«

Sie hatte ihm von Fido erzählt, eines Abends, als sie sich nach der Liebe im Bett aneinandergekuschelt hatten. Es war schmerzhaft gewesen, denn es hatte die Erinnerung an früher zurückgebracht, an ihre Eltern und alles, was sie verloren hatte.

Clarissa löste sich von Robert, versicherte ihm, dass sie wieder allein stehen konnte. Nochmals wischte sie sich mit dem Ärmel über das verweinte Gesicht. Sie zögerte, denn sie fürchtete sich vor dem, was sie Robert fragen musste.

»Hast du … Sind meine Eltern hier irgendwo?»

Robert strich über ihren Rücken. »Nein«, sagte er gleich darauf, doch die Zeit, bevor er die nächsten Worte sprach, so kurz sie auch sein mochte, dehnte sich bis in die Unendlichkeit. »Nein, ich habe keine Toten gefunden, Clarissa. Ich bin mir sicher, dass sie nicht hier sind.«

Clarissa biss sich auf die Lippen. Sollte sie erleichtert sein? Hieß das, ihre Eltern lebten noch, oder hatte man sie nur fortgebracht, um sie anderswo zu ermorden? Robert streichelte ihr wieder über den Rücken.

»Ich bin mir sicher, dass sie noch leben, Clarissa. Ich bin mir sicher, dass wir sie werden retten können. Ich fühle es. Nichts ist verloren.«

Clarissa schwieg. Woher nahm er nur seine Zuversicht? Wenn sie auch nur ein wenig Hoffnung geschöpft hatte auf dem Weg hierher, so war sie sich mittlerweile sicher, dass alles vergebens gewesen war. Der Tod schwebte überall um sie her in der Luft. Sie spürte ihn wie einen eisigen Hauch, und er schien sie nicht mehr loslassen zu wollen.

Robert und Clarissa kehrten in ihre Herberge zurück, doch auch in dieser Nacht fand Clarissa kaum Schlaf. Am frühen Morgen tranken sie etwas Tee und aßen ein paar trockene Kekse. Robert versuchte, seiner Frau Mut zuzusprechen, aber es wollte ihr kaum gelingen, ihm zuzuhören.

Immer wieder tauchten das zerstörte Haus und der verwüstete Garten vor ihrem inneren Auge auf. Immer wieder sah sie ihren Hund, wie er verzweifelt versuchte, seinen Peinigern zu entkommen. Immer wieder hörte sie ihn winseln, sah seine großen, vertrauensvollen Augen voller Angst auf die fremden Männer gerichtet und musste sich in die Hand beißen, um nicht laut zu schreien vor Schmerz. Sie erkannte einmal mehr, wozu ihre Feinde fähig waren.

*Ich bin nicht da gewesen, ich habe ihnen nicht geholfen. Alles ist meine Schuld.*

Aber wo waren ihre Eltern? Clarissa wurde klar, dass es nur eine Möglichkeit gab, das herauszufinden. Sie musste zu den Monadas gehen, in die Höhle des Löwen. Sie musste sich Don Jorge stellen.

»Und du meinst, das funktioniert?«

Robert sah Clarissa ungläubig an, als sie ihm sagte, was sie plante. Wo war die zurückhaltende, zarte junge Frau geblieben, die er in der Nacht noch schluchzend in den Armen gehalten, die seine tröstenden Worte verschmäht hatte? Er konnte sich die Veränderung nicht erklären.

Robert beugte sich vor und schenkte Clarissa Tee nach. Sie sah übernächtigt aus, aber sie wirkte mehr als entschlossen.

»Ich weiß es nicht genau«, reagierte sie nun auf seine Frage. »Ich weiß nur, dass ich nicht dasitzen und nichts tun kann. Wenn ich wissen will, was mit meinen Eltern geschehen ist, muss ich die Monadas aufsuchen. Eigentlich wussten wir das doch schon, als wir zu dieser Reise aufbrachen. An Jorge Monada führt kein Weg vorbei.«

Robert schüttelte betroffen den Kopf. »Aber du hast gesagt, Don Jorge ist unberechenbar und hochgefährlich, Clarissa. Du kannst dich nicht einfach in seine Nähe begeben. Das lasse ich nicht zu. Er hat versucht, dich umzubringen. Es wäre Wahnsinn, ausgerechnet ihm ...«

Clarissa setzte ihren Becher ab und sah Robert fest an. »Wir haben keine andere Wahl«, sagte sie dann sehr bestimmt. »Hier wird uns niemand sagen, wo meine Eltern sind oder was mit ihnen geschehen ist, der weiß, dass die Monadas hinter der Sache stecken. Sie werden alle schweigen. Denn das lernt man, wenn man mit Jorge Monada zusammenlebt oder für ihn arbeiten will. Alle hier in der Gegend sind von ihm abhängig.«

»Und wenn wir uns doch an die Polizei wenden oder an eine Bürgerwehr?«, versuchte es Robert noch einmal.

Clarissa schüttelte den Kopf. Ein müdes Lächeln grub sich in ihre Mundwinkel. »In dieser Gegend sind die Monadas die Polizei, das sagte ich doch schon. Von ihnen stammt auch das Geld für die kleine Bürgerwehr, und nicht wenige lassen sich schmieren.«

Sie sah Robert fest in die Augen. In der letzten Nacht hatte sie sich entschieden. Sie würde nicht länger in Angst vor den Monadas leben. Und davon ließ sie sich nicht abbringen, auch von Robert nicht.

Robert schwieg einen Moment. »Denk an Jakob, es wird ihm nichts nutzen, wenn sich seine Mutter in Gefahr begibt«, sagte er dann.

»Ich denke an ihn. Lass dir gesagt sein, dass ich an jedem einzelnen Tag an ihn denke.« Clarissa ballte die Hände zu Fäusten. »Gerade für ihn muss ich es tun.«

»So kenne ich dich gar nicht«, gab Robert nachdenklich zurück. Widerspruchsgeist sprühte aus Clarissas Augen, der ihm plötzlich selbst ein wenig Mut einflößte.

»Ich kenne mich so auch nicht, Robert, aber die Umstände erfordern es. Gefällt es dir nicht?«

Robert schüttelte den Kopf. »Das wollte ich damit gewiss nicht sagen. Ich frage mich nur, woher diese Kraft kommt. Gestern erschien es mir, als wäre alles vorüber, und heute ...«

Clarissas Lächeln ließ sie wunderschön aussehen. »Ich glaube, es ist tatsächlich Jakob. Ich habe gestern viel an ihn gedacht. Unser Kind, unsere Familie macht mich stark, Robert.«

Sie sah, dass er nach Worten suchte, dann nahm er sie einfach in die Arme. Sie wehrte sich nicht. Seine Kraft, sein vertrauter Geruch und seine Wärme stärkten ihre Entschlossenheit. Sie konnte sich auf ihn verlassen, das wusste sie. Er stand an ihrer Seite. Clarissa sah Robert fragend an, als er sich von ihr löste.

»Einverstanden«, sagte er. »So machen wir es. Allerdings werde zuerst ich die Estancia aufsuchen und mich vorsichtig umblicken«, sagte er.

Clarissa schüttelte energisch den Kopf. »Das kann ich nicht

erlauben. Ich kann nicht erlauben, dass du dich für mich in Gefahr begibst.«

»Das tue ich nicht, Clarissa. Ich tue es für uns. Für unsere Familie und …«, er umfasste ihre Hände, »… und ich werde mich gewiss nicht davon abbringen lassen.«

Clarissa betrachtete Robert nachdenklich, wägte offenbar ab, wie ernst es ihm war. »Gut«, sagte sie dann, immer noch etwas zögerlich, »dann tu das, aber pass auf, dass sie dich nicht erwischen. Die Monadas sind zu allem fähig.«

»Das weiß ich.« Robert strich eine Haarsträhne zurück, die sich aus Clarissas Frisur gelöst hatte. »Das hast du mir häufig genug sehr eindringlich geschildert. Bleib bitte in der Herberge, bis ich zurückkomme, ja? Wenn wir Glück haben, wissen sie noch nichts von uns …«

Clarissa nickte. »Ich bleibe hier. Du kannst dich auf mich verlassen, Robert.«

Sie küssten sich lange und zärtlich zum Abschied.

*Ist es wohl der Ungewissheit wegen, ob wir einander wiedersehen?*

Wenn sie nur an die Monadas dachte, schlug Clarissas Herz schneller. Für einen Moment wäre sie Robert am liebsten hinterhergerannt und hätte ihn zurückgeholt, doch sie musste ihn gehen lassen.

Clarissa setzte sich auf ihr Bett, den Rücken gegen die Wand gepresst. Wild stürmten die Gedanken auf sie ein. Schreckliche Bilder mischten sich mit solchen der Hoffnung. Hätten sie nicht die Leichen ihrer Eltern gefunden, wenn sie dort auf ihrem Bauernhof gestorben wären? Dass sie keine Spur von ihnen entdeckt hatten, bedeutete das nicht, dass sie noch lebten, wenn sie auch in Monadas Hand waren?

Clarissa sprang auf, lief unruhig durch das Zimmer.

*Ich kann nicht mehr warten … Was soll ich nur tun?*

Sollte sie Robert doch hinterherreiten? War er nicht schon viel zu lange weg? Sie hatte bereits kurz nach seinem Aufbruch jedes Gefühl für die Zeit verloren. Aber sie hatte ihm versprochen, sich in ihrem Zimmer versteckt zu halten …

Clarissa begann, das Zimmer aufzuräumen, doch viel gab es nicht zu tun bei den wenigen Habseligkeiten, die sie auf ihre Reise mitgenommen hatten. Eine Weile beobachtete sie vom Fenster aus die schmale Straße, die am *posada* vorbeiführte, doch mit Beginn der Siesta sah man keinen Menschen mehr. Irgendwann war sie so müde, dass sie sich aufs Bett legte. Zwar schlief sie nicht fest, aber sie dämmerte weg, und in ihren unruhigen Träumen zeigten sich erneut ihre schlimmsten Befürchtungen bestätigt.

Clarissa schreckte auf, als Robert plötzlich in der Tür zu ihrem kleinen Zimmer stand. Sie sprang auf und stürmte auf ihn zu, warf sich in seine Arme und hielt ihn für einen Augenblick ganz fest.

»Robert!«, flüsterte sie, »Robert, Robert, Robert … Ich bin so froh, dass du wieder da bist. Ich dachte …«

»Was?« Sie spürte, wie er seinen Mund gegen ihr Haar drückte. »Ich habe dir doch gesagt, dass ich wiederkomme.«

Sie sah ihn an und schüttelte den Kopf. »Sag das nicht so leichtfertig, Robert, aber du wirst meinen Schwiegervater schon noch kennenlernen. Dann weißt du, wovon ich rede.«

Für einen Moment hielten sie sich wieder umfangen, dann lösten sie sich voneinander. Robert streichelte sanft Clarissas Wange.

»Ich weiß, was für ein Mensch er ist. Du hast es mir erzählt. Ich weiß, was er dir angetan hat. Du kannst dir sicher sein, dass ich sehr vorsichtig war.«

Clarissa seufzte. »Werden wir Erfolg haben?«

Robert zögerte kurz. »Das weiß leider niemand«, sagte er dann.

Clarissa nickte, trat einen Schritt zurück, wagte kaum, ihn zu fragen. »Und?« Aus weit aufgerissenen Augen sah sie ihn an. »Hast du meine Eltern gesehen? Waren sie da? Weißt du, wie es ihnen geht?«

Sie hatte sie ihm genau beschrieben, aber vielleicht hatte Robert sie ja trotzdem nicht erkannt, vielleicht hatten sie sich auch zu sehr verändert. Es war gewiss nicht leicht, jemanden zu erkennen, den man noch nie zuvor gesehen hatte. Außerdem arbeiteten auf Santa Ana viele Menschen. Vielleicht befanden sie sich ja auch nicht auf der Estancia, vielleicht hielt Don Jorge sie irgendwo ... gefangen ... Clarissa spürte, wie ihre Unterlippe zitterte. Robert griff nach ihrer Hand.

»Ruhig, Clarissa. Es ist alles gut. Deine Beschreibung hätte besser nicht sein können. Ich brauchte zwar etwas Geduld, um sie zu finden, aber deine Eltern sind tatsächlich auf Santa Ana. Ich glaube, sie arbeiten für Don Jorge.«

Clarissa stand einen Moment lang wie erstarrt da, dann schwankte sie einige Schritte zurück und ließ sich auf den einzigen Stuhl des Zimmers fallen. War sie überrascht? Entsetzt? Ihre Eltern in Jorge Monadas Hand ... Aber sie lebten immerhin, und sie hatte doch so darauf gehofft, dies zu hören. Oder?

*Ich habe es nicht für möglich gehalten, dass Robert sie so schnell findet. Ich habe darauf gehofft, dass sie nicht in der Hand des Teufels sind.*

Es dauerte einige Zeit, bis Clarissa wieder etwas sagte. »Geht es ... Geht es ihnen gut?«

Natürlich geht es ihnen nicht gut, fuhr es ihr durch den Kopf, Don Jorge hat sie gefangen genommen ... Weiß Gott, was er ihnen angetan hat ... Weiß Gott, was er ihnen über mich erzählt hat. Vielleicht halten sie mich, ihre einzige Tochter, für eine Mörderin? Vielleicht hat das Gift, das er ihnen eingeimpft hat, seine Wirkung entfaltet, und sie haben ihr Kind verstoßen ...

Robert zuckte die Achseln. »Das konnte ich nicht wirklich erkennen, ich kam nicht so nah ran.«

Clarissa runzelte die Stirn. Warum hatte Don Jorge ihnen wohl nichts getan? Was war sein Ziel?

Im nächsten Moment traf sie die Erkenntnis wie ein Blitzschlag: Er rechnet damit, dass ich zurückkomme. Er weiß, dass ich meine Eltern liebe und dass ich die Sache nicht auf sich beruhen lassen werde. Er weiß, dass er nur auf mich warten muss ...

Clarissa umklammerte so fest Roberts Arm, dass er ihre Hand vorsichtig löste.

»Hält man sie fest?«, sprudelte es aus ihr heraus.

»Ich weiß nicht. Sie können sich frei bewegen, aber ...«

»Was aber?«

»Ich hatte den Eindruck, dass sie viel arbeiten müssen. Irgendjemand hat sie ständig angebrüllt.«

»Das klingt ganz nach Don Jorges Arbeitsweise.« Robert sah, wie Clarissa die Fäuste ballte. »Ich wusste, dass er sie für mich büßen lassen wird.«

Robert gab keine Antwort. Sicherlich hatte Clarissa Recht. Don Jorge hatte einen Grund, weshalb er Clarissas Eltern nicht umbringen ließ. Er brauchte sie nicht mal einzusperren. Er wusste, warum sie nicht flüchteten.

Clarissa begann wieder auf und ab zu laufen. Eine Weile schwieg sie. »Ich muss ihnen helfen. Ich kann jetzt nicht mehr davor weglaufen. Ich muss mich Don Jorge stellen«, sagte sie dann.

»Wir sollten uns«, Robert trat zu ihr hin und streichelte ihre Wange, »unser weiteres Vorgehen sehr gut überlegen.«

»Ich kann nicht hier sitzen bleiben und nichts tun«, begehrte Clarissa auf.

»Es geht nicht darum, nichts zu tun. Es geht darum, geplant vorzugehen, Clarissa, nicht mehr und nicht weniger. Wenn wir die Sache jetzt überstürzen, helfen wir deinen Eltern auch nicht.«

Clarissa presste die Lippen aufeinander, nickte jedoch. »Er hätte meine Eltern nicht in die Sache hineinziehen sollen, sie waren unschuldig, sie hatten mit alldem nichts zu tun.« Für einen Moment vergrub sie ihr Gesicht in den Händen, fuhr dann mit gedämpfter Stimme fort. »Am liebsten würde ich sofort los und mich ihm ausliefern.«

Robert schüttelte den Kopf. »Aber das würde nichts helfen, also lass uns ruhig überlegen, wie wir es schon auf der Reise gemacht haben. Überleg noch mal, ob dieser Don Fernando, von dem du letztens gesprochen hast, uns nicht doch helfen kann.«

Don Fernando, ja ... Sie hatten gegen Ende ihrer Reise über den alten Konkurrenten der Monadas gesprochen. Dieser Mann, der einst von Don Jorge betrogen worden war, sann sicherlich auf Rache. Es war zu hoffen, dass die Jahre der Bitterkeit ihren Stachel nicht genommen hatten.

Robert holte tief Luft. »Meinst du, wir könnten es mal bei ihm versuchen?«

»Ja«, Clarissa begann in ihrer Reisetasche zu wühlen, »aber dafür brauche ich ein besseres Kleid. Ich weiß noch sehr genau, dass Don Fernando keine liederlichen Frauenzimmer mag. Wahrscheinlich lässt er mich unpassend gekleidet gar nicht ins Haus.«

Sie lachte, aber das Lachen klang nicht sonderlich hoffnungsfroh. Robert schluckte eine Bemerkung darüber hinunter, er fragte sich nur, wie es ein offenkundig strenger Mann dann wohl mit unangekündigten Besuchen hielt.

Es dauerte seine Zeit, bis Clarissa wusste, wie sie sich ankleiden sollte. Damit sie sich etwas leichter säubern konnten, ließ Robert einen kleinen Bottich mit warmem Wasser nebst etwas duftender Seife in ihr Zimmer bringen – französische Seife, wie er feststellte, die den kleinen, muffigen Raum für einen Moment mit einem Hauch von Luxus erfüllte. Sorgfältig wusch Clarissa Gesicht, Arme, Hände und auch die Haare, bevor sie in das hellgraue, hochgeschlossene, ein wenig verknitterte Kleid schlüpfte. Rings um den Halsausschnitt und an den Bündchen der Ärmel war es mit Spitze besetzt und hinten nur ansatzweise gerafft, weshalb es recht schlicht aussah. Robert hatte sich beim Aufbruch noch gewundert, warum Clarissa darauf bestanden hatte, ein etwas feineres Kleid mitzunehmen. Jetzt kannte er ihre Beweggründe.

Wie stolz sie aussieht, fuhr es ihm durch den Kopf, und wie wunderschön.

Clarissa hatte ihr Haar zu einem ordentlichen Knoten hochgesteckt. Keine einzige Strähne fiel ihr ins Gesicht, was ihrem Ausdruck eine noch größere Ernsthaftigkeit verlieh. Da das Haar noch etwas feucht war, wirkte es dunkler als gewöhnlich. Sie schien keine Angst mehr zu haben, nur einen unglaublichen Willen, ihr Ziel zu erreichen. Er fragte sich, wie viel Beherrschung sie das kostete.

Zu ihrer beider Erleichterung wies Don Fernando sie nicht ab. Nachdem sie sich angemeldet hatten, führte sie bald darauf ein Diener durch den ersten Patio in den zweiten hinein, wo Señor Fernando Márquez in einem Schaukelstuhl saß, eine Flasche Wein nebst Glas neben sich auf einem schmiedeeisernen Tisch. Offenbar genoss er den Abend. Er trug einen dunklen Hausmantel zu Lederslippern und stand erst auf, nachdem der Diener gegangen war. Robert sah, dass er nicht besonders groß war.

»Guten Abend, Don Fernando«, sagte Clarissa.

Robert hörte an ihrer Stimme, dass etwas von der Unsicherheit zurück war, die sie die letzten Tage über beherrscht hatte, aber sie überspielte sie gut.

»Señora Monada.« Don Fernando nickte ihr grüßend zu. »Ich habe Sie lange nicht in dieser Gegend gesehen. Man sagte mir, Sie seien …«

»… tot?«

Don Fernando musterte sie schweigend. »Nicht direkt«, sagte er dann. »Man sagte mir vielmehr, Sie seien … eine flüchtige Mörderin.«

Robert nahm wahr, dass Don Fernando auf eine Reaktion von Clarissa lauerte. Er musste einmal ein recht gut aussehender Mann gewesen sein, aber er hatte wohl etwas zu viel Alkohol getrunken in seinem Leben. Der Umfang seiner Leibesmitte war auch nicht unbeträchtlich. Sein Gesicht wirkte schwammig. Offenbar sah er nicht mehr so gut, denn Robert registrierte in diesem Moment eine Brille mit kleinen runden Gläsern auf dem Beistelltisch. Jetzt schaute Don Fernando ihn zum ersten Mal an.

»Ich bin ihre Reisebegleitung«, hörte Robert sich sagen. »Wir kommen aus Buenos Aires.«

»Aus Buenos Aires?« Don Fernando hob seine Augenbrauen. »Dann stimmt es also, dass Javier ...«, er blickte Clarissa an, ließ dabei keinen Zoll ihres Körpers aus und verharrte besonders lange auf ihren Brüsten, »... tatsächlich nicht mehr ist?«

Für einen Moment schien Don Fernando von Zufriedenheit erfüllt, was Robert verwirrte, Clarissa, wie er mit einem kurzen Seitenblick feststellte, offenbar auch.

Sie zögerte, dann straffte sie ihre Schultern. »Javier«, Robert meinte ihre Stimme erneut ein wenig zittern zu hören, so zart nur, dass es jemand, der sie nicht so gut kannte, sicherlich nicht wahrnahm, »ist tot. Er ist bei einem Überfall getötet worden. Dies hier«, sie deutete auf Robert, »ist mein zweiter Mann, Robert Metzler.«

»Getötet? Bei einem Überfall. Dann stimmt das also auch ...«

»Er wurde von Männern getötet, die sein Vater bezahlt hat.«

»Don Jorge also.« Don Fernando runzelte die Stirn. »Don Jorge lässt seinen eigenen Sohn töten. Zum einen überrascht mich das nicht, zum anderen klingt es doch ungewöhnlich ...«

»Javier war nicht sein Ziel«, sagte Clarissa.

»Gehe ich recht in der Annahme, dass er ...«

»Ja«, erwiderte Clarissa.

»Er wollte Sie töten lassen? Seine Schwiegertochter? Tatsächlich?«

»Können Sie sich das nicht vorstellen?«

»Doch.« Don Fernandos Antwort kam ohne Zögern. »Ich zweifle keine Sekunde an der Geschichte. Wir beide kennen Don Jorge, nicht wahr? Er war ja mehr als entsetzt, als Javier Sie damals für sich auserkor...«

Clarissa nickte. »Ja, das stimmt«, unterbrach sie Don Fernando ruhig.

»Er ist der Teufel in Menschengestalt«, fuhr der Estanciero fort.

So hat sie ihn auch genannt, dachte Robert.

Jetzt zog Don Fernando eine Uhr aus der Tasche seines Morgenmantels und schaute auf das Ziffernblatt. »Ich nehme an, es gibt einen zwingenden Grund dafür, dass Sie mich so unangekündigt stören? Sie wissen, dass ich so etwas eigentlich ...«

»Ja«, unterbrach Clarissa ihn erneut und atmete tief durch, »bitte entschuldigen Sie die Störung, Don Fernando. Ich ... Wir ...«

Er schüttelte den Kopf. »Don Jorge sagte immer, Sie seien zwar eine Mörderin, aber auch ein verwirrter Geist, und er hoffe darauf, Sie wiederzufinden.«

»Er lässt noch immer nach mir suchen?«

»O ja, natürlich. Aber das können Sie sich ja denken. Sie kennen ihn.«

»Das stimmt allerdings.«

Clarissa wechselte einen kurzen Blick mit Robert. Er hatte ihr nicht sofort von den Anzeigen in der Zeitung erzählt, aber er hatte es natürlich nicht ewig verschweigen können.

»Er sucht sehr intensiv sogar«, fuhr Don Fernando fort. »Außerdem lässt er für Ihre verlorene Seele beten. Er hat wirklich jedem deutlich gemacht, dass er Sie wiederzufinden wünscht, um Ihnen den Schutz angedeihen zu lassen, den ein verwirrter Geist braucht. Die Leute hier«, Don Fernando schnaubte, »sind sehr beeindruckt von seiner Herzensgüte.«

»Sie offenbar nicht«, stellte Clarissa vorsichtig fest.

Don Fernando schüttelte den Kopf. »Nichts, was Don Jorge tut, könnte mich beeindrucken. Ich weiß, dass er ein Lügner und Betrüger ist. Wer sollte das besser wissen als ich? Ich habe mich nur gefragt, was er mit dem Ganzen bezweckt. Natürlich fand ich es auch schwer, Sie mir als Mörderin vorzustellen, liebste Clarissa.«

Robert bemerkte, dass Clarissa kurz schwankte. Das Wort Mörderin noch einmal zu hören, schien sie aus der Fassung zu bringen. Er erinnerte sich daran, dass sie ihm einmal erklärt hatte, sie könne ihre Unschuld ja tatsächlich kaum beweisen. Sanft drückte er eine Hand gegen ihren Rücken. Unter seiner Berührung straffte sich ihr Körper. Ihre Entschlossenheit kehrte zurück.

»Wir sind hergekommen, um einige wichtige Dinge mit Ihnen zu besprechen«, sagte sie dann.

Don Fernando nahm seine Brille von dem kleinen Beistelltisch. Robert bemerkte erst, dass er die Luft angehalten hatte, als ihr Gastgeber eine knappe einladende Bewegung machte.

»Gehen wir in meinen Salon, dort sind wir ungestörter.«

Don Fernando ging mit raschen Schritten voran ins Haus. Clarissa und Robert folgten ihm. Sie durchquerten eine düstere Halle, an deren Wänden große Ölbilder hingen – wohl Don Fernandos Ahnen –, und gelangten in einen großzügigen, mit eleganten Möbeln und einem Kamin ausgestatteten Raum, der jedoch seltsam leblos wirkte. Durch eine geöffnete Tür, die offenbar wieder nach draußen führte, drangen die Geräusche der Nacht zu ihnen herein. Auf einem kleinen Tisch stand ein Schachspiel.

Don Fernando klingelte und wies das wenig später eintreffende Dienstmädchen an, ihnen Tee und eine Kleinigkeit zu essen zu bringen. Die junge Indio-Frau verschwand genauso lautlos wie sie gekommen war. Robert und Clarissa schauten sich verstohlen um. Das Zimmer machte nicht den Eindruck, als wären in letzter Zeit Gäste da gewesen. Es wirkte unaufgeräumt, wie das Reich eines allein lebenden Mannes. Papiere lagen verstreut auf dem großen Tisch in der Mitte. Auf einer Chaiselongue lag eine fadenscheinige Decke, auf der ein kleiner Hund schlief. Ein größerer Hund lag davor und wedelte matt mit dem Schwanz.

»Setzen Sie sich doch«, forderte Don Fernando sie auf und machte mit dem Ellenbogen Platz auf dem Tisch. Ein paar Unterlagen flatterten zu Boden, sie würden später sicherlich von einem der dienstbaren Geister aufgehoben werden.

Robert und Clarissa setzten sich. Das Mädchen kehrte mit dem Tee zurück und schenkte ihnen allen ein. Wie nicht anders zu erwarten, war es heißer, sehr süßer Mate-Tee. Dazu stellte die junge Frau einen Teller mit *empanadas* sowie einen mit hauchdünn geschnittenen gebratenen Fleischscheiben, Gemüse und eine Schüssel mit würzigem Maisbrei auf den Tisch. Dann wartete sie auf weitere Anweisungen.

»Du kannst gehen«, befahl Don Fernando. Er blickte ihr hinterher, bis sie verschwunden war, und horchte dann noch einen Augenblick. »Sie ist nach oben gegangen«, sagte er endlich und setzte sich auch. »Wir sind also ungestört.« Er sah Clarissa und Robert an. »Sie hat früher für Don Jorge gearbeitet, wissen Sie. Angeblich hat er sie schlecht behandelt, wer weiß … Es könnte stimmen …«

Clarissa beugte sich vor. »Trauen Sie ihr nicht, Don Fernando?«

Don Fernando verzog das Gesicht zu einem bitteren Grinsen. »Wem soll ich wohl noch trauen hier, wo die Monadas doch alles in der Hand haben? Nein, ich traue ihr nicht. Ich traue im Übrigen seit Langem niemandem mehr, und damit lebe ich ganz gut.«

Wieder lag eine seltsame Anspannung in der Luft, ein Gefühl, als befänden sie sich auf der Flucht und wüssten, dass sich die

Häscher unablässig näherten. Robert überlief ein leiser Schauder. Clarissa hatte anscheinend nicht übertrieben: Die Monadas wurden sogar von gestandenen Männern wie Don Fernando gefürchtet. Er trank einen Schluck von seinem Mate-Tee. Er schmeckte erstaunlich mild und angenehm. Auch Clarissa nahm einen Schluck.

Don Fernando deutete auf das Essen. »Greifen Sie zu, auch Verräterinnen können gut kochen.«

Clarissa griff nach einer der kleinen Teigtaschen und bedankte sich, Robert tat es ihr gleich. Über die Aufregungen des Tages waren sie kaum zum Essen gekommen. Die *empanadas* schmeckten köstlich. Robert nahm sich eine weitere und sah Don Fernando zum ersten Mal lächeln. Er sah erstaunlich freundlich aus, wenn er lächelte. Robert dachte daran, dass Clarissa ihn als etwas griesgrämig beschrieben und gesagt hatte, dass Javier und sie insgeheim über ihn gelacht hatten. Es geschah nicht oft, aber seit er alles über Javiers Tod wusste, erzählte Clarissa ihm manchmal auch von ihrem früheren Leben.

»Ich sehe, es schmeckt Ihnen, Señora Metzler …«, sagte Don Fernando jetzt. »Wie haben Sie beide sich eigentlich kennengelernt?«

Clarissa legte ihre *empanada* aus der Hand und schluckte, bevor sie zu einer Antwort ansetzte. »Robert hat mir geholfen, als … als ich …«

Robert legte eine Hand auf die ihre. »… als Clarissa vor den Mördern ihres Mannes auf der Flucht war«, vervollständigte er mit klarer, kräftiger Stimme ihren Satz.

Clarissas Hände waren kalt. Als er sie anblickte, bemerkte er, dass an ihren Wimpern Tränen zitterten. Am liebsten hätte er sie getröstet, aber das würden sie auf später verschieben müssen.

Clarissa holte tief Luft. »Ich habe Javier nicht getötet«, sagte sie mit einem leichten Beben in der Stimme. »Er starb nicht durch meine Hand. Ich habe ihn geliebt. Ich hätte ihm niemals etwas antun können, Don Fernando.«

»Ich glaube Ihnen ja.« Don Fernando lächelte. »Ich habe Ihnen von Anfang an geglaubt, habe ich das nicht deutlich gemacht? Und jetzt sagen Sie mir bitte, was Sie beide zu mir führt.« Das Lächeln verschwand so schnell aus Don Fernandos Gesicht, wie es gekommen war. »Und reden Sie nicht um die Sache herum, Señora Metzler. Das Leben hat für mich schon lange allen Schrecken verloren.«

Er betrachtete sie beide nun abwechselnd und sehr aufmerksam. Clarissa entzog Robert ihre Hände und ballte sie zu Fäusten, als würde ihr plötzlich etwas einfallen.

»Wie geht es eigentlich Ihrer Frau, Don Fernando?«, fragte sie. »Ist sie schon zu Bett gegangen?«

Für einen Moment hing Schweigen im Raum, Schweigen so schwer, dass man meinte, es mit den Händen greifen zu können.

»Sie ist tot«, sagte Don Fernando dann, senkte für einen tiefen Atemzug den Kopf und blickte wieder auf, auf einmal unnahbar.

Robert sah das Entsetzen, von dem Clarissa ergriffen wurde. Sie wusste nicht, was sie sagen sollte. Sie hatte ihm erzählt, dass Doña Estefania eine bodenständige Frau war, die gutes Geld in die Ehe eingebracht hatte.

»Aber sie war doch noch jung ... Was ...?«

Seit sie wusste, dass sie Don Fernando aufsuchen würden, hatte Clarissa auch der Gedanke ein wenig erfreut, dass sie Estefania sehen würde. Die junge Frau hatte damals zu den wenigen Damen der Gesellschaft gehört, die Clarissa von Anfang an nicht geschnitten hatten.

Don Fernando starrte in die Ferne. »Wissen Sie, dass Estefania Sie vermisst hat, Señora Metzler?«, sagte er endlich unvermittelt. »Es fiel ihr nicht leicht ohne Sie. Sie mochte Sie. Sie hat es genossen, wenn Sie zum Tee vorbeikamen. Es kamen ja nicht viele zu uns wegen der Sache mit den Monadas ...«

Clarissa zuckte zusammen, als Don Fernando erneut tief Luft holte. Dann war ein schmerzlicher Laut zu hören, zitternd und sehr leise. Sein feistes Gesicht war auf einmal voller Schmerz. Clarissa schluckte, aber Don Fernando brach nicht in Tränen aus, wie sie wohl gefürchtet hatte.

»Wissen Sie, Señora Metzler, es fing ganz subtil mit Unterstellungen an. Dann stellte ihr jemand nach, tauchte auf, wenn sie Spaziergänge machte, jagte ihr Angst ein. Sie erinnern sich sicher, dass wir schon lange mit den Monadas im Streit lagen«, er schluckte, bevor er weitersprach, »mit Don Jorge, meine ich, gegen andere Familienmitglieder will ich gar nichts sagen. Das Problem war schon immer Don Jorge.« Don Fernando schwieg erneut einen Moment. »Mich hat Don Jorge betrogen und bedroht, solange ich denken kann. Ich konnte das gut aushalten, ich bin ein starker Mann«, fuhr er fort, »aber als man bei mir keinen Erfolg hatte, ging man meine Estefania an. Leider habe ich nicht bemerkt, wie sehr ihr die Unterstellungen und Nachstellungen an die Substanz gingen. Immer gab es irgendein Gerücht, dann hieß es, sie habe mich betrogen. Ich erinnere mich noch, wie sie zu mir kam und mich anflehte, das nicht zu glauben. Ich hätte es natürlich niemals geglaubt, sie war meine Estefania, ein gutes Kind, eine herzensgute Frau. Die letzten Wochen vor ihrem Tod waren schrecklich für sie. Sie war immer schon ängstlich gewesen. Nun verwandelte sie sich in ein Nervenbündel. Sie war eine gesunde Frau und doch, tief in ihrem Innern, war sie ein sehr zartes Wesen, und dann wurde es ihr eben zu viel. Eines Morgens habe ich sie im Bett gefunden. Sie hatte Rattengift genommen. Rattengift! Soll ich ins Detail gehen, Señora Metzler?«

»Nein«, kam Robert Clarissa zu Hilfe, die jetzt sichtlich um Fassung rang.

Er sah, dass sie das nicht erwartet hatte. Das nicht. Lange Zeit sagte keiner etwas. Draußen hatte es sacht zu regnen begonnen. Die Grillen waren längst verstummt, die Geräusche der Nacht gingen im Wasserrauschen unter. Der Vollmond war hinter Wolken verborgen. Endlich stand Don Fernando auf, er entzündete eine weitere Lampe.

»Sie sagen also, Don Jorge habe seinen eigenen Sohn getötet?«, fragte er dann, wieder ganz ruhig.

»Glauben Sie mir nicht?«

»Natürlich glaube ich Ihnen, Señora Metzler, sagte ich das nicht schon?«

Clarissa senkte den Kopf und hob ihn dann rasch wieder. »Ja, Sie kennen Don Jorge«, bestätigte sie dann, »Sie wissen, wozu er fähig ist.«

Robert bemerkte, dass sich Don Fernandos Gesichtsausdruck jetzt änderte. Etwas von der alten Trauer um Estefania war darin zu sehen und sehr viel Wut.

»Allerdings. Er hat mein Leben zerstört.«

Clarissa wartete, doch er sagte nichts mehr. »Ich erinnere mich noch genau an diese Sache mit dem Stück Land«, fuhr sie dann fort. »Die Geschichte mit der Wasserstelle.«

Don Fernandos Lippen wurden schmaler. Robert rückte näher zu Clarissa hin. Sie hatte ihm auf dem Weg erklärt, dass sich Jorge Monada einst mit unlauteren Mitteln ein Stück Land angeeignet hatte, das eigentlich Don Fernando gehörte, ein wichtiges Stück Land mit einer für die Viehzucht so wichtigen

Wasserstelle. Seitdem musste Don Fernando die Monadas für sein Wasser bezahlen oder aber weite Umwege in Kauf nehmen. Clarissa hatte außerdem gesagt, dass sie von einem Dokument wusste, das diesen Umstand bezeugte. Robert war gespannt, ob Don Fernando sich damit auf ihre Seite würde bringen lassen. Zurzeit wurde er noch nicht schlau aus dem Mann, der mal gütiger Gastgeber war, dann wieder trauernder Witwer und garstiger Alter.

»Wie sollte ich das vergessen?«, fragte Don Fernando nun scharf und straffte seine Schultern. »Das war der Beginn des Elends, aber es hörte nicht auf. Es reichte Don Jorge nicht, mir das Land zu nehmen. Er musste mich auch noch als Betrüger hinstellen, als Mann ohne Ehre. Er musste meine Frau quälen, bis sie nicht mehr ein noch aus wusste.« Don Fernando Blick wanderte in die Ferne. »Er hat meine süße Estefania auf dem Gewissen … Ach, was, was sage ich … Don Jorge hat kein Gewissen. Der Teufel hat bestimmt kein Herz und keine Seele.«

Clarissa leckte sich nervös über die Lippen. »Was würden Sie sagen, wenn wir beweisen könnten, dass man Ihnen damals Unrecht angetan hat? Was würden Sie sagen, wenn Sie sich endlich reinwaschen könnten? Wenn Sie Ihre Quelle zurückbekämen und von vorn beginnen könnten?«

Robert und Clarissa kehrten spät an diesem Abend in die Herberge zurück. Clarissa schwieg auf dem Nachhauseweg. Auch als sie wieder in ihrem Zimmer waren, sagte sie nichts.

»Was ist?«, fragte Robert nach einer Weile.

Clarissa kämmte in Gedanken versunken ihr Haar. Sie reagierte erst nicht, dann legte sie den Kamm auf den Tisch und drehte sich zu Robert um. »Ich muss die ganze Zeit an Doña Estefania denken.«

»An Don Fernandos Frau?«

»Ja.« Clarissa stand unvermittelt auf, lief zu ihrem gemeinsamen Bett hinüber und ließ sich darauf nieder. Einen kurzen Moment blickte sie Robert an, dann zog sie die Beine an den Körper, schlang die Arme um die angezogenen Knie, als müsste sie sich Halt geben. »Doña Estefania war immer sehr nett zu mir. Sie war nicht viel älter als ich, weißt du, und anders als manch andere Frau aus der guten Gesellschaft ließ sie mich nie stehen ... Der Sohn der Monadas ...«

»... Javier«, berichtigte er sie sanft. »Ich weiß, dass er dein erster Mann war. Du kannst seinen Namen nennen.«

»Javier«, wiederholte Clarissa und sah für einen Augenblick sehr verloren aus. »Ich war nicht die, die man als seine Braut erwartete, und manch eine aus der besseren Gesellschaft trug mir das nach. Ich wurde geschnitten. Man tratschte über mich. Javier unterstützte mich, aber er war natürlich nicht immer da. Er hatte ja seine eigene Arbeit zu leisten, und dazu gehörten sicher keine langweiligen Einladungen zu Tee, Schokolade und Gebäck bei irgendwelchen Damen, die sich in kurzer Zeit in wahre Schlangen verwandeln konnten.« Clarissa zupfte an einem Fädchen, das sich aus der Decke gelöst hatte. »Sehr oft war Estefania da und stand mir zur Seite. Aber sie war auch sehr ruhig, und manchmal fühlte ich mich sogar gelangweilt von ihr. Dafür schäme ich mich jetzt. Vielleicht hätte ich ...«, sie seufzte tief, »... vielleicht hätten wir richtige Freundinnen sein können. Vielleicht hätte sie dann die Kraft gefunden, sich nicht allein zu fühlen.« Clarissa seufzte wieder. »Manchmal habe ich den Eindruck, mein Weg ist gepflastert mit Menschen, die meinetwegen leiden mussten.«

Robert setzte sich zu Clarissa auf die Bettkante und wandte sich ihr zu. Sanft streichelte er ihre Wange. »Clarissa, an ihrem Unglück trägst du keine Schuld. Wer weiß, was geschehen ist. Außerdem, was hättest du tun sollen? Du warst auf der Flucht, du konntest nicht hierher zurückkehren. Du konntest nicht wissen, dass sie Hilfe brauchte. Und davon abgesehen«, er nahm sie jetzt fest in seinen Arme, »hat Javier dich geliebt. Dass die Monadas und die gute Gesellschaft das nicht akzeptieren wollten, ist nicht deine Schuld. Nichts von dem, was hier geschieht, ist deine Schuld. Du versuchst nur, dem Ganzen ein Ende zu setzen. Ich bin sehr stolz auf dich.«

Clarissa machte sich vorsichtig von Robert los. »Aber vielleicht wollte ich gar nicht wissen, wie es ihr geht. Ich war ja so mit mir beschäftigt. Mit meinen Wünschen, meinen Ängsten …«

Robert nahm sie erneut in die Arme, dieses Mal ließ er es nicht zu, dass sie sich von ihm losmachte.

»Clarissa, du darfst so etwas nicht denken. Es war auch nicht leicht für dich. Man hat dich mit dem Tod bedroht. Man bedroht deine Eltern. Niemand hätte von dir erwarten können, dass du hierher zurückkehrst. Und jetzt bist du da, du bist eine mutige Frau, Clarissa.«

Sie hob den Kopf, sah Robert an und lächelte zaghaft. »Danke«, sagte sie endlich einfach.

Sie blieben noch einen Moment reglos nebeneinander sitzen, Robert streichelte sanft ihren Rücken.

»Ich frage mich, ob Don Fernando den Mut haben wird, uns zu helfen, und ich frage mich auch, ob Don Jorge nicht schon längst weiß, dass wir hier sind«, sagte Clarissa irgendwann leise.

Robert nickte. »Wir sollten darauf gefasst sein. Du hast mir gesagt, dass er seine Augen überall hat.«

»Ja, du hast Recht.«

Clarissa seufzte und schmiegte sich an Robert. »Hoffentlich tut er meinen Eltern nichts.«

Robert schüttelte den Kopf. »Nein, das glaube ich nicht. Sonst hätte er es längst getan. Schon viel früher. Ich bin mir sicher, er wartet auf eine besondere Gelegenheit.«

Unwillkürlich schauderten sie beide.

Es war noch früher Morgen, als Robert und Clarissa erwachten. Aneinandergeschmiegt waren sie irgendwann erschöpft eingeschlafen. Sie reckten und streckten sich, standen auf und wuschen sich notdürftig. Wieder knabberten sie nur ein paar trockene Kekse zum Frühstück. Clarissa zog ihre einfache Reisekleidung an. Kurze Zeit später klopfte ein Junge mit der Nachricht, Don Fernando erwarte sie im Speiseraum, an der Tür.

Clarissa und Robert sahen einander an. Jetzt war es so weit. Die Dinge nahmen ihren Lauf. Don Fernando hatte eine Entscheidung getroffen.

»Meinst du, er ...? Sonst wäre er doch nicht gekommen, oder?«, vergewisserte sich Clarissa.

Robert schüttelte den Kopf. »Sicher wäre er das nicht.«

Sie wechselten noch einen zweiten Blick, dann eilten sie die Treppe hinunter.

Don Fernando saß an einem großen Tisch in der hintersten Ecke, er hatte sich schon etwas zu essen und zu trinken bestellt. Mit einer gehobenen Augenbraue quittierte er Clarissas notdürftig frisiertes Haar, sagte auch nichts zu ihrer abgenutzten und nicht mehr ganz sauberen Reisekleidung.

»Wenig Schlaf bekommen ... Vermute ich richtig?«, fragte er und musterte ihre müden Gesichter eindringlich.

Der Estanciero wirkte erstaunlich ausgeschlafen, während er ihnen jetzt mit einer großzügigen Handbewegung Kaffee anbot. Clarissa und Robert setzten sich. Auf sein Geheiß nahmen sie sich auch etwas von dem Essen, das er bestellt hatte – dünne würzige Fleischscheiben, *empanadas* und Maisbrei wie schon am Vorabend.

Don Fernando beugte sich vor und stützte die Ellenbogen auf den Tisch. »Kommen wir zum Geschäft.« Er blickte sich nochmals kurz um, hieß den Besitzer des *posada* Kaffee nachschenken und wartete dann, bis der Mann verschwunden war. »Wir wollen doch keine unliebsamen Zeugen, nicht wahr?«, sagte er mit bitterem Unterton und seufzte. »Manchmal denke ich, im Dunstkreis von Jorge Monada fürchtet jeder, verfolgt zu werden. Nehmen Sie sich doch noch etwas«, forderte er sie liebenswürdig auf und bediente sich selbst großzügig. »Beeilen wir uns«, sagte er. »Es ist nur eine Frage der Zeit, bis wir hier Monadas Spione sitzen haben. Ach, wahrscheinlich sind sie schon längst da. Ich wüsste nicht, wen Don Jorge nicht bezahlt.«

Clarissa und Robert nickten. Tatsächlich konnte das keiner wissen. Zwar waren zu dieser frühen Stunde außer ihnen keine Gäste im Speiseraum, aber es gab das Personal. Man konnte niemandem trauen.

»Ich habe nachgedacht«, setzte Don Fernando an, »und ich bin bereit, Sie zu unterstützen, wenn Sie mir im Austausch dafür dieses verdammte Dokument beschaffen.«

Clarissa zögerte einen winzigen Augenblick, dann streckte sie die Hand aus. »So soll es sein, Don Fernando.«

»So soll es sein«, wiederholte Don Fernando und schüttelte ihre Hand. Einen Moment hielt er sie fest. Seine dunklen Augen bohrten sich in ihre blauen. »Es wird nicht leicht sein. Sind Sie sicher, dass Sie beide sich das zutrauen?«

Clarissa sah ihr Gegenüber fest an. »Es muss einfach gelingen.«

Don Fernando schüttelte den Kopf. »Sie klingen sehr zuversichtlich.«

»Ich kenne Don Jorge«, sprach Clarissa weiter. »Seien Sie sich dessen gewiss. Wir werden uns genau überlegen, was zu tun ist.«

# Drittes Kapitel

Am nächsten Tag war es so weit. Als es endlich an den Aufbruch ging, war es Robert für einen Moment, als bekäme er keine Luft mehr. Ja, sie hatten lange gesprochen, lange geplant. Sie wussten, wie sie vorzugehen hatten, dennoch fühlte er sich voller Unbehagen. Nein, so ging das nicht. Seine geliebte Clarissa durfte sich nicht solchermaßen gefährden. Er schluckte, räusperte sich dann.

»Ich habe noch einmal nachgedacht. Du kannst nicht dorthin zurückkehren, Clarissa. Du kannst nicht in dieses Haus gehen und … Du nicht … Ich werde gehen. Ich habe auch deine Eltern finden können. Ich kann dich einer solchen Gefahr einfach nicht aussetzen. Das ist zu gefährlich … Bedenke, er hat schon einmal versucht, dich umzubringen. Bei einer zweiten Gelegenheit wird er gewiss nicht zögern.«

Clarissa wandte sich zu Robert um. Verblüffung zeichnete sich auf ihrem Gesicht ab, und auch etwas wie leichter Unwille. Sie hatte sich bereits umgezogen, trug dunkle Kleidung, in der sie sich gut bewegen konnte, und ein Umschlagtuch, das ihr Haar bedeckte und sie fremd aussehen ließ.

Sie ist so gut getarnt, wie sich ein Mensch nur tarnen kann, der in ein Haus einzudringen gedenkt, in dem ihn alle kennen, fuhr es Robert unwillkürlich durch den Kopf, und sie sieht so entschlossen aus.

Clarissa schüttelte heftig den Kopf. »Ich muss es tun. Kein anderer kennt sich im Haus so gut aus wie ich. Draußen, das war etwas anderes, aber im Haus …« Clarissa hielt inne, lief zu Robert hin und streichelte ihm über die gefurchte Stirn, drückte ihm dann einen Kuss auf die Wange. »Glaub mir, ich weiß, was ich tue, Robert. Ich habe mir in all den Jahren genügend Gedanken darum machen können. Ab neun Uhr morgens reitet Don Jorge immer das Gelände ab. Die Dienstboten entspannen in der Zeit ein wenig.« Sie lächelte, obgleich ihnen beiden nicht zum Lächeln zumute war. »Es ist die einzige Zeit am Tag, zu der sie ihre Ruhe haben, und das nutzen alle aus. Doña Bruna ist das gleich. Sie bleibt meistens ohnehin in ihrem Zimmer.« Clarissa schaute nachdenklich in die Ferne. »Oft liegt sie zu dieser Zeit sogar schon wieder im Bett. Sie hat immer viel geschlafen. Das liegt an ihrer Krankheit. Ich bin mir nicht mal sicher, ob sie überhaupt noch lebt.«

Robert schüttelte den Kopf. »Ich glaube trotzdem, es ist besser, wenn ich …«

»Nein, das ist es nicht.« Clarissa schüttelte erneut energisch den Kopf. »Und das weißt du auch. Ich könnte dir das Haus niemals so gut beschreiben wie das Außengelände. Du wüsstest nicht, wo du dich verstecken kannst. Du kennst sie nicht, die Ecken und Nischen, in denen man ungesehen für eine Weile untertauchen kann. Ich aber kenne sie. Ich habe ein Jahr dort gelebt, und ja, manchmal, wenn ich es nicht ausgehalten habe, wenn Javier fort war und ich allein, da habe ich mich verkrochen wie ein kleines Kind, das sich fürchtet.«

Die Erinnerung war ein zarter und doch schmerzender Stich, sie war froh, nicht schon wieder weinen zu müssen.

»Dann komme ich zumindest so weit wie möglich mit«, beharrte er dann.

Clarissa zögerte. Sie wusste, dass auch das gefährlich sein konnte, schließlich fielen zwei Menschen eher auf als einer.

»Gut«, stimmte sie ihm dennoch zu und küsste ihn noch einmal. »Dann komm mit.« Sie lächelte zaghaft. »Ich könnte dich doch ohnehin nicht davon abhalten, nicht wahr?«

»Nein, das könntest du nicht«, Robert schüttelte den Kopf, »immerhin habe ich dich schon einmal einem hungrigen Jaguar entrissen.«

Sie starrten einander an, sprachen nicht aus, was sie beide dachten. Für ein paar Atemzüge hing jeder von ihnen seinen Erinnerungen nach, dann ging Clarissa mit entschlossenen Schritten zur Tür.

»Es wird Zeit. Wir sollten nicht länger warten.«

Robert musterte Clarissa noch einmal. Sie hatte sich wirklich trefflich gekleidet, sie würde mit den Schatten der Häuser verschmelzen. Ihr auffälliges blondes Haar verdeckte das Tuch. Die Einfachheit der dunklen Kleidung, die ihnen Don Fernando zur Verfügung gestellt hatte, ließ sie Jahre älter wirken. Trotzdem klopfte ihm das Herz, als sie sich der Estancia Santa Ana zu Pferd näherten.

Clarissa, die früher häufig hier geritten war, hatte einen Weg gewählt, der sie vorbei an Getreidefeldern, Palmenhainen und durch hügeliges Weideland hindurch im weiten Bogen sicher zum Ziel führte. Hier und da sah man Arbeiter auf den Feldern, die sich wohl damit beschäftigten, das im feuchten Klima der Gegend gut gedeihende Unkraut zu jäten.

An einem Ombú mit einer prächtigen ausladenden Krone hielt Clarissa ihr Pferd an und übergab Robert die Zügel.

»Hier?«, fragte er und sah sich um.

Im weiten Umkreis ließ sich nichts Besonderes entdecken. Die Pferde begannen sofort, Gras zu rupfen. Clarissa nickte.

»Das hier ist die Grenze zum Land der Monadas?«, vergewisserte sich Robert.

Clarissa nickte wieder. »Es ist der Punkt auf Don Fernandos Grund, der dem Haus von Santa Ana am nächsten gelegen ist. Ich muss jetzt allein weitergehen. Zu Fuß.«

Robert nickte. Seine Finger krampften sich fester um die Zügel. Er wusste, dass nichts mehr zu sagen war. Die Entscheidung war längst gefallen.

Clarissa hatte den Garten schon fast hinter sich gebracht, als sie kurz innehalten musste, weil ihr schwindlig wurde. Die Furcht, die sie zuvor noch so gut beherrscht hatte, ergriff langsam, aber stetig mehr Besitz von ihr.

*Werde ich es schaffen? Vielleicht hat Robert Recht, und das ist alles viel zu gefährlich. Habe ich mir etwa zu viel zugetraut?*

Den schwierigsten Teil der Strecke, ein frei liegendes Stück Land, hatte sie bereits geschafft. Das bedeutete aber auch, dass sie der Hausanlage von Santa Ana immer näher kam und dass jeden Augenblick jemand auftauchen konnte, der sie erkannte oder misstrauisch wurde, weil sie eine Fremde für ihn war. Es gab unzählige Angestellte auf Santa Ana, die wussten, wem gegenüber sie loyal zu sein hatten. Don Jorge sorgte verlässlich dafür, dass dies in jeden, der für ihn arbeitete, am ersten Tag hineingeprügelt wurde.

Clarissa lehnte sich an den nächsten Baum. Dicke Zitronen hingen daran, und sie erinnerte sich jetzt daran, dass Javier so gern Limonade getrunken hatte. Frische Limonade aus dem Saft der Früchte dieses Baumes, die angeblich besonders gut schmeckten.

War das Zufall? Ein Hinweis? Und wenn, was mochte er zu bedeuten haben?

Geh weiter, versuchte Clarissa sich anzuspornen. Es war besser, in Bewegung zu bleiben, denn dann konnte man meinen, sie gehörte dazu.

*Bleib in Bewegung.*

Clarissa huschte aus dem Garten hinaus, über den nächsten Platz hinweg, der ihr keine Deckung mehr bot. Niemand war zu sehen außer zwei Indio-Frauen in der Nähe des alten Toilettenhäuschens. Man erkannte es an dem großen Engelstrompetenstrauch daneben, der mit seinem intensiven Duft unangenehmere Düfte hatte überlagern sollen. Clarissa kämpfte gegen das erneute Verlangen an, sofort kehrtzumachen.

*Nein, das ist zu auffällig. Ich muss mich verhalten, als ob ich hierher gehörte.*

Viele Menschen gingen auf Santa Ana ein und aus – und dann gab es ja noch die Besucher und Bittsteller. Niemand würde auf sie aufmerksam werden, wenn sie nicht auf sich aufmerksam machte. Sie musste also nur weitergehen, Teil der Umgebung werden.

Aus den Augenwinkeln beobachtete Clarissa die beiden Indio-Frauen. Sie wandten sich wieder einander zu, nachdem sie Clarissa kurz gemustert hatten. Sie hatte es fast geschafft. Sie hatte den hinteren Eingang erreicht.

Clarissa schlüpfte hinein. Im Gang hinter der Tür blieb sie stehen. Auf einen Schlag war die Erinnerung wieder da. Es war, als würde sie von der Vergangenheit gewürgt. Es war beängstigend. Sie hatte nie wieder zurückkehren wollen. Clarissa bemühte sich, ruhiger zu atmen. Ihr Herz raste. Wieder wurde ihr schwindlig, und sie konnte sich nicht vorstellen, auch nur einen Schritt weiter zu tun.

*Was, wenn ich jetzt stürze und mich jemand findet, der Verdacht schöpft?*

Robert hatte die beiden Pferde so festgebunden, dass sie grasen, sich dabei aber nicht zu weit von ihm wegbewegen konnten. Dann hatte er sich auf den Boden gekauert, in den Schatten des Ombú, der genügend Deckung bot, wie er hoffte. Nun wanderte die Sonne weiter und weiter auf ihrem Himmelsweg, es wurde stetig heißer, und die Mücken plagten ihn.

Wie viel Zeit wohl vergangen war? Robert konnte es längst nicht mehr sagen. Es schien Ewigkeiten her zu sein, seit sich Clarissa auf den Weg gemacht hatte, doch der Stand der Sonne lehrte ihn etwas anderes. Es musste noch früher Vormittag sein.

War es richtig gewesen, sie allein gehen zu lassen? Er war ihr Mann. Eigentlich war es seine Aufgabe, nein, seine verdammte Pflicht, sich selbst in Gefahr zu begeben und diese verdammten Dokumente zu suchen.

Aber Clarissa hatte natürlich Recht. Er kannte das Haus nicht. Er wusste nicht, wie die Dokumente aussahen. Er wusste überhaupt nichts – und als weißer Mann würde er natürlich auffallen. Er ging nicht als Plantagenarbeiter durch. Clarissa wusste besser, was ihr Unternehmen zum Erfolg führen konnte. Trotzdem fühlte er sich schlecht.

*Ich werde es mir nie verzeihen, wenn ihr etwas passiert. Ich hätte sie niemals allein gehen lassen dürfen.*

Robert wischte sich den Schweiß von der Stirn. Erneut beobachtete er die Umgebung. Er durfte nicht entdeckt werden. Wurde er entdeckt, war Clarissa in Gefahr. Dann war alles verloren.

*Was ist das für ein Geräusch? Kommt da jemand?*

Clarissa hielt den Atem an, bis sie glaubte, ohnmächtig zu werden, dann holte sie vorsichtig Luft. Schritte waren zu hören,

Schritte, die von überallher auf sie eindröhnten, von oben, unten, von rechts, von links, laute Schritte, leise Schritte, Kinderschritte, Erwachsenenschritte, dann ein leises Pochen und wieder Schritte.

*Warum auch nicht, dies ist schließlich ein Haus, in dem gelebt, in dem gearbeitet wird.*

Aber war das normal? Waren hier wirklich so viele Menschen in Bewegung? Sie hatte wohl nie darauf geachtet, als sie als Javiers Ehefrau hier gewohnt hatte.

Vielleicht bedeuteten diese Geräusche einfach, dass alles seinen geordneten Gang ging, schließlich gab es auf der Estancia der Monadas keine Untätigkeit.

Clarissa legte die Hand auf ihr pochendes Herz. Sie musste jetzt ruhig bleiben, wenn sie ihren Plan erfüllen wollte. Sie durfte sich keinesfalls der Angst hingeben oder schlimmen Erinnerungen. Sie durfte nicht schwach sein.

Ihre Augen gewöhnten sich nur langsam an die Dunkelheit. Eine Bewegung lenkte ihren Blick unwillkürlich zur Seite. Wer war da? Oder spielten ihr ihre Sinne schon wieder einen Streich?

Irgendwo in ihrer Nähe klapperte es plötzlich. Clarissa verschmolz mit der Wand. Ein Dienstmädchen tauchte am anderen Ende des Ganges auf und verschwand sogleich durch eine Tür. Clarissa zitterte so heftig, dass sie noch einen Moment brauchte, um sich zu sammeln. Es kostete sie unglaubliche Überwindung, weiterzugehen und nicht einfach aus dem Haus zu flüchten und dann zu rennen, bis sie sich wieder in Roberts Arme werfen konnte.

*Robert, fuhr es ihr durch den Kopf, ach wärst du jetzt nur hier! Hätte ich doch zugelassen, dass du mitkommst!*

Clarissa spürte, wie sich ihre Augen mit Tränen füllten,

bereit, über ihre erhitzten Wangen zu rollen. Aber damit, dass sie hier weinte, war niemandem geholfen. Noch einmal machte sie sich in Gedanken Mut.

*Ich muss meine Eltern retten. Dazu brauche ich Don Fernandos Hilfe, und die bekomme ich nur, wenn er die Dokumente erhält. Sonst ist alles vergebens.*

Clarissa atmete tief durch und fuhr sich mit dem Handrücken über Augen und Wangen. Sie atmete erneut tief durch, spürte, wie das Zittern nachließ.

Jetzt galt es, besonnen darüber nachzudenken, was als Nächstes zu tun war. Don Jorge liebte seine Gewohnheiten. Sicherlich befanden sich die Dokumente immer noch in dem Geheimfach in seinem Schlafzimmer. Dass die Monadas seit ihrer Hochzeit getrennt schliefen, gereichte Clarissa nun zum Vorteil.

Um in Don Jorges Schlafzimmer zu gelangen, musste sie allerdings durch die große Halle und dann die pompöse Treppe hinauf. Auch auf diesem Weg würde es keine Deckung geben. Doch sie würde Aufmerksamkeit auf sich ziehen, wenn sie sich noch länger in dem Gang herumdrückte.

Eilig lief sie weiter und spähte in die Halle. Niemand war zu sehen. Clarissa schlich ohne nachzudenken die breite Treppe hinauf. Ungesehen erreichte sie das obere Stockwerk. Kurz lehnte sie sich dort an einen Pfeiler, um ihr klopfendes Herz erneut zu beruhigen, dann schlich sie auf Don Jorges Zimmer zu. Es lag hinter der zweiten Tür rechts. Clarissa öffnete sie behutsam.

Sie tat den nächsten Atemzug erst, als sie sich vergewissert hatte, dass das Zimmer leer war.

Nur einen Lidschlag später huschte sie zu Don Jorges großem Schrank hinüber. Sie öffnete ihn lautlos – Gott sei Dank waren die Scharniere gut geölt –, kniete sich nieder und tastete sorgsam den Boden ab, um den Mechanismus zu finden, mit dem das Geheimfach geöffnet werden konnte.

In diesem Moment war sie dankbar, dass Don Jorge sie damals zu diesem unerfreulichen Gespräch zitiert hatte, nachdem Javier einen Monat lang nicht mit seinem Vater gesprochen hatte. Nur deshalb wusste sie von dem Versteck. Sie hatte Don Jorge vor dem Schrank kniend vorgefunden, als der ihr Klopfen überhört hatte. Als er sie bemerkt hatte, war er außer sich gewesen. Wahrscheinlich hatte nur Javiers Auftauchen kurz darauf Schlimmeres verhindert.

»Sie ist deine Schwiegertochter«, hatte Javier ihn erinnert, als er Don Jorge mit erhobener Hand vor Clarissa stehend angetroffen hatte.

»Oh, ich vergaß«, hatte Don Jorge spöttisch erwidert. Im nächsten Moment hatte er sich wieder vollkommen gefangen, war wieder der von allen bewunderte und gefürchtete Estanciero gewesen.

*Aber Javier hat ihn durchschaut.*

Clarissa war schon nahe daran aufzugeben, als ihr ein kaum hörbares Klicken endlich Erfolg anzeigte. Eine kleine Klappe im Boden sprang auf, darunter war eine Abdeckung, die man herausheben konnte. Clarissa lehnte sie vorsichtig neben sich an die Schranktür.

Es war ein bestimmtes Päckchen, das sie suchte. Javier hatte ihr einmal davon erzählt und erklärt, die Sache mit Don Fernando ins Lot zu bringen, wenn er selbst Herr über Santa Ana wurde. Javier hatte die Betrügereien gehasst, die zum Erfolg seines Vaters beigetragen hatten, aber er hatte sich auch der Familie verpflichtet gefühlt.

*Armer Javier, dachte sie, du hast eine Frau geheiratet, die dein Vater abgelehnt hat, zu mehr Aufbegehren hat dir die*

*Kraft gefehlt. Und dann hat man dir einfach das Leben genommen.*

Clarissas Augen brannten, sie weinte dennoch nicht. Seite um Seite blätterte sie sich durch die Papiere, die Don Jorge hier vor neugierigen Blicken verborgen hielt. Es waren nicht wenige, manchmal fiel ihr Blick auf ein Wort, auf einen Namen ... Hatte er all diese Menschen betrogen?

Aber sie musste sich konzentrieren. Plötzlich waren im Flur Schritte zu hören. Clarissa erstarrte. Wer war das? War Don Jorge früher zurück? Hatte sie doch jemand entdeckt? Sie wünschte sich, sie könnte verschwinden, indem sie die Augen schloss, wie ihr kleiner Sohn Jakob es manchmal tat, um nicht gefunden zu werden, wenn man nach ihm suchte. Angespannt lauschte sie, doch die Schritte entfernten sich wieder.

Ich habe keinen Moment lang darüber nachgedacht, überrascht werden zu können, fuhr es Clarissa durch den Kopf. Ich muss mich darauf vorbereiten, dass hier jemand hereinkommt ...

Clarissa entschied, den Papierstapel ganz herauszunehmen. Vielleicht würde sie so schneller fündig. In dem dunklen Schrank konnte man leicht etwas übersehen. Sie brauchte sich auch erst gar nicht darum zu bemühen, die Dokumente genau wie sie sie vorgefunden hatte, wieder zurückzulegen. Das würde ihr ohnehin nicht gelingen.

Hastig ging sie die Papiere durch, einmal, dann eine weiteres Mal. Nichts! War sie zu unkonzentriert? War doch alles umsonst gewesen? Sie schluckte die aufkommende Verzweiflung herunter. Alles war vergebens, alles, alles vergebens. Hatte Don Jorge das Dokument beiseitegeschafft, weil er ahnte, dass sie eines Tages kommen und danach suchen würde? Was, wenn er es darauf angelegt hat, mich in flagranti zu ertappen, fuhr es ihr im nächsten Moment durch den Kopf.

Wieder hörte sie Schritte im Flur, jemand lief an der Tür vorbei. Dann verklang das Geräusch. Clarissa horchte. Plötzlich wurden die Schritte wieder lauter, und dann ... Clarissas Herz schlug so heftig, dass sie glaubte, ihr bliebe die Luft weg, als der Türknauf sich drehte. Es war zu spät. Sie war verloren.

Es war einfach nicht zum Aushalten. Robert sprang immer wieder auf und lief einige Schritte, bevor er sich besann und sich wieder ins Gras fallen ließ. Die Pferde grasten friedlich und schenkten seiner Nervosität keine Beachtung. Es waren kräftige kleine Criollos, die sie in Colón gekauft hatten, gescheckt und eigentlich ganz nett anzusehen. Robert versuchte, sich auf andere Gedanken zu bringen. Mussten die Tiere nicht bald getränkt werden? Aber er konnte sich nicht lange konzentrieren. Wenig später dachte er wieder an Clarissa.

Vielleicht hatte man sie längst entdeckt und gefangen genommen. Vielleicht war sie bereits tot ... Was sollte Don Jorge schon davon abhalten, sie zu töten? Er musste sie doch zutiefst hassen.

*Vielleicht werde ich sie nie wiedersehen ...*

Robert schaute erneut nach der Sonne und versuchte verzweifelt, sich daran zu erinnern, wie hoch sie gestanden hatte, als Clarissa aufgebrochen war, doch er konnte sich einfach nicht mehr entsinnen.

Wieder sprang er auf. Wieder setzte er sich, aus Furcht, man könnte ihn entdecken. Er glaubte, sich niemals so hilflos gefühlt zu haben.

Ich hätte sie nie gehen lassen dürfen, schoss es ihm durch den Kopf, was bin ich für ein Mann, wenn ich es zulasse, dass meine Frau sich leichtfertig in Gefahr bringt. Was auch immer sie gesagt hat, ich hätte an ihrer Stelle gehen müssen. Ich hätte mir beschreiben lassen müssen, wo die Papiere zu finden sind.

*Wenn sie stirbt, ist es meine Schuld.*

Für einen Moment verharrte Robert reglos, den Arm gegen den Ombú gestützt, die Stirn daran gelehnt. Ihm war furchtbar elend.

*Ich liebe sie, dachte er, ich liebe sie so sehr, dass ich keine Sekunde meines Lebens mehr ohne sie verbringen möchte. Was tue ich, wenn ich sie verliere?*

»Doña Bruna!«, brachte Clarissa hervor, dann sank sie zu Boden, wie eine Marionette, der man die Fäden durchtrennt hatte.

Doña Bruna schloss die Tür sorgfältig und leise hinter sich und trat dann langsam näher. Lange sah sie Clarissa an, ohne ein Wort zu sagen. Ihrem Gesichtsausdruck ließ sich nicht entnehmen, was sie dachte. Ihre schwarzen Augen waren undurchdringlich.

»Doña Bruna«, sagte Clarissa noch einmal. »Ich ...«

»Dich hätte ich hier nicht erwartet«, sagte Doña Bruna unvermittelt.

Don Jorge aber auch nicht, ergänzte Clarissa stumm bei sich. Don Jorge hielt sich nie um diese Zeit im Haus auf. Daran hatte sich gewiss nichts geändert. Während der ganzen Zeit, die sie als Schwiegertochter in seinem Haus zugebracht hatte, war er vormittags immer außer Haus gewesen. Sogar am Sonntag.

Clarissa musterte Doña Bruna verstohlen. Sie bemerkte, dass ihre ehemalige Schwiegermutter noch schlechter aussah als früher. Sie war schmaler geworden, ihr einst schönes Gesicht wirkte noch hagerer.

Doña Brunas Blick fiel auf die Papiere, die vor dem Schrank auf dem Boden lagen.

»Ich … ich …«, stammelte Clarissa und fühlte sich mit einem Mal vollkommen hilflos.

Wie konnte sie nur erklären, was sie hier tat? Wie konnte sie erklären, was geschehen war und warum sie zurückgekehrt war?

»Du suchst etwas?«, stellte Doña Bruna mit kühler Stimme fest.

»Ja, ich …«

Clarissa stockte, während sich ihre Gedanken jagten. Sie konnte Doña Bruna nicht sagen, was sie vorhatte. Doña Bruna stand zwangsläufig auf der Seite ihres Mannes. Auch wenn die Ehe nie glücklich gewesen war, so war sie ihm doch treu ergeben. Das hatte Clarissa während des Lebens an Javiers Seite an jedem einzelnen Tag erfahren. Von Doña Brunas Seite hatte es nie ein direktes Wort der Kritik an Don Jorge gegeben.

»Unter den Sachen meines Mannes?«, präzisierte Doña Bruna.

»Ich …«

»Ich wusste immer, dass er Dinge vor mir verbirgt, dass er Leuten Unrecht tut«, sagte sie mit einem Mal. Ihre Augen weiteten sich. »Doch ich habe mich nie darum gekümmert. Er ist ja mein Mann, deshalb hat er ein Anrecht auf meine Loyalität.«

Clarissa stützte sich entschlossen auf beide Hände und stemmte sich in die Höhe. In ihrem Magen wütete die Angst.

»Ich habe nicht gefunden, was ich gesucht habe. Ich könnte …«, sie musste neu ansetzen, »… ich könnte also jetzt gehen, Doña Bruna, und nichts würde geschehen …«

Doña Bruna musterte Clarissa eindringlich. »Warum bist du nach so langer Zeit zurückgekommen?«, fragte sie dann.

Clarissa schluckte. »Meine Eltern, ich wollte wissen, was mit ihnen geschehen ist ...«

Doña Bruna nickte und machte dann eine Handbewegung, als wollte sie nicht mehr hören. Wieder war es still im Raum. Aus der Ferne konnte man die Geräusche hören, die das Leben auf einer Estancia begleiteten.

»Ich ...«, setzte Clarissa noch einmal an. Plötzlich hatte sie das Bedürfnis, sich zu erklären. »Ich habe nicht, ich wollte ...«

Doña Bruna schüttelte den Kopf. »Es ist gut. Geh, in Gottes Namen, Kind, aber beantworte mir vorher noch eine Frage. Es gibt etwas, das ich unbedingt wissen muss.«

Clarissa sah Doña Bruna fragend an. Wir haben uns doch immer gut verstanden, versuchte sie sich Mut zu machen. Doña Bruna war immer freundlich zu mir, nicht übermäßig liebevoll, aber doch freundlich.

»Was ist mit meinem Sohn geschehen?«

Doña Bruna trat jetzt auf Clarissa zu. In ihrem Gesicht war ein winziger Hoffnungsschimmer, der Clarissa schier das Herz brechen wollte. Sie zögerte mit einer Antwort.

»Er ist tot«, flüsterte sie dann. »Zwei Männer haben uns überfallen und ihn getötet.«

Robert wäre am liebsten auf Clarissa zugerannt, als er sie, noch in einiger Entfernung, endlich entdeckte. Nur mit Mühe beherrschte er sich. Er klammerte sich an einen Ast des Ombú, bis seine Handflächen schmerzten. Dann endlich war sie bei ihm, und sie fielen sich in die Arme, überwältigt von ihren Gefühlen.

»Du bist wieder da«, flüsterte Robert. »Es ist dir nichts

geschehen. Du bist wieder da, mein Engel ... Ich ... Ich liebe dich, Clarissa.«

Ihre Antwort war ein Kuss. Sie war viel zu erschöpft, um zu reden. Die Anspannung, die Angst, entdeckt zu werden, und Doña Bruna hatten sie an den Rand ihrer Kräfte gebracht. Sie wollte nur noch zurück zu ihrer Unterkunft.

»Lass uns gehen«, sagte sie rau.

»Was ist passiert?«

Sie schüttelte den Kopf. »Nicht jetzt, nicht hier. Lass uns schnell von hier fortreiten, bitte, dann erzähle ich dir alles. Ich muss hier fort.« Clarissa zitterte wie Espenlaub.

Sie erreichten den Ort und ihre Unterkunft, ohne ein Wort gesprochen zu haben. Auf dem Weg hinauf in ihr Zimmer musste Robert Clarissa stützen. Sie war vollkommen erschöpft. Im Zimmer sank Clarissa auf das Bett.

»Und?«, fragte Robert.

Clarissa vergrub das Gesicht in den Händen. »Ich habe die Dokumente nicht gefunden, aber irgendwo dort müssen sie sein. Ich hätte mehr Zeit gebraucht ...« Sie schaute ihn an, verzweifelt, enttäuscht, unendlich traurig.

Robert hob die Augenbrauen. »Was ist geschehen? Warum hast du nicht genügend Zeit gehabt?«

Clarissa wischte sich mit dem Handrücken eine Träne weg, die ihr über die Wange kullerte. »Weil plötzlich Doña Bruna kam, meine ehemalige Schwiegermutter.«

Roberts Kehle wurde eng. Kurz blieb ihm die Luft weg. Aber sie ist doch in Sicherheit, rief er sich im nächsten Moment zur Räson, sie ist hier. Offenbar hat Doña Bruna sie nicht verraten.

»O mein Gott!« Mit wenigen Schritten war er bei Clarissa und nahm sie in die Arme. »Du musst furchtbare Angst gehabt haben.«

Clarissa machte sich von ihm los. »Nein, als sie auf einmal dastand, seltsamerweise nicht mehr.«

»Hast du nicht gesagt, dass Doña Bruna sich zur Ruhe legt, wenn Don Jorge vormittags ausreitet?«

»Ja, das habe ich, dem ist wohl nicht immer so.«

»Habt ihr miteinander gesprochen?«

Clarissa nickte. »Sie hat nach Javier gefragt«, sagte sie und brach endlich in Tränen aus. »Ich musste ihr die Nachricht überbringen, bestätigen, dass er wirklich tot ist. Es war schrecklich. Sie hatte sich noch Hoffnungen gemacht, Robert, ich habe sie zerstört.«

»Nein, das hast du nicht. Du bist nicht dafür verantwortlich.«

Sanft streichelte Robert Clarissa über das Haar, tupfte ihr mit einem Taschentuch über die tränenfeuchten Wangen. Über eine Sache sprachen sie an diesem Tag nicht mehr, obgleich sie sie beide umtrieb: Wie würde Don Fernando auf diesen Misserfolg reagieren?

»Aber wo sind diese verdammten Dokumente?« Don Fernando sah wütend aus. »Sie beide haben mir versprochen, dass ich sie bekomme. Ohne sie ist unser Pakt hinfällig. Keine Dokumente, keine Unterstützung. Das heißt, Sie bekommen von mir keine Männer, die Sie schützen, ich biete Ihnen keinen Unterschlupf, natürlich fließt auch kein Geld. Ich habe Besseres zu tun, als meine Zeit mit Ihnen zu vertun!«

»Aber die Eltern meiner Frau ...«, versuchte Robert es noch einmal.

»Was gehen die Kramers mich an?« Don Fernando hob die Hände. »Jeder sollte sich nur um das kümmern, was ihn betrifft.«

Robert hätte den plötzlich so selbstgefälligen Don Fernando am liebsten geschüttelt. Clarissa schwieg. Doña Bruna hatte sie gehen lassen, ihre Loyalität hätte es ihr jedoch nie erlaubt, Clarissa die Dokumente auszuhändigen, wenn sie sich getraut hätte, danach zu fragen.

Wie sollten sie nun vorgehen?

Sie bezweifelte, dass sie Don Fernando würden überzeugen können, weiter an ihrer Seite zu kämpfen. Javier hatte den wichtigsten Konkurrenten seines Vaters wegen seiner Wankelmütigkeit nicht ausstehen können.

»Was mein Vater getan hat, ist nicht richtig«, pflegte er zu sagen, »und ich werde die Dinge ins Reine bringen, sobald mir das möglich ist, aber glaub nicht, dass Don Fernando anders gehandelt hätte, hätte er die Gelegenheit dazu gehabt.«

Nein, auch wenn Don Fernando in diesem Fall im Recht war, so war er doch ein selbstgerechter Mann, von dem kaum einer etwas Gutes zu berichten hatte.

Unwillkürlich musste sie wieder an Estefania denken. Don Fernandos junge Ehefrau musste sich von so vielen verlassen gefühlt haben, um den Tod zu wählen – zumal sie eine gläubige Katholikin war. Clarissas Unterleib zog sich schmerzhaft zusammen. Robert griff schützend nach ihrem Arm, eine Berührung, die sie beruhigte und die ihr guttat.

»Wir werden Ihnen zu Ihrem Recht verhelfen, Don Fernando«, sagte er, »so wie wir es besprochen haben. Unser erster Versuch war nicht von Erfolg gekrönt, aber wir werden nicht aufgeben, das versichere ich Ihnen.«

Don Fernando schaute Robert einen Moment lang irritiert an, dann irrte sein Blick zu den Männern, die er mitgebracht hatte. Robert tat es ihm gleich – ein Guaraní-Halbblut war darunter. Er war froh, sich wieder einmal in dessen Sprache erproben zu können. Aber ihre Lage war nicht gut. Im Moment sah es so aus, als hielte Jorge Monada alle Trumpfkarten in der Hand.

In dieser Nacht liebten Robert und Clarissa sich, auch wenn am Abend noch keiner von beiden daran hatte denken können. Lange nachdem Don Fernando und seine Männer gegangen waren, waren Robert und Clarissa zu sehr in Gedanken versunken gewesen, um zu sprechen. Appetit hatte ebenfalls keiner von ihnen verspürt. Als sie schließlich im Bett lagen, genügte ein Blick, ein leichtes Lächeln Clarissas, dann streifte Robert ihr das Nachthemd von den Schultern. Er bedeckte ihren Körper mit Küssen, liebkoste ihre Brüste und ihre Scham. Als die Lust ihren Körper erfasste, brachte Clarissa mit geschmeidigen Fingern Roberts Glied zum Wachsen, bevor sie sich über ihn kauerte und ihn in sich aufnahm. Jetzt gab es nichts als sie beide, ihre Wärme, ihren Geruch, ihr Vertrauen zueinander, das ihnen beiden Stärke gab. Endlich lagen sie atemlos nebeneinander, ließen den Schweiß auf ihren nackten Körpern trocknen. Es war warm. Von draußen drangen die Geräusche der Nacht zu ihnen herein. Durch das unverschlossene Fenster konnten sie den Mond sehen und die Wolken, die sich in der Hitze des kommenden Tages auflösen würden.

Ich liebe ihn, fuhr es Clarissa durch den Kopf, ich wüsste nicht, was ich ohne ihn täte.

Sehr früh am nächsten Morgen klopfte es an der Zimmertür. Ein kleines Mädchen kündigte Besuch an, der im Speiseraum wartete.

Sie waren beide sofort hellwach. Für einen Moment schauten Robert und Clarissa sich fragend an. Wer konnte das sein? Don Fernando? Nach dem letzten Gespräch hatte er einem weiteren Treffen zugestimmt. Oder war es Don Jorge, der sie daran erinnern wollte, dass sie längst entdeckt waren und dass der Kampf gegen ihn zwecklos war?

»Keine Angst«, flüsterte Robert Clarissa ins Ohr, als er sah, dass die Angst in ihre Augen zurückgekehrt war. »Wir schaffen das.«

Clarissa nickte, bekam jedoch kein Wort heraus.

Sie kleideten sich rasch an, wuschen sich notdürftig mit Wasser aus dem Waschkrug. Clarissa flocht ihr Haar mit zitternden Fingern zu einem einfachen Zopf.

Der Speiseraum war leer bis auf eine einzelne Person. Die Kapuze ihres Capes war tief in die Stirn gezogen.

»Doña Bruna«, flüsterte Clarissa Robert überrascht zu, während sie beide auf die Frau zugingen.

Doña Bruna zeigte mit keiner Bewegung, dass sie die beiden bemerkt hatte. Erst als Robert und Clarissa sie erreichten, hob sie den Kopf. Clarissa schrak zusammen. Javiers Mutter sah noch schlechter aus als während ihres überraschenden Zusammentreffens am Vortag. Sie war krank gewesen, solange Clarissa sie kannte, heute aber war sie bleich wie der Tod. Die Nachricht, die den endgültigen Verlust ihres Sohnes bestätigt hatte, musste sie schwer getroffen haben.

»Señor, Señora!«, grüßte sie mit einem Kopfnicken. »Wo können wir ungestört reden?«

Robert wies auf eine schmale Tür, die hinter das Haus führte. Hier standen ein Tisch und Stühle unter einem schattenspendenden Ombú, in den letzten Tagen hatten sie ab und an dort gesessen, wenn sie allein sein wollten. Es gab kaum eine Möglichkeit, heimlich belauscht zu werden. Robert rückte Doña Bruna einen Stuhl zurecht, und sie setzten sich.

In Clarissas Kopf wirbelten die Gedanken wie so oft in der vergangenen Zeit wild durcheinander. Warum war Doña Bruna hier, was hatten sie von ihr zu erwarten? Sie wusste nicht genau, wie Doña Bruna zu ihr stand, wusste nicht, ob die ältere Frau sie vielleicht doch für die Mörderin ihres Sohnes hielt.

Jetzt schaute die ältere Frau sie mit ausdrucksloser Miene an. Dann hob Doña Bruna die Hand. Für einen flüchtigen Moment fürchtete Clarissa, ihre frühere Schwiegermutter wollte sie ohrfeigen, doch sie streichelte ihr nur sanft über die Wange. Ihr Finger fühlten sich knochig und trocken an, die Haut dünn wie Papier.

»Die Liebe meines Sohnes. Die Liebe seines Lebens. Weißt du, Clarissa, wenn ich dich sehe, ist es für mich, als wäre auch ein Teil von ihm da.« Doña Bruna lächelte versonnen.

Clarissa beugte sich zu ihr hin. »Dann glaubst du mir also, Bruna?«, wagte sie es, ungewohnt vertraulich zu fragen.

Doña Bruna schaute sie aus großen Augen an. »Natürlich, ich habe nie geglaubt, dass du etwas mit Javiers Tod zu tun haben könntest. Du hast ihn geliebt, nur ein im Herzen Blinder konnte das nicht sehen.«

*Ein im Herzen Blinder …* Sie beide wussten nur zu gut, von wem Doña Bruna sprach. Clarissa musste ein Schluchzen unterdrücken.

»Und er hat dich geliebt«, wiederholte Doña Bruna leise. »Mehr als alles auf der Welt. Als er das erste Mal von dir sprach, wollte mein Mann dich als Spielerei abtun, als Ding, an dem Javier bald die Lust verlieren würde, aber ich wusste, dass das nicht so sein würde. Ich wusste, dass er die Frau seines Lebens gefunden hatte.«

»Das kann …«, Clarissa holte tief Luft, »… das kann nicht leicht für dich gewesen sein.«

Doña Bruna lächelte wehmütig. »Nein, anfangs war es das nicht. Ich habe meinen Sohn geliebt. Er war es, der mein Leben auf Santa Ana lebenswert machte.«

Clarissa konnte sich nicht mehr beherrschen, sie begann, leise zu schluchzen. Robert wollte zu ihr hingehen, doch sie schüttelte den Kopf. Nein, das war eine Sache zwischen ihr und Doña Bruna, eine Sache, die sie jetzt klären mussten.

»Aber Kind, aber Kindchen …«, sagte Doña Bruna sanft, stand auf und schloss die dünnen Arme um die einstige Schwiegertochter.

Es dauerte einen Moment, bis Clarissa sich wieder beruhigt hatte. Dann sagte Doña Bruna unvermittelt: »Ich habe die Dokumente dabei.«

Clarissa und Robert wechselten einen Blick.

»Ich dachte«, sagte Clarissa dann, »ich dachte … Woher weißt du, wonach ich gesucht habe?«

»Ich wusste es, als ich dich am Geheimfach meines Mannes sah. Es gibt da diese Sache mit der Wasserquelle. Javier hat mir damals davon erzählt …« Doña Bruna schüttelte den Kopf. »Meine Entscheidung ist sofort gefallen.«

»Als du mich in Don Jorges Zimmer überrascht hast?«

»Ja.«

»Aber …«

»Ich denke schon seit Jahren, dass sich jemand gegen meinen Mann stellen muss, dass es nicht mehr lange dauern kann, bis ihm jemand das Handwerk legt, doch ich …«

»Du wolltest loyal sein.«

»So hat man es mir beigebracht.« Doña Bruna seufzte. »Und solange unsere Ehe währte, habe ich mich daran gehalten, sogar, als ich fürchten musste, dass er Schuld am Tod unseres Sohnes trägt.« Sie sah einen Moment lang in die Ferne. »Ich denke, ich habe es nicht glauben wollen. Ich habe nicht glauben wollen, dass er bereit ist, unseren Sohn zu töten, um seinen Willen durchzusetzen.«

»Er wollte ihn nicht töten, er wollte mich töten«, sagte Clarissa leise. »Es war ein Unfall.«

»Aber er hat in Kauf genommen, dass so etwas geschehen kann«, sagte Doña Bruna ruhig. »Er hat Javiers Tod billigend in Kauf genommen. Ich kann ihm das nicht verzeihen.«

Sie schwiegen wieder eine Weile. Aus dem Haus drangen Türklappern, Stimmen, ab und an auch ein Lachen oder Gesang. Von weiter weg waren die Geräusche des Ortes zu hören – Hufe klapperten, Tiere blökten. Ein Huhn kam gackernd um die Hausecke gerannt. Von irgendwoher drang Essensduft zu ihnen.

»Sie wollen sich wirklich gegen Ihren Mann stellen?«, vergewisserte sich Robert und runzelte die Stirn. »Das könnte gefährlich für Sie sein.«

Doña Bruna lächelte milde. »Meinen Sie? Ja, ich weiß, dass mein Mann gefährlich ist. Wer sollte das besser wissen als ich? Aber ich habe viel zu lange die Augen verschlossen vor dem, was er tut. Mein Mann ist ein Monster, nicht mehr und nicht weniger. Außerdem ... Nun ja, ich habe ohnehin nicht mehr lange zu leben, sagen die Ärzte. Es bedarf also kaum allzu viel Mutes meinerseits. Und ohne meinen Sohn ist mein Leben nicht mehr lebenswert.« Ihr Blick schweifte erneut in die Ferne. »Wissen Sie, wie lange ich auf diesen Moment schon warte? Damals, als die Nachricht vom Tod meines Sohnes kam, dachte ich wirklich kurz, es wäre deine Schuld, Clarissa ... Aber ich hatte lange Zeit nachzudenken, um zu erkennen, was ich nun sicher weiß, nämlich, dass mein Mann an allem schuld ist, nur mein Mann. Er ist ein böser Mensch. Er hat viele böse Sachen getan«, sie schluckte, »und er wird auch in Zukunft vor keiner Abscheulichkeit haltmachen. Ich kann nicht zulassen, dass er wieder davonkommt, ich kann es einfach nicht.«

# Viertes Kapitel

Seine eigene Frau hatte ihn verraten. Bruna hatte ihn verraten. Noch niemals im Leben war Don Jorge in solch eine Situation geraten. Noch niemals, solange er denken konnte, hatte sich ihm jemand entgegengestellt. Er war immer gefürchtet gewesen, sogar als Junge schon, auf der Estancia seiner Eltern.

Don Jorge wollte brüllen vor Wut. Gleichzeitig arbeitete es in ihm. Seit er von Brunas Verrat erfahren hatte, sann er unablässig darüber nach, wie er sie bestrafen könnte. Und er würde sie hart bestrafen. Die Leute bewunderten und fürchteten ihn. Sie würden sich nicht gegen ihn stellen. Niemand bei klarem Verstand würde sich auf Doña Brunas Seite stellen. Er würde einen Ausweg aus dieser Misere finden. Er hatte immer einen Ausweg gefunden. Don Jorge ballte die Hände zu Fäusten. Don Fernando würde mit seinen verdammten Dokumenten nicht glücklich werden.

Gut, dass ihm seine Leute gehorsam waren – die Spionin in Don Fernandos Haushalt war zuverlässig –, sonst hätte er vielleicht viel zu spät von Clarissas Ankunft gehört. Natürlich war sein erster Gedanke gewesen, Clarissas Eltern sofort zu töten, doch er hatte sich besonnen. Er hatte immer noch Zeit, er musste nichts überstürzen. Er konnte seine Rache, auf die er so lange gewartet hatte, noch ein wenig genießen. Er musste nur etwas tun gegen diese höllische Wut. Er musste etwas tun, um nicht doch noch unbedacht zu handeln.

Er hatte beschlossen, sich auf seine Art abzureagieren. Ein

Puma machte die Gegend unsicher, er hatte schon einige Rinder gerissen. An diesem Tag, so hatte Don Jorge entschieden, würde er das mörderische Tier eigenhändig zur Strecke bringen. Und am folgenden Tag würde er sich seine Feinde vornehmen: Bruna, diesen Mann, der Clarissa begleitete, Clarissas Eltern und zum Schluss Clarissa selbst, die junge Frau, die versuchte, sein Leben zu zerstören. Clarissa würde er sich bis zum Schluss aufheben. Sie würde seine letzte Zeugin sein.

Er freute sich schon darauf, sie um den Tod betteln zu sehen. Ja, er würde ihnen allen zeigen, was es hieß, sich gegen Don Jorge zu stellen. Er würde ihnen Schmerzen zufügen lassen, sodass sie sich wünschten, nie geboren worden zu sein. Und wenn sie dann um Gnade winselten, würde er sie noch lange nicht sterben lassen. Natürlich würden sie sich Hoffnungen machen, das lag in der Natur des Menschen, aber jeder von ihnen würde erkennen, dass es am Ende keine Hoffnung gab.

*Am Ende halte ich die Fäden in der Hand. Am Ende werde ich der Sieger sein. Am Ende werde ich sie alle zertreten wie Ungeziefer. Ja, ich werde sie zertreten und dann verbrennen lassen, und die Asche ihrer Körper wird vom Wind zerstreut werden.*

Es waren diese Gedanken, die ihm endlich ein wenig Erleichterung verschafften.

Don Jorge atmete noch einmal tief durch, dann trat er aus seinem Arbeitszimmer in die Halle und brüllte nach einem Dienstboten. Sofort waren eilige Schritte zu hören. Nein, sie sollten nicht glauben, dass er am Boden lag. Sie sollten es nicht wagen, sich über ihn das Maul zu zerreißen. Ein Don Jorge lag niemals am Boden.

Als er des Mädchens ansichtig wurde, das auf seinen Befehl herbeigeeilt war, spielte Don Jorge mit seiner metallverzierten

Peitsche. Sofort zuckte sie zusammen, beeilte sich noch einmal mehr. O ja, auch sie hatte er schon seine Peitsche fühlen lassen. Er hatte sie gezüchtigt, wie er es schon mit so vielen Weibern auf Santa Ana gemacht hatte. Er nahm sie, und er schlug sie. Das war es, was ihm Befriedigung verschaffte.

»Don Jorge?«

Das Mädchen näherte sich zitternd. Oh, wie sie alle rannten und eilten, wenn er rief, und natürlich umso mehr, wenn er schlechter Laune war. Jeder wusste, was dann die Stunde geschlagen hatte. Ja, er liebte diesen Ausdruck der Angst auf ihren Gesichtern, liebte es, wenn jeder fürchtete, er könnte der Nächste sein, der Don Jorges Peitsche zu spüren bekam.

Er hatte immer peinlich darauf geachtet, unberechenbar zu bleiben. Manchmal war es ihm, als könnte er sich von dieser Angst ernähren, als ließe sie ihn wachsen, als machte sie ihn lebendig. O ja, es gab nichts Besseres, nichts Süßeres als die Angst anderer Menschen. Sie machte ihn groß und größer. Sie machte ihn zu dem, was er war.

»Don Jorge?« Das Mädchen knickste.

»Marcellina?«, sagte er und strich ihr über den Kopf, berührte die zarte Schläfe, die runde, noch kindliche Wange, spielte mit ihrem tiefschwarzen Haar, spürte die leichte Bewegung, mit der sie seine Frage stumm bejahte.

Er hatte sich schon lange keines der Weiber mehr genommen. Wie alt mochte sie sein? Vierzehn oder doch schon fünfzehn? Nun, das sollte ihm gleich sein. Er würde sie am Abend zurechtreiten, und dann würde er sie jeden Tag nehmen, bis er ihrer überdrüssig war oder sie einen dicken Bauch hatte. Nachschub gab es immer. Er würde immer jemanden für seinen Appetit finden. Er konnte gar nicht mehr sagen, wie viele der Weiber, die für ihn gearbeitet hatten, er schon geschwängert hatte. Hunderte? Er wusste auch nicht, wie viele der Kinder, die auf Santa Ana herumliefen, seine waren. Es interessierte ihn nicht.

Er streifte über Marcellinas Arm, legte dann seine Hand auf ihr Gesäß. Es war tatsächlich einige Tage her, dass er das letzte Weib genommen hatte. Annabella … Er hatte sie sechs Monate geritten. Jetzt hatte er genug von ihr. Er mochte ihren Geruch nicht, ihre dunkle Haut, all das, was ihn anfangs fasziniert hatte. Am wenigstens mochte er, dass sie unter seinem Schutz dick geworden war. An diesem Abend noch würde er sie wieder in den Dreck stoßen, aus dem sie gekommen war. Danach würde er sich Marcellina vornehmen.

»Geh voraus, sag, sie sollen ein gutes Pferd satteln.«

»Sehr wohl, Don Jorge.«

Sie eilte davon. Er sah ihr hinterher, dann folgte er ihr mit festen Schritten. Das Mädchen rannte, als ob es um ihr Leben ginge, und womöglich hatte sie gar nicht so Unrecht. Er war nicht in Stimmung, und irgendjemand musste dafür büßen. Das wussten sie alle. Er konnte vielleicht nicht bis zum Abend warten.

Als er den Hof erreichte, wartete einer der Stallburschen schon mit dem Pferd, seinem Lieblingspferd, dem Schimmel. Aber er wollte sie zittern sehen. Sie sollten nicht glauben, etwas richtig gemacht zu haben … Sie sollten sich nicht in Sicherheit wiegen. Doña Bruna hatte sich in Sicherheit gewiegt und es gewagt, ihm zuwiderzuhandeln … Don Jorge runzelte die Stirn, ließ den Brustkorb anschwellen.

»Der Schimmel? Wieso der Schimmel?«, brüllte er so laut und ungehalten, dass das Tier scheute und nur mühsam beruhigt werden konnte.

»Aber Sie hatten doch gesagt …«, wagte sich einer der Stallknechte zu äußern.

Don Jorge hob die Augenbrauen. »Ich hatte gar nichts gesagt.«

Jedes seiner Worte klang wie ein Peitschenhieb. Er fühlte, wie er wieder ruhiger wurde. Er war wieder der Alte. Er war nicht mehr der Mann, der von seiner Frau verraten worden war.

Tatsächlich hatte er Marcellina keine genaueren Anweisungen gegeben. Der Schimmel war lediglich seine neueste Erwerbung. Er liebte das Pferd. Das wussten sie alle. Es war ein gutes Pferd. In den letzten Tagen hatte er verlässlich immer den Schimmel gewählt. Er bemerkte, dass dem Stallburschen der Schweiß ausgebrochen war. Seine braune Haut wirkte gräulich.

Wunderbar, dachte Don Jorge, vorerst ist es genug. Jetzt würde er auf den Abend warten können. Bis dahin würde er wissen, welche Folter er anwandte und wer ihm zur Seite stehen musste.

Als Don Jorge auf seinen Schimmel zuging, um sich in den Sattel zu schwingen, zuckte der Bursche nochmals zusammen. Don Jorge genoss den Anblick – ein kräftiger, groß gewachsener Mann, der vor ihm zitterte wie ein Kaninchen vor dem Jagdhund. Über den Hof kamen jetzt die beiden Männer, die ihn begleiten sollten – beide gehörten zu den Guaraní – herbeigeeilt. Keine Minute zu spät.

Don Jorge wusste zwar, dass er den Puma auch allein zur Strecke bringen konnte, aber ein Don Jorge ritt nicht allein aus wie ein gewöhnlicher Gaucho, sondern stets in Begleitung.

Er schwang sich in den Sattel, ließ sein Pferd die Sporen spüren. Das Tier tänzelte und wollte sich aufbäumen, doch er bezwang es, so, wie er sie alle bezwingen würde. Dann sprengte die kleine Gruppe auch schon zum Tor hinaus.

Ich werde den Puma töten, sang es in Don Jorges Kopf, ich werde sie alle töten.

Sie ritten gut zwei Stunden nach Westen, bevor sich erste Spuren des Pumas zeigten. An den Tatzenspuren und der Weite der Schritte erkannte man, dass es sich um ein außergewöhnlich großes Tier handelte. Ohne dass Don Jorge etwas sagen musste, sprang einer seiner Begleiter, Itagi, von seinem Pferd, um die Spuren genauer zu untersuchen. Eine Weile musterte der Mann die Abdrücke schweigend, bevor er sich wieder aufrichtete.

»Er muss ganz in der Nähe sein, Don Jorge«, stellte er dann fest.

Don Jorge lenkte sein Pferd näher zu den Spuren hin. In der Nähe also. Er lächelte zufrieden. In der Tat hatte er schon etwas länger bemerkt, dass die Pferde zunehmend unruhiger wurden. Jetzt war er sich sicher, dass sie die Nähe des Raubtiers witterten. Im nächsten Moment versuchte sein Schimmel auszubrechen. Don Jorge brachte das Tier mit der Kraft seiner Schenkel dazu, wieder still zu stehen. Zwar trug er wie stets seine Peitsche dabei, aber er ließ diese lieber Menschen spüren als seine geliebten Pferde. Die Tiere konnten einen nicht verraten. Sie waren treu demjenigen gegenüber, der sie fütterte und züchtigte. Aufgeregt bellend umrundeten seine Hunde Pferde und Reiter, darauf drängend, die Jagd fortzusetzen. Auch sie waren ihm bedingungslos ergeben.

Mit einem Schnalzen rief Don Jorge Asesino, seinen Lieblingshund, an seine Seite, eine prächtige Cordobeser Dogge. Dann sah er sich sorgfältig um. Die Sonne stand bereits fast im Zenit und brannte unbarmherzig auf Mensch und Tier nieder, doch er würde sich von der Natur nicht von der Jagd abhalten lassen. Niemals. In der Ferne in der Ebene sah man eine Staubwolke, wahrscheinlich Reiter. Vielleicht auch eine seiner Herden, denn hier war, so weit man blicken konnte, Monada-Land.

Don Jorge wandte sich wieder um und sah gen Westen. Ab hier wurde das Gelände hügeliger. Neben vereinzelten Palmen fanden sich kleinere Felsen, auf denen etwaige Spuren weniger einfach auszumachen waren, aber seine Indios waren gute Fährtenleser. Er konnte sich auf sie verlassen.

»Weiter«, gebot er also und trieb sein Pferd voran.

Seine beiden Begleiter folgten. Die Hunde umkreisten die Gruppe bellend, rannten vor, kamen wieder zurück. Asesino blieb dicht an der Seite seines Herrn.

Über engere, dann wieder breitere Pfade ritten sie weiter und weiter. Hügeliges Steppenland, dachte Don Jorge, einsames Pumaland ... Die Spuren des Tiers verloren sich jetzt immer wieder, tauchten dann unverhofft wieder auf. Einer der Indios entdeckte schließlich etwas tagesfrischen Pumakot. Don Jorge lachte zufrieden. Ein paar Hasen flüchteten vor ihnen. Aus reinem Vergnügen schoss er einen mit seiner Jagdflinte. Er mochte es, wenn die Kugeln die Tiere im Lauf stoppten und sogar noch kurz durch die Luft wirbeln ließen, bevor sie leblos zu Boden gingen.

»Liegen lassen«, gebot er knapp, als Pinon, sein zweiter Begleiter, sich daranmachen wollte, die vermeintliche Beute aufzuheben.

Schweigend setzten sie ihren Weg fort. Don Jorge schob sich den breitkrempigen Hut tiefer in die Stirn, die Hitze war kaum auszuhalten. Eine Weile war nur das Klappern der Hufe zu hören, hin und wieder das Jaulen eines Hundes, dann wieder der Schrei eines Raubvogels. Die Hufe wirbelten lästigen Staub auf, gegen den Don Jorge und seine Begleiter sich bald Tücher vor Mund und Nase banden. Irgendwann wurden Pferde und Hunde erneut unruhiger, und dann sahen sie sie wieder: die Spuren einer Raubkatze, riesige, noch feuchte Abdrücke diesmal, die von einem Wasserloch über einen kleinen Felsen führten.

*Er muss ganz in der Nähe sein.*

Mit erhobener Hand gab Don Jorge den Befehl zum Anhalten. Eilig sprang er ab. Ab hier, das hatte er gleich erkannt, würde es nur zu Fuß weitergehen. Mit einem einzigen Pfiff befahl er die Hunde zu sich, gebot ihnen, still zu sein, als sie sich jaulend und winselnd um ihn drängten und um seine Aufmerksamkeit bettelten. Asesino knurrte. Don Jorge überprüfte noch einmal den Sitz seines Messers im Gürtel, dann nahm er die Flinte. Das Metall des Laufs lag warm in seiner Hand. Die Silberbeschläge des eigens für ihn angefertigten Griffs glänzten in der Sonne.

»Itagi, du wartest mit den Tieren«, er deutete auf den schmaleren Mann in seiner Begleitung, dann schaute er Pinon an. »Du kommst mit mir.«

Sie stiegen hintereinander den Felsen hinauf. Die Jagd hatte begonnen. Der Puma saß in der Falle. Don Jorge fühlte sich beflügelt wie schon lange nicht mehr. Er würde diesen Puma töten. Es war nicht der erste in seinem Leben, aber ein Raubtier zu töten war immer etwas Besonderes – besser, als ein paar Hasen oder einen Nandu zu schießen. Wenn man ein Raubtier tötete, wurde man selbst wieder lebendig, und, er musste es zugeben, es gab mittlerweile tatsächlich Tage, an denen er sich alt und verletzlich vorkam, vergänglich wie alles Leben auf dieser Welt. Er sah auch nicht mehr so gut, was er natürlich vor allen verbarg. Aber das war in diesem Moment nicht wichtig. Jetzt war er wieder dabei. Don Jorge war wieder da. Nie wieder würde es einer wagen, ihn zu verraten. Am Abend des kommenden Tages würde es keine Verräter mehr geben.

Don Jorge hatte die erste Anhöhe erreicht und schaute sich um. Asesino drängte die feuchte Schnauze gegen seine Handfläche. Erwartungsvoll leckte Don Jorge sich über die trockenen Lippen. Der Indio, den er angewiesen hatte mitzukommen, hatte nun auch den letzten Abschnitt überwunden. Er wartete, den Kopf demütig gesenkt, am Rande des kleinen Plateaus, auf dem sie standen, auf weitere Befehle, während die Hunde erregt fiepten. Unten konnte man Itagi mit den Pferden warten sehen. Don Jorge atmete tief durch.

*Bald werde ich den Puma erlegen.*

*Ich werde das Tier zur Strecke bringen. Ich kann es kaum noch erwarten.*

Das Wissen ließ sein Herz schneller schlagen. Er blickte sich um. Aber wo war die verdammte Katze nur? Weit konnte sie doch nicht sein. Die Spuren zeigten es, und auch die Unruhe der Hunde.

Don Jorge schnupperte konzentriert, und da war er plötzlich, der einzigartige, der unverwechselbare Duft des Raubtiers.

Er wirbelte herum. Wurde er beobachtet?

Ein kurzer Blick streifte seinen Begleiter. Der Mann hatte den Geruch auch wahrgenommen. Auf dem Gesicht des Indios stand jetzt eindeutig Unbehagen.

*Feigling.*

Voller Verachtung wandte Don Jorge sich wieder um. Hier war das Tier nicht, also musste er höher hinauf.

Auf einmal fiel ihm auf, dass sein Hemd schweißnass war. Schweiß rann ihm auch über die Stirn und tropfte ihm in die Augen. Don Jorge hörte seinen Atem lauter gehen und sein

Herz seltsam laut pochen. Ja, die Sonne war unerbittlich, aber das war er nicht anders gewöhnt, er würde nicht aufgeben. Im nächsten Moment rutschte Geröll unter seinen Füßen weg. Don Jorge stolperte, ging zu Boden. Für einen Moment bewegte er sich nicht. In seinen Ohren rauschte es. Ihm war jetzt sogar etwas übel. Kurz verschwamm die Umgebung vor seinen Augen.

Don Jorge fluchte. Er würde diese verdammte Schwäche überwinden, er musste nur kurz innehalten. Der Hund jaulte plötzlich. Don Jorge schaute ihn irritiert an, zu erschöpft, die Lage zu erfassen.

»Señor«, rief der Indio hinter ihm aus, »Señor, Achtung!«

Don Jorge riss den Kopf herum. Rechter Hand ging es weiter den Hügel hinauf. Er hatte ihn wegen des Sturzes noch nicht genau in den Blick genommen, wo sie ihren Weg fortsetzen konnten. Und dann hatte er mit dieser unerwarteten Schwäche zu kämpfen gehabt. Jetzt aber ...

Er sah den Puma genau in diesem Augenblick. Er stand auf dem höchsten Punkt des Felsens, bereit zum Sprung, ein bedrohlicher, dunkler Schatten gegen die gleißende Sonne. Don Jorge durchströmte mit einem Mal ein Glücksgefühl, gemischt mit Angst. Auge um Auge mit dem Tier, so gefiel ihm das. So war das Leben. Er riss die Jagdflinte hoch, spannte den Hahn und zielte. Es klickte, doch nichts geschah. Der erwartete Knall blieb aus.

*Was zum Teufel ...?*

Wieder spannte er, betätigte den Abzug – nichts, nur ein Klicken. Ein unangenehmes Gefühl kroch über Don Jorges Rücken bis in seinen Nacken hinauf. Er fröstelte. Mechanisch betätigte sein Finger nochmals den Abzug, dann noch einmal und noch einmal. Das Klicken klang höhnisch in seinen Ohren.

Don Jorge warf den Kopf herum. Wo war sein Begleiter? Warum schoss der nicht? Der Mann hat gar keine Schusswaffe, fiel ihm im nächsten Augenblick ein, das hatte er, Don Jorge, nie erlaubt. Seine Begleiter trugen lediglich Messer bei sich.

Don Jorge entdeckte den Mann jetzt ein Stück weiter unten, bereit, sich aus der Gefahrenzone zurückzuziehen.

*Ich werde ihn auspeitschen lassen, dass ihm die Haut in Fetzen vom Rücken hängt.*

Doch er konnte sich darum jetzt keine Gedanken machen. Er musste sich dem Tier stellen, der Raubkatze, der Bestie, die ihm nach dem Leben trachtete.

Don Jorge schluckte so heftig, dass es ihn würgte. Der Puma hatte sich gesetzt. Sein leicht schräg gelegter Kopf gab ihm einen Anschein von Neugier. Seine hellen Augen waren unverwandt auf den Menschen gerichtet, der ihn bedrohte. Ob er ahnte, dass sein Gegner wehrlos war?

Don Jorge wollte schreien, doch hier war niemand, der ihm helfen konnte. Ich werde sterben, schoss ihm durch den Kopf. Sie werden nicht rechtzeitig hier sein, um mir zu helfen.

Der Puma setzte zum Sprung an, bevor Don Jorge die nutzlose Flinte in Schlagposition bringen konnte. Es gelang ihm, sich aufzurappeln, auszuweichen und das Tier dann doch mit einem gewaltigen Schlag zu erwischen.

Ja, so war das richtig. Er konnte es noch, er konnte es!

Der Puma zog sich kurz zurück, doch er gab noch nicht auf, das erkannte Don Jorge, bevor er losbrüllte.

»Hilfe! So helft mir doch.«

Die Raubkatze schien sich durch das Geschrei kurz irritiert zu fühlen, denn sie zog sich wieder einige Schritte zurück.

*Wo bleiben diese lausigen Indios nur, wozu bezahle ich diese Bastarde?*

Don Jorge spürte, wie ein ihm bislang unbekanntes Unbehagen in ihm hochkroch. Waren sie tatsächlich geflohen? Hatten sie ihn gänzlich im Stich gelassen?

Die Hunde bellten jetzt ohrenbetäubend. Zumindest seine Freunde versuchten, sich der Raubkatze entgegenzustellen. Sie rannten den Felsen hoch – manche verloren den Halt und rutschten wieder ab, bevor sie ihr Ziel erreichten, drängten sich jaulend zusammen, die gereizte Raubkatze umkreisend, die bald ein Fauchen hören ließ.

O ja, das waren seine Hunde, seine Jungs, die Einzigen, auf die er sich verlassen konnte.

Don Jorge schöpfte wieder Hoffnung. Asesino, sein Liebling, stürmte mutig auf das Raubtier zu und wurde mit einem einzigen Tatzenhieb fortgewischt. Schwer verwundet kroch die Dogge davon, winselnd vor Schmerz. Ein weiterer Hund geriet in die Fänge des Pumas, flog durch die Luft wie ein vertrocknetes Blatt.

»Asesino«, brüllte Don Jorge, »Asesino!«

Mit letzter Kraft hob die weiße Dogge den Kopf, wedelte noch einmal schwach mit dem Schwanz, dann brach sie zusammen. Don Jorge brüllte seinen Schmerz hinaus.

»Du verdammtes Biest, du verdammtes mörderisches Biest!«, ging er den Puma an und riss erneut die Flinte hoch.

Als die Bestie das nächste Mal sprang, traf Don Jorge nicht. Er strauchelte, warf sich herum und versuchte zu fliehen, dann spürte er das Gewicht des Pumas auf seinem Rücken und ging zu Boden. Er nahm den heißen, stinkenden Atem des Raubtiers wahr und glaubte zu ersticken, spürte, wie sich etwas in seine Kopfhaut krallte, spürte etwas Feuchtes in seinem Nacken. Der Puma biss zu, und die Welt um Don Jorge verlor sich in Schwärze.

# Fünftes Kapitel

Clarissa war glücklich. Zum ersten Mal seit Langem fühlte sie keine Angst mehr. Die Nachricht von Don Jorges Tod kam überraschend, doch Clarissa beschloss, ihn als Geschenk anzunehmen. Und sie war nicht die Einzige. Don Jorge war so verabscheuungswürdig gewesen, dass keine Menschenseele ihm nachtrauerte.

»Es ist vorbei«, hatte Robert, den Brief des Boten noch in der Hand, zu ihr gesagt. »Es ist endlich vorbei.«

Sie hatten sich umarmt und tief und innig geküsst.

»Bist du müde?«, fragte er nun. »Willst du eine Nacht ausruhen, bevor wir zu deinen Eltern reiten?«

Aber es stand natürlich außer Frage, dass sie ihre Eltern sofort aufsuchten. Robert lief hinaus und sattelte die Pferde.

Doña Bruna hatte geahnt, dass sie kommen würden, gleich nachdem sie sie hatte benachrichtigen lassen. Sie erwartete sie schon. Robert und Clarissa sprachen Doña Bruna ihr Beileid aus.

»Ich habe immer gewusst, dass es irgendwann so enden würde«, sagte sie schließlich kaum hörbar. »Er hat sein Schicksal herausgefordert, zu jeder Zeit. Er dachte, niemand könnte ihm etwas anhaben. Er hat«, sie zögerte, und es fiel ihr sichtlich schwer, das Folgende zu sagen, »sich für Gott gehalten.«

»Es tut mir trotzdem leid«, wiederholte Clarissa. »Für dich. Du hast so viel ertragen in all den Jahren.«

Doña Bruna nickte nur. »Deine Familie wartet im Garten«, sagte sie dann. »Ich werde mich zurückziehen. Ich bin müde.«

Und dann war es so weit. Endlich, nach so langer Zeit, konnten Clarissa und ihre Eltern sich in die Arme schließen. So lange hatten sie sich nicht gesehen und waren sich doch nicht fremd. So lange hatten sie gefürchtet, dass dem anderen etwas Furchtbares geschehen war, und doch versucht, nie die Hoffnung zu verlieren. Endlich konnte Clarissa ihren Eltern von Jakob berichten.

»Unser erstes Enkelkind«, flüsterte ihre Mutter, bemüht, die Tränen zurückzuhalten. Einen Moment später lagen sich Mutter und Tochter erneut in den Armen.

»Und es wird nicht das einzige bleiben«, verriet Clarissa.

Überglücklich erzählte sie von der erneuten Schwangerschaft. Ihre Mutter war außer sich vor Freude, ihr Vater gratulierte ihr herzlich. Bald würde ihre Familie sie in Buenos Aires besuchen.

An diesem Abend saßen sie noch lange zusammen. Clarissas Eltern berichteten von Don Jorges Überfall auf ihren kleinen *rancho*, zu dem es wenige Zeit nach dem schrecklichen Ereignis an den Wasserfällen gekommen war. Sie erzählten davon, wie der Estanciero Fido eigenhändig erschlagen und sie dann gezwungen hatte, mit nach Santa Ana zu kommen … Und was hätten sie auch tun sollen? Es war ihnen als die einzige Möglichkeit erschienen, ihre Tochter je wiederzusehen. Noch einmal waren alle mehr als froh, dass die schreckliche Geschichte endlich ein gutes Ende genommen hatte.

»Du bist wirklich schwanger? Wieso hast du mir denn nichts gesagt?«, fragte Robert noch immer fassungslos, als sie später am Abend aneinandergekuschelt im Bett lagen.

»Dann hättest du dieser Unternehmung doch nie zugestimmt«, gab Clarissa zurück. »Oder?«

Robert sah sie streng an. »Allerdings nicht. Für wen hältst du mich? Ich bin schließlich Arzt, und zudem ein besorgter Vater.«

»Na, siehst du.« Sie schmiegte sich enger an ihn. »Aber ich konnte meine Eltern nicht noch länger alleinlassen. Es war Zeit, verstehst du?«

Robert küsste sie sanft. Er liebte ihr Haar, er liebte ihren Geruch, er liebte alles an ihr. »Ja, das verstehe ich. Aber ich finde es trotzdem unglaublich. Wie konntest du das nur durchhalten, wie konntest du das nur auf dich nehmen?«

Clarissa küsste ihn auf die Wangen, ließ ihre Lippen auf seinen verharren. »Weil ich es musste«, murmelte sie, »außerdem bin ich nicht krank. Ich bekomme nur ein Kind, Robert.«

»Ja, dann ...«, Robert seufzte, »... dann werde ich mich wohl jetzt zurückziehen.« Er blickte kurz enttäuscht drein. Offensichtlich hatte er mehr von diesem Abend erwartet.

Clarissa küsste ihn wieder. »Ich bin nicht krank, das sagte ich doch schon«, flüsterte sie ihm ins Ohr und knabberte dann an seinem Ohrläppchen, »ich bin nur schwanger. Wir können miteinander tun, was wir wollen, nur vielleicht ein wenig vorsichtiger, das weißt du doch ...«

Und dann berührte sie ihn so, dass er beinahe die Beherrschung verlor.

»Clarissa«, stieß Robert mit gepresster Stimme aus.

Die Anspannung der Reise fiel jäh von ihm ab. Als er ihre Brüste küsste, stöhnte sie leise, und als er vorsichtig an ihren Brustwarzen zu saugen begann, reckte sie sich ihm entgegen.

»Nicht aufhören«, flüsterte sie, »nicht aufhören.«

Streichelnd und küssend und sich Liebkosungen ins Ohr flüsternd lockten sie einander zum Höhepunkt.

Ihr Glück schien wirklich vollkommen.

Am nächsten Morgen schliefen Clarissa und Robert zum ersten Mal seit Langem aus. Sie frühstückten genüsslich, steckten sich gegenseitig Gebäck und Obststücke in den Mund, leckten sich den Saft der Früchte von den Lippen. Robert trank frisch aufgebrühten Kaffee, Clarissa genoss ihre Schokolade. Das Wetter war gut. Der Himmel bot ein wunderbares Spiel aus Licht und Schatten, bald zeigte er das tiefe Blau des späteren Tages. Gegen Mittag schickte Doña Bruna einen Boten und bat um Clarissas Besuch.

Robert hielt die Hand seiner Frau fest und blickte ihr tief in die Augen. »Willst du wirklich allein gehen?«

»Sie hat uns geholfen, und Don Jorge muss keiner mehr fürchten. Sie ist auf unserer Seite.«

»Wirklich?« Robert schaute Clarissa fragend an.

»Natürlich. Du warst doch dabei, als wir gestern miteinander geredet haben.«

Robert sah nicht überzeugt aus. »Ich bin mir unsicher. Was, wenn sie dich doch für den Tod ihres Mannes verantwortlich macht?«

»Das tut sie nicht. Ich kenne sie.«

Clarissa sah, wie Robert schluckte. Für einen kurzen Moment dachte sie noch einmal an Don Jorges schreckliches Ende, dann holte sie tief Luft. »Wir können ihr trauen. Das steht außer Frage, Robert.«

»Gut, aber ich begleite dich bis zum Tor«, sagte Robert endlich.

Doña Bruna lag in ihrem Bett, als Clarissa das Zimmer betrat. Es war dämmrig, die Vorhänge waren bereits für die Siesta zugezogen, nur eine kleine Lampe brannte. Damals, als sie als Javiers Frau hier gelebt hatte, war Doña Bruna auch oft in ihrem Bett anzutreffen gewesen. Clarissa sah gleich, dass es ihrer ehemaligen Schwiegermutter schlecht ging. Ihr Gesicht war bleich, sie hatte dunkle Ringe unter den Augen und wirkte äußerst schwach.

Clarissa trat langsam näher. Doña Bruna grüßte sie freundlich, wenn auch mit leiser Stimme, und bat sie, auf dem Stuhl neben ihrem Bett Platz zu nehmen. Kurz tauschten sie Höflichkeiten aus, was Clarissa angesichts der Situation beinahe absurd vorkam, doch offenbar konnten sie beide von alten Gewohnheiten nicht lassen. Nach einer Weile klingelte Doña Bruna nach einem Dienstmädchen und ließ Tee und einen Teller mit Gebäck bringen – Javiers Lieblingsgebäck. Die kleinen viereckigen Kekse hatte er geliebt, ebenso die kandierten Früchte. O ja, die Kirschen hatte er besonders gemocht. Die Erinnerung schmerzte nicht mehr wie einst, ein wenig Wehmut blieb jedoch.

Doña Bruna räusperte sich. »Du denkst an ihn, nicht wahr, Clarissa?«, begann sie endlich.

»An Javier?«, erwiderte Clarissa, obgleich sie genau wusste, von wem Doña Bruna sprach.

Doña Bruna nickte nur. Einen Moment schwiegen sie beide, dann hörte Clarissa, wie Doña Bruna angestrengt Luft holte. Alarmiert blickte sie zu ihr, konnte jedoch keine Veränderung feststellen.

»Ich war so froh, als mein Javier geboren wurde«, sagte Doña Bruna mit leiser Stimme. »Ich fühlte mich, als wäre ich endlich angekommen. Ich war mir sicher, dass ich meinen Zweck auf

Erden erfüllt hatte und dass mein Mann … Nun, ich glaubte, dass er mir gut gesonnen war …«

Sie brach unvermittelt ab. Clarissa nahm Doña Brunas Hand und streichelte sie sanft. Ihre Haut war glühend heiß. Fieberte sie? Doña Bruna zog ihre Hand zurück, bevor Clarissa sich vergewissern konnte.

»Du hast deine Familie wiedergetroffen?«, fragte sie unvermittelt. »Es geht ihr gut?«

»Ja, danke, wir alle sind so glücklich.«

Das Gespräch kam nicht richtig in Gang. Vielleicht hatten sie beide zu lange nachgedacht. Vielleicht war ihnen beiden noch gar nicht richtig bewusst geworden, was geschehen war.

»Mein Mann ist tot«, sagte Doña Bruna, als hätte sie Clarissas Gedanken gelesen. »Er ist wirklich tot.«

»Ja«, sagte Clarissa vorsichtig.

Doña Bruna schien plötzlich durch sie hindurchzusehen.

»Also wirst du bald alles hier erben«, sagte sie dann.

Clarissa schüttelte heftig den Kopf. »Es ist deine Estancia, Bruna. Ich will Santa Ana nicht, das musst du mir glauben. Ich, ich … Ich habe keine guten Erinnerungen daran.«

Clarissa bemerkte, dass Doña Bruna sie jetzt scharf anblickte. Sie hielt schon seit geraumer Zeit ihre Teetasse in der Hand, trank jedoch nicht. Auch Clarissas Tee war erkaltet, wie sie feststellte, als sie nun daran nippte. Vorsichtig stellte sie ihn zurück auf den Beistelltisch.

»Nimm dir doch noch etwas Tee«, bat Bruna sie.

Clarissa wollte den Kopf schütteln, entschied sich dann jedoch dagegen, so erwartungsvoll, so freundlich schaute Doña Bruna sie auf einmal an.

*Sie will dir nichts Böses, fuhr es ihr durch den Kopf, sie hasst dich auch nicht. Du bist die Letzte, die sie an bessere Zeiten erin-*

*nert, an Zeiten, die es hier auf Santa Ana auch einmal gegeben hat …*

Vorübergehend verlor sich Clarissas Blick in der Ferne. Es dauerte eine Weile, bevor sie Doña Bruna wieder wahrnahm, bevor sie ihre aufgeregte Stimme hörte.

»Kind! Was ist mit dir? Ist dir nicht gut, Clarissa?«

»Doch, doch, ich …«

»Du hast daran gedacht, wie es war, als Javier noch hier lebte, nicht wahr? Du hast an die schönen Zeiten gedacht …«, sprach Bruna eilig weiter.

Clarissa wollte den Kopf schütteln, doch dann sah sie Doña Brunas erwartungsvolles Gesicht. Da war mit einem Mal ein Strahlen in ihren Augen, die schmalen Lippen umspielte ein Lächeln.

Sie erinnert sich an glückliche Zeiten, dachte Clarissa. Jetzt, da der Schrecken ein Ende hat, versucht sie, an das Gute zu denken.

Sie nickte. »Ja«, sagte sie, »ja. Ich habe an Javier gedacht.«

»Hilf mir, mich aufzusetzen, Kind«, forderte Doña Bruna Clarissa im nächsten Moment auf.

Clarissa folgte der Aufforderung zögernd. Doña Bruna fühlte sich erschreckend zerbrechlich an. Ihr Puls raste, ihre Haut glühte tatsächlich, dessen konnte Clarissa sich jetzt versichern.

Auch früher, erinnerte sie sich, hat Bruna immer wieder unter Fieberschüben gelitten.

Doña Bruna musste ihr Zögern bemerkt haben, denn als Clarissa sich wieder setzte, sah sie sie fest an.

»Ich bin krank, Clarissa, das weißt du sicher.«

»Ja, ich …« Clarissa suchte nach Worten.

»Ich werde sehr bald sterben«, fuhr Doña Bruna fort, »und all das hier wird dann verfallen.«

»Ich kann ... du wirst nicht ...«, begann Clarissa neuerlich und brach dann ab.

»Doch, ich fühle es. Ich habe schon viel länger gelebt, als die Ärzte es vorausgesagt haben. Am liebsten wäre ich damals meinem Javier gefolgt, aber ich hatte ja die Hoffnung, dass er vielleicht doch ... Jetzt weiß ich, dass er nicht mehr lebt. Alles ist erzählt.«

Clarissa spürte, wie ihr heiß und kalt wurde. War es möglich, einer Sterbenden den letzten Wunsch abzuschlagen?

»Ich kann nicht«, flüsterte sie trotzdem noch einmal. »Ich kann ... Hier ist zu viel Schmerz, zu viel Verrat, zu viel ...«

Doña Bruna schüttelte den Kopf. »Ich verstehe, dass du keine guten Erinnerungen hast, aber du hast Anspruch darauf«, Doña Bruna hielt kurz inne. »Es ist auch Javiers Erbe. Es ist das Erbe meines Sohnes, das Erbe deines Mannes. Er hat glückliche Tage hier verbracht, glaub mir, und er hätte gewollt, dass die Estancia an dich und eure Nachkommen ...«

»Wir haben keine ...«, fuhr Clarissa dazwischen.

Doña Bruna schüttelte erneut den Kopf. »Wen interessiert das? Javier hat dich geliebt. Er wäre glücklich gewesen, wenn er gewusst hätte, dass du eines Tages die Herrin über Santa Ana sein würdest.«

Für einen Moment schien die Erinnerung an Javier in Clarissa auf. Sie wusste, dass Doña Bruna Recht hatte – trotzdem ... Clarissa spürte, wie ihr Mund vor Aufregung trocken wurde. Sie musste sich räuspern, bevor sie weitersprechen konnte.

»Du ... du wirst nicht ...«, versuchte sie es noch einmal.

»Nicht sterben?« Doña Brunas Lächeln schwankte zwischen Trauer und Müdigkeit. »Doch, das werde ich ... Und ich bin froh darum. Was gäbe es jetzt noch für einen Grund weiterzuleben? Die ich geliebt habe, haben ihren Frieden gefunden. Die ich hasste, sind tot. Ich habe ohnehin schon viel zu lange gelitten. Weißt du, wie lange dieses Leben nur noch Qual für mich war? Viel zu lange ...«

Doña Brunas Stimme klang jetzt fester als vorher. Clarissa unterdrückte ein Schaudern, während sie dem beinahe tadelnden Blick der älteren Frau auswich. Sie spürte, wie ihr Widerstand bröckelte, wie ein Stein, der dem steten Wassertropfen irgendwann nachgeben musste.

War es nicht ihre Pflicht? Lag es nicht an ihr, dies alles nicht verkommen oder womöglich Menschen wie Don Fernando zu überlassen? Aber da war noch diese andere Stimme in ihr ...

»Ich ... und auch meine Eltern ... wir haben alles, was wir brauchen«, sagte sie dann.

Sie hatte darüber mit ihren Eltern geredet am Abend ihres Wiedersehens. Auch sie wollten nur ein wenig Geld, um ihren *rancho* wiederaufzubauen, vielleicht etwas mehr Land. Wir brauchen nicht mehr, hatte der Vater gesagt. Die Mutter hatte ernst genickt. Wir wollten noch nie mehr, als uns zusteht, hatte sie angefügt.

Doña Bruna sah plötzlich sehr müde aus. Wieder suchten ihre Augen die Ferne, dann senkte sie die Lider. Clarissa zuckte zusammen, als sie nach einer Weile mit geschlossenen Augen weitersprach.

»Es tut mir leid, dass es so enden muss. Weißt du, das hier war einmal ein schöner Ort, voller Liebe, Feiern und Gesang. Es war das Haus meiner Eltern. Mein Erbe, das ich in die Ehe mitgebracht hatte, in eine Ehe, in der ich glücklich zu werden hoffte, weil sie doch von Liebe und Kinderlachen erfüllt sein sollte – beides hatte ich, wenigstens für eine kurze Zeit, und ich will mich nicht beklagen. Ich glaube, ich war einmal die fröhlichste und hoffnungsvollste junge Braut zwischen Río Paraná und Río Uruguay. Und ich würde mich von ganzem Herzen freuen, wenn Santa Ana wieder zu dem Ort werden würde, den ich als Kind gekannt habe – zu einem Ort des Lachens, des Tanzes, der Fröhlichkeit.« Ein kleines Lächeln huschte über Doña Brunas Gesicht. »Ich erinnere mich an eine Schaukel im Garten. Ich erinnere mich an den Wind, der an meinen langen schwarzen Haaren zauste. Ich erinnere mich an meine Brüder und Schwestern, die das Leben in die Welt hinausgetragen hat, und die nun längst tot sind. Ich kann diesen Ort nicht mehr zu dem guten Ort machen, der er einmal war. Ich kann es nicht mehr, für mich kommt alles zu spät.«

Clarissa schwieg, starrte auf den Ring von Javier, den sie gemeinsam mit dem von Robert an einem Finger trug und den sie niemals ablegen würde. Mit der rechten Hand umschloss sie die linke. Irgendwann hatte sie den Ring aus seinem kleinen Versteck im Rock geholt und wieder übergestreift, Robert hatte sich nie daran gestört, er hatte verstanden, dass das so sein musste.

»Ich verbinde wirklich viel Schlechtes mit diesem Ort«, sagte sie nach einer Weile leise, »nur Javier wollte ich immer in meinem Herzen behalten. Javier und unsere Liebe zueinander waren das Gute, das ich mit Santa Ana verband.«

Doña Bruna seufzte. »Ich weiß, was du mit diesem Ort verbindest, Clarissa, ich weiß es nur zu gut. Du kannst es schaffen, Clarissa. Santa Ana kann wieder zu etwas Gutem werden – wenn wir es zulassen.«

Clarissa sah zu Boden. Es war so schwer, so unendlich schwer, sich das vorzustellen. Doña Bruna erkannte die Bedenken, die in ihr tobten. Sie streckte die Hand nach Clarissa aus, eine weiche, kraftlose Hand. Erneut stand ein Lächeln auf ihrem verhärmten Gesicht, sodass man wieder erkennen konnte, wie schön Doña Bruna einmal gewesen war.

»Denk an deine Kinder«, sagte sie nun. »Bewahre das Erbe für deine Kinder auf.«

Clarissa wollte erneut widersprechen, dann nickte sie langsam. Vielleicht hatte Doña Bruna Recht. Vielleicht würde diese Estancia eines Tages Jakob eine Heimat sein können.

»Ich werde«, sagte sie, »darüber nachdenken.«

# Sechstes Kapitel

Aurora beschleunigte ihre Schritte. So viel war in den letzten Monaten passiert. Clarissa hatte ihre Familie wieder, sie hatten Aarons Mutter gefunden, die sich allerdings immer noch weigerte, ihren Sohn zu empfangen. Aarons Beziehung zu ihr selbst wurde immer besser. Schade war nur, dass Joaquín den jungen Fotografen weiter mit einer Heftigkeit ablehnte, die Aurora verunsicherte.

*Dabei könnten wir solch ein gutes Gespann sein.*

Aaron war so erfolgreich mit seinem Fotoatelier, dass er nur noch an zwei Tagen in der Woche der Straßenfotografie nachging. Und ich?, dachte Aurora und seufzte. Aaron sagte ihr immer wieder, sie könne studieren, aber sie studierte nicht. Sie hatte auch keinen Kontakt mehr zu Dr. Grierson, sie war noch nicht einmal mehr Krankenschwester. Sie war Tochter, Freundin, Großmamas Hoffnung darauf, dass vielleicht doch noch irgendjemand aus der Familie das Fuhrunternehmen weiterführen würde.

Aurora hatte die Plaza, auf der sie sich mit Aaron treffen wollte, fast erreicht. Sie beschleunigte ihre Schritte. Was er wohl mit der Überraschung gemeint hatte, von der er gesprochen hatte?

Ach, da war er ja schon. Auroras Herzschlag beschleunigte sich kurz, ein Lächeln erhellte ihr Gesicht. Heute war einer der Tage, an denen der Freund auf der Straße fotografierte, und sie freute sich schon auf die Bilder, die sie in den nächsten Tagen zu sehen bekommen würde. Es gelang Aaron immer, etwas Neues einzufangen, etwas, das sie vorher noch nie wahrgenommen hatte.

Sie hatte ihn schon fast erreicht, als plötzlich eine Frau aus dem Schatten eines Jacaranda trat. Unwillkürlich verlangsamten sich Auroras Schritte. Von einem Moment auf den anderen kroch ein seltsames Gefühl in ihr hoch, das ihr in seiner ungewohnten Bitterkeit und Schärfe den Atem nehmen wollte.

Wer war das? Sie hatte ihn noch nie mit einer anderen Frau gesehen, die nicht seine Kundin war.

»Aaron«, sagte sie anstelle eines Grußes, als sie ihn im nächsten Moment erreichte.

Aaron lächelte. »Du bist früh. Ich habe dich erst später erwartet.«

»Hast du das?« Aurora schaute die Fremde an und fühlte eine unerklärliche Abneigung, obwohl sie nun erkannte, dass diese viel älter war, als sie auf den ersten Blick gedacht hatte. »Würdest du uns einander vorstellen?«

»Oh«, die Frau streckte Aurora die Hand hin. »Olga McKenzie aus Rosario, wir sind alte Freunde. Aaron hat damals oft Bilder für unser Familienalbum gemacht. In Rosario gab es keinen besseren Fotografen. Wir vermissen ihn sehr.«

*Dann ist sie also verheiratet?*

Aurora machte keine Anstalten, sich selbst vorzustellen.

Aaron seufzte. »Olga, darf ich vorstellen, Aurora Hofer«, sagte er dann.

Olga lächelte. »Aaron hat mir während des Wartens schon einiges von Ihnen erzählt.«

»Tatsächlich, was denn?«, hörte Aurora sich antworten.

Sie konnte sich nicht ganz erklären, woher ihre Abneigung gegen Olga McKenzie kam. Ja, sie war gut aussehend, offenbar auch wohlhabend, aber war das ein Grund für ihre verwirrenden Gefühle?

Olga jedenfalls schien verunsichert. »Er sagte, Sie wollten Medizin studieren und dass Sie es eines Tages sicherlich… «

»Nein, das werde ich nicht«, gab Aurora scharf zurück. »Hat er Ihnen auch erzählt, dass ich einen Menschen lieber habe sterben lassen, als ihm zu helfen? Würden Sie sich noch von mir behandeln lassen, wenn Sie davon erführen?«

»Ich…« Olga warf Aaron einen hilflosen Blick zu.

»Himmel, Aurora, was soll das?« Ungeduld schlich sich in Aarons Stimme. »Hör auf, auf diesem einen Moment des Versagens in deinem Leben herumzureiten. Keiner verurteilt dich dafür. Du hast unter Schock gestanden. Ich verurteile dich lediglich dafür, dass du dein Talent brachliegen lässt.«

»Mein Talent?« Verächtlich zuckte Aurora die Achseln.

»Ja, genau, dein Talent, denn das hast du, und du wüsstest es, wenn du dich nicht ständig in deinem Mitleid suhlen würdest.«

Aaron schaute auf einmal gar nicht mehr so verständnisvoll drein, wie Aurora es gewohnt war. Olga zupfte ihn in diesem Moment am Ärmel und lächelte.

»Ich muss jetzt weiter, Aaron. Es war schön, Sie wieder einmal gesehen zu haben. Ich hoffe, es dauert nicht zu lange bis zum nächsten Mal.«

Aaron nickte. »Melden Sie sich unbedingt, bevor Sie zurückfahren, Olga.«

»Das mache ich. Und Sie melden sich, wenn Sie einmal wieder nach Rosario kommen. Soweit ich weiß, gibt es da noch ein Haus, auf das Sie ab und an einen Blick werfen sollten.«

»Ja, das stimmt. Eigentlich könnten wir gemeinsam reisen…«

Aaron runzelte die Stirn. Er hatte damals die Obhut von Metzlers Haus zu Olgas treuen Händen gegeben und wusste, dass er sich auf sie verlassen konnte. Sie hatte zuverlässige Mieter gefunden. Er würde mit Robert überlegen, was mit dessen Haus geschehen sollte.

Als sich die beiden auf die Wange küssten und sich dann kurz umfangen hielten, versetzte es Aurora einen erneuten Stich. Aaron sah Olga noch einen Moment lächelnd hinterher, dann drehte er sich zu Aurora um.

»Nun sag schon, was war das eben?«

»Wieso redest du über mich mit anderen Frauen?«

»Weil ich finde, dass du dir lange genug Vorwürfe gemacht hast.«

»So? Findest du das? Weißt du, das geht dich überhaupt nichts an und deine Señora McKenzie auch nicht.«

»Aurora«, er zögerte noch, streichelte dann sanft über ihren Arm, »ich will doch nur, dass du endlich wieder nach vorn blickst.«

»Und nachdem er das gesagt hatte, bist du einfach davongerannt?«

Clarissa schüttelte den Kopf, während sie mit dem Fuß die Wiege ihres Babys in Bewegung hielt. Die kleine Anahí war erst zwei Wochen alt und so süß. Clarissa war die Erste, die Aurora in den Sinn gekommen war, nachdem sie wieder klarer hatte denken können. Clarissa konnte man immer um Rat bitten, Aurora hatte sich stets mit dem, was sie bedrückte, an die ältere Freundin gewandt. Jetzt wischte sie sich über die Nase.

»Meinst du, er hat Recht?«, fragte sie dann mit zitternder Stimme.

»Das kannst nur du selbst wissen. Übrigens kenne ich Olga McKenzie, von ihr geht sicherlich keine Gefahr aus. Sie ist eine sehr nette Frau, die auch mir damals in schweren Zeiten zur Seite gestanden hat. Sie war häufig in Aarons Atelier. Ich glaube, ihr Mann wünschte etwa alle zwei Monate ein neues Bild für das Familienalbum.«

»Warum?«, beharrte Aurora auf ihrem Misstrauen.

»Wie ich schon sagte, ihr Mann hat genügend Geld, und er vergöttert Olga. Für Aarons Geschäft war das im Übrigen gut. Wenn Olgas neue Bilder im Schaukasten hingen, sammelte sich im Laufe der Woche nach und nach die ganze Stadt davor.«

Störrisch senkte Aurora den Kopf. »Trotzdem hätten sie nicht über mich reden dürfen.«

»Ja, vielleicht nicht, aber ich denke, er wollte dir nur helfen.« Clarissa schaute die Jüngere prüfend an. »Es liegt ihm etwas an dir.«

Aurora spürte, wie ihr das Blut in die Wangen stieg. Sie senkte den Kopf. »Wer sagt das?«

»Ich sage das.«

»Hat er dir etwas erzählt?«

»Nein.«

»Aber woher ...?«

»Ich habe Augen im Kopf, Aurora.« Clarissa zögerte. »Darf ich dich fragen, ob du ...«

Aurora schüttelte heftig den Kopf. Sie dachte an Joaquín, den sie nicht wieder enttäuschen wollte, an Träume, die sich zerschlagen hatten.

»Nein«, gab sie dann zur Antwort. »Ich will nicht darüber reden.«

»Aurora scheint eifersüchtig zu sein.« Olga lächelte. »Obwohl ich ja nun wirklich nicht mehr die Jüngste bin.«

Sie und Aaron hatten sich zu einem Abschiedskaffee im Café Maria getroffen, das nun erfolgreich von Fabio geführt wurde. Aaron rührte angelegentlich in seiner Tasse. Das Stück Kuchen auf seinem Teller war noch unberührt.

»Also eigentlich ... eigentlich sind wir nur Freunde ...«

»Aber sie bedeutet Ihnen etwas.«

Aaron spürte Olgas prüfenden Blick auf sich. »Ja«, gab er unwillig zu, »allerdings hat sie mir bislang nie zu verstehen gegeben, dass meine Gefühle ...«

»Vielleicht weiß sie es einfach nicht. Vielleicht kennt sie ihre eigenen Gefühle nicht mal.«

Aaron schwieg einen Moment. »Ja, vielleicht nicht«, sagte er dann nachdenklich. »Aber jetzt erzählen Sie von sich, Olga. Das letzte Mal, als wir uns sahen, waren Sie nicht sicher, aber jetzt ... Sie haben Arthur also tatsächlich gefunden?«

»Ja.«

Da lag so viel Glück und so viel Trauer in diesem einen Wort, dass er schlucken musste.

»Ja«, wiederholte Olga und starrte an ihm vorbei in die Ferne, »ich habe ihn tatsächlich gefunden. Ist das nicht unglaublich?«

Aaron nickte.

»Woran denken Sie, Aaron?«, war nach einer Weile erneut Olgas Stimme zu hören.

Natürlich wusste sie, dass Ruth einem Wiedersehen bisher nicht zugestimmt hatte. Er hatte ihr sofort davon geschrieben.

»Ach, dies und das ... Was werden Sie jetzt tun?«

Er schaute sie aufmerksam an. Sie ist immer noch schön, fuhr es ihm durch den Kopf, sie sieht immer noch so viel jünger aus, als sie an Jahren zählen kann. Sie kannte meine Mutter, und deshalb wird mich immer etwas Besonderes mit ihr verbinden.

»Sie meinen, ob ich Arthur wiedersehen werde?« Olga sah erneut nachdenklich in die Ferne. »Nein, aber ich hatte es vor. Ich habe ihm gleich telegrafiert, bevor ich noch nachdenken, bevor ich abwägen konnte, was das Beste ist für uns. Ich habe mich sofort auf den Weg zu ihm gemacht. Ist das nicht unglaublich? Er hatte mir noch gar nicht geantwortet. Hätte ich nachgedacht, wäre ich sicher nicht hier. Schließlich ist es doch eher beängstigend, was nach so vielen Jahren von uns und unseren Hoffnungen geblieben ist. Die Zeit wird sich nicht zurückdrehen lassen. Ich bin verheiratet ... Wir haben unsere Leben gelebt, uns sicherlich auch verändert.«

Aaron nickte. Er kannte Olgas Geschichte. So war das. Das Leben ging immer weiter und scherte sich nicht um die Menschen, die mit ihm um ihr Glück kämpften.

Er räusperte sich. »Und er? Hat er noch einmal geheiratet?«

Für einen kurzen Augenblick mischten sich auf Olgas Gesicht Angst, Trauer, Entschlossenheit und der Wille, sich mit dem Gegebenen abzufinden, was auch immer geschehen war. Ihre Stimme war leise, als sie ihm Antwort gab.

»Ja, auch er hat geheiratet. Er antwortete mir, nachdem ich ihm ein zweites Mal telegrafiert hatte, von Buenos Aires aus. Ich glaubte, ich würde mich vor seiner Nachricht fürchten, aber in Wirklichkeit war ich erleichtert. Arthur hat sein Glück gefunden wie ich ... Ich hatte während meiner Reise über einiges nachgedacht, und mir war bald klar, dass wir nicht noch einmal von vorn würden anfangen können. Es ist einfach zu viel Zeit vergangen. Die Vergangenheit wird Vergangenheit bleiben. Es wird keine gemeinsame Zukunft für uns geben. Jeder von uns hat ein neues Leben, und wir sind beide glücklich damit.«

Vielleicht war Joaquín mehr zufällig am Café Maria vorbeigekommen, vielleicht war es auch einfach so, dass er hier tatsächlich jeden Tag nach der Universität seinen kleinen *cafesito* trank und dies eben an diesem Tag wieder einmal tun wollte. Nein, er musste sich gewiss keine Vorwürfe machen, weil er Aaron mit einer anderen Frau – noch dazu mit einer viel älteren, erfahrenen, wie er vermutete, so genau konnte man das von draußen nicht erkennen – gesehen hatte und seine Schwester wieder einmal vor Schlimmeren bewahrte. Tatsächlich freute er sich, dass ihm das gelingen würde, bevor er in die Region Chubut, genauer gesagt nach Comodoro Rivadavia, aufbrechen musste, wo er praktischen Studien zu seiner Ingenieursausbildung nachgehen würde.

Doch Aurora war weniger als dankbar, als er später zu Hause mit ihr sprach. »Das geht dich überhaupt nichts an, Joaquín, du hast nichts mit Aaron zu schaffen, der im Übrigen nur ein guter Freund ist. Wie oft soll ich dir das noch sagen!«

Joaquín schüttelte wütend den Kopf. »Glaubst du das wirklich? Hast du nicht schon genügend Fehler gemacht?«

Aurora schluckte. »Mein Leben und meine Fehler sind meine Sache.«

»Nein! Ich bin dein Bruder, und deshalb habe ich das Recht, mich einzumischen.« Joaquín schluckte. »Ich habe Aaron gesagt, dass er sich von dir fernhalten soll.«

Der Blick, den Aurora ihrem Bruder nun zuwarf, zeugte von Fassungslosigkeit. »Das ist nicht dein Ernst.«

»Doch.« Joaquín verschränkte die Arme vor der Brust und schaute sie erbost an.

Aurora rührte sich nicht.

Joaquín wurde unwohl zumute. »Aurora?«, sagte er verunsichert.

»Verschwinde!«, flüsterte sie.

»Aber ... aber ich ...«, stammelte Joaquín.

»Verschwinde«, wiederholte Aurora.

Warum verstand man die Liebe eigentlich erst, wenn der, den man liebte, einem fern war? Warum hatte sie erst, als sie vergeblich an Aarons Tür geklopft hatte, verstanden, wie wichtig er ihr wirklich war?

»Nein, ich reise doch übermorgen ab«, erwiderte Joaquín unsicher. »Wir werden ... Wir werden uns lange nicht sehen.«

Aurora schluckte, sie konnte jedoch nichts gegen die Bitterkeit tun, die sie plötzlich schier aufzufressen schien.

»Das«, sagte sie langsam und sehr deutlich, »ist mir gleich.«

Anna hielt ihre Tochter Marlena an, als die gerade hinaus in den Patio gehen wollte. Zwei Wochen waren seit Joaquíns Abreise vergangen. Zu seiner Verabschiedung war Aurora nicht gekommen. Seit er fort war, hielt sie sich meist in ihrem Zimmer auf oder machte lange, einsame Spaziergänge.

»Was ist los mit Aurora?«, fragte Anna nun. »Was hat sie? Willst du nicht einmal mit ihr sprechen?«

Marlena zuckte die Achseln. »Ich habe es versucht. Sie lässt mich nicht an sich heran. Es ist beinahe wie damals nach dieser schrecklichen Sache mit Raúl und seinem Vater, als sie beschloss, nicht zu studieren.«

»Und wo ist dieser Aaron?« Anna runzelte die Stirn. »Den habe ich auch schon lange nicht mehr gesehen. Waren sie nicht gut befreundet?«

»Er ist in Rosario, wo er früher gelebt hat. Es heißt, er besucht Freunde. Clarissa hat mir das erzählt.«

Anna sah ihre Tochter fragend an. »Hast du etwa nachgeforscht?«

Marlena zeigte sich unbeeindruckt. »Natürlich, was denkst du denn? Mir liegt doch etwas an meiner Tochter. Ich wollte wissen, ob da vielleicht ein Zusammenhang bestehen könnte.«

»Und?«

»Es ist möglich«, sagte Marlena dann vage. »Ich denke darüber nach, ihm ein Telegramm zu schicken.«

Aurora fühlte sich aufgeregt wie ein kleines Kind zu Weihnachten, als Aaron ihr den Tag seiner Rückkehr telegrafierte. Viel zu früh tauchte sie vor seinem Atelier auf, um auf ihn zu warten. Als sie ihn endlich entdeckte, war sie sich unsicher, ob sie ihm entgegenlaufen sollte. Bevor sie sich noch entschieden hatte, stand er schon vor ihr.

»Aurora«, sagte er, »wie schön, dich zu sehen.«

»Ich freue mich auch. Ich habe dich vermisst.«

»Als guten Freund?«

»Als guten Freund«, bestätigte sie mit einem Lächeln.

Sosehr sie es sich wünschte, es war ihr einfach unmöglich, ihm ihre wahren Gefühle zu offenbaren.

# Siebtes Kapitel

Warum er den Brief aufgenommen und nachdenklich in den Händen gedreht hatte, obwohl er doch an Violetta gerichtet gewesen war? Marco kam es vor, als hörte er sein Herz durch die Brust hindurch einen wilden, endlosen Trommelwirbel schlagen. Natürlich war sein Verhalten nicht rechtens. Das hier war nicht sein Brief. Er hätte ihn nicht nehmen dürfen. Schon gar nicht durfte er daran denken, ihn zu öffnen und zu lesen.

*Warum habe ich ihn an mich genommen?*

Marcos Kehle war wie zugeschnürt. Er hatte Magalis Schrift erkannt. War das nun die lange erwartete Einladung zur Hochzeit, die er so fürchtete? Violetta sprach seit Wochen von nichts anderem. Magali war nun ja schon fast ein Jahr mit diesem Jaime Clifford verlobt, ein paar Monate zuvor hatten sie begonnen, von Heirat zu sprechen. Marco war sich sicher gewesen, dass ihm das nichts ausmachen würde, aber er hatte sich geirrt. Seit er es wusste, konnte er an nichts anderes mehr denken.

Vorsichtig hob er den Umschlag gegen das Licht. Leider konnte er nichts erkennen. Das Umschlagpapier war zu dick.

*Soll ich?*

Er konnte sagen, dass er den Brief ganz in Gedanken geöffnet, dass er gedacht hatte, er wäre an ihn gerichtet. Aber würde Violetta das glauben? Nein, sicher nicht. Es war ihm ohnehin noch nie gelungen, seine kleine Schwester anzulügen. Violetta bemerkte sofort, wenn er die Unwahrheit sagte, dabei fand er sich selbst eigentlich meist sehr überzeugend …

Marco legte den Brief seufzend aus der Hand. Violetta würde ihm ohnehin erzählen, was darin stand. Die Geschwister hatten einander noch nie etwas verheimlicht. Sie waren sich immer sehr nahe gewesen. Es gab kaum jemanden, der ihn so gut kannte wie Violetta.

Für einen Moment dachte er an die kleine Violetta zurück, die damals, kaum dass sie laufen konnte, die Zuckerrohrschnipsel bei der Mühle aufgelesen hatte, die jetzt ihm gehörte. Das Leben war anders verlaufen, als er sich das vorgestellt hatte. Wenn ihm früher jemand gesagt hätte, dass ihm dereinst mehrere Zuckermühlen gehören würden und dass er in den Kreisen der Zuckerbarone von Tucumán verkehrte, hätte er wahrscheinlich lauthals gelacht.

Das Einzige, was er sich damals gewünscht hatte, war ein Leben, das ein wenig lebenswerter war, ein Leben, in dem er sich verbessern konnte. Er hatte davon geträumt, zur Schule zu gehen. Er hatte davon geträumt, seiner Familie ein besseres Leben zu verschaffen. Nur deshalb hatte er sich eines Tages mit klopfendem Herzen auf den Weg nach Tres Lomas, der Estancia von Viktoria Santos, gemacht, von der er so viel Gutes gehört hatte, zum Beispiel, dass Viktoria Santos ihre Arbeiter besser behandelte als die anderen Plantagenbesitzer, dass es bei Señora Santos bezahlte freie Tage und gemeinsame Feste gab. Auch dort war nicht alles Zuckerschlecken gewesen, aber Viktoria Santos hatte immer darauf geachtet, dass es ihren Arbeitern und den Bediensteten gut ging.

Auf dem Weg nach Tres Lomas war er Estella begegnet. Sie hatten sich von da ab irgendwie nicht mehr aus den Augen verloren. Er konnte nicht sagen, ob sie sich gleich in ihn verliebt hatte, bei ihm war das jedenfalls so gewesen. Er hatte sie vom ersten Augenblick an angebetet. Sie hatten geheiratet, Estella war nach Jahren endlich schwanger geworden, hatte eine gesunde Tochter bekommen und war noch im Kindbett verstorben. Als es geschehen war, war er nicht da gewesen. Als ihn die Nachricht erreicht hatte, hatte er sterben wollen. Er hatte sich eine Welt ohne Estella einfach nicht vorstellen wollen.

Nur sehr langsam war dieses Gefühl des Verlassenseins verschwunden. In der Zeit, in der er kaum etwas von der Welt mitbekommen hatte, hatte Violetta seine Tochter aufgezogen, die Schule erfolgreich abgeschlossen, hatte schließlich in Buenos Aires ihre Ausbildung vervollständigt und war Lehrerin geworden, bevor sie nach Tucumán zurückgekehrt war. Auf Tres Lomas und auf Los Aboreros gab es kein Kind mehr, das nicht lesen, schreiben und rechnen lernte. Und die Kinder, so hoffte er, würden ihre Fähigkeiten ihren Eltern weitergeben …

Ja, er freute sich, das erreicht zu haben, von dem er so viele Jahre geträumt hatte, vielleicht sogar mehr als das. Es ging voran und immer weiter, und obgleich er sich gewünscht hatte, dieses Leben gemeinsam mit Estella verbringen zu können, konnte er sich jetzt doch an seinen Erfolgen freuen. Ganz sicher hätte auch Estella gewollt, dass sie weitermachten.

Marco nestelte an dem Band, mit dem er ihr Medaillon am Hosenbund befestigt hatte, zog es aus der Tasche, blickte in das schöne Gesicht seiner Frau und lächelte. Nach einer Weile verstaute er es wieder. Wenig später hörte er die Tür gehen, eilige Schritte näherten sich.

»Marco!«, rief Violetta aus, als sie ihren Bruder bemerkte.

Noch im Gehen nahm sie den Schal ab, den sie sich um ihre Schultern gelegt hatte. Das elegante, moderne Kleid, das sie heute trug, umspielte ihre schlanke Figur. Es war ihr kürzlich aus Buenos Aires geschickt worden, Lenchen hatte es für sie entworfen. Es passte Violetta hervorragend, und Marco war sich sicher, dass seiner Schwester an diesem Tag nicht wenige Blicke gefolgt waren. Kurz kämpften Stolz und Unmut in ihm miteinander, dann überwog der Stolz.

Meine Schwester ist schön, stellte er bei sich fest und lächelte wieder.

»Violetta!«, grüßte er zurück.

»War die Post schon da?« Violetta spähte zu dem Tisch hin, neben dem er stand. »Ich warte doch so sehnsüchtig auf die Einladung zu Magalis Hochzeit. Sie müsste bald kommen.«

»Ja, Magali hat geschrieben«, gab er sehr beiläufig zur Antwort.

»Endlich!« Eilig trat sie näher. »Wo ist der Brief denn? Ach ja, da ... Mal sehen, was sie schreibt. Ach, ich bin ja so aufgeregt, Marco! Mir ist fast, als würde ich selbst heiraten.«

Zu der kleinen pulsierenden Wunde in seinen Gedanken gesellte sich eine zweite. Darüber, dass auch Violetta eines Tages heiraten und ihn verlassen würde, hatte er noch gar nicht nachdenken wollen. Aber natürlich würde auch sie das eines Tages tun. Dann blieb er allein mit seiner Tochter zurück. Zwar kamen Stella und er sich immer näher, aber ihm war, als würde ihnen beiden auf ewig die erste Zeit fehlen, als er so sehr um Estella getrauert hatte, dass er dem Kind kein guter Vater gewesen war. Heute schämte er sich dessen, doch damals war es ihm unmöglich gewesen, anders zu handeln, zu sehr hatte ihn der Schmerz gefangen genommen.

Marco war froh, dass Violetta ihn nicht ansah, während die Erinnerungen in ihm tobten. Gott sei Dank hatte sie nur Augen für Magalis Brief. Sie hatte ihn gleich geöffnet. Er musterte seine Schwester aufmerksam, während sie las, doch schon nach wenigen Sekunden schlug Violetta sich die Hand vor den Mund.

Marco war irritiert. Wenn dies die Einladung zu Magalis Hochzeit war, so war Violettas Reaktion mehr als verstörend.

»O nein!«, kam es nur einen Atemzug später hinter ihren Fingern hervor.

Marco war alarmiert. »Was ist los? Ist etwas mit Magali?«

Violetta antwortete nicht, presste die Finger nur noch fester gegen den Mund. Ihr Atem ging jetzt schneller. Tränen schimmerten in ihren Augen.

»Was ist denn? Was ist passiert, Violetta? Nun sag schon!«

Am liebsten hätte er sie geschüttelt. Warum antwortete sie nicht, zur Hölle? Was war mit Magali? War sie verletzt, krank? Er dachte an die Tage der Pest, die sie gemeinsam in Buenos Aires verbracht hatten. Was war geschehen?

Violetta ließ die Hand sinken. »Jaime ist tot«, stieß sie keuchend aus.

Marco kam es vor, als hörte er diese Worte aus weiter Ferne. Jaime? Magalis Verlobter? Aber was war geschehen?

»Und Magali? Geht es ihr gut?«, hörte er sich fragen.

Violetta nickte. »Es war ein Zugunglück. Ein Zug hat ihn erfasst, als er gerade auf dem Weg zu ihr war. Sie schreibt, man habe die Eheringe bei ihm gefunden – er hatte sie wohl an diesem Tag gekauft –, und alles war voller Blüten. Er hatte ihr einen Blumenstrauß von der Arbeit mitgebracht. Oh, meine arme Magali! Sie war doch so glücklich.«

Marco hörte Violetta aufschluchzen. Der Brief, den sie eben noch in der Hand gehalten hatte, flatterte zu Boden. Marco bückte sich, um ihn aufzuheben.

Er dachte an Magali, an ihre graublauen großen Augen, das rote Haar, die vorwitzigen Sommersprossen auf ihrer Nase ... Er meinte sogar, ihren Geruch wahrzunehmen, diesen feinen, süßen Geruch, der nur Magali eigen war.

*O Magali, warum habe ich dir damals nicht gesagt, wie sehr ich dich liebe? Warum war ich, ein gestandener Mann, so feige?*

»Du hörst mir ja überhaupt nicht zu!«

Violetta schlug gegen seinen Arm. Marco starrte sie noch ganz in seinen Gedanken verloren an.

»Doch, doch ... Ich bin nur so entsetzt ... Es tut mir so leid für sie. Sie hat Jaime sehr geliebt, nicht wahr?« Es fiel ihm immer noch schwer, den Namen desjenigen auszusprechen, den er stets als Rivalen angesehen hatte.

Violetta nickte, während Tränen über ihre Wangen liefen.

Marco sah auf den Brief, den er immer noch in der Hand hielt, und streichelte Violetta tröstend über den Rücken. Er schämte sich, aber er konnte nichts gegen das Gefühl der Erleichterung tun, das sich in ihm ausbreitete – Magali würde nicht heiraten.

An diesem Abend saß Marco noch lange am Schreibtisch in seinem Arbeitszimmer. Früher hatte Estella die meisten der Schreibarbeiten erledigt. Obgleich sie diese Arbeit gehasst hatte, war sie ihr doch leichter gefallen als ihm, der erst spät im Leben lesen und schreiben gelernt und dem die Zeit zum Üben gefehlt hatte.

Kurz musste er an Stella denken. Sie wurde im November schon fünf Jahre alt und ihrer Mutter immer ähnlicher. Früher hatte er es kaum ertragen können, Estella in ihr zu sehen. Früher war er vor ihrem Anblick, ihrem Wesen geflohen. Jetzt freute er sich daran. Es war, als könnte er Estella aufwachsen sehen. Wahrscheinlich würde er mehr als ein achtsames Auge auf seine Tochter werfen müssen, wenn diese das Alter erreicht hatte, in dem Mädchen zu Frauen wurden.

*Stella wird eine wunderschöne Frau werden. Sie wird allen Männern den Kopf verdrehen.*

Er seufzte. Dann ließ er den Blick über die Schreibtischplatte wandern. Einige Dinge, die darauf lagen oder in den Schubladen des Schreibtisches verstaut waren, stammten tatsächlich noch von Estella. Es hatte eine Zeit gegeben, da hatte er nicht daran rühren können, doch jetzt begann er langsam aufzuräumen. Er würde einem der Mädchen die Erlaubnis geben, hier gründlich sauber zu machen. Er warf einen Blick auf Estellas Bild, das rechts auf dem Tisch stand, wo er es immer im Blick hatte. Auf ewig lächelte sie ihn von dieser Fotografie herunter an. Früher hatte er manchmal so getan, als gäbe es sie noch. Er hatte sich seinen Kaffee ins Arbeitszimmer bringen lassen und ihn getrunken, während er innerlich Zwiegespräche mit ihr geführt hatte.

»Ich habe mich verliebt«, sagte er endlich leise. »Und ich weiß, dass du dich für mich freust. Sie heißt Magali und ist Violettas Freundin. Sie wird Stella eine gute Mutter sein.«

In dieser Nacht schrieb er einen kleinen Brief an Magali, in dem er sein Mitgefühl ausdrückte. Es waren ungelenke Worte, aber es waren die seinen, und sie kamen von Herzen. Mehr konnte er vorerst nicht tun.

»Violetta! Es ist ein Brief für dich gekommen!«

Marco rief seine Schwester in sein Arbeitszimmer und hielt ihr den Umschlag entgegen. Man hatte für alle auf der Veranda gedeckt. Wie jeden Sonntagmorgen nach dem Kirchgang wollten sie gleich zusammen mit Viktoria und Pedro und den Hausangestellten frühstücken. Es gab Kaffee, Kakao, Tee, Gebäck und Obst. Auch Fleisch und *empanadas* fehlten nicht.

»Oh«, Violetta beschleunigte ihre Schritte, »von wem ist er denn?«

»Magali.«

Marco hatte die Schrift mit nur einem flüchtigen Blick erkannt. Er würde sie überall erkennen, obgleich nichts Spezifisches an ihr war, es war eben Magalis Schrift.

Violetta riss ihm den Brief aus der Hand. Magalis letzte Korrespondenz lag schon einige Wochen zurück – drei Wochen, um genau zu sein, Marco hatte jeden Tag gezählt. Damals hatte Magali ihm höflich, aber knapp für seine Zeilen gedankt.

Er beobachtete Violetta von der Seite. In ihrer gemeinsamen Zeit in Buenos Aires waren Violetta und Magali unzertrennlich gewesen. Vieles hatten sie durchgestanden, doch dann war Violetta nach Tucumán zurückgekehrt und Magali nach Mendoza, und seitdem hatten sie sich nur noch selten gesehen. Zu viele Kilometer lagen zwischen ihren beiden Wohnorten.

»Aber er ist für dich«, rief Violetta aus.

Marco erstarrte. Zuerst war Leere in seinem Kopf, dann fasste er sich.

»Für mich? Von Magali?«

»Ja, sieh doch.«

Er sah das verschmitzte Grinsen auf Violettas Gesicht. Längst wusste sie von seinen Gefühlen für Magali. Er hatte nie lange etwas vor Violetta verbergen können.

Violetta hielt ihm den Brief auffordernd hin. »Lies schon!«, forderte sie ungeduldig.

Marco nahm ihn gedankenverloren entgegen und setzte sich an seinen Schreibtisch. Minuten später saß er immer noch da, mit abweisendem Gesicht nun. Von draußen auf der Veranda waren Stimmen und klapperndes Besteck zu hören, Stellas fröhliches Lachen. Jemand spielte auf einer Mandoline.

»Was soll ich ihr denn schreiben? Ja, ich habe ihr mein Beileid ausgedrückt, ein paar kurze Zeilen, aber ich bin kein guter Briefschreiber. Du weißt das, Violetta.« Er zögerte. »Und sie weiß es sicher auch«, fügte er dann beinahe trotzig hinzu.

Violetta schüttelte unerbittlich den Kopf. Wahrscheinlich sieht sie so aus, wenn sie einen ungehörigen Schüler tadelt, fuhr es Marco durch den Kopf. Unwillkürlich duckte er sich ein wenig. Die kleine Schwester konnte wirklich sehr streng sein.

»Frag Magali, wie es ihr geht. Es ist sicher nicht leicht für sie nach Jaimes Tod. Bestimmt gibt es viele Dinge zu regeln. Biete ihr deine Hilfe an ...«

Marco drehte den Brief in seinen Händen. »Meine Hilfe? Ich weiß nicht. Ist das nicht zu aufdringlich?«

Violetta rollte die Augen. »Es handelt sich um ein Schreiben, in dem du erneut dein Mitgefühl und deine Bereitschaft zur Hilfe ausdrückst – nicht mehr und nicht weniger. Sie wird sich darüber freuen. Oder gedachtest du, ihr einfach keine Antwort zu geben?«

»Du könntest schreiben, ich würde sie dann grüßen lassen.«

»Niemals. Sie hat *dir* geschrieben.«

Marco zog die Schultern hoch. »Ich kann das nicht«, setzte er an.

»Bist du sicher?«, gab Violetta zurück. Ihre Stimme klang nun deutlich ungeduldig. »Ich dachte, du würdest dich freuen, wenn ihr in Kontakt bliebet. Vielleicht habe ich mich ja doch geirrt?«

Eine Augenbraue hochgezogen sah sie ihn durchdringend an. Marco wich ihrem Blick aus. Ihm war unbehaglich zumute. Er mochte das Leben lieber handfest. Er liebte es, sich um die Estancia zu kümmern, um den Zuckerrohranbau, darum, dass es den Arbeitern gut ging. Er war nicht besonders geschickt, wenn es um das andere ging, um Zwischentöne, um Gefühle, um Liebe ... Er spürte, wie ihm warm wurde. Wäre seine Haut nicht so sonnenverbrannt gewesen, hätte man ihn in diesem Moment wohl erröten sehen.

»Jetzt schreib schon, oder soll ich dir wirklich diktieren?«, platzte Violetta in seine Gedanken und hielt ihm auffordernd ein Briefblatt entgegen.

»Soll ich wirklich ...?«

»Ja.«

Sie drückte ihre schmalen Hände auf seine Schultern, um ihn am Aufstehen zu hindern. Marco seufzte innerlich, aber es half ja doch nichts. Also nahm er Papier und Feder zur Hand, tauchte die Feder in die Tinte und sah seine Schwester fragend an. Die hob dramatisch die Hände.

»Marco, das ist ja wohl ...«

Dann seufzte sie erneut und begann zu diktieren.

Auf diesen Brief hatte Marco auch Wochen später noch keine Antwort erhalten. Er schämte sich zuerst ein wenig für seine Enttäuschung, schließlich war er ein Mann, dann haderte er mit den Worten, die er gewählt hatte. Vielleicht war er ja doch zu aufdringlich gewesen, ganz, wie er befürchtet hatte. Vielleicht hätte er besser nicht auf Violetta gehört, auch wenn die darauf bestanden hatte, dass dies genau die richtigen Worte waren. Violetta war auch gar nicht aufgeregt, was die ausbleibende Antwort anging.

»Sie braucht Zeit«, sagte sie, »das ist ganz normal.«

Die fehlende Antwort zerrte jedoch an seinen Nerven. Unglaublich, wie viele glückliche Liebespaare er mit einem Mal in seiner Umgebung entdeckte. Sie schienen sich neuerdings bevorzugt in seiner Nähe aufzuhalten. Die Sehnsucht nach Magali wurde damit noch stärker. Nachts konnte er nicht schlafen, er wälzte sich herum, versuchte die Sehnsucht zu vertreiben, die ihn wach hielt. Manchmal verschaffte er sich mit der Hand Erleichterung. Er überlegte sogar, zu einer Hure zu gehen. Viele taten das, warum also nicht er? Auch wenn es für ihn bislang keinen Grund gegeben hatte, hieß das nicht, dass er sich einen solchen Besuch auf ewig versagen musste. Mit dem Hauspersonal oder den Arbeiterinnen würde er jedenfalls gewiss nichts anfangen, das rief zu schlechte Erinnerungen aus Kinder- und Jugendtagen in ihm wach. Viele junge Frauen wurden immer noch von ihrem *patrón* benutzt und dann weggeworfen wie ein kaputter Gegenstand. Es blieb ihm also nichts weiter, als still vor sich hin zu leiden.

In den Sommerferien reiste Violetta zu Magali.

»Soll ich sie von dir grüßen?«, fragte sie ihn, aus dem Zugfenster gelehnt, als er sie im Bahnhof von San Miguel de Tucumán verabschiedete.

Er zuckte die Achseln und versuchte, gleichmütig dreinzuschauen, obgleich sein Herz wild zu schlagen begann.

»Ich grüße sie«, entschied Violetta selbst. »Ich bin mir sicher, sie wird sich freuen.«

Marco nickte nur. Dann verabschiedete er sich von seiner Schwester. Den ganzen restlichen Tag über sorgte er dafür, dass er gut beschäftigt war, um nicht auf dumme Gedanken zu kommen.

Die freie Zeit verbrachte er nun noch häufiger mit Viktoria und seiner Tochter Stella. Täglich erfreute er sich mehr an der Ähnlichkeit, die er zwischen ihr und ihrer verstorbenen Mutter entdeckte. Wahrscheinlich werden mir graue Haare gewachsen sein, bis sie aus dem Gröbsten raus ist, dachte er. Wenn sie nicht nur im Aussehen, sondern auch im Charakter nach ihrer Mutter kommt, wird sie gewiss noch eigensinniger werden, als sie es ohnehin schon ist.

Eines Tages kam ein Brief aus Córdoba von Paco und Blanca. Die beiden hatten inzwischen einen Sohn und eine Tochter. Nach einer Fehlgeburt erwartete Blanca nun das dritte Kind. Marco überlegte, ob er die beiden nicht endlich einmal wieder nach Los Aboreros einladen sollte. Es war schade, dass sie einander so gut wie aus den Augen verloren hatten. Er hätte gerne einmal wieder mit Paco gesprochen, schließlich war es nicht immer leicht, in einem Haushalt zu leben, der abgesehen von Viktorias Mann Pedro ausschließlich aus Frauen bestand. Viktoria würde sich sicher auch freuen, ihren Sohn eine Weile in der Nähe zu haben.

Es war ein Sonntag, als Marco zum ersten Mal nach langer Zeit einmal wieder länger schlief. Verwirrt wachte er auf, als die Sonnenstrahlen sein Bett schon in ihr goldenes Licht tauchten. Eine Weile blieb er noch liegen, entschied, am Abend in die Messe zu gehen. Ob die Arbeiter schon beim Frühstück waren? Sicherlich, wahrscheinlich hatten sie es bereits beendet. Ein Rumpeln unten ließ ihn hochfahren. Was war das? Seit gut einem Monat, seit Violetta nach Mendoza gefahren war, war er allein im großen Haupthaus. Stella hatte diese Nacht bei Viktoria verbracht, und den Bediensteten gab er jeden Sonntag nach dem Frühstück frei …

Wieder rumpelte es unten. Marco sprang auf, schlüpfte in Hose und Hemd, versicherte sich, dass sich sein Dolch im Gürtel befand, und sprang barfuß die Treppe hinunter. Unten in der Halle blieb er wie angewurzelt stehen. Eine junge Frau war gerade dabei, ihren Reisehut abzunehmen. Neben ihr standen zwei große Koffer.

»Violetta, was machst du denn hier?«, platzte er anstelle einer Begrüßung heraus. »Warum hast du nicht telegrafiert, ich hätte dich abgeholt. Wie bist du überhaupt hierhergekommen?«

Violetta grinste ihn zur Begrüßung an. »Mit einem Mietwagen. Meine Ferien sind vorbei, das müsstest du eigentlich wissen. Aber ich habe dir jemanden mitgebracht.«

Erst jetzt bemerkte er, dass sie nicht allein war. Im Schatten neben der Tür stand eine weitere Gestalt.

»Jemanden mitgebracht?«, echote er.

»Guten Tag, Señor Pessoa ... Marco.«

Marco stand wie vom Donner gerührt da. Sie, das war sie, Magali ... Sie war hier. Mit Violetta. Die Kehle wurde ihm eng, er befürchtete, keinen klaren Laut herauszubekommen.

»Magali!« Er streckte ihr die Hände entgegen. »Herzlich willkommen auf Los Aboreros, ich freue mich sehr, dich hier zu sehen, Magali.«

»Danke.« Sie schlug die Augen nieder.

Dieses Mal errötete er, ohne dass er etwas dagegen tun konnte.

»Ich schlage vor, wir frühstücken jetzt erst mal gemütlich zusammen, und dann solltest du, Marco, Magali Los Aboreros und die Gegend zeigen«, meldete sich Violetta zu Wort. »Was haltet ihr davon?«

»Ein wunderbares Bild, nicht wahr?«, drang Violettas Stimme in Marcos Gedanken.

»Ja«, flüsterte er, um den Zauber nicht zu brechen.

Dann drehte sich Marco zu seiner Schwester um, legte ihr einen Arm um die Schultern. Für einen Moment versanken sie beide in dem Anblick, der sich ihnen bot. Stella und Magali hatten sich vom ersten Moment an gut verstanden. Beinahe eifersüchtig hatte Stella die Frau, die sie als die beste Freundin von ihrer Tante Violetta kennengelernt hatte, in Beschlag genommen. Manchmal tröstete Marco sich damit, dass er ohnehin zu viel Arbeit hatte, um sich rund um die Uhr um Magali zu kümmern. Die gemeinsamen Tage auf Los Aboreros gehörten zur schönsten Zeit seit Langem. Marco würde Estellas Vermächtnis stets im Herzen tragen, doch er konnte auch wieder in die Zukunft blicken.

»Ich habe gewonnen, ich habe gewonnen!«, rief Stella nun und lachte.

Magali seufzte. »Ich werde dieses Spiel nie verstehen«, sagte sie gespielt verzweifelt. »Lass uns nach draußen gehen. Vielleicht möchtest du ja ein wenig schaukeln?«

»Nein, Magali«, Stella hüpfte auf und ab, sprang dann hinaus auf die Veranda und kam im nächsten Moment zurück – die Porzellanpuppe mit dem fein gearbeiteten Gesicht und dem aufgemalten blonden Haarschopf im Arm, die Magali ihr mitgebracht hatte. »Wir baden Charlie.«

»Tun wir das.«

Magali reichte Stella die Hand. Gemeinsam verschwanden sie in Richtung Brunnen, wo Charlies kleine Badewanne, ein ausrangierter Waschbottich, schon wartete. Stella liebte es, mit Wasser zu planschen.

»Du solltest sie wirklich bald fragen«, riss Violetta Marco aus seinen Gedanken, als die beiden außer Hörweite waren.

Marco runzelte die Stirn. »Ich sollte sie *was* fragen?«

Er konnte den Blick nicht von Magali und seiner Tochter nehmen. Er wünschte sich so sehr, sie halten zu können. Er wünschte, dass sie nie wieder von ihm fortging.

»Ob sie dich heiratet natürlich.«

»Violetta!«

»Ich weiß doch, dass du sie liebst, Marco.«

Marco sah jetzt seine Schwester an. »Aber ich … Ich weiß nicht … Ich …« Er räusperte sich. »Ich will sie nicht bedrängen. Sie hat vor nicht einmal einem Jahr ihren Verlobten verloren. Ich will für sie da sein, mehr nicht.«

»Mehr nicht?«

»Ich will nichts für mich«, erwiderte er entschlossen.

»Das stimmt doch nicht, Marco.« Violetta tastete nach seinen Fingern auf ihrer Schulter und streichelte sie sanft. »Ich bin ihre Freundin. Ich weiß, dass du sie fragen kannst.«

»Woher weißt du das?« Marco entzog Violetta unwillkürlich seine Hand. Violetta ignorierte das Misstrauen in seinem Blick.

»Wir sind Freundinnen«, sagte sie nur. »Ich weiß es eben.«

Es war nicht das erste Mal, dass Magali und er gemeinsam spazieren gingen, aber Marco konnte sich nicht erinnern, je so aufgeregt gewesen zu sein. In der Nacht zuvor hatte er kaum schlafen können. Beim kleinsten Geräusch war er hochgefahren und hatte dann lange Zeit gebraucht, bis er wieder in den Schlaf gefunden hatte. Immer wieder hatte er sich in jenen Wachphasen durch den Kopf gehen lassen, was er zu Magali sagen wollte, hatte die Worte dann verworfen und sich kurz darauf erneut den Kopf zerbrochen. Als sie die kleine, von Lorbeerbäumen umstandene Lichtung erreichten, wo die Luft immer frischer erschien als an anderen Orten, hielt er an. Früher hatte er sich hier mit Estella getroffen, aber die Erinnerung daran war nicht mehr schmerzhaft. Unsicher drehte er sich zu Magali hin und sah sie an.

»Es ist sehr schön hier«, sagte sie, während sie sich umblickte. »Ich mag diesen Ort.«

Marco hörte ihr zu, starrte sie an, sah das Spiel von Sonnenflecken auf ihrem Haar, sah ihre sanften graublauen Augen. Sie war wie ein Rohdiamant, den die Jahre geschliffen und noch schöner gemacht hatten. Es gab Leute, die das vielleicht niemals erkennen würden, er hatte es immer gesehen: unter den einfachen, schlichten Kleidungsstücken und dem ernsten Gebaren schimmerte ein Schmuckstück.

»Du bist wunderschön«, platzte es aus ihm heraus.

Gleich darauf errötete er. Er war kein Mann feiner Worte, aber so etwas Ungelenkes hatte er auch nicht sagen wollen. Magali aber sah nicht entrüstet aus und machte auch nicht den Eindruck, als würde sie gleich fortlaufen. Sie lächelte vielmehr, was ihn sofort etwas entspannte. Im nächsten Moment bemerkte er erstmals hauchfeine Falten um ihren Mund und ihre Augen.

Das Leben hat es uns beiden nicht immer leicht gemacht, fuhr es ihm durch den Kopf.

Endlich wagte er es, sie vorsichtig bei den Händen zu nehmen, drehte sie so, dass sie einander ansehen konnten. Magali wich seinem Blick nicht aus.

Sie ist stark, dachte er, sie ist stärker, als man denken mag. Sie ist eine wunderbare, kluge und schöne Frau. Ich möchte nicht, dass sie wieder von hier fortgeht.

Marco leckte sich über die Lippen. Er hatte sich einfach zu viele Gedanken gemacht, denn die Frage, die er stellen wollte, war doch eine ganz einfache: Bleibst du, wenn ich dich frage, Magali?

Er räusperte sich. »Ich weiß, es kommt sehr früh«, sagte er dann, »und ich will dich gewiss nicht bedrängen, aber … Willst du meine Frau werden, Magali? Irgendwann, wenn dein Schmerz nicht mehr so groß ist, meine ich? Irgendwann, wenn du es zulassen kannst? Darf ich dann für dich da sein?«

Perplex stellte er fest, dass sie ihm einen Finger auf die Lippen legte, ihn davon abhielt weiterzusprechen.

»Ja, das will ich.«

»Du ... Du willst?«

Tatsächlich hatte sie keinen Augenblick gezögert. Jetzt reckte sie das Kinn vor.

»Ich bin froh, dass du mich fragst.«

»Froh?«

»Ja.«

Er räusperte sich. »Ich möchte uns beiden die nötige Zeit lassen ...«

Marco dachte an den Ring, den er für Magali gekauft hatte, er trug ihn schon seit geraumer Zeit mit sich herum. Nun aber, unter dem Eindruck ihres ermutigenden Lächelns, schob er die Hand in die Tasche seiner Hose – eine Arbeitshose, wie er sie eigentlich immer trug, aber sie war frisch gewaschen – und holte das kleine, flache Kästchen aus Amaranth-Holz hervor, das er selbst liebevoll gestaltet hatte. Auf dem Deckel war als Einlegearbeit eine zarte Feder aus Silber zu sehen. Vorsichtig klappte Marco das Kästchen auf und hielt es Magali entgegen. Er hörte, wie sie tief ein- und ausatmete.

»Marco! Wann ...?«

Ihre Stimme zitterte nun doch. Seine starke Magali zeigte sich gerührt.

Marco kämpfte selbst mit den Tränen. Sie sah zu, wie er ihr den Ring an den Finger steckte. Er passte wie angegossen. Sie drehte ihre Hand hin und her, verfolgte das Funkeln der Sonnenstrahlen auf dem kostbaren Stein, und zum ersten Mal erkannte er ein klein wenig weibliche Eitelkeit an ihr.

»Er ist wunderschön«, hauchte sie.

Endlich wagte er es, sie in die Arme zu nehmen. Als sich sein Gesicht dem ihren näherte, kam sie ihm entgegen. Ihre Lippen trafen aufeinander, warm und feucht die verlockende Höhlung ihrer Münder.

Und dann küssten sie sich unter den Lorbeerbäumen, und Marco meinte, nach langer Zeit endlich wieder Frieden in sein Herz einziehen zu spüren.

Violetta empfing Bruder und Freundin am späten Nachmittag mit einem erwartungsvollen Lächeln. Sie konnte sich, wie Marco bemerkte, nur schwer zurückhalten, sie beide nicht mit Fragen zu löchern. Natürlich entging ihr der Ring an Magalis Finger nicht. Natürlich war ihr auch nicht entgangen, dass Magali und er länger als gewöhnlich fortgeblieben waren. Nachdem die beiden sich ihr offenbart hatten, konnte sie es kaum erwarten, die Hochzeit mit Magali zu besprechen.

»Wir werden ein Kleid bei Lenchen Brunner in Auftrag geben. Du wirst zauberhaft aussehen.«

»Ach, es soll nur eine kleine, private Feier werden«, winkte Magali ab.

»Eine kleine Feier?«, echote Violetta. »Das sieht euch ähnlich. Ausgerechnet jetzt, wo es auf Los Aboreros endlich wieder etwas zu feiern gibt.« Sie schüttelte den Kopf. »Nein, das lasse ich nicht zu.«

Entschlossen verschwand Violetta in Richtung Küche, wo sie die Köchin damit beauftragte, ein unvergessliches Abendessen zu kreieren, dann schickte sie einen Boten zu Viktoria und Pedro nach Tres Lomas. An diesem Abend wurde auf Los Aboreros Verlobung gefeiert.

Einige Tage später reiste Magali ab, doch sie würde endgültig zurückkommen, sobald sie ihren Nachfolger für die Schule in Mendoza eingearbeitet hatte. Auf die Anzeige in der Zeitung hatten sich in jedem Fall sofort mehrere Interessenten gemeldet. Alle waren glücklich. Sie waren endlich angekommen.

# Achtes Kapitel

Aurora konnte die Abreise kaum erwarten. Fast ein Jahr war der schreckliche Streit mit Joaquín jetzt her. Der Bruder war noch immer in Comodoro Rivadavia im Süden, wo er seine praktischen Studien zu Ende brachte, um bald eine Assistentenstelle als Ingenieur antreten zu können. Zuerst war Aurora froh darüber gewesen. Sie konnte und wollte ihm nicht verzeihen, dass er sich in ihr Leben eingemischt hatte, doch schon vor dem Weihnachtsfest hatte sie begonnen, ihn zu vermissen.

Es war ihre Mutter gewesen, die ihr geholfen hatte, sich mit Aaron zu versöhnen. Sie trafen sich wieder, machten Spaziergänge und redeten stundenlang über Gott und die Welt. Aaron hatte ihr von Olga McKenzie erzählt und davon, welche Rolle sie in seinem Leben spielte. Sie war eher eine mütterliche Freundin. Sie, Aurora, war so verbohrt gewesen, dass sie gar nicht bemerkt hatte, dass Olga eigentlich viel zu alt war, um auf sie eifersüchtig zu sein. Aaron und sie waren wieder zu Freunden geworden – oder war es mehr? Bislang hatte Aurora nicht gewagt, darüber nachzudenken. Vielleicht hatte Joaquín auf seine Weise doch Recht, vielleicht hatte sie mit ihrer Liebe zu Raúl zu viel zerschlagen in seinem Leben, vor allem aber in ihrem eigenen Leben. Vielleicht war es besser zu warten.

Im Sommer schließlich war ihre Sehnsucht, Joaquín wiederzusehen, so groß geworden, dass sie es kaum noch hatte aushalten können. Eine Weile hatte sie allein gegrübelt, schließlich hatte sie mit Aaron gesprochen. Ausgerechnet mit Aaron. Es hatte sie überrascht, dass er Verständnis gezeigt und sie ermutigt hatte, ihren Bruder zu besuchen.

»Was hältst du davon, wenn ich dich begleite?«, hatte er gefragt. »Wir müssen uns natürlich die Erlaubnis deiner Eltern holen, aber ...«

Sie war vor Freude außer sich gewesen.

Aaron war es schließlich auch gewesen, der mit ihren Eltern gesprochen hatte, mit ihnen verstand er sich recht gut. Aurora war froh, dass besonders ihre Mutter Marlena ihm vertraute und bereit war, ihm ihre Tochter anzuvertrauen. Wenig später hatten sie mit den Reisevorbereitungen begonnen. Sie hatten Kleidung gepackt, Vorräte für den Notfall, Ponchos – als Umhänge tagsüber und Decken für die Nacht – und etwas Geld, das sie gut versteckt verwahrten. Eingehend hatten sie sich bei Auroras Eltern, den weitgereisten Schriftstellern und Journalisten, nach den besten Reisemöglichkeiten erkundigt. Aurora war zwar schon oft gereist, allerdings war sie damals noch ein Kind gewesen und hatte keine Verantwortung getragen. Dieses Mal würden Aaron und sie auf eigene Faust unterwegs sein. Das machte die Sache zu etwas vollkommen anderem.

Natürlich gab es vor der Abreise ein großes gemeinsames *asado*, wie die Argentinier das Grillfest und auch das Fleisch nannten, das man dabei aß, und wieder einmal war der Garten der Meyer-Weinbrenners voller Leben.

Später am Abend standen Aaron und sie auf dem kleinen Platz, von dem aus man das Meer sehen konnte. »Ich bin froh«, sagte Aurora, »dass ich immer hierher zurückkehren kann, was auch geschieht.«

Aaron nickte zustimmend. Aurora dachte an die Spiele, die sie in diesem Garten gespielt hatte, an Heiratsanträge, die gemacht, und Schwangerschaften, die verkündet worden waren, und natürlich an die unzähligen Feste eines Jahres. Auch Briefe las man hier gern der ganzen Familie vor, so wie erst am Tag zuvor noch den von Leonora und Felipe, deren Tanzschule in Paris immer noch Furore machte und deren Schüler dem verruchten Tanz aus Buenos Aires' Gassen vollkommen verfallen waren, worüber Anna und Julius schmunzelnd den Kopf schüttelten. Die beiden waren mittlerweile über sechzig und hielten es doch lieber mit dem Walzer.

»Ich werde es vermissen, mit Clarissa hier zu sitzen«, sagte Aurora unvermittelt.

»Du wirst ja nicht ewig fortbleiben«, gab Aaron mit einem Schmunzeln zurück.

Aurora nickte, ohne ihn aus den Augen zu lassen.

Und du?, bohrte es mit einem Mal in ihrem Kopf. Sie reisten nach Chubut, in die Region, in der auch Aarons Mutter lebte. Was würde er tun, wenn sie dort unten ankamen? Würde er die Gelegenheit nutzen, Ruth aufzusuchen? Würde er vielleicht dort bleiben? Hatte er ihr nur deshalb vorgeschlagen, sie zu begleiten?

Sie gingen spät zu Bett, doch das hielt die Familie nicht davon ab, Aaron und Aurora früh am nächsten Morgen zum Bahnhof zu begleiten.

»Bitte versöhnt euch, ihr beiden«, flüsterte Marlena ihrer Tochter ins Ohr, bevor sie Aurora mit Abschiedsküssen überschüttete. »Ich kann es gar nicht gut sehen, wenn Joaquín und du zerstritten seid.«

»Ich werde mein Bestes geben, Mama.« Aurora drückte ihre Mutter und schenkte ihr ein kleines und zugleich etwas hilfloses Lächeln. »Aber du weißt, dass er sehr starrköpfig sein kann.«

Marlena strich ihrer Tochter über die Wange. »Das bist du auch, mein Mädchen.«

Auf Anraten von Auroras Eltern hatten Aaron und sie schließlich den Schiffsweg entlang der Küste bis hinunter nach Chubut gewählt. Angesichts der weiten Strecke, die sie nach Süden zurücklegen mussten, musste Aurora ihre Ungeduld bezähmen und war andererseits doch recht froh, dem Bruder nicht ganz so schnell gegenübertreten zu müssen. Bislang hatten sie lediglich die Reise geplant, sie hatte immer noch nicht die geringste Vorstellung davon, wie sie die Versöhnung mit Joaquín bewerkstelligen sollte.

Aaron war, wie Aurora nicht anders erwartet hatte, ein angenehmer Mitreisender. Er hatte eine Kamera nebst Zubehör mitgenommen, machte viele Fotografien und war oft umringt von Neugierigen. Sie interessierten sich für seinen Apparat oder wollten wissen, wo man ihn denn später in Buenos Aires finden könnte, um sich die Bilder anzusehen.

Als sie ihre Reise zur Hälfte hinter sich hatten, stand Aurora wieder einmal an der Reling und schaute abwechselnd auf das tiefblaue Wasser und dann zum Ufer hinüber. In der rauen, meist einsamen, hier und da von kleinen Hügeln geprägten Landschaft waren nur selten Menschen zu sehen. Einmal hatten sie in der Ferne auf dem Land einen Reiter zu sehen gemeint, dafür waren ihnen im Meer Pinguine begegnet, Kormorane, Seelöwen und sogar ein Wal. Dann wieder hatte sich gegen den roten Schein des Sonnenuntergangs auf dem Land eine Herde Guanakos abgezeichnet. Inzwischen war die Gegend jedoch deutlich hügeliger geworden, was darauf hindeutete, dass sie ihr Ziel bald erreicht haben würden.

Aurora seufzte. Nein, sie hatte immer noch keine Idee, wie sie den Bruder davon überzeugen konnte, dass sein Misstrauen unnötig war. Sie dachte daran, wie sie Joaquín Gutenachtgeschichten vorgelesen hatte, wenn ihre Eltern auf Reisen gewesen waren, und wie er sie später in den Arm genommen hatte, wenn sie schreiend aus einem dieser Albträume erwacht war, die sie eine Zeit lang häufig überfallen hatten. Kein Blatt hatte zwischen sie gepasst.

Fast ein Jahr weilte Joaquín nun schon hier unten, fast ein Jahr, in dem er ihr kein einziges Mal geschrieben hatte. Seinen Briefen an die Eltern konnte man zumindest entnehmen, dass seine Studien von Erfolg gekrönt waren.

Aurora spähte zunehmend nachdenklicher zum Ufer hinüber. Und wenn ich einfach umkehre?, dachte sie. Vielleicht ist es doch nicht so eine gute Idee gewesen, ihn zu besuchen. Vielleicht hätte ich einfach warten sollen, bis er irgendwann nach Buenos Aires zurückkehrt … Wahrscheinlich weigerte er sich überhaupt, mit ihr zu sprechen, der störrische Esel, insbesondere, wenn er sah, wen sie mitgebracht hatte.

»Ach, verdammt«, murmelte sie halblaut.

»Was sagst du?«

Aurora zuckte zusammen, schaute dann zur Seite. Sie hatte gar nicht gemerkt, dass Aaron sich zu ihr gesellt hatte und nun ebenfalls zu den schroffen Sandsteinformationen am Ufer hinübersah, die die Landschaft hier prägten.

»Ach, Aaron.« Auroras Lächeln geriet klein. »Ich fürchte mich mal wieder vor dem Wiedersehen mit meinem geliebten Bruder.«

Aaron schaute sie ernst an, dann grinste er schief. »Es wird nicht leicht werden.«

Aurora runzelte die Stirn. »Denkst du manchmal an …?«, setzte sie an.

»An meine Mutter?«, unterbrach er sie.

Aurora nickte. Sie hatten bislang eher vorsichtig und zurückhaltend darüber gesprochen.

Aaron zog die Schultern hoch. »O ja, ich denke oft an sie. Ich bin mir einfach nicht sicher, ob ich mich ihren Wünschen unterordnen soll oder nicht.« Er brach ab.

Aurora schmiegte sich unwillkürlich an seinen Arm. »Entschuldige, Aaron, jetzt liege ich dir jeden Tag mit meinen Ängsten in den Ohren, und du weißt selbst nicht, wo dir der Kopf steht.« Sie schaute ihn ernst an. »Verzeih mir, ja? Du bist mein bester Freund.«

Aaron lächelte. »Aber natürlich.«

Sie sahen beide wieder zur Küste hinüber. Aurora genoss Aarons Wärme, dann fiel ihr auf, dass sie ihn immer noch festhielt. Sie machte sich von ihm los.

»Entschuldige bitte, das wollte ich nicht.«

»Das macht doch nichts.«

Da war etwas in seinem Blick, das sie unruhig stimmte und zugleich reizte. Doch sie wollte nicht darüber nachdenken. Jetzt nicht.

## Neuntes Kapitel

Nur wenige Tage später erreichten sie ihr Ziel. Es war ein Morgen, an dem Aurora verwirrt aus dem Schlaf hochfuhr und einen kurzen Moment versuchte, ihre Umgebung mit ihrem Zimmer in Belgrano in Einklang zu bringen, allerdings kläglich scheiterte. Das Gefühl der Desorientierung ließ ihren Atem schneller gehen, das Herz hämmerte ihr in der Brust. Dann war es vorbei.

Aaron klopfte und betrat auf Zuruf ihre Kajüte.

»Wir sind da«, sagte er nur.

Sie gingen als Einzige an Land, für die anderen Reisenden ging es noch weiter nach Süden, für manche nach Feuerland und Chile. Wie Aurora schon wusste, war Comodoro Rivadavia eine kleine Stadt, die in der patagonischen Steppe, in einer Bucht des Golfo San Jorge an der argentinischen Atlantikküste gelegen war. Das Wetter war im Allgemeinen recht mild, allerdings war es immer windig. Nördlich der recht jungen Stadt, die erst 1901 als Zentrum der Schafzucht Zentralpatagoniens gegründet worden war, lag direkt am Meer der pyramidenförmige Berg Cerro Chenque. Die patagonische Steppe war in dieser Region stark zerfurcht, in den zahlreichen engen Tälern wurde vereinzelt Landwirtschaft betrieben.

Es gelang Aaron bald nach ihrer Ankunft, eine Unterkunft zu finden und zwei Pferde aufzutreiben, sodass Aurora und er rasch in Richtung des Lagers der Ingenieure aufbrechen konnten, die hier, in der äußerst wasserarmen Provinz, nun schon seit

Monaten nach Grundwasser bohrten. Auf dem Weg dorthin war es Aurora, als verließe sie endgültig der Mut. Nichts, was nun auf sie zukam, würde einfach werden. Sie kannte Joaquín.

Sie erreichten das Camp nur wenig später, bald verfolgten wachsame Augen die Fremden. Keiner grüßte. In der Mitte des einfachen Lagers angekommen, wechselten Aaron und Aurora einen kurzen Blick und entschieden dann abzusteigen. Die Pferde hinter sich her führend steuerten sie auf den nächsten Mann zu, einen schmalen Blondschopf, dessen Miene vollkommen unbewegt blieb, obwohl Aurora ihr freundlichstes Lächeln aufsetzte.

»Sie wünschen?«, rang er sich anstelle einer Begrüßung ab und musterte sie misstrauisch.

Was ist hier nur los?, schoss es Aurora durch den Kopf, warum verhalten sich alle so seltsam? Nun, sicher war es gefährlich, hier draußen in der Wildnis zu arbeiten. Gewiss musste man hier mit Banditen rechnen, womöglich auch mit feindseligen Indios. Vielleicht war man deshalb Fremden gegenüber zuerst einmal zurückhaltend.

Aurora unterdrückte einen Seufzer. »Ich bin auf der Suche nach Joaquín Hofer. Mein Name ist ...«

Der Mann machte eine knappe Handbewegung, als ginge ihn alles Weitere nichts an. »Joaquín Hofer?«, sagte er knurrig, »der ist da hinten.«

Aurora folgte der Armbewegung und atmete tief durch. Ihr Bruder war an seiner Haltung gleich zu erkennen. Er stand an der Seite eines weiteren Mannes über einen großen Tisch gebeugt. Sie waren die Einzigen, die offenbar nicht in ihrer Arbeit innegehalten hatten, um die Neuankömmlinge zu begutachten.

Aurora schluckte noch einmal. Jetzt war es so weit, sie konnte nicht mehr davonlaufen. Mit einem Mal spürte sie eine ermunternde Berührung an der Schulter. Als sie sich umdrehte, lächelte Aaron sie an.

»Geh nur«, sagte er, »er wird dir den Kopf schon nicht abreißen.«

»Mir vielleicht nicht«, erwiderte sie mit einem schiefen Lächeln. Dann setzte sie sich in Bewegung.

Joaquín war inzwischen in ein Gespräch mit drei weiteren Arbeitern vertieft. Zwei entfernten sich kurz darauf wieder, der dritte blieb stehen, hakte die Daumen in seinen Hosenbund und schaute den Bruder, wie Aurora fand, herausfordernd an.

Joaquín ist kräftiger geworden, fuhr es Aurora durch den Kopf, die Schultern sind muskulöser, irgendwie sieht er männlicher aus. Nein, er war nicht mehr der schmale Student, der über seinen Büchern kauerte oder verbissen an Maschinen herumschraubte. Er war kein Junge mehr.

Wie die anderen Arbeiter trug Joaquín ein einfaches graues Hemd zu einer gleichfarbigen Arbeitshose, dunkle grobe Schuhe und einen ebenfalls dunklen Hut. Sein Haar war länger geworden, es fiel ihm ab und an ins Gesicht. Mit einer energischen Bewegung strich er es immer wieder zurück.

Aurora kannte diese Bewegungen. Sie waren ihr so vertraut, dass ihr Herz bei dem Anblick schneller schlug. Ich habe ihn vermisst, dachte sie.

Auf den letzten Metern beschleunigten sich ihre Schritte wie von selbst. Jetzt freute sie sich, den Bruder wiederzusehen. Der hatte sie noch immer nicht bemerkt.

»Das ist alles, Scarpetti«, sagte er jetzt zu dem Mann, der immer noch vor ihm stand und ihn provokativ anschaute. Aurora verwirrte die Feindseligkeit, die wie eine Wolke über den Männer zu hängen schien.

»Joaquín«, rief sie im nächsten Moment aus.

Joaquín drehte sich zu ihr um. Sein Gesichtsausdruck wechselte von fragend zu ungläubig. »Aurora!«, rief er.

Er starrte sie fassungslos an, regte sich nicht, als wäre es unmöglich zu glauben, was er da sah.

»Joaquín, ich bin so froh, dass ich endlich da bin.«

Joaquín sagte immer noch nichts, dann gab er sich einen Ruck. »Wie bist du hierhergekommen? Was …?«

In diesem Moment fiel Joaquíns Blick auf Auroras Begleitung, inzwischen hatte auch Aaron das Geschwisterpaar erreicht. Joaquíns Gesichtsausdruck verdüsterte sich von einer Sekunde auf die andere.

»Was macht der denn hier?«

Joaquín umschlang seine Knie, den Blick unverwandt auf die tanzenden Flammen des Feuers gerichtet. Je später der Abend, desto leidenschaftlicher wurden die Geschichten der Männer. Er kannte das schon. Es ging um Mord und Totschlag, knappes Entkommen, Gewinn und Verlust, um Verheißungen, schöne Frauen, Verrat und Betrug. Hier draußen musste man fünf gerade sein lassen. Man musste nicht immer nach der Wahrheit fragen, musste nicht penibel eine Übertreibung nach der anderen geißeln. Die Männer erzählten eben gern, in ihrer Freizeit hielten sie nichts von der Genauigkeit eines Ingenieurs.

Am Nachmittag hatten sie unermüdlich versucht, mehr über seine Schwester und ihren Begleiter zu erfahren, doch Joaquín hatte sich so bedeckt wie möglich gehalten. Längst wusste er, wie er sich zu geben hatte, ohne ihren Unmut zu erregen. Anfangs war ihm das nicht immer leichtgefallen, es hatte die eine oder andere Spannung geben. Anfangs war er der hochnäsige Bursche aus der Stadt gewesen, dem man nichts zutraute.

Doch das war vorbei. Er war nicht mehr der junge Spund, als der er in die Wildnis gezogen war. Er war ein Mann, und die Männer behandelten ihn mittlerweile auch wie einen. Sogar einen Feind hatte er, Silvio Scarpetti, der darauf beharrte, dass der feine *porteño*, wie man die Hafenstädter nannte, ihm das Mädchen ausgespannt hatte. Dabei hatte er nur ein- oder zweimal mit der Kleinen getanzt, die im Übrigen ganz freimütig erzählt hatte, dass ihr nicht an Scarpetti gelegen sei.

Joaquín seufzte. So lange weilte er jetzt schon in dieser Einöde. Seine Gedanken wanderten weiter. Plötzlich musste er an die Zeiten denken, in denen Aurora und er alles geteilt hatten. Damals hatte er an erster Stelle gestanden und heute? Heute ließ sie sich von diesem Aaron begleiten.

Er zwang sich, wieder an seine eigene Ankunft in Chubut zu denken. Rau und windig, hatte er gedacht, als er die Küste erstmals in Augenschein genommen hatte. Der Boden im Landesinneren war steinig, das wenige gute Land wegen des Wassermangels für Viehzucht ungeeignet. Deshalb waren sie ja auch hier – um das so kostbare Wasser zu finden, ohne das all das schöne Land auf Dauer wertlos war. Man hatte sie ausgeschickt, um nach Trinkwasser zu bohren, Trinkwasser, das hier so kostbar sein mochte, wie an anderen Orten Gold und Silber und Diamanten.

Nein, er suchte nicht nach El Dorado, der sagenhaften Stadt aus Gold, wie er sie sich als Junge über den Büchern von Jules Vernes erträumt hatte. *Fünf Wochen im Ballon, Reise zum Mittelpunkt der Erde, Zwanzigtausend Meilen unter dem Meer, Reise um die Erde in 80 Tagen* und wie die Bücher alle hießen – damals hatte er sie fast auswendig gekannt.

Aber gut, das Leben verlief oft nicht wie in einem Roman, war dabei jedoch nicht minder aufregend. Dies hier war keine

Gegend, die es einem leicht machte. Die schroffe Landschaft und der unglaublich starke Wind – mancher nannte Comodoro Rivadavia sogar die Hauptstadt des Windes – forderten Männer. Statt Bäumen gab es hier nur mannshohe Nadelhölzer und Büsche, einige mit stark nach Terpentin riechenden Blättern, andere mit sechs bis sieben Zentimeter langen Dornen und Früchten. Hier lebten die Tehuelche und die Mapuche, wobei sie kaum Kontakt zu ihnen hatten.

Neben der Arbeit gab es nicht viel, was man in dieser Einsamkeit tun konnte, weshalb Joaquín sich von Anfang an noch intensiver auf seine Aufgaben gestürzt hatte. Durch seine Verlässlichkeit hatte er schnell die Anerkennung des Campleiters José Fuchs gewonnen, der ursprünglich aus dem Elsass stammte. Auch die Arbeiter wussten den geduldigen Tonfall des jungen Ingenieurs und seinen Sinn für Gerechtigkeit zu schätzen. Jedenfalls wenn man von Silvio Scarpetti absah. Sonntags nahm Joaquín gern sein Pferd, um die Gegend zu erkunden. Immer noch schwelte der Wunsch des jüngeren Joaquín in ihm, eine bedeutende Entdeckung zu machen.

Joaquín runzelte die Stirn. Schwerer wog im Moment jedoch etwas anderes, und sosehr er sich auch sträubte, so kehrten seine Gedanken doch immer wieder zu diesem Punkt zurück: Aurora war gekommen, um ihn zu einer Aussprache zu zwingen. Aber das konnte und wollte er nicht. Irgendwo tief in ihm drin hockte der kleine Junge, den das Verhalten der Schwester und ihre Zurückweisung verletzt hatten, und wenn er ehrlich war, machte ihn dieses Gefühl nur noch wütender.

Nach ihrem ersten Besuch im Camp kehrten Aurora und Aaron zu ihrer Unterkunft in der Stadt zurück. Abends saßen sie beide zusammen im Gastraum und teilten sich eher schweigsam einen Teller mit *empanadas*, die Aaron trotz Auroras Hinweis darauf, dass sie sicherlich keinen Bissen herunterbekomme, besorgt hatte. Aurora kämpfte gegen die Enttäuschung an. Das Wiedersehen mit Joaquín war nicht im Mindesten so verlaufen, wie sie es sich erträumt hatte. Weit gefehlt, offenbar hatte ihr Bruder nur ihr zuliebe ein wenig Beherrschung gezeigt. Aaron hatte er jedenfalls nur knapp zugenickt, den mindesten Ansprüchen der Höflichkeit genügend. Auf ihren Wunsch hin hatte er ihnen lustlos seinen Arbeitsplatz gezeigt, die Bohrstellen, das Büro. Er hatte sie mit seinem Vorgesetzten, Señor Fuchs, bekannt gemacht und sehr knapp etwas über die vergangenen Monate erzählt. Dabei war er jedoch nie ganz bei der Sache gewesen. Sehr deutlich hatte ihn etwas anderes beschäftigt, und wenn Aurora die Blicke richtig deutete, die Joaquín Aaron – vermeintlich im Geheimen – zuwarf, wusste sie auch, was es war. Schließlich hatte sie sich nicht anders zu helfen gewusst, hatte Grüße von den Eltern überbracht und sich bis zum nächsten Tag verabschiedet. Joaquín hatte lediglich genickt, die Schwester auf die Wange geküsst und sich abgewandt, bevor auch Aaron sich von ihm hatte verabschieden können.

Aber versteht er denn nicht, dass Aaron nicht Raúl ist?, fuhr es ihr durch den Kopf. Aaron will keinem etwas Böses. Man kann ihm vertrauen.

Aurora konnte Aaron jedenfalls nur für seine gleichbleibende Freundlichkeit bewundern, während sie eigentlich schon wieder aufgeben wollte. Joaquín war sichtlich nicht bereit, sich auf ein Gespräch einzulassen, und sie wusste doch am besten, wie eigensinnig er sein konnte. Sie waren schließlich Geschwister.

Während sie noch hin und her überlegte, bot Aaron ihr die

letzte *empanada* an. Tatsächlich war der Appetit mit dem Essen gekommen – wie immer eigentlich. Es gab kaum eine Gelegenheit, zu der sie nicht essen konnte.

»Ich verstehe nicht, warum er so entsetzlich zu dir ist«, sagte sie, nachdem sie den letzten Bissen zu sich genommen und sich die Hände gesäubert hatte.

Aaron zuckte die Achseln.

»Er mag seine Schwester eben …« Er hielt kurz inne. »Kann man es ihm verdenken? Auch ich würde dich ungern teilen wollen.«

Für einen kurzen Moment breitete sich unsicheres Schweigen zwischen ihnen aus, die Unsicherheit, die von der Übertretung einer unsichtbaren Grenze herrührte. Aurora dachte daran, wie sie sich auf dem Schiff an Aarons Arm geschmiegt und wie gut sich das angefühlt hatte.

»Aber er ist mein Bruder«, sagte sie dann, »er muss wissen, dass er mich eines Tages wird teilen müssen.«

»Das heißt ja nicht, dass ihm das leichtfällt«, gab Aaron zur Antwort. »Außerdem«, fuhr er fort, »glaube ich, dass er dich vor weiteren schlechten Erfahrungen bewahren will. Ich kann ihm das nicht verdenken.«

Die Unsicherheit zwischen ihnen war von einem Moment auf den anderen wieder verflogen.

Aurora dachte auf einmal an Raúl. O ja, in Raúl hatte sie sich zum Teil getäuscht, wenn auch nicht vollkommen. Er hatte sie geliebt, aber da war noch etwas anderes gewesen, ein starker Hass, der diese Liebe letztlich zerstört hatte. Sie kämpfte die Tränen hinunter, die mit einem Mal ihre Augen verschleierten.

»Aber«, sagte sie dann leise, »aus meinen Fehlern muss ich selbst lernen.«

Aaron nickte. Eine Weile schwiegen sie, dann sagte er unvermittelt: »Ist dir eigentlich die seltsame Stimmung in der Stadt aufgefallen?«

Aurora schüttelte den Kopf.

»Nein?« Aaron zögerte einen Moment, als suchte er nach den richtigen Worten. »Ich konnte mich in der Garküche etwas umhören, und es heißt, dass nicht alle mit den Arbeiten oben im Camp einverstanden sind.«

Aurora schüttelte den Kopf. »Das kann nicht sein! Wieso auch? Die Männer suchen nach Trinkwasser. Wer sollte etwas dagegen haben?«

Aaron zuckte die Achseln. »Ich weiß ja auch nicht, aber ich hab's draußen gehört. Es gibt offenbar ein paar Unruhestifter, und es gab auch schon kleinere Auseinandersetzungen … Erinnerst du dich an die seltsame Stimmung im Lager, als wir gerade ankamen? Vielleicht fürchten sie, man könnte ihnen das Land wegnehmen, falls hier irgendetwas Wertvolles entdeckt werden sollte.«

»Etwas Wertvolles? Hier?« Aurora lachte. »Nun, Trinkwasser ist in dieser Gegend doch gewiss sehr wertvoll, oder?«

Aaron zuckte die Achseln, dann fügte er hinzu: »Wenn ich zum Camp gehören würde, würde ich jedenfalls versuchen, die Sache im Blick zu behalten. Vielleicht braut sich da etwas zusammen.«

Aurora sah Aaron ungläubig an. »So schlimm? Das kann ich mir nicht vorstellen.«

»Vielleicht habe ich einfach nur ein besonders feines Ohr für Misstöne«, erwiderte Aaron.

Aurora nickte. Natürlich wusste sie von Aarons Kindheit, wusste von Übergriffen, denen sein Vater und er sich ausgesetzt gesehen hatten. Ganz sicher reagierte Aaron besonders feinfühlig auf Missstimmungen. Vielleicht war er aber auch zu argwöhnisch.

Bis auf einige kleinere Zwischenfälle – Diebstähle, Prügeleien und kleinere Auseinandersetzungen – blieb es in den nächsten Wochen erstaunlich still. Aurora, der Aarons Ahnungen anfangs doch Sorgen bereitet hatten, entspannte sich zunehmend. Auch Aaron freundete sich schließlich mit dem Gedanken an, die Lage falsch bewertet zu haben. Das Wetter war angenehm warm, obwohl es schon Herbst war. Die Männer gingen von früh bis spät ihrer Arbeit nach. Joaquín hatte nur wenig Zeit für sie. Manchmal hatte Aurora jedoch den Eindruck, dass er ihr vorsätzlich aus dem Weg ging. Die Spannungen zwischen Aaron und Joaquín bestanden unverändert fort. Nach einer ersten Einladung traf Aurora sich häufiger mit Señora Fuchs, der Ehefrau des Campvorstehers. Manchmal ritten die beiden Frauen gemeinsam aus oder besuchten Comodoro Rivadavia, auf der Suche nach etwas Abwechslung. Hin und wieder saßen sie auch in einer geschützten Bucht am Meer, und Señora Fuchs berichtete aus ihrem Leben. Aurora schrieb häufig an ihre Eltern, doch über das, was sie wirklich beschäftigte, ließ sie nichts verlauten. Sie fand einfach nicht die richtigen Worte.

# Zehntes Kapitel

Seufzend vertiefte sich Joaquín erneut in die Pläne. Die andauernde Erfolglosigkeit ihrer Arbeit war längst nicht mehr das einzige Problem. Seit einigen Tagen nahmen die Streitereien deutlich zu. Besonders Silvio Scarpetti tat sich hier immer wieder hervor. Joaquín wusste, dass es besser war, den Mann nicht aus den Augen zu lassen, aber er musste auch seine Arbeit tun. Sie hatten sich vom ersten Tag an nicht verstanden. Joaquín hatte den ehemaligen Vormann wegen einer Unachtsamkeit zurechtgewiesen, worauf der von José Fuchs seines Postens entbunden worden war, doch seit er Scarpetti vermeintlich das Mädchen ausgespannt hatte, war die Situation dabei, auf geradezu absurde Weise zu eskalieren. Immer wieder widersetzte Scarpetti sich dem jungen Ingenieur, verzögerte Arbeiten, erfüllte jede Anweisung Joaquíns nur mit Murren. Weil er ein guter Arbeiter war, wollte Fuchs ihn jedoch ungern gehen lassen.

»Ich habe Scarpetti seines Postens entbunden«, hatte er letztens noch zu Joaquín gesagt, »dabei muss ich es belassen. Ich kann mir nicht leisten, einen Mann wie ihn zu verlieren. Versuchen Sie die Sache zu klären, Hofer, am besten nach der Arbeit, wann auch immer, aber sorgen Sie dafür, dass es hier vorangeht.«

Doch nicht nur Scarpetti war ein Problem. Ein weiterer Mann, einer der Einheimischen aus der Umgebung, versuchte, die Männer gegen Señor Fuchs aufzuhetzen. Die alten Gerüchte kochten wieder hoch, denen zufolge der Gringo ein Betrüger sei und der wahre Grund für das Camp darin liege, den braven Männern von Chubut das Land abzunehmen, um es gewinnbringend an die reichen Bastarde aus Buenos Aires zu kaufen.

»Verdammt, es muss hier irgendwo Wasser geben«, stieß Fuchs nun zwischen zusammengebissenen Zähnen hervor. »Es gibt doch überall Wasser.« Er ließ seine Faust ungehalten auf die Tischplatte donnern.

Joaquín zuckte zusammen. So unbeherrscht hatte er den besonnenen Ingenieur noch nie erlebt, verwunderlich war es aber nicht – die Situation zerrte allen an den Nerven. Joaquín wischte sich den Schweiß von der Stirn. Am Tag zuvor hatte Aurora ihm das Gerücht zugetragen, man wolle Señor Fuchs und die Fremden baldmöglichst auf immer davonjagen. Als er Fuchs davon berichtet hatte, war der nicht überrascht gewesen. Auch sein Vorgesetzter hielt die Ohren offen, er hatte sogar einen Spion beauftragt. In jedem Fall hatte er Joaquín zur Vorsicht angehalten. Unter Umständen war ein Angriff zu erwarten. Die meisten gingen nicht mehr ohne Waffe.

Joaquín achtete darauf, stets an Señor Fuchs' Seite zu bleiben. Er, der in Buenos Aires nur schwer aus dem Bett gekommen war, stand nun jeden Morgen zeitig auf, wusch sich, rasierte sich und kleidete sich rasch an. Nachlässigkeiten erlaubte er sich nicht, denn ein Mindestmaß an Ordnung bedeutete, dass noch nicht alles zusammengebrochen war, es hieß, dass sie nicht gänzlich verloren hatten.

Im allgemeinen Trubel sah er seine Schwester und ihren Begleiter, wie er ihn insgeheim nannte, noch seltener, aber das machte ihm nichts aus. Fand er einmal Zeit, sie gemeinsam zu beobachten, erschienen sie ihm glücklich. Er sehnte weiterhin den Tag herbei, an dem Aurora entdeckte, dass Aaron nichts für sie war – so, wie auch Raúl nichts für sie gewesen war.

Joaquín runzelte die Stirn und versuchte, sich wieder auf die Arbeit zu konzentrieren. Letztlich war Erfolg die einzige Lösung des Problems. Sie mussten etwas finden, sonst jagte man sie tatsächlich noch davon.

»Wir werden Wasser finden!«, sprach er seine Gedanken laut aus.

José Fuchs sah auf. Das Haar, das er sich eben noch gerauft hatte, stand in allen Richtungen von seinem Kopf ab. Nun strich er es glatt, ein müdes Lächeln auf dem Gesicht. An den Blicken, die sie kurz miteinander tauschten, erkannten die Männer, dass sie sich des Ernstes der Lage bewusst waren.

»Entschuldigen Sie meine Unbeherrschtheit, Señor Hofer«, sagte Fuchs, »aber langsam zerrt die Sache auch an meinen Nerven.«

Joaquín nickte. Fuchs sah an diesem Morgen noch müder aus als an den letzten Tagen. Unter seinen Augen lagen tiefe Schatten. Seine Haut wirkte trotz der Bräune blass.

Eigentlich müsste er sich einmal wieder richtig ausruhen, fuhr es Joaquín durch den Kopf.

»Es sind schwere Tage«, sagte er, »wer kann's Ihnen verdenken. Bei mir müssen Sie sich gewiss nicht entschuldigen.«

»O ja, da haben Sie Recht. Es sind schwere Tage.«

José Fuchs nickte zustimmend. Dann schaute er Joaquín einen Moment lang forschend an.

»Sie sind mein jüngster Ingenieur, Hofer, wussten Sie das? Und einer der besten, obwohl Ihre Studien noch nicht mal ganz abgeschlossen sind.«

»Danke.«

Joaquín merkte, wie er die Schultern unwillkürlich straffte. Es freute ihn, wenn er Fuchs eine gute Hilfe war. José Fuchs starrte erneut nachdenklich auf seine Pläne. Ohne den Kopf zu heben, sagte er einen Augenblick später: »Wie geht es Ihrer Schwester und ihrem Mann? Sie sind doch noch zu Besuch, oder? Ich habe jedenfalls nichts von einer Abreise mitbekommen.«

»Er ist nicht ihr …«, setzte Joaquín an und schluckte die Worte dann doch hinunter. Was nützte es, Aurora in Verruf zu bringen? Was sollte man von ihr denken, wenn sie allein mit einem Mann unterwegs war, der, soweit er wusste, noch nicht einmal ihr Verlobter war. »Meiner Schwester und ihrem Verlobten geht es gut«, sagte er also. »Ihre Frau hatte bereits mehrfach die Freundlichkeit, sie zu sich einzuladen.«

»In unser feines Zelt?« Fuchs lächelte. »Die Freude beruhte sicher auf Gegenseitigkeit. Mein armes Weib muss hier schließlich schon seit Langem auf jegliche Zivilisation verzichten, da tut ihr die Gegenwart einer Geschlechtsgenossin nur gut. Mir scheint, sie ist viel entspannter, seit sie weibliche Gesellschaft hat.«

Unvermittelt drehte er sich um und holte eine Flasche *caña* aus dem Schrank hinter seinem Behelfsschreibtisch, füllte dann zwei Becher, von denen er einen Joaquín reichte.

»Ich trinke nicht oft, aber ich weiß, wann es Zeit für einen guten Schluck ist.«

Joaquín zögerte.

»Trinken Sie schon«, forderte Fuchs ihn auf, »das wird Ihnen guttun.«

Joaquín nahm den Becher wortlos entgegen. Ach, verdammt, Fuchs hatte Recht. In diesen Zeiten musste man sich etwas gönnen.

»Meine Frau und ich«, sagte Fuchs jetzt, »kamen damals hierher, ohne die leiseste Ahnung von den Lebensverhältnissen und dem Klima des Südens zu haben.«

Joaquín trank. José Fuchs, erinnerte er sich, hatte sich für zwei Jahre verpflichtet, in Patagonien Wasserbohrungen vorzunehmen. Jetzt lächelte der Ältere wieder.

»Habe ich Ihnen schon erzählt, dass wir anfangs mehrere Monate in einer Hütte aus Holz und Blech wohnten? Das Zelt kam danach.«

Joaquín nickte. Aller Anfang war schwer gewesen. Die Leute, die den ersten Bohrturm aufstellen sollten, hatten absolut keine Erfahrung mit dieser Arbeit gehabt. Als der Turm schließlich stand, hatte er dem starken Wind nicht standgehalten. Einen neuen Turm zu bauen hatte wiederum Monate gedauert, denn neues Baumaterial hatte erst von weit her beschafft werden müssen. Hier unten musste man auf alle Dinge warten. Wer keine Geduld hatte, der war verloren. Fuchs' erster Assistent war schließlich dem Trübsinn verfallen und hatte zurückgeschickt werden müssen ... Nein, nicht jeder hielt die Einsamkeit hier unten aus, manchem raubte sie einfach den Verstand ...

Wie dieser ständige Wind. Ja, der Wind war das Eindringlichste hier unten. An den Wind musste man sich als Erstes gewöhnen, oder man wurde schier verrückt. Er stürmte. Er wirbelte Staub auf, über Stunden, manchmal über Tage ... Und danach war der verdammte Staub überall, machte die Werkzeuge kaputt und setzte sich wirklich überall fest.

Joaquín drehte sein leeres Glas in den Händen.

Hier ist es ganz anders als zu Hause, dachte er plötzlich. Das Klima ist rauer. Er sehnte sich nach seiner Familie, nach den Sonntagsessen, die seine Großmutter Anna immer veranstaltete, zu denen jeder kam, der eben Zeit hatte.

»Lassen Sie uns weitermachen«, sagte er endlich leise zu Fuchs. »Lassen Sie uns weitermachen. Wir brauchen den Erfolg.«

Fuchs zögerte einen Moment und seufzte dann. »Sie haben Recht, Hofer. Und soll ich ehrlich sein? Ich frage mich seit Tagen, was ich tun soll. Weiterbohren? Aufgeben? Was?« Er lächelte schief.

Joaquín straffte die Schultern. »Wir bohren weiter.«

José Fuchs schaute ihn nachdenklich an. Dann nickte er.

Vom ersten Tag an hatte Aaron Fotografien von der Umgebung Comodoro Rivadavias und seinen Einwohnern gemacht. Es waren andere Bilder, andere als die, die er in Rosario oder Buenos Aires gemacht hatte, Bilder einer kargen, schroffen Landschaft, Bilder von eigenbrötlerischen, eigensinnigen Menschen. Die Neugier um den Zauberapparat hatte sich auch nach einem Monat in der Stadt noch nicht gelegt. Meist folgte dem jungen Mann eine Traube Kinder, sodass man eigentlich immer wusste, wo er sich gerade aufhielt. Nachdem es ihm sogar gelungen war, einige Bilder zu entwickeln, kannte die Begeisterung keine Grenzen. Staunend hatten Männer, Frauen und Kinder verfolgt, wie er ihre Welt auf kleine Platten bannte. Einige hatten sich erschreckt gezeigt, andere hatten sich verweigert, gefürchtet, das Zauberding könnte ihre Seele stehlen, wieder andere waren neugierig geworden. Bald hatte man erste Wünsche ausgesprochen, zu dem ein oder anderen Fest würde man sich wohl das Abbild seiner Lieben schenken. Jedem, der es wünschte, erklärte Aaron die Funktionalität seines Apparats. Nach anfänglicher Zurückhaltung gab es Frauen, die sich in Positur setzten, kaum dass sie Señor Certa herankommen sahen. Inzwischen hatte man sich daran gewöhnt, dass er überall seine Aufnahmen machte, und achtete nicht mehr genau auf das, was man sich erzählte. An diesem Tag hatte er Aufnahmen im Camp gemacht.

»Denkst du, die Fremden schert es, was gut für uns ist?«, fragte jetzt einer der Männer von der *pulpería*.

Es war Silvio Scarpetti, der sich über irgendetwas beschwerte. Zuweilen fielen seine Sticheleien auf offene Ohren. Scarpetti bedachte Auroras Bruder Joaquín mit besonderem Hass, das hatte Aurora ihm erzählt.

Aaron unterdrückte einen Seufzer, während er vorgab, an seiner Kamera herumschrauben zu müssen, gleichzeitig spitzte er angestrengt die Ohren. Es war hilfreich, stets aufmerksam zu sein. Wer das Feuer roch, bevor es zu lodern begann, rettete sich eher als der, der überrascht wurde.

»Und die Frauen«, platzte jetzt ein schmaler, ungepflegter Mann heraus, »meine Verlobte …«

»Ha, wer war denn mit dir verlobt?«, fuhr die Wirtin der *pulpería*, vor der sich die Männer an diesem Abend zum Saufen und Spielen versammelt hatten, gackernd dazwischen.

Der Mann blitzte sie wütend an. »Die Frau, die ich heiraten möchte.«

»Weiß die Gute von ihrem Glück, oder kann sie noch fliehen?«

Der Mann ballte die Hände zu Fäusten und sah aus, als ob er der Wirtin an die Kehle gehen wollte. Einer der anderen Männer hielt ihn zurück.

»He, he«, war dann wieder die Stimme Scarpettis zu hören, »Männer, es ist wichtig, dass wir uns einig sind, versteht ihr? Sind wir uns nicht einig, bleibt der Tag des Siegs für immer fern. Also haltet euer verdammtes Maul und kommt mit. Es gibt Dinge zu besprechen, die nicht für Weiberohren bestimmt sind.«

Aurora saß an einen kleinen Felsen gelehnt am Meer und ließ ihren Blick über das Wasser schweifen. Um Aaron, der die Landschaft und den Himmel fotografierte, hatte sich wieder einmal eine Schar neugieriger Kinder versammelt. Aurora zog die Beine an, umfing die Knie mit den Armen und grub die nackten Zehen zwischen die winzigen Kiesel. In der Ferne meinte sie jetzt ein größeres Schiff zu sehen. Wo es wohl hinfuhr? Die meisten Fischerboote schaukelten bereits wieder an ihren Liegeplätzen oder waren hoch aufs Land gezogen worden. Ein paar Männer flickten ihre Netze. Aurora nahm sich vor, einem der Fischer am nächsten Morgen einen Fisch abzukaufen und daraus ein schmackhaftes Mittagsmahl zu bereiten. Gleich hier am Meer konnten sie vielleicht ein Feuer machen. Sie brauchte nur noch etwas Salz und Butter, vielleicht konnte ihr eine der Frauen sagen, ob es in der Gegend Kräuter gab. Aurora war so in Gedanken versunken, dass es eine Zeit dauerte, bis sie auf die Rufe aufmerksam wurde.

»Hörst du das?«, fragte Aaron angespannt.

Das Gespräch, das er kürzlich belauscht hatte, war ihm noch im Kopf. Die Aufrührer waren vorsichtiger geworden. In der Öffentlichkeit gab es nicht einmal mehr Andeutungen von Unmut.

»Ja, da ruft jemand.«

Aurora sah in Richtung Camp. Gleich darauf kam ein junger Bursche zum Strand gerannt, das schwarze Haar wirr, die dunklen Augen funkelnd, außer Atem vom schnellen Lauf. Aaron und Aurora starrten ihn an. Die Fischer und ihre Frauen hielten in der Arbeit inne, die Kinder in ihrem Spiel.

»Die Fremden haben etwas gefunden!«, rief der Junge. »Sie haben etwas gefunden!«

Aaron und Aurora wechselten einen Blick.

Wasser?, formte Aaron mit den Lippen.

Aurora hob fragend die Schultern.

Von einem Moment auf den anderen gerieten die Kinder wieder in Bewegung, sie stürmten davon, weg vom Strand. Eilig baute Aaron seinen Apparat ab, Aurora schlüpfte in ihre Schuhe.

Endlich, fuhr es ihr durch den Kopf, sie haben endlich Wasser gefunden!

Wenig später folgten sie den anderen Neugierigen. Die Luft schien zu vibrieren. Von überall waren aufgeregte Rufe zu hören. Ein paar Reiter mischten sich unter die Menge, sogar ein oder zwei Karren waren zu sehen. Alles war in heller Aufregung. Alles war in Bewegung. Und dann verbreitete sich die Nachricht plötzlich wie der Wind: Öl! Die Fremden waren auf Öl gestoßen.

*Öl! Wir haben Öl gefunden!*

Joaquín und José Fuchs starrten einander an. Müdigkeit und Hoffnungslosigkeit waren mit einem Mal wie weggefegt.

»Öl«, sagte Señor Fuchs endlich mit fast tonloser Stimme. »Ich werde sofort nach Buenos Aires kabeln lassen.«

Joaquín musste sich auf dem Tisch abstützen, um seines Schwindelgefühls Herr zu werden. Die Bemühungen der geologischen Abteilung der argentinischen Minendirektion, die Besiedlung Patagoniens durch bessere Versorgung mit Trinkwasser zu fördern, hatten einen unerwarteten Erfolg gezeitigt: Bei Comodoro Rivadavia in der Provinz Chubut im Süden Argentiniens war man auf Öl gestoßen.

# Elftes Kapitel

Mit der Entdeckung des Öls wurde das Murren von einem Tag auf den anderen leiser. Es gelang José Fuchs nun wieder mühelos, die Einwohner Comodoro Rivadavias in die weiteren Abläufe einzubinden. Die Unruhestifter verloren die Oberhand. Wie in den Anfangstagen kamen täglich Neugierige herbei, um sich den Fortgang der Arbeiten anzuschauen. Man sprach wieder miteinander, sogar so viel, dass es manchmal schien, als hinge ein stetiges Stimmengewirr in der Luft. Señor Fuchs stellte zusätzliche Männer für Hilfsarbeiten ein. Die Lage entspannte sich deutlich.

Am Sonntag nach dem Ölfund entschied Joaquín sich zum ersten Mal seit Längerem wieder für einen Ausritt.

»Wenn sich hier einer eine Auszeit verdient hat, Hofer, dann sind Sie das«, bestärkte ihn José Fuchs in seinem Vorhaben. »Reiten Sie los, und entspannen Sie sich, damit ich weiter auf Sie zählen kann.«

Joaquín hatte, ohne zu zögern, ein Bündel mit Essen und Trinken und einer Petroleumlampe geschultert und sich auf den Weg gemacht. Er brauchte tatsächlich Zeit zum Nachdenken. Er hatte den Ausgang des Lagers fast erreicht, als ihn Auroras Stimme aufhielt.

»Joaquín!«

Joaquín hielt das Pferd an, wendete es und schaute seiner Schwester entgegen. Sie war außer Atem, als sie bei ihm anlangte. Er hatte nicht mit ihr gerechnet, dementsprechend fühlte er sich überrumpelt, und das stimmte ihn wieder einmal ärgerlich.

»Du hast es eilig«, sagte Aurora mit einem Lächeln.

Sein Unmut fiel ihr offenbar nicht auf. Joaquín runzelte die Stirn. Was wollte sie von ihm? Misstrauen stieg in ihm auf. Sie hatte tatsächlich schon lange nicht mehr versucht, ihn allein zu sprechen.

»Und?«, gab er unangemessen schroff zurück. »Ich wollte meinen freien Tag nutzen und etwas ausreiten. Ich wusste ja nicht, dass ich da auf dich warten muss.«

Auch Auroras Gesichtsausdruck verhärtete sich kurz, dann entschied sie sich wohl, nicht auf seine schlechte Laune einzugehen. Sie setzte jenes Lächeln auf, das sie stets zeigte, wenn sie etwas von ihm wollte. Ihre nächsten Worte zeigten ihm nur zu deutlich, dass er Recht hatte.

»Dann könntest du doch Aaron mitnehmen«, meinte sie, betont gleichmütig. »Er möchte noch ein paar Bilder von der Gegend machen, und ich finde, ihr solltet endlich …«

»Wir sollten was, Aurora?«, unterbrach Joaquín sie. »Was sollten wir *endlich*? Hatte ich dir nicht sehr deutlich gemacht, dass wir beide nichts zu besprechen haben?«

Sie zögerte einen Augenblick.

»Er ist anders, Joaquín«, sagte sie dann leise.

»Du meinst, kein Verbrecher wie dein Raúl?«

»Raúl war kein Verbrecher. Er …«

»… hat uns übel mitgespielt … Er hat dir übel mitgespielt.«

»Nein, das hat er nicht. Er hat mich nie wirklich bedroht … Sein Vater hat ihn genötigt …«

Joaquín sprang vom Pferd und nahm seine Schwester beim Arm. Er zog sie so zu sich heran, dass sie einander direkt gegenüberstanden.

»Er hat dich verletzt, Aurora, dieser Hundskerl hat dich für seine Zwecke missbraucht und verletzt.« Er zögerte. »Und er hat deinen Traum zerstört.«

»Er hat ... er hat das nicht ... gewollt«, begehrte Aurora unsicher auf.

»Das mag sein, aber er hat es getan ... und jetzt kommt der Nächste, den wir nicht kennen und von dem wir nichts wissen und ...«

»Ich kenne Aaron. Ich kenne ihn sehr gut. Er ist mein bester Freund.«

Joaquín schüttelte den Kopf. »Er wird sich auf Dauer damit nicht zufriedengeben, Aurora. Ich möchte doch nur, dass man dir so etwas nicht noch einmal antut.«

Unvermittelt straffte Aurora die Schultern. »Ich kann auf mich selbst aufpassen, Joaquín.«

»Nein, das kannst du nicht.«

»Ich konnte es damals nicht, aber ich habe mich verändert. Wie kann ich dir das nur beweisen, wenn du mich nicht lässt, Joaquín? Du und Aaron ...«

Joaquín ließ den Arm seiner Schwester los. »Ich will darüber nicht sprechen«, sagte er und schwang sich wieder in den Sattel.

Als er sich nach einem guten Stück noch einmal umwandte, stand Aurora noch immer da und schaute ihm nach.

Eine Zeit lang ließ Joaquín sein Pferd dem Weg folgen, der vom Lager aus ein wenig bergan und parallel zu einer der vielen Schluchten in dieser Gegend verlief. Er war froh, endlich wieder einmal unterwegs zu sein, genoss es, sich in der freien Natur zu bewegen.

»Wer gute Arbeit leistet, muss auch ruhen können«, hatte José Fuchs zu ihm gesagt, Joaquín jedoch eindringlich aufgetragen, gut auf sich aufzupassen. »Auch wenn es den Anschein macht«, hatte er mit düsterem Gesichtsausdruck gesagt und sich leicht an seine Nase getippt, »meine Nase sagt mir, die Schwierigkeiten sind noch nicht ausgestanden.« Dann hatte er gelächelt. »Machen Sie sich trotzdem einen schönen Tag.«

Joaquín hatte sein Ziel fast erreicht. In der herbstlichen Wärme und im Kampf gegen die immer wieder aufkommenden Windböen war er sogar reitend ins Schwitzen gekommen. Nun ging es nur noch einen schmalen Pfad entlang und dann etwas tiefer in eine Schlucht hinein. Wenig später lag das stollenartige Loch, von dem ihm einer der neuen Mitarbeiter des Camps berichtet hatte, direkt vor ihm. Joaquín hatte es sofort gereizt, diese Stelle zu untersuchen, doch bislang hatte er die Zeit nicht gefunden. Er sprang vom Pferd, band das Tier an einem knorrigen Busch fest und trat neugierig auf den Eingang zu.

Handelte es sich um ein natürliches Höhlensystem? Das Sonnenlicht beschien nur den Eingangsbereich, reichte jedoch nicht viel weiter. Joaquín trat zögernd einen Schritt näher und versuchte, etwas zu erkennen, doch seine Augen gewöhnten sich nur langsam an die Dunkelheit. Er musste weitergehen, wenn er mehr erfahren wollte. Joaquín entschied, die Petroleumlampe zu entzünden, die er aus dem Lager mitgenommen hatte, und trat entschlossen in die Dunkelheit. Die Flamme der Lampe warf ein gespenstisches Licht auf die Höhlenwände. Er sah seinen eigenen Schatten und erschauderte. Was sollte die seltsame kindische Furcht, die ihn plötzlich befiel? Niemand war hier. Er war allein, wovor sollte er sich also fürchten?

Langsam ging Joaquín weiter. Nach wenigen Schritten nur stieß er auf eine Wand. Enttäuscht stellte er fest, dass die Höhle nicht sonderlich groß war. Er blickte sich um, hielt die Petroleumlampe höher. An einigen Stellen waren dunkle Flecken zu erkennen. Er fragte sich, ob sie wohl durch Menschenhand entstanden waren, doch bei näherem Hinsehen entpuppten sie sich als Flechten oder Verfärbungen, deren Ursprung er sich nicht erklären konnte. Offenbar hatte der Mann aus Comodoro Rivadavia, der ihm von der Höhle erzählt hatte, mächtig übertrieben. Hatte er nicht sogar behauptet, sie sei einst von Indios für blutige Rituale genutzt worden? Teilweise noch bis in die jüngste Zeit hinein? Er hatte von einer Feuerstelle berichtet, in der Knochen zu finden seien. Auch davon war nichts zu sehen.

Joaquín sog ärgerlich die Luft durch die Zähne. Nun, der Mann hatte sich offenbar einen schnellen Peso verdienen wollen und den Fremdling aus Buenos Aires zum Narren gehalten. Trotzdem entschied er sich, nun, da er schon einmal da war, die Beschaffenheit der Höhle genauer zu untersuchen. Irgendetwas gab es immer zu entdecken – man musste nur Geduld haben.

Entschlossen machte sich Joaquín an die Arbeit. Nachdem er einen Platz für seine Petroleumlampe gefunden hatte, tastete er die Wände ab. Sie fühlten sich kühl an, an manchen Stellen rau, an anderen glatt. Der Boden war von Staub und Geröll bedeckt, wie auch draußen vor dem kleinen Höhleneingang. Im Ganzen maß die Höhle nicht mehr als sechs auf zehn Schritt. Sie mochte dem ein oder anderen dazu gedient haben, sich unterzustellen oder auch eine Nacht darin zu verbringen, mehr jedoch nicht. Es gab tatsächlich keine Spuren, nicht einmal Rußspuren konnte Joaquín ausmachen. Er war bald so vertieft in seine Untersuchungen, dass er viel zu spät auf die Geräusche in seinem Rücken aufmerksam wurde. Als Joaquín herumwirbelte, donnerten Erde und Geröll von oberhalb der Höhle herab. Der Eingangsbereich war von Staub verhangen.

Ich werde verschüttet, schoss es ihm durch den Kopf, doch seltsamerweise konnte er sich nicht rühren.

Ein erneutes Krachen und noch mehr Staub, und das Licht der Lampe erlosch. Als Joaquín fluchend den Eingang erreichte, war es bereits zu spät. Plötzlich schien die Welt stillzustehen. Der Staub, der durch die Luft wirbelte, brannte in seinen Augen. Er hustete. Mitten am Tag war die Dunkelheit hereingebrochen.

Das Camp lag schon ein Stück hinter ihm, als Aaron auf Hufgetrappel aufmerksam wurde, das sich aus der Richtung näherte, in die er sich bewegte. Instinktiv suchte er Deckung hinter einem Busch. Irgendwie war ihm wohler, wenn er hier draußen zuerst sah, wer sich ihm näherte, und er nicht überrascht wurde. Aurora hatte ihn geschickt, ihrem Bruder zu folgen. Sie hatte ein ungutes Gefühl gehabt, als der am Morgen nach einem erneuten Streitgespräch zu einem Ausritt aufgebrochen war. Er hatte sie beruhigen wollen, aber sie hatte zu besorgt geklungen.

Wahrscheinlich hat sie nur ein schlechtes Gewissen, dachte er.

Das Hufgetrappel war jetzt deutlicher zu hören. Dann tauchte auch schon ein Reiter auf. Joaquín? Es war Joaquíns Pferd, aber auf dem Rücken des Rappen saß Silvio Scarpetti, der Unruhestifter. Der Mann ritt eilig an ihm vorüber, ohne ihn zu bemerken. Offenbar erwartete er nicht, jemanden hier draußen anzutreffen. Aber was machte er mit Joaquíns Pferd? Was hatte er mit Auroras Bruder gemacht?

Wie hatte das nur geschehen können? In den letzten Tagen hatte es kein schlechtes Wetter gegeben, das einen solchen Erdrutsch hätte verursachen können. Und er selbst hatte kaum eine Erschütterung ausgelöst. War es ein größeres Tier gewesen oder vielleicht doch ein Mensch? Joaquín war beim Betreten der Höhle nichts Verdächtiges aufgefallen.

Nachdem sich der Staub gelegt hatte, tastete Joaquín sich zu der Lampe vor, entzündete sie erneut und stellte sie in sicherer Entfernung des Eingangs auf dem Boden ab. Dann machte er sich daran, diesen wieder freizulegen. Wenig später gab er auf.

Verdammt! Sobald es ihm gelang, etwas Geröll zu lockern und nach draußen zu schieben, rutschten von oben noch mehr Steine nach.

*Ich bin gefangen.*

Joaquín hielt inne. Aber er musste weitermachen. Er musste sich selbst befreien. Die Luft in der Höhle würde womöglich schneller knapp werden, als man einen Suchtrupp nach ihm ausschicken konnte.

*Und dann werde ich ersticken.*

Joaquín schluckte und überlegte, ob es noch einen anderen Ausweg gab. Hier war kein Schacht, keine Verbindung zu einer weiteren Höhle, das wusste er schon. Längst war er zu dem Schluss gekommen, dass es sich hier lediglich um eine tiefe Auswaschung im Felsen handelte. Und die war jetzt hinter einem riesigen Haufen Erde und Geröll verborgen.

Verzweifelt machte er sich wieder an die Arbeit. Schweiß lief ihm über das Gesicht und den Rücken hinunter. Wasser, dachte er, was gäbe ich jetzt für einen Schluck Wasser! Doch er hatte seinen Proviantbeutel bei seinem Pferd vor dem Höhleneingang gelassen.

In diesem Augenblick geriet der Berg aus Erde und Steinen in Bewegung. Es ging so schnell, dass Joaquín keine Gelegenheit hatte auszuweichen. Erbarmungslos prasselte Geröll auf ihn herab und warf ihn zu Boden. Als er kurz darauf versuchte, sich zu bewegen, schrie er vor Schmerz auf.

Jetzt war er endgültig verloren.

Aaron war mehr als beunruhigt, als er weiterging. Weiter oben verlor sich der Pfad in steinigem Gelände. Aaron überlegte kurz und ging dann weiter bergan. Wieder musste er an Scarpetti denken. Ganz offensichtlich war er Joaquín gefolgt. Und dann?

Kurze Zeit später entdeckte Aaron an einem dornigen Strauch die Schweifhaare eines Pferdes. Der Pfad führte den Hügel hinauf, machte dann plötzlich eine scharfe Biegung, die von dem engen Einschnitt wegführte, dem er für eine Weile gefolgt war, und führte wieder in eine der Schluchten hinein.

Plötzlich tat sich eine Wand aus Steinen, Geröll und Erde vor Aaron auf. Und dann hörte er es, ein leises, dumpf klingendes Rufen, das von weit her zu kommen schien. »Hilfe, Hilfe, so helft mir doch! Ich bin hier drin!«

Joaquín! Das war Joaquíns Stimme.

Den ganzen Morgen über fühlte Aurora eine Unruhe in sich, wie sie sie schon lange nicht mehr gespürt hatte. Um ihrer Aufregung Herr zu werden, hatte sie sogar versucht, einige Worte mit der kaum Spanisch sprechenden Mapuche-Frau zu wechseln, die Joaquíns Wäsche wusch. Señor Fuchs und seine Frau hatten sie zum Mittagessen eingeladen, und sie hatte die Einladung dankbar angenommen. Doch in ihrem Kopf drehten sich ihre Gedanken stetig um Aaron und Joaquín, sodass sie sich kaum am Gespräch beteiligen konnte.

Waren sich die beiden schon begegnet?

Nach dem Mittagessen zog Señor Fuchs sich wieder an seinen Arbeitsplatz zurück. Nun war die Zeit für die Siesta gekommen, doch Aurora fand keine Ruhe.

»Hilfe, Hilfe! Hört mich denn keiner?«

»Joaquín?«, brüllte Aaron.

Schlagartig war es still. Es dauerte eine Weile, bevor Joaquíns Stimme wieder zu hören war.

»Aaron? Bist du das?«

Aaron sah wieder Scarpetti auf Joaquíns Pferd vorbeijagen. Scarpetti! Er zweifelte nicht mehr daran, dass an den Händen dieses Mannes Blut haftete.

»Der Eingang ist zugeschüttet«, entschied er sich dann nur zu rufen. »Die Frage ist, wie wir dich da wieder rauskriegen …«

Wieder Stille, dann Joaquíns Stimme, stockend dieses Mal. »Ich kann mich nicht bewegen.«

»Warum? Was ist geschehen?«, rief Aaron.

»Mein Bein …«, gab Joaquín dumpf zurück, »… ich glaube, es ist gebrochen. Das Zeug ist auf mich heruntergeprasselt, als ich versucht habe, mich zu befreien … Ich …«

Der Rest war nicht mehr zu hören.

»Joaquín?«

Stille. Aaron stand kurz starr, dann suchte er das Hindernis mit Blicken ab, bevor er sich für eine Stelle entschied und mit bloßen Händen zu graben begann. Nach kurzer Zeit war er schweißüberströmt. Die salzigen Tropfen, die immer wieder in seine Augen liefen, blinzelte er weg.

»Joaquín?«, rief er immer wieder. »Joaquín?«

»Ja?«, war irgendwann erneut die Stimme von Auroras Bruder zu hören.

Aaron grub keuchend weiter. »Warum hast du eben nicht geantwortet?«

»Ich weiß nicht, ich … Ich war plötzlich so müde. Die Schmerzen …«

Aaron meinte ein Stöhnen zu hören, doch sicherlich bildete er sich das ein.

»Es … ist mein Bein …«, vernahm er wieder Joaquín. »Es … tut einfach verdammt weh. Ich … ich habe solche Schmerzen …« Angst und Verwirrung mischten sich in seine Stimme. »Meine Lampe wird bald ausgehen«, sagte er im nächsten Moment seltsam ruhig. »Dann ist hier alles dunkel.«

»Ruhig Blut. Wir schaffen das.«

Aaron bemühte sich, zuversichtlich zu klingen. Er wusste beileibe nicht, ob es ihm gelingen würde, Joaquín allein zu befreien, und er wusste ebenso wenig, ob ihm die Zeit blieb, Hilfe zu holen. Also grub er mit der Kraft des Verzweifelten weiter, mechanisch, ohne nachzudenken. Er schürfte sich seine Hände auf, auf seiner Haut mischten sich Erde und Schweiß mit Blut. Er keuchte, aber er würde nicht aufhören. Er würde das schaffen. Er konnte es sich nicht erlauben aufzugeben. Um Auroras willen. Es war ein Mordanschlag gewesen. Scarpetti hatte versucht, Joaquín Hofer umzubringen. Und er würde Joaquín da rausholen, wenn nicht für sich selbst, dann doch für Aurora. Für Aurora würde er alles tun.

Die alte Weisheit seiner Eltern war plötzlich in seinem Kopf.

*Wenn du einen Menschen rettest, rettest du die ganze Welt.*

Niemals, dachte er, nie, nie, niemals gebe ich auf. Dann fuhr ihm durch den Kopf, dass er eine Weile nichts von Joaquín gehört hatte.

»Joaquín?« Er hielt die Luft an, bis er als Antwort ein schwaches »Ja?« bekam, und atmete dann erst erleichtert auf. »Schön, dich zu hören.« Aaron bemühte sich, so gut er konnte, den anderen nichts von seiner Besorgnis merken zu lassen.

»Es ist auch schön, dich zu hören«, war Joaquíns leise Stimme zu hören. »Ich hätte nicht gedacht, dass ich das einmal sage.«

Unwillkürlich verzog sich Aarons Gesicht zu einem Lächeln.

Wieder folgte Stille, dann fuhr Joaquín fort. »Wir ... Wir sollten neu anfangen, wenn ich hier rauskomme ...«

*Wenn ...*

Aaron schluckte hart. »Das sollten wir, Joaquín, halt durch.«

Dieses Mal kam keine Antwort.

Auroras Herz klopfte, als wollte es ihr gleich aus der Brust springen. Von Aaron und Joaquín war immer noch nichts zu sehen. Waren sie noch da oben? Hatten sie sich vielleicht gestritten? War Schlimmeres passiert? Das konnte und wollte sie sich nicht vorstellen. Aaron würde niemals ... Aber Joaquín vielleicht? Der Bruder konnte solch ein Heißsporn sein.

Sie lief wieder zum Camp, fragte die Arbeiter. Vielleicht hatte ja irgendeiner der Männer Aaron gesehen. Aber es war noch Siestazeit, die meisten von ihnen saßen im Schatten und dösten vor sich hin. Aurora schirmte die Augen mit der Hand vor der Sonne ab und inspizierte die Umgebung zum x-ten Mal. Plötzlich bemerkte sie ein seltsames Paar, das aus Richtung der nächstgelegenen Hügel auf sie zukam, dann rief man sie auch schon.

»Aurora!«

Das war Aarons Stimme. Der Mann an seiner Seite stützte sich schwer auf ihm ab. Sein Kopf sank ihm immer wieder auf die Brust. War das Joaquín? Aurora setzte sich in Bewegung, bevor sie den ersten klaren Gedanken gefasst hatte. Um Himmels willen, was war geschehen? Offenbar war Joaquín verletzt …

Dann hatte sie die beiden auch schon erreicht. Sie wollte den Mund aufmachen, doch ein Blick auf ihren Bruder hieß sie innehalten. Irgendetwas stimmte nicht mit Joaquíns Bein. Aurora war mit einem Mal hochkonzentriert. Sie war jetzt nicht mehr die Schwester dieses jungen Mannes, sie war diejenige, die seinen Schmerz lindern, die ihn medizinisch versorgen musste. Ohne zu zögern, deutete sie auf das nächstgelegene Zeltdach. Ein paar der Arbeiter eilten heran, räumten Pläne und Unterlagen fort, die dort auf einem provisorischen Tisch lagen, zwei weitere hoben Joaquín darauf. Aurora öffnete Joaquíns Hemd, tastete seinen Kopf ab, Oberkörper und Arme. Anscheinend hatte er keine inneren Verletzungen, nur Schürfwunden und Prellungen. Sie schnitt Joaquíns Hose auf und legte sein Bein frei, sah ihre schlimmsten Vermutungen bestätigt: ein Bruch – sie würde den Knochen richten müssen.

Entschlossen schnitt sie das Hosenbein ganz ab, um besser an die Verletzung heranzukommen. Gott sei Dank war es kein offener Bruch. Der wäre deutlich schwerer zu behandeln und würde auch mehr Gefahren bergen. Eine Infektion zum Beispiel. Joaquín schrie auf, als Aurora sein Bein vorsichtig abtastete. Anscheinend war es kein Trümmerbruch. Aurora seufzte erleichtert auf.

Sie ignorierte die Blicke und das Gemurmel derjenigen, die nun um sie herumstanden, gab knappe Anweisungen, damit man ihr die Dinge holte, die sie zur Behandlung brauchte. Natürlich war dies kein Krankenhaus, und es gab auch keines in der Nähe. Sie würde also improvisieren müssen.

»Ich brauche zwei Holzleisten und Leinentücher«, rief sie, ohne den Kopf zu heben. Jetzt war die Zeit, ihr Können zu beweisen. Zu zeigen, was sie gelernt hatte.

*Sie schaffen das!*, war plötzlich Dr. Griersons Stimme in ihrem Kopf zu hören, so klar und deutlich, dass Aurora sich beinahe nach der Ärztin umgewandt hätte.

Joaquín öffnete die Augen und starrte seine Schwester mit schmerzverzerrtem Blick an.

Es wäre besser für ihn, wenn er das Bewusstsein verlieren würde, schoss es Aurora durch den Kopf. Wenn das nicht geschah, müsste sie mit ihrem Patienten reden. Auch das konnte beruhigend wirken, wenn man es nur richtig anging.

»Wie ist das passiert?«, fragte sie also mit ruhiger Stimme.

Der Patient, erinnerte sie sich an ihre Ausbildung, sollte nichts von einer möglichen Aufregung mitbekommen. Wichtig war außerdem, ihm zu zeigen, dass jemand für ihn da war und dass es vor allem keinen Grund zur Besorgnis gab.

Aurora lächelte ihren Bruder ermutigend an. Der erwiderte ihr Lächeln, wenn es auch nur kläglich geriet.

»Ich …«, krächzte er, »ich weiß nicht. Die Höhle … Der Eingang war plötzlich verschüttet, und als ich mich retten wollte, rutschte noch mehr Erde nach. Ich geriet darunter und …« Er stöhnte vor Schmerzen, biss sich auf die Unterlippe, bis sie blutig war. »Verdammt«, hörte Aurora ihn unterdrückt fluchen.

Sie wechselte einen Blick mit Aaron. »Und?«, formten ihre Lippen.

»Später«, erwiderte er ebenso tonlos und massierte sich die schmerzenden Schultern.

Aurora hatte keinen weiteren Blick für ihn. »Gut«, sagte sie im nächsten Moment wieder laut.

Sie wies Aaron an, Joaquíns Lippen mit einem nassen Schwamm zu benetzen und ihm erst Wasser, dann, wenn möglich, etwas Alkoholisches zu trinken zu geben. Zwei Männer stützten Joaquín, während er dankbar in großen Schlucken trank, und legten ihn zurück auf die Tischplatte. Inzwischen war auch einer der Arbeiter mit den Holzleisten und den Leinentüchern zurück.

»Danke«, sagte Aurora. »Reißen Sie die Tücher bitte in Streifen.«

Joaquín stöhnte entsetzlich, als Aurora begann, sein Bein zu fixieren und einen Verband anzulegen. Kurz bevor sie ihre Arbeit beendet hatte, verlor er das Bewusstsein.

Endlich, dachte Aurora, armer Joaquín.

Sie ließ ihren Bruder von zwei Männern auf sein Lager tragen. Er erwachte wenig später, während sie an seiner Seite saß.

»Danke«, sagte er. »Danke für alles.«

Aurora nickte. »Du musst dich jetzt erholen. Dein Schienbein ist gebrochen, es ...«

»Werde ich bald wieder arbeiten können?«

»Du wirst wieder arbeiten können, aber es wird eine Weile dauern.«

»Ich bräuchte Krücken«, überlegte Joaquín.

Aurora schüttelte den Kopf. »Später. Zuerst einmal ruhst du dich aus, das sage ich dir als deine Krankenschwester.«

Joaquín runzelte die Stirn. Dann grinste er. »Das ist meine Aurora. Weiß immer, was das Beste für mich ist.«

»So, so, ist ja gut, dass du das einsiehst.«

Und dann lachten die Geschwister zum ersten Mal seit langer Zeit wieder gemeinsam.

Aurora traf Aaron draußen vor dem Lager auf einem Felsbrocken hockend, der ihnen schon einige Male als Picknickplatz gedient hatte. Zielstrebig und ohne zu überlegen war sie dorthin gegangen, als wüsste sie genau, wo er auf sie wartete. Aaron sah ihr lächelnd entgegen.

»Wie geht es ihm?«, fragte er.

»Er schläft jetzt.« Sie zögerte. »Danke«, setzte sie dann hinzu, »du hast ihm wohl das Leben gerettet.«

Aaron nickte. »Vielleicht.«

»Ich bin mir sicher«, beharrte Aurora. »Wo ... wo hast du ihn gefunden?«

»In einer Höhle, wie er schon sagte.« Aaron sah nachdenklich in die Ferne. »Der Eingang war verschüttet.«

»Wie konnte das passieren?«

Aurora blickte zum Himmel. Die Sonne stand nicht mehr sehr hoch. Bald würde sie sich dem Horizont nähern. Rotes Licht würde dann die Berge der Umgebung übergießen.

Aaron zuckte die Achseln und räusperte sich. »Ich weiß es nicht. Irgendwie ist das Geröll oberhalb des Höhleneingangs in Bewegung geraten.«

Aurora drehte sich wieder zu ihm hin. »Aber das geschieht doch nicht einfach so. Wir hatten kein Unwetter. Es hat auch nicht geregnet.«

Aarons Blick wurde noch ernster. »Ich will keine Gerüchte in die Welt setzen. Ich habe nichts beobachtet und keine Beweise. Vielleicht war es doch der Wind. Der ist hier in der Gegend ganz schön heftig ...«

Aurora schüttelte den Kopf. »Aber du glaubst das nicht.«

Aaron seufzte. »Ich habe jemanden beobachtet, auf dem Weg ... Silvio Scarpetti kam mir auf Joaquíns Rappen entgegen.«

»Scarpetti?« Aurora hatte so laut gesprochen, dass sie selbst zusammenzuckte. »Und das sagst du erst jetzt?«

»Er könnte das Pferd auch einfach nur gestohlen haben. Joaquín hatte es wohl vor dem Höhleneingang angebunden.«

Für einen Moment schauten Aaron und Aurora einander wortlos an.

»Scarpetti«, hauchte Aurora dann. Sie erinnerte sich an einen Tag, an dem Joaquín und der Hilfsarbeiter heftig aneinandergeraten waren. »Meinst du, wir werden ihn fragen können?«

Aaron schüttelte den Kopf, und er behielt Recht. Von diesem Tag an blieben das gestohlene Pferd und Scarpetti spurlos verschwunden. Allen Spekulationen zum Trotz behielt Aaron für sich, was er gesehen hatte. Nach ein paar Tagen verlor niemand mehr ein Wort über Silvio Scarpetti.

Joaquín erholte sich gut und zeigte sich schon sehr bald ungeduldig. Aurora blieb allerdings hart, sie forderte strenge Bettruhe. Nach einer Woche bettelte Joaquín sie förmlich an, endlich aufstehen zu dürfen.

»Ach, komm schon, Aurora, ich fühle mich gut. Wenn ich hier nur herumliege, verliere ich meine Kräfte.«

»Du hast ein gebrochenes Bein, mein Lieber, es bleibt dir nichts anderes übrig, als hier herumzuliegen«, erwiderte sie in leicht vergnügtem Tonfall.

Immerhin hatte die Sache auch ein Gutes: Die Stimmung zwischen Joaquín und Aaron hatte sich deutlich entspannt, sie hatten endlich ihren Frieden miteinander gemacht. Die beiden Männer waren noch nicht wirklich gute Freunde, aber es gab Grund zur Hoffnung.

Joaquín schaute seine Schwester empört an. »Wieso habe ich

den seltsamen Eindruck, dass es dir Spaß macht, mich hier so hilflos zu sehen?«

»Ach, Blödsinn.« Aurora grinste. »Wieso sollte mir ausgerechnet das denn Spaß machen?«

Joaquín brummte etwas Unwirsches. »Dann stopf mir wenigstens ein paar Kissen in den Rücken«, verlangte er als Nächstes. »Ich komme mir ja vor wie ein Säugling, wenn ich nur auf dem Rücken liege. Und so nutzlos! Du könntest mir meine Unterlagen holen ...«

Aurora freute sich. Joaquín und sie waren schon lange nicht mehr so heiter miteinander umgegangen, dafür hatte sich erst einer von ihnen das Bein brechen müssen! Sie holte Joaquíns Unterlagen aus dem Planungszelt und dann noch einen Reisebericht ihrer Eltern aus ihrem eigenen Gepäck.

Lächelnd drehte Joaquín das schmale Buch wenig später in den Händen. »*Durch die Pampa nach Patagonien* von Marlena und John Hofer ...« Er lächelte, während er bereits in dem Buch zu blättern begann. »Waren wir damals eigentlich dabei?«

Aurora schüttelte den Kopf. Sie waren noch zu jung gewesen. Doch es musste kurz nach dieser Reise gewesen sein, als Marlena ihr ungeborenes Kind verloren hatte, eine kleine Schwester. Manchmal war es ihr beim Lesen vorgekommen, als spürte man die Trauer in einigen Kapiteln des Buches.

»Nein, ich glaube, wir waren bei Großmutter Anna und eine Zeit lang auch auf La Dulce bei Großonkel Eduard ...«

»Wahrscheinlich.« Joaquín nickte, während er weiterblätterte. »Es war immer schön auf der Estancia bei Großonkel Eduard. Wenn ich wieder von hier weggehe, werde ich ihn einmal besuchen.«

»Ja, das solltest du ...« Aurora stellte einen Becher Mate-Tee, den sie ebenfalls mitgebracht hatte, auf dem Tischchen neben Joaquíns Bett ab. »Es ist schön, dass ihr euch jetzt besser versteht, Aaron und du«, sagte sie dann leise.

Joaquín nickte. »Ich entschuldige mich für alles, aber es ging mir wirklich immer nur darum, dass du glücklich bist, und nach dem, was mit Raúl geschehen war ...«

Aurora hob die Hand und legte ihrem Bruder kurz die Finger auf die Lippen. »Ich bin glücklich, Joaquín. Das kannst du mir glauben.«

»Ich weiß. Ich glaube dir jetzt. Aaron ist ... Aaron ist ein netter Kerl.«

Aurora nickte. »Und du bist mein liebster Bruder und wirst es immer bleiben.«

»Aber du hast doch nur einen«, gab er grinsend zurück. Dann fuhr er ernster fort: »Ich fürchte, ich war eifersüchtig.«

»Eifersüchtig?« Aurora war verblüfft.

»Ich musste dich eben lange Zeit mit niemandem teilen«, erklärte er zerknirscht.

»Was wirst du machen, wenn deine praktischen Studien hier abgeschlossen sind?«, fragte sie unvermittelt.

»Vielleicht gehe ich in den Chaco. Der ist uns Weißen noch größtenteils unbekannt, und es gibt Teile, so sagt man, die wurden noch nie von einem Forscher besucht.« Er lächelte sie an. »So etwas habe ich mir immer gewünscht. Vielleicht stellt sich ja noch heraus, dass die Gegend für irgendetwas nutzbar ist ... Baumwolle vielleicht. Dann brauchen sie auch dort Ingenieure. Ingenieure werden ohnehin immer gebraucht, insbesondere, wenn neue Bahnlinien gebaut werden müssen.« Er lachte. »Und du? Was hast du vor, wenn du heimkehrst?«

Aurora zögerte. »Ich denke, ich werde endlich Medizin studieren.« Sie zwinkerte ihrem Bruder zu.

Er lächelte. »Wir werden noch einiges mehr zu bereden haben, wenn ich wieder auf den Beinen bin, nicht wahr?«, sagte er.

»Das werden wir«, gab sie zurück, dann drückte sie einen Kuss auf seine Stirn, die einzige Stelle, auf der kein blauer Fleck oder eine Abschürfung zu sehen war. »Jetzt ruh dich aus. Ich komme später wieder.«

Sie war schon an der Tür, als Joaquíns Stimme sie noch einmal aufhielt.

»Grüß ihn … Grüß ihn von mir.«

Señor Fuchs verriet Aurora, dass Aaron kurz zuvor zu einem Spaziergang in Richtung Cerro Chenque aufgebrochen war, und da sie kräftig ausschritt, hatte sie ihn bald eingeholt.

»Aaron!«, rief sie.

Er blieb stehen, sah sie dann an. Aurora spürte, wie sich ein dumpfes Gefühl in ihrer Magengrube ausbreitete.

Warum bin ich so aufgeregt?, fuhr es ihr durch den Kopf. Warum ist mir so flau im Magen?

Sie musste allen Mut zusammennehmen. Sie waren sich nahegekommen, aber vieles war in den letzten Wochen nicht ausgesprochen worden. Zuerst hatte sie sich vielleicht davor gefürchtet, dann hatten sich die Ereignisse überschlagen.

Sie trat von einem Fuß auf den anderen, unsicher, was sie nun sagen sollte. Die Schwierigkeit war gewiss nicht, dass sie nicht darüber nachgedacht hatte. In den Stunden, in denen sie an Joaquíns Bett ausgeharrt hatte, hatte sie alle Zeit der Welt gehabt nachzudenken.

Sie hatte an Raúl gedacht und daran, wie viel Schmerz sie einander zugefügt hatten. Sie hatte daran gedacht, welche Spannungen es zwischen Joaquín und ihr gegeben hatte, weil Joaquín sie liebte und um jeden Preis hatte schützen wollen. Sie hatte daran gedacht, wie viele unterschiedliche Formen der Liebe es gab.

*Ich liebe Aaron. Ich liebe ihn. Ich will nicht mehr ohne ihn leben. Und jetzt endlich werde ich es ihm sagen.*

Der Gedanke, von ihm getrennt werden zu können, verursachte ihr auf einmal geradezu körperlichen Schmerz.

Ein Windstoß wirbelte etwas Staub auf, und sie hoben beide unwillkürlich die Arme, um sich davor zu schützen. Als sie sie wieder sinken ließen, konnten sie ihre Augen nicht mehr voneinander lösen.

»Ich soll dich von Joaquín grüßen.« Ihr Lächeln überraschte sie. Es kam wie von selbst, und es fühlte sich richtig an.

»Danke. Er kann froh sein, dass er dich hat. Du wirst eine gute Ärztin werden.«

Sie fragte ihn nicht, woher er von ihrer Entscheidung wusste. Sie waren sich nah, er wusste es einfach. »Bevor ich Ärztin werde«, Aurora zögerte etwas, bevor sie weitersprach, »habe ich noch einen langen Weg zu gehen.«

»Du wirst ihn gehen«, sagte er.

Warum ist er so ernst, schoss es ihr im nächsten Moment durch den Kopf, warum küsst er mich nicht? Soll ich ihn küssen? Muss ich ihm zeigen, dass sich etwas geändert hat?

Raúl drängte sich plötzlich wieder in ihre Gedanken, aber er löste kein Begehren mehr aus und keine Aufregung. Da war kein Flattern mehr in ihrem Magen, einfach nichts … Wahrscheinlich würde sie ihn irgendwann ganz vergessen haben. Jetzt fragte sie sich nur, wie es ihm ging. Würde er je darüber hinwegkommen, dass sein Vater während einer Auseinandersetzung mit ihm umgekommen war? Sie wünschte es ihm so sehr. Er hätte es verdient. Wenn sie es aus der Distanz betrachtete, so hatte ihm das Leben übel mitgespielt.

»Ist noch etwas?«, fragte Aaron plötzlich. Aurora sah ihn wieder fest an.

»Ja, ich werde dich jetzt küssen, Aaron Certa.«

Er sah für einen Moment verblüfft aus, dann grub sich ein Lächeln in seine Mundwinkel. Und endlich nahm er sie in die Arme. Aurora schloss ihre Augen, spürte gleich darauf Aarons Lippen auf ihren. Es fühlte sich so gut an. Er küsste sie, küsste sie, bis sie beide ganz atemlos waren.

»Ich habe mit Señor Fuchs gesprochen, wegen der Sache mit deiner Mutter«, sagte Aurora, als sie sich nach einer scheinbaren Ewigkeit voneinander lösten.

Aaron hob die Augenbrauen.

»Du hast ja schon vermutet, dass sie nicht weit von hier wohnt«, fuhr Aurora lächelnd fort. »Es sind tatsächlich höchstens zwei Tagesritte. Du ... Wir sollten sie aufsuchen.«

Es stand für Aurora außer Frage, dass sie Aaron begleiten würde. Joaquín war auf dem Weg der Besserung, und er unterstützte ihren Plan. Aaron und sie packten rasch ein paar Sachen zusammen.

»Wirst du das schaffen?«, fragte sie ihn. »Selbstverständlich«, entgegnete Aaron. »Das Reisen lehrt einen einiges, auch das Reiten.«

Tatsächlich war Aaron im Gegensatz zu Aurora ein eher durchschnittlicher Reiter, doch er schlug sich wacker. Wenngleich sie am Abend des ersten Tages sehr müde waren, lagen sie noch lange wach und sahen in den Sternenhimmel. Schließlich ließen sie die Sterne Sterne sein und küssten sich. Aurora dachte an den ein oder anderen unbeholfenen Kuss in Buenos Aires zurück. Das hier war vollkommen anders. Aaron liebkoste ihren Nacken und den Ansatz ihrer Brüste. Aurora übersäte sein Gesicht, seinen Hals, seine Hände mit Küssen. Und dann liebten sie sich zum ersten Mal. Sie hatten wirklich zueinandergefunden.

Am nächsten Tag schafften sie einen Großteil der Wegstrecke fast ohne Rast. Am frühen Abend erreichten sie den in einer kleinen Talmulde liegende, von Büschen umstandene *rancho* der Familie Diaz. Unwillkürlich zügelte Aaron sein Pferd. Aurora tat es ihm gleich. Die späten Sonnenstrahlen ließen den Anblick des kleinen Bauernhofs noch friedlicher wirken. Eine recht hübsche Frau trat jetzt aus dem Haus. Ihr glänzendes schwarzes Haar war von silbergrauen Strähnen durchzogen.

Aurora warf Aaron einen Blick zu und bemerkte, wie er sich versteifte. »Ist sie das?«, flüsterte sie ihm zu.

Er hob die Schultern. »Ich … Ich denke es …«, erwiderte er mit ebenso leiser Stimme. »Es muss die richtige Adresse sein, aber …«, er holte tief Luft, »… ich habe sie so lange nicht gesehen, verstehst du? So lange nicht.«

Sie spürte, dass sie ihn nicht drängen durfte. Dies war der Moment, auf den Aaron wartete, seit seine Mutter ihn damals im Alter von drei Jahren verlassen hatte, und trotzdem … Aurora hörte, wie er sich räusperte.

»Ich kenne nur ein Foto von ihr und eine Zeichnung, die mein Vater von ihr als jungem Mädchen gemacht hat. Er … er war ein guter Zeichner … Hat damit Geld für uns verdient.« Er kniff die Augen zusammen.

Aurora nickte. Aaron hatte ihr die Zeichnung gezeigt, und sie war sich sicher, dass die Frau dort drüben die von der Skizze war. Aarons Vater war wirklich ein guter Zeichner gewesen.

Die Frau hielt jetzt inne und wandte ihnen dann unvermittelt den Kopf zu. Reglos schaute sie zu ihnen herüber. Sie zeigte keine Angst, was Aurora angesichts zweier Fremder in dieser Einöde verwunderte. Aaron zögerte noch einen Moment, dann lenkte er sein Pferd auf die Frau zu, sprang einige Schritte von ihr entfernt aus dem Sattel und blieb stehen. Die Frau erstarrte.

Aurora hatte Aaron mittlerweile erreicht und nahm ihm die Zügel seines Pferdes aus der Hand.

»Señora … Señora Ruth Diaz?« Aarons Stimme klang zu Auroras Erstaunen sehr gefasst.

Die Fremde nickte zögernd. Erkennen war in ihrem Blick zu lesen, Fassungslosigkeit …

»Verwitwete Czernowitz?«, sprach Aaron weiter.

Die Frau sagte nichts. In ihren dunklen Augen zeigte sich leiser Schmerz.

»Ich bin …«, setzte Aaron an.

»Ich weiß, wer du bist.« Ihre Stimme war dunkel für eine Frau. Ihre Augen glitten über Aarons Gesicht und Körper. »Ich habe es vom ersten Moment an gewusst.« Sie holte tief Luft. »Du siehst aus wie dein Vater.«

Es klang, als würde sie gleich zu weinen anfangen, doch dann hatte sie sich wieder gefangen. Sie schluckte schwer, und Aurora bemerkte erstmals ihren Blick auf sich.

»Das ist Aurora Hofer, meine Verlobte«, sagte Aaron.

Ruth lächelte, und Aurora fühlte sich, als ob ihr ein Stein vom Herzen fiele. Dabei war es nicht nur Ruths freundlicher Willkommensgruß, der ihr Herz erleichterte: Aaron hatte sie Verlobte genannt, und es hatte sich richtig angefühlt.

»Guten Tag, Señora Diaz«, sagte sie. »Es freut mich sehr, Sie endlich kennenzulernen.«

Sie bemühten sich sehr, vorsichtig miteinander umzugehen. Trotzdem stellte Aurora erstaunt fest, wie vertraut ihr Ruth bereits nach kurzer Zeit war. Aarons Mutter mochte ihren verstorbenen Mann in ihrem Sohn sehen, Aurora erkannte viel von Aaron in der älteren Frau – ihre Bewegungen, die Art zu reden, die Mimik ... Es freute sie, dass Mutter und Sohn so rasch zueinanderfanden. Dabei hatte Aaron noch am Tag zuvor überlegt, ob er wieder umkehren sollte. Von einem Moment auf den anderen hatten ihn Zweifel befallen. Seine Mutter und er hätten sich schließlich fast ein ganzes Leben lang nicht gesehen, vielleicht, hatte er überlegt, sei es besser, die Vergangenheit ruhen zu lassen.

Es war Ruth, die irgendwann die Hand nach Aaron ausstreckte und sie auf seine legte. Leise begann sie zu erzählen. Sie umriss die Zeit in Buenos Aires nur andeutungsweise, beschrieb dann, wie sie nach Chubut gekommen war und dort ihre neue Liebe gefunden hatte. Seit sie auf diesem Bauernhof lebte, erfreute sie sich an den Produkten ihres Gartens, an der Milch, die ihre Ziegen gaben. Sie stellte Butter, Quark und äußerst schmackhaften Käse daraus her, von dem Aaron und Aurora kosten durften. Lange saßen sie an diesem ersten Abend zusammen. Später stieß Ruths zweiter Ehemann zu ihnen, ein freundlicher schwarzhaariger Mann mit leuchtend blauen Augen. Er habe seine Frau noch nie so glücklich gesehen, sagte er.

Es war schon tiefe Nacht, als sie sich endlich erhoben, um schlafen zu gehen. Auf dem Weg in das Zimmer, das Rodolpho und Ruth für ihre Gäste vorbereitet hatten, hielt Ruth ihren Sohn noch einmal zurück.

»Ich bin froh, dass du mich gefunden hast. Ich hatte Angst vor einem Wiedersehen, aber jetzt ...«

»Ich auch«, unterbrach Aaron Ruth. »Ich hatte auch Angst, und jetzt bin ich so erleichtert, Mama.«

Sie lächelte und schloss ihn dann in ihre Arme. »Aaron, mein geliebter Aaron, mein liebes Kind ...«

Für einen Moment hielten sie sich beide umschlungen. Für einen Moment schien sich die Welt nicht weiterzudrehen.

Am nächsten Morgen begleitete Aurora Ruth in ihren kleinen Garten. Gemeinsam arbeiteten sie einige Stunden Seite an Seite und kamen darüber ins Gespräch. Aurora zögerte nicht, Ruth von ihren Plänen zu erzählen, Ärztin zu werden. Sie vertraute ihr. Ruth war bereit gewesen war, ihr eigenes Leben zu opfern, um Mann und Kind das Überleben zu ermöglichen. War es möglich, selbstloser zu handeln? Es musste eine grauenvolle Zeit für Ruth gewesen sein, getrennt von denen, die sie liebte, in einer fremden Welt, zur Prostitution gezwungen. Ruth hatte ihnen nicht verschwiegen, welcher Arbeit sie in Buenos Aires hatte nachgehen müssen. Ihre Ehrlichkeit berührte Aurora noch einmal mehr. Als Aurora ihr von Rahel Goldbergs Tod berichtete, weinte Ruth. Lange hielt Aurora die schluchzende Frau in ihren Armen.

»Wenn sie nicht gewesen wäre«, sagte Ruth, als sie sich wieder beruhigt hatte, »wäre ich nicht hierhergekommen, und ich weiß nicht, ob ich meinen Sohn dann je wiedergesehen hätte. Ist es nicht unglaublich, dass er mich gefunden hat?«

Aurora nickte. Sie hatten beide bis fast ans Ende der Welt gehen müssen. Und ich auch, dachte sie, ich musste auch erst hierherkommen, um klarer zu sehen. Das Schicksal geht seltsame Wege.

Während der nächsten Tage kamen auch Aaron und Rodolpho Diaz ins Gespräch. Aaron machte Fotos vom Hof und der Gegend ringsum. Am Vorabend ihrer Abreise schlug Aurora vor, für sie alle zu kochen. Sie schickte Ruth und Aaron hinaus, damit sie noch ein wenig Zeit allein miteinander hatten.

»Was hältst du davon, uns bald in Buenos Aires zu besuchen?«, fragte Aaron seine Mutter.

Ruth schüttelte den Kopf. »Es tut mir leid, ich habe zu viele schlechte Erinnerungen«, sagte sie und hakte sich bei ihrem Sohn unter. »Ich will nie wieder dorthin, aber ihr könnt uns jederzeit besuchen.«

Sie spazierten durch den Garten, dann zum Tor hinaus und einen kleinen Feldweg entlang.

Aaron zeigte keine Enttäuschung. »Schade, dass es so weit von hier ist«, gab er mit einem Lächeln zurück.

»Der Weg von Lemberg nach hier war noch weiter«, erwiderte seine Mutter. Sie sah in die Ferne. »Ich bin froh, dass wir uns wiedergefunden haben. Aber mein Leben ist gut, so wie es jetzt ist.«

Aaron schwieg eine Weile, dann sagte er: »Lass uns ein Gebet für Vater sprechen.«

Die Sonne schien durch das Fenster des kleinen Zimmers, das Ruth für Aurora und ihren Sohn hergerichtet hatte, und malte ein Muster aus Lichtflecken auf ihr Bett. Aurora unterdrückte ein Gähnen und räkelte sich genüsslich. Dann fiel ihr Blick auf den Mann an ihrer Seite. Aaron wachte eben auf und sah noch ein wenig verschlafen aus, doch der Blick, den er ihr zuwarf, war voller Liebe. Aurora stützte sich auf ihren Ellenbogen. Mit der freien Hand fuhr sie ihm durch sein wirres Haar. Dort, wo die Sonne darauf fiel, glänzte es dunkelbraun. Sie ließ die Hand wieder sinken und kuschelte sich in seinen Arm, reckte ihr Kinn und bot ihm ihren Mund zum Kuss dar.

»Aber Señorita Hofer!«

»Nur zu, Señor Certa.«

Sie lächelte. Dann spürte sie seine Lippen auf ihren. Sie fühlten sich etwas rau an, fest und nachgiebig zugleich. Er schmeckte gut. Nach dem ersten Kuss forderte sie den nächsten ein. Erst nach einer Weile ließen sie voneinander ab. Draußen waren Stimmen zu hören. Dann begann jemand zu singen. Es war Ruth. Für einen Moment lauschten sie beide, jeder von ihnen hing seinen Gedanken nach. Ruths Stimme sagte ihnen, dass etwas Neues begonnen hatte, alte Wunden begannen zu heilen, sie hatte das Glück, das ihr im Leben noch gefehlt hatte, gefunden.

Mit einem Mal drückte Aaron Aurora noch fester an sich. Er hob ihr Kinn und küsste sie sanft, der Blick aus seinen dunklen Augen war ernst, entschlossen und fröhlich zugleich.

»Lass uns heiraten, Aurora«, sagte er. »Sobald wie möglich, sobald ...«, er zögerte kurz, »... sobald wir wieder in Buenos Aires sind.«

Aurora leckte sich über die Lippen. »Aber ... aber wir müssten auf unsere Papiere warten und das Aufgebot ...«

Aaron ließ sich nicht aus der Ruhe bringen. »Wir lassen uns anglikanisch trauen. Das ist ganz unkompliziert, das weiß ich von Robert und Clarissa.«

»Anglikanisch?«

»Ja, was macht das schon? Ich liebe dich so sehr, und ich ...«, er küsste sie wieder, »... ich möchte nicht mehr warten. Nicht einen einzigen Tag länger als nötig. Wir haben viel zu lange gewartet.«

Aurora lachte, dann übersäte sie sein Gesicht mit kleinen Küssen. »Ach, ich liebe dich auch, du verrückter Kerl.«

»Aber das weiß ich doch.«

Sie löste sich von ihm. »Du solltest dir vielleicht nicht zu sicher sein. Ich will zuerst«, sie schaute ihn hoheitsvoll an, »erobert werden.«

»Auch das weiß ich.«

Sie wollte ihn weiter necken und konnte es nicht. »Ich will dich nie wieder verlieren«, flüsterte sie ernst.

Er schloss sie in die Arme. »Auf immer und ewig«, sagte er.

»Auf immer und ewig.«

# Epilog

Clarissa hätte nie gedacht, dass sie eines Tages zu den Wasserfällen von Iguazú zurückkehren würde. Nun standen Robert und sie in der Nähe des Teufelsschlunds inmitten tanzender, schillernder Regenbogen, längst vollkommen durchnässt von der auffliegenden Gischt. Hier hatte, der Legende nach, der Schlangengott Mboi Verderben über Naipi und Tarobá gebracht, hier waren Javier und sie ein letztes Mal gemeinsam vollkommen glücklich gewesen. Für ihn und um endlich Abschied zu nehmen, warf Clarissa eine Rose in die Fluten.

Inmitten der tosenden Wasser verstand man kaum ein Wort. Deshalb schwiegen sie, gaben sich dem beeindruckenden Naturschauspiel hin und freuten sich an der Nähe des anderen.

Ein paar Tage hatten sie bei Roberts Eltern verbracht, die nun auf ihre beiden Enkel Jakob und Anahí aufpassten. Stolz hatte Carl Metzler ihnen seine erfolgreichen Versuche gezeigt, den Yerba-Mate zu domestizieren. Inzwischen war ein gutes Geschäft daraus geworden. In Trögen und Schalen wurden zuerst die zarten, kleinen, aber von eisernen Panzern umgebenen Yerba-Samen aus ihrem Schlaf geweckt. Von dort versetzte man die Keimlinge in eine Pflanzschule, die Roberts Vater gemeinsam mit anderen unterhielt, und überführte sie schließlich wieder in die eigene Plantage, wo man die Bäumchen im Abstand von drei Metern einpflanzte. Der Yerba-Mate war das grüne Gold von Misiones, in ihm lag der Reichtum der Gegend begründet.

Noch einmal sah Clarissa in die Tiefe des Schlundes. In das Lied des Wasserfalls hinein rief sie Javier einen allerletzten Gruß zu, bevor sie Robert einen zärtlichen Kuss gab. Auf dem Rückweg würden sie noch einige Tage mit Jacy, Roberts langjährigem Freund, verbringen, danach würde es, zusammen mit den Kindern, zurück nach Buenos Aires gehen zu Aaron und Aurora, die endlich geheiratet hatten, und zu all den anderen Freunden. Es hatte seine Zeit gedauert, doch zum Schluss war alles gut geworden.

# Danksagung

Mit diesem dritten Teil endet meine Reise nach Argentinien zunächst. Auch dieses Mal hat die Geschichte die verschiedensten Gefühle in mir geweckt, und ich war sicherlich genauso erleichtert wie einige meiner Figuren, als das Ziel endlich erreicht war. Jetzt muss ich sie loslassen, und das fällt mir nicht leicht.

Wie immer möchte ich an dieser Stelle den wichtigsten Personen danken, die an der Entstehung des Buches beteiligt waren: meinem Agenten Bastian Schlück, meiner Lektorin Melanie Blank-Schröder und meiner Textredakteurin Margit von Cossart. Zu danken ist aber auch meinen Lesern und Leserinnen, insbesondere jenen aus der Vorableserunde für Lob, Kritik, wichtige Hinweise, fürs Mitfühlen und für so vieles mehr!

Auf zwei Dinge möchte ich an dieser Stelle noch kurz hinweisen, die ich geändert habe, um einen besseren Fluss der Geschichte zu ermöglichen: Die Entdeckung von Öl in der Provinz Chubut fand in Wirklichkeit einige Jahre später statt, und zwar im Dezember 1907. In der Nähe von Robert Metzlers Elternhaus gibt es meines Wissens fußläufig auch keine Jesuiten-Station – ich habe mir erlaubt, eine dorthin zu verlegen.